Muerte en el seminario

P. D. James

Muerte en el seminario

Traducción de
M.ª Eugenia Ciocchini

CÍRCULO de LECTORES

A Rosemary Goad,
amiga y editora durante cuarenta años

Nota de la autora

Al ambientar esta historia de crimen y misterio en un seminario de la Iglesia anglicana, no ha sido mi intención desalentar a los candidatos al sacerdocio anglicano ni sugerir, en absoluto, que los visitantes que acuden a esos lugares en busca de descanso y renovación espiritual corran el riesgo de encontrar una paz más permanente de lo previsto. En consecuencia, considero oportuno recalcar que Saint Anselm no está inspirado en un seminario real, ni pasado ni presente, y que sus excéntricos sacerdotes, estudiantes, empleados y visitantes son totalmente ficticios y solo existen en la imaginación de la autora y sus lectores.

Estoy en deuda con varias personas que han tenido la gentileza de responder a mis preguntas; cualquier error, ya sea teológico o de cualquier otra índole, es responsabilidad mía. Estoy particularmente agradecida al difunto arzobispo Lord Runcie, al reverendo doctor Jeremy Sheehy, al reverendo doctor Peter Groves, a la doctora Ann Priston (oficial de la orden del Imperio británico) del Servicio de Medicina Forense y a mi secretaria, Joyce McLennan, que aportó a la creación de esta novela mucho más que sus habilidades informáticas.

P. D. JAMES

LIBRO PRIMERO

La arena asesina

I

Fue idea del padre Martin que yo pusiera por escrito mi experiencia del hallazgo del cadáver.

–¿Se refiere a algo así como si escribiera una carta para contárselo a una amiga? –pregunté.

–Quiero decir que lo escriba como si fuese ficción –contestó el padre Martin–, como si usted estuviera fuera de sí misma, observando lo que ocurrió, recordando lo que hizo y lo que sintió. Como si le hubiese sucedido a otra persona.

Le entendí, pero no sabía por dónde empezar.

–¿Todo lo que sucedió, o únicamente mi paseo por la playa y el momento en que desenterré el cuerpo de Ronald?

–Cualquier cosa, todo lo que se le ocurra –respondió–. Si lo desea, escriba sobre el seminario y sobre su vida aquí. Creo que le resultará útil.

–¿A usted le resultó útil, padre?

No sé por qué pronuncié esas palabras; sencillamente me pasaron por la cabeza y las dejé salir. Era una tontería, tal vez una impertinencia, y sin embargo a él no pareció molestarle.

–No, a mí no me ayudó –dijo después de unos segundos–, pero aquello ocurrió hace mucho tiempo. Creo que su caso podría ser diferente.

Supongo que pensaba en la guerra y en su época como prisionero de los japoneses, en sus pavorosas experiencias en el campo de concentración. Él nunca me habla de la guerra, aunque ¿por qué iba a hacerlo? De todos modos, creo que no toca el tema con nadie, ni siquiera con los demás sacerdotes.

Mantuvimos esta conversación hace dos días, mientras caminábamos por el claustro después de las vísperas. Desde que Charlie murió, he dejado de asistir a misa, pero sigo yendo al oficio vespertino. De hecho, lo hago por cortesía. No me parece apropiado trabajar en el seminario, recibir dinero y toda clase de gentilezas y no hacer acto de presencia en ninguna de las ceremonias de la iglesia. Aunque quizás esté siendo demasiado escrupulosa. El señor Gregory, que da algunas clases de griego y vive en una de las casas anexas, como yo, no pisa la iglesia a menos que toquen música que desee escuchar. Nadie me ha presionado para que acuda; ni siquiera me han preguntado por qué dejé de ir a misa. Pero lo han notado, naturalmente; ellos se fijan en todo.

Cuando volví a casa medité sobre la sugerencia del padre Martin y me pregunté si era una buena idea. Nunca he tenido dificultades para escribir. En la escuela se me daban bien las redacciones y la señorita Allison, la profesora de lengua y literatura, pensaba que tenía madera de escritora. No obstante, yo sabía que estaba equivocada. Me falta imaginación, al menos de la clase que un novelista necesita. Soy incapaz de inventar cosas. Solo puedo escribir sobre lo que veo, lo que hago y lo que sé, y a veces sobre lo que siento, aunque esto último no me resulta fácil. En cualquier caso, siempre quise ser enfermera, incluso en mi infancia. Ahora, jubilada y con sesenta y cuatro años, sigo ejerciendo aquí, en Saint Anselm. Trato dolencias menores y me ocupo de la ropa blanca. Es un trabajo sencillo, pero tengo el corazón débil y me considero afortunada por continuar trabajando. En el seminario me facilitan las cosas al máximo. Incluso me han proporcionado un carrito para que no cargue con los pesados líos de sábanas. Debería haber contado todo esto antes. Ni siquiera he escrito mi nombre: me llamo Munroe, Margaret Munroe.

Entiendo por qué el padre Martin me aconsejó que empezara a escribir otra vez. Sabe que solía escribirle una larga carta a Charlie todas las semanas. Creo que es la única persona que lo sabe, con la excepción de Ruby Pilbeam. Cada semana me sentaba y pasaba revista a lo ocurrido desde la última carta, cosas pequeñas e intrascendentes que no le parecerían intrascendentes a Charlie: lo que comía, algún chiste que oía por ahí, anécdotas sobre los estudiantes y descripciones del tiempo. Nadie diría que hay mucho que contar en un sitio tranquilo como este, situado en lo alto de un acantilado y alejado de todo, pero resulta sorprendente la cantidad de temas que encontraba. Y me consta que a

Charlie le encantaban mis cartas. «Sigue escribiendo, mamá», me decía cuando regresaba a casa de permiso. Y yo lo hacía.

Después de que lo mataran, el ejército me devolvió sus efectos personales, entre los que se encontraban mis cartas. No estaban todas –no habría podido conservarlas–, pero había guardado las más largas. Las llevé al descampado e hice una hoguera con ellas. Era un día ventoso, como tantos otros en esta costa oriental, de manera que las llamas, avivadas, chisporroteaban y cambiaban de dirección a merced del viento. Los chamuscados trozos de papel volaron y se arremolinaron alrededor de mi rostro como polillas negras, y el humo me irritó la nariz. Me extrañó, pues no era más que un pequeño fuego. Lo que intento explicar es por qué el padre Martin sugirió que escribiese esta historia. Pensó que escribir algo –lo que fuese– me ayudaría a volver a la vida. Es un buen hombre, quizás incluso un santo, pero hay muchas cosas que escapan a su entendimiento.

Me produce una sensación rara escribir este relato sin saber quién, si acaso alguien, lo leerá algún día. Tampoco sé si lo estoy redactando para mí o para un lector imaginario a quien todo lo relativo a Saint Anselm le resultaría novedoso o desconocido. De manera que tal vez debería hablar sobre el seminario; ambientar la escena, como quien dice. Lo fundó en 1861 una mujer piadosa llamada Agnes Arbuthnot, que quería asegurarse de que siempre hubiera «jóvenes devotos e instruidos ordenados en la Iglesia anglicana». He puesto comillas porque esas fueron sus palabras textuales. Lo sé porque en la iglesia hay un folleto con la historia de la señorita Arbuthnot. Ella donó los edificios, la tierra, prácticamente todos los muebles y el dinero suficiente –o eso creyó– para mantener la escuela por un tiempo indefinido. Sin embargo, el dinero nunca es suficiente, y ahora Saint Anselm está financiado principalmente por la Iglesia. El padre Sebastian y el padre Martin temen que cierren el seminario. Nunca hablan sin reservas de ese temor, y mucho menos con el personal, pero todos lo sabemos. En una comunidad pequeña y aislada como la de Saint Anselm, las noticias y los chismorreos vuelan como si el viento los transportase en silencio.

Además de donar la casa, la señorita Arbuthnot mandó construir los claustros norte y sur en la parte trasera con el fin de alojar a los estudiantes, además de una serie de habitaciones de huéspedes que comunican el claustro sur con la iglesia. También construyó cuatro casas para el personal a unos cien metros del seminario, situadas en semicírculo alrededor de un descampado. Les puso los nombres de los cuatro evangelistas. Yo ocupo la que está más al sur, San Mateo. Ruby Pilbeam, la cocinera y ama de llaves, y su marido, el encargado de mantenimiento, viven en San Marcos. El señor Gregory está en San Lucas, y en la casa del norte, San Juan, vive Eric Surtees, el ayudante del señor Pilbeam. Eric cría cerdos, aunque más como pasatiempo que para proveer de carne al seminario. Solo estamos nosotros cuatro y unas asistentas de Reydon y Lowestoft que ayudan con la limpieza, pero como nunca hay más de veinte seminaristas y cuatro sacerdotes residentes, nos las arreglamos. No sería fácil encontrar sustituto para ninguno de nosotros. Este ventoso territorio sin pueblo, bares ni tiendas resulta demasiado aislado para la mayoría de la gente. Aunque a mí me gusta, a veces hasta yo lo encuentro temible y un poco siniestro. Cada año, el mar erosiona un poco más las arenosas paredes de los acantilados, y a veces, cuando contemplo el mar desde el borde del precipicio, imagino que una enorme ola se alza blanca y refulgente, y avanza hacia la orilla para romper contra las torres, la iglesia y las casas, arrastrándonos a todos. El viejo pueblo de Ballard's Mere lleva siglos sumergido en el mar, y algunos dicen que en las noches ventosas se oye el repique ahogado de las campanas de las torres sepultadas. Lo que el mar no se llevó consigo lo destruyó un gran incendio en 1695. De la vieja aldea no queda ya nada, salvo la iglesia medieval que la señorita Arbuthnot mandó restaurar como parte del seminario y las dos precarias columnas de ladrillo de la fachada, el único vestigio de la casa solariega isabelina que allí se alzaba.

Será mejor que empiece a hablar de Ronald Treeves, el muchacho que murió. Al fin y al cabo, se supone que estoy escribiendo sobre su muerte. Antes de la vista la policía, en un interrogatorio, me preguntó si lo conocía bien. Yo creo que lo conocía mejor que cualquiera de los que trabajan aquí, pero no lo dije. No podía contar gran cosa. No me pareció apropiado cotillear sobre los estudiantes. Sé que no era un joven popular, pero tampoco mencioné ese detalle. El problema es que no terminaba de encajar en este sitio, y supongo que él era consciente de ello. Para empezar, su padre era sir Alred Treeves, propietario de una importante fábrica de armamento, y a Ronald le gustaba recordarnos que era hijo de un hombre muy rico. Sus posesiones lo demostraban. Conducía un Porsche, mientras que los demás alumnos se conforman con coches más baratos..., cuando los tienen. También solía hablar de sus viajes a lugares remotos y caros que sus compañeros nunca podrían visitar, al menos en vacaciones.

Quizás esos detalles le habrían servido para adquirir popularidad en otros centros de enseñanza, pero aquí no. Todo el mundo se jacta de algo, digan lo que digan, y sin embargo aquí ese algo no es el dinero. Tampoco es la familia, aunque el hijo de un coadjutor disfruta de más privilegios que el de una estrella del pop. Creo que lo que de verdad les importa es la inteligencia... la inteligencia, el ingenio y el aspecto físico. Les gusta la gente capaz de hacerlos reír. Ronald no era tan listo como creía, y no le hacía gracia a nadie. Pensaban que era aburrido y, naturalmente, cuando se percató de ello se volvió aún más aburrido. No comenté nada de esto a la policía. ¿De qué habría servido? Estaba muerto. Ah, y creo que también era un poco fisgón; siempre quería enterarse de todo y no se cansaba de hacer preguntas. A mí no me sacó mucha información. Aun así, algunas noches iba a mi casa, se sentaba y charlaba mientras yo tejía y lo escuchaba. Los estudiantes saben que no es aconsejable que visiten al personal del seminario, a menos que los inviten. El padre Sebastian quiere que preservemos nuestra intimidad. No obstante, a mí no me importaba que Ronald viniera a verme. Ahora que lo pienso, creo que se sentía solo. Bueno, de lo contrario no se habría molestado en visitarme. Sea como fuere, me recordaba a mi Charlie. Charlie no era aburrido ni impopular, pero me gusta imaginar que, si alguna vez se hubiera sentido solo y con ganas de hablar tranquilamente, habría habido alguien como yo dispuesto a escucharlo.

La policía me preguntó por qué había ido a la playa a buscarlo. Pero lo cierto es que no lo hice. Unas dos veces por semana doy un paseo a solas después de comer, y cuando salí ni siquiera sabía que Ronald había desaparecido. Además, nunca se me habría ocurrido buscarlo en la playa. Me cuesta imaginar que a alguien pueda ocurrirle algo malo en una playa desierta. Resulta bastante segura si uno no trepa al espigón ni camina demasiado cerca del borde del acantilado, y hay letreros que advierten de ambos peligros. En cuanto llegan los estudiantes, se les informa de los riesgos que supone nadar solo o caminar demasiado cerca de los inestables acantilados.

En tiempos de la señorita Arbuthnot era posible llegar a la playa desde la casa, pero la invasión del mar ha cambiado las cosas: ahora tenemos que recorrer a pie unos setecientos metros en dirección sur, hasta el único punto donde los acantilados son bajos y lo bastante firmes para sostener una barandilla y media docena de desvencijados escalones de madera. Más allá está la oscuridad de Ballard's Mere, la laguna rodeada de árboles y separada del mar únicamente por un estrecho banco de guijarros. A veces me limito a caminar hasta allí antes de dar media vuelta, pero ese día bajé a la playa y eché a andar hacia el norte.

La noche lluviosa había cedido el paso a un día fresco y radiante; el cielo estaba azul, salpicado de escurridizas nubes, y la marea estaba alta. Rodeé un pequeño promontorio y vi la playa desierta que se extendía ante mí, con sus finos resaltos de guijarros y los oscuros contornos de las antiguas escolleras, llenas de algas incrustadas, que se desmoronaban en el mar. Entonces avisté un bulto negro a los pies del acantilado, a unos treinta metros de donde me encontraba. Caminé hacia allí y descubrí una sotana y una capa marrón, ambas cuidadosamente dobladas. A escasos metros de distancia el acantilado se había derrumbado y ahora yacía en grandes montículos de arena compacta, matas de hierba y piedras. Intuí de inmediato lo que había sucedido. Creo que dejé escapar un pequeño grito y luego empecé a excavar con las manos. Sabía que ahí debajo debía de haber un cuerpo, pero era imposible determinar el lugar preciso. Recuerdo la aspereza de la arena en mis uñas y la lentitud con que me parecía avanzar, de manera que empecé a asestar frenéticos puntapiés, como si estuviese enfadada, levantando altas nubes de arena que me azotaron el rostro y me nublaron los ojos. Entonces, a unos treinta metros en dirección al mar, divisé una afilada tabla de madera. La recogí y empecé a sondear el terreno, hundiéndola en la arena. Al cabo de unos minutos, cuando la madera tocó algo blando, me arrodillé y volví a cavar con las manos. Así descubrí que lo que había tocado eran unas nalgas cubiertas por una costra de arena y un pantalón de pana beige.

No me fue posible continuar. Mi corazón latía con furia, y se me habían agotado las fuerzas. Me asaltó la vaga sensación de que acababa de humillar a quienquiera que estuviese allí, de que los dos montículos que había dejado a la vista componían una imagen ridícula, casi indecente. Era consciente de que el hombre estaba muerto y mis frenéticas prisas no habían servido de nada. No habría podido salvarlo; y ahora, aunque hubiese tenido la fuerza necesaria, habría sido incapaz de seguir cavando sola, desenterrando el cadáver centímetro a centímetro. Tenía que pedir ayuda y avisar de lo sucedido. Creo que ya sabía de quién era el cuerpo, pero de repente me acordé de que las capas marrones de los seminaristas llevan una etiqueta con el nombre del propietario. Doblé el cuello hacia atrás y leí el nombre.

Recuerdo que me tambaleé por la playa, sobre el firme borde de arena entre los bancos de guijarros, y de alguna manera logré subir los peldaños hasta llegar a lo alto del acantilado. Eché a correr hacia el seminario por la carretera. Me hallaba a unos ochocientos metros, pero la distancia se me antojaba interminable y la casa parecía retroceder con cada doloroso paso. Entonces oí un coche. Me volví y vi que torcía desde la carretera principal en dirección a mí, avanzando por el escarpado camino que bordea el acantilado. Me detuve en medio de la vereda y agité los brazos hasta que el coche disminuyó la velocidad. Era el señor Gregory.

No recuerdo cómo le di la noticia. Me viene a la mente la imagen de mí misma de pie en el camino, recubierta de arena y con el cabello al viento, gesticulando hacia el mar. El señor Gregory no dijo nada; abrió la portezuela del coche en silencio y yo subí. Supongo que lo más sensato habría sido regresar al seminario, pero él dio media vuelta y nos apeamos junto a la escalera que conduce a la playa. Desde entonces me he preguntado muchas veces si no me creyó y quería cerciorarse de lo ocurrido antes de pedir ayuda. No recuerdo la caminata, y la última escena vívida que conservo en la memoria es la de los dos de pie junto al cadáver de Ronald. Aún sin decir palabra, el señor Gregory se arrodilló en la arena y se puso a excavar. Llevaba guantes de piel, lo que le facilitó las cosas. Ambos trabajamos en silencio, removiendo la arena a un ritmo febril y avanzando hacia la parte superior del cuerpo.

Ronald llevaba solo una camisa gris encima del pantalón de pana. Su nuca quedó al descubierto. Fue como desenterrar a un animal; un perro o un gato muertos. En los estratos más profundos la arena estaba húmeda y se había adherido al pelo rubio pajizo de Ronald. Traté de sacudirla, y la noté fría y áspera en mis manos.

–¡No lo toque! –exclamó el señor Gregory con brusquedad, y yo aparté la mano de inmediato, como si me hubiese quemado. Luego añadió en voz muy baja–: Ahora será mejor que lo dejemos como lo encontramos. Ya está claro quién es.

Yo sabía que estaba muerto, pero me pareció que debíamos darle la vuelta. Me rondaba la absurda idea de que podríamos practicarle el boca a boca. Sabía que era irracional, y aun así tenía la sensación de que estábamos obligados a hacer algo. Sin embargo, el señor Gregory se quitó el guante izquierdo, puso dos dedos en el cuello de Ronald y dijo:

–Está muerto. No cabe duda de que está muerto. No podemos hacer nada por él.

Guardamos silencio durante unos segundos, de rodillas, flanqueando el cuerpo. Cualquiera que nos hubiera visto habría pensado que rezábamos, y de hecho yo habría rezado una oración por él si hubiese encontrado las palabras apropiadas. De repente salió el sol y la escena se volvió irreal, como si nos estuviesen fotografiando en color a los dos. Todo presentaba un aspecto radiante y bien definido. Los granos de arena en el pelo de Ronald brillaban como minúsculos puntos de luz.

–Hay que ir a buscar ayuda y llamar a la policía –dijo el señor Gregory–. ¿Le importaría esperar aquí? No tardaré. Si lo prefiere, puede venir conmigo, pero creo que sería mejor que uno de los dos se quedara.

–Vaya usted –contesté–. Llegará más deprisa en el coche. No me importa esperar.

Lo observé mientras caminaba hacia la escalera con toda la rapidez que le permitían las piedras, rodeaba el promontorio y desaparecía. Un minuto después oí el sonido del coche que se alejaba hacia el seminario. Me aparté unos pasos del cuerpo y me senté sobre los guijarros, removiéndome y enterrando los talones para estar más cómoda. Debajo de la superficie, los guijarros aún estaban mojados por la lluvia, y la fría humedad se filtró por el algodón de mis pantalones. Crucé los brazos sobre las rodillas y contemplé el mar.

Allí sentada, pensé en Mike por primera vez en muchos años. Se mató en la A1 cuando su moto derrapó y chocó contra un árbol. Hacía dos semanas que habíamos regresado de nuestra luna de miel y menos de un año que nos habíamos conocido. Lo que experimenté ante su muerte no fue dolor, sino impresión e incredulidad. Si bien en su momento pensé que era dolor, ahora sé que no. Yo estaba enamorada de Mike, pero no lo amaba. El amor llega tras mucho tiempo de convivencia y cuidados mutuos. Después de su muerte, yo era Margaret Munroe, viuda, pero aún me sentía como Margaret Parker, joven soltera de veintiún años y recién graduada como enfermera. Cuando descubrí que estaba embarazada, también eso se me antojó irreal. Al ver al recién nacido me pareció que no guardaba relación alguna con Mike, con nuestro breve idilio ni conmigo. La pena que me embargó después fue quizá más intensa precisamente porque llegó tarde. Cuando Charlie murió, lloré por los dos, pero todavía no consigo recordar con claridad el rostro de Mike.

Aunque sabía que el cuerpo de Ronald se encontraba a mi espalda, era un alivio no estar sentada a su lado. A algunas personas les resulta agradable la compañía de un muerto cuando lo velan, pero a mí no me ocurrió eso con Ronald. Lo único que sentía era una profunda tristeza. No por ese pobre chico, ni siquiera por Mike, por Charlie o por mí. Era una aflicción que, a mis ojos, impregnaba todo lo que me rodeaba, la fresca brisa en mis mejillas, un cúmulo de nubes que parecía surcar deliberadamente el cielo y el mar. Me sorprendí pensando en todas las personas que habían vivido y muerto en esa costa y en los restos mortales que yacían bajo las olas, a más de un kilómetro de profundidad, en los grandes cementerios. En aquella época, esas vidas debieron de ser importantes para los que las vivieron y sus seres queridos, pero ahora estaban muertos y todo seguiría igual aunque no hubiesen existido. Dentro de cien años, nadie recordará a Charlie, ni a Mike ni a mí. Nuestras vidas son tan insignificantes como un grano de arena. Sentí que me había vaciado, que incluso la tristeza me había abandonado. Mirando el mar, aceptando que a la larga nada importa y que lo único que tenemos es el momento presente para sufrir o gozar, una profunda sensación de paz se apoderó de mí.

Supongo que caí en una especie de trance, porque no vi ni oí a las tres figuras que se aproximaban hasta que los guijarros crujieron bajo las suelas de sus zapatos, y entonces ya estaban casi a mi lado. El padre Sebastian y el señor Gregory caminaban a la par. El padre Sebastian se había ceñido la sotana para protegerse del viento. Los dos llevaban la cabeza gacha y avanzaban con determinación, como si marcaran el paso. El padre Martin los seguía a escasa distancia, dando tumbos sobre las piedras. Recuerdo que me pareció una grosería que los otros dos no lo esperasen.

Me avergonzó que me sorprendieran sentada, así que me levanté.

–¿Se encuentra bien, Margaret? –preguntó el padre Sebastian.

–Sí, padre –respondí, y me aparté para que pudiesen acercarse al cadáver.

El padre Sebastian se santiguó.

–Es una calamidad –dijo.

Incluso entonces me extrañó que emplease esa palabra y comprendí que no estaba pensando en Ronald Treeves, sino en el seminario.

Se inclinó y tocó la nuca de Ronald.

–No hay duda: está muerto –señaló el señor Gregory con aspereza–. No es aconsejable mover más el cadáver.

El padre Martin se había detenido a unos pasos de allí. Vi que sus labios se movían. Supongo que estaba rezando.

–Si tiene la gentileza de volver al seminario y esperar a la policía, Gregory, el padre Martin y yo nos quedaremos aquí –dijo el padre Sebastian–. Será mejor que Margaret vaya con usted. Ha sufrido una fuerte impresión. Si le parece, llévela con la señora

Pilbeam y explíquele lo ocurrido. La señora Pilbeam le dará té caliente y cuidará de ella. Nadie debe decir una palabra de esto hasta que yo me dirija a los alumnos. Si la policía quiere hablar con Margaret, tendrá que hacerlo más tarde.

Curiosamente, recuerdo que me molestó un poco que hablase con el señor Gregory como si yo no estuviese allí. Además, no me apetecía que me llevaran a casa de Ruby Pilbeam. Ella me cae bien –sabe cómo mostrarse amable sin entrometerse en la vida de los demás–, pero lo único que quería en ese momento era volver a mi casa.

El padre Sebastian se acercó y me posó una mano sobre el hombro.

–Ha sido muy valiente, Margaret, gracias. Ahora vaya con el señor Gregory. Yo pasaré a verla más tarde. El padre Martin y yo nos quedaremos aquí con Ronald.

Era la primera vez que mencionaba el nombre del joven muerto.

En el coche, el señor Gregory condujo en silencio durante unos minutos y luego comentó:

–Es una muerte extraña. Me pregunto qué conclusiones sacará el forense. O la policía, desde luego.

–Sin duda fue un accidente –dije yo.

–Curioso accidente, ¿no cree? –Aguardó a que respondiera y, ante mi silencio, añadió–: Naturalmente, este no es el primer cadáver que ve usted. Ya estará familiarizada con la muerte.

–Soy enfermera, señor Gregory.

Me vino a la mente el primer cadáver que había visto años atrás, cuando era una estudiante de enfermería de dieciocho años; el primero que había amortajado. En aquellos tiempos la profesión era diferente. Nosotras mismas preparábamos a los muertos, y lo hacíamos con gran reverencia y en silencio detrás de un biombo. Mi primera jefa, una monja, solía reunirse con nosotros para rezar una oración antes de empezar. Nos decía que ese era el último servicio que ofreceríamos a nuestros pacientes. Pero yo no tenía ganas de contarle esas cosas al señor Gregory.

–La visión de un cuerpo muerto, de cualquier cuerpo, es un reconfortante recordatorio de que, aunque vivamos como hombres, morimos como animales –aseveró–. Para mí, personalmente, eso es un alivio. No consigo imaginar un suplicio más grande que la vida eterna.

Seguí callada. No es que el señor Gregory no me caiga bien; de hecho, apenas tengo trato con él. Ruby Pilbeam le limpia la casa una vez a la semana y le lava la ropa. Es un acuerdo privado. Sin embargo, él y yo nunca habíamos conversado mucho, y yo no estaba de humor para charlas.

El coche torció hacia el oeste entre las torres gemelas y entró en el patio. Mientras se desabrochaba el cinturón de seguridad y me ayudaba con el mío, el señor Gregory dijo:

–La acompañaré a la casa de la señora Pilbeam. Aunque es probable que no esté allí. En tal caso, será mejor que venga a la mía. Lo que los dos necesitamos es una copa.

Pero la señora Pilbeam estaba en casa, y me alegré de ello después de todo. El señor Gregory expuso de manera concisa los hechos y añadió:

–El padre Sebastian y el padre Martin se han quedado con el cuerpo, y la policía llegará muy pronto. Por favor, no comente esto con nadie hasta que vuelva el padre Sebastian. Él informará a todo el seminario.

Cuando él se hubo marchado, Ruby preparó un té fuerte, caliente y reconfortante. Revoloteaba alrededor de mí, aunque no recuerdo sus palabras ni sus gestos. No le conté gran cosa, pero ella tampoco lo esperaba. Me trataba como si estuviese enferma: me indicó que me sentara en uno de los sillones que están frente a la chimenea, encendió dos barras de la estufa eléctrica por si me había enfriado a causa de la conmoción y por último echó las cortinas para que disfrutara de lo que describió como un «agradable y largo descanso».

Supongo que transcurrió una hora antes de que llegase la policía: un joven sargento con acento galés. Era un hombre amable y paciente, y yo respondí a sus preguntas con serenidad. Al fin y al cabo, no había mucho que decir. Me preguntó si conocía bien a Ronald, cuándo lo había visto por última vez y si recientemente parecía deprimido. Le dije que lo había visto la tarde anterior, caminando hacia la casa del señor Gregory, probablemente para recibir su clase de griego. El trimestre acababa de empezar, y no nos habíamos encontrado antes. Me dio la impresión de que el sargento de policía –creo que se llamaba Jones o Evans; un apellido galés– se arrepintió de haber preguntado si Ronald estaba deprimido. De todas maneras dijo que todo parecía bastante claro, le hizo algunas preguntas a Ruby y se marchó.

El padre Sebastian comunicó la noticia a toda la facultad poco antes de las cinco, cuando se reunieron para cantar las vísperas. La mayoría de los seminaristas ya había adivinado que se había producido una tragedia; los coches de policía y el de la funeraria no aparecieron discretamente. No sé qué dijo el padre Sebastian, pues no fui a la biblioteca. Lo único que deseaba en esos momentos era estar sola. Sin embargo, más tarde Raphael Arbuthnot, el delegado de los alumnos, me trajo una pequeña maceta con violetas africanas en nombre de todos los seminaristas. Uno de ellos debió de ir en coche a Pakefield o Lowestoft para comprarlas. Cuando me las dio, Raphael se inclinó y me besó en la mejilla.

«Lo lamento mucho, Margaret», dijo.

Era una frase típica en tales circunstancias, pero no sonó como un cliché. Más bien parecía una disculpa.

Dos noches después comenzaron las pesadillas. Jamás había tenido pesadillas, ni siquiera tras mis primeros contactos con la muerte como estudiante de enfermería. Los sueños son horribles, y ahora me quedo sentada frente al televisor hasta bien entrada la noche, temiendo el momento en que me venza el cansancio. Siempre sueño lo mismo. Ronald Treeves está de pie junto a la cama, desnudo y con el cuerpo recubierto de arena húmeda. La arena le cubre también el pelo rubio y la cara. Solo sus ojos, libres de ella, me miran con reproche, como preguntándome por qué no hice algo para salvarlo. Sé que no podría haber hecho nada. Sé que había muerto mucho antes de que yo encontrase el cuerpo. Sin embargo, sigue apareciendo ante mí noche tras noche, con esa mirada rencorosa y acusadora y la arena húmeda que cae a terrones de su vulgar y regordeta cara.

Quizás ahora que he escrito esto me deje en paz. Aunque no me considero una mujer fantasiosa, hay algo extraño en su muerte, algo que debería recordar pero que yace enterrado en el fondo de mi mente, mortificándome. Intuyo que la muerte de Ronald Treeves no fue un final, sino un principio.

2

Dalgliesh recibió la llamada a las diez y cuarenta de la mañana, poco después de regresar a su despacho de una reunión con la Junta de Relaciones con la Comunidad. Se había alargado más de lo previsto –como ocurría siempre con esas reuniones– y faltaban solo cincuenta minutos para su cita con el director general en las oficinas del ministro del Interior en la Cámara de los Comunes. Tiempo suficiente, pensó, para tomar un café y hacer un par de llamadas importantes. Sin embargo, no había llegado aún a su escritorio cuando la secretaria asomó la cabeza a la puerta del despacho.

«El señor Harkness le agradecería que pasara a verlo antes de marcharse. Sir Alred Treeves está con él.»

¿Y qué? Sir Alred quería algo, desde luego, como todos los que venían a ver a los altos cargos de Scotland Yard. Y sir Alred invariablemente conseguía lo que quería. Uno no llega a director de una de las multinacionales más prósperas sin saber controlar de modo intuitivo los delicados hilos del poder, tanto en las cuestiones pequeñas como en las grandes. Dalgliesh conocía su reputación; era prácticamente imposible ignorarla viviendo en el siglo XXI. Tenía fama de ser un jefe justo, incluso generoso, de un personal con éxito; un desprendido patrocinador de organizaciones benéficas; un respetado coleccionista de arte europeo del siglo XX. Para un cínico, todo eso podría significar que sir Alred era un implacable enemigo de los fracasados, un bien publicitado defensor de las causas de moda y un inversor con olfato para los beneficios a largo plazo. Hasta su fama de grosero era ambigua. Puesto que su descortesía era indiscriminada y la dirigía contra débiles y poderosos por igual, no había hecho más que forjarle una imagen de honrosa imparcialidad.

Dalgliesh tomó el ascensor hacia la séptima planta sin esperanzas de pasar un buen rato, pero con considerable curiosidad.

Al menos la reunión sería breve; a las once y cuarto debía salir para recorrer aquel conveniente kilómetro que lo separaba del Ministerio del Interior. En el orden de prioridades, el ministro del Interior tenía precedencia incluso sobre sir Alred Treeves.

El subdirector y sir Alred estaban de pie junto al escritorio de Harkness, y ambos se volvieron para recibir a Dalgliesh. Como suele suceder con las personas que aparecen constantemente en los medios de comunicación, la primera impresión que Treeves causó en Dalgliesh fue desconcertante. Era más corpulento y menos apuesto de lo que parecía en televisión, con un contorno facial menos definido. En cambio, la sensación de que poseía un poder latente y se jactaba de él fue incluso más fuerte. Su punto débil consistía en vestir como un granjero próspero: solo llevaba impecables trajes de *tweed* en las ocasiones más solemnes. Sin duda había algo de campesino en su aspecto: los hombros fornidos, el bronceado de las mejillas, la prominente nariz y el cabello rebelde que ningún barbero conseguía disciplinar. Era muy oscuro, casi negro, con un mechón cano peinado hacia atrás desde el centro de la frente. De hallarse ante un hombre más preocupado por su apariencia, Dalgliesh habría sospechado que ese mechón era teñido.

Cuando entró, Treeves le dirigió una mirada directa de genuino interés por debajo de sus pobladas cejas.

–Creo que ya se conocen –dijo Harkness.

Se estrecharon la mano. La de sir Alred era fría y fuerte, pero la retiró de inmediato como para dejar claro que se trataba de una mera formalidad.

–Nos conocimos en una reunión en el Ministerio del Interior a finales de la década de los ochenta, ¿no? –dijo–. Era sobre la política educativa en las zonas urbanas deprimidas. No sé por qué me metí en aquel asunto.

–Su empresa hizo una generosa donación a uno de los programas de enseñanza. Supongo que quería asegurarse de que su inversión resultaría útil.

–Dudo que eso sea posible. La gente joven quiere empleos bien remunerados por los que merezca la pena madrugar; no buscan formación para trabajos que no existen.

Dalgliesh recordó la ocasión. Había sido el habitual ejercicio de relaciones públicas, perfectamente organizado. Pocos de los altos funcionarios o ministros presentes esperaban gran cosa de la reunión y, en efecto, no habían sacado mucho en limpio. Treeves había formulado varias preguntas pertinentes y expresado su escepticismo ante las respuestas, solo para marcharse antes de que el ministro expusiese las conclusiones. ¿Por qué había decidido asistir e incluso colaborar en el proyecto? Quizá también eso fuese un ejercicio de relaciones públicas.

Harkness hizo un vago ademán hacia las negras sillas giratorias alineadas junto a la ventana y murmuró algo sobre un café.

–No, gracias –respondió Treeves, cortante–, no quiero café. –Su tono daba a entender que acababan de ofrecerle una bebida exótica e inadecuada para las diez y cuarenta y cinco de la mañana.

Se sentaron con el aire ligeramente receloso de tres jefes de la mafia reunidos para delimitar territorios. Treeves consultó su reloj de pulsera. Sin lugar a dudas, la duración del encuentro estaba fijada de antemano. Él había aparecido cuando le convenía, sin previo aviso y sin aclarar lo que deseaba. Eso, naturalmente, le proporcionaba cierta ventaja. Se había presentado con la absoluta convicción de que un alto funcionario de la policía tendría tiempo para él, y no se había equivocado. Entonces dijo:

–Mi hijo mayor, Ronald, que dicho sea de paso era adoptado, murió hace diez días al caer de un acantilado en Suffolk. Sería más preciso describirlo como un alud de arena; el mar ha estado socavando esos acantilados del sur de Lowestoft desde el siglo XVII. Se asfixió. Ronald estudiaba en el seminario de Ballard's Mere. Es una institución dedicada a la formación de sacerdotes anglicanos. Un antro de meapilas. –Se volvió hacia Dalgliesh–. Usted sabe algo de estas cosas, ¿no? Tengo entendido que su padre era sacerdote.

¿Cómo lo sabía?, se preguntó Dalgliesh. Probablemente se lo habían dicho en algún momento, recordaba vagamente el dato y le había pedido a uno de sus esbirros que lo confirmase antes de salir para la reunión. Conocía las ventajas de disponer de la máxima información posible sobre la gente con la que trataba. Si dicha información los desacreditaba, tanto mejor, pero cualquier detalle personal que la otra parte no supiese que estaba en su posesión era un recurso potencialmente útil.

–Sí, era párroco en Norfolk –respondió Dalgliesh.

–¿Su hijo estudiaba para ser sacerdote? –preguntó Harkness.

–Dudo que lo que le enseñaban en Saint Anselm le sirviera para otro empleo.

–La noticia apareció en los periódicos –comentó Dalgliesh–, pero no recuerdo haber leído nada sobre la investigación posterior.

–Desde luego. Se mantuvo en silencio. Muerte accidental. Si el director de la escuela y la mayoría del personal no hubiesen estado allí, como un grupo de vigilantes parapoliciales con sotana, es posible que el juez se hubiera armado de valor para emitir un fallo apropiado.

–¿Usted estaba allí, sir Alred?

–No. Envié a un representante, ya que me encontraba en China. Debía negociar un contrato difícil en Pekín. Volví para la incineración. Trajimos el cadáver a Londres. En Saint Anselm celebraron una especie de ceremonia fúnebre, creo que lo llaman réquiem, pero ni mi esposa ni yo asistimos. Es un sitio donde jamás me sentiré cómodo. Inmediatamente después de la investigación, envié a mi chófer y a otro conductor a recoger el Porsche de Ronald, y las autoridades de la escuela les entregaron su ropa, su cartera y su reloj. Norris, mi chófer, me trajo el paquete. No contenía gran cosa, pues piden a los alumnos que lleven el menor número posible de prendas. Un traje, dos pares de tejanos con los correspondientes jerséis y camisas, zapatos y la sotana negra que les exigen usar. Tenía algunos libros, desde luego, pero les dije que se quedaran con ellos para la biblioteca. Resulta curiosa la rapidez con que se puede empaquetar una vida. Y entonces, hace dos días, recibí esto.

Sacó con parsimonia la cartera del bolsillo, desplegó un papel y se lo pasó a Dalgliesh. Este le echó un vistazo y se lo entregó al subdirector. Harkness lo leyó en voz alta:

> ¿Por qué no investiga la muerte de su hijo? Nadie cree que fuera un accidente. Esos curas son capaces de encubrir cualquier chanchullo con tal de proteger su reputación. En el seminario suceden

muchas cosas que deberían salir a la luz. ¿Piensa dejar que se salgan con la suya?

–En mi opinión, esto es prácticamente una acusación de asesinato –señaló Treeves.

Harkness le tendió el papel a Dalgliesh.

–Sin embargo –dijo–, en vista de que no proporciona pruebas ni menciona el móvil o el nombre de un sospechoso, ¿no es más probable que se trate de la obra de un bromista, quizá de alguien que quiere causar problemas al seminario?

Dalgliesh le devolvió el papel a Treeves, pero este lo rechazó con un gesto de impaciencia.

–Es una de tantas posibilidades, evidentemente. Supongo que no la descartarán. Yo, personalmente, prefiero adoptar una actitud más seria. Quien escribió la carta utilizó un ordenador, desde luego, de manera que no encontrarán la «e» desalineada que suele aparecer en las novelas policiacas. Tampoco necesitan tomarse la molestia de buscar huellas digitales. Ya lo mandé hacer. En secreto, por supuesto. No hubo resultados, pero tampoco los esperaba. Y yo diría que la escribió una persona educada. Él, o ella, puntúa bien las frases. En esta era de deficiente formación académica, yo diría que eso apunta a alguien de mediana edad; no a un joven.

–También está escrita de la forma más adecuada para incitarle a la acción –observó Dalgliesh.

–¿Por qué lo dice?

–Usted está aquí, señor, ¿no es cierto?

–Ha comentado que su hijo era adoptado –terció Harkness–. ¿Cuáles eran sus antecedentes familiares?

–Ninguno. Cuando nació, su madre contaba catorce años, y su padre solo un año más. Lo engendraron contra la columna de cemento del paso subterráneo de Westway. Era blanco, saludable y recién nacido, todas ventajas considerables en el mercado de la adopción. Por decirlo sin tapujos, tuvimos suerte de conseguirlo. ¿Por qué me lo pregunta?

–Usted ha dicho que interpreta la carta como una acusación de asesinato. Reflexionaba acerca de quién, si acaso alguien, se beneficiaría con esta muerte.

–Todas las muertes benefician a alguien. En este caso, el único beneficiario es mi segundo hijo, Marcus, cuyo fondo de inversión para cuando cumpla los treinta se verá aumentado y cuya herencia será mayor que si Ronald siguiera vivo. Puesto que estaba en el colegio en el momento en que se produjeron los hechos, podemos descartarlo como sospechoso.

–¿Ronald no le había dicho personalmente o por escrito que se sentía deprimido o descontento?

–No, aunque supongo que soy la última persona a quien habría confiado algo semejante. De todos modos, creo que no nos entendemos. No estoy aquí para que me interroguen ni para participar en su investigación. Ya les he dicho lo poco que sé. Ahora quiero que ustedes se hagan cargo del caso.

Harkness miró a Dalgliesh.

–Es un asunto para la policía de Suffolk, naturalmente –observó el último–. Son un cuerpo eficaz.

–No lo dudo. Estoy seguro de que el servicio de inspección policial de Su Majestad los habrá evaluado y declarado competentes. No obstante, ya participaron en la investigación original. Quiero que ustedes tomen el relevo. Concretamente, quiero que lo haga el comisario Dalgliesh.

El subdirector se volvió hacia Dalgliesh en ademán de protestar, pero cambió de idea.

–La semana que viene me marcho de vacaciones y había planeado pasar una semana en Suffolk –dijo Dalgliesh–. Conozco Saint Anselm. Podría hablar con la policía local y con la gente del seminario para comprobar si existen pruebas suficientes para continuar con el caso. Sin embargo, con el dictamen de la vista y el cuerpo de su hijo incinerado, es poco probable que hallemos algo nuevo.

Harkness recuperó el habla.

–Es poco ortodoxo.

–Tal vez sea poco ortodoxo, pero a mí me parece totalmente sensato –repuso Treeves–. Quiero discreción; por eso no he vuelto a hablar con la gente de allí. Ya se armó bastante alboroto cuando se publicó la noticia en los periódicos locales. No me gustaría que la prensa sensacionalista sugiriera que hubo algo misterioso en la muerte de mi hijo.

–Pero ¿usted cree que lo hubo? –inquirió Harkness.
–Por supuesto. La muerte de Ronald fue un accidente, un suicidio o un asesinato. Lo primero es improbable y lo segundo, inexplicable; de modo que solo queda la tercera posibilidad. Por supuesto, usted se pondrá en contacto conmigo cuando llegue a alguna conclusión.
Se disponía a levantarse de su silla cuando Harkness preguntó:
–¿Estaba usted conforme con la carrera que eligió su hijo, sir Alred? –Hizo una pequeña pausa antes de añadir–: Trabajo, vocación o como quiera llamarlo.
Algo en su tono –un difícil equilibrio entre tacto e interrogación– dejaban traslucir que no esperaba que su pregunta fuese bien recibida. Y no lo fue. Sir Alred respondió en voz baja, pero con un inconfundible dejo de advertencia:
–¿Qué insinúa exactamente?
Harkness, que ya se había lanzado, no estaba dispuesto a dejarse intimidar.
–Me preguntaba si su hijo tenía alguna preocupación, un motivo concreto de inquietud.
Sir Alred miró deliberadamente su reloj.
–Sugiere que se suicidó. Creí que había dejado clara mi posición. Eso está descartado. Completamente descartado. ¿Por qué iba a matarse? Se había salido con la suya.
–¿Usted no estaba de acuerdo? –preguntó Dalgliesh con delicadeza.
–¡Desde luego que no! Es una profesión sin futuro. Si la actual decadencia continúa, la Iglesia anglicana se habrá extinguido dentro de veinte años. O será una secta excéntrica empeñada en mantener viejas supersticiones y edificios decrépitos..., eso si el Estado no los expropia para convertirlos en monumentos nacionales. Puede que la gente se aferre a la ilusión de la espiritualidad. No cabe duda de que la mayoría cree en Dios, y la idea de que la muerte equivale a la extinción no es agradable. Pero han dejado de creer en el cielo y no temen el infierno, de manera que no les dará por ir a la iglesia. Ronald tenía educación, inteligencia, oportunidades. No era tonto. Habría podido hacer algo con su vida. Conocía mi punto de vista, y ya habíamos zanjado la cuestión.

De ningún modo iba a meter la cabeza bajo una tonelada de arena para fastidiarme.

Se puso de pie e hizo una breve inclinación de cabeza a Harkness y Dalgliesh. La entrevista había terminado. Dalgliesh bajó con él en el ascensor y lo acompañó hasta el Mercedes que el chófer acababa de detener frente a la puerta. Tal como había imaginado el comisario, sir Alred había calculado el tiempo con exactitud.

Dalgliesh se había vuelto para marcharse cuando una voz imperiosa lo llamó.

Sir Alred asomó la cabeza por la ventanilla.

–Supongo que habrá pensado en la posibilidad de que Ronald fuera asesinado en otra parte y luego arrastrado hasta la playa, ¿no?

–Sir Alred, puede estar seguro de que la policía de Suffolk contempló tal eventualidad.

–No sé si comparto su confianza en ellos. Solo ha sido una hipótesis. Debería tenerla en cuenta.

No hizo un gesto para indicarle a su chófer, inmóvil e inexpresivo como una estatua ante el volante, que arrancase. En cambio, como movido por un impulso, añadió:

–Hay algo que me intriga. De hecho, se me pasó por la cabeza en la iglesia. Voy allí de vez en cuando, para la misa anual en el ayuntamiento, ¿sabe? Pensaba investigarlo cuando tuviese un momento. Es sobre el credo.

Dalgliesh era un experto en disimular su sorpresa.

–¿Cuál de ellos, sir Alred? –preguntó.

–¿Hay más de uno?

–En efecto; son tres.

–¡Vaya! Bueno, cualquiera. Supongo que serán muy parecidos. ¿De dónde salen? Quiero decir: ¿quién los escribió?

Intrigado, Dalgliesh sintió la tentación de preguntarle si había formulado esta pregunta a su hijo, pero la prudencia prevaleció.

–Creo que un teólogo le resultaría más útil que yo, sir Alred.

–Usted es hijo de un pastor, ¿no? No tengo tiempo para ir interrogando a todo el mundo.

Dalgliesh regresó mentalmente al estudio de su padre en la rectoría de Norfolk, a datos que o bien le habían enseñado o había recogido curioseando en la biblioteca de su padre, a palabras que rara vez empleaba ahora y que sin embargo parecían arraigadas en su mente desde la infancia.

–El credo niceno fue redactado por el concilio de Nicea en el siglo IV. –Inexplicablemente, recordaba la fecha–. Creo que fue en el año 325. El emperador Constantino convocó el concilio para definir las creencias de la Iglesia y hacer frente a la herejía de los arrianos.

–¿Por qué la Iglesia no lo actualiza? No nos remontamos al siglo IV para comprender la medicina, la ciencia o la naturaleza del universo. Yo no recurro a ideas del siglo IV para dirigir mis empresas. ¿Por qué hacerlo para entender a Dios?

–¿Preferiría un credo del siglo XXI? –inquirió Dalgliesh. Le entraron ganas de preguntarle si tenía pensado escribir uno. En cambio, puntualizó–: En un cristianismo dividido como el actual, dudo que un concilio llegara a un acuerdo. Estoy seguro de que la Iglesia da por sentado que los obispos de Nicea recibieron una inspiración divina.

–Fue un concilio de hombres, ¿no? De hombres poderosos. Albergaban intenciones secretas, prejuicios y rivalidades. En esencia, todo giraba en torno al poder: quién lo conquista y quién lo pierde. Usted habrá formado parte de suficientes comisiones para saber cómo funcionan. ¿Ha conocido alguna que recibiese una inspiración divina?

–Ninguno de los grupos de trabajo del Ministerio del Interior, desde luego –repuso Dalgliesh, y agregó–: ¿Piensa escribir al arzobispo, o quizás al Papa?

Sir Alred lo observó con suspicacia, pero por lo visto decidió que, si estaba tomándole el pelo, lo pasaría por alto o le seguiría la corriente.

–Estoy demasiado ocupado. Además, ese asunto escapa de mi competencia. Me interesa, no obstante. Se les debería haber ocurrido a ellos. Si descubre algo en Saint Anselm, avíseme. Estaré fuera del país durante diez días, pero no hay prisa. Si mi hijo fue asesinado, sabré qué hacer. Si se suicidó..., bueno, solo a él le atañía; pero de todas maneras me gustaría saberlo. –Se despidió con un ademán e introdujo rápidamente la cabeza en el coche al tiempo que indicaba al conductor–: Muy bien, Norris. Volvamos a la oficina.

El coche se alejó. Dalgliesh se quedó mirándolo por unos instantes. Alred no parecía un tipo que se molestara en disimular. ¿No había llegado a una conclusión excesivamente audaz, incluso presuntuosa? Era un hombre más complejo de lo que parecía, dotado de una mezcla de candidez, perspicacia, altanería y una inagotable curiosidad que, cuando se encaprichaba por un asunto, lo hacía merecedor de todo su interés. Dalgliesh, sin embargo, seguía intrigado. El dictamen sobre la muerte de Ronald, aunque sorprendente, había sido al menos misericordioso. ¿Había alguna razón, aparte de la natural preocupación paterna, para que Treeves insistiese tanto en que reabrieran el caso?

Regresó al séptimo piso. Harkness estaba mirando por la ventana.

–Un hombre extraordinario –dijo este sin volverse–. ¿Le ha comentado algo más?

–Le gustaría reescribir el credo de Nicea.

–Es una idea absurda.

–Pero quizá menos perjudicial para la raza humana que el resto de sus actividades.

–Me refería a su pretensión de que un alto funcionario pierda el tiempo reabriendo la investigación de la muerte de su hijo. Sin embargo, no nos dejará en paz. ¿Hablarás con la policía de Suffolk, o prefieres que lo haga yo?

–Habrá que actuar con la máxima discreción posible. Peter Jackson fue transferido allí el año pasado como subdirector. Hablaré con él. Además, conozco Saint Anselm. Pasé tres veranos allí cuando era adolescente. Aunque dudo que me encuentre con la misma gente, supongo que mi visita les parecerá algo más o menos natural.

–¿De veras lo crees? Es posible que vivan aislados del mundo, pero no creo que sean tan ingenuos. ¿Un comisario de la Policía Metropolitana interesado en la muerte accidental de un estudiante? En fin, no nos queda otra alternativa. Treeves no cejará en su empeño, y no podemos mandar a un par de sargentos a fisgonear en territorio ajeno. Si en efecto se trata de una muerte sospechosa,

Suffolk deberá hacerse cargo, le guste o no a Treeves. Y más le valdría quitarse de la cabeza la idea de llevar en secreto una investigación por asesinato. Eso es algo que ni siquiera él puede manipular a su conveniencia. Qué extraño, ¿no? Quiero decir que resulta extraño que se tome tantas molestias, que convierta esto en una cuestión personal. Si no quiere que la prensa meta las narices en el caso, ¿por qué resucitarlo? ¿Por qué tomarse en serio esa nota? Debe de recibir muchas cartas de desequilibrados. Hubiera sido más lógico que la tirase a la basura.

Dalgliesh guardó silencio. Fuera cual fuese la motivación del remitente, el mensaje no le había parecido obra de un desequilibrado. Harkness se acercó un poco más a la ventana y, con los hombros encorvados, miró a la calle como si el familiar paisaje de torres y chapiteles acabara de transformarse en un interesante enigma. Sin desviar la vista, dijo:

–No demostró compasión por el joven, ¿verdad? Y las cosas no debieron de ser fáciles para él... Me refiero al chico. Lo adoptan, presumiblemente porque Treeves y su esposa creían que no podían tener hijos, y luego ella se queda embarazada y da a luz a un niño propio: el artículo legítimo, un ser que lleva la sangre de sus padres y no una criatura escogida por el Departamento de Asistencia Social. No se trata de un hecho insólito. Yo conozco un caso parecido. El niño adoptado siempre se siente como un intruso en la familia.

Pronunció esas palabras con una vehemencia apenas controlada.

–Tal vez eso lo explique todo –observó Dalgliesh tras un breve silencio–. Un sentimiento de culpa. Treeves no fue capaz de querer al chico mientras vivió, ni siquiera es capaz de llorar su muerte, pero puede conseguir que se haga justicia.

Harkness se volvió.

–¿De qué les sirve la justicia a los muertos? –replicó con brusquedad–. Más vale concentrarse en la justicia para los vivos. Pero es posible que tengas razón. Bien, haz lo que puedas. Yo informaré al director general.

Aunque él y Dalgliesh llevaban ocho años tuteándose, le habló como si estuviese despidiendo a un sargento.

3

El expediente para la reunión con el ministro del Interior estaba preparado sobre el escritorio, los anexos señalados con separadores; su secretaria había actuado con su habitual eficiencia. Mientras guardaba los papeles en el maletín y bajaba en el ascensor, Dalgliesh liberó su mente de las preocupaciones de la jornada y la dejó vagar hasta la ventosa costa de Ballard's Mere.

Así que al fin regresaría. Se preguntó por qué no había vuelto antes. Su tía había vivido en la costa de East Anglia, primero en una casa y luego en un molino reformado, y él habría podido pasar por Saint Anselm cuando iba a verla. ¿No lo había hecho a causa de un instintivo temor a desilusionarse, porque sabía que cuando uno vuelve a un sitio amado se halla siempre dominado por prejuicios, abrumado por la triste carga de los años? Y ahora regresaría como un extraño. Aunque el padre Martin seguía allí cuando visitó el lugar por última vez, sin duda se habría retirado ya; debía de tener ochenta años. Lo único que llevaría a Saint Anselm serían recuerdos no compartidos. Llegaría sin invitación y como funcionario de la policía para reabrir, con escasa justificación, un caso que seguramente había causado tristeza y vergüenza al personal del seminario. No obstante, ahora que estaba decidido a volver, la perspectiva le resultaba agradable.

Recorrió distraídamente los vulgares y burocráticos setecientos metros que separaban Broadway de Parliament Square, pero su mente albergaba una escena más tranquila, menos frenética: los frágiles acantilados de arena erguidos sobre una playa azotada por la lluvia; el espigón de roble, deteriorado por siglos de mareas pero aún firme ante los embates del mar; el camino de tierra, que antaño discurría a más de un kilómetro de la costa pero que ahora se hallaba peligrosamente cerca del borde del acantilado. Y el propio Saint Anselm, con las semiderruidas torres de estilo Tudor que flanqueaban el patio delantero, la puerta de roble con remaches de hierro y, detrás de la gran mansión victoriana de ladrillo y piedra, los bonitos claustros que rodeaban el patio oeste. El del norte conducía directamente a la iglesia medieval, la capilla de la comunidad. Recordó que los estudiantes llevaban sotanas y capas de estambre marrón con capucha para protegerse del viento, siempre presente en aquella costa. Los imaginó cubiertos con un sobrepelliz para las vísperas y acomodándose en los bancos de la iglesia; olió el aire impregnado de incienso, vio el altar –con más velas de las que su anglicano padre habría considerado oportunas– y encima de él, el retablo de la Sagrada Familia pintado por Rogier van der Weyden. ¿Seguiría allí? ¿Y conservarían aún esa otra posesión más secreta, misteriosa y celosamente guardada: el papiro de san Anselmo?

Solo había pasado tres vacaciones escolares en el seminario. Su padre había intercambiado el puesto con un sacerdote de una conflictiva parroquia urbana para brindarle la oportunidad de cambiar de aires y de ritmo de vida. Los padres de Dalgliesh se resistían a encerrarlo en una ciudad industrial durante la mayor parte del verano, y consiguieron que lo invitaran a alojarse en la rectoría con los recién llegados. Sin embargo, la noticia de que el reverendo Cuthbert Simpson y su esposa tenían cuatro hijos menores de ocho años, incluidos unos gemelos de siete, había predispuesto a Dalgliesh contra esa idea; incluso a los catorce años, deseaba un poco de intimidad durante las largas vacaciones estivales. En consecuencia, había aceptado la invitación del rector de Saint Anselm, aunque su madre pensara que debería haber demostrado mayor generosidad ofreciéndose a quedarse y echar una mano con los gemelos.

El seminario estaba medio vacío, pues solo unos pocos alumnos extranjeros habían decidido quedarse. Ellos y los sacerdotes se habían esforzado por hacer agradable la estancia de Dalgliesh: habían cortado el césped en un área situada detrás de la iglesia a fin de convertirla en un campo de críquet, y habían lanzado incansablemente para él. Recordaba que la comida era muy superior a la de la escuela, incluso a la de la rectoría, y que le gustaba su habitación pese a que no tenía vistas al mar. Pero por encima de todo había disfrutado de los paseos solitarios, bien hacia el sur –en dirección a la antigua laguna–, bien hacia el norte –en dirección a Lowestoft–; de la libertad para usar la biblioteca; del constante pero nada opresivo silencio; de la certeza de que podía tomar posesión de cada nuevo día con indiscutida libertad.

Y durante su segunda visita, el 3 de agosto, había aparecido Sadie.

«La nieta de la señora Millson vendrá a pasar unos días con su abuela –había dicho el padre Martin–. Creo que tiene aproximadamente tu edad, Adam. Quizá te haga compañía.» La señora Millson era la cocinera, aunque contaba sesenta y tantos años y hacía tiempo que estaba jubilada.

Hasta cierto punto, Sadie le había hecho compañía. Era una jovencita de quince años, con una fina melena de cabello trigueño que enmarcaba su delgada cara y unos ojos pequeños –de una curiosa tonalidad de gris con manchas verdes– que en el primer encuentro habían mirado a Dalgliesh con rencorosa intensidad. Aun así, no parecía molestarle caminar con él; rara vez hablaba, de vez en cuando recogía una piedra para arrojarla al mar y súbitamente echaba a correr con feroz determinación, solo para detenerse más adelante y esperar a Dalgliesh, como un cachorrito que persigue una pelota.

Le vino a la mente un día. Después de una tormenta, el cielo se había despejado aunque el viento seguía soplando con violencia y las grandes olas rompían en la playa con el mismo furor que en las oscuras horas de la noche. Se habían sentado lado a lado al resguardo del espigón, pasándose una botella de limonada y bebiendo directamente de ella. Él le había escrito un poema: recordaba que había sido un ejercicio de imitación a Eliot (su pasión más reciente) más que un tributo a un sentimiento sincero. Ella lo había leído con el entrecejo fruncido y achicando mucho los ojos.

–¿Lo has escrito tú?

–Sí, es para ti. Un poema.

–No, no es un poema porque no rima. Un chico de mi clase, Billy Price, escribe poesías. Y siempre riman.

–Es otra clase de poesía –replicó él, indignado.

–No es verdad. En una poesía, las palabras del final de cada verso tienen que rimar. Lo dice Billy Price.

Con el tiempo llegaría a creer que Billy Price tenía razón. Se levantó, rompió el papel en trozos pequeños y los arrojó a la húmeda arena, esperando que la siguiente ola los arrastrara hacia el olvido. «Para que luego hablen del poder erótico de la poesía», pensó. Pero la mente femenina de Sadie urdió un plan menos sofisticado y más atávico para alcanzar sus elementales objetivos.

–Apuesto a que no te atreves a lanzarte al agua desde el espigón –soltó.

Billy Price, pensó Dalgliesh, sin duda se habría atrevido a saltar desde el espigón, además de escribir poemas que rimaban. Sin decir una palabra, se levantó y se quitó la camisa. Vestido únicamente con pantalones cortos color caqui hizo equilibrios en el espigón, se detuvo por un instante, caminó sobre las resbaladizas algas hasta el borde y se arrojó de cabeza al turbulento mar. Era menos profundo de lo que pensaba, y se raspó las manos con las piedras antes de subir a la superficie. Aunque el mar del Norte estaba helado incluso en agosto, el impacto del frío duró poco. Lo que siguió fue aterrador. Se sintió presa de una fuerza incontrolable, como si unas fuertes manos lo asieran por los hombros y lo empujasen hacia atrás y hacia abajo. Jadeando, trató de nadar, pero la orilla quedó súbitamente oculta tras una alta cortina de agua. Chocó contra ella, notó que la corriente lo impulsaba hacia atrás y luego lo arrojaba hacia la luz del día. Nadó hacia el espigón, que parecía retroceder segundo a segundo.

Vio que Sadie estaba de pie en el borde, con el cabello al viento y agitando los brazos. Gritaba algo, pero él solo oía un martilleo en los oídos. Se armó de valor, aguardó a que la ola avanzara y se dejó llevar, haciendo un pequeño progreso que trató desesperadamente de mantener antes de que la resaca le obligara a perder los pocos palmos que había ganado. Se dijo que no debía asustarse, que debía conservar sus fuerzas y aprovechar cada movimiento del agua hacia la costa. Por fin, avanzando con penosa lentitud, logró agarrarse del borde del espigón, jadeando. Durante varios minutos fue incapaz de mover un músculo, y ella le tendió la mano y lo ayudó a subir.

Se sentaron sobre un montículo de grava y Sadie, sin hablar, se quitó el vestido y comenzó a frotarle la espalda. Cuando estuvo seco, aún sin decir palabra, le tendió la camisa. Ahora recordó que la visión del cuerpo de la chica, de los pequeños pechos puntiagudos y los rosados y tersos pezones, no habían despertado deseo en él, sino un sentimiento que ahora reconocía como una mezcla de afecto y compasión.

–¿Quieres ir a la laguna? –propuso ella entonces–. Conozco un lugar secreto.

¿Seguiría allí la laguna? Una extensión de agua turbia y quieta separada del turbulento mar por un banco de guijarros, con su aceitosa superficie que dejaba entrever profundidades insondables. Excepto en las peores tormentas, la estancada laguna y el agua salada nunca se juntaban por encima de esa voluble barrera. En los bordes, los troncos de negros árboles fosilizados se alzaban como tótems de una civilización perdida. Era un célebre reducto de aves marinas y, disimulados entre los árboles y los arbustos, había parapetos de madera, aunque solo los más entusiastas observadores de pájaros se atrevían a penetrar en aquella oscura y siniestra porción de agua.

El lugar secreto de Sadie era el casco de madera de un barco hundido, medio enterrado en la arena en la franja de tierra que separaba el mar de la laguna. Aún quedaban algunos peldaños putrefactos para bajar al camarote, donde pasaron el resto de la tarde y todos los días siguientes. No había más luz que la que se colaba por entre las rendijas de las tablas de madera del techo, y se reían al ver las rayas que proyectaba sobre sus cuerpos, siguiendo las movedizas líneas con los dedos. Él leía, escribía o se sentaba en silencio contra la curva pared de la cabina mientras Sadie imponía su ordenada aunque excéntrica domesticidad al pequeño mundo de ambos. Disponía sobre piedras planas la merienda que le había preparado su abuela y se la entregaba ceremoniosamente a él, que debía comerla cuando ella lo decretase. Los botes de mermelada, que llenaban con agua de la laguna, contenían juncos, hierbas y misteriosas plantas de hojas gomosas procedentes de las grietas del acantilado. Juntos registraban la playa en busca de piedras con agujeros para añadirlas al collar que ella había hecho con una cuerda y colgado de la pared de la cabina.

Incluso años después de aquel verano, la combinación del olor a alquitrán, la dulzona podredumbre del roble y el penetrante aire de mar había tenido para él una carga erótica. Se preguntó dónde estaría Sadie ahora. Probablemente casada y con varios hijos de cabello dorado..., si su padre no se había ahogado, electrocutado o muerto de otra manera en el proceso de selección preliminar. Era difícil que quedasen restos del naufragio. Tras décadas de acometidas, el mar debía de haber cobrado por fin su presa. Y mucho antes de que la corriente arrastrase la última tabla de madera, la cuerda del collar debió de deshilacharse y romperse, dejando caer aquellas piedras cuidadosamente seleccionadas sobre la arena del suelo del camarote.

4

Era el jueves 12 de octubre, y Margaret Munroe estaba escribiendo su última anotación en el diario.

Al repasar este diario desde el principio, la mayor parte me parece tan aburrida que me pregunto por qué persevero. Las anotaciones posteriores a la muerte de Treeves han sido poco más que descripciones de mi rutina diaria intercaladas con comentarios sobre el tiempo. Después de la vista y del réquiem, fue como si desearan ocultar la tragedia, como si él nunca hubiera estado aquí. Ninguno de los alumnos habla de él; al menos conmigo y con los sacerdotes. Su cuerpo no regresó a Saint Anselm, ni siquiera para el réquiem. Sir Alred quería que lo incineraran en Londres, de manera que después de la vista se lo llevó una empresa fúnebre londinense. El padre John empaquetó las pertenencias del chico, y sir Alred envió a dos hombres a recogerlas junto con el Porsche. Las pesadillas cada vez son más escasas y ya no me despierto sudando, imaginando a un monstruo ciego y cubierto de arena que avanza a tientas hacia mí.

El padre Martin estaba en lo cierto: escribir todos los detalles de lo ocurrido me ha ayudado, así que seguiré con la tarea. Espero impaciente el final del día, cuando ya he recogido las cosas de la cena y puedo sentarme a la mesa con mi cuaderno. No tengo ningún otro talento, pero disfruto con las palabras, me gusta pensar en el pasado, tratar de analizar las cosas que me han sucedido y buscarles un sentido.

Pero lo que escriba hoy no será aburrido ni rutinario. Ayer fue un día diferente. Sucedió algo importante y debo contarlo para que el relato esté completo. Aunque, no sé si es prudente hacerlo. No es mi secreto y, si bien nadie excepto yo leerá estas líneas, no puedo evitar sentir que hay cosas que no conviene poner en un papel. Los secretos no pronunciados ni escritos permanecen a buen recaudo en la mente, pero escribirlos es como dejarlos sueltos y concederles el poder de propagarse por el aire, como el polen, y entrar en la mente de otros. Suena descabellado, lo sé, pero ha de haber algo de verdad en ello, de lo contrario, ¿por qué tengo la apremiante sensación de que debería detenerme ahora mismo? Por otro lado, no tiene sentido que continúe con el diario si voy a eludir los hechos más importantes. Y no hay peligro de que otros lean estas palabras, ni siquiera si las dejo en un cajón sin llave. Casi nadie entra aquí, y los que lo hacen no fisgonean entre mis cosas. Aunque tal vez debería tener más cuidado. Mañana pensaré en ello, pero ahora contaré lo que sé hasta donde me atreva.

Lo más curioso es que no habría recordado nada de esto si Eric Surtees no me hubiera regalado cuatro puerros de su huerto. Sabe que me gusta comerlos con salsa de queso para cenar, y a menudo me trae verduras. No soy la única; también las lleva a las otras casas y a la demás gente del seminario. Antes de que él llegase, yo estaba leyendo mi relato del descubrimiento del cuerpo de Ronald, y mientras desenvolvía los puerros la escena de la playa estaba fresca en mi memoria. Entonces até cabos y me vino a la mente algo más. El recuerdo se presentó con una claridad fotográfica, y evoqué cada gesto, cada palabra, todo salvo los nombres..., aunque no estoy segura de haberlos sabido nunca. Sucedió hace doce años, pero habría podido ser ayer.

Cené y me llevé el secreto a la cama. Por la mañana, sabía que debía contárselo a la persona interesada. Después, callaría para siempre. Aun así, primero tenía que comprobar si lo que recordaba era exacto, por lo que esta tarde, cuando fui de compras a Lowestoft, hice una llamada telefónica. Dos horas después, conté lo que sabía. No era asunto mío, y ya estoy tranquila. Después de todo, fue fácil, sencillo, nada inquietante. Me alegro de haber hablado. Me habría resultado incómodo seguir viviendo aquí sabiendo lo que sabía y callando, preguntándome constantemente si obraba bien. Ahora no tengo por qué preocuparme. De todos modos, aún me sorprende pensar que no habría atado cabos ni habría recordado nada si Eric no me hubiese traído esos puerros.

Ha sido un día agotador, y estoy muy cansada; quizá demasiado cansada para dormir. Creo que veré el principio del informativo y luego me iré a la cama.

Guardó el cuaderno en un cajón del escritorio. Luego se cambió las gafas por unas más apropiadas para ver la televisión, encendió el aparato y se arrellanó en el sillón de orejas, en uno de cuyos brazos descansaba el mando a distancia. Se estaba quedando sorda. El sonido se elevó de un modo alarmante antes de que regulara el volumen y la sintonía del programa terminara. Probablemente se quedaría dormida en el sillón, pero el esfuerzo de levantarse para ir a la cama se le antojó demasiado grande.

Estaba cabeceando cuando notó una ráfaga de aire fresco y tomó conciencia, más por intuición que porque hubiese oído algo, de que alguien había entrado en la habitación. Oyó que el pestillo de la puerta se cerraba. Estiró el cuello hacia un lado del sillón y vio de quién se trataba.

–Ah, es usted –dijo–. Supongo que le habrá extrañado ver las luces encendidas. Estaba pensando en irme a la cama.

La figura se acercó al respaldo del sillón, y ella alzó la cabeza, esperando una respuesta. Entonces las manos, unas manos fuertes, enfundadas en guantes de goma amarillos, descendieron sobre ella. Le cubrieron la boca y le taparon la nariz, empujándole la cabeza contra el respaldo.

Supo que había llegado su hora, pero no sintió temor; solo una enorme sorpresa y una cansina resignación. Resistirse habría sido inútil, pero de todas maneras ella no deseaba hacerlo; lo único que quería era irse rápida y tranquilamente, sin dolor. Sus últimas sensaciones terrenas fueron la fría suavidad del guante en su rostro y el olor a látex en la nariz; después su corazón dio un postrer latido compulsivo y se detuvo.

5

El martes 17 de octubre, exactamente a las diez menos cinco, el padre Martin se dirigió a su pequeña buhardilla, situada en el ala sur del edificio y separada del despacho del padre Sebastian por una escalera de caracol y unos metros de pasillo. Hacía quince años que los sacerdotes celebraban su reunión semanal los martes a las diez de la mañana. El padre Sebastian presentaba su informe, y a continuación discutían incidentes y dificultades, ultimaban detalles para la eucaristía cantada del domingo y otros oficios, decidían a qué predicadores invitarían a participar y resolvían pequeños conflictos domésticos.

Después de la reunión, llamaban al delegado de los seminaristas para que hablase en privado con el padre Sebastian. Su tarea consistía en transmitir cualquier idea, queja o comentario del pequeño grupo de alumnos y a su vez recibir instrucciones o información que el claustro de profesores quisiera comunicar a los seminaristas, incluidos los pormenores de los oficios de la semana siguiente. Hasta ahí llegaba la participación de los estudiantes. Saint Anselm aún se ceñía a una anticuada interpretación de *in statu pupillari*, y todos respetaban la frontera entre educadores y educandos. No obstante, el régimen era sorprendentemente flexible, en particular en lo referente a los permisos de fin de semana, siempre y cuando los alumnos no se marcharan el viernes antes de las vísperas de las cinco y estuvieran de vuelta el domingo para la misa de las diez.

El despacho del padre Sebastian, situado encima del porche, daba al este y ofrecía una ininterrumpida vista del mar entre las dos torres de estilo Tudor. Aunque era demasiado amplio para un estudio, el padre Sebastian –al igual que el padre Martin antes que él– se había negado a estropear sus armoniosas proporciones con un tabique. Su secretaria, la señorita Beatrice Ramsey, ocupaba el recinto contiguo. Trabajaba allí de miércoles a viernes solamente, pero en esos tres días despachaba lo que a otras secretarias les llevaría cinco. Era una mujer madura que intimidaba con su rectitud y gazmoñería; el padre Martin siempre temía que se le escapara un pedo en su presencia. Ella profesaba auténtica devoción al padre Sebastian, aunque no era propensa a la sensiblería ni a la vergonzosa efusividad con que las solteronas suelen expresar su afecto por un párroco. De hecho, daba la impresión de que su respeto iba dirigido al ministerio más que al hombre, y parecía creer que una parte de su deber consistía en encargarse de que él estuviese siempre a la altura.

Además de ser amplio, el despacho del padre Sebastian contenía los objetos más valiosos que la señorita Arbuthnot había donado al seminario. Encima de la repisa de la chimenea –decorada con las palabras más representativas del ideario de Saint Anselm: *credo ut intelligam*– colgaba un cuadro de Burne-Jones en el que unas jóvenes de increíble belleza y alborotadas melenas retozaban en un huerto. En un principio el cuadro estaba en el comedor, pero cierto día, sin dar explicaciones, el padre Sebastian lo había mandado trasladar a su estudio. El padre Martin había intentado disipar la sospecha de que esa decisión no obedecía al afecto del rector hacia el cuadro ni a su admiración por el artista, sino a un deseo de mantener vigilados los objetos más valiosos del seminario.

A la reunión de este martes solo asistirían tres personas: el padre Sebastian, el padre Martin y el padre Peregrine Glover. El padre John Betterton se había excusado, pues tenía una cita urgente con el dentista en Halesworth. El padre Peregrine, el bibliotecario, se reunió con los otros dos unos minutos más tarde. A sus cuarenta y dos años, era el sacerdote más joven del seminario, aunque al padre Martin a menudo le parecía el más viejo. Las gafas redondas con montura de concha acentuaban el aspecto de lechuza de una cara regordeta y tersa, y el espeso cabello negro, con el flequillo recortado, solo necesitaba una tonsura para asemejarse por completo al de un fraile medieval. La afabilidad de su rostro daba una idea engañosa de su fuerza física. Cuando se desvestían para nadar, la firme musculatura del padre Peregrine siempre sorprendía al padre Martin. Este solo nadaba ya en los días más calurosos, chapoteando aprensivamente y sobre pies temblorosos cerca de la orilla mientras contemplaba asombrado al padre Peregrine, que, ágil como un delfín, se zambullía de cabeza en el mar. En las reuniones de los martes, el padre Peregrine hablaba poco, casi siempre para constatar un hecho más que para expresar una opinión, pero siempre se le escuchaba. Poseía un historial académico notable: se había licenciado en Ciencias Naturales por Cambridge con promedio de sobresaliente antes de estudiar Teología y optar por el ministerio anglicano. En Saint Anselm enseñaba Historia de la Iglesia, a veces concediendo una desconcertante importancia a los avances del pensamiento y los descubrimientos científicos. Celoso guardián de su intimidad, se negaba en redondo a abandonar su pequeña habitación en la planta baja, en el fondo del edificio y cerca de la biblioteca, tal vez porque ese espacio aislado y austero le recordaba a la celda de monje que habría deseado ocupar. Estaba junto a la lavandería, y la única preocupación del padre Peregrine era que los estudiantes no usaran las anticuadas lavadoras después de las diez de la noche.

El padre Martin colocó tres sillas en semicírculo junto a la ventana, y, antes de sentarse, todos inclinaron la cabeza para rezar la oración de rigor, que el padre Sebastian pronunció sin concesiones a la liturgia contemporánea:

–Oh, Señor, asístenos en todos nuestros actos con Tu divina gracia y hónranos con Tu continua ayuda; que en todas nuestras obras, que comienzan, continúan y finalizan en Ti, glorifiquemos el santo Nombre y que al fin, gracias a Tu merced, alcancemos la vida eterna. Por Jesucristo nuestro Señor, amén.

Se sentaron, depositaron las manos sobre las rodillas, y el padre Sebastian comenzó:

–Lo primero que tengo que decir hoy es bastante inquietante. He recibido una llamada telefónica de Scotland Yard. Al parecer, sir Alred Treeves no está satisfecho con el dictamen sobre la muerte de Ronald y ha pedido a la policía que investigue el caso. Un tal Adam Dalgliesh, un comisario, llegará el viernes por la tarde. Naturalmente, me he comprometido a ofrecerle toda la ayuda que necesite.

La noticia fue recibida en silencio. El padre Martin sintió un nudo en el estómago.

–Pero si ya han incinerado el cuerpo –replicó–. Hubo una vista y un dictamen. Aunque sir Alred esté en desacuerdo con él, no veo qué puede descubrir aquí la policía. ¿Y por qué Scotland Yard? ¿Por qué un comisario? Es curioso que desperdicien de esta manera el tiempo de un alto funcionario.

El padre Sebastian esbozó su característica sonrisa sardónica.

–Creo que cabe dar por sentado que sir Alred acudió directamente a los altos cargos. Es típico de los hombres de su clase. Además, no podía pedir a la policía de Suffolk que reabriese el caso, puesto que ellos se ocuparon de la investigación anterior. En cuanto a la elección del comisario Dalgliesh, tengo entendido que planeaba venir a pasar unas cortas vacaciones en el condado y que conoce Saint Anselm. Por lo visto, Scotland Yard desea complacer a sir Alred con el mínimo de molestias para ellos y para nosotros. El comisario preguntó por usted, padre Martin.

Éste se debatía entre una vaga aprensión y la alegría.

–Lo conocí porque pasó sus vacaciones escolares aquí en tres ocasiones. Su padre era párroco en Norfolk; me temo que no recuerdo de qué parroquia. Adam era un joven encantador, inteligente y sensible. Naturalmente, no sé cómo es ahora. Pero será un placer volver a verlo.

–Los jóvenes encantadores, inteligentes y sensibles suelen convertirse en hombres insensibles y desagradables –observó el padre Peregrine–. Sin embargo, ya que no está en nuestras manos impedir que venga, me alegro de que su visita constituya un placer para uno de nosotros. No entiendo qué espera obtener sir Alred de esta nueva investigación. Si el comisario llega a la conclusión de que hubo juego sucio, sin duda la policía local lo relevará. «Juego sucio» es una expresión equivocada. La expresión deriva del inglés antiguo, pero ¿por qué usar una metáfora deportiva? Debería haber dicho «algo turbio».

Sus compañeros estaban demasiado acostumbrados al obsesivo interés del padre Peregrine por la semántica como para hacer comentarios al respecto. No obstante, era extraordinario oír esas palabras en voz alta, pensó el padre Martin, unas palabras que nadie se había atrevido a pronunciar desde la tragedia. El padre Sebastian se las tomó con calma.

–La idea de que haya algo turbio en el caso resulta absurda, desde luego. Si se hubiese encontrado algún indicio de que la muerte de Ronald no se debió a un accidente habría salido a relucir en la vista.

Sin embargo, cabía una tercera posibilidad, y todos estaban dándole vueltas. Aunque en Saint Anselm habían recibido el dictamen de muerte accidental como una bendición, la tragedia podría haber supuesto una catástrofe para el seminario. Y no había sido la única muerte. Quizá, pensó el padre Martin, el presunto suicidio había oscurecido el mortal ataque al corazón de Margaret Munroe. No los había sorprendido; de hecho, el doctor Metcalf les había advertido que la mujer podía morir en cualquier momento. Ella no había sufrido. Ruby Pilbeam la había encontrado a la mañana siguiente, apaciblemente sentada en un sillón. Ahora, cinco días después, era como si jamás hubiera formado parte de Saint Anselm. Su hermana –de cuya existencia nada sabían hasta que el padre Martin examinó los papeles de Margaret– había organizado el funeral, recogido los muebles y demás pertenencias de la difunta y excluido al seminario de las exequias. El padre Martin era el único que sabía cuánto le había afectado a Margaret la muerte de Ronald. A veces pensaba que él era el único que la echaba de menos.

–Esta semana, todas las habitaciones de huéspedes estarán ocupadas –anunció el padre Sebastian–. Además del comisario Dalgliesh, Emma Lavenham vendrá desde Cambridge, como convinimos, para dar tres días de clase sobre los poetas metafísicos. El inspector Roger Yarwood viajará desde Lowestoft. Padece un fuerte estrés desde su separación matrimonial y quiere pasar una semana aquí. Por supuesto, su visita no está vinculada con la muerte de Ronald Treeves. Clive Stannard volverá para continuar con su investigación sobre la vida cotidiana de los primeros tratadistas anglicanos. Puesto que todas las habitaciones para invitados estarán ocupadas, tendremos que alojarlo en la de Peter Buckhurst. El doctor Metcalf quiere que Peter permanezca en la enfermería por el momento. Allí estará más cómodo y pasará menos frío.

–Lamento que Stannard regrese –protestó el padre Peregrine–. Esperaba no verlo más. Es un joven maleducado, y sus pretensiones de investigador resultan poco convincentes. Le pedí su parecer sobre la influencia del caso Gorham en el cambio de opinión de los tratadistas sobre J. B. Mosley y fue evidente que no sabía de qué le hablaba. Su presencia en la biblioteca me molesta, y creo que a los seminaristas les ocurre lo mismo.

–Su abuelo fue un benefactor del seminario y su representante legal. No me gustaría que ningún miembro de esa familia fuese mal recibido. Sin embargo, eso no le da derecho a pasar un fin de semana gratis cada vez que le apetezca venir. El trabajo del seminario tiene prioridad. Si vuelve a pedir permiso para instalarse entre nosotros, solucionaremos el asunto con tacto.

–¿Y el quinto visitante? –preguntó el padre Martin.

El esfuerzo del padre Sebastian por controlar su voz no fue enteramente eficaz:

–El archidiácono Crampton ha anunciado por teléfono que llegará el sábado y se quedará hasta el domingo después del desayuno.

–¡Ya estuvo aquí hace dos semanas! –exclamó el padre Martin–. No pensará convertirse en un asiduo, ¿no?

–Me temo que así sea. La muerte de Ronald Treeves ha reabierto la discusión sobre el futuro de Saint Anselm. Como saben, mi política ha sido siempre la de evitar polémicas, continuar con nuestro trabajo en silencio y ejercer toda la influencia que tengo sobre los círculos eclesiásticos para evitar que cierren el seminario.

–No hay razones para cerrarlo, aparte de la pretensión de la Iglesia de centralizar la formación teológica en tres centros –repuso el padre Martin–. Si dicha decisión se impone, cerrarán el seminario, pero eso no guardará la menor relación con la calidad de nuestra enseñanza ni con la competencia de nuestros seminaristas.

El padre Sebastian pasó por alto esa constatación de lo evidente y dijo:

–Esta visita plantea otro problema, desde luego. Durante la última estancia del archidiácono, el padre John se tomó unas pequeñas vacaciones. Dudo que pueda volver a hacerlo. No obstante, la presencia del archidiácono será dolorosa para él y, como es natural, incómoda para nosotros.

Nada más cierto, pensó el padre Martin. El padre John Betterton había llegado a Saint Anselm después de pasar varios años en prisión. Lo habían enviado allí por abusar sexualmente de dos jóvenes feligreses de su antigua parroquia. Aunque él se había declarado culpable, su delito se había limitado a caricias y tocamientos indebidos, y no habría pisado la cárcel si el archidiácono Crampton en persona no se hubiera ocupado de buscar pruebas que lo incriminasen. Habían interrogado a los niños del coro –ahora jóvenes adultos–, hallado nuevos indicios de delito y alertado a la policía. El incidente había causado resentimiento y pesar, y la perspectiva de tener bajo el mismo techo al archidiácono y al padre John horrorizaba al padre Martin. Una profunda compasión lo embargaba cada vez que veía al padre John realizando sus tareas casi con sigilo, recibiendo la eucaristía sin celebrarla jamás, buscando en Saint Anselm un refugio más que una ocupación. Resultaba evidente que el archidiácono había cumplido con lo que él consideraba su deber y quizá fuese injusto suponer que, en este caso, ese deber no le hubiera resultado desagradable. Sin embargo, era inexplicable que hubiera perseguido de modo tan implacable a un hermano con quien no podía tener un antagonismo personal, pues en aquel entonces ni siquiera se conocían.

–Me pregunto si Crampton estaba... bueno... en sus cabales cuando persiguió al padre John. Aquel asunto fue bastante irracional –observó el padre Martin.

–¿A qué se refiere? –inquirió el padre Sebastian con brusquedad–. No insinuará que estaba mentalmente desequilibrado, ¿verdad?

–Bueno, todo sucedió poco después del suicidio de su esposa –respondió el padre Martin–, una etapa difícil para él.

–El duelo por un ser querido siempre constituye una etapa difícil. Aun así, no veo por qué su tragedia personal iba a afectarle la razón en el caso del padre John. Yo también pasé momentos terribles después de la muerte de Veronica.

El padre Martin tuvo que hacer un esfuerzo para reprimir una sonrisa. Lady Veronica Morell había muerto al caer de su caballo durante una partida de caza, en una de sus visitas a la casa familiar que nunca había abandonado del todo y practicando un deporte al que jamás había querido renunciar. El padre Martin sospechaba que el padre Sebastian no habría preferido otra clase de muerte para ella. La expresión «mi esposa se rompió el cuello mientras cazaba» poseía un toque de distinción del que carecían frases como «mi esposa murió de neumonía». El padre Sebastian jamás había mostrado la menor intención de volver a casarse. Tal vez el hecho de que fuese hija de un conde, aunque le llevara cinco años y presentara un notorio parecido con los animales que adoraba, lo había llevado a considerar poco atractiva, o incluso degradante, la idea de unirse a una mujer de menor alcurnia. Consciente de que sus pensamientos eran innobles, el padre Martin hizo un rápido y mudo acto de contrición.

De hecho, lady Veronica le caía bien. Recordó a la larguirucha mujer caminando a paso vivo por el claustro después del último oficio al que había asistido, y diciéndole a su marido: «Tu sermón ha sido demasiado largo, Seb. No he entendido ni la mitad, y estoy segura de que los mozos tampoco se han enterado de nada». Lady Veronica siempre se refería a los estudiantes como «mozos». Quizá creyera que su marido dirigía unas cuadras para caballos de carreras, pensó el padre Martin.

En el pasado, todo el mundo había notado que el padre Sebastian estaba más tranquilo y alegre cuando su esposa se encontraba en el seminario. Aunque el padre Martin jamás se habría atrevido a imaginar al padre Sebastian y a lady Veronica en el lecho conyugal, le había bastado con verlos para saber que entre ellos existía una gran afinidad. Esa era, se dijo, otra manifestación de la heterogeneidad y las rarezas de la vida matrimonial, una vida que un solterón impenitente como él se había limitado a observar con fascinación. Acaso la afinidad fuese tan importante como el amor pero más duradera, pensó.

–Cuando llegue Raphael, le informaré de la visita del archidiácono, por supuesto. Le profesa un gran cariño al padre John; de hecho, su postura ante el asunto no es en absoluto imparcial. No nos convendría que provocara una discusión. Solo serviría para perjudicar al seminario. Tiene que entender que, además de ser miembro del consejo de administración de Saint Anselm, el archidiácono es nuestro invitado, y debe tratarlo con todo el respeto que merece un eclesiástico.

–¿No fue el inspector Yarwood quien se ocupó de la investigación del suicidio de la primera esposa del archidiácono? –preguntó el padre Peregrine.

Los demás sacerdotes lo miraron con asombro. Era la clase de información que solía conseguir el padre Peregrine. A veces daba la impresión de que su subconsciente era un depósito de los más variados datos y sucesos, que él era capaz de rememorar a voluntad.

–¿Está seguro? –inquirió el padre Sebastian–. En esa época, los Crampton vivían en el norte de Londres. El archidiácono se trasladó a Suffolk después de la muerte de su esposa. El caso debe de haber estado en manos de la Policía Metropolitana.

–Estas cosas se leen en los periódicos –replicó el padre Peregrine con tranquilidad–. Recuerdo bien la crónica de la vista. Ya verán que el hombre que prestó testimonio en nombre de la policía fue un agente llamado Roger Yarwood. Por entonces era sargento de la Policía Metropolitana.

El padre Martin frunció el entrecejo.

–En tal caso, será un inconveniente. Mucho me temo que el inevitable encuentro entre ambos reavive dolorosos recuerdos en el archidiácono. El remedio, sin embargo, no está en nuestras manos. Yarwood necesita unos días de descanso para recuperarse, y ya nos hemos comprometido a cederle una habitación. Nos fue de gran ayuda tres años atrás, antes de que lo ascendieran, cuando estaba dirigiendo el tráfico y el padre Peregrine chocó contra un camión aparcado. Como ya saben, ha estado asistiendo con regularidad a la misa del domingo, y creo que le hace bien estar aquí. Si su presencia trae recuerdos tristes al archidiácono, este deberá afrontar la situación, del mismo modo que le sucede al padre John. Alojaré a Emma en Ambrosio, junto a la iglesia; al comisario Dalgliesh, en Jerónimo; al archidiácono, en Agustín, y a Roger Yarwood, en Gregorio.

Les esperaba un fin de semana incómodo, pensó el padre Martin. Sería penoso para el padre John reencontrarse con el archidiácono, y el propio Crampton no acogería con agrado el encuentro, aunque difícilmente lo tomaría por sorpresa; de hecho, debía de saber que el padre John estaba en Saint Anselm. Y a menos que el padre Peregrine se equivocara –cosa que nunca ocurría–, la reunión del archidiácono con el inspector Yarwood resultaría violenta para ambos. Sería difícil controlar a Raphael o mantenerlo a distancia del archidiácono; al fin y al cabo, era el representante de los seminaristas. Por otro lado, estaría Stannard. Con independencia de sus dudosos motivos para visitar Saint Anselm, siempre era un huésped conflictivo. La presencia más problemática sería la de Adam Dalgliesh, un hombre que los observaría con ojos experimentados y escépticos y les recordaría un desgraciado suceso que todos creían haber dejado atrás.

La voz del padre Sebastian lo sacó de sus cavilaciones.

–Creo que ha llegado la hora del café.

6

Raphael Arbuthnot entró y aguardó de pie, con la actitud airosa y confiada que lo caracterizaba. La negra sotana de botones forrados caía con elegancia desde sus hombros y, a diferencia de las de los demás seminaristas, parecía recién estrenada; su austeridad contrastaba con la cara pálida y el brillante cabello de Raphael, confiriéndole un aspecto a un tiempo sacerdotal y teatral. El padre Sebastian no podía verlo a solas sin sentirse ligeramente incómodo. Él mismo era un hombre apuesto, y siempre había apreciado –tal vez en exceso– la apostura en otros hombres y la belleza en las mujeres. Solo en el caso de su esposa la había considerado irrelevante. Sin embargo, la belleza en un hombre se le antojaba desconcertante, incluso repulsiva. Los jóvenes varones, y en particular los ingleses, no deberían parecerse a los disolutos dioses griegos. No es que Raphael tuviese rasgos andróginos, pero el padre Sebastian sabía que la clase de belleza que poseía era más susceptible de atraer a los hombres que a las mujeres, aunque no hiciese mella en su propio corazón.

Una vez más, acudió a su mente la más insistente de las muchas preocupaciones que le impedían estar con Raphael sin que volvieran a asaltarle antiguas dudas. ¿Hasta qué punto era sincera su vocación? ¿Habían obrado bien al aceptarlo como alumno cuando, por así decirlo, formaba parte de la familia? Saint Anselm era el único hogar que Raphael había conocido desde que su madre, la difunta señorita Arbuthnot, lo había dejado en el seminario veinticinco años antes, cuando era un niño de dos semanas, ilegítimo y no deseado. ¿No habría sido más inteligente, más prudente quizá, animarlo a solicitar una plaza en otro sitio, como en Cuddesdon o en Saint Stephen's House, en Oxford? No obstante, el propio Raphael había insistido en formarse en Saint Anselm. ¿No había lanzado la velada amenaza de que, si no se ordenaba allí, no lo haría en ninguna otra parte? Tal vez se habían mostrado demasiado complacientes con él por temor a que la Iglesia perdiese al último de los Arbuthnot. En fin, ya era demasiado tarde para hacer algo al respecto, y resultaba irritante comprobar con cuánta frecuencia su inútil inquietud por Raphael interfería en cuestiones más urgentes y prácticas. El padre Sebastian la apartó resueltamente de su mente y se concentró en los asuntos del seminario.

–Nos ocuparemos en primer lugar de algunos detalles sin importancia, Raphael. Los alumnos que se empeñan en aparcar delante del seminario deberían proceder de forma más ordenada. Como sabes, prefiero que dejen las motos y los coches en la parte trasera, fuera del recinto. Si insisten en hacerlo en el patio delantero, que al menos demuestren un poco de consideración. Este asunto irrita sobre todo al padre Peregrine. Y ¿podrían hacer el favor de no usar las lavadoras después de las completas? El ruido distrae al padre Peregrine. Por otra parte, ahora que falta la señora Munroe, las sábanas se cambiarán cada dos semanas. Los propios alumnos deberán ir a buscarlas y hacerse la cama. Estamos buscando una nueva encargada de la ropa blanca, pero es posible que tardemos en encontrarla.

–Sí, padre. Informaré de ello.

–Hay otras dos cuestiones más importantes. El viernes recibiremos la visita del comisario Dalgliesh, de Scotland Yard. Por lo visto, sir Alred Treeves está insatisfecho con el dictamen de la vista y ha solicitado que se abra una nueva investigación. No sé cuánto tiempo pasará aquí el comisario, aunque supongo que solo el fin de semana. Como es lógico, todos debemos cooperar con él. Eso significa que hay que responder a sus preguntas con veracidad y sin reservas, lo que no equivale a aventurar opiniones.

–Pero Ronald ya ha sido incinerado, padre. ¿Qué espera probar el comisario Dalgliesh? No puede revocar el fallo de la vista, ¿verdad?

–Supongo que no. Creo que simplemente se trata de convencer a sir Alred de que la muerte de su hijo se ha investigado a fondo.

–Eso es ridículo. La policía de Suffolk fue muy meticulosa. ¿Qué pretende descubrir ahora Scotland Yard?

–En mi opinión, muy poca cosa. De todas maneras, el comisario Dalgliesh vendrá y se alojará en Jerónimo. Además de Emma Lavenham, vendrán otras visitas. El inspector Yarwood permanecerá unos días aquí con el fin de recuperarse. Necesita descanso y silencio, así que supongo que tomará algunas de las comidas en su habitación. El señor Stannard vendrá para proseguir su trabajo de investigación en la biblioteca. También el archidiácono Crampton nos ofrecerá una breve visita. Llegará el sábado y se marchará el domingo, después del desayuno. Lo he invitado a pronunciar la homilía de las completas del sábado. La congregación será pequeña, pero no podemos hacer nada al respecto.

–Si lo hubiese sabido, padre –dijo Raphael–, habría hecho planes para marcharme.

–Lo sé. Teniendo en cuenta que eres nuestro estudiante más avanzado, espero que te quedes al menos hasta después de las completas y lo trates con la cortesía que merece un visitante, un hombre mayor y un sacerdote.

–No tengo ningún problema con las dos primeras formas de tratamiento; es la tercera la que se me atraganta. ¿Cómo es capaz de mirarnos a la cara, y en especial al padre John, después de lo que hizo?

–Deduzco que, como la mayoría de nosotros, se consuela pensando que hizo lo que le parecía justo.

El rostro de Raphael enrojeció.

–¿Cómo pudo parecerle justo enviar a un hermano sacerdote a prisión? –exclamó–. Sería una vergüenza para cualquiera; pero en su caso fue abominable. Y precisamente el padre John, el más considerado y amable de los hombres...

–Olvidas que el padre John se declaró culpable en el juicio, Raphael.

–Se declaró culpable de conducta deshonrosa con dos menores. No los violó, ni los sedujo, ni les causó daños físicos. No habría ido a la cárcel si Crampton no se hubiese empeñado en hurgar en el pasado, desenterrar la historia de aquellos tres jóvenes y convencerlos de que declarasen. ¿Qué interés tenía él en ese pleito?

–Consideró que era su deber. Recuerda que el padre John también declaró haber realizado tales actos, que eran bastante más graves.

–Desde luego. Porque se sentía culpable. Se siente culpable del mero hecho de estar vivo. Pero lo que quería, por encima de todo, era evitar que esos jóvenes cometiesen perjurio. El daño que se harían a sí mismos si mentían en un tribunal le resultaba insoportable. Quería ahorrárselo a toda costa, aunque para ello tuviese que ir a la cárcel.

–¿Te lo ha dicho él? –interrumpió de golpe el padre Sebastian–. ¿Has hablado de este asunto con el padre John?

–No abiertamente. Pero es verdad; lo sé.

El padre Sebastian se sentía incómodo. Era una explicación versímil. A él también se le había ocurrido. Sin embargo, aunque esta perspicaz interpretación psicológica era propia de un sacerdote como él, resultaba desconcertante oírla de boca de un alumno.

–No tenías derecho a hablar del tema con el padre John, Raphael –le recriminó–. Él cumplió su sentencia y vino a vivir y a trabajar con nosotros. El pasado ha quedado atrás. Es una pena que deba coincidir con el archidiácono, pero si te entrometes no le facilitarás las cosas; ni a él, ni a nadie. Todos tenemos una parte oscura. La del padre John está entre él y Dios, o entre él y su confesor. Tu intervención sería un acto de arrogancia espiritual.

Como si no lo hubiese oído, Raphael dijo:

–Todos sabemos por qué viene Crampton, ¿no? Para buscarle nuevas pegas al seminario. Quiere que cierren Saint Anselm. Lo dejó claro desde el mismo momento en que el obispo lo nombró miembro del consejo de administración.

–Y si alguien lo trata con descortesía, le proporcionará la excusa que necesita. Para mantener abierto Saint Anselm me he visto obligado a usar todas mis influencias y llevar a cabo mi trabajo con discreción, evitando ganarme enemigos poderosos. El seminario atraviesa una mala racha y la muerte de Ronald Treeves no nos ha ayudado. –Hizo una pausa antes de formular una pregunta que, hasta el momento, había eludido–: Sin duda habréis hablado de su muerte. ¿Cuál es la opinión de los estudiantes?

Notó que la pregunta no era bien recibida. Raphael tardó unos instantes en responder:

–La opinión más generalizada, padre, es que Ronald se suicidó.

–Pero ¿por qué? ¿Tenéis alguna hipótesis?

Esta vez el silencio fue más prolongado.

–No, padre, no tenemos ninguna –contestó Raphael al fin.

El padre Sebastian se acercó al escritorio y echó un vistazo a un papel. Luego habló con tono más expeditivo.

–Veo que el seminario estará prácticamente vacío este fin de semana. Solo quedaréis cuatro alumnos. ¿Te importaría recordarme por qué se marchan casi todos cuando acaba de empezar el trimestre?

–Tres estudiantes han empezado sus prácticas parroquiales, padre. A Rupert le han pedido que predique en Saint Margaret, y creo que irán a oírlo otros dos alumnos. La madre de Richard cumple cincuenta años, y la fecha coincide con sus bodas de plata, de manera que le han concedido un permiso especial para asistir a la celebración. Luego, como recordará, Toby Williams se instalará oficialmente en su primera parroquia y varias personas irán a acompañarlo. De manera que quedamos Henry, Stephen, Peter y yo. A mí me gustaría marcharme después de las completas. Me perderé la instalación de Toby, pero quisiera estar presente cuando oficie su primera misa en la parroquia.

El padre Sebastian seguía examinando el papel.

–Sí, ahora me salen las cuentas. Podrás irte después de la homilía del archidiácono; pero ¿no tenías una clase de griego con el señor Gregory después de la misa del domingo? Será mejor que arregles ese asunto con él.

–Ya lo he hecho, padre. Tiene un hueco para mí el lunes.

–Bien, entonces creo que es todo por esta semana, Raphael. Por cierto, puedes llevarte tu trabajo. Está sobre el escritorio. En uno de sus libros de viajes, Evelyn Waugh escribió que concebía la Teología como la ciencia de la simplificación, en la cual las ideas nebulosas y escurridizas se vuelven inteligibles y claras. Tu trabajo no es ni una cosa ni la otra. Además, empleas mal el término «emular». No es sinónimo de imitar.

–Por supuesto que no. Lo lamento, padre. Yo podría imitarlo a usted, pero jamás conseguiría emularlo.

El padre Sebastian se volvió para ocultar una sonrisa.

–Te recomiendo encarecidamente que no intentes ninguna de las dos cosas.

La sonrisa permaneció en sus labios incluso después de que Raphael cerrase la puerta. Entonces el rector recordó que no le había arrancado una promesa de buena conducta. Si el joven hubiera dado su palabra, sin duda la cumpliría, pero no lo había hecho. Les aguardaba un fin de semana difícil.

7

Antes del amanecer, Dalgliesh salió de su piso de Queenshythe con vistas al Támesis. El edificio, ahora reconvertido en las modernas oficinas de una entidad financiera, había sido un almacén, y el olor a especias, huidizo como la memoria, impregnaba aún las amplias habitaciones, de mobiliario austero y revestimiento de madera, que él ocupaba en la última planta. En el momento de la venta y reforma de la finca, había resistido terminantemente los intentos del futuro propietario de anular su largo contrato de arrendamiento, y al final, después de que él rechazase la última y ridículamente alta oferta, la promotora inmobiliaria había reconocido su derrota y renunciado a renovar el último piso. La propia compañía le había instalado una discreta puerta en un costado del edificio y un ascensor privado y seguro, todo a cambio de un alquiler un poco más alto, pero con un contrato aún más largo. Dalgliesh sospechaba que el edificio, tal como estaba, reunía las condiciones ideales para la empresa y que la presencia de un policía de alto rango en la planta alta proporcionaba al guarda nocturno una reconfortante aunque infundada sensación de seguridad. Dalgliesh había conservado todo lo que le importaba: intimidad, pisos deshabitados bajo sus pies por las noches, poco ruido durante el día y una amplia vista a la cambiante vida que arrastraba el Támesis.

Condujo hacia el este por la City hasta Whitechapel Road, en dirección a la A12. A pesar de la temprana hora –las siete de la mañana–, las calles no estaban totalmente desiertas de coches, y pequeños grupos de oficinistas comenzaban a emerger de las estaciones de metro. Londres nunca dormía del todo, y él disfrutaba esta calma matutina, los primeros movimientos de una vida que en pocas horas se volvería bulliciosa, la relativa tranquilidad de avanzar por las calles libres de obstáculos. Cuando llegó a la

A12, escapando de los tentáculos de Eastern Avenue, la primera rendija rosada del cielo nocturno se había convertido en una vasta extensión blanca, y los campos y setos se habían cubierto de un luminoso tono gris que permitía que los árboles y los arbustos, con la traslúcida delicadeza de una acuarela japonesa, cobrasen nitidez poco a poco y mostrasen la incipiente majestuosidad del otoño. Buena época para contemplar los árboles, pensó. Solo en primavera ofrecían mayor placer a la vista. Las hojas no habían caído aún, y el oscuro perfil de las angulosas ramas adquiría nitidez tras una difusa nube de verdes, amarillos y rojos.

Mientras conducía meditó sobre el propósito de su viaje y analizó sus razones –sin duda poco ortodoxas– para involucrarse en la muerte de un joven desconocido, un caso que ya había sido investigado, examinado por un juez de instrucción y oficialmente cerrado de una forma tan definitiva como la incineración que había reducido el cuerpo a cenizas. No había actuado de forma impulsiva al ofrecerse a investigarlo, no había sido impulsivo, pues rara vez se dejaba mover por impulsos en su trabajo. Su decisión tampoco había obedecido por completo al deseo de sacar a sir Alred del despacho, aunque se trataba de un hombre cuya ausencia solía ser preferible a su presencia. Una vez más especuló sobre la preocupación del magnate por la muerte de un hijo adoptivo por quien no parecía sentir afecto. Aunque quizá lo estuviese interpretando negativamente. Al fin y al cabo, sir Alred era un hombre acostumbrado a ocultar sus sentimientos. Cabía la posibilidad de que quisiera a su hijo más de lo que demostraba. ¿O acaso estaba obsesionado por descubrir la verdad, por inconveniente, desagradable y difícil de esclarecer que fuese? En tal caso, se trataba de un motivo que Dalgliesh era capaz de entender.

Avanzó con rapidez y llegó a Lowestoft en menos de tres horas. Hacía años que no recorría el pueblo, y en su última visita le había impresionado el deprimente aire de deterioro y pobreza del lugar. Los hoteles del paseo marítimo, que en tiempos más prósperos habían alojado a los veraneantes de la burguesía, ahora anunciaban partidas de bingo. Las puertas y ventanas de muchas tiendas estaban cegadas con tablas, y los transeúntes de tez cenicienta andaban con paso cansino. Ahora, no obstante, se apreciaba una especie de renacimiento. Habían reparado los tejados y estaban pintando algunas casas. Dalgliesh tuvo la sensación de que entraba en una población que miraba con optimismo hacia el futuro. El puente que conducía a los muelles le resultó familiar, y mientras lo cruzaba su estado de ánimo mejoró. De niño, lo había recorrido en bicicleta para ir a comprar arenques frescos. Le vino a la memoria el olor de los brillantes pescados que se deslizaban desde los cubos hasta su mochila y el peso de esta sobre sus hombros cuando regresaba con la cena o el desayuno para los sacerdotes. Percibió el conocido aroma a agua y alquitrán y con el mismo placer del pasado contempló los botes en el puerto, preguntándose si todavía sería posible comprar pescado en el muelle. Aunque así fuese, no volvería a llevar un regalo a Saint Anselm con el entusiasmo y la satisfacción de un adolescente.

Abrigaba la ilusión de que la comisaría de policía se asemejara a la que él recordaba de su infancia: una casa adosada o independiente reformada para un uso policial y con una lámpara azul en el exterior como única señal de la metamorfosis. En cambio, se encontró con un edificio moderno, con la fachada cruzada por una línea de oscuras ventanas, una antena de radio erguida con imponente autoridad en el tejado y la bandera británica ondeando en un mástil en la entrada.

Lo esperaban. La joven del mostrador de recepción lo saludó con un atractivo acento de Suffolk y con alegría, como si su llegada fuese lo único que le faltaba para terminar su jornada laboral.

–El sargento Jones lo está esperando, señor. Lo llamaré y bajará enseguida.

El sargento Irfon Jones era un hombre de facciones delicadas, y su tez clara, apenas bronceada por el sol y el viento, contrastaba con el cabello prácticamente negro. Las primeras palabras que pronunció desvelaron de inmediato su nacionalidad.

–El señor Dalgliesh, ¿no? Lo esperaba. Acompáñeme, por favor, el señor Williams sugirió que utilizáramos su despacho. Lamenta mucho no estar aquí para recibirle, el jefe está en una reunión en Londres. Claro que usted ya lo sabía. ¿Quiere pasar por aquí, señor?

Mientras lo seguía por una puerta de cristal opaco y a lo largo de un estrecho corredor, Dalgliesh dijo:

–Está lejos de casa, sargento.

–Así es, señor Dalgliesh. A seiscientos kilómetros exactamente. Me casé con una chica de Lowestoft, ¿sabe?, y ella es hija única. Su madre no se encuentra bien, así que Jenny quería estar cerca de casa. En cuanto se presentó la ocasión, pedí el traslado desde Gower. Me da igual un sitio que otro mientras esté junto al mar.

–Es un mar muy diferente.

–Una costa muy diferente, pero ambas igual de peligrosas. No es que se produzcan muchas muertes. La de ese pobre chico es la primera en tres años y medio. Hay carteles de advertencia, y los lugareños conocen los riesgos de andar por el acantilado. O deberían conocerlos. Además, es un lugar bastante aislado. No vienen muchas familias con niños que digamos. Por aquí, señor. El señor Williams ha despejado su escritorio. Aunque en realidad no hay muchas pruebas importantes que examinar. ¿Tomará café? Solo tengo que encender la cafetera.

Sobre una bandeja había dos tazas con las asas escrupulosamente alineadas, una cafetera, una lata con una etiqueta que decía «café», una jarra con leche y un hervidor eléctrico. El sargento Jones se aplicó con eficiencia y algo de meticulosidad en la preparación, y el café salió excelente. Se sentaron en dos sillas de oficina situadas frente a la ventana.

–Tengo entendido que usted acudió a la playa al recibir la llamada –comentó Dalgliesh–. ¿Qué ocurrió exactamente?

–El primero en llegar no fui yo, sino el joven Brian Miles. Es el guardia local. El padre Sebastian telefoneó desde el seminario y Miles se encaminó hacia allí en el acto. No tardó más de media hora. Junto al cadáver solo encontró a dos personas: el padre Sebastian y el padre Martin. El pobre chico estaba muerto, eso era evidente. Pero Brian es un muchacho listo y no le gustó lo que vio. No digo que pensara que era una muerte sospechosa, pero nadie puede negar que fue extraña. Como soy su supervisor, me llamó y me localizó aquí. Eran casi las tres, y puesto que el doctor Mallinson, el médico de la policía, se encontraba por casualidad en la comisaría, emprendimos juntos el camino.

–¿En la ambulancia? –preguntó Dalgliesh.

–No, en ese momento no. Sé que en Londres el juez de instrucción dispone de una ambulancia propia, pero aquí tenemos que recurrir al servicio local para transportar un cadáver. La ambulancia había salido y tardó cerca de una hora y media en recoger el cadáver. Cuando llegamos al depósito hablé con el ayudante, que estaba convencido de que el juez pediría una autopsia. El señor Mellish es un hombre muy escrupuloso. Fue entonces cuando decidimos tratar el caso como una muerte sospechosa.

–¿Qué encontraron exactamente en el lugar de los hechos?

–Bueno, el chico había perdido la vida, señor Dalgliesh. El doctor Mallinson certificó la muerte de inmediato; pero no hacía falta un médico para darse cuenta de su estado. En opinión del doctor, llevaba cinco o seis horas muerto. Cuando nosotros llegamos, todavía estaba medio sepultado. Aunque el señor Gregory y la señora Munroe habían desenterrado gran parte del cuerpo y la parte superior de la cabeza, la cara y los brazos aún estaban bajo la arena. Los padres Sebastian y Martin permanecieron en la playa. Ninguno de los dos podía hacer nada, pero el padre Sebastian insistió en quedarse hasta que sacáramos el cadáver. Creo que quería rezar. Así que terminamos de desenterrar al pobre chico, le dimos la vuelta y lo tendimos en una camilla. Entonces el doctor Mallinson lo examinó mejor. No había gran cosa que ver: estaba cubierto de arena y muerto. Eso es todo.

–¿Presentaba lesiones visibles?

–Ninguna, señor Dalgliesh. Pero cuando uno acude al escenario de semejante accidente, se hace preguntas, ¿no? Es lógico. El doctor Mallinson, sin embargo, no encontró señales de violencia; ni un corte en la cabeza, ni nada por el estilo. Naturalmente, no podíamos predecir lo que hallaría en la autopsia el doctor Scargill, nuestro patólogo forense. El doctor Mallinson dijo que él solo haría un cálculo aproximado de la hora de la muerte y que deberíamos esperar los resultados de la autopsia. No es que creyéramos que había algo sospechoso en el caso; de hecho, en ese momento nos parecía bastante claro. El chico estaba caminando por el acantilado, demasiado cerca del saliente, y este cedió bajo su peso. Era lo más probable y lo que dictaminaron tras la autopsia.

–¿O sea que no observó nada sospechoso?

–Bueno, más que sospechoso, extraño. El muchacho estaba en una posición rara: boca abajo, como un conejo o un perro que hubiese estado escarbando en el acantilado.

–¿Y no encontraron nada cerca del cadáver?

–Su ropa: una capa marrón y una túnica negra con botones..., la sotana. Estaban pulcramente dobladas.

–¿Y algo susceptible de utilizarse como arma?

–Bueno, solo un trozo de madera. Lo encontramos al desenterrar el cuerpo. Estaba bastante cerca de la mano derecha del muchacho. Lo traje a la comisaría por si era importante, pero nadie le prestó atención. Si quiere verlo, aún está aquí, señor. No entiendo por qué no lo tiraron a la basura después de la vista. No tenía huellas digitales ni restos de sangre.

Se dirigió a un armario situado en el fondo del despacho y extrajo un objeto envuelto en plástico. En efecto, se trataba de un pedazo de madera clara de unos setenta centímetros de largo. Al examinarlo, Dalgliesh vio unas manchas azules que parecían de pintura.

–A mi juicio, no ha estado en el agua, señor –señaló el sargento Jones–. Es posible que lo encontrase en la arena y lo recogiera sin ningún propósito. La gente recoge objetos en la playa por una especie de instinto. Al padre Sebastian se le ocurrió que tal vez el palo procedía de una vieja caseta de baño que habían demolido y que estaba justo en lo alto de la escalera que conduce a la playa. Por lo visto, el padre Sebastian pensó que la vieja caseta azul y blanca resultaba antiestética y que era preferible construir otra de madera sin pintar. Y eso es lo que hicieron. Además de usarla como vestuario, guardan en ella un bote de rescate, por si alguno de los bañistas necesita ayuda. La vieja caseta estaba muy deteriorada. Sin embargo, no se habían llevado todos los restos, y aún quedaba una pila de tablas podridas. Supongo que ya no estarán allí.

–¿Había huellas de pisadas?

–Bueno, es lo primero que buscamos. La arena había borrado las del chico, pero encontramos una línea interrumpida de huellas más arriba. Eran suyas; lo sabemos por los zapatos, ¿sabe? De todos modos, recorrió la mayor parte del trayecto por las piedras, como podría haber hecho cualquiera. La arena estaba bastante pisoteada en el lugar de los hechos. Es lógico, teniendo en cuenta que la señora Munroe, el señor Gregory y los dos sacerdotes no se habían molestado en mirar dónde ponían los pies.

–¿A usted le sorprendió el dictamen?

–Bueno, debo admitir que sí. Habría sido más razonable que se declarasen incompetentes para determinar las causas de la muerte. El señor Mellish formó parte del jurado; le gusta participar cuando el caso es complicado o de interés público. Hubo unanimidad entre los ocho miembros. Para qué negarlo: un veredicto no concluyente resulta siempre insatisfactorio, y Saint Anselm es una institución muy respetada en la zona. Están aislados, desde luego, pero los jóvenes predican en iglesias cercanas y prestan un servicio a la comunidad. Con eso no quiero decir que el jurado se equivocase. En fin; eso es lo que dictaminaron.

–Sir Alred no posee motivos para poner en entredicho la rigurosidad de la investigación –apuntó Dalgliesh–. Dudo que hubiera sido posible llevarla mejor.

–Yo también lo dudo, señor Dalgliesh, y el forense opina lo mismo.

El sargento Jones no parecía disponer de más información, por lo que Dalgliesh le agradeció su ayuda y el café antes de marcharse. La tabla con restos de pintura azul estaba envuelta y etiquetada. Dalgliesh se la llevó, más que nada porque pensó que eso se esperaba de él.

En un extremo del aparcamiento, un hombre cargaba cajas de cartón en el maletero de un Rover. Al ver que Dalgliesh subía a su Jaguar, lo miró fijamente por unos instantes y luego, como movido por una súbita resolución, se acercó a él. Dalgliesh se encontró ante una cara prematuramente envejecida a causa del sufrimiento o la falta de sueño. Ofrecía un aspecto que había visto demasiado a menudo para no reconocerlo.

–Usted debe de ser el comisario Adam Dalgliesh. Ted Williams me comunicó que vendría. Soy el inspector Roger Yarwood. Estoy de baja por enfermedad y he venido a recoger parte de mis cosas. Solo quería decirle que nos veremos en Saint Anselm. Los padres me acogen de vez en cuando. El seminario sale más barato que un hotel, y la compañía es más agradable que la del manicomio local, la alternativa lógica. Ah, y la comida es mejor.

Las palabras salieron de un tirón, como si las hubiese ensayado, y en los negros ojos del hombre había una expresión a un tiempo desafiante y avergonzada. A Dalgliesh no le agradó la noticia, pues alimentaba la absurda esperanza de ser el único huésped.

–No se preocupe –agregó Yarwood, como intuyendo su reacción–, no iré a su habitación a tomar cerveza después de las completas. Quiero alejarme de los chismorreos de la policía. Y sospecho que usted también.

Antes de que Dalgliesh pudiese hacer algo más que estrecharle la mano, Yarwood saludó con una breve inclinación de cabeza y se alejó con paso decidido hacia su vehículo.

8

Dalgliesh había avisado que llegaría al seminario después de comer. Antes de salir de Lowestoft, compró en una charcutería pan caliente, mantequilla, paté de campaña y medio litro de vino. Como siempre que abandonaba la ciudad, iba provisto de un vaso y un termo con café.

Salió del pueblo por callejuelas laterales y luego tomó un camino lleno de rodadas y cubierto en parte de maleza, apenas lo bastante ancho para el Jaguar. Al ver un portalón abierto con una amplia vista a los campos otoñales, se detuvo para comer, no sin antes apagar el teléfono móvil. Bajó del coche, se sentó contra uno de los postes de la portalada y cerró los ojos para escuchar el silencio. Era uno de esos momentos que más anhelaba en su ajetreada vida, en los que tenía la certeza de que nadie en el mundo sabía dónde estaba ni podía localizarlo. Una brisa de aroma dulzón transportó hasta él los casi imperceptibles sonidos del campo: el lejano canto de un pájaro imposible de identificar, el susurro del viento entre las altas hierbas, el crujido de una rama por encima de su cabeza. Después de comer, caminó a paso vigoroso unos setecientos metros, regresó al coche y puso rumbo a la A12 y Ballard's Mere.

Un poco antes de lo que esperaba apareció el desvío; el mismo e imponente fresno –aunque ahora cubierto de hiedra y en franca decadencia– y, a su izquierda, dos casas bonitas con cuidados jardines. El estrecho camino, casi un sendero, estaba ligeramente hundido, y el crecido seto invernal que rodeaba el terraplén obstaculizaba la vista del cabo, de manera que solo donde los arbustos eran menos espesos se vislumbraban las altas chimeneas de ladrillo y la cúpula sur del lejano Saint Anselm. No obstante, cuando llegó al acantilado y torció hacia el norte por la pedregosa carretera costera, Dalgliesh avistó el estrambótico edificio de ladrillo y piedra, tan colorido e irreal como un recortable de cartón contra el intenso azul del cielo. El edificio parecía moverse hacia él, llevando inexorablemente consigo imágenes de la adolescencia y vagos recuerdos de cambiantes estados de ánimo: alegría y dolor, incertidumbre y luminosa esperanza. El edificio no parecía haber cambiado. Las dos ruinosas torres de estilo Tudor, por entre cuyas grietas asomaban malas hierbas, todavía montaban guardia en la entrada del patio delantero, y al pasar entre ellas Dalgliesh admiró de nuevo la casa, esta vez en todo su complejo y autoritario esplendor.

Durante su adolescencia había imperado una actitud de desprecio hacia la arquitectura victoriana, y a la sazón él había contemplado el edificio con el debido desdén, aunque sintiéndose ligeramente culpable por ello. El arquitecto, quizá presionado por el propietario original, había incorporado todos los detalles al uso: chimeneas altas, miradores, una cúpula central, una torre al sur, una fachada almenada y un enorme porche de piedra. No obstante, Dalgliesh pensó que el resultado era menos discordante y monstruoso de lo que le había parecido en su juventud, y que el arquitecto había conseguido al menos un equilibrio y unas proporciones no del todo desagradables en su dramática mezcla de romanticismo medieval, estilo neogótico y domesticidad victoriana.

Lo estaban esperando. Antes incluso de que cerrase la portezuela del coche, se abrió la puerta principal y una frágil figura vestida con sotana bajó con cuidado los tres peldaños de piedra.

Reconoció al padre Martin Petrie de inmediato, aunque le sorprendió que continuara en la casa siendo ya un octogenario. Sin embargo, no cabía la menor duda de que ese era el hombre a quien Dalgliesh había admirado y... sí, también amado, en su juventud. Paradójicamente, los años se desvanecieron al tiempo que desvelaban sus inevitables estragos. Los huesos del rostro del anciano destacaban sobre el fino y descarnado cuello; el largo mechón de pelo que cruzaba la frente, antes de un intenso castaño, era ahora blanco plateado y fino como el de un bebé; la boca, con su grueso labio inferior, había perdido firmeza. Se estrecharon la mano. Para Dalgliesh fue como sujetar un montón de huesos dislocados envueltos en un fino guante de gamuza. A pesar de todo, el apretón del padre Martin todavía era fuerte. Los ojos, aunque hundidos, aún destilaban la inconfundible armonía de la autoridad espiritual. Al mirarlos Dalgliesh captó algo más que la alegría lógica de quien recibe a un viejo amigo: lo que vio fue una mezcla de aprensión y alivio. Se asombró otra vez, no sin remordimiento, de haber dejado transcurrir tantos años. Había regresado por casualidad, movido por un impulso; y en ese instante se preguntó qué le aguardaba exactamente en Saint Anselm.

–Lamento tener que pedirte que dejes el coche en la parte de atrás –dijo el padre Martin mientras lo acompañaba al interior del edificio–. Al padre Peregrine no le gusta ver automóviles en el patio delantero. Pero no hay prisa. Te instalaremos en tu antigua habitación: Jerónimo.

Cruzaron el amplio vestíbulo con diseño de damero y una gran escalera de roble que conducía a las habitaciones de la planta superior, rodeadas por una galería. Al percibir el olor a incienso, cera de muebles, libros viejos y comida, Dalgliesh se sintió invadido por los recuerdos. En apariencia, nada había cambiado, salvo la presencia de un cuartito adicional a la izquierda de la entrada. A través de la puerta abierta, Dalgliesh atisbó un altar. Quizá fuese un oratorio, pensó. Al pie de la escalera aún se erguía la Virgen esculpida en madera, iluminada por la misma lámpara roja y con un búcaro lleno de flores en el pedestal. Cuando se detuvo a mirarla, el padre Martin aguardó pacientemente a su lado. Era una buena réplica de *La Virgen y el niño* que estaba en el museo Victoria and Albert y el nombre de cuyo autor Dalgliesh no recordaba. No tenía el aire de doliente devoción característico de esas figuras ni era una representación simbólica de futuros sufrimientos. Tanto la madre como el hijo reían: el bebé con sus regordetes brazos extendidos, y la Virgen, casi una niña, embelesada en la contemplación de su pequeño.

Mientras subían la escalera, el padre Martin dijo:

–Seguro que te ha extrañado verme. Oficialmente ya estoy retirado, desde luego, pero me han pedido que colabore en las clases de teología pastoral. El padre Sebastian Morell es el rector desde hace quince años. Aunque supongo que tendrás ganas de volver a ver tus lugares favoritos, el padre Sebastian nos está esperando. Siempre oye la llegada de los coches. El despacho del rector ocupa el mismo sitio de antes.

El hombre que se levantó de la silla de su escritorio para recibirlos era muy distinto del dulce padre Martin. Medía más de metro ochenta y era más joven de lo que Dalgliesh había imaginado. El cabello castaño claro, apenas matizado de plata y peinado hacia atrás, dejaba al descubierto una frente fina y prominente. La boca de aspecto inflexible, la nariz ligeramente ganchuda y la larga barbilla conferían fuerza a una cara de un atractivo quizá demasiado convencional, aunque austero. El rasgo más llamativo eran los ojos; Dalgliesh pensó que su intenso color azul chocaba de manera desconcertante con la agudeza de la mirada que el rector le dirigió. Era un rostro propio de un hombre de acción: de un soldado, antes que de un académico. La impecable sotana de gabardina negra parecía una prenda incongruente en un hombre que exudaba semejante poder.

Hasta los muebles de la habitación se le antojaron discordes. El escritorio, sobre el cual descansaban un ordenador y una impresora, era agresivamente moderno, pero encima de él colgaba un crucifijo tallado que bien podría ser medieval. En la pared de enfrente se apreciaba una colección de grabados recortados del *Vanity Fair* y en los que se caricaturizaba a prelados victorianos: caras con barba, afeitadas, delgadas, rubicundas, lánguidas, con expresión piadosa o segura encima de los pectorales y las mangas de batista. A cada lado de la chimenea de piedra, decorada con un lema grabado, colgaban fotografías enmarcadas de personas y paisajes que sin duda ocupaban un lugar especial en la memoria de su propietario. Sin embargo, justo encima de la chimenea se veía un cuadro muy diferente. Era un óleo de Burne-Jones, un hermoso sueño romántico que rezumaba la célebre luz del pintor, una luz imposible de hallar en la tierra o en el mar. El cuadro mostraba a cuatro jovencitas reunidas alrededor de un manzano, luciendo guirnaldas y largos vestidos de muselina floreada en tonos rosados y pardos. Una estaba sentada, con un libro abierto en la mano y un gato acurrucado sobre el brazo derecho; otra sujetaba una lira y miraba a lo lejos con aire pensativo; las dos restantes estaban de pie: una con el brazo en alto, a punto de arrancar una manzana madura, mientras la otra extendía su delantal, con delicadas manos de largos dedos, para recibir la fruta. Dalgliesh observó que contra la pared derecha había otro objeto de Burne-Jones: un aparador de dos cajones y altas patas rectas con ruedas decorado con dos tablas: una de una mujer que alimentaba a unos pájaros; el otro, de un niño rodeado de corderos. Dalgliesh se acordaba tanto del cuadro como del aparador, aunque en sus visitas anteriores estaban en el refectorio. El deslumbrante romanticismo de estas piezas contrastaba con la austeridad monacal del resto del despacho.

Un sonrisa cordial transformó el rostro del rector, pero fue tan breve que podría haber sido consecuencia de un espasmo muscular.

–¿Adam Dalgliesh? Le doy la bienvenida. El padre Martin me ha comentado que ha pasado mucho tiempo desde la última vez que estuvo aquí. Desearía que hubiese vuelto en circunstancias más agradables.

–Yo también, padre –respondió Dalgliesh–. Espero no tener que molestarlos durante mucho tiempo.

El padre Sebastian señaló los dos sillones situados a ambos lados de la chimenea, y el padre Martin acercó la silla del escritorio.

–Debo reconocer –dijo el padre Sebastian cuando los tres se hubieron sentado– que la llamada de su subdirector me sorprendió mucho. ¿No le parece un desperdicio de recursos humanos enviar a un comisario de la Policía Metropolitana a investigar la acción del cuerpo provincial en un caso que, aunque trágico, no reviste una importancia especial y quedó oficialmente cerrado tras la correspondiente vista? –Hizo una pausa y añadió–: ¿O incluso una medida irregular?

–No, padre, no es una medida irregular. Poco convencional, quizá. Sin embargo, puesto que yo tenía previsto venir a Suffolk, pensamos que ahorraríamos tiempo si pasaba por aquí, y que tal vez sería conveniente para el seminario que me ocupase en persona del caso.

–La mayor ventaja es que lo ha obligado a volver por aquí. Naturalmente, responderemos a todas sus preguntas. Sir Alred

Treeves no ha tenido la amabilidad de ponerse en contacto con nosotros. No asistió a la vista, pues según tengo entendido estaba en el extranjero, pero envió a un abogado como observador. Que yo recuerde, este no expresó insatisfacción. Aunque apenas hemos tratado con él, sir Alred siempre se ha mostrado difícil. Nunca disimuló su malestar ante la elección profesional de su hijo..., que él, por supuesto, nunca calificaría de «vocación». Nos cuesta entender sus motivos para solicitar que reabran el caso. No hay más que tres posibilidades. El asesinato queda descartado: Ronald no tenía enemigos aquí, y nadie ha ganado nada con su muerte. ¿Un suicidio? Es una explicación triste pero probable, desde luego, aunque en su conducta no había indicios de una infelicidad que justificase tamaña decisión. Solo queda la muerte accidental. Yo suponía que sir Alred había acogido el dictamen con alivio.

–No obstante, hay que tener en cuenta el anónimo del que, si no me equivoco, el subdirector le ha hablado –dijo Dalgliesh–. Si sir Alred no lo hubiese recibido, yo no estaría aquí.

Lo sacó de su billetera y se lo entregó. El padre Sebastian le echó un breve vistazo.

–Es evidente que fue escrito con un ordenador –observó–. Aquí tenemos algunos..., uno de ellos en mi despacho, como ve usted.

–¿Tiene idea de quién puede haberlo enviado?

Sin volver a mirar el papel, el padre Sebastian lo devolvió con un gesto de desdén.

–No. Tenemos algunos enemigos. Quizás esa sea una palabra demasiado fuerte; sería más preciso decir que hay personas que preferirían que este seminario no existiese. Su oposición, empero, es ideológica, teológica o económica, relacionada con los recursos de la Iglesia. Me resisto a creer que alguno de ellos se haya rebajado hasta el punto de escribir esa calumnia. Y me sorprende que sir Alred la haya tomado en serio. Un hombre poderoso como él debería estar acostumbrado a recibir anónimos. Por descontado, le ofreceremos toda la ayuda posible. Supongo que antes de nada querrá inspeccionar el lugar donde murió Ronald. Por favor, discúlpeme si lo envío solo con el padre Martin. Esta tarde he de ocuparme de una visita y otros asuntos urgentes. Las vísperas se cantan a las cinco, por si desea asistir. Después tomaremos un aperitivo aquí antes de cenar. Como recordará, no servimos vino en las comidas de los viernes, pero cuando tenemos compañía nos parece razonable ofrecerles una copa de jerez antes de la cena. Este fin de semana tenemos cuatro visitantes aparte de usted: el archidiácono Crampton, uno de los miembros del consejo de administración del seminario; la doctora Emma Lavenham, que viene de Cambridge todos los trimestres para iniciar a los alumnos en el legado literario del anglicanismo; el doctor Clive Stannard, que se documenta en nuestra biblioteca; y otro policía, el inspector Roger Yarwood, que en la actualidad está de baja por enfermedad. Ninguno de ellos se hallaba presente cuando murió Ronald. Si quiere saber quiénes estaban aquí entonces, el padre Martin le entregará una lista. ¿Cenará usted con nosotros?

–Esta noche no, padre, aunque procuraré regresar para las completas.

–Entonces lo veré en la iglesia. Espero que se sienta cómodo en su habitación.

El padre Sebastian se puso en pie, dando por concluida la entrevista.

9

–Supongo que querrás pasar por la iglesia camino de tu habitación –sugirió el padre Martin.

Saltaba a la vista que contaba con la conformidad de Dalgliesh, incluso con su entusiasmo, y no se equivocaba. El comisario estaba deseando volver a ver la pequeña iglesia.

–¿La Virgen de Van der Weyden sigue encima del altar? –preguntó.

–Sí, desde luego. Ella y *El juicio final* son nuestras principales atracciones. Bueno, es posible que la palabra «atracción» no resulte apropiada. No he querido decir que fomentemos las visitas. Recibimos pocas, y siempre con cita previa. No damos publicidad a nuestros tesoros.

–¿El Van der Weyden está asegurado, padre?

–No, nunca lo ha estado. No podemos permitirnos pagar la prima y, como dice el padre Sebastian, el retablo es irremplazable. El dinero no serviría para comprar otro. Aun así, somos precavidos. El aislamiento del edificio facilita las cosas, desde luego, y tenemos un moderno sistema de alarma. El tablero de control está junto a la puerta que comunica el claustro norte con el presbiterio, y el dispositivo protege también la puerta sur. Creo que lo instalaron después de tu última visita. El obispo insistió en que tomásemos medidas de seguridad si queríamos conservar el retablo; y tenía razón, por supuesto.

–Creo recordar que cuando yo era adolescente la iglesia permanecía abierta todo el día –señaló Dalgliesh.

–Sí, pero eso fue antes de que los expertos confirmaran la autenticidad del retablo. A mí me entristece que haya que cerrarla, sobre todo habida cuenta de que nos encontramos en un seminario. Por eso mandé construir un pequeño oratorio cuando aún era rector. No pudimos consagrar el cuarto en sí, ya que forma parte de otro edificio, pero sí consagramos el altar, de manera que los alumnos disponen de un lugar donde rezar o meditar después de los oficios.

Para acceder a la puerta del claustro norte desde la parte posterior del edificio pasaron por el guardarropa. Era una habitación dividida en dos por un largo banco y una barra con perchas, debajo de las cuales había un receptáculo para los zapatos o las botas. La mayor parte de los ganchos estaba libre, pero de media docena de ellos colgaban capas marrones con capucha. Estas, al igual que las sotanas negras, seguramente habían sido adquiridas a instancias de la autoritaria fundadora del seminario, Agnes Arbuthnot. Si era así, ella habría recordado la fuerza y la inclemencia de los vientos del este en aquella despejada costa. A la derecha del vestuario, la puerta entornada de la lavandería permitía entrever cuatro lavadoras y una secadora, todas de gran tamaño.

Dalgliesh y el padre Martin salieron de la penumbra de la casa al claustro, y el vago pero penetrante aroma a academicismo anglicano se desvaneció con el aire fresco del silencioso y soleado patio. Como en su adolescencia, a Dalgliesh lo asaltó la sensación de retroceder en el tiempo. Aquí los barrocos ladrillos rojos de la época victoriana cedían el paso a la simplicidad de la piedra. Los claustros, con sus esbeltas columnas, rodeaban tres lados del patio de adoquines. En las paredes revestidas con lajas de York había una sucesión de idénticas puertas de roble que conducían a las dos plantas destinadas a los dormitorios para estudiantes. Los cuatro apartamentos para visitantes daban a la fachada oeste del edificio principal y estaban separados del muro de la iglesia por una verja de hierro forjado, tras la que se divisaban varias hectáreas de terreno cubierto de pálidos matorrales y, más allá, el verde más intenso de los lejanos campos de remolacha. En el centro del patio, un vetusto castaño de Indias comenzaba a mostrar su otoñal decrepitud. Al pie del retorcido tronco, del que unos trozos de corteza se desprendían como postillas, habían brotado pequeños vástagos con hojas tan verdes y tiernas como los primeros retoños de la primavera. Más arriba, las grandes ramas estaban cubiertas de amarillo y marrón, y las hojas secas, retorcidas como dedos momificados, se veían agostadas y frágiles entre castañas de un luminoso tono caoba.

Dalgliesh creyó descubrir nuevos elementos en aquel escenario. Entre ellos, las sobrias pero elegantes macetas de barro alineadas a los pies de las columnas. Si bien debían de componer una bonita estampa en verano, los deformes tallos de los geranios, ahora leñosos, y las escasas flores supervivientes constituían un triste recordatorio de glorias pasadas. Habían plantado la fucsia que trepaba vigorosamente por la pared oeste de la casa cuando Dalgliesh era un niño. Aún tenía muchas flores, mas las hojas empezaban a perder su color y los dispersos montículos de pétalos caídos semejaban manchas de sangre.

–Entraremos por la puerta de la sacristía –indicó el padre Martin, sacando un abultado llavero del bolsillo de la sotana–. Siempre tardo en encontrar la llave, aunque ya debería conocerla, pero son tantas..., además, mucho me temo que jamás me acostumbre al sistema de seguridad. Tal como está programado, tenemos un minuto entero para teclear los cuatro dígitos, pero el pitido es tan débil que ya casi no lo oigo. Al padre Sebastian le molestan los sonidos estridentes, sobre todo en la iglesia. Si la alarma se dispara, arma un alboroto aterrador en el edificio principal.

–¿Quiere que lo haga yo, padre?

–No, gracias, Adam. Me las apañaré. Nunca me ha costado recordar el número, corresponde al año en que la señorita Arbuthnot fundó el seminario: 1861.

A un ladrón se le ocurriría fácilmente, pensó Dalgliesh.

La sacristía era más grande de lo que recordaba y por lo visto hacía también las veces de guardarropa y cocina. A la izquierda de la puerta que comunicaba con la iglesia había una hilera de colgadores. Otra pared estaba ocupada por armarios para las vestiduras litúrgicas. Había dos sillas de madera, una pequeña pila con escurridero y, encima de un armario de formica, una cafetera y un hervidor eléctrico. Contra la pared habían apilado dos botes grandes de pintura blanca y uno más pequeño de pintura negra, todo junto a un frasco de mermelada que contenía pinceles. A la izquierda de la puerta y debajo de una de las dos ventanas, había un escritorio con cajones sobre cuya mesa reposaba una cruz de plata. Más arriba, Dalgliesh vio una caja de seguridad empotrada. El padre Martin se percató de que la observaba.

–El padre Sebastian la mandó instalar para guardar los cálices y la patena del siglo XVII –explicó–. Los donó la señorita Arbuthnot y son muy valiosos. Precisamente por eso antes los guardábamos en el banco, pero el padre Sebastian decidió que debíamos usarlos. Yo creo que tiene razón.

A un lado del escritorio, la pared estaba decorada con fotografías de color sepia, todas de los primeros tiempos del seminario. Dalgliesh, siempre interesado en las fotos antiguas, se acercó a examinarlas. Una de ellas debía de ser de la señorita Arbuthnot, pensó. Estaba flanqueada por dos sacerdotes con sotana y birrete, ambos más altos que ella. Tras un rápido pero escrupuloso escrutinio, resultaba obvio para Dalgliesh quién era la personalidad dominante. Lejos de dejarse amilanar por la severidad clerical de sus custodios, la señorita Arbuthnot estaba serena, con los dedos enlazados sobre los pliegues de la falda. Su ropa era sencilla, aunque cara; incluso en la foto era posible apreciar el brillo de la blusa con cuello alto y mangas abullonadas y la excelente calidad de la falda. No llevaba joyas, salvo un camafeo en el cuello y una cruz que pendía de una cadena. El cabello severamente recogido y en apariencia muy rubio, rodeaba un rostro en forma de corazón, y bajo las cejas rectas y más oscuras los ojos se hallaban bastante separados entre sí. Dalgliesh se preguntó si alguna vez la risa habría roto ese aire serio y más bien amedrentador. En su opinión, era la foto de una mujer hermosa que no se recreaba en su belleza y había buscado las gratificaciones del poder en otros ámbitos.

La nostalgia lo invadió al percibir el olor a incienso y humo de las velas. Mientras se dirigían a la nave izquierda, el padre Martin dijo:

–Supongo que querrás volver a ver *El juicio final*.

La obra se iluminaba con una lámpara acoplada a una columna cercana. El padre Martin extendió el brazo, y la tenebrosa e indescifrable escena cobró vida. Se hallaban ante una gráfica representación del juicio final pintada sobre madera, un conjunto en forma de media luna de unos cuatro metros de diámetro. Arriba estaba Cristo sentado en la Gloria, con sus heridas manos extendidas sobre el drama que se desarrollaba abajo. La figura central era san Miguel. Empuñaba una pesada espada en la mano derecha y con la izquierda sostenía una balanza en la que pesaba las almas de los justos y los malvados. A la izquierda, un demonio de rabo escamoso y sonrisa lasciva, la personificación del horror, aguardaba a sus presas. Los virtuosos alzaban sus pálidas manos en actitud de oración, mientras que los condenados formaban una retorcida masa de negros, barrigudos y boquiabiertos hermafroditas. Junto a éstos, un grupo de diablillos menores con tridentes y cadenas arrojaban a sus víctimas a las fauces de un pez descomunal con una dentadura que parecía una hilera de espadas. A la izquierda, el cielo estaba representado como un hotel con almenas, ante cuya puerta un ángel portero daba la bienvenida a las almas desnudas. San Pedro, ataviado con una capa y una triple tiara, recibía a los bienaventurados más importantes. Aunque todos iban desnudos, lucían aún los distintivos de su rango: un cardenal con bonete escarlata, un obispo con mitra, un rey y una reina con sendas coronas. Esta visión medieval del cielo no era muy democrática, pensó Dalgliesh. En su opinión, todos los bienaventurados tenían un semblante de piadoso aburrimiento; a los condenados se los veía bastante más vitales, más desafiantes que arrepentidos, mientras los lanzaban con los pies por delante a la garganta del pez. Uno de ellos, más corpulento que los demás, se resistía a su destino y parecía hacer un ademán de desprecio a san Miguel. *El juicio final*, que en tiempos pretéritos ocupaba un sitio más destacado, se valía del miedo al infierno para inculcar la virtud y la conformidad social en las congregaciones medievales. Ahora lo contemplaban académicos interesados en el tema o visitantes que ya no temían el infierno y esperaban encontrar el cielo en este mundo, no en el siguiente.

–Es un juicio final notable, quizás uno de los mejores del país, pero no puedo evitar desear que lo pusieran en otro sitio –confesó el padre Martin–. Data aproximadamente del año 1480. No sé si has visto el de Wenhaston. Este se le parece tanto que es probable que lo haya pintado el mismo monje de Blythburgh. El de ellos estuvo a la intemperie durante muchos años e hizo falta restaurarlo, mientras que el nuestro se conserva mejor. Tuvimos suerte. Lo descubrieron en la década de los treinta en un granero de las cercanías de Wisset, donde lo usaban como tabique, de manera que seguramente ha estado a cubierto desde principios del siglo XIX. –El padre Martin apagó la luz y siguió hablando animadamente–: Teníamos una antiquísima estructura circular que se mantenía en pie..., seguro que has visto la de Bramfield... pero de eso hace mucho tiempo. Esta era una pila bautismal, pero, como puedes apreciar, queda poco del labrado original. Cuenta la leyenda que salió a la superficie del mar a finales del siglo XVIII, durante una terrible tormenta. No sabemos si originariamente perteneció a esta iglesia o a alguna de las que quedaron sumergidas. Aquí hay muchos siglos representados. Como ves, aún conservamos cuatro sitiales del XVII.

Pese a su antigüedad, estas piezas remitían a Dalgliesh a la sociedad victoriana. El señor y su familia se sentaban en la intimidad de esos sitiales, rodeados por las mamparas de madera, sin ser vistos por el resto de la congregación ni desde el púlpito. Los imaginó reunidos allí y se preguntó si llevarían consigo cojines, mantas, bocadillos, bebidas o incluso algún libro discretamente escondido para aliviar las horas de abstinencia y el tedio del sermón. De niño, solía especular sobre qué haría el señor si sufría de incontinencia urinaria. ¿Cómo conseguían él y el resto de la congregación permanecer sentados durante las dos eucaristías del domingo, con sus largas homilías, o mientras se recitaba o cantaba la letanía? ¿Acaso era costumbre ocultar un orinal debajo del asiento de madera?

Ahora caminaban por la nave en dirección al altar. El padre Martin se acercó a una columna situada detrás del púlpito y pulsó un interruptor. La penumbra de la iglesia se intensificó mientras, con dramática rapidez, el retablo se llenaba de vida y color. Las figuras de la Virgen y san José, paralizadas en silenciosa adoración desde hacía más de cinco siglos, parecieron desprenderse momentáneamente de la madera para flotar en el aire como una temblorosa visión. La Virgen estaba pintada sobre un barroco brocado en tonos dorados y marrones, un lujoso fondo que ponía de relieve la sencillez y fragilidad de la figura. Su pálido rostro formaba un óvalo perfecto; la nariz era estrecha y la boca, delicada; y bajo las finas cejas arqueadas los ojos de pesados párpados contemplaban al niño con una expresión de resignado asombro. Una ondulada melena rojiza caía desde la ancha y tersa frente hasta la mantilla azul y las delicadas manos, con los dedos rozándose apenas en un gesto de oración. El Niño la miraba con los brazos en alto, como prefigurando su crucifixión. San José, vestido de rojo, estaba sentado en la parte derecha del retablo: un soñoliento guardián, prematuramente envejecido y encorvado sobre un bastón.

Dalgliesh y el sacerdote guardaron silencio por unos instantes. El padre Martin no volvió a hablar hasta que hubo apagado la luz y Dalgliesh se preguntó si el sacerdote se sentía incapaz de mantener una conversación mundana mientras el retablo obraba su magia.

–Los expertos parecen coincidir en que es un auténtico Rogier van der Weyden, pintado entre 1440 y 1445. En los dos paneles que faltan seguramente había santos con las caras del donante y su familia.

–¿Cuál es su procedencia? –preguntó Dalgliesh.

–La señorita Arbuthnot lo donó al seminario un año después de su fundación. Quería que estuviera en el altar, y nosotros nunca consideramos la posibilidad de cambiarlo de sitio. Fue mi predecesor, el padre Nicholas Warburg, quien llamó a los expertos. Le interesaba mucho la pintura, en particular el Renacimiento holandés, y sentía una natural curiosidad por saber si era auténtico. En el documento con el que acompañaba el regalo, la señorita Arbuthnot se limitaba a describirlo como parte de un tríptico que mostraba a santa María y san José, quizás atribuible a Rogier van der Weyden. No puedo por menos de pensar que habría sido mejor dejar las cosas así. Ahora disfrutaríamos de la obra sin estar obsesionados por su seguridad.

–¿Cómo llegó a manos de la señorita Arbuthnot?

–Se lo compró a una familia de terratenientes que se deshizo de algunas obras de arte para mantener sus fincas, o algo por el estilo. No creo que pagase mucho por él. Se ignoraba su autoría, pero de no haber sido así, en 1860 este pintor no gozaba de su fama actual. Para nosotros es una gran responsabilidad, desde luego. Sé que el archidiácono opina que deberían llevárselo de aquí.

–¿Adónde?

–A una catedral, quizá, donde sería posible adoptar mejores medidas de seguridad. O incluso a una galería o un museo. Creo que hasta le ha insinuado al padre Sebastian que deberíamos venderlo.

–¿Y donar el dinero a los pobres? –preguntó Dalgliesh.

–Bueno, a la Iglesia. Su otro argumento es que debería estar al alcance de más gente. ¿Por qué añadir este privilegio a los muchos que tenemos en este pequeño y remoto seminario?

No había resentimiento en la voz del padre Martin. Dalgliesh permaneció en silencio y hubo una larga pausa antes de que su acompañante agregara, como si temiese haber ido demasiado lejos:

–Son razones válidas. Quizás habría que tenerlas en cuenta, pero es difícil imaginar la iglesia sin esta pieza en el altar. La señorita Arbuthnot la donó para que la pusiésemos aquí, y creo que deberíamos negarnos en redondo a que se la lleven. Yo me libraría de buena gana de *El juicio final*, pero no de este retablo.

En cuanto dieron media vuelta, Dalgliesh comenzó a reflexionar sobre cuestiones más mundanas. No le habría hecho falta escuchar a sir Alred para saber que el seminario se encontraba en una difícil posición. ¿Qué futuro había a largo plazo para Saint Anselm cuando sus valores chocaban con las ideas eclesiásticas dominantes, educaba a solo veinte alumnos y se hallaba en un sitio apartado e inaccesible? Si su porvenir estaba en juego, sin duda la muerte de Ronald Treeves inclinaría la balanza en su contra. Y si el seminario cerraba, ¿qué sucedería con el Van der Weyden, los demás objetos valiosos donados por la señorita Arbuthnot y el propio edificio? Al recordar la fotografía de la mujer, costaba creer que no hubiese previsto esta contingencia, aunque de mala gana y tomando precauciones para evitarla. Uno volvía, como de costumbre, a la cuestión primordial: ¿quién se beneficiaría del cierre? A Dalgliesh le habría gustado formulársela al padre Martin, pero decidió que sería una falta de tacto y que no estaban en el lugar apropiado. Sin embargo, en algún momento habría que plantearla.

10

La señorita Arbuthnot les había puesto a los cuatro apartamentos para invitados los nombres de los cuatro doctores de la Iglesia occidental: Gregorio, Agustín, Jerónimo y Ambrosio. Tras esta muestra de erudición teológica y la decisión de que las casas para el personal se llamarían San Mateo, San Marcos, San Lucas y San Juan, por lo visto se habían quedado sin inspiración, de manera que las habitaciones de los alumnos en los claustros norte y sur se identificaban por números, un sistema menos imaginativo pero más práctico.

–Tú solías alojarte en Jerónimo –señaló el padre Martin–. Supongo que lo recordarás. Ahora alberga una cama de matrimonio, así que estarás cómodo. Es el segundo apartamento después de la iglesia. Me temo que no podré darte una llave, pues no incluimos en nuestras costumbres cerrar las habitaciones de los huéspedes. Este es un lugar seguro. Si tienes documentos que preferirías poner a buen recaudo, los guardaremos en la caja fuerte. Espero que te sientas como en tu casa, Adam. Observarás que hemos cambiado los muebles desde tu última visita.

Así era, en efecto. La salita, otrora un acogedor aunque abarrotado depósito de muebles dispares y viejos que parecían los restos de los mercadillos benéficos de la iglesia, era ahora tan funcional como el estudio de un universitario. No había un solo detalle superfluo; un estilo sencillo y moderno había reemplazado a la originalidad. El mobiliario se componía de una mesa con cajones –que bien cumplía las funciones de escritorio– ante la ventana con vista al oeste; dos sillones, uno a cada lado de la estufa de gas; una mesa auxiliar, y una estantería. A la derecha de la chimenea, sobre la encimera de formica de un armario, reposaba una bandeja con un hervidor eléctrico, una tetera y dos tazas con sus respectivos platos.

–En ese armario hay un refrigerador pequeño donde la señora Pilbeam te dejará una botella de leche al día –indicó el padre Martin–. Como verás cuando subamos, hemos instalado una ducha en el dormitorio. Antes, como recordarás, había que cruzar los claustros para acceder a uno de los cuartos de baño de la casa principal.

Dalgliesh lo recordaba. Uno de los placeres de su estancia en el seminario consistía en salir en bata al aire fresco de la mañana, con una toalla sobre los hombros, para ir al cuarto de baño, o bien recorrer los setecientos metros que lo separaban de la playa para darse un chapuzón antes de desayunar. La pequeña y moderna ducha era un burdo sustituto.

–Si no te molesta –dijo el padre Martin–, me quedaré aquí mientras deshaces tu equipaje. Quiero enseñarte un par de cosas.

El dormitorio estaba amueblado con la misma sencillez que la salita de abajo. Una cama doble de madera, una mesilla de noche con una lámpara, un armario empotrado, una estantería y un sillón ocupaban la habitación. Dalgliesh abrió su bolsa y colgó el único traje que había juzgado oportuno llevar consigo. Después de lavarse rápidamente, se reunió con el padre Martin, que contemplaba el paisaje por la ventana. Ante la presencia de Dalgliesh, el sacerdote extrajo un papel doblado del bolsillo de su sotana.

–Lo escribiste cuando tenías catorce años y yo no te lo envié porque no sabía cómo te sentaría descubrir que lo había leído. Durante todo este tiempo lo he conservado, pero quizás ahora quieras recuperarlo. Cuatro versos; supongo que es un poema.

Una suposición infundada, pensó Dalgliesh. Reprimió una protesta y aceptó el papel. ¿Qué indiscreción, vergüenza o veleidad juvenil resucitarían, muy a su pesar, esas líneas? La visión de su propia letra –a un tiempo familiar y extraña, vacilante e informe pese a la aplicada caligrafía– lo impulsó hacia el pasado con más fuerza que cualquier fotografía antigua, ya que era mucho más personal. Resultaba difícil creer que la mano infantil que se había movido sobre esa cuartilla era la misma que ahora la sostenía.

Leyó los versos en silencio:

«Otro día precioso», dijiste al pasar
con voz queda, y continuaste andando con la mirada ausente.
No dijiste: «Por favor, cúbreme con tu abrigo;
fuera el sol, dentro la mortífera aguanieve».

Otro recuerdo acudió a su mente, el de un hecho frecuente en la infancia: su padre pronunciando un responso, la fertilidad de la tierra removida junto al intenso verde del césped artificial, unas cuantas coronas, la sobrepelliz agitada por el viento, el aroma a flores. Recordó que había escrito aquellas líneas tras el entierro de un niño, un hijo único. Recordó también que el adjetivo del último verso no acababa de convencerle, pero no había encontrado un sustituto aceptable.

–Me pareció un escrito notable para un chico de catorce años –opinó el padre Martin–. Si no lo quieres, me gustaría quedármelo.

Dalgliesh asintió y le devolvió el papel en silencio. El padre Martin lo dobló y se lo guardó en el bolsillo con un aire de satisfacción infantil.

–Ha dicho que quería enseñarme algo más –le señaló Dalgliesh.

–Sí. Sera mejor que nos sentemos. –Una vez más, el padre Martin metió la mano en el profundo bolsillo de su sotana y sacó lo que parecía un cuaderno escolar, enrollado y atado con una goma. Lo extendió sobre su regazo y enlazó las manos encima, como si quisiera protegerlo–. Desearía que leyeses esto antes de ir a la playa. Habla por sí mismo. La mujer que lo escribió murió de un infarto la misma noche en que hizo la última anotación. Quizá no guarde relación alguna con la muerte de Ronald. Eso dijo el padre Sebastian cuando se lo enseñé, él cree que podemos pasarlo por alto. Tal vez no signifique nada, pero a mí me preocupa. Me pareció que sería buena idea que lo leyeras aquí, donde nadie te interrumpirá. Fíjate especialmente en las anotaciones primera y última.

Le entregó el cuaderno y permaneció sentado en silencio hasta que Dalgliesh hubo concluido la lectura.

–¿Cómo llegó a sus manos, padre? –preguntó el comisario.

–Lo busqué y di con él. La señora Pilbeam encontró a Margaret Munroe muerta en su casa a las seis y cuarto de la mañana del viernes 13 de octubre. La señora Pilbeam se dirigía al seminario y le sorprendió ver luces tan temprano en San Mateo. Después de que el doctor Metcalf, el médico que nos atiende a todos, examinase el cadáver y se lo llevaran, recordé que yo mismo le había sugerido a Margaret que contase por escrito cómo había descubierto el cadáver de Ronald. Me pregunté si me habría hecho caso. Encontré el cuaderno debajo de un bloc de papel de carta, en el cajón de un pequeño escritorio de madera. No había hecho nada por ocultarlo.

–¿Y usted cree que nadie más sabe de la existencia de este diario?

–Nadie, excepto el padre Sebastian. Estoy seguro de que Margaret no se lo contó siquiera a la señora Pilbeam, el miembro del personal con quien tenía más confianza. Tampoco había señales de que hubiesen registrado la casa. La expresión de la difunta era serena. La encontramos sentada en su sillón, con una labor de punto sobre el regazo.

–¿Sabe a qué se refiere?

–No. Tal vez lo que suscitó el recuerdo fuese algo que había visto u oído el día de la muerte de Ronald; eso y los puerros que le había regalado Eric Surtees. Es el ayudante de Reg Pilbeam, como ya se menciona en el diario. No sé de qué se trataba.

–¿Su muerte fue inesperada?

–No exactamente. Hacía años que padecía una grave enfermedad cardíaca. Tanto el doctor Metcalf como un especialista de Ipswich le advirtieron que necesitaba un trasplante, pero ella no quería someterse a ninguna operación. Alegaba que los escasos recursos de la medicina debían destinarse a los jóvenes o a personas con responsabilidades familiares. Desde la muerte de su hijo, parecía que a Margaret le diera igual vivir que morir. No es que su actitud fuese morbosa; simplemente no sentía suficiente apego a la vida como para luchar por mantenerla.

–Me gustaría guardar este diario –dijo Dalgliesh–. Es posible que el padre Sebastian esté en lo cierto y que estas anotaciones carezcan de importancia, pero habida cuenta de las circunstancias de la muerte de Ronald Treeves, es un documento interesante.

Depositó el cuaderno en el maletín, cerró la tapa y echó la cerradura de seguridad, que se abría con una combinación de números. Permanecieron sentados en silencio durante un minuto. Dalgliesh sintió como si el aire se hallara cargado de mudos temores, sospechas a medio formular y una vaga sensación de intranquilidad. Ronald Treeves había muerto misteriosamente, y una semana después también había pasado a mejor vida la mujer que había encontrado su cadáver y que más tarde había descubierto un importante secreto. Hasta el momento no había indicios de delito, y el comisario compartía la aparente reticencia del padre Martin a pronunciar esas palabras en voz alta.

–¿Le sorprendió el veredicto de la vista? –inquirió Dalgliesh.

–Un poco. Esperaba que dictaminaran que se desconocía la causa de la muerte. Aun así no soportamos la idea de que Ronald se suicidase, y mucho menos de una forma tan horrible.

–¿Qué clase de chico era? ¿Estaba a gusto aquí?

–No estoy seguro, aunque me cuesta imaginar que hubiese encajado mejor en otro seminario. Era inteligente y aplicado, pero no muy simpático. Pobre chico. Yo diría que combinaba cierta vulnerabilidad con una considerable petulancia. No tenía ningún amigo especial, aunque tampoco alentamos esa clase de relaciones, y supongo que se sentía solo. Sin embargo, no había nada en su trabajo ni en su actitud que sugiriese que estaba desesperado o tentado de caer en el triste pecado de la autodestrucción. Naturalmente, si se suicidó, parte de la responsabilidad es nuestra. Deberíamos habernos percatado de que sufría. Pero no nos dio ninguna pista.

–¿Y su vocación les parecía clara?

El padre Martin se tomó su tiempo antes de responder:

–Al padre Sebastian sí, aunque me pregunto si no se dejó influir por el historial académico de Ronald. Quizá no fuese tan brillante como creía, pero era listo. Yo tenía mis dudas respecto a su vocación; más bien consideraba que Ronald estaba desesperado por impresionar a su padre. Incapaz de estar a su altura en el mundo de las finanzas, escogió una carrera imposible de comparar con ese ámbito. Además, en el sacerdocio, en particular en el católico, existe siempre la tentación del poder. Cuando se ordenase, tendría la potestad de conceder la absolución. Algo que su padre nunca podría hacer. No le he contado esto a nadie, y tal vez me equivoque. Cuando se estudió su solicitud, yo me sentí incómodo. No es fácil para un rector que su predecesor continué en el seminario. Por eso no me pareció correcto oponerme al padre Sebastian en este asunto.

Dalgliesh experimentó una profunda aunque absurda inquietud cuando oyó decir al padre Martin:

–Y ahora supongo que querrás ver el lugar donde murió.

11

Eric Surtees salió de la casa San Juan por la puerta trasera y caminó entre las ordenadas filas de otoñales hortalizas para visitar a sus cerdos. *Lily*, *Marigold*, *Daisy* y *Myrtle* corrieron patosamente a su encuentro, en alborotador tropel, y alzaron sus rosados hocicos para olfatearlo. Fuera cual fuese su estado de ánimo, a Eric siempre le complacía ver la pocilga que él mismo había construido. Sin embargo hoy, mientras se inclinaba para rascarle el lomo a *Myrtle*, no consiguió disipar la ansiedad que lo abrumaba como un peso que cargara sobre sus hombros.

Su hermanastra, Karen, llegaría a la hora del té. Por lo general viajaba en coche desde Londres el tercer fin de semana de cada mes y, con independencia del tiempo que hiciese, esos dos días permanecían soleados en la memoria de Eric; animaban e iluminaban las semanas que faltaban para el siguiente encuentro. En los últimos cuatro años ella le había cambiado la vida. Ahora era incapaz de imaginar su existencia sin Karen. En circunstancias normales, esta visita supondría un privilegio, pues la joven había estado allí el domingo anterior. No obstante, Eric sabía que quería volver a pedirle algo que él ya le había negado la semana anterior. También sabía que le resultaría difícil encontrar el valor necesario para rehusar por segunda vez.

Reclinado sobre la valla de la pocilga, meditó sobre los últimos cuatro años, sobre sí mismo y sobre Karen. En un principio la relación no auguraba nada bueno. Se habían conocido cuando él tenía veintiséis años y ella, tres menos. Eric y su madre habían ignorado su existencia hasta que la niña cumplió los diez años. El padre de ambos, representante de un importante grupo editorial, había mantenido con éxito dos hogares hasta que las presiones físicas y económicas, junto con las complicaciones de esa doble vida, se le habían antojado insoportables y se había marchado con su amante. Ni Eric ni su madre habían lamentado demasiado su partida; a ella le gustaba sentirse víctima, y su marido le había proporcionado un motivo para vivir en un estado de feliz indignación y librando encarnizadas batallas durante los últimos diez años de su vida. Luchó en vano por la propiedad de la casa de Londres, insistió en hacerse con la custodia del niño (aunque en este punto no hubo desacuerdo) y mantuvo una larga y enconada disputa por la distribución de los bienes. Eric no había vuelto a ver a su padre.

La casa de cuatro plantas formaba parte de una serie de edificios adosados victorianos situados en las proximidades de la estación de metro Oval. Tras la muerte de su madre, condenada a una larga agonía por la enfermedad de Alzheimer, Eric había continuado en la casa, ya que el abogado le había informado de que podía permanecer allí sin pagar alquiler hasta que su padre muriese. Cuatro años atrás había fallecido en la calle de un ataque al corazón, y entonces Eric había descubierto que les había legado la casa por partes iguales a él y a su hermana.

Había visto a la chica por primera vez en el funeral de su padre. El acontecimiento –que no merecía dignificarse con un nombre más ceremonioso– había tenido lugar en un crematorio del norte de Londres sin el privilegio de un sacerdote; de hecho, sin el privilegio de otros deudos aparte del propio Eric, Karen y dos representantes de la editorial. La inhumación había durado unos minutos.

Al salir del crematorio, Karen había dicho sin preámbulos: «Ha sido tal como lo deseaba papá. Nunca fue un hombre religioso. No quería flores ni un funeral con mucha gente. Hemos de hablar sobre la casa, pero no ahora. Tengo una reunión urgente en la oficina. No me ha sido fácil escaparme».

Ella no se ofreció a llevarlo, y Eric regresó solo a la casa. Sin embargo, al día siguiente Karen fue a verlo. Él recordaba claramente el momento en que había abierto la puerta. Iba vestida igual que en el funeral: con estrechos pantalones de piel negros, un holgado jersey rojo y botas de tacón alto. Su cabello estaba tieso, como si lo hubiese untado con gomina, y llevaba un lustroso pendiente en la aleta izquierda de la nariz. Presentaba una apariencia convencionalmente estrafalaria, y Eric descubrió con asombro que le gustaba. Se dirigieron en silencio a la sala delantera, que rara vez se usaba, y ella miró con expresión desdeñosa los vestigios de la vida de la madre de Eric: los aparatosos muebles que nunca se había molestado en cambiar, las polvorientas cortinas colgadas con el estampado hacia la calle y la repisa de la chimenea, abarrotada de chabacanos recuerdos de sus vacaciones en España.

–Debemos tomar una decisión con respecto a la casa –aseveró ella–. Podemos venderla y repartirnos el dinero a partes iguales, o alquilarla. Supongo que también podríamos invertir en reformas y convertirla en tres estudios. No saldría barato, pero papá me nombró beneficiaria de un seguro de vida, y no me importaría invertir ese dinero siempre que cobre una proporción más alta de los alquileres. ¿Qué quieres hacer tú? ¿Tenías intención de quedarte aquí?

–La verdad es que no quiero seguir en Londres. Si vendemos la casa, dispondré del dinero suficiente para comprarme una casita en el interior. Tal vez me dedique a cultivar y vender hortalizas.

–Sería una tontería. Necesitarás más capital del que podrías sacar de aquí, y esa clase de negocio no es rentable a menos que se monte a gran escala. De todos modos, si lo que quieres es marcharte, supongo que tendrás prisa por vender.

«Sabe lo que quiere y lo conseguirá –pensó Eric–, con independencia de lo que diga yo.» Pero no le preocupaba demasiado. La siguió de una habitación a otra en una especie de trance.

–No me importa conservarla, si es lo que deseas.

–No se trata de lo que desee yo; es lo más sensato para ambos. El mercado inmobiliario pasa por un buen momento y es muy probable que mejore. Naturalmente, si dividimos la casa en apartamentos, perderá valor como residencia unifamiliar. Por otro lado, nos proporcionará ingresos regulares.

Y así se hizo. Eric sabía que al principio Karen lo despreciaba, pero cuando empezaron a trabajar juntos, su actitud cambió de manera perceptible. Descubrió con sorpresa y alegría que él era hábil con las manos y que el hecho de que fuese capaz de pintar, colocar estanterías e instalar armarios les ahorraría mucho dinero. Eric jamás se había molestado en reformar una casa que fuese suya solo de nombre. No obstante, ahora encontró en sí mismo unas aptitudes inesperadas y satisfactorias. Aunque contrataron a un fontanero, un electricista y un albañil para las obras más importantes, Eric se encargó de gran parte del trabajo. Se convirtieron en socios involuntarios. Los sábados salían a comprar muebles de segunda mano, ropa de cama y cubertería de oferta, y se mostraban mutuamente sus trofeos con entusiasmo infantil. Él le enseñó a utilizar un soplete, insistió en preparar a conciencia la madera antes de pintar –a pesar de las protestas de Karen– y la sorprendió con la escrupulosidad con que midió y montó los armarios de la cocina. Mientras trabajaban, ella hablaba de su vida; del periodismo autónomo, en el que empezaba a hacerse un nombre; de su satisfacción al ver su nombre en un artículo y de los cotilleos y pequeños escándalos del mundillo literario, en el que trabajaba de manera marginal. Era un universo que a Eric se le antojaba aterradoramente extraño. Se alegraba de no formar parte de él. Él soñaba con una casita de campo, un huerto y quizá su pasión secreta: criar cerdos.

Y recordaba –cómo no– el día en que se habían convertido en amantes. Él acababa de instalar una persiana en una de las ventanas que daban al sur, y estaban pintando las paredes juntos. Karen era muy sucia para trabajar y en mitad de la tarea anunció que quería ducharse porque estaba acalorada, sudorosa y manchada. Sería una oportunidad para probar el nuevo baño. De manera que Eric también dejó de trabajar y se sentó con las piernas cruzadas, apoyado contra la única pared sin pintar, observando las franjas que proyectaba la luz que se colaba por la persiana entornada sobre el suelo manchado de pintura; recreándose en su sensación de bienestar.

Entonces entró ella. Excepto por una toalla que se había atado a la cintura, estaba desnuda y llevaba una alfombra de baño sobre el brazo. La desplegó en el suelo, se acuclilló encima y le tendió los brazos a Eric. Sumido en una especie de éxtasis, él se arrodilló al lado de ella.

–No podemos –murmuró–. Somos hermanos.

–Solo hermanastros. Mejor. Todo quedará en familia.

–La persiana. Hay demasiada luz –musitó él.

Ella se levantó, cerró la persiana y la habitación quedó en penumbra. Karen regresó junto a él y le apretó la cabeza contra sus pechos.

Había sido la primera experiencia sexual de Eric, y le había cambiado la vida. Sabía que Karen no lo quería, y él aún no estaba enamorado de ella. Durante ese y otros sorprendentes encuentros amorosos, Eric cerraba los ojos y se entregaba a todas sus fantasías secretas: románticas, tiernas, violentas, vergonzosas. Las imágenes se arremolinaban en su mente y tomaban cuerpo. Hasta que un día, por primera vez, mientras hacían el amor cómodamente en la cama, él abrió los ojos, miró a Karen y comprendió que estaba enamorado.

Había sido ella quien le había conseguido el empleo en Saint Anselm. Mientras llevaba a cabo un trabajo en Ipswich, había comprado un ejemplar del *East Anglian Daily News.* Esa noche regresó a la casa, en cuyo sótano se había alojado Eric durante las obras, llevando consigo el periódico.

–Este sería un trabajo ideal para ti. Buscan a un hombre que se encargue de pequeñas reparaciones en un seminario del sur de Lowestoft. Sin duda está lo suficientemente aislado para tu gusto. Ofrecen una casita con jardín, y apuesto a que podrás convencerlos de que te dejen criar gallinas.

–No quiero gallinas, sino cerdos.

–Pues cerdos, si es que no apestan demasiado. No pagan mucho, pero sacarás unas doscientas cincuenta libras del alquiler de estos apartamentos. Hasta conseguirías ahorrar un poco. ¿Qué te parece?

A Eric le parecía demasiado bueno para ser cierto.

–Tal vez prefieran una pareja –añadió ella–, pero el anuncio no dice nada al respecto. Deberíamos actuar con rapidez. Si quieres, te llevaré allí mañana por la mañana. Llama a este número y concierta una cita.

Al día siguiente, ella lo acompañó hasta Suffolk, lo dejó en la puerta del seminario y dijo que regresaría a buscarlo una hora después. Lo entrevistaron el padre Sebastian Morell y el padre Martin Petrie. Aunque Eric temía que le pidiesen referencias parroquiales, o que le preguntasen si asistía a la iglesia con regularidad, nadie mencionó el tema de la religión.

Karen había dicho:

–Podrías conseguir recomendaciones del ayuntamiento, desde luego, pero lo mejor será que demuestres que eres un manitas. No buscan un oficinista. He traído mi Polaroid. Tomaré fotos de los armarios, las estanterías y los apliques para que se las enseñes. Recuerda que debes venderte bien.

Pero a Eric no le hizo falta venderse. Respondió a las preguntas de los sacerdotes y les mostró las fotografías con un conmovedor nerviosismo que demostró lo mucho que deseaba el trabajo. Luego lo llevaron a ver la casa. Era más grande de lo que él había imaginado o deseado, y estaba a unos ochenta metros de la parte trasera del seminario, con una amplia vista al descampado y a un pequeño y descuidado jardín. Eric no mencionó los cerdos hasta que llevaba un mes trabajando allí y, cuando lo hizo, nadie puso objeciones. El padre Martin, ligeramente incómodo, se limitó a preguntar:

–No escaparán, ¿verdad, Eric? –Como si se tratase de ovejeros alemanes.

–No, padre. Construiré una pocilga para mantenerlos aislados. Naturalmente, les enseñaré los planos antes de comprar la madera.

–¿Y el olor? –quiso saber el padre Sebastian–. Dicen que los cerdos no huelen, pero yo siempre percibo su olor. Es posible que tenga un olfato más desarrollado que la mayoría de la gente.

–No olerán mal, padre. Los cerdos son unos animales muy limpios.

Así pues, Eric consiguió su casa, su jardín y sus cerdos. Además veía a Karen cada tres semanas. No alcanzaba a imaginar una vida más satisfactoria.

En Saint Anselm encontró la paz que había buscado durante toda su vida. No entendía por qué siempre había anhelado tanto la ausencia de ruido, de conflictos, de tensiones creadas por personalidades antagónicas. Su padre nunca lo había maltratado. De hecho, había pasado poco tiempo en casa, y las desavenencias conyugales de sus padres se habían manifestado con gruñidos y quejas entre dientes más que con gritos o arrebatos de ira. La reserva había formado parte de la personalidad de Eric desde la más tierna infancia. Incluso durante su etapa en el ayuntamiento –desempeñando un trabajo que difícilmente cabría calificar de estimulante– se había esforzado por mantenerse al margen de las pequeñas rencillas o disputas que algunos trabajadores se empeñaban en provocar. Antes de conocer y amar a Karen, ninguna compañía se le había antojado más deseable que la suya propia.

Y ahora, con su paz, su refugio, su jardín, sus cerdos, un trabajo que le gustaba y que los demás valoraban y las visitas periódicas de Karen, disfrutaba de una vida que superaba todas sus expectativas y lo satisfacía plenamente. Sin embargo, el nombramiento del archidiácono Crampton como miembro del consejo de administración había cambiado las cosas. El miedo a lo que Karen pudiese pedirle representaba solo una preocupación adicional para Eric, que padecía una sobrecogedora ansiedad desde la llegada del archidiácono.

–Es posible que el archidiácono vaya a verte el domingo o el lunes, Eric –le había avisado el padre Sebastian durante la primera visita de Crampton–. El obispo lo ha nombrado miembro del consejo de administración, y supongo que querrá hacerte algunas preguntas.

Algo en el tono del padre Sebastian había puesto en guardia a Eric.

–¿Sobre mi trabajo aquí, padre?

–Sobre los términos de tu contrato o sobre lo que se le ocurra. Tal vez quiera echar un vistazo a la casa.

Así fue. Se había presentado poco después de las nueve de la mañana del lunes. Karen, contrariamente a sus costumbres, había pasado la noche del domingo allí y se había marchado a toda prisa a las siete y media, una hora bastante tardía habida cuenta de que tenía una cita en Londres a las diez y los lunes por la mañana la autopista A12 estaba muy congestionada, sobre todo en la entrada a la ciudad. En su precipitación –más que habitual en ella–, había olvidado un sujetador y unas bragas en el tendedero de la casa. Fue lo primero que vio el archidiácono al acercarse por el camino.

–No sabía que tuviese visitas –comentó Crampton sin presentarse siquiera.

Eric retiró las ofensivas prendas de la cuerda y se las metió en el bolsillo, percatándose en el acto de que su actitud avergonzada y furtiva era un error.

–Mi hermana ha pasado el fin de semana aquí, padre.

–Yo no soy su padre. No empleo ese tratamiento. Llámeme archidiácono.

–Sí, archidiácono.

Era un hombre muy alto –debía de superar el metro noventa–, con rostro anguloso, ojos brillantes y vivarachos, cejas pobladas, bigote y barba.

Caminaron en silencio hacia la pocilga. «Al menos no podrá quejarse del estado del jardín», pensó Eric.

Los cerdos los recibieron con gruñidos más altos que de costumbre.

–No sabía que criaba cerdos –dijo el archidiácono–. ¿Provee de carne al colegio?

–A veces, archidiácono; aunque no suelen comer mucho cerdo. Compran la carne en una carnicería de Lowestoft. A mí me gusta criar cerdos. Le pedí permiso al padre Sebastian y me lo dio.

–¿Cuánto tiempo le ocupan?

–No mucho, pa... No mucho, archidiácono.

–Son muy escandalosos, pero al menos no huelen mal.

Esa observación quedó sin respuesta. El archidiácono se volvió hacia la casa y Eric lo siguió. Una vez en el salón, este señaló en silencio una de las cuatro sillas con asiento de paja que rodeaban la mesa cuadrangular. El archidiácono no se dio por enterado de la invitación. Permaneció de pie, de espaldas a la chimenea, observando la estancia: los dos sillones –una mecedora y una butaca Windsor con almohadones de *patchwork*–, la baja estantería que cubría el ancho de una pared y los pósters que Karen había llevado y pegado con Blu Tack.

–Supongo que lo que usó para fijar esos carteles no estropea las paredes, ¿verdad?

–En absoluto. Está hecho especialmente con ese fin. Es una pasta moldeable parecida al chicle.

Entonces el archidiácono apartó una silla con brusquedad y se sentó, indicando a Eric que hiciera lo mismo. Si bien las preguntas que formuló a continuación no fueron agresivas, Eric se sintió como un sospechoso acusado de un delito indeterminado.

–¿Cuánto tiempo lleva trabajando aquí? Cuatro años, ¿no es así?

–Sí, archidiácono.

–¿Y cuáles son exactamente sus funciones?

Sus funciones nunca habían estado definidas con exactitud.

–Soy una especie de encargado de mantenimiento –respondió Eric–. Reparo toda clase de averías, siempre que no sean eléctricas, y me ocupo de la limpieza del exterior. Eso quiere decir que friego los suelos de los claustros, barro el patio y limpio las ventanas. La señora Pilbeam limpia el interior con la ayuda de un par de asistentas de Reydon.

–No parece un trabajo muy pesado. Los jardines están bien cuidados. ¿Le gusta la jardinería?

–Sí, mucho.

–Pero su huerto no es lo bastante grande para surtir de hortalizas al seminario.

–En efecto, no todas las verduras salen de aquí. Aun así, como cultivo demasiadas para mí solo, llevo las que me sobran a la señora Pilbeam. Y a veces al resto del personal.

–¿Le pagan por ellas?

–No, archidiácono. Nadie paga nada.

–¿Y qué sueldo recibe por estas sencillas tareas?

–Cobro el salario mínimo, basado en cinco horas de trabajo diario.

No mencionó el hecho de que ni él ni los sacerdotes se preocupaban mucho por las horas. A veces su trabajo llevaba menos tiempo, y a veces más.

–Por otra parte, vive en esta casa sin pagar alquiler. Supongo que sí pagará los gastos de calefacción, luz e impuestos municipales.

–Pago los impuestos municipales.

–¿Y qué hace los domingos?

–El domingo es mi día libre.

–Me refería a la iglesia. ¿Asiste a los oficios?

Asistía solo a las vísperas, cuando podía sentarse en una de las últimas filas para escuchar la música y las serenas voces de los padres Sebastian y Martin al pronunciar palabras poco familiares pero hermosas. Sin embargo, dudaba que el archidiácono se refiriese a eso.

–No suelo ir a la iglesia el domingo –respondió.

–Pero ¿el padre Sebastian no lo interrogó al respecto cuando usted solicitó el empleo?

–No, archidiácono. Solo me preguntó si estaba capacitado para el trabajo.

–¿No le preguntó si era cristiano?

Por lo menos a eso podía reponder.

–Soy cristiano, archidiácono. Me bautizaron cuando era un bebé. Tengo una estampita en alguna parte.

Miró alrededor, como si la estampa con los datos de su bautismo y la sentimental imagen de Cristo bendiciendo a unos niños fuese a materializarse de repente.

Se hizo un silencio. Eric comprendió que su respuesta había sido la esperada. Se preguntó si debía ofrecer café al archidiácono, pero las nueve y media de la mañana era una hora demasiado temprana para eso. Tras una larga pausa, el archidiácono se levantó.

–Veo que vive cómodamente aquí, y el padre Sebastian parece satisfecho con usted, pero nada es eterno –dijo–. Aunque Saint Anselm existe desde hace ciento cuarenta años, la Iglesia, como el mundo, ha cambiado mucho en ese tiempo. Si se entera de otro empleo que le interese, sugiero que considere seriamente la posibilidad de solicitarlo.

–¿Quiere decir que Saint Anselm podría cerrar?

Sintió que el archidiácono se había ido involuntariamente de la lengua.

–No he dicho eso. Usted no debe preocuparse por esos asuntos. Sencillamente, y por su propio bien, le recomiendo que no piense que su trabajo aquí durará para siempre.

Y se marchó. De pie en el quicio de la puerta, Eric lo observó mientras se dirigía a grandes zancadas hacia el seminario. Experimentó una sensación insólita. Tenía el estómago revuelto y un amargo sabor a bilis en la boca. Él, que siempre había tratado de evitar las emociones fuertes, sufría una sobrecogedora reacción física por segunda vez en su vida. La primera se había producido ante el descubrimiento de su amor por Karen. No obstante, este sentimiento era diferente: igual de intenso, pero más turbador. De repente supo que, por vez primera, albergaba odio hacia otro ser humano.

12

Dalgliesh aguardó en el pasillo al padre Martin, que había subido a su habitación a buscar su capa negra. Cuando reapareció, el comisario preguntó: «¿Quiere que nos acerquemos en coche?». Aunque él habría preferido andar, sabía que la caminata por la playa resultaría agotadora para su acompañante, y no solo físicamente.

El padre Martin aceptó el ofrecimiento con evidente alivio. Ninguno de los dos habló hasta que llegaron al punto donde el camino costero torcía hacia el oeste para enlazar con la carretera de Lowestoft. Dalgliesh aparcó cuidadosamente en el arcén y se inclinó para ayudar al padre Martin a desabrocharse el cinturón de seguridad. Le abrió la puerta y ambos echaron a andar hacia la playa.

Una vez que el camino hubo terminado, avanzaron por el estrecho sendero de arena y hierba pisoteada que se abría entre altos helechos y enmarañados matorrales. En ciertos puntos, los arbustos formaban un arco sobre el camino, y entonces los dos hombres caminaban por un sombrío túnel donde el ruido del mar era apenas un lejano y rítmico gemido. Los helechos mostraban ya sus primeros y frágiles ribetes de oro, y parecía que cada paso que daban sobre el esponjoso suelo liberaba los penetrantes y nostálgicos aromas del otoño. Al salir de la penumbra vieron la laguna que se extendía ante ellos con su oscura, siniestra y lisa superficie, separada solo por unos cincuenta metros de pedruscos del turbulento brillo del mar. Dalgliesh tuvo la impresión de que el número de tocones negros que rodeaban la laguna se había reducido. Buscó con la vista algún indicio del barco hundido, pero no vislumbró más que una tabla negra, semejante a la aleta de un tiburón, que rompía la virgen planicie de arena.

Desde ahí, acceder al mar era tan sencillo que los seis escalones medio enterrados y la barandilla resultaban prácticamente innecesarios. En lo alto de la escalera, construida en un pequeño hueco, estaba la caseta de roble sin pintar, rectangular y más grande que el vestuario original. A su lado había una pila de madera cubierta con una lona. Dalgliesh levantó un extremo de la tela y vio los maderos astillados con restos de pintura azul.

–Es lo que queda de la antigua caseta de baño –explicó el padre Martin–. Estaba pintada como las de la playa de Southwold, pero al padre Sebastian le pareció que quedaba mal aquí sola. Estaba muy desvencijada y daba pena verla, de manera que la demolimos. El padre Sebastian decidió que un cobertizo de madera sin pintar sería más apropiado. Esta playa es tan solitaria que casi no nos hace falta cuando venimos a nadar, pero supongo que es necesario contar con un sitio donde cambiarse. No queremos aumentar nuestra fama de excéntricos. También la usamos para guardar el pequeño bote de salvamento. Esta costa puede ser peligrosa.

Dalgliesh no llevaba el trozo de madera consigo, ni lo consideraba necesario. No le cabía duda de que procedía de la caseta. ¿Ronald Treeves lo habría recogido de un modo casual, como suele hacerse con un palo que se encuentra en la playa, sin más razón, quizá, que el deseo de arrojarlo al mar? ¿Habría dado con él aquí, o más adelante? ¿Tendría la intención de usarlo para derribar la cornisa de arena sobre su cabeza? ¿O lo habría empuñado una segunda persona? Sin embargo, Ronald Treeves era joven y presumiblemente fuerte. ¿Cómo habían logrado hundirlo en la arena sin dejar señal alguna de lucha en su cuerpo?

La marea estaba bajando cuando se dirigieron hacia la lisa franja de arena húmeda que discurría junto a las olas y pasaron por encima de dos espigones. Saltaba a la vista que eran nuevos y que los que Dalgliesh recordaba de sus estancias juveniles estaban en medio: habían quedado reducidos a unas estacas de cabeza cuadrangular muy enterradas y enlazadas con tablas podridas de madera. El padre Martin se levantó la capa para pasar por encima del verde y resbaladizo extremo de un espigón.

–La Unión Europea compró estos espigones nuevos –señaló–. Forman parte de las defensas contra el mar. En algunos sitios han cambiado por completo el aspecto de la costa. Supongo que hay más arena de la que recordabas.

Habían recorrido más de doscientos metros cuando el padre Martin musitó: «Este es el sitio» y continuó andando hacia el acantilado. Dalgliesh vio una cruz clavada en la arena, hecha con dos trozos de madera firmemente atados.

–Pusimos la cruz aquí el día que encontramos a Ronald –explicó el padre Martin–. Sigue en su sitio. Imagino que los paseantes no se habrán atrevido a tocarla. De todas maneras, no creo que dure mucho. Cuando lleguen las tormentas de invierno, el mar subirá hasta este punto.

Por encima de la cruz se alzaba el arenoso acantilado, de un intenso color terracota, como cavado con un pico en algunos tramos. En el borde, la hierba temblaba a merced de la suave brisa. Tanto a la derecha como a la izquierda había zonas donde la pared del acantilado se había desplazado, y dejado profundas grietas y huecos bajo los salientes. Era perfectamente posible, pensó Dalgliesh, tenderse con la cabeza bajo dicho saliente y echarlo abajo con un palo, provocando un alud de media tonelada de arena. No obstante, sería un extraordinario acto de voluntad o desesperación. Si Ronald Treeves deseaba suicidarse, podría haber optado por una acción más misericordiosa, como nadar en el mar hasta que el frío y el agotamiento lo vencieran. Ninguno de los dos había mencionado la palabra «suicidio» hasta ese momento, pero Dalgliesh pensó que debía hacerlo.

–Esta muerte semeja más un suicidio que el resultado de un accidente, padre. No obstante, si Ronald Treeves quería matarse, ¿por qué no se adentró en el mar?

–Ronald nunca habría actuado así. Le daba miedo el mar; ni siquiera sabía nadar. Nunca se bañaba con los demás, y no recuerdo haberlo visto pasear por la playa ni una sola vez. Es una de las razones por las que me sorprende que eligiera Saint Anselm en lugar de otro seminario. –Tras una pequeña pausa, añadió–: Temía que señalaras el suicidio como una explicación más lógica de su muerte que un accidente. Tal posibilidad nos resulta profundamente dolorosa. Si Ronald se suicidó sin que cayéramos en la cuenta de que era tan infeliz como para realizar un acto así, le fallamos de manera imperdonable. Me resisto a creer que viniera aquí con el propósito de cometer lo que para él habría sido un grave pecado.

–Se quitó la capa y la sotana y las dobló con cuidado –observó Dalgliesh–. ¿Por qué iba a hacerlo si su única intención era subir al acantilado?

–No es impensable. Resultaría difícil trepar con esas prendas. Sin embargo, hay algo que llama la atención sobre este particular. Las dobló concienzudamente, con las mangas hacia dentro, como quien prepara las maletas antes de un viaje. Claro que era un joven muy ordenado.

Pero ¿por qué subir al acantilado?, pensó Dalgliesh. Si buscaba algo, ¿qué podía ser? Aquellos frágiles y mudadizos bancos de arena compacta, con un fino estrato de guijarros y piedras, constituían un escondite poco apropiado. Él sabía por experiencia que de vez en cuando se realizaban hallazgos interesantes en ellos, como trozos de ámbar o huesos humanos procedentes de tumbas que llevaban mucho tiempo bajo el mar. No obstante, si Treeves había vislumbrado uno de esos objetos, ¿dónde estaba ahora? No se había encontrado nada interesante junto a su cuerpo, aparte de un trozo de madera.

Desanduvieron el camino por la playa, Dalgliesh intentando acompasar sus largas zancadas a los pasos vacilantes del padre Martin. El anciano sacerdote iba con la cabeza gacha para avanzar contra el viento y con la sotana ceñida alrededor del cuerpo. El comisario pensó que era como caminar junto a la encarnación de la muerte.

–Me gustaría hablar con la persona que encontró el cuerpo de la señora Munroe... –dijo Dalgliesh, una vez en el coche–. Una tal señora Pilbeam, ¿no? También me gustaría entrevistarme con el médico, aunque será difícil encontrar una excusa. No quiero despertar sospechas donde no las hay. Esta muerte ya ha causado suficientes disgustos.

–El doctor Metcalf tenía que pasar por el seminario esta misma tarde –le informó el padre Martin–. Uno de los alumnos, Peter Buckhurst, se está recuperando de una mononucleosis. Cayó enfermo al final del trimestre pasado. Sus padres están trabajando en el extranjero, así que lo acogimos durante el verano para asegurarnos de que recibiese los cuidados necesarios. Siempre que viene, George Metcalf aprovecha la oportunidad para ejercitar a sus perros si dispone de media hora libre antes de su siguiente visita. Es posible que lleguemos antes de que se marche.

Tuvieron suerte. Al entrar en el patio, por entre las dos torres, vieron un Range Rover aparcado frente al edificio. En el preciso momento en que Dalgliesh y el padre Martin se apeaban del coche, el doctor Metcalf, con su maletín en la mano, bajaba la escalinata y se volvía a despedirse de alguien que estaba en el interior de la casa. Cuando llegó al Range Rover y abrió la portezuela, lo recibieron fuertes ladridos, y dos dálmatas se lanzaron sobre él. Mientras gritaba órdenes, el médico sacó una botella de plástico y dos cubos grandes, en los que vertió agua. De inmediato, los perros se pusieron a beber a lametones, meneando con frenesí los fuertes rabos blancos.

Al ver a Dalgliesh y al padre Martin, el hombre gritó:

–Buenas tardes, padre. Peter se recupera a buen ritmo; no hay razón para preocuparse. Debería salir un poco más. Menos teología y más aire fresco. Ahora llevaré a *Ajax* y a *Jasper* hasta la laguna. Usted se encuentra bien, ¿no?

–Muy bien, gracias, George. Este es Adam Dalgliesh, de Londres. Pasará un par de días con nosotros.

El médico se fijó en Dalgliesh y, mientras le estrechaba la mano, hizo un gesto de aprobación, como si el comisario hubiese pasado un examen de aptitud física.

–Me hubiese gustado ver a la señora Munroe –comentó Dalgliesh–, no obstante he llegado tarde. Ignoraba que estuviera grave, pero el padre Martin me ha informado de que su muerte no fue inesperada.

El doctor Metcalf se quitó la chaqueta, sacó un voluminoso jersey del coche y se cambió los zapatos por unas botas.

–La muerte todavía tiene el poder de sorprenderme –aseveró–. Uno cree que un paciente no durará una semana, y un año después sigue en pie, dando la lata. Y cuando calculas que alguien vivirá por lo menos seis meses más, llegas y te encuentras que murió durante la noche. Por eso nunca comparto mis pronósticos con los pacientes. Sin embargo, el corazón de la señora Munroe estaba en mal estado y su muerte no me sorprendió. Podía morir en cualquier momento. Ambos lo sabíamos.

–Lo que significa que el seminario se ahorró el disgusto de una segunda autopsia –observó Dalgliesh.

–¡Por Dios! ¡Desde luego! No era necesaria. Yo examinaba a Margaret con regularidad; de hecho, la vi el día anterior a su muerte. Lamento que usted llegara tarde. ¿Era una vieja amiga? ¿Esperaba su visita?

–No –respondió Dalgliesh–, no sabía que yo vendría.

–Es una pena. Quizá, si hubiera tenido algo que esperar, habría resistido más. Con los enfermos del corazón, nunca se sabe. Bueno, nunca se sabe con ningún paciente.

Subrayó sus palabras con un gesto de asentimiento y echó a andar mientras los perros corrían y saltaban a su lado.

–Si quieres –dijo el padre Martin–, podemos ir a averiguar si la señora Pilbeam está en su casa. Te acompañaré para presentarte y luego os dejaré solos.

13

La puerta del porche de San Marcos estaba abierta, y la luz bañaba las baldosas rojas del suelo, salpicando con su brillo las hojas de las plantas, dispuestas en macetas de terracota sobre dos pequeñas estanterías enfrentadas. Antes de que el padre Martin tocase la aldaba, la puerta interior se abrió y la señora Pilbeam los recibió con una sonrisa, apartándose para cederles el paso. El padre Martin hizo las presentaciones y se marchó, aunque primero vaciló en la puerta, como preguntándose si esperaban que pronunciase una bendición.

Dalgliesh entró en la pequeña y abarrotada sala con la reconfortante y nostálgica sensación de que regresaba a la infancia. De niño, había pasado muchas horas en una habitación similar mientras su madre recibía las visitas parroquiales: sentado a la mesa, balanceando las piernas y comiendo pudín o, en Navidad, pastelillos rellenos de frutos secos; oyendo la voz dulce y más bien titubeante de su madre. Todo lo que había en esa estancia le resultaba familiar: la pequeña chimenea de hierro con la campana decorada; la cuadrada mesa con mantel de felpilla rojo y, en el centro, una gran aspidistra en un tiesto verde; el sillón y la mecedora, situados a los lados del hogar; la repisa de la chimenea adornada con las estatuillas de dos perros Staffordshire de ojos saltones, un barroco florero con las palabras «Recuerdo de Southend» y varias fotografías en marcos de plata. De las paredes colgaban numerosos grabados victorianos con sus marcos de nogal originales: *El regreso del marinero*, *El perro del abuelo*, un grupo de niños increíblemente limpios con sus padres que cruzaban un prado en dirección a la iglesia. Por la ventana que daba al sur, abierta de par en par, se divisaba el descampado, y el estrecho alféizar estaba cubierto con una variedad de pequeños recipientes que contenían cactus y violetas africanas. Los únicos elementos que desentonaban en el ambiente eran el gran televisor y el aparato de vídeo, que ocupaban un lugar preeminente en un rincón de la sala.

La señora Pilbeam era una mujer baja y rechoncha, con el rostro curtido por el viento y una melena rubia cuidadosamente rizada. Se quitó el delantal floreado que llevaba sobre la falda y lo colgó de un gancho de la puerta. Le señaló la mecedora a Dalgliesh, y una vez que se hubieron sentado frente a frente, el comisario tuvo que resistir la tentación de reclinarse y comenzar a mecerse.

Al advertir que miraba los cuadros, ella dijo:

–Los heredé de mi abuela. Yo crecí con esos grabados. Reg los encuentra un poco sensibleros, pero a mí me gustan. Ya nadie pinta así.

–No –convino Dalgliesh.

Los ojos que lo contemplaban eran dulces y a la vez inteligentes. Sir Alred Treeves había insistido en que las pesquisas se llevasen a cabo con discreción, pero eso no significaba que hubiera que andarse con secretos. La señora Pilbeam tenía tanto derecho como el padre Sebastian a saber la verdad, al menos en la medida en que ello fuera necesario.

–Quisiera hablar acerca de la muerte de Ronald Treeves –comenzó Dalgliesh–. Su padre, sir Alred, no estaba en Inglaterra cuando se celebró la vista y me ha pedido que haga algunas averiguaciones para cerciorarse de que el dictamen fue correcto.

–El padre Sebastian nos anunció que usted vendría a interrogarnos –dijo la señora Pilbeam–. La actitud de sir Alred resulta curiosa, ¿no? Sería más lógico que dejase las cosas como están.

Dalgliesh la miró.

–¿Usted estuvo conforme con el dictamen, señora Pilbeam?

–Bueno, yo no encontré el cadáver ni asistí a la vista. No era un asunto de mi incumbencia. De todos modos, lo que ocurrió me extrañó un poco, pues todo el mundo sabe que los acantilados son peligrosos. Sin embargo, el pobre chico está muerto. No entiendo qué espera conseguir su padre removiendo el caso.

–Como es obvio, no he podido hablar con la señora Munroe –prosiguió Dalgliesh–, pero me preguntaba si ella le habría comentado algo sobre el descubrimiento del cadáver. El padre Martin dice que ustedes eran amigas.

–Pobre mujer. Sí, supongo que éramos amigas, aunque Margaret no era la clase de persona que se presenta sin avisar. Ni siquiera me sentí muy unida a ella cuando murió Charlie. Era capitán del ejército, y ella estaba muy orgullosa de él. Decía que siempre había querido ser soldado. Lo capturó el IRA. Me parece que estaba involucrado en una operación secreta y que lo torturaron para sacarle información. Cuando le comunicaron la noticia a Margaret, yo me trasladé a su casa y pasé una semana con ella. Me lo pidió el padre Sebastian, pero yo lo habría hecho de todos modos. Ella no me lo impidió. Fue como si no notase mi presencia. Yo le ponía la comida delante y, de vez en cuando, ella comía un par de cucharadas. Me alegré cuando, de buenas a primeras, me pidió que me fuese. Me dijo: «Lamento haber sido mala compañía, Ruby. Te agradezco mucho tus atenciones, pero vete, por favor». Así que me marché.

»Durante los meses siguientes parecía estar sufriendo los tormentos del infierno sin decir una palabra. Sus ojos se agrandaron, y fue como si el resto de su cuerpo se encogiera. Yo creía que estaba... bueno, no superándolo, porque uno nunca supera la muerte de un hijo... pero que empezaba a interesarse otra vez por la vida. Todos teníamos esa impresión. Pero después, un Viernes Santo, dejaron libres a esos asesinos, y ella fue incapaz de aceptarlo. Creo que se sentía sola. Adoraba a los chicos..., para ella, siempre eran chicos... y los cuidaba cuando enfermaban. Sin embargo, me parece que los alumnos se sentían cohibidos ante ella después de la muerte de Charlie. A los jóvenes no les gusta ser espectadores de la desdicha ajena. No los culpo por ello.

–Tendrán que aprender a afrontar esas situaciones si van a ser sacerdotes –señaló Dalgliesh.

–Ah, yo diría que aprenderán. Son buenos chicos.

–¿Ronald Treeves le caía bien, señora Pilbeam?

La mujer tardó unos instantes en contestar.

–No me corresponde a mí juzgar a los alumnos. Bueno, no le corresponde a nadie. En una comunidad tan pequeña como esta, conviene evitar los favoritismos. El padre Sebastian siempre ha estado en contra de eso. De todos modos, Ronald no era un joven muy querido, y me parece que no se encontraba a gusto aquí. Era un tanto presuntuoso y demasiado crítico con los demás. Eso suele ser un indicio de inseguridad, ¿no? Además, no permitía que olvidásemos quién era su padre.

–¿Sabe si mantenía una relación particularmente amistosa con la señora Munroe?

–¿Con Margaret? Bueno, supongo que sí. La visitaba con frecuencia. En teoría, los alumnos solo acuden a las casas del personal si están invitados, pero creo que él iba a ver a Margaret cuando le apetecía. No es que ella se quejase. No alcanzo a imaginar de qué hablaban. Quizás ambos necesitaran compañía.

–¿La señora Munroe le comentó algo sobre el descubrimiento del cadáver?

–No mucho, y yo no quise interrogarla. Claro que todo salió a la luz durante la vista, y yo leí la crónica en el periódico, pero no asistí. Aquí todo el mundo hablaba del tema, aunque nunca delante del padre Sebastian. Él detestaba los cotilleos. El caso es que, de una manera u otra, me enteré de todos los pormenores.

–¿Y Margaret le dijo que estaba escribiendo sobre el asunto?

–No, pero no me sorprendería. A Margaret le gustaba escribir. Antes de que Charlie muriese, le enviaba una carta a la semana. Cuando la visitaba, me la encontraba sentada a la mesa, rellenando una página tras otra. Aunque no me contó que estuviese escribiendo acerca de Ronald. ¿Por qué iba a hacer una cosa así?

–Usted encontró su cuerpo después del ataque cardíaco, ¿no? ¿Cómo fue, señora Pilbeam?

–Bueno, vi luces en su casa cuando me dirigía a la escuela, poco después de las seis. Hacía un par de días que no pasaba a charlar con Margaret y me sentía un poco culpable. Pensé que la estaba descuidando y que quizás aceptara venir a cenar conmigo y con Reg, o a ver la televisión. Así que fui a su casa. Y allí estaba, muerta en el sillón.

–¿La puerta estaba abierta? ¿O usted tenía llave?

–No, estaba abierta. Aquí rara vez cerramos con llave. Llamé a la puerta y, como no contestaba, entré. Siempre lo hacíamos. Entonces la encontré. Estaba sentada en el sillón, muy fría y rígida como una tabla, con la labor de punto sobre el regazo. Aún tenía una aguja en la mano derecha, metida en el siguiente punto.

Como es lógico, avisé al padre Sebastian, y él llamó al doctor Metcalf. El doctor la había examinado el día anterior. Sufría del corazón, de modo que no surgieron complicaciones a la hora de redactar el certificado de defunción. En realidad, fue una muerte dulce. Ojalá todos tengamos esa suerte.

–¿Vio usted algún papel o una carta?

–No había ninguno a la vista, y no iba a ponerme a fisgonear. ¿Qué sentido tendría?

–Ninguno, señora Pilbeam, sé que no haría nada semejante. Simplemente, me preguntaba si habría un manuscrito, una carta o un documento sobre la mesa.

–No, la mesa estaba vacía. De cualquier forma, noté algo raro. En realidad, no era posible que estuviese tejiendo.

–¿Por qué no?

–Bueno, estaba haciendo un jersey para el padre Martin. Él le había descrito uno que había visto en Ipswich, y Margaret quería regalárselo para Navidad. El dibujo era muy complicado, con trenzas y otros motivos, y en más de una ocasión ella había comentado que llevaba mucho trabajo. No se habría puesto a tejer sin el patrón delante. Yo la había visto trabajar muchas veces y siempre tenía que recurrir a las instrucciones. Además, llevaba las gafas de ver la televisión. Siempre usaba unas con montura dorada para ver de cerca.

–¿Y el patrón no estaba allí?

–No, solo las agujas y el tejido. Además, sujetaba la aguja de una manera curiosa. Margaret no tejía como yo; decía que lo hacía al estilo europeo. A mí me parecía muy raro. Dejaba la aguja izquierda inmóvil mientras trabajaba con la otra. En su momento, me llamó la atención que tuviese la labor sobre el regazo cuando era imposible que estuviera tejiendo.

–¿Se lo dijo a alguien?

–¿Para qué? Era algo sin importancia. Esas cosas pasan. Supongo que se sintió mal, se sentó en el sillón con la lana y las agujas, y se olvidó el patrón. Sea como fuere, la echo de menos. No me acostumbro a ver la casa vacía, y su muerte fue muy repentina. Aunque nunca hablaba de su familia, resulta que tenía una hermana en Surbiton. Mandó el cuerpo a Londres, donde lo incineraron, y luego vino con su marido a desocupar la casa. No hay nada tan eficaz como la muerte para que aparezcan los familiares. Margaret no hubiera querido una misa de réquiem, pero el padre Sebastian organizó una bonita ceremonia en la iglesia en la que todos participamos. El padre Sebastian me sugirió que leyese un pasaje del Evangelio de san Pablo, pero yo preferí rezar una oración. No sé bien por qué, pero san Pablo no me convence. Creo que era un poco alborotador. Antes de que él llegara varios grupos pequeños de cristianos que se ocupaban de sus asuntos convivían y se llevaban bastante bien. En términos generales, claro. Nadie es perfecto. Entonces aparece él y se pone a dar órdenes, a criticar y a enviar cartas iracundas. A mí no me gustaría recibir esa clase de cartas, y así se lo dije al padre Sebastian.

–¿Y qué le contestó él?

–Que san Pablo había sido uno de los grandes genios del mundo y que, de no ser por él, hoy no habría cristianos. Yo le repliqué: «Bueno, padre, algo tendríamos que ser entonces. ¿Qué cree que seríamos?». No supo qué contestar. Prometió que lo pensaría, pero no ha vuelto a tocar el tema. En una ocasión dijo que yo hacía preguntas que no estaban previstas en el plan de estudios de la Facultad de Teología de Cambridge.

Y esas no eran las únicas preguntas que había planteado la señora Pilbeam, pensó Dalgliesh al salir de la casa, tras declinar la invitación a tomar té con pastel.

14

La doctora Emma Lavenham se marchó de la Universidad de Cambridge más tarde de lo previsto. Giles había almorzado en el comedor universitario, y mientras ella terminaba de hacer el equipaje, había hablado de ciertos asuntos que según él necesitaban zanjar antes de su partida. Ella intuía que la había demorado adrede. A Giles no le agradaba que se fuera una vez al trimestre para dar clases en Saint Anselm durante tres días. Si bien nunca había protestado abiertamente, quizá porque presentía que Emma lo tomaría como una inadmisible interferencia en su vida privada, tenía formas más sutiles de expresar su desaprobación hacia una actividad del todo ajena a él y que se desarrollaba en una institución por la cual, como ateo confeso, sentía poco respeto. Sin embargo, estas escapadas apenas afectaban al trabajo de Emma en Cambridge.

A causa de la demora, Emma no consiguió eludir lo peor del tráfico de la tarde del viernes, y los continuos atascos la llenaron de resentimiento hacia Giles por sus tácticas dilatorias y de irritación hacia sí misma por no haberse resistido a ellas. Al final del último trimestre, había notado que Giles estaba volviéndose más posesivo y le exigía más tiempo y cariño. Ahora, ante la perspectiva de conseguir una cátedra en una universidad del norte, Giles empezaba a pensar en boda, tal vez porque creía que era la mejor manera de asegurarse de que ella lo acompañara. Emma sabía que él tenía una idea bastante clara de cuáles eran los requisitos para ser una esposa apropiada. Por desgracia, ella parecía reunirlos todos. Decidió que durante los tres días siguientes arrinconaría ese problema y todos los relacionados con su vida universitaria.

Había llegado a un acuerdo con el seminario hacía tres años. El padre Sebastian la había reclutado de la forma habitual. Había corrido la voz entre sus contactos de Cambridge: lo que el seminario necesitaba era un profesor, preferiblemente joven, que impartiese tres seminarios, al comienzo de cada trimestre, sobre «el legado poético del anglicanismo»; una persona de renombre –o en vías de tenerlo– que supiese tratar a los jóvenes seminaristas y capaz de amoldarse a los valores de Saint Anselm. El padre Sebastian no había considerado necesario explicar cuáles eran esos valores. El puesto, según le había contado el clérigo con posterioridad, se había instituido por expreso deseo de la fundadora del seminario. Profundamente influida en esta cuestión, como en muchas otras, por sus amigos anglicanos de Oxford, la señorita Arbuthnot estimaba que era fundamental que los nuevos sacerdotes estuvieran informados de una herencia literaria que les pertenecía. Emma, que entonces contaba veintiocho años y acababa de empezar su carrera como docente universitaria, había recibido una invitación del padre Sebastian para lo que este había descrito como una charla informal sobre la posibilidad de que ella se incorporase a la comunidad durante nueve días al año. Cuando le ofrecieron el puesto, lo aceptó con la única condición de que el programa no quedara restringido a la poesía de autores anglicanos ni a una época determinada. Le dijo al padre Sebastian que quería abarcar los poemas de Gerard Manley Hopkins y extender el período de estudio para incluir a poetas modernos, como T. S. Eliot. El padre Sebastian, que por lo visto estaba convencido de que ella era la persona idónea para el trabajo, le dio libertad para que se ocupase de esos detalles. Aparte de aparecer en el tercer seminario, donde su silenciosa presencia obró un efecto ligeramente intimidatorio, no había demostrado mayor interés en el curso.

Esos tres días en Saint Anselm, precedidos por el fin de semana, se habían convertido para Emma en una actividad importante, que siempre esperaba con ilusión y jamás la decepcionaba. Cambridge generaba tensiones y ansiedad. Ella había accedido a un puesto de profesora universitaria muy pronto..., quizá demasiado pronto. Para ella suponía un problema conciliar la enseñanza, que le encantaba, con la exigencia de investigar, las responsabilidades administrativas y la atención personal a los alumnos, que con creciente frecuencia acudían a ella en busca de consejo. Muchos eran los primeros de la familia en asistir a la universidad, y llegaban allí llenos de expectativas e inseguridad. Algunos, pese a haber sido buenos estudiantes en el instituto, se acobardaban ante las largas listas de libros por leer; otros sufrían nostalgia por el hogar paterno, se avergonzaban de reconocerlo y se sentían poco preparados para afrontar su nueva y aterradora vida universitaria.

A estas presiones, Emma debía sumar las exigencias de Giles y las complicaciones de su propia vida emocional. Era un alivio para ella formar parte temporalmente de la vida pacífica, alejada y maravillosamente ordenada de Saint Anselm, hablar de la poesía que amaba con jóvenes que no estaban obligados a escribir un trabajo semanal, que de un modo inconsciente deseaban complacerla con opiniones aceptables y sobre quienes no se cernía la sombra de un examen. Le caían bien y, aunque procuraba desalentar las ocasionales actitudes románticas o amorosas, sabía que ellos la apreciaban, estaban encantados de tener a una mujer en el seminario, aguardaban con ilusión su llegada y la tomaban por su aliada. Los alumnos, sin embargo, no eran los únicos que la recibían con cariño. A pesar de su serena y formal acogida, el padre Sebastian no podía ocultar su satisfacción por haber escogido, una vez más, a la persona adecuada. Los demás sacerdotes le demostraban su alegría con mayor efusividad cada vez que regresaba al seminario.

Si las escapadas a Saint Anselm representaban un anhelado placer para Emma, las periódicas y obligadas visitas a casa de su padre la llenaban invariablemente de angustia. Después de abandonar su puesto en Oxford, el hombre se había trasladado a un piso señorial cercano a la estación de Marylebone. Las paredes de ladrillo rojo le recordaban a Emma el color de la carne cruda, y los voluminosos muebles, el oscuro papel de las paredes y los visillos de las ventanas creaban una atmósfera pesimista que su padre no daba indicios de notar. Henry Lavenham se había casado tarde, y un cáncer de mama había matado a su mujer poco después del nacimiento de su segunda hija. Emma, que en aquel entonces contaba tres años, tenía la impresión de que su padre había depositado en su hija menor todo el amor que había profesado a su esposa, sin duda conmovido por la indefensión del bebé huérfano. Emma sabía que siempre la habían querido menos que a la pequeña. Aunque nunca había albergado resentimiento hacia su hermana, había compensado la falta de amor con trabajo y éxito. Dos palabras habían marcado su adolescencia: brillante y hermosa. Ambas habían supuesto una carga: la primera, la expectativa del éxito, que le había llegado con demasiada facilidad como para sentirse orgullosa de él; la segunda, un enigma, en ocasiones casi un tormento. No había sido hermosa hasta llegar a la adolescencia, cuando empezó a mirarse al espejo tratando de definir y evaluar esa posesión sobrestimada en extremo, consciente ya de que, mientras que el atractivo físico y el encanto eran bendiciones, la verdadera belleza constituía un don peligroso y menos apreciado.

Hasta que su hermana Marianne había cumplido los once años, las había criado una hermana del padre, una mujer sensata, poco expresiva y consciente de sus obligaciones pese a carecer del más elemental instinto maternal. Ella les proporcionó unos cuidados edificantes y desprovistos de sentimentalismo, pero regresó a su mundo de perros, bridge y viajes al extranjero en cuanto juzgó que Marianne tenía edad suficiente para quedarse sola. Las niñas la habían despedido sin pesar.

Sin embargo, Marianne también había muerto –atropellada por un conductor ebrio el día de su decimotercer cumpleaños–, y Emma y su padre se quedaron solos. Cuando iba a verlo, él la trataba con una cortesía forzada, casi dolorosa. Emma se preguntaba si la falta de comunicación y muestras de cariño entre ellos –que no cabía calificar de distanciamiento, porque ¿acaso habían estado cerca alguna vez?– se debían a que su padre, que se había convertido en un anciano depresivo de más de setenta años, consideraba degradante y vergonzoso exigirle un afecto que jamás había dado muestras de necesitar.

Ahora, por fin, se acercaba al final del trayecto. La estrecha carretera que conducía al mar era muy poco transitada, salvo en los fines de semana de verano, y en ese momento era la única conductora. El camino se extendía ante ella, pálido, sombrío y ligeramente siniestro a la luz mortecina del atardecer. Como siempre que viajaba a Saint Anselm, la asaltó la sensación de que avanzaba hacia una costa que se desmoronaba, indómita, misteriosa y aislada en el tiempo y el espacio.

Cuando torció hacia el norte por el camino que llevaba al seminario, y las altas chimeneas y el campanario aparecieron con su amenazadora negrura recortada contra el oscuro cielo, avistó una figura baja que caminaba con dificultad unos cincuenta metros más adelante y reconoció al padre John Betterton.

Emma frenó y bajó la ventanilla.

–¿Lo llevo, padre? –preguntó.

El sacerdote parpadeó, como si no la reconociese. Luego esbozó su sonrisa característica, dulce e infantil.

–Ah, Emma. Gracias, gracias. Me harías un gran favor. Salí a dar un paseo por la laguna y he andando más de lo previsto.

Llevaba un grueso abrigo de *tweed* y unos prismáticos colgados del cuello. Subió al coche, y con él, impregnado en el *tweed*, entró el olor acre del agua salobre.

–¿Ha tenido suerte con los pájaros, padre?

–Solo he visto a los habituales en invierno.

Guardaron un cordial silencio. Durante un breve período, a Emma le había costado sentirse cómoda con el padre John. Eso había ocurrido tres años atrás, después de que Raphael le contara que el sacerdote había estado en la cárcel.

–Si no te enteras aquí –había dicho–, es muy posible que te lo digan en Cambridge, y prefiero que lo oigas de mi boca. El padre John confesó que había abusado de un par de niños que cantaban en el coro. Ese es el término que emplearon, pero yo dudo que se tratase de una agresión sexual. Lo sentenciaron a tres años de prisión.

–No sé mucho de leyes, pero parece una sentencia excesiva –había opinado Emma.

–No fue solo por los niños. Un sacerdote de una parroquia vecina, Matthew Crampton, se ocupó de buscar más pruebas contra él y llevó a declarar a tres jóvenes, que acusaron al padre John de barbaridades aún peores. Según ellos, los abusos deshonestos que habían sufrido en la infancia los habían condenado al paro, la infelicidad, la delincuencia y la vida marginal. Mintieron, pero de todas maneras el padre John se declaró culpable. Tenía sus razones.

Aunque no estaba segura de compartir la fe de Raphael en la inocencia del padre John, Emma sentía una profunda compasión por él. Parecía un hombre aislado en un mundo propio, empeñado en proteger el núcleo de una personalidad vulnerable, como si llevase en su interior un objeto frágil, susceptible de quebrarse con la menor sacudida. Siempre se mostraba cortés y afable, y Emma solo había atisbado su íntima angustia en las pocas ocasiones en que lo había mirado a los ojos; entonces había tenido que volver la cabeza. Quizás él también llevara una carga de culpa. En parte, Emma habría preferido que Raphael no le hubiese contado nada. No acertaba a imaginar la vida del sacerdote en la cárcel. ¿Qué clase de hombre se sometería por propia voluntad a ese infierno?, se preguntó. Y su vida en Saint Anselm no debía de ser fácil. Ocupaba un apartamento privado en la tercera planta, con una hermana soltera que, con un poco de benevolencia, podría calificarse de excéntrica. Aunque en las escasas ocasiones en que los había visto juntos Emma había notado que el padre John adoraba a la mujer, quizás el amor no significase para él un consuelo, sino una carga adicional.

Se preguntó si debía decir algo acerca de la muerte de Ronald Treeves. Había leído un artículo sobre el caso en un periódico nacional, y Raphael, que por una misteriosa razón se había impuesto la tarea de mantenerla en contacto con Saint Anselm, le había telefoneado para comunicarle la noticia. Después de meditarlo mucho, ella había escrito una carta breve y cuidadosamente redactada al padre Sebastian, dándole sus condolencias. La respuesta, escrita con la elegante caligrafía del rector, había sido aún más breve. Sin duda, lo más natural era comentar lo sucedido con el padre John, pero algo la retuvo. Intuía que se trataba de un tema conflictivo, incluso doloroso.

Ahora Saint Anselm se apreciaba con absoluta claridad: los tejados, las altas chimeneas, las torretas, el campanario y la cúpula se oscurecían a ojos vistas conforme se desvanecía la luz. En la parte delantera, los dos ruinosos pilares de la isabelina caseta de guardia, demolida mucho tiempo atrás, transmitían sus mudos y ambiguos mensajes; groseros objetos fálicos, centinelas indómitos contra el avance continuo del enemigo, recordatorios obstinadamente perdurables del inevitable final de la casa. ¿Cuál era la causa de este súbito sentimiento de tristeza y vaga aprensión?, se preguntó Emma. ¿La presencia del padre John a su lado, o la imagen de Ronald Treeves exhalando su último suspiro bajo el peso de la arena? Hasta el momento, siempre se había alegrado al aproximarse a Saint Anselm; ahora la embargaba una sensación muy parecida al miedo.

La puerta principal se abrió antes de que llegaran a ella, y Emma vislumbró la silueta de Raphael perfilada por la luz del vestíbulo. Era obvio que la esperaba. Permaneció allí inmóvil, como tallado en piedra, mirándolos. Ella recordó la primera vez que lo había visto; lo había mirado con momentánea incredulidad y luego se había reído de su propia incapacidad para disimular el asombro. Con ellos estaba otro alumno, Stephen Morby, que también se había echado a reír. «Es extraordinario, ¿no? –había dicho él–. Un día estábamos en un pub, en Reydon, y una mujer se acercó y dijo: "¿De dónde has salido? ¿Del Olimpo?". Yo hubiera querido saltar sobre la mesa, descubrirme el pecho y gritar: "¡Mírame! ¡Mírame!". Pero no tengo nada que hacer a su lado.»

Había hablado sin una pizca de envidia. Quizá comprendiera que la belleza en un hombre no era tan ventajosa como cabría suponer; en efecto, a Emma le costaba mirar a Raphael sin el supersticioso recelo que se experimenta ante la belleza extrema. También le llamaba la atención el hecho de que podía mirarlo con placer, pero sin sentir la más mínima atracción sexual. Tal vez fuese más atractivo para los hombres que para las mujeres. De cualquier forma, si ejercía algún influjo sobre cualquiera de los dos sexos, por lo visto él no era consciente de ello. Su actitud serena y confiada indicaba que sabía que era hermoso y que su belleza lo hacía diferente. Pese a que valoraba su excepcional apariencia y se alegraba de poseerla, no parecía importarle el efecto que causaba en otros.

Raphael sonrió y bajó la escalera tendiéndole las manos. Emma, presa de un temor irracional, interpretó ese gesto más como una advertencia que como un saludo. El padre John inclinó la cabeza, esbozó un gesto de agradecimiento y se marchó.

Raphael agarró la maleta y el ordenador portátil de Emma.

–Bienvenida –dijo–. No puedo prometerte un fin de semana agradable, pero quizá sea interesante. Tenemos un policía en la casa..., nada más y nada menos que de Scotland Yard. El comisario Dalgliesh ha venido a investigar la muerte de Ronald Treeves. Y hay alguien cuya presencia me preocupa más. Pienso guardar las distancias y te recomiendo que sigas mi ejemplo. Es el archidiácono Matthew Crampton.

15

Aún le quedaba una visita pendiente. Después de pasar por su habitación, Dalgliesh abrió la verja de hierro que se alzaba entre Ambrosio y la pared de piedra de la iglesia y recorrió los ochenta metros que lo separaban de la casa San Juan. Era la hora del ocaso y, al oeste, el día agonizaba en un llamativo cielo con vetas rosadas. Al borde del camino, las altas y delicadas hierbas se mecían a merced de una brisa que comenzaba a arreciar y de vez en cuando se inclinaban, empujadas por una súbita ráfaga. Detrás de Dalgliesh, pinceladas de luz adornaban la fachada oeste de Saint Anselm, y las tres casas deshabitadas resplandecían como iluminados puestos de avanzada de un castillo sitiado, acentuando el oscuro contorno de la vacía San Mateo.

A medida que la luz se desvanecía, el rumor del mar se intensificaba, y su antes suave y rítmico gemido comenzaba a semejarse a un rugido ahogado. El comisario evocó que la última luz de la tarde siempre producía la sensación de que el poder del mar aumentaba, como si noche y oscuridad fuesen sus aliados naturales. En sus tiempos de juventud, se sentaba ante la ventana de Jerónimo y contemplaba el monte ensombrecido, imaginando una quimérica costa donde los precarios castillos de arena se desmoronaban por fin, los gritos y risas de los niños se acallaban, las tumbonas se plegaban y retiraban y el mar se quedaba solo, removiendo los huesos de marineros ahogados en las bodegas de barcos hundidos tiempo atrás.

La puerta de la casa San Juan estaba abierta, y la luz del interior bañaba el camino que conducía a la armoniosa verja. Dalgliesh aún veía con claridad las paredes de madera de la pocilga, a la derecha, donde se oían amortiguados gruñidos y pisadas. Percibió el olor, ni fuerte ni desagradable, de los animales. Vislumbró el jardín que se extendía detrás, con ordenadas hileras de hortalizas irreconocibles, altas cañas que sujetaban los tallos de las habichuelas y, al fondo, un pequeño invernadero.

En cuanto oyó los pasos de Dalgliesh, Eric Surtees salió a la puerta. Pareció titubear y luego, sin abrir la boca, se hizo a un lado y lo invitó a pasar con un rígido ademán. El comisario sabía que el padre Sebastian había advertido al personal de su inminente visita, aunque ignoraba qué explicaciones les había dado. Intuyó que lo esperaban, aunque no con alegría.

–¿El señor Surtees? –preguntó–. Soy el comisario Dalgliesh, de la Policía Metropolitana. Supongo que el padre Sebastian le habrá dicho que he venido a hacer averiguaciones sobre la muerte de Ronald Treeves. Su padre no estaba en Inglaterra cuando se celebró la vista y, como es natural, desea informarse de las circunstancias del fallecimiento de su hijo. Si no tiene inconveniente, me gustaría hablar con usted durante unos minutos.

Surtees asintió.

–Está bien. ¿Quiere pasar por aquí?

Dalgliesh lo siguió a una habitación situada a la derecha del pasillo. El ambiente no podía diferir más de la cómoda domesticidad de la casa de la señora Pilbeam. Aunque en el centro había una mesa de madera natural con cuatro sillas, la estancia estaba amueblada como un taller. En la pared opuesta a la puerta había unas rejillas de las que colgaban utensilios de jardinería inmaculadamente limpios –palas, rastrillos, azadas– junto con tijeras de trasquilar y serruchos. Justo debajo, un armario de madera con compartimientos contenía cajas de herramientas y enseres más pequeños. Frente a la ventana había un banco de trabajo, con un fluorescente encima. La puerta de la cocina, que estaba abierta, dejaba salir un olor penetrante y desagradable. Surtees estaba hirviendo bazofia para su pequeña piara.

Apartó una silla de la mesa. Sus patas chirriaron contra el suelo de piedra.

–Si no le importa esperar un momento, iré a lavarme. He estado cuidando a los cerdos.

Por la puerta entornada, Dalgliesh lo vio frotarse vigorosamente en el fregadero y arrojarse agua sobre la cabeza y la cara, como si ansiara quitarse algo más que una suciedad superficial.

Regresó con una toalla alrededor del cuello y se sentó enfrente de Dalgliesh, rígidamente erguido y con el tenso semblante de un detenido que se prepara para un interrogatorio.

–¿Le apetece una taza de té? –preguntó de pronto, con voz demasiado alta.

Dalgliesh pensó que quizás el té ayudaría a tranquilizar al chico.

–Si no es demasiada molestia... –respondió.

–En absoluto. Tengo té en bolsitas. ¿Leche y azúcar?

–Solo leche.

Unos minutos después, Surtees puso dos tazones sobre la mesa. El té estaba cargado y muy caliente. Ninguno de los dos comenzó a beber. Dalgliesh nunca había interrogado a nadie con un aire tan culpable como el de Surtees: parecía poseer una información secreta. Pero ¿información sobre qué? Era absurdo imaginar que este muchacho de aspecto tímido –sin duda era casi un niño– pudiese matar a cualquier criatura viviente. Hasta sus cerdos debían de morir degollados en un aséptico matadero que cumpliese a rajatabla la normativa sanitaria. Y no porque Surtees careciera de la fuerza necesaria para un enfrentamiento físico, pensó Dalgliesh. Bajo las cortas mangas de su camisa a cuadros, las venas de sus músculos sobresalían como sogas, y sus ásperas manos eran tan desproporcionadamente grandes para el resto de su cuerpo que parecían injertadas. El delicado rostro estaba curtido por el sol y el viento, y los botones abiertos de la basta camisa de algodón permitían vislumbrar una piel blanca y tersa como la de un niño.

Dalgliesh levantó su taza y dijo:

–¿Siempre ha criado cerdos... –inquirió Dalgliesh, levantando su taza–, o solo desde que vino a trabajar aquí?

–Desde que vine aquí. Siempre me han gustado los cerdos. Cuando conseguí este empleo, el padre Sebastian dio permiso para comprar media docena, siempre que no fuesen demasiado ruidosos ni olieran mal. Pero los cerdos son unos animales muy limpios. Los que piensan que apestan se equivocan.

–¿Construyó la pocilga usted mismo? Me sorprende que haya utilizado madera. Pensaba que los cerdos eran capaces de destruir prácticamente cualquier material.

–Y así es. Solo hay madera por fuera. El padre Sebastian detesta el cemento. El interior es de bloques de hormigón.

Surtees había aguardado a que Dalgliesh comenzara a beber para llevarse la taza a la boca. Al comisario le asombró el aparente placer con que el joven se tomaba el té.

–No sé mucho de cerdos –comentó–, pero tengo entendido que son unos animales inteligentes y amistosos.

Su interlocutor se relajó visiblemente.

–Sí, es verdad. Son muy inteligentes. A mí siempre me han gustado.

–Es una suerte para Saint Anselm. Me refiero a que pueden comer un tocino que no huele a productos químicos ni exuda ese líquido gelatinoso de olor y sabor desagradables, además de carne bien curada.

–En realidad, no los tengo para proveer al seminario. Los crío..., bueno, para que me hagan compañía. Por supuesto, llega un momento en que hay que matarlos, y ese es mi problema ahora. La Unión Europea ha impuesto tantas normas a los mataderos, como la de la vigilancia constante de un veterinario, que nadie quiere aceptar unos pocos animales. También está la cuestión del transporte. Aun así un granjero de las afueras de Blythburgh, el señor Harrison, me echa una mano. Envío mis cerdos al matadero junto con los suyos. Y él siempre se reserva una parte de la carne para consumirla, de manera que de vez en cuando puedo ofrecerles un buen trozo a los sacerdotes. No comen mucho cerdo, pero les gusta el tocino. El padre Sebastian insiste en pagarme, pero yo creo que mi deber es regalárselo.

Como en otras ocasiones, Dalgliesh especuló sobre esa capacidad de algunos seres humanos de profesar auténtico cariño a los animales, de preocuparse por su bienestar y satisfacer sus necesidades con devoción, resignados al mismo tiempo ante la inevitable matanza. Sea como fuere, ahora debía centrarse en el motivo de su visita.

–¿Conocía a Ronald Treeves? Me refiero, claro está, a si tenía una relación personal con él.

–No. Sabía que era uno de los seminaristas y lo veía de tarde en tarde, pero no hablábamos. Creo que era un solitario. Bueno, casi siempre estaba solo.

–¿Qué sucedió el día que murió? ¿Usted estaba aquí?

–Sí, estaba aquí con mi hermana. Ella había venido de visita ese fin de semana. El sábado no vimos a Ronald y nos enteramos de que había desaparecido cuando la señora Pilbeam se acercó a preguntarnos si había pasado por aquí. Le contestamos que no. No supimos nada más hasta las cinco de la tarde, cuando fui a rastrillar los claustros y el patio y a limpiar las losas del suelo. La noche anterior había llovido y estaba bastante enlodado. Casi siempre barro y riego con la manguera los claustros después de las vísperas, pero el padre Sebastian me había pedido que ese día lo hiciera antes. Y en eso estaba cuando el señor Pilbeam me dijo que habían encontrado el cadáver de Ronald Treeves. Más tarde, después de las vísperas, el padre Sebastian nos reunió a todos en la biblioteca y nos contó lo ocurrido.

–Debió de ser un fuerte golpe para todos.

Surtees se miraba las manos, enlazadas y apoyadas sobre la mesa. De repente, las retiró de la vista como un niño sorprendido en falta y se inclinó hacia delante.

–Sí. Un fuerte golpe. Desde luego –contestó con voz grave.

–Por lo visto, usted es el único jardinero de Saint Anselm. ¿Las hortalizas que cultiva son para usted o para el seminario?

–Para mí y para quien las quiera. El huerto no da las suficientes para abastecer al seminario cuando todos los seminaristas están aquí. Supongo que podría ampliarlo, pero me llevaría demasiado tiempo. El suelo es bastante bueno, habida cuenta de que está muy cerca del mar. Mi hermana se lleva algunas verduras a Londres, y la señorita Betterton las cocina para sí y el padre John. La señora Pilbeam también recoge algunas para comer con su marido.

–La señora Munroe dejó un diario –dijo Dalgliesh–. En él menciona que usted había tenido la gentileza de llevarle unos puerros el 11 de octubre, el día anterior al de su muerte. ¿Lo recuerda?

Tras una pequeña pausa, Surtees respondió:

–Sí, creo que sí. Es posible que lo hiciese. No lo recuerdo.

–No ha pasado tanto tiempo, ¿no? –insistió Dalgliesh con suavidad–. Algo más de una semana. ¿Está seguro de que no se acuerda?

–Ahora recuerdo. Le llevé los puerros por la tarde. La señora

Munroe decía que le gustaba prepararlos con salsa de queso para cenar, así que le dejé algunos en San Mateo.

–¿Y qué sucedió?

El joven alzó la vista, auténticamente confundido.

–Nada. No sucedió nada. Se limitó a darme las gracias y los metió en la casa.

–¿Usted no entró?

–No, no me invitó a pasar. Y aunque lo hubiese hecho, yo no habría aceptado. Karen estaba aquí y yo quería volver. Esa semana se quedó hasta el jueves por la mañana. De hecho, pasé por casualidad. Pensé que la señora Munroe estaría en casa de la señora Pilbeam. Si no hubiese estado en casa, le habría dejado los puerros en la puerta.

–Pero estaba en casa. ¿Está seguro de que no ocurrió nada ni hablaron sobre algo en particular? ¿Solo le entregó los puerros?

–Se los di y me fui –respondió con un gesto de asentimiento.

Fue entonces cuando Dalgliesh oyó el motor de un coche que se aproximaba. Los oídos de Surtees debieron de captar el sonido en el mismo momento. Se levantó de la silla con evidente alivio.

–Debe de ser Karen, mi hermana –dijo–. Viene a pasar este fin de semana.

Ahora el coche se había detenido. Surtees salió a toda prisa. Intuyendo que el joven quería hablar con su hermana a solas, quizá para ponerla sobre aviso de su presencia allí, Dalgliesh lo siguió en silencio y se detuvo junto a la puerta.

Una mujer se había apeado del coche, y ahora ella y su hermano estaban muy juntos, mirando a Dalgliesh. Sin hablar, la chica se volvió de espaldas, sacó una mochila grande y varias bolsas de plástico y cerró la portezuela con fuerza. Cargados con los bultos, los dos recorrieron el camino particular.

–Karen, este es el comisario Dalgliesh, de New Scotland Yard –señaló Surtees–. Me estaba haciendo preguntas sobre Ronald.

La joven no llevaba gorro y tenía el pelo cortado en punta. Un pesado aro dorado en cada oreja acentuaba la palidez de un rostro de finas facciones. Bajo las arqueadas cejas, los ojos, pequeños y negros, brillaban con intensidad. La boca fruncida y toscamente perfilada con carmín rojo intenso prestaba a su cara el aspecto de un cuadro cuidadosamente diseñado en negro, rojo y blanco. La primera mirada que dirigió a Dalgliesh fue hostil, una reacción propia de alguien que recibe una visita inesperada y desagradable. Luego, sin embargo, su expresión se volvió inquisitiva y a continuación recelosa.

Entraron juntos en el taller de Eric. Karen Surtees dejó la mochila sobre la mesa.

–Será mejor que metas estos platos preparados en el congelador –le indicó a su hermano–. En el coche hay una caja con botellas de vino.

Surtees paseó la mirada entre Dalgliesh y su hermana y luego salió. Sin decir una palabra, la chica comenzó a sacar ropa y latas de su mochila.

–Es evidente que no desea visitas –observó Dalgliesh–. Pero, ya que estoy aquí, ahorraremos tiempo si responde a algunas preguntas.

–Pregunte. A propósito, soy Karen Surtees, la hermanastra de Eric. Ha llegado un poco tarde, ¿no? ¿Qué sentido tiene un interrogatorio sobre Ronald Treeves a estas alturas? Ya hubo una vista, y dictaminaron muerte accidental. Ni siquiera pueden exhumar el cadáver. Su padre lo mandó incinerar en Londres. ¿No se molestaron en decírselo? Además, no entiendo por qué han metido a la Policía Metropolitana en este asunto. ¿No es competencia de la policía de Suffolk?

–Sí, pero sir Alred siente una natural curiosidad por la muerte de su hijo. Yo tenía previsto visitar el condado, de manera que me pidió que averiguase lo que estuviera a mi alcance.

–Si de verdad le interesaban las circunstancias de la muerte de su hijo, debería haber asistido a la vista. Supongo que se siente culpable y quiere demostrar que es un buen padre. Pero ¿qué le preocupa? No pensará que Ronald fue asesinado, ¿verdad?

Resultaba curioso que pronunciara esa fatídica palabra con semejante despreocupación.

–No, no creo que piense eso.

–Bueno, yo no puedo ayudar a sir Alred. Solo me crucé con su hijo un par de veces, mientras él paseaba, e intercambiamos un «buenas tardes» o un «bonito día», lo típico en estas situaciones.

–¿No eran amigos?

–No soy amiga de ninguno de los estudiantes. Y si está insinuando lo que me imagino, debe saber que vengo aquí para desconectar con Londres y ver a mi hermano, ¡no para tirarme a los seminaristas! Aunque, a juzgar por la pinta que tienen, no les vendría mal echar un polvo.

–¿Estaba aquí el fin de semana en que murió Ronald?

–Sí. Llegué el jueves por la noche, más o menos a la misma hora que hoy.

–¿Lo vio ese fin de semana?

–No; ninguno de los dos lo vimos. Nos enteramos de que había desaparecido porque Pilbeam vino a preguntar si había estado aquí. Le contestamos que no, y eso es todo. Fin de la historia. Mire, si quiere saber algo más, ¿no puede esperar a mañana? Me gustaría instalarme, deshacer el equipaje, tomar una taza de té... ¿Entiende? He pasado por un infierno para salir de Londres. Así que lo dejaremos para otra ocasión, si no le importa. No es que tenga algo que añadir. Para mí, Ronald era un estudiante más.

–Aun así usted y su hermano debieron de formarse una opinión sobre la muerte del joven. Seguramente hablaron del tema.

Surtees, que había terminado de guardar la comida, apareció procedente de la cocina. Karen lo miró.

–Claro que hablamos –dijo–. Todo el maldito seminario hablaba de ello. Si quiere conocer mi opinión, creo que se suicidó. No sé por qué ni es asunto mío. Como ya he dicho, casi no lo conocía, pero fue un accidente extraño. Sin duda sabía que los acantilados eran peligrosos. En fin, todos lo sabemos, y además hay suficientes carteles de advertencia. ¿Qué hacía en la playa?

–Esa es una de las incógnitas –respondió Dalgliesh. Les dio las gracias y se volvió para marcharse, pero de pronto lo asaltó una idea. Se dirigió a Surtees–: ¿Cómo estaban envueltos los puerros que le regaló a la señora Munroe? ¿Lo recuerda? ¿Estaban en una bolsa, o los llevó sin envolver?

Surtees parecía perplejo.

–No estoy seguro. Creo que los envolví en papel de periódico. Es lo que suelo hacer con las hortalizas, al menos con las grandes.

–¿Recuerda de qué periódico se trataba? Sé que no es fácil. –Al ver que Surtees no respondía, preguntó–: ¿Un periódico serio, o uno sensacionalista? ¿Cuál compra habitualmente?

Fue Karen quien respondió.

–Era un ejemplar de *Sole Bay Weekly Gazette*. Soy periodista. Acostumbro a fijarme en los periódicos.

–¿Usted estaba en la cocina?

–Debía de estar, ¿no? La cuestión es que vi a Eric mientras envolvía los puerros. Dijo que iba a llevárselos a la señora Munroe.

–No recordará la fecha del periódico, ¿verdad?

–No. Ya le he dicho que me acuerdo del periódico porque suelo fijarme en ellos. Eric lo abrió por la página central y vi la foto del entierro de un agricultor local. El tipo había pedido que asistiera su novillo favorito, así que llevaron al animal hasta la tumba con lazos negros atados a los cuernos y alrededor del cuello. No creo que lo metieran en la iglesia. Era la clase de fotografía que hace las delicias de los jefes de redacción.

Dalgliesh se volvió hacia Surtees.

–¿Cuándo sale la *Sole Bay Weekly Gazette*?

–Todos los jueves. No suelo leerla hasta el fin de semana.

–De manera que el periódico que usó debía de ser de la semana anterior. –Se volvió hacia Karen y dijo–: Gracias, me ha ayudado mucho. –Y de nuevo percibió un destello inquisitivo en sus ojos.

Lo acompañaron a la puerta. Al llegar a la verja, vio que los dos continuaban mirándolo, como queriendo asegurarse de que se marchaba de verdad. Luego dieron media vuelta simultáneamente, entraron y cerraron la puerta.

16

Dalgliesh albergaba la intención de regresar a Saint Anselm a tiempo para las completas después de una cena solitaria en el Crown de Southwold. Sin embargo, la comida era demasiado exquisita para estropearla con prisas, de modo que llegó al seminario cuando el oficio ya había empezado. Esperó en su habitación hasta que vio luz en el patio: habían abierto la puerta sur de la iglesia, y el pequeño grupo de feligreses comenzaba a salir. Se dirigió a la sacristía, de donde por fin emergió el padre Sebastian. Mientras este cerraba la puerta con llave, Dalgliesh lo abordó:

–¿Podemos hablar, padre? ¿O prefiere dejarlo para mañana?

Sabía que en Saint Anselm respetaban la tradición de guardar silencio después de las completas, pero el rector respondió:

–¿Tardaremos mucho, comisario?

–Espero que no, padre.

–Entonces podemos hablar ahora. ¿Vamos a mi despacho?

Una vez allí, el rector ocupó la silla situada detrás del escritorio y le señaló la de enfrente a Dalgliesh. La charla no sería lo bastante agradable para que se sentaran en los sillones próximos a la chimenea. El rector no estaba dispuesto a iniciar la conversación ni a preguntar a qué conclusiones había llegado el comisario sobre la muerte de Ronald Treeves, si es que había llegado a alguna. En cambio, aguardó en un silencio que, sin ser hostil, parecía poner a prueba la paciencia del comisario.

–El padre Martin –comenzó Dalgliesh– me ha mostrado el diario de la señora Munroe. Por lo visto, el joven la visitaba más a menudo de lo que cabría esperar. Eso, sumado al hecho de que fue ella quien descubrió el cadáver, ocasiona que cualquier referencia al muchacho en el diario adquiera una importancia vital. Me refiero específicamente a la última anotación, la que la señora Munroe realizó el día de la muerte de Ronald. Usted no tomó en serio la prueba referente a ese secreto que había descubierto y que la intranquilizaba, ¿verdad?

–¿Prueba? –preguntó el padre Sebastian–. Ese es un término legal, comisario. La tomé en serio porque era evidente la importancia que ella le daba. Leer un diario personal no me parecía del todo bien; pese a ello el padre Martin estaba interesado en saber lo que decía porque él mismo la había animado a escribirlo. Si bien la curiosidad natural quedó satisfecha, sigo pensando que habríamos debido destruir ese cuaderno sin leerlo. Creo, a pesar de todo, que los hechos están muy claros. Margaret Munroe era una mujer inteligente y sensata. Estaba preocupada por algo que había descubierto, habló con la persona involucrada y recuperó la tranquilidad. Cualquiera que fuese la explicación que le dieron, es obvio que la serenó. Si yo me hubiese puesto a husmear, no habríamos ganado nada y tal vez sí habríamos hecho mucho daño. ¿Insinúa que tendría que haber reunido a todo el seminario para preguntar si alguien guardaba un secreto que la señora Munroe conocía? Preferí confiar en lo que había escrito ella: que lo que le explicaron hacía innecesaria cualquier otra acción.

–Por lo visto, Ronald Treeves era un solitario, padre –observó Dalgliesh–. ¿A usted le caía bien?

Pese a la osada provocación que entrañaba la pregunta, el padre Sebastian no se inmutó. Sin embargo, Dalgliesh creyó detectar una ligera crispación en el atractivo rostro del sacerdote.

Si bien la respuesta del rector quizás encerraba una reprimenda tácita, su voz no reflejaba rencor:

–En mi relación con los seminaristas, no me molesto en preguntarme si me caen bien o mal. No sería correcto. El favoritismo, real o aparente, resulta peligroso en una comunidad tan pequeña como esta. Ronald no era un joven muy simpático, pero ¿desde cuándo es la simpatía una virtud cristiana?

–¿Tampoco se molestó en preguntarse si era feliz aquí?

–Saint Anselm no se ocupa de promover la felicidad personal. Seguramente me habría preocupado si lo hubiese visto infeliz. Tomamos muy en serio nuestra responsabilidad para con los alumnos. Ronald no pidió ayuda ni dio muestras de necesitarla. Claro que eso no me exime de culpa. Ronald concedía una gran importancia a la religión y estaba profundamente comprometido con su vocación. Sin duda sabía que el suicidio constituye un pecado grave. No cabe la posibilidad de que fuese un acto impulsivo, ya que tuvo que recorrer setecientos metros para llegar a la laguna y luego siguió andando por la playa. Si se quitó la vida, fue movido por la desesperación. Y si él o cualquier otro seminarista hubiese estado desesperado, yo lo habría advertido.

–El suicidio de un hombre joven y sano supone siempre un misterio –señaló Dalgliesh–. Los que lo cometen mueren sin que nadie entienda por qué. Quizá ni siquiera ellos serían capaces de explicarlo.

–No le estaba pidiendo su absolución, comisario –replicó el rector–. Me limitaba a exponer los hechos.

Se produjo una pausa. La siguiente pregunta de Dalgliesh, aunque igualmente incómoda, era ineludible. Temió estar procediendo de un modo demasiado franco y poco diplomático, pero intuía que el padre Sebastian valoraba la franqueza y despreciaba la diplomacia. Entre ellos había un entendimiento tácito.

–¿Quién se beneficiaría del cierre del seminario? –inquirió por fin.

–Yo, entre otros. Sin embargo, me parece que nuestros abogados están más capacitados que yo para responder a esta clase de preguntas. Stannard, Fox y Perronet han prestado sus servicios al seminario desde su fundación y, en la actualidad, Paul Perronet es miembro del consejo de administración. Su bufete está en Norwich. Él le hablará de nuestra historia, si le interesa. Sé que de cuando en cuando trabaja los sábados por la mañana. ¿Quiere que le concierte una cita? Podría llamarlo a su casa.

–Me haría un favor, padre.

El rector acercó el teléfono que estaba sobre su escritorio. No le fue necesario buscar el número. Marcó y aguardó unos instantes.

–¿Paul? Soy Sebastian Morell. Llamo desde mi despacho. El comisario Dalgliesh está conmigo. ¿Recuerdas que el jueves te comenté que vendría a vernos? Le gustaría hacerte algunas preguntas acerca del seminario... Sí, cualquier cosa que quiera saber. No es preciso que ocultes nada... Eres muy amable, Paul. Te paso con él.

Sin una palabra, le tendió el auricular a Dalgliesh.

–Soy Paul Perronet –dijo una voz grave–. Mañana por la mañana estaré en mi despacho. Tengo una cita a las diez, pero si pudiera venir más temprano, a eso de las nueve, tendríamos tiempo suficiente para charlar. Llegaré aquí a las ocho y media. El padre Sebastian le facilitará la dirección. El bufete queda muy cerca de la catedral. Muy bien; lo veré mañana a las nueve.

–¿Hay algo más de lo que quiera hablar esta noche? –preguntó el rector cuando Dalgliesh se hubo sentado de nuevo.

–Me resultaría útil echar un vistazo al expediente de Margaret Munroe, en caso de que aún lo conserve.

–Si ella siguiera con nosotros, esos papeles serían confidenciales, naturalmente. Pero, dadas las circunstancias, no veo ningún inconveniente. La señorita Ramsey los guarda bajo llave en la habitación contigua. Iré a buscarlos.

Salió y, poco después, Dalgliesh oyó el chirrido del cajón de un archivador metálico. Al cabo de unos segundos, el rector regresó y le entregó un sobre marrón. No preguntó qué relación tenía el expediente de la señora Munroe con la trágica muerte de Ronald Treeves, y Dalgliesh creyó entender la razón. El padre Sebastian era un experimentado estratega que se abstenía de hacer preguntas cuando sospechaba que la respuesta era desagradable o de poca ayuda. Había prometido su colaboración y la prestaría, pero tomaría nota de todas las peticiones indiscretas y molestas de Dalgliesh hasta que llegase el momento oportuno para quejarse de que le habían exigido demasiado, con escasa justificación y para alcanzar unos resultados muy pobres. Poseía una habilidad inigualable para atraer a sus adversarios a un terreno imposible de defender legítimamente.

–¿Quiere llevarse el expediente, comisario? –dijo.

–Solo por esta noche, padre. Se lo devolveré mañana.

–Entonces, si no desea nada más, le doy las buenas noches.

Se levantó y le abrió la puerta a Dalgliesh. Aunque era un gesto que podría pasar por una gentileza, el comisario lo interpretó más bien como la estratagema de un director de escuela para quitarse de encima a un padre molesto.

La puerta del claustro sur estaba abierta. Pilbeam la cerraba todas las noches antes de retirarse, pero hoy aún no lo había hecho. El patio estaba en penumbra, iluminado únicamente por los débiles rayos de las lámparas adosadas a las paredes de los claustros, y solo había luz en dos de las habitaciones de los seminaristas, ambas en el claustro sur. Camino de Jerónimo, Dalgliesh vio a dos personas en la puerta de Ambrosio. A una de ellas se la habían presentado esa tarde, y su cabeza, pálida y brillante bajo la luz de la lámpara, resultaba inconfundible. La otra era una mujer. Esta se volvió al oír pasos, justo en el momento en que el comisario llegaba a la puerta de su apartamento. Sus ojos se encontraron, y por unos instantes ambos se miraron con expresión de asombro. La luz caía sobre un rostro de sobria y sorprendente belleza, y Dalgliesh experimentó una emoción cada vez menos frecuente en él: una sacudida física de pasmo y optimismo.

–Creo que no los han presentado –dijo Raphael–. Emma, este es el comisario Dalgliesh, que ha venido desde el cuartel general de Scotland Yard para aclararnos cómo murió Ronald. Comisario, esta es Emma Lavenham, que viaja desde Cambridge tres veces al año para civilizarnos. Después de asistir devotamente a las completas, los dos decidimos, por separado, dar un paseo para contemplar las estrellas. Nos encontramos en el acantilado. Ahora, como buen anfitrión, he venido a acompañarla a sus habitaciones. Buenas noches, Emma.

Su voz y su postura destilaban posesividad, y Dalgliesh notó que la chica se sentía ligeramente cohibida.

–Habría vuelto sola sin problemas –repuso–, pero gracias, Raphael.

El seminarista inició el gesto de tomarle la mano, mas ella se despidió con un firme «buenas noches», destinado a ambos, y acto seguido entró en la salita de su apartamento.

–La vista de las estrellas era decepcionante –comentó Raphael–. Buenas noches, comisario. Espero que no le falte nada de lo que necesita. –Giró sobre sus talones y se alejó a paso vivo por el patio adoquinado en dirección al claustro norte, donde estaba su habitación.

Dalgliesh se puso de malhumor, aunque no habría acertado a explicar por qué. Raphael era un joven altanero y demasiado guapo para su propio bien. Debía de descender de la fundadora del seminario. En tal caso, ¿cuánto heredaría si lo cerraban?

Con determinación, el comisario se sentó a la mesa, abrió el expediente de la señora Munroe y comenzó a estudiar los papeles. La mujer había llegado a Saint Anselm el 1 de mayo de 1994, procedente de Ashcombe House, una clínica para enfermos terminales situada en las afueras de Norwich. El seminario había publicado anuncios en el *Church Times* y en un periódico local, en los que pedían una encargada de la ropa blanca que colaborara en las tareas domésticas. A la señora Munroe acababan de diagnosticarle una enfermedad cardíaca, y en la carta donde solicitaba el empleo aseguraba que el trabajo de enfermera se había vuelto demasiado pesado para ella. Buscaba un puesto más descansado que además incluyera alojamiento. Las referencias de la supervisora de la clínica, aunque buenas, no eran demasiado entusiastas. La señora Munroe, que se había incorporado a la plantilla el 1 de junio de 1988, había sido una enfermera concienzuda y diligente, si bien un tanto reservada en sus relaciones con los demás. La atención a los moribundos la agotaba física y psíquicamente, pero en la clínica estimaban que podía realizar labores propias de una enfermera en un internado donde los alumnos eran jóvenes y sanos, cosa que ella haría de buen grado además de ocuparse de la ropa blanca. Por lo visto, durante su estancia en Saint Anselm había salido en contadas ocasiones. Había muy pocas notas en las que solicitara permiso al padre Sebastian para ausentarse; todo indicaba que prefería pasar las vacaciones en casa con su único hijo, un oficial del ejército. La imagen que se extraía del expediente era la de una mujer seria, trabajadora y reservada, con pocos intereses aparte de su relación con su hijo. Este, según constaba en el informe, había muerto dieciocho meses después de la llegada de la mujer al seminario.

Dalgliesh dejó el sobre en un cajón del escritorio, se duchó y se metió en la cama. Después de apagar la luz, trató de conciliar el sueño, pero las preocupaciones del día se agolpaban en su mente. Volvía a estar en la playa con el padre Martin. Imaginó la capa marrón y la sotana meticulosamente dobladas, como si el joven se preparase para un viaje: cabía la posibilidad de que lo hubiera considerado así. ¿De verdad se había quitado esas prendas para trepar a una pequeña loma de arena inestable, entremezclada con piedras y apuntalada de manera precaria por porciones de tierra cubierta de hierbajos? ¿Por qué? ¿Qué esperaba alcanzar o descubrir? En esa parte de la costa, entre la arena o en la pared del acantilado, aparecían de vez en cuando huesos de esqueletos enterrados mucho tiempo atrás, procedentes de los cementerios que ahora estaban bajo el agua y a más de un kilómetro de distancia de la orilla. Sin embargo, nadie había hallado ninguno de esos restos cerca del cadáver. Incluso si Treeves hubiera avistado la suave curva de una calavera o el extremo de un hueso largo entre la arena, ¿qué necesidad habría tenido de quitarse la capa y la sotana para llegar hasta ellos? Dalgliesh pensaba que había algo más significativo en la ordenada pila de ropa. ¿No había sido una forma deliberada, casi ceremonial, de renunciar a una vida, a una vocación, quizá incluso a una fe?

Debatiéndose entre la compasión, la curiosidad y la conjetura, apartó de su mente aquella muerte horrible para concentrarse en el diario de Margaret Munroe. Había leído tantas veces los párrafos de la última anotación que habría sido capaz de recitarlos de memoria. La mujer había descubierto un secreto de tal envergadura que solo se había atrevido a aludirlo de manera indirecta. Pocas horas después de hablar con la persona interesada, había muerto. Claro que, habida cuenta del estado en que se encontraba su corazón, esa muerte habría podido producirse en cualquier momento. Quizá la ansiedad y la necesidad de afrontar las repercusiones de ese descubrimiento habían precipitado su fin. No obstante, también cabía la posibilidad de que dicha muerte beneficiase a alguien. ¡Y qué fácil habría sido matarla! Una mujer mayor con un corazón débil, sola en su casa; un médico local que la examinaba con regularidad y que redactaría sin vacilar el certificado de defunción... ¿Por qué tenía la labor de punto sobre el regazo si llevaba las gafas para ver la televisión? Y, suponiendo que estaba viendo un programa antes de morir, ¿quién había apagado el televisor? Naturalmente, había explicaciones posibles para todas estas incongruencias. Había anochecido y la mujer estaba cansada. Incluso si aparecieran más pruebas –aunque ¿qué pruebas podían aparecer a esas alturas?–, había pocas posibilidades de resolver ese enigma. Al igual que Ronald Treeves, Margaret Munroe había sido incinerada. A Dalgliesh le extrañaba que en Saint Anselm tomasen medidas tan expeditivas para despachar los cadáveres. Por otro lado, era una consideración injusta: tanto sir Alred como la hermana de la señora Munroe habían excluido al seminario de las exequias.

Deseó haber visto el cuerpo de Ronald Treeves. Las pruebas de segunda mano siempre resultaban insatisfactorias, y nadie había tomado fotografías del escenario de la muerte. De todos modos, los testimonios eran muy claros y todos apuntaban al suicidio. Pero ¿por qué? Con toda seguridad, para Treeves ese acto implicaba un pecado mortal. ¿Qué poderosa fuerza lo había empujado a buscar un final tan horrible como aquel?

17

Cualquier viajero que visite con frecuencia ciudades o pueblos históricos descubrirá muy pronto en sus peregrinaciones que las casas más atractivas del centro son, invariablemente, bufetes de abogados. El de Stannard, Fox y Perronet no era una excepción. Se encontraba muy cerca de la catedral, en una elegante casa georgiana separada de la calle por un estrecho cerco de adoquines. La brillante puerta delantera con su aldaba en forma de cabeza de león, la pintura impecable, las impolutas ventanas que reflejaban la débil claridad de la mañana y las inmaculadas cortinas de tul proclamaban la solera, el prestigio y la prosperidad de la firma. En la recepción, que a todas luces había formado parte de una sala más grande y de armoniosas proporciones, una joven dejó la revista que estaba leyendo y saludó a Dalgliesh con un agradable acento de Norfolk:

–Usted es el comisario Dalgliesh, ¿no? El señor Perronet lo espera. Me ha indicado que lo haga subir de inmediato. Está en la primera planta. Su secretaria personal no viene los sábados, pero le prepararé un café si lo desea.

Dalgliesh sonrió, declinó la invitación y subió por la escalera, entre las fotografías enmarcadas de antiguos miembros del bufete.

El hombre que lo esperaba a la puerta del despacho era mayor de lo que había sugerido su voz por teléfono; de hecho, debía de frisar los sesenta. Superaba el metro ochenta y cinco de estatura y era un hombre huesudo, con mentón alargado, ojos de una clara tonalidad de gris tras unas gafas con montura de carey y un cabello pajizo que caía en lacios mechones sobre una frente prominente. La cara correspondía más a un comediante que a un abogado. Llevaba un formal traje oscuro, obviamente antiguo pero de muy buen corte, cuya ortodoxia contrastaba con la camisa de anchas rayas azules y la pajarita rosa con topos de color turquesa. Era como una manifestación consciente de una contradicción en su personalidad o de una excentricidad que se esforzaba por cultivar.

La habitación en la que entró Dalgliesh era tal como él la había imaginado. Sobre el escritorio georgiano no había papeles ni carpetas. Un óleo, sin duda de uno de los fundadores de la firma, colgaba encima de la elegante chimenea de mármol, y las acuarelas de paisajes, alineadas con todo cuidado, parecían lo bastante buenas para ser de Cotman. Probablemente lo fueran.

–¿No toma café? Prudente decisión. Es demasiado temprano. Yo salgo a tomar el mío a eso de las once. Voy dando un paseo hasta Saint Peter Mancroft. Me proporciona una buena excusa para salir de la oficina. La silla no es demasiado baja, ¿verdad? Si lo prefiere, siéntese en la otra. El padre Sebastian me ha pedido que responda a todas las preguntas que me haga sobre Saint Anselm. Por supuesto si esta fuese una investigación oficial, mi deber sería cooperar, y lo haría gustoso.

La cordialidad de sus ojos grises resultaba engañosa, pues ocultaba una mirada escrutadora.

–No es exactamente una investigación oficial –repuso Dalgliesh–. Mi posición es ambigua. Supongo que el padre Sebastian le habrá contado que sir Alred Treeves está insatisfecho con el dictamen sobre las causas de la muerte de su hijo. Yo había planeado venir a este condado y ya conocía Saint Anselm, de manera que me pareció práctico y conveniente visitar el seminario. Como es lógico, si descubro algún indicio de delito, el caso tomará carácter oficial y pasará a manos de la policía de Suffolk.

–Así que Alred está insatisfecho con el veredicto, ¿eh? –dijo Perronet–. Yo pensé que sería un alivio para él.

–Cree que no hay pruebas concluyentes para determinar que la muerte fue accidental.

–Es posible, pero tampoco hubo indicios de otra cosa. Un veredicto de muerte por causa desconocida habría sido más apropiado.

–Considerando las dificultades que atraviesa el seminario, la difusión que ha tenido el caso debió de resultarles molesta.

–Sí, aunque el asunto se llevó con discreción. El padre Sebastian es un experto en estas cuestiones. Y en Saint Anselm han estallado escándalos mucho más grandes. Como el de 1923, cuando el sacerdote que enseñaba Historia de la Iglesia, un tal Cuthbert, se enamoró perdidamente de uno de sus alumnos, y el rector los descubrió a ambos en flagrante delito. Habían ido a los muelles de Felixstowe en el tándem del padre Cuthbert, y supongo que habrían cambiado las sotanas por unos bombachos victorianos. Una imagen encantadora, en mi opinión. Más adelante, en 1932, se produjo un problema más serio: el rector se convirtió al catolicismo apostólico romano y se llevó consigo a la mitad de los profesores y a un tercio de los seminaristas. ¡Agnes Arbuthnot debió de revolverse en su tumba! Sin embargo, es verdad que la publicidad que se ha dado a este caso ha sido inoportuna, por supuesto.

–¿Asistió usted a la vista?

–Sí, lo hice en nombre del seminario. Este bufete ha representado a Saint Anselm desde su fundación. La señorita Arbuthnot, como toda su familia, detestaba Londres y, en 1842, cuando su padre se trasladó a Suffolk y construyó la casa, nos pidió que nos hiciéramos cargo de sus asuntos legales. Aunque estábamos fuera del condado, supongo que él buscaba cualquier firma del este, no necesariamente de Suffolk. La señorita Arbuthnot mantuvo el trato con el bufete después de la muerte de su padre. Siempre ha habido uno de nuestros socios en el consejo de administración del seminario. La señorita Arbuthnot lo dispuso así en su testamento, especificando que dicha persona debía ser miembro practicante de la Iglesia anglicana. Yo ocupo ese lugar ahora. No sé qué haremos en el futuro si todos los socios resultan ser católicos romanos, protestantes o directamente ateos. Supongo que tendremos que convencer a alguien para que se convierta. Sin embargo, hasta la fecha siempre ha habido un socio anglicano.

–Esta es una firma antigua, ¿verdad? –preguntó Dalgliesh.

–Se fundó en 1792. Ya no queda ningún Stannard entre nosotros. El único miembro de la última generación es catedrático; según creo, en una de las universidades nuevas. No obstante, pronto se nos unirá una joven Fox, Priscilla. Se licenció el año pasado y es una chica muy prometedora. Me gusta que el linaje de la firma se conserve.

–El padre Sebastian me dio a entender que es posible que la muerte de Ronald Treeves adelante el cierre del seminario –dijo Dalgliesh–. ¿Cuál es su opinión como miembro del consejo?

–Me temo que así sea. Podría adelantar el cierre, pero no causarlo. La Iglesia, como ya sabrá, se ajusta a la política de reunir las enseñanzas teológicas en unos pocos centros, y Saint Anselm siempre ha constituido una especie de excepción. Aunque quizás ahora decidan cerrarlo antes de lo previsto, el cierre, por desgracia, era inevitable. No se trata solo de una cuestión de recursos y política eclesiástica. El ideario de Saint Anselm ha quedado desfasado. Siempre ha habido críticos: decían que era elitista, esnob, que estaba muy aislado e incluso que se alimentaba demasiado bien a los estudiantes. Desde luego, cuentan con un vino exquisito. Yo siempre evito hacer mi visita trimestral en cuaresma o en viernes. Sin embargo, casi todo forma parte de su patrimonio y no le cuesta un penique al seminario. El canónigo Cosgrove les legó su bodega hace cinco años. El viejo tenía un paladar fino. Las reservas durarán hasta que cierren el seminario.

–Y si eso ocurre, ¿qué sucederá con el edificio y todo su contenido? –preguntó Dalgliesh.

–¿No se lo ha dicho el padre Sebastian?

–Me contó que él figuraba entre los beneficiarios, y que usted me daría más detalles.

–Desde luego. Desde luego.

Perronet se levantó y abrió un armario situado a la izquierda de la chimenea. Con evidente esfuerzo, sacó una caja grande de metal negro con la palabra «ARBUTHNOT» escrita con pintura blanca.

–Como intuyo que a usted le interesa la historia del seminario, tal vez deberíamos empezar por el principio. Todo está aquí dentro. Sí, en esta caja encontrará la historia de la familia. Empezaré por el padre de Agnes, Claude Arbuthnot, que murió en 1859. Fabricaba botones y hebillas: cierres para esas botas altas que llevaban las mujeres, distintivos ceremoniales y cosas por el estilo. La fábrica estaba en las afueras de Ipswich. Las cosas le fueron muy bien y amasó una fortuna. Agnes, nacida en 1820, era la hija mayor. La seguían Edwin, nacido en 1823, y Clara, dos años menor. No nos entretendremos con Clara, ya que nunca se casó y murió de tuberculosis en Italia en 1849. La enterraron en el cementerio protestante de Roma... en muy buena compañía, desde luego. ¡Pobre Keats! En fin, en esa época los enfermos se marchaban a los países soleados con la esperanza de curarse, pero el viaje bastaba para matarlos. Es una pena que Clara no fuese a la estación balnearia de Torbay y encontrase su última morada allí. Sea como fuere, aquí acaba su historia.

»Naturalmente, el que construyó la casa fue el viejo, Claude. Había acumulado un capital considerable y quería verlo materializado en algo, como es lógico. Le dejó la casa a Agnes. El dinero se repartió entre ella y su hermano, Edwin, y creo que hubo disputas en torno a la concesión de la casa. No obstante, Agnes, a diferencia de Edwin, cuidaba el edificio y vivía allí, de manera que finalmente se quedó con él. Si su padre, un protestante intransigente, hubiera sabido lo que ella iba a hacer con la casa, las cosas habrían tomado otro rumbo. Pero uno no puede controlar sus propiedades desde la tumba. El caso es que se la legó a ella. Un año después de la muerte de su padre, Agnes pasó una temporada en Oxford con una antigua compañera de escuela, se dejó influir por el movimiento ritualista de la universidad y decidió fundar Saint Anselm. El edificio ya estaba allí, por supuesto, pero añadió los dos claustros, restauró la iglesia y construyó cuatro casas para el personal.

–¿Qué pasó con Edwin? –quiso saber Dalgliesh.

–Era explorador. Salvo a Claude, a todos los hombres de la familia les apasionaban los viajes. De hecho, Edwin participó en unas importantes excavaciones arqueológicas en Oriente Medio. Rara vez venía a Inglaterra, y murió en El Cairo en 1890.

–¿Fue él quien donó el papiro de san Anselmo al seminario?

Detrás de las gafas, los ojos de Perronet lo miraron con recelo. Tardó unos segundos en responder:

–De manera que sabe lo del papiro. El padre Sebastian no me avisó.

–Lo que sé es muy limitado. Mi padre estaba al tanto, y aunque siempre fue muy discreto, yo até algunos cabos cuando estuve en el seminario. Un chico de catorce años tiene el oído muy aguzado y es más perspicaz de lo que creen los adultos. Mi padre me reveló poca información y me hizo prometer que guardaría el secreto, aunque yo no albergaba la menor intención de divulgar la noticia.

–Bueno, el padre Sebastian me ordenó que respondiera a todas sus preguntas, pero poco puedo explicarle acerca del papiro –aseveró Perronet–. Sin duda sabe tanto al respecto como yo. En efecto, a la señorita Arbuthnot se lo regaló su hermano, que era perfectamente capaz de falsificarlo o mandarlo falsificar, pues era un hombre aficionado a las bromas y un ateo ferviente, si cabe calificar de fervoroso a un ateo.

–¿Qué es exactamente el papiro?

–En teoría, es una comunicación que Poncio Pilatos envió a un oficial de la guardia, en la que se alude a la retirada de cierto cadáver. La señorita Arbuthnot estaba convencida de que se trataba de una falsificación, y la mayoría de los rectores que vieron la carta desde entonces opinó lo mismo. A mí no me la enseñaron, pero tengo entendido que mi padre y el viejo Stannard llegaron a echarle un vistazo. Aunque mi padre también estaba convencido de que no era auténtica, me aseguró que estaba hecha con gran habilidad.

–Resulta extraño que la señorita Arbuthnot no la destruyese.

–No, a mí no me parece tan extraño. Hay una nota al respecto entre los papeles. Si no le molesta, le haré un resumen. Ella pensaba que si se deshacía del papiro, su hermano sacaría el asunto a la luz, de manera que su destrucción serviría para probar su autenticidad. Una vez destruido el documento, nadie podría demostrar que era una falsificación. Dejó instrucciones claras para que la conservara el rector, que tendría que legarla a su sucesor solo después de su muerte.

–Lo que significa que ahora obra en poder del padre Martin –coligió Dalgliesh.

–Así es. Debe de estar entre las posesiones del padre Martin, y dudo que el padre Sebastian sepa dónde. Si desea más información sobre esa carta, tendrá que hablar con él. De todos modos, no veo qué relación puede guardar con la muerte de Ronald Treeves.

–Por el momento, yo tampoco –repuso Dalgliesh–. ¿Qué ocurrió con la familia después de la muerte de Edwin?

–Tenía un hijo, Hugh, que nació en 1880 y murió en la batalla del Somme, en 1916. Mi abuelo también perdió la vida allí. Los muertos de esa guerra todavía aparecen en los sueños de todos, ¿no? Dejó dos hijos. El mayor, Edwin, nació en 1903, nunca se casó y murió en Alejandría en 1979. El segundo, Claude, nació en 1905. Fue el abuelo de Raphael Arbuthnot, uno de los actuales seminaristas. Claro que ya lo conocerá. Raphael es el último miembro de la familia.

–Pero él no heredará nada, ¿no? –inquirió Dalgliesh.

–No. Por desgracia, es hijo ilegítimo. El testamento de la señorita Arbuthnot dejó instrucciones detalladas y precisas. No creo que nuestra querida dama imaginase que algún día cerrarían el seminario, pero mi predecesor, que en aquel entonces se encargaba de los asuntos de la familia, le aconsejó que tomase medidas con vistas a esa eventualidad. Y así lo hizo. El testamento dispone que la propiedad y todos los objetos donados por la señorita Arbuthnot a la escuela y la iglesia se dividan en partes iguales entre los descendientes directos de su padre, siempre y cuando dichos descendientes sean legítimos ante la ley de Inglaterra y anglicanos practicantes.

–«Legítimos ante la ley de Inglaterra» –repitió Dalgliesh–. Curiosa expresión.

–No lo crea. La señorita Arbuthnot era un exponente de su época y su clase social. Cuando había propiedades en juego, los victorianos siempre temían que apareciese un descendiente extranjero de dudosa legitimidad, nacido de un matrimonio celebrado irregularmente fuera del país. Hay algunos casos famosos. A falta de un heredero legítimo, la propiedad y su contenido se dividirán por partes iguales entre los sacerdotes que residan en el seminario en el momento de su cierre.

–Así que, en otras palabras, los beneficiarios serían los padres Sebastian Morell, Martin Petrie, Peregrine Glover y John Betterton. Ha de ser duro para Raphael, ¿no? Supongo que no hay dudas sobre su ilegitimidad.

–En el primer punto, coincido con usted. Desde luego, al padre Sebastian no se le escapa que sería una injusticia. La posibilidad de cerrar el seminario se planteó por primera vez hace dos años, y entonces él habló conmigo. Como es lógico, no está conforme con los términos del testamento y sugirió que, cuando llegue el momento del cierre, los beneficiarios se pongan de acuerdo para que Raphael reciba una parte de la herencia. En circunstancias normales, es posible redistribuir un legado si existe el consentimiento de todos los herederos, pero en este caso el asunto resulta más complicado. Le contesté que no podía darle una respuesta sencilla y rápida a las preguntas sobre la cesión de las propiedades. Pongamos por ejemplo el valioso retablo que está en la iglesia. La señorita Arbuthnot lo donó para que se colocara sobre el altar. Si la iglesia sigue estando consagrada, ¿retirarán el cuadro, o habrán de decidir entre todos si desean venderlo a quienquiera que se haga cargo de la parroquia? El nuevo miembro del consejo de administración, el archidiácono Crampton, aboga por sacarlo de allí ahora mismo, bien para depositarlo en un sitio más seguro, bien para venderlo en beneficio de la diócesis. Si de él dependiera, mandaría retirar todos los objetos valiosos. Yo le he advertido que lamentaría una acción tan precipitada como esa, pero es posible que se salga con la suya. Tiene muchas influencias, y una medida semejante favorecería a la Iglesia en general más que a unos individuos.

»Los edificios suponen otro problema. Le confieso que no sé qué utilidad podrían sacarles; de hecho, es probable que ni siquiera sigan en pie dentro de veinte años. El mar avanza rápidamente en esas costas. Como es natural, la erosión afectará al valor de las propiedades. Incluso sin contar con el retablo, es probable que valga más el contenido, sobre todo los cálices de plata, los libros y los muebles.

–También está el papiro de san Anselmo –añadió Dalgliesh.

Una vez más, tuvo la sensación de que su comentario no era bien recibido.

–También quedaría en manos de los beneficiarios –dijo Perronet–, lo que acarrearía una dificultad especial. Si el seminario cierra, y en consecuencia no hay más rectores, el papiro pasará a formar parte del patrimonio.

–Supongo que es un objeto valioso, incluso en el caso de que se trate de una falsificación.

–Tendría un valor considerable para cualquier persona interesada en el dinero o en el poder.

Como sir Alred Treeves, pensó Dalgliesh. Por otro lado, costaba imaginar que sir Alred hubiera introducido de forma deliberada a su hijo adoptivo en el seminario con el fin de apoderarse del papiro.

–No existe la menor duda sobre la ilegitimidad de Raphael, ¿verdad? –inquirió.

–Oh, claro que no, comisario, ninguna en absoluto. Su madre no ocultó el hecho de que no estaba casada ni deseaba estarlo. Jamás reveló el nombre del padre, aunque expresó abiertamente su desprecio por el niño. Después de que este naciera, lo dejó dentro de un cesto en el seminario con una nota que decía: «Ya que predican la caridad cristiana, practíquenla con este bastardo. Si quieren dinero, pídanselo a mi padre». La nota está aquí, entre los papeles de la familia Arbuthnot. Fue un acto totalmente impropio de una madre.

Desde luego que sí, se dijo Dalgliesh. Algunas mujeres abandonaban a sus hijos, incluso los mataban. Aun así, el rechazo de esa mujer, a quien sin duda no le faltaban amigos ni dinero, había estado lleno de calculada brutalidad.

–Se marchó al extranjero poco después, y, según creo, durante los diez años siguientes viajó por Extremo Oriente y la India. La acompañaba una mujer, una médica que se suicidó poco antes de que Clara Arbuthnot regresase a Inglaterra. Clara murió de cáncer en Ashcombe House, una clínica para desahuciados situada en las afueras de Norwich, el treinta de abril de 1988.

–¿Y nunca vio a su hijo?

–Ni lo vio ni se interesó por él. Claro que murió muy joven. Tal vez las cosas habrían cambiado. Su padre, que se casó después de cumplir los cincuenta, ya era un anciano cuando nació su nieto; no habría podido cuidar de él, aunque tampoco quiso hacerlo. Sin embargo, le dejó un pequeño legado en fideicomiso. El clérigo que entonces era rector de Saint Anselm se convirtió en tutor de Raphael. A todos los efectos, el seminario ha sido el único hogar del muchacho. En general, los sacerdotes han realizado un buen trabajo con él. Consideraron conveniente enviarlo a una escuela primaria para que entrase en contacto con otros chicos, y opino que fue una decisión acertada. Lo mandaron a una escuela privada, desde luego. El legado del abuelo apenas alcanzaba para pagarla. Pero ha pasado casi todas sus vacaciones en el seminario.

Sonó el teléfono que estaba sobre el escritorio. Después de contestar, Perronet dijo:

–Sally me avisa de que ha llegado mi próxima visita. ¿Necesita saber algo más, comisario?

–Nada, gracias. No sé hasta qué punto me será útil lo que hemos hablado, pero me alegro de haberme formado una idea general de la situación. Muchas gracias por dedicarme tanto tiempo.

–Me parece que nos hemos alejado mucho de la muerte de ese pobre chico –comentó Perronet–. Por supuesto, espero que me haga partícipe de los resultados de sus pesquisas. Como miembro del consejo de administración del seminario, me interesa mucho el asunto.

Dalgliesh le prometió que lo mantendría informado. Subió por la soleada calle en dirección a la majestuosa Saint Peter Mancroft. Al fin y al cabo, se suponía que estaba de vacaciones. Lo asistía el derecho a dedicar al menos una hora a sus placeres personales.

Sopesó lo que había averiguado. Era una curiosa coincidencia que Clara Arbuthnot hubiera muerto en la misma clínica donde la señora Munroe había trabajado de enfermera. Por otro lado, quizá no lo fuese. Nada tenía de extraño que la señorita Arbuthnot deseara morir en el condado donde había nacido; la vacante en Saint Anselm se había anunciado en la prensa local y la señora Munroe estaba buscando empleo. No obstante, era imposible que las dos mujeres se hubieran conocido. Ya echaría un vistazo a sus notas, aunque en su mente estaba claro. La señorita Arbuthnot había muerto un mes antes de que Margaret Munroe entrara a trabajar en la clínica.

No obstante, el otro dato que había recabado implicaba una desagradable complicación. Fueran cuales fuesen las verdaderas causas de la muerte de Ronald Treeves, ese hecho precipitaría el cierre del seminario. Y cuando el seminario cerrase, cuatro miembros del personal serían muy ricos.

Si bien había supuesto que en Saint Anselm agradecerían su ausencia durante la mayor parte del día, le había avisado al padre Martin que estaría allí para la cena. Tras dos horas de satisfactorios paseos por la ciudad, encontró un restaurante donde ni la comida ni la decoración eran pretenciosas y tomó un almuerzo sencillo. Necesitaba hacer algo más antes de volver al seminario. Consultó la guía telefónica del restaurante y encontró la dirección de la *Sole Bay Weekly Gazette.* Sus instalaciones, donde se editaba una serie de periódicos y revistas locales, era un edificio bajo de ladrillo muy semejante a un garaje y situado junto a un cruce de carreteras en las afueras de la ciudad. No le resultó muy difícil comprar números atrasados. A Karen Surtees no le había fallado la memoria: en efecto, el ejemplar de la semana anterior a la muerte de la señora Munroe presentaba una fotografía de un novillo adornado con lazos junto a la tumba de su dueño.

Dalgliesh, que había aparcado en el patio delantero, regresó al coche y examinó el periódico. Era el típico semanario provinciano: la atención que prestaba a la vida local y las cuestiones rurales y pueblerinas constituía un refrescante descanso de los previsibles problemas que publicaba la prensa seria nacional. Había noticias sobre torneos de *whist* y de dardos, ofertas de trabajo, funerales y reuniones de grupos y asociaciones locales. Destinaban una página entera a retratos de recién casados, que sonreían a la cámara con las cabezas juntas, y varias páginas a fotografías de casas, chalés y bungalós en venta. Cuatro estaban reservadas para la sección de contactos y otros anuncios. Solo dos artículos recordaban las preocupaciones menos inocentes del resto del mundo. Habían descubierto a siete inmigrantes ilegales en un granero y sospechaban que habían llegado en un barco local. La policía había practicado dos arrestos relacionados con el hallazgo de un alijo de cocaína, lo que inducía a pensar que había un traficante en la zona.

Mientras doblaba el periódico, Dalgliesh se dijo que su pálpito había quedado en nada. Si la *Gazette* contenía algo que había despertado la memoria de Margaret Munroe, el secreto había muerto con ella.

18

El reverendo Matthew Crampton, archidiácono de Reydon, se dirigía a Saint Anselm por el camino más corto desde su vicaría, situada en Cressingfield, al sur de Ipswich. Tomó la A12 con la agradable sensación de que había dejado en orden todos los asuntos relacionados con la parroquia, su esposa y su despacho. Incluso en su juventud, siempre había salido de casa con la idea –nunca expresada en voz alta– de que quizá no volviera. Aunque no era una preocupación apremiante, siempre estaba allí, con otros temores inconscientes y agazapados, como una serpiente dormida, en el fondo de su mente. A veces le parecía que había pasado toda la vida aguardando su final. Los pequeños ritos diurnos que esto suponía no guardaban relación alguna con una morbosa preocupación por la mortalidad, ni con su fe; eran más bien, como reconocía él, el resultado de la insistencia de su madre en que se pusiera ropa interior limpia todas las mañanas, ya que ese podía ser el día en que lo atropellase un coche y apareciera ante la vista de las enfermeras, los médicos y el enterrador como una triste víctima de la negligencia materna. En su infancia solía imaginar la escena final: él tendido sobre la mesa de autopsias y su madre agradecida, hallando consuelo en el hecho de que al menos había muerto con los calzoncillos limpios.

Había despejado su mente de su primer matrimonio con la misma meticulosidad con que despejaba su escritorio. El silencioso fantasma que se le aparecía en un rincón de la escalera o al otro lado de la ventana de su despacho y la súbita conmoción que lo asaltaba al oír una risa familiar eran sensaciones misericordiosamente débiles, amortiguadas por las tareas de la parroquia, la rutina semanal y su segunda esposa. Había arrumbado su primer matrimonio en una oscura mazmorra de su mente y echado la llave, no sin antes dictar sentencia. Cuando una de sus feligresas, madre de una criatura disléxica y un poco sorda, le había contado que las autoridades locales habían «resolucionado» a su hija, él había entendido que las instituciones habían determinado las necesidades de la niña y tomado las medidas oportunas para satisfacerlas. Del mismo modo, en un contexto muy diferente pero con idéntica autoridad, él había «resolucionado» su matrimonio. Si bien nunca había pronunciado ni puesto por escrito las palabras de esa resolución, era capaz de recitarlas mentalmente como si hablara en tercera persona de una simple conocida y de sí mismo. Esa breve y definitiva liquidación de una vida conyugal estaba escrita en su mente, y siempre la imaginaba en cursivas:

El archidiácono Crampton se casó con su primera esposa poco después de que lo nombrasen vicario de la parroquia de un barrio pobre de su ciudad. Barbara Hampton era diez años menor que él, hermosa, terca y desequilibrada, detalle que su familia nunca había revelado. En un principio fueron felices. Él se consideraba afortunado de ser el marido de una mujer excepcional sin merecerlo. El sentimentalismo de Barbara pasaba por bondad; su cordialidad con los extraños, su belleza y su generosidad le granjearon el afecto de todo el mundo. Durante meses, no advirtieron los problemas o no hablaron de ellos. Con el tiempo, los coadjutores y los feligreses comenzaron a presentarse en la vicaría cuando ella estaba ausente para contar embarazosas historias. Los arrebatos de ira, los gritos, los insultos, todos los incidentes que Crampton suponía que solo se producían en su presencia, se habían extendido al resto de la parroquia. Ella se negó a someterse a terapia, y afirmaba que era él quien estaba loco. Luego comenzó a beber sin medida y de manera sistemática.

Una tarde, cuatro años después de su boda, él tenía que visitar a unos enfermos, pero antes pasó a ver a su esposa, que había dicho que estaba cansada y se había acostado. Al abrir la puerta de la habitación, la vio plácidamente dormida y se marchó sin molestarla. Cuando regresó por la noche la encontró muerta. Había tomado una sobredosis de aspirina. La vista dictaminó «muerte por suicidio». Él se culpó a sí mismo por haberse casado con una mujer demasiado joven e indigna de vivir con un vicario. Si bien encontró la felicidad en su segundo y más apropiado matrimonio, nunca dejó de lamentar la muerte de su primera mujer.

Esa era la historia que recitaba mentalmente, aunque cada vez con menor frecuencia. Se había vuelto a casar dieciocho meses después de quedar viudo. Un vicario sin esposa, y sobre todo uno que ha enviudado en circunstancias trágicas, cae víctima inevitablemente de los casamenteros de la parroquia. Tenía la impresión de que a su segunda esposa la habían elegido otros, aunque él había aceptado de buen grado el arreglo.

Hoy debía ocuparse de un asunto que le satisfacía sobremanera, por más que intentara persuadirse de que no era más que una obligación: debía convencer al padre Sebastian Morell de que era preciso cerrar Saint Anselm y buscar pruebas adicionales que convirtieran dicho cierre en algo tan rápido como inevitable. Se dijo (y con absoluta convicción) que Saint Anselm –demasiado oneroso, aislado, privilegiado, elitista y con solo veinte seminaristas cuidadosamente seleccionados– representaba todo lo que iba mal en la Iglesia anglicana. Congratulándose de su honestidad, admitió que su desprecio por la institución se extendía también al director –¿por qué demonios había que llamarlo «rector»?– y que su antipatía era en gran medida personal, pues iba más allá de cualquier diferencia en cuestiones teológicas o de política eclesiástica. En parte, se trataba de un resentimiento de clase. Se veía a sí mismo como un hombre que había tenido que luchar para ordenarse sacerdote y ascender. En realidad, no había necesitado luchar demasiado: en sus tiempos de universitario le habían allanado el camino con becas bastante generosas, y su madre siempre había consentido a su único hijo. En cambio, Morell, hijo y nieto de obispos, descendía de uno de los grandes príncipes de la Iglesia del siglo XVIII. Los Morell siempre habían frecuentado los palacios, y el archidiácono sabía que su adversario tendería sus tentáculos para conseguir el apoyo del gobierno, las universidades y la Iglesia, además de no ceder un ápice en la pugna por conservar su feudo.

¡Y aquella esposa suya con cara de caballo! Solo Dios sabía por qué se había casado con ella. Lady Veronica vivía en Saint Anselm cuando el archidiácono había visitado el lugar por primera vez, mucho antes de que lo nombrasen miembro del consejo de administración, y se había sentado a su izquierda en la cena. La ocasión no había sido agradable para ninguno de los dos. Bueno, ahora estaba muerta. Al menos se ahorraría el disgusto de oír esa voz estridente y con un acento ofensivamente aristocrático, fruto de siglos de arrogancia e insensibilidad. ¿Qué sabían ella y su marido de la pobreza y sus humillantes privaciones, si nunca se habían visto obligados a convivir con la violencia y los irresolubles problemas de una decadente parroquia de barrio? Morell ni siquiera había sido párroco, salvo durante los dos años que había pasado en un próspero pueblo del interior. El hecho de que un hombre con su capacidad intelectual y su reputación se contentara con el cargo de director de un seminario pequeño y aislado constituía un misterio para el archidiácono, y, según sospechaba, también para otras personas.

Debía de existir una explicación, desde luego, y seguramente había que buscarla en el deplorable testamento de la señorita Arbuthnot. ¿Cómo era posible que sus consejeros legales le hubieran permitido redactarlo en esos términos? Claro que era posible que ella no imaginase que el valor de los cuadros y la plata que había donado a Saint Anselm se incrementaría tanto en el siguiente siglo y medio. Durante los últimos años, el seminario se había financiado con dinero de la Iglesia. Sería moralmente justo que, cuando cerraran el seminario, los bienes pasaran a manos de la Iglesia o de instituciones benéficas. Resultaba inconcebible que la señorita Arbuthnot pretendiera convertir en multimillonarios a los cuatro sacerdotes que casualmente vivieran en Saint Anselm en el momento del cierre. Para colmo, uno de ellos tenía ochenta años y a otro lo habían condenado por abusos a menores. Él se ocuparía de que todos los objetos de valor fueran retirados del seminario antes de la clausura oficial. Sebastian Morell no podía oponerse a esta medida sin arriesgarse a que lo acusaran de egoísmo y avaricia. Su turbia campaña para mantener abierto el seminario era, con toda probabilidad, una estratagema para ocultar su interés por los tesoros de Saint Anselm.

Los territorios estaban formalmente delimitados, y el archidiácono marchaba con confianza hacia lo que esperaba que fuese una batalla decisiva.

19

El padre Sebastian sabía que acabaría por enfrentarse al archidiácono antes de que terminase el fin de semana, pero no quería que la discusión se produjese en la iglesia. Estaba preparado para defender su posición –de hecho, deseaba hacerlo–, mas no delante del altar. Sin embargo, cuando el archidiácono manifestó su deseo de ver la obra de Rogier van der Weyden, el padre Sebastian no tenía excusa para no acompañarlo y, consciente de que limitarse a entregarle las llaves supondría una descortesía, se consoló pensando que quizá la visita fuera breve. Al fin y al cabo, ¿de qué podía quejarse el archidiácono en la iglesia, aparte del olor a incienso? Tomó la decisión de mantener la calma y, en la medida de lo posible, hablar solo de trivialidades. Cabía esperar que dos sacerdotes fuesen capaces de conversar sin hostilidad en una iglesia.

Recorrieron el claustro norte y llegaron a la puerta de la sacristía sin decir una palabra. Ninguno de los dos soltó prenda hasta que el padre Sebastian hubo encendido las luces que iluminaban el retablo. Se situaron lado a lado y contemplaron la obra en silencio.

El padre Sebastian nunca había encontrado las palabras apropiadas para describir el efecto que producía esa súbita revelación de una imagen, y tampoco se esforzó por buscarlas ahora. Transcurrió medio minuto antes de que el archidiácono hablara. Su voz sonó extraordinariamente alta en la quietud del templo.

–No debería estar aquí, desde luego. ¿Nunca ha pensado seriamente en trasladarlo?

–¿Adónde, archidiácono? La señorita Arbuthnot lo donó al seminario con el deseo expreso de que se pusiera sobre el altar.

–Es un sitio poco seguro para un objeto de tanto valor. ¿Cuánto cree que vale? ¿Cinco millones? ¿Ocho? ¿Diez?

–No tengo idea. En cuanto a su seguridad, le diré que lleva allí más de cien años. ¿Adónde propone que lo llevemos?

–A un lugar más seguro y donde lo admire más gente. Lo más sensato, y he discutido esta posibilidad con el obispo, sería venderlo a un museo para que lo expusieran ante el público. La Iglesia, o de hecho cualquier institución benéfica, sacaría buen provecho del dinero. Lo mismo puede decirse de los dos cálices más valiosos. No es apropiado conservar unos objetos de tanto valor con el único fin de que los disfruten veinte seminaristas.

El padre Sebastian estuvo tentado de citar un versículo de los evangelios –«Pues este perfume podría haberse vendido a mucho precio y habérselo dado a los pobres»–, pero se contuvo. Sin embargo, no logró reprimir un dejo de ira en su voz:

–El retablo pertenece a este seminario. No se venderá ni se moverá de aquí mientras yo sea rector. Los cálices de plata continuarán guardándose en la caja de seguridad del presbiterio y cumpliendo su función original.

–¿Aunque su presencia obligue a impedir la entrada de los seminaristas en la iglesia?

–No está cerrada para ellos. Solo tienen que pedir las llaves.

–La necesidad de rezar es demasiado espontánea para que uno tenga que acordarse de pedir unas llaves.

–Por eso disponemos de un oratorio.

El archidiácono dio media vuelta y el padre Sebastian apagó las luces.

–En cualquier caso –dijo Crampton–, cuando se cierre el seminario, habrá que retirar el retablo. No sé qué piensa hacer la diócesis con este sitio... Me refiero a la iglesia. Está demasiado alejada del mundo para volver a ser una parroquia, incluso como parte de un ministerio múltiple. ¿De dónde sacarían a los feligreses? Es improbable que quienquiera que compre la casa desee una capilla privada, pero nunca se sabe. Me cuesta imaginar que exista un posible comprador. Es un sitio aislado, de difícil acceso y sin comunicación directa con la playa. No resultaría apropiado para un hotel ni para una clínica de reposo. Además, debido a la erosión de la costa, ni siquiera es seguro que continúe en pie dentro de veinte años.

El padre Sebastian guardó silencio hasta que se sintió capaz de responder con serenidad.

–Habla como si ya hubieran tomado la decisión de cerrar Saint Anselm, archidiácono. Doy por sentado que me consultarán antes, habida cuenta de que soy el rector. Y de momento nadie me ha comunicado nada al respecto, ni verbalmente ni por escrito.

–Por supuesto que lo consultarán. Se seguirán todos los tediosos y necesarios pasos del proceso. A pesar de todo, el final es inevitable, como usted bien sabe. La Iglesia anglicana está centralizando y racionalizando sus enseñanzas teológicas. Hace tiempo que se necesita una reforma. Saint Anselm es demasiado pequeño, remoto, caro y elitista.

–¿Elitista, archidiácono?

–He empleado esa palabra a propósito. ¿Cuándo fue la última vez que aceptaron un estudiante procedente de una escuela pública?

–Stephen Morby se educó en escuelas públicas. Y es tal vez nuestro alumno más inteligente.

–El primero, supongo. Y sin duda llegó a través de la Universidad de Oxford y con las notas más altas. ¿Y cuándo aceptarán a una mujer como alumna, o a una mujer sacerdote en la plantilla?

–Ninguna ha presentado una solicitud de acceso.

–Desde luego. Las mujeres saben reconocer dónde no las quieren.

–Creo que la historia reciente desmiente esa afirmación, archidiácono. No tenemos prejuicios. La Iglesia, o más bien el sínodo, ha tomado su decisión. Pero este sitio es demasiado pequeño para recibir a alumnas mujeres. Hasta los seminarios más grandes lidian con ese problema. Los que sufren son los seminaristas. No presidiré una institución donde algunos miembros se nieguen a recibir el sacramento de manos de otros.

–Y el elitismo no es el único problema de este seminario. La Iglesia morirá a menos que se adapte a las necesidades del siglo XXI. La vida que sus jóvenes seminaristas llevan aquí es absurdamente privilegiada, muy diferente de la de los hombres y mujeres a quienes deberán servir. El estudio del griego y el hebreo tiene su sitio, no lo niego, pero también conviene investigar lo que pueden ofrecernos las nuevas disciplinas. ¿Qué formación se imparte aquí en los campos de la sociología, las relaciones interraciales y la cooperación entre distintos cultos?

El padre Sebastian consiguió mantener firme su voz al replicar:

–La formación que impartimos aquí está entre las mejores del país. Los informes de la inspección dejan muy claro ese punto. Y es absurdo que afirme que nuestros alumnos no tienen contacto con el mundo real o que no los estamos preparando para servir a ese mundo. Varios sacerdotes ordenados en Saint Anselm trabajaron en las zonas más deprimidas del país y del extranjero. ¿Qué me dice del padre Donovan, que falleció de fiebre tifoidea en el East End porque se negaba a abandonar a sus feligreses? ¿O del padre Bruce, que murió como un mártir en África? Y hay muchos más. Saint Anselm ha educado a dos de los obispos más distinguidos de este siglo.

–Eran obispos de su época, no de la nuestra. Está hablando del pasado. A mí me preocupan las necesidades del presente. No atraeremos gente a nuestra fe con convenciones obsoletas, una liturgia arcaica y una Iglesia con una imagen pretenciosa, aburrida, burguesa e incluso racista. Saint Anselm ha quedado desfasado en esta nueva era.

–¿Qué es lo que quiere? –preguntó el padre Sebastian–. ¿Una Iglesia sin enigmas, sin la erudición, la tolerancia y la dignidad que eran las virtudes características del anglicanismo? ¿Una Iglesia sin humildad ante el inefable misterio y el amor de Dios Todopoderoso? ¿Oficios con himnos banales, una liturgia modificada y una Eucaristía celebrada como una fiesta pagana? ¿Una Iglesia para la Gran Bretaña moderna? Pues yo no celebro esa clase de oficios en Saint Anselm. Lo lamento, reconozco que hay diferencias legítimas en nuestros puntos de vista sobre el sacerdocio. No lo tome como una ofensa personal.

–Pues yo creo que es una ofensa personal –replicó el archidiácono–. Permítame que le hable con franqueza, Morell.

–Ya lo ha hecho. ¿Y le parece que este es el sitio más adecuado para ello?

–Pronto cerrarán Saint Anselm. Aunque no dudo que haya prestado un buen servicio en el pasado, en el presente resulta innecesario. La enseñanza es buena, pero ¿acaso le parece mejor que la de Chichester, Salisbury o Lincoln? Ellos aceptaron su fin.

–Nadie cerrará Saint Anselm, al menos mientras yo viva. Tengo influencias.

–Ah, ya lo sabemos. Precisamente me quejaba de eso: del poder de las influencias, de quien conoce a la gente adecuada, se mueve en los círculos adecuados y sabe decir lo más conveniente a los oídos apropiados. Esa visión de Inglaterra es tan obsoleta como Saint Anselm. El mundo de lady Veronica ha muerto.

Ahora, la ira apenas controlada del padre Sebastian halló una temblorosa salida. Era casi incapaz de hablar, y no obstante sus palabras, distorsionadas por el odio, prorrumpieron por fin en una voz que le costó reconocer:

–¡Cómo se atreve! ¡Cómo se atreve a nombrar a mi esposa!

Se fulminaron con la mirada, como boxeadores. El archidiácono fue el primero en serenarse.

–Lo siento, he sido impulsivo y cruel. Me he expresado de forma inapropiada en el sitio menos indicado. ¿Nos vamos?

Se disponía a tenderle la mano, pero cambió de idea. Caminaron en silencio junto a la pared norte hasta la puerta de la sacristía. El padre Sebastian se detuvo de repente.

–Hay alguien más con nosotros –dijo–. No estamos solos.

Ambos aguzaron el oído y permanecieron inmóviles durante algunos segundos.

–No oigo nada –repuso el archidiácono–. Es obvio que la iglesia está vacía. Cuando llegamos, la puerta estaba cerrada con llave, y la alarma conectada. No hay nadie más.

–Desde luego. ¿Quién iba a entrar? Ha sido solo una impresión.

El padre Sebastian activó de nuevo la alarma, cerró la puerta de la sacristía, y ambos salieron al claustro norte. Aunque se habían disculpado, los dos habían dicho cosas que jamás olvidarían. El padre Sebastian estaba indignado consigo mismo por haber perdido el control. Tanto él como el archidiácono se habían propasado, y sin embargo su responsabilidad era mayor porque había descuidado sus obligaciones de anfitrión. Al fin y al cabo, Crampton se había limitado a repetir lo que pensaban y decían otros. Lo invadió una profunda angustia, acompañada de un sentimiento menos familiar y más intenso que la mera aprensión. Era miedo.

20

El té de los sábados en Saint Anselm constituía una costumbre informal: la señora Pilbeam lo preparaba y lo servía en la sala de los estudiantes, al fondo del edificio, a aquellos que habían indicado que estarían presentes. El número casi siempre era pequeño, sobre todo si había un partido de fútbol que mereciese verse a una distancia razonable del seminario.

Eran las tres de la tarde y Emma, Raphael Arbuthnot, Henry Bloxham y Stephen Morby holgazaneaban en la sala de la señora Pilbeam, situada entre la cocina principal y el pasillo que conducía al claustro sur. Desde ese mismo pasillo una empinada escalera descendía hasta el sótano. La cocina, con su cuádruple horno Aga, las brillantes superficies de aluminio y el moderno equipamiento, estaba vedada a los alumnos. Era aquí, en la pequeña sala contigua, donde la señora Pilbeam solía cocinar bollitos y pasteles y preparar el té. La estancia, de acogedor aire doméstico, incluso parecía algo desordenada en contraste con la aséptica limpieza de la despejada cocina. La chimenea original, con su decorada campana de hierro, permanecía en su sitio y, aunque ahora los leños eran falsos y la estufa funcionaba con gas, aportaba un reconfortante centro de atención a la estancia.

Esta sala era en gran medida el coto privado de la señora Pilbeam. En la repisa de la chimenea exponía algunos de sus tesoros personales, casi todos regalos que los ex alumnos le habían traído de sus vacaciones: una tetera decorada, un juego de tazas y jarras, los perros de porcelana que tanto le gustaban e incluso una pequeña muñeca con ropa chillona y delgadas piernas que colgaban del borde de la repisa.

La señora Pilbeam tenía tres hijos, ahora dispersos, y Emma estaba convencida de que disfrutaba mucho en estas sesiones semanales con los jóvenes, tanto como ellos, que agradecían la oportunidad de descansar de la austeridad masculina de su rutina diaria. Al igual que los seminaristas, Emma se sentía cómoda con el afecto maternal y a la vez desprovisto de sentimentalismo de la señora Pilbeam. Se preguntó si el padre Sebastian aprobaría su presencia en esas reuniones informales. No le cabía duda de que estaba al tanto: al rector no se le escapaba prácticamente nada de lo que ocurría en el seminario.

Esta tarde solo había tres alumnos presentes. Peter Buckhurst, todavía convaleciente de una mononucleosis, descansaba en su habitación.

Emma se había arrellanado en un sillón de mimbre situado a la derecha de la chimenea, y Raphael se había sentado en el de enfrente, con sus largas piernas extendidas. Henry había abierto una sección del *Times* del sábado en un extremo de la mesa y, en el otro, la señora Pilbeam le daba una clase de repostería a Stephen. La madre de este, una mujer del norte rural que lo había criado en una impecable casa adosada, pensaba que los hijos varones no tenían por qué colaborar en las tareas domésticas, opinión que había heredado de su propia madre y de la madre de esta. Sin embargo, durante su estancia en Oxford, Stephen se había comprometido con una brillante y joven genetista con ideas más igualitarias y menos indulgentes. Esta tarde, animado por la señora Pilbeam y criticado de vez en cuando por sus compañeros, estaba aprendiendo a preparar masa de tartas, y en esos momentos añadía una mezcla de manteca de cerdo y mantequilla a la harina.

–Así no, Stephen –corrigió la señora Pilbeam–. Use los dedos con suavidad, levante las manos y deje que la mezcla caiga poco a poco en el bol.

–Es que me siento ridículo.

–¡Estás ridículo! –exclamó Charlie–. Si Alison te viera ahora, pondría en entredicho tu capacidad para ser el padre de los dos pequeños genios que sin duda habéis planeado tener.

–No, no es verdad –replicó Stephen con una sonrisa nostálgica.

–Eso tiene un color muy raro. ¿Por qué no vas al supermercado? Venden una estupenda masa congelada.

–No hay nada como la masa hecha en casa, señor Henry. No lo desanime. Bien, eso está mejor. Ahora empiece a añadir agua fría. No, de la jarra no. Hay que echarla a cucharadas.

–Cuando vivía en Oxford, preparaba un guiso de pollo fabuloso –rememoró Stephen–. Se compra el pollo cortado y se le añade una lata de sopa de champiñones. O de tomate. En realidad, se puede hacer con cualquier sopa. Siempre sale bien. ¿Ya está listo esto, señora P?

La señora Pilbeam miró el bol, donde la masa por fin se había transformado en una brillante bola.

–Prepararemos guisos la semana que viene. Sí, tiene buen aspecto. Ahora la envolveremos en papel transparente y la dejaremos reposar en la nevera.

–¿Por qué ha de reposar? ¡Soy yo quien está agotado! ¿Siempre se pone de ese color? Parece sucia.

Raphael se levantó.

–¿Dónde está el sabueso? –preguntó.

–Por lo visto, no volverá hasta la hora de la cena –respondió Henry sin apartar los ojos del periódico–. Lo vi marcharse inmediatamente después del desayuno. Y debo reconocer que supuso un alivio para mí. No me gusta que ande por aquí.

–¿Qué espera descubrir? –terció Stephen–. No puede reabrir el caso, ¿o sí? ¿Se puede celebrar una segunda vista aunque el cadáver haya sido incinerado?

–Supongo que no será fácil –contestó Henry levantando la mirada–. Pregúntaselo a Dalgliesh; el experto es él. –Y volvió a concentrarse en el *Times*.

Stephen fue hasta el fregadero para lavarse las manos.

–Me siento un poco culpable por lo que le pasó a Ronald –contestó–. Nunca nos preocupamos mucho por él, ¿verdad?

–¿Preocuparnos? ¿Deberíamos preocuparnos por nuestros compañeros? Saint Anselm no es una escuela primaria. –Raphael adoptó un tono pedante y quejumbroso–. «Este es el joven Treeves, Arbuthnot, se alojará en la misma ala que tú. Vigílalo, ¿quieres? Enséñale cómo funciona todo.» Tal vez Ronald pensara que había regresado a la escuela. ¡Ese maldito hábito suyo de ponerle etiquetas a todo! A su ropa, al resto de sus cosas... ¿Qué pensaba? ¿Que íbamos a robarle algo?

–Todas las muertes súbitas provocan emociones previsibles: asombro, dolor, ira, culpa –observó Henry–. Ya hemos superado la etapa del asombro, no hemos sentido mucho dolor y no tenemos razones para experimentar ira. Eso nos deja con la culpa. Habrá una tediosa uniformidad en nuestras próximas confesiones. El padre Beeding se cansará de oír el nombre de Ronald Treeves.

–¿No os confiesan los sacerdotes de Saint Anselm? –inquirió Emma, intrigada.

Henry rió.

–Por Dios, no. Puede que seamos incestuosos, pero no hasta ese punto. Dos veces al trimestre viene un clérigo de Framlingham. –Había terminado de leer el periódico y lo estaba doblando con cuidado.

–Hablando de Ronald, ¿os he dicho que lo vi el viernes por la noche, antes de que muriera?

–No, no lo has mencionado. ¿Dónde lo viste?

–Saliendo de la pocilga.

–¿Y qué hacía allí?

–¿Cómo quieres que lo sepa? Rascarle el lomo a los cerdos, supongo. De hecho, me pareció que estaba deprimido; por un instante, pensé que lloraba. No creo que me viera. Pasó junto a mí como una exhalación.

–¿Se lo contaste a la policía?

–No, no se lo dije a nadie. Lo único que me preguntó la policía, y en mi opinión con una sorprendente falta de tacto, fue si creía que Ronald tenía motivos para suicidarse. El hecho de que la noche anterior saliera de la pocilga en un estado de aparente angustia no justificaba que luego metiese la cabeza bajo una tonelada de arena. Pasó muy cerca de mí, casi rozándome, pero estaba oscuro. Quizá todo fuera producto de mi imaginación. Supongo que Eric tampoco aseguró nada; de lo contrario, lo habrían mencionado en la vista. De todas maneras, el señor Gregory lo vio más tarde, durante la clase de griego, y dijo que estaba bien.

–Pero es muy raro, ¿no? –señaló Stephen.

–A posteriori, me parece más raro que entonces. No logro quitármelo de la cabeza. Y es como si Ronald aún rondara por aquí, ¿no? A veces parece que estuviese más presente y que fuera más real que cuando estaba vivo.

Se quedaron en silencio. Emma no había abierto la boca. Contempló a Henry y deseó, como tantas otras veces, entender su carácter. Recordó una conversación que había mantenido con Raphael poco después de la llegada de Henry.

–Henry me desconcierta, ¿a ti no?

–A mí me desconcertáis todos –había respondido ella.

–Eso es bueno. No queremos ser transparentes. Además, tú también nos desconciertas a nosotros. Pero Henry... ¿qué hace aquí?

–Lo mismo que tú, supongo.

–Si yo ganara medio millón al año, con la perspectiva de recibir un premio de un millón por buena conducta todas las Navidades, dudo que quisiera cambiarlo por diecisiete mil al año, con suerte, y una vicaría que difícilmente valdrá la pena. Las han vendido todas a las familias de *yuppies* amantes de la arquitectura victoriana. Lo único que conseguiremos será una horrible casita adosada con espacio para aparcar un Ford Fiesta de segunda mano. ¿Recuerdas aquel incómodo pasaje del Evangelio de san Lucas donde se habla de un joven rico que se marcha afligido por sus grandes posesiones? Pues yo me veo reflejado en él. Por suerte, soy un pobre bastardo. ¿Crees que Dios evita enviarnos tentaciones cuando sabe perfectamente que carecemos de la fuerza necesaria para resistirnos a ellas?

–La historia del siglo XX no confirma esa hipótesis –había respondido Emma.

–Tal vez le plantee la cuestión al padre Sebastian. Le sugeriré que prepare un sermón sobre el tema. Aunque, pensándolo mejor, no es buena idea.

La voz de Raphael devolvió a Emma al presente.

–Ronald era un poco pelmazo en tus clases, ¿no? Esa manía de prepararse con diligencia para formular preguntas inteligentes, y sus meticulosos apuntes... Sin duda buscaba citas útiles para sus futuros sermones. No hay nada como unos versos para poner a los mediocres a la altura de los memorables, sobre todo si los feligreses no caen en la cuenta de que estás citando a alguien.

–A veces me preguntaba por qué asistía a mis clases –admitió Emma–. Los seminarios son voluntarios, ¿no?

Raphael soltó una risa ronca, entre burlona y alegre, que la irritó.

–Sí, querida, del todo. Pero aquí la palabra «voluntario» no significa lo mismo que en el resto del mundo. Digamos que algunas conductas se consideran más aceptables que otras.

–Oh, vaya. Y yo que pensé que veníais porque os gustaba la poesía.

–Y nos gusta –afirmó Stephen–. El problema es que solo somos veinte. Eso significa que estamos siempre vigilados. A los sacerdotes no les queda alternativa; es una cuestión de números. Por eso la Iglesia piensa que en los seminarios debería haber unos sesenta alumnos... Y tienen razón. El archidiácono no se equivoca cuando dice que nuestro grupo es demasiado pequeño.

–¡Ah, el archidiácono! –espetó Raphael con disgusto–. ¿Es preciso que hablemos de él?

–De acuerdo, dejémoslo correr. Es un bicho raro, ¿no? En teoría, la Iglesia anglicana está compuesta por cuatro confesiones diferentes, pero ¿en cuál encaja él? Dice que debemos cambiar para adaptarnos al nuevo siglo, y él no es precisamente un representante de la teología liberal ni se ha pronunciado siquiera sobre los temas del divorcio y el aborto.

–Es un fósil victoriano –agregó Henry–. Cuando está aquí, me siento como en una novela de Trollope, aunque con los papeles invertidos. El padre Sebastian debería ser el archidiácono Grantly, y Crampton, Slope.

–No –repuso Stephen–. Slope era un hipócrita. Al menos el archidiácono es sincero.

–Claro que es sincero –señaló Raphael–. Igual que Hitler y Gengis Kan. Todos los tiranos son sinceros.

–No es un tirano en su parroquia –protestó con suavidad Stephen–. Es más, a mí me pareció un buen párroco. No olvides que pasé una semana allí durante la Pascua del año pasado. A la gente le cae bien. Hasta le gustan sus sermones. Uno de los coadjutores dijo: «Sabe cuáles son sus creencias y nos las transmite sin rodeos. No hay una sola persona necesitada de esta parroquia que no tenga algo que agradecerle». Nosotros vemos su peor faceta; cuando está aquí, se comporta como una persona diferente.

–Acosó a otro sacerdote hasta conseguir que lo metieran en la cárcel –le recordó Raphael–. ¿Es eso caridad cristiana? Y odia al padre Sebastian, lo que constituye una buena muestra de amor fraternal. También detesta este sitio y todo lo que representa. Está haciendo todo lo posible para que cierren Saint Anselm.

–Y el padre Sebastian está haciendo lo posible para mantenerlo abierto –agregó Henry–. Sé por quién debo apostar.

–Yo no estoy seguro. La muerte de Ronald no nos ha favorecido.

–La Iglesia no va a cerrar un seminario porque muera uno de los seminaristas. De todas maneras, el archidiácono se marchará mañana después del desayuno. Por lo visto, lo necesitan en su parroquia. Solo tendremos que compartir dos comidas más con él. Más vale que te portes bien, Raphael.

–Ya me lo advirtió el padre Sebastian. Procuraré demostrar un sorprendente dominio de mí mismo.

–Y si no lo consigues, ¿le pedirás disculpas al archidiácono por la mañana, antes de que se marche?

–Ah, no –respondió Raphael–. Tengo la sensación de que nadie le pedirá disculpas por la mañana.

Diez minutos después, los seminaristas se marcharon a tomar el té a la sala de los estudiantes.

–Parece cansada, señorita –comentó la señora Pilbeam–. Quédese a tomar una taza de té conmigo, si quiere. Estará más tranquila aquí.

–Lo haré encantada, señora P, gracias.

La señora Pilbeam colocó una mesa pequeña junto a Emma y le sirvió un tazón de té y un bollo con mantequilla y mermelada. Qué agradable era disfrutar de un rato de paz en compañía de otra mujer, pensó la joven, oír los crujidos de la silla de mimbre cuando la señora Pilbeam se sentaba, oler los templados bollos con mantequilla y contemplar las llamas azules de la estufa.

Ojalá no hubiera dicho nada sobre Ronald Treeves. No era consciente de hasta qué punto esa muerte, todavía misteriosa, se cernía como una sombra sobre el seminario. Y no solo esa muerte. La señora Munroe había fallecido por causas naturales, pacíficamente, quizá con ganas de dejar este mundo, y sin embargo su pérdida representaba una carga más en una pequeña comunidad donde los estragos de la muerte jamás pasarían inadvertidos. Henry estaba en lo cierto: uno siempre se sentía culpable. Ahora deseaba haberse mostrado más amable y paciente con Ronald. La imagen del joven saliendo con paso tambaleante del jardín de Surtees era como un abrojo difícil de arrancar de su mente.

Y también estaba el archidiácono. La antipatía que Raphael le había tomado estaba convirtiéndose en una obsesión. Era algo más que antipatía. Su voz había reflejado odio, una emoción que ella no esperaba encontrar en Saint Anselm. Se percató de lo importantes que habían llegado a ser para ella estas visitas al seminario. Unas palabras del devocionario anglicano acudieron a su memoria: «Aquella paz que el mundo no puede proporcionar». No obstante, la paz se había turbado ante la imagen de un joven boqueando en su intento por respirar aire puro y hallando solo una arena asesina. Saint Anselm formaba parte del mundo. Aunque los estudiantes fuesen seminaristas, y sus profesores sacerdotes, todos seguían siendo hombres. El seminario se alzaba en desafiante y simbólico aislamiento entre el mar y hectáreas enteras de tierras sin cultivar, pero la vida entre sus paredes era intensa, estrechamente vigilada, asfixiante. ¿Cómo no iba a florecer todo tipo de emociones en esa atmósfera propia de un invernadero?

¿Y qué pensar de Raphael, criado sin madre en este mundo restringido del que solo había conseguido escapar para llevar una vida igual de rígida en una escuela privada donde tampoco había mujeres? ¿De verdad seguía su vocación, o estaba pagando una antigua deuda del único modo que conocía? Por primera vez, Emma se sorprendió a sí misma criticando en su fuero interno a los sacerdotes. Sin duda les pasó por la cabeza que a Raphael le convenía educarse en otra clase de institución. Siempre había creído que los padres Sebastian y Martin poseían una sabiduría y una bondad apenas comprensibles para alguien como ella, que encontraba en la religión organizada una estructura para la lucha moral más que la fuente de las verdades reveladas. Una vez más la asaltó el mismo pensamiento incómodo: los sacerdotes no eran más que hombres.

El viento comenzaba a arreciar. Ahora lo oía como un suave e irregular rumor, apenas distinguible del rugido del mar.

–Se avecinan vientos fuertes –señaló la señora Pilbeam–, pero los peores llegarán por la mañana. A pesar de todo, pasaremos una noche bastante desapacible.

Bebieron el té en silencio, hasta que la señora Pilbeam dijo:

–Son buenos chicos, ¿sabe? Todos ellos.

–Sí –contestó Emma–, ya lo sé.

Tuvo la impresión de que estaba consolando a la otra mujer.

21

Al padre Sebastian no le gustaba merendar. Nunca comía pasteles y pensaba que los bollos y los bocadillos servían únicamente para estropear la cena. Se sentía obligado a presentarse en el comedor a las cuatro en punto cuando había invitados, y solo permanecía allí el tiempo necesario para tomar un par de tazas de Earl Grey con limón y brindar la bienvenida a los recién llegados. Este sábado había dejado los saludos a cargo del padre Martin, pero a las cuatro y diez decidió que sería una muestra de cortesía hacer acto de presencia. Sin embargo, cuando iba por la mitad de la escalera, se topó con el archidiácono, que subía a toda prisa.

–Morell, necesito hablar con usted. En su despacho, por favor.

¿Y ahora qué?, se preguntó el padre Sebastian con desazón mientras seguía al archidiácono. Crampton subió los escalones de dos en dos y, una vez en la puerta, se precipitó al interior de manera poco ceremoniosa. El padre Sebastian, más tranquilo, lo invitó a sentarse en uno de los sillones situados junto a la chimenea, pero el archidiácono no le hizo caso y los dos permanecieron de pie, cara a cara, tan cerca que el padre Sebastian alcanzaba a oler el acre aliento de Crampton. No le quedó más remedio que sostener la mirada de los brillantes ojos, y de inmediato reparó con disgusto en todos los detalles de la cara de Crampton: los dos pelos negros que asomaban por la fosa nasal izquierda, las furiosas manchas rojas encima de los pómulos y una miga de lo que parecía un bollo con mantequilla en la comisura de la boca. No despegó la vista del archidiácono hasta que este recuperó la compostura.

Cuando habló, estaba más sereno, si bien su voz reflejaba una amenaza inconfundible:

–¿Qué hace aquí ese policía? ¿Quién lo invitó?

–¿El comisario Dalgliesh? Creí que ya le había explicado...

–No me refiero a Dalgliesh sino a Yarwood. Roger Yarwood.

–El señor Yarwood es un invitado, como usted –respondió el padre Sebastian con calma–. Es detective inspector de la policía de Suffolk y se ha tomado una semana de excedencia.

–¿Ha sido idea suya traerlo aquí?

–Es uno de nuestros visitantes habituales, y muy apreciado por cierto. En estos momentos está de baja por enfermedad. Nos escribió preguntando si podía pasar una semana aquí. Nos cae bien y nos alegra recibirlo.

–Yarwood estuvo a cargo de la investigación de la muerte de mi esposa. ¿No lo sabía?

–¿Cómo iba a saberlo, archidiácono? ¿Cómo iba a saberlo cualquiera de nosotros? Él no hablaría de un asunto así. Viene aquí para alejarse de su trabajo. Veo que le ha afectado mucho encontrarse con él, y lo lamento. Es obvio que su presencia le trae recuerdos tristes. Sin embargo, es una coincidencia, nada más. Estas cosas ocurren todos los días. Según creo, trasladaron al inspector Yarwood a Suffolk desde la Policía Metropolitana hace cinco años, poco después de la muerte de su esposa, calculo.

El padre Sebastian eludió la palabra «suicidio», pero esta flotaba en el aire. Como era inevitable, en los círculos eclesiásticos todos conocían la tragedia de la primera esposa del archidiácono.

–Deberá marcharse, desde luego –exigió el archidiácono–. No estoy dispuesto a sentarme a la mesa con él.

El padre Sebastian se debatía entre una compasión sincera, aunque no lo bastante fuerte para angustiarlo, y un sentimiento más personal.

–Y yo no estoy dispuesto a pedirle que se vaya –replicó–. Como ya le he dicho, es un huésped. No sé qué clase de recuerdos despierta en usted, pero estoy seguro de que dos hombres adultos son capaces de compartir la mesa sin que eso provoque la ira de uno de ellos.

–¿Ira?

–Me parece el término más apropiado. ¿Por qué está tan furioso, archidiácono? Yarwood hacía su trabajo. No fue un asunto personal.

–Él lo convirtió en personal desde el mismo momento en que

pisó la vicaría. Ese hombre prácticamente me acusó de asesinato. Iba a verme todos los días, incluso cuando yo estaba más triste y vulnerable, y me asediaba a preguntas: quería conocer los detalles más nimios de mi matrimonio, cosas íntimas que no eran de su incumbencia. Después de la vista y el veredicto, me quejé a la policía. Habría ido al Departamento de Reclamaciones Policiales, pero no esperaba que me tomaran en serio y en esos momentos lo único que quería era dejar atrás lo sucedido. Pese a todo, la Policía Metropolitana llevó a cabo una investigación y admitió que Yarwood se había excedido en su celo profesional.

–¿Excedido? –El padre Sebastian recurrió a una frase manida–: Supongo que pensaba que cumplía con su deber.

–¿Su deber? ¡Aquello no tuvo nada que ver con su deber! Lo que creyó es que descubriría algo turbio y se convertiría en una celebridad. Habría sido un golpe maestro para él, ¿no? Vicario acusado de asesinar a su esposa. ¿Tiene idea del daño que podría acarrear semejante alegación a la diócesis y la parroquia? Me atormentaba, y disfrutaba con ello.

Al padre Sebastian le costaba conciliar estas acusaciones con el Yarwood que conocía. Era consciente de sus sentimientos encontrados: la compasión por el archidiácono, el deseo de no preocupar innecesariamente a un hombre que aún parecía estar psíquica y físicamente débil y la necesidad de sobrellevar el fin de semana sin buscarse más problemas con Crampton. Todas estas preocupaciones se sumarían de manera ridícula e incongruente a la hora de decidir dónde sentar a cada comensal para la cena. Prefería no poner juntos a dos funcionarios de la policía; sin duda no les apetecería entablar una charla profesional, y él tampoco quería que la mantuvieran en torno a su mesa. (Para el padre Sebastian, el comedor de Saint Anselm era «su» comedor, y la mesa era «su» mesa.) Por razones obvias, tampoco convenía situar a Raphael y al padre John al lado o enfrente del archidiácono. Clive Stannard era un pesado, y no podía endosárselo a Dalgliesh ni a Crampton. Habría deseado que su mujer estuviese allí. Nada de esto habría sucedido si Veronica siguiera viva. Sintió una punzada de rencor hacia ella por haberlo dejado en el momento menos oportuno.

Sonó un golpe a la puerta.

–Adelante –dijo, contento con la interrupción.

Y entró Raphael. El archidiácono le dirigió una breve mirada y se volvió hacia el padre Sebastian.

–Resolverá el problema, ¿verdad, Morell? –Y se marchó.

Aunque se alegraba de que el joven hubiese truncado su conversación con Crampton, el padre Sebastian no estaba de humor para gentilezas.

–¿Qué pasa, Raphael? –preguntó con brusquedad.

–Se trata del inspector Yarwood, padre. No quiere cenar en el comedor. Ha preguntado si es posible que le lleven algo a su habitación.

–¿Está enfermo?

–No tiene muy buen aspecto, pero no ha dicho que se encontrase mal. Ha visto al archidiácono a la hora del té, y creo que no quiere encontrarse de nuevo con él. No ha probado bocado, así que lo he seguido a su habitación para preguntarle si le ocurría algo.

–¿Y te ha explicado por qué estaba disgustado?

–Sí, padre.

–No tenía derecho a hacerte confidencias. Ni a ti ni a nadie. Ha sido un acto poco profesional e imprudente, y tú deberías haberlo detenido.

–No me ha contado gran cosa, padre, aunque lo que ha dicho es muy interesante.

–Sea lo que fuere, no debes repetirlo. Ve a ver a la señora Pilbeam y pídele que le lleve la cena a su habitación. Sopa y ensalada, o algo por el estilo.

–Creo que es lo único que quiere, padre. Ha dicho que agradecería que no lo molestasen.

El padre Sebastian se preguntó si debía hablar con Yarwood, pero decidió no hacerlo. Quizá lo que deseaba –que lo dejaran solo– fuese lo mejor. El archidiácono se marcharía a la mañana siguiente, después de un desayuno temprano, ya que quería celebrar la Eucaristía de las diez y media en su parroquia. Había insinuado que en la congregación habría una persona importante. Con un poco de suerte, los dos hombres no volverían a verse.

Con paso cansino, el rector bajó la escalera y se dirigió a la sala de estudiantes para tomar un par de tazas de té.

22

El comedor daba al sur y, por lo que a sus dimensiones y estilo se refiere, era casi una réplica de la biblioteca: tenía el techo abovedado y el mismo número de ventanas altas y estrechas, aunque los cristales de estas no eran coloridas vidrieras figurativas sino delicadas planchas de color verde pálido decoradas con uvas y sarmientos. Tres grandes cuadros prerrafaelitas, donados por la fundadora del seminario, alegraban las paredes entre ventana y ventana. En uno de ellos, pintado por Dante Gabriel Rosetti, una joven de llameante cabello rojo sentada junto a una ventana leía un libro que, con un poco de imaginación, podía pasar por un devocionario. El segundo era decididamente seglar: un Edward Burne-Jones de tres jóvenes morenas que bailaban bajo un naranjo, entre remolinos de seda dorada. En el tercero y más grande, obra de William Holman Hunt, un sacerdote bautizaba a un grupo de antiguos bretones junto a una capilla de adobe. Si bien no eran cuadros que Emma hubiera deseado para sí, le constaba que formaban parte del valioso legado de Saint Anselm. Saltaba a la vista que se había diseñado esa estancia como comedor familiar, aunque a ella le parecía más ostentosa que práctica o íntima. Hasta la familia numerosa victoriana se habría sentido aislada e incómoda ante este monumento a la opulencia paterna. Era evidente que las autoridades de Saint Anselm no se habían esforzado mucho en adaptar el comedor para su uso institucional. La ovalada mesa de roble tallado aún estaba en el centro de la estancia, aunque la habían alargado añadiendo en su parte media unos dos metros de madera sin barnizar. Las sillas, incluido el sillón colonial con brazos profusamente labrados, eran a todas luces los originales, y sin embargo la comida no se servía a través de la tradicional ventanilla que comunicaba con la cocina, sino sobre un largo aparador cubierto con un mantel blanco.

La señora Pilbeam atendía la mesa con la ayuda de dos seminaristas elegidos por turnos. Ella y su marido comían lo mismo que los demás, pero en la salita de la señora Pilbeam. En su primera visita, Emma se había sorprendido de lo bien que funcionaba ese excéntrico sistema. La señora Pilbeam parecía intuir el momento exacto en que terminaban cada plato y regresaba al comedor a tiempo para el siguiente. No necesitaban tocar una campanilla, y los dos primeros platos se ingerían en silencio mientras uno de los estudiantes leía en voz alta desde un atril situado a la izquierda de la puerta. Esta tarea también se asignaba por turnos.

La elección del tema se dejaba en manos del seminarista en cuestión, y las lecturas no eran obligatoriamente bíblicas o religiosas. Durante sus visitas, Emma había escuchado a Henry Bloxham leer versos de *Tierra baldía* y a Stephen Morby realizar una entusiasta interpretación de un pasaje de *Mulliner*, el cuento de P. G. Wodehouse. Peter Buckhurst había escogido *El diario de un don nadie.* En opinión de Emma, la principal ventaja de este sistema –además del interés de los textos y las revelaciones sobre el gusto personal de los alumnos– estriba en que le permitía disfrutar de la excelente comida de la señora Pilbeam sin verse obligada a entablar conversaciones intrascendentes con los comensales sentados a su lado.

Con el padre Sebastian en la cabecera de la mesa, la cena en Saint Anselm solía transcurrir en un ambiente algo formal, más propio de un hotel. No obstante, después de la lectura y los dos primeros platos, el silencio previo parecía facilitar la conversación, que por lo general continuaba alegremente mientras el lector de turno alcanzaba a los demás, dando buena cuenta de la comida que le aguardaba en el calientaplatos, y proseguía cuando todos se trasladaban a la sala de los estudiantes o al patio para tomar el café. Casi siempre la charla se prolongaba hasta la hora de las completas. Después de estas, la costumbre dictaba que los seminaristas se retirasen a sus habitaciones y guardaran silencio.

Aunque la tradición mandaba que los estudiantes ocuparan cualquier silla vacía, el padre Sebastian determinaba la disposición de los invitados y el personal. Había situado al archidiácono Crampton a su izquierda y a Emma, entre este y el padre Martin.

A su derecha estaban, por orden, el comisario Dalgliesh, el padre Peregrine y Clive Stannard. Si bien George Gregory rara vez cenaba en el seminario, hoy se hallaba presente, sentado entre Stannard y Stephen Morby. Emma esperaba ver al inspector Yarwood, pero este no apareció y nadie comentó su ausencia. El padre John tampoco se había presentado. Tres de los cuatro alumnos que no se habían marchado ese fin de semana ocuparon sus sitios y, al igual que el resto de los comensales, aguardaron de pie y detrás de las sillas el momento de bendecir la mesa. Solo entonces entró Raphael, abotonándose la sotana. Murmuró una disculpa, abrió el libro que llevaba en la mano y se colocó ante el atril. Después de que el padre Sebastian rezara una breve oración en latín, todos retiraron las sillas de la mesa y se sentaron.

Al acomodarse junto al archidiácono, Emma estaba tan consciente de su proximidad física como suponía que lo estaba él. Su intuición le indicaba que era un hombre que reaccionaba ante las mujeres con un intenso aunque reprimido apetito sexual. Era tan alto como el padre Sebastian pero más corpulento, con hombros fornidos, cuello grueso y rasgos acentuados y atractivos. Tenía el cabello casi negro, la barba apenas salpicada de hebras grises y los ojos hundidos bajo unas cejas tan definidas que podrían haber estado depiladas y ponían una discordante nota femenina en su sombría y ceñuda masculinidad. El padre Sebastian se lo había presentado a Emma a su llegada al comedor, y él le había estrechado la mano con una fuerza carente de cordialidad mientras la miraba con asombro, como si ella fuese un enigma que debiera resolver antes de que terminara la cena.

Ya habían servido el primer plato: berenjenas al horno y pimientos con aceite de oliva. Se oyó un amortiguado tintineo de cubiertos cuando comenzaron a comer, y entonces, como si hubiera estado esperando esta señal, Raphael comenzó a leer.

«Es el primer capítulo de *Las torres de Barchester*, de Anthony Trollope», dijo como si anunciara una lectura en la iglesia.

Emma conocía la obra, pues era aficionada a las novelas victorianas, pero se preguntó por qué la había elegido Raphael. Aunque ocasionalmente los seminaristas extraían pasajes de novelas, era más habitual que escogieran un texto breve completo.

Raphael leía bien, tanto que Emma descubrió que comía con irritante lentitud mientras el argumento de la historia absorbía su mente. Saint Anselm era un entorno apropiado para leer a Trollope. Bajo el cavernoso techo abovedado, no costaba imaginar el dormitorio del obispo en el palacio de Barchester ni al archidiácono Grantly velando junto al lecho de muerte de su padre, sabedor de que si el viejo vivía hasta la caída del gobierno –que se esperaba de un momento a otro–, él perdería toda esperanza de convertirse en su sucesor. Era un pasaje dramático: el altivo y orgulloso hijo de rodillas, rezando para que Dios le perdonase el pecado de desear la muerte de su padre.

El viento había arreciado progresivamente desde el atardecer. Ahora azotaba la casa con ráfagas semejantes a cañonazos. Durante las peores arremetidas, Raphael hacía una pausa en la lectura, como un profesor que aguardara a que se callaran sus indisciplinados alumnos. En los momentos de calma, su voz adquiría un tono extraordinariamente claro y solemne.

Emma se percató de que la oscura figura sentada a su lado se había quedado inmóvil. Se fijo en las manos del archidiácono y vio que apretaban el cuchillo y el tenedor. Peter Buckhurst circulaba en silencio con el vino y cuando fue a servirle a Crampton, este cubrió su copa con tanta fuerza que los nudillos se le pusieron blancos y Emma temió que fuese a romper el cristal. En la imaginación de la joven, la mano se volvió amenazadora y casi monstruosa, con oscuros pelos erizados en el dorso de los dedos. También advirtió que el comisario Dalgliesh, sentado enfrente, había alzado los ojos de su plato y observaba al archidiácono con expresión inquisitiva. Emma no entendía que el resto de los comensales no percibiera la fuerte tensión que irradiaba su compañero de mesa; Dalgliesh era el único que había reparado en ella. Gregory comía en silencio, con evidente satisfacción. Prácticamente no había alzado la cabeza hasta que Raphael había empezado a leer. Ahora lo miraba de vez en cuando con un gesto entre perplejo y divertido.

Raphael prosiguió con la lectura mientras la señora Pilbeam y Peter Buckhurst recogían los platos y servían el segundo: estofado de carne con patatas, zanahorias y judías. El archidiácono hizo un esfuerzo para recuperarse, pero casi no probó bocado. Después de los dos primeros platos, que remataron con fruta, queso y galletas, Raphael cerró la novela, fue a buscar su comida al calientaplatos y se sentó a un extremo de la mesa. Fue entonces cuando Emma observó al padre Sebastian. Tenía la cara crispada y la vista fija en Raphael, quien, por lo que percibió Emma, trataba de eludir los ojos del rector.

Nadie demostró deseos de romper el silencio hasta que el archidiácono se volvió hacia Emma e inició una conversación poco espontánea sobre la relación de la joven con el seminario. ¿Cuándo la habían contratado? ¿Qué enseñaba exactamente? ¿Los estudiantes eran receptivos? ¿Qué podía aportar el estudio de la poesía religiosa inglesa a un programa de formación teológica? Aunque Emma sabía que Crampton intentaba tranquilizarla, o al menos darle conversación, aquello parecía un interrogatorio, y en medio del silencio general las preguntas y las respuestas sonaban anormalmente altas. Sus ojos se desviaban una y otra vez hacia Adam Dalgliesh, sentado a la derecha del rector. Al parecer, tenían mucho de que hablar, aunque no era probable que estuviesen comentando la muerte de Ronald, sobre todo a la mesa. De cuando en cuando el comisario la miraba. Sus ojos se encontraron durante un segundo y ella apartó rápidamente la vista; luego, enfadada consigo misma por su embarazosa torpeza, se volvió con determinación, dispuesta a seguir soportando la curiosidad del archidiácono.

Al fin fueron a tomar el café en la sala, pero el cambio de lugar no sirvió para animar la conversación, que se convirtió en un desganado intercambio de lugares comunes. El grupo se dispersó mucho antes de la hora de las completas. Emma fue una de las primeras en marcharse. A pesar de la tormenta, necesitaba tomar aire fresco y hacer un poco de ejercicio antes de acostarse. Esta noche no asistiría a las completas. Era la primera vez que experimentaba un imperioso deseo de huir del seminario. No obstante, cuando salió por la puerta que conducía al claustro sur, la fuerza del viento la hizo retroceder como si le hubieran pegado un golpe. Pronto le resultaría difícil mantenerse en pie. No era una buena noche para dar un paseo por un lugar que de repente se había vuelto hostil. Se preguntó qué estaría haciendo Adam Dalgliesh. Probablemente asistiría a las completas por cortesía. Ella trabajaría –siempre tenía trabajo– y se iría a la cama temprano. Caminó por el oscuro claustro sur, hacia Ambrosio y la soledad.

23

A las nueve y veintinueve minutos, Raphael, que entró en la sacristía en último lugar, encontró al padre Sebastian a solas, cambiándose para el oficio. Raphael se disponía a abrir la puerta que conducía a la iglesia cuando el rector dijo:

–¿Elegiste ese capítulo de Trollope con la deliberada intención de molestar al archidiácono?

–Es un capítulo que me gusta, padre. Ese joven altivo y ambicioso arrodillado junto a la cama de su padre, luchando con su deseo secreto de que el obispo muera a tiempo... Es uno de los pasajes más admirables de todos los que escribió Trollope. Pensé que todos sabríamos apreciarlo.

–No te he pedido una crítica literaria de Trollope. No has respondido a mi pregunta. ¿Lo escogiste para molestar al archidiácono?

–Sí, padre –contestó Raphael en voz baja.

–Deduzco que a raíz de lo que averiguaste de boca del inspector Yarwood antes de la cena.

–Estaba muy afectado. El archidiácono se metió prácticamente a la fuerza en su habitación y lo increpó. Roger me contó algo de lo que había sucedido, aunque luego me dijo que era confidencial y que debía olvidarlo.

–Y tu método para olvidar fue escoger con mala intención un pasaje literario que, además de disgustar a un huésped de esta casa, evidenciaría que el inspector Yarwood te había confiado su secreto, ¿no?

–El pasaje no resultaría ofensivo para el archidiácono a menos que lo que Roger me contó fuera verdad.

–Ya veo. Aplicabas la estrategia de Hamlet. Has ocasionado problemas y has desobedecido mis instrucciones sobre la actitud que debías adoptar mientras el archidiácono fuese nuestro huésped. Ambos tenemos que reflexionar. Yo debo pensar si mi conciencia me permite recomendar tu ordenación. Tú debes preguntarte si de verdad estás capacitado para profesar el sacerdocio.

Era la primera vez que el padre Sebastian manifestaba abiertamente una duda que apenas se atrevía a reconocer en su fuero interno. Se obligó a mirar a Raphael a los ojos mientras aguardaba una respuesta.

–¿Alguno de los dos tiene otra opción, padre? –preguntó Raphael en voz queda.

Lo que sorprendió al rector no fueron sus palabras, sino el tono. Oyó en la voz de Raphael lo mismo que veía en sus ojos, no un desafío a su autoridad ni bravuconería, ni siquiera la habitual expresión de indiferente ironía; se trataba de algo más turbador y doloroso: una triste resignación y, al mismo tiempo, un grito de socorro. El padre Sebastian terminó de vestirse en silencio, esperó a que Raphael le abriese la puerta de la sacristía y lo siguió a la penumbra de la iglesia iluminada con velas.

24

Dalgliesh fue la única persona que asistió a las completas. Se sentó en el centro de la nave derecha y observó a Henry Bloxham, que llevaba una sobrepelliz sobre la sotana, mientras encendía las dos velas del altar y luego las que rodeaban el coro dentro de pantallas de cristal. Henry había descorrido los cerrojos de la imponente puerta sur antes de que llegara Dalgliesh, y este, sentado en silencio, esperaba oír el chirrido que emitiría al abrirse. Sin embargo, no se presentó nadie: ni Emma, ni los miembros del personal, ni los huéspedes. La iluminación de la iglesia era tenue, y el comisario permaneció solo en una calma tan absoluta que el fragor de la tormenta parecía formar parte de otra realidad. Por fin Henry encendió las luces del altar, y el Van der Weyden tiñó de luz el aire quieto. Henry hizo una genuflexión delante del altar y regresó a la sacristía. Dos minutos después entraron los cuatro sacerdotes, seguidos por los seminaristas y el archidiácono. Las figuras vestidas con sobrepellices blancas avanzaron en un silencio casi absoluto y ocuparon sus sitios con pausada dignidad. La voz del padre Sebastian rompió la quietud con la primera oración: «Que el Señor Todopoderoso nos conceda una noche tranquila y un final perfecto. Amén».

El oficio consistió en una sucesión de cantos gregorianos, entonados con una excelencia que era fruto de la práctica y la familiaridad. Dalgliesh se arrodilló y se puso de pie en los momentos oportunos y participó en las respuestas; no estaba dispuesto a interpretar el papel de un simple espectador. Apartó de su mente todos los pensamientos sobre Ronald Treeves y la muerte. No estaba allí como funcionario de la policía: lo único que se le pedía era un corazón abierto.

Después de la colecta y antes de la bendición, el archidiácono se levantó de su asiento para pronunciar la homilía. Decidió ponerse delante del comulgatorio, en lugar de subir al púlpito o situarse detrás del atril. A Dalgliesh le pareció una medida inteligente, pues de lo contrario habría predicado para una congregación de una sola persona: casi con seguridad, la persona a quien menos le interesaba dirigirse. El sermón fue breve –duró menos de seis minutos–, pero el archidiácono lo pronunció con vehemencia y en voz queda como si supiera que las palabras poco gratas cobraban intensidad cuando se decían por lo bajo. Habló de pie ante el altar, moreno y barbado como un profeta del Antiguo Testamento, mientras las figuras con sobrepellices le rehuían la mirada y permanecían sentadas, inmóviles como estatuas de piedra.

La homilía trataba de la formación cristiana en el mundo moderno y arremetía contra todo lo que había representado Saint Anselm durante más de cien años y todo lo que defendía el padre Sebastian. El mensaje quedaba claro: la Iglesia no lograría sobrevivir y atender las necesidades de una era violenta, conflictiva y cada vez más incrédula a menos que abrazara de nuevo los principios esenciales de la fe. La doctrina moderna no debía recrearse en un lenguaje hermoso pero arcaico, en el que las palabras velaban la realidad de la fe en lugar de confirmarla. Cuando se sucumbía a la tentación de supervalorar la inteligencia y las conquistas intelectuales, la teología se convertía en un ejercicio filosófico que contribuía a justificar el escepticismo. También resultaba tentador conceder demasiada importancia a la ceremonia, las vestiduras y otros puntos polémicos del protocolo, como la obsesión por la excelencia musical que a menudo convertía un oficio religioso en un espectáculo público. La Iglesia no era una organización social en cuyo seno la burguesía adinerada pudiese saciar su apetito de belleza, orden, nostalgia y una ilusoria espiritualidad. Si la Iglesia no retornaba a la verdad de los evangelios, nunca le sería posible aspirar a satisfacer las necesidades del mundo moderno.

Al final del sermón, el archidiácono regresó a su asiento, y los seminaristas y sacerdotes se arrodillaron mientras el padre Sebastian pronunciaba la bendición final. Después de que la pequeña procesión saliera de la iglesia, Henry regresó para apagar las velas y la luz del altar. Luego se dirigió a la puerta sur para dar las buenas noches a Dalgliesh y cerrar la puerta tras él. Salvo por esas dos palabras, ninguno de los dos habló.

Al oír el ruido de los cerrojos de hierro, Dalgliesh tuvo la sensación de que lo estaban desterrando para siempre de un mundo que nunca había comprendido ni aceptado del todo y al que ahora, por fin, se le negaba el acceso. Resguardado de la ferocidad del viento por el claustro sur, recorrió los pocos metros que lo separaban de Jerónimo y de su cama.

LIBRO SEGUNDO

La muerte del archidiácono

1

El archidiácono no se entretuvo después de las completas. Él y el padre Sebastian se quitaron las vestiduras en la sacristía sin dirigirse la palabra; luego Crampton se despidió con sequedad y salió al claustro azotado por el viento.

El patio era un torbellino de sonidos y furia. Aunque había cesado de llover, el fuerte viento del sureste soplaba a ráfagas cada vez más violentas alrededor del castaño de Indias, siseando entre las altas hojas y doblando las grandes ramas, que subían y bajaban con el lento y majestuoso ritmo de una danza fúnebre. Las ramas más frágiles o pequeñas se partían y caían sobre los adoquines como bengalas consumidas. El claustro sur aún estaba despejado, pero las hojas que rodaban y se retorcían en el suelo del patio empezaban a formar húmedos montículos contra la puerta de la sacristía y el muro del claustro norte.

En la puerta del seminario, el archidiácono restregó las suelas de sus zapatos negros contra la piedra para deshacerse de las hojas pegadas y cruzó el guardarropa en dirección al vestíbulo. A pesar de la violencia de la tormenta, el edificio estaba extrañamente silencioso. Se preguntó si los cuatro sacerdotes seguirían en la iglesia o en la sacristía, quizá comentando su homilía con indignación. Daba por sentado que los seminaristas se habían retirado ya a sus habitaciones. Había algo raro, casi agorero, en el aire sereno y ligeramente acre.

Todavía no eran las diez y media. Inquieto y sin ganas de irse a dormir temprano, lo asaltó un súbito deseo de hacer un poco de ejercicio a la intemperie, idea que, dadas la oscuridad y la fuerza del viento, parecía poco sensata e incluso peligrosa. Sabía que en Saint Anselm respetaban la tradición de guardar silencio después de las completas, y aunque él no simpatizaba con esa regla, no quería que lo pillaran desobedeciéndola. Había un televisor en la sala de los seminaristas, pero los programas de los sábados rara vez eran buenos y él no quería turbar la paz. Sin embargo, era muy probable que allí encontrase un libro, y nadie le reprocharía que viera el último informativo de la noche.

Cuando abrió la puerta, vio que la estancia estaba ocupada. Clive Stannard, un individuo más bien joven que le habían presentado a la hora de comer, estaba viendo una película. Al oírlo llegar volvió la cabeza y lo miró como si le molestase la intrusión. El archidiácono permaneció allí unos instantes, dio las buenas noches, salió por la puerta situada junto a la escalera del sótano y cruzó con dificultad el patio hasta llegar a Agustín.

A las diez y cuarenta ya estaba en pijama y bata, listo para meterse en la cama. Había leído un capítulo del Evangelio de san Marcos y rezado las oraciones de costumbre, pero esta noche ambas cosas habían representado poco más que un rutinario ejercicio de devoción convencional. Sabía de memoria las palabras de la escritura y las había recitado mentalmente, como si la lentitud y la atención extrema prestada a cada término le permitiesen hallar en ellos un nuevo significado. Después de quitarse la bata, se cercioró de que la ventana estuviese bien cerrada para que no la abriese el viento y se acostó.

La acción es la mejor manera de mantener los recuerdos a raya. Ahora, con el cuerpo rígido entre las tensas sábanas, oyendo el silbido del viento, supo que el sueño tardaría en llegar. El ajetreado y traumático día había exaltado su mente. Tal vez habría debido batallar con el viento y salir a dar un paseo. Pensó en la homilía, aunque con más satisfacción que arrepentimiento. La había preparado con esmero y pronunciado en voz baja pero intensa y firme. Había expresado lo que debía y, si con ello había irritado aún más al padre Sebastian, si el enojo y la antipatía se habían convertido en franca animadversión... Bueno, era inevitable. Él no buscaba antagonismos, se dijo; sabía apreciar el afecto de las personas a quienes respetaba. Era ambicioso y consciente de que la mitra no se conquistaba enfrentándose con una importante rama de la Iglesia, aunque esta tuviera menos poder que en el pasado. No obstante, Sebastian Morell ya no era tan influyente como él creía. El archidiácono no abrigaba dudas de que en esta batalla él luchaba en el bando ganador. Aun así, tendrían que librar otras batallas de principios, se recordó, si querían que la Iglesia anglicana sobreviviese para servir al nuevo milenio. Quizás el cierre de Saint Anselm fuera solo una pequeña escaramuza en esa guerra, pero ganarla lo llenaría de satisfacción.

Entonces ¿qué era lo que tanto lo inquietaba de Saint Anselm? ¿Por qué sentía que aquí, en esta desierta costa azotada por el viento, la vida espiritual se vivía con mayor intensidad que en cualquier otra parte, y que él y todo su pasado estaban siendo juzgados? No era porque Saint Anselm tuviera una larga historia de culto y devoción. La iglesia era medieval, desde luego, y suponía que en su silencioso aire aún resonaba el eco de siglos de cantos gregorianos, aunque él nunca hubiera reparado en ello. Para él una iglesia era algo funcional: un edificio en el que se adoraba a Dios, no un objeto de adoración en sí. Saint Anselm no era más que la creación de una solterona victoriana con demasiado dinero, poca cabeza y una debilidad por las albas ribeteadas de encaje, las birretas y los sacerdotes solteros. Hasta cabía la posibilidad de que aquella mujer estuviera loca. Era absurdo que su perniciosa influencia siguiera gobernando un seminario del siglo XXI.

Sacudió las piernas con energía con la intención de aflojar las apretadas sábanas. De repente deseó que Muriel estuviera allí para volverse hacia su cómodo e impasible cuerpo y sus aquiescentes brazos en busca de la momentánea evasión del sexo. Sin embargo, cuando se tendió hacia ella en su imaginación, entre ellos surgió el recuerdo de otro cuerpo, como sucedía a menudo en la cama conyugal; un cuerpo con delicados brazos de niña, pechos tersos y una boca abierta que exploraba la carne masculina. «¿Te gusta esto?, ¿y esto?, ¿y esto?»

Su amor había sido un error desde el principio; poco aconsejable y tan previsiblemente desastroso que ahora se preguntaba cómo había podido engañarse a sí mismo. Había sido una aventura propia de una novela barata. Incluso había comenzado en un ambiente típico de la literatura romántica: un crucero por el Mediterráneo. Un clérigo conocido, contratado como profesor invitado en un viaje a lugares de interés histórico y arqueológico en Italia y Asia, había enfermado y lo había recomendado a él como sustituto. Sospechaba que los organizadores no lo habrían aceptado si hubieran encontrado un candidato mejor preparado, y a pesar de todo había cosechado un éxito inesperado. Por suerte, no había ningún académico entre los pasajeros. Gracias a una concienzuda preparación y la ayuda de las mejores guías, había conseguido mantener su ascendiente.

Barbara iba a bordo, con motivo de un viaje educativo que hacía en compañía de su madre y su padrastro. Era la pasajera más joven, y él no era el único hombre fascinado por ella. A él le había parecido más una niña que una joven de diecinueve años, y una niña nacida fuera de su tiempo. La melena de color negro azabache con flequillo largo, los enormes ojos azules, el rostro en forma de corazón, los pequeños y carnosos labios y la figura de chico acentuada por los vestidos holgados le conferían un aire más propio de los años veinte. Los pasajeros mayores, que habían vivido los treinta y atesoraban un recuerdo folclórico de la frenética década previa, suspiraban con nostalgia y murmuraban que ella les recordaba a la joven Claudette Colbert. Para él, esa imagen era falsa. Barbara no poseía la sofisticación de una estrella de cine, solo una inocencia infantil, un carácter alegre y una fragilidad que lo movieron a interpretar el deseo sexual como una necesidad de amar y proteger. No daba crédito a su suerte cuando ella lo distinguió con sus atenciones y luego comenzó a frecuentar su trato con posesiva dedicación. Tres meses después estaban casados. Él contaba treinta y nueve años, y ella solo veinte.

Educada en una serie de escuelas consagradas a la religión del pluralismo cultural y la ortodoxia liberal, Barbara lo ignoraba todo sobre la Iglesia, aunque estaba ávida de formación. Hubo de transcurrir un tiempo antes de que él se enterase de que ella encontraba profundamente erótica la relación entre maestro y alumna. Le gustaba que la dominaran, y no solo desde el punto de vista físico. Por desgracia su entusiasmo nunca duraba, y el que sentía por su matrimonio no fue una excepción. La parroquia de la que se encargaba Crampton había vendido la amplia vicaría victoriana para reemplazarla por una moderna casa de dos plantas, un edificio sin el menor atractivo arquitectónico, pero más fácil de mantener. No era la casa que ella esperaba.

Derrochadora, voluble y caprichosa, Barbara era la antítesis de la esposa apropiada para un ambicioso clérigo de la Iglesia anglicana, y él se percató de ello enseguida. Hasta sus relaciones sexuales se llenaron de ansiedad. Barbara le exigía más que nunca cuando él estaba agotado, o en las raras ocasiones en que algún visitante pasaba la noche allí y él se incomodaba al pensar en la delgadez de las paredes mientras ella le susurraba ternezas que con gran facilidad se convertían en órdenes o insultos estridentes. A la mañana siguiente, durante el desayuno, ella aparecía en bata y coqueteaba abiertamente, soñolienta y triunfante, levantando los brazos para que la fina seda se le deslizara por los hombros.

¿Por qué se había casado con él? ¿Por seguridad? ¿Para huir de su madre y de un padrastro al que odiaba? ¿Para que la mimaran, la cuidaran y consintieran? ¿Para sentirse a salvo? ¿Para que la amaran? Él llegó a temer sus imprevisibles cambios de humor, sus arrebatos de furia. Aunque trató de evitar que llegasen a oídos de sus feligreses, pronto comenzó a oír rumores. Recordaba con vergüenza y resentimiento la visita de una de las coadjutoras de la iglesia, que también era médico. «Su esposa no es paciente mía, vicario, y no quiero entrometerme, pero no se encuentra bien. Creo que necesita ayuda profesional.» Sin embargo, cuando él le sugirió que acudiese a un psiquiatra, o incluso a un médico de cabecera, ella prorrumpió en sollozos y lo acusó de querer que la encerraran.

El viento, que había amainado durante unos minutos, ahora volvió a arreciar en un huracanado *crescendo*. Por lo general, a Crampton le reconfortaba oír sus rugidos desde la seguridad de la cama, pero esa habitación pequeña y funcional le parecía más una prisión que un refugio. Desde la muerte de Barbara, había rezado muchas veces pidiendo perdón por haberse casado con ella y por haberle negado el amor y la comprensión que necesitaba; nunca había pedido perdón por haberle deseado la muerte. Ahora, tendido en esta estrecha cama, afrontó con dolor su pasado. No fue un acto voluntario el que abrió los cerrojos de la oscura mazmorra donde había encerrado su matrimonio. Las imágenes que pasaron por su cabeza no llegaron allí porque él las escogiese. Las circunstancias –el traumático encuentro con Yarwood, ese lugar,

Saint Anselm– conspiraron para asegurarse de que no le quedara alternativa.

Atrapado entre un sueño y una pesadilla, se imaginó a sí mismo en una sala de interrogatorios moderna, funcional y vulgar. Entonces cayó en la cuenta de que se trataba del salón de su antigua vicaría. Estaba sentado en el sofá entre Dalgliesh y Yarwood. Aunque todavía no lo habían esposado, sabía que ya lo habían juzgado y declarado culpable, que disponían de todas las pruebas que necesitaban. Delante de él se proyectaba una borrosa película de sus faltas, filmada en secreto. De vez en cuando, Dalgliesh decía «paren aquí» y Yarwood alzaba una mano. Entonces la imagen quedaba congelada, y los policías la observaban en medio de un silencio acusador. Todas sus pequeñas transgresiones y crueldades, así como su principal delito, el desamor, desfilaron ante sus ojos. Y ahora, por fin, estaban viendo el último rollo, el corazón de la oscuridad.

Ya no estaba apretujado en el sofá entre sus dos acusadores. Se había trasladado a la pantalla para revivir cada movimiento y cada palabra, para experimentar cada emoción como si fuese la primera vez. Era el atardecer de un día sin sol de mediados de octubre; una llovizna fina como la bruma había estado cayendo del plomizo cielo durante los dos últimos días. Él acababa de regresar de una visita de dos horas a sus feligreses enfermos o confinados en casa. Como de costumbre, se había esforzado por satisfacer sus previsibles necesidades individuales: la señora Oliver, una ciega que esperaba que le leyera un pasaje de las Escrituras y rezara con ella; el viejo Sam Possinger, que siempre que Crampton iba a verlo volvía a pelear en la batalla de El-Alamein; la señora Poley, enjaulada en su andador, siempre ansiosa por oír los últimos cotilleos de la parroquia; Carl Lomas, que jamás había pisado la iglesia de Saint Botolph pero disfrutaba hablando de teología y criticando a la Iglesia anglicana. Con su ayuda, la señora Poley había entrado en la cocina para preparar el té y sacar del molde la tarta de jengibre que había preparado especialmente para él. Crampton había cometido el error de elogiarla durante su primera visita, cuatro años antes, y ahora estaba condenado a comerla todas las semanas, pues ya era demasiado tarde para confesar que no le gustaba el jengibre. Sin embargo, había tomado el té fuerte y caliente con placer, alegrándose de que así se ahorraría la molestia de preparárselo en casa.

Aparcó su Vauxhall Cavalier en la calle y se dirigió a la puerta principal por el camino de cemento que dividía en dos el mullido y empapado césped, donde podridos pétalos de rosa comenzaban a disolverse entre la hierba sin cortar. En la casa reinaba un silencio absoluto y, como de costumbre, él entró con aprensión. Barbara había estado enfurruñada y nerviosa durante el desayuno, y el hecho de que no se hubiera molestado en vestirse era siempre una mala señal. Mientras almorzaban sopa de lata y ensalada, ella había apartado el plato aduciendo que estaba demasiado cansada para comer; se metería en la cama y trataría de dormir. «Ya puedes ir a ver a esos vejestorios aburridos. Son lo único que te preocupa. No me molestes cuando vuelvas. No quiero que me cuentes nada de ellos. No quiero que me cuentes nada de nada.»

Él no había respondido, pero la había mirado con una mezcla de furia e impotencia mientras ella subía las escaleras con el cinturón de la bata colgando y la cabeza gacha, como si la embargase una angustiosa desesperación.

Ahora regresaba a casa, lleno de reticencia, y cerró la puerta principal a su espalda. ¿Barbara estaría aún en la cama, o habría aguardado a que él se marchara para vestirse, salir y organizar uno de sus destructivos y humillantes escándalos en la parroquia? Necesitaba saberlo. Subió la escalera con sigilo; si estaba dormida, no quería despertarla.

La puerta del dormitorio estaba cerrada, y él hizo girar el pomo con suavidad. En la habitación había poca luz: las cortinas cubrían casi por completo el ventanal con vistas al jardín –compuesto por un rectángulo de césped agreste como un campo y unos cuantos arriates triangulares– y a las hileras de bonitas casas idénticas. Se acercó a la cama y, cuando sus ojos se adaptaron a la penumbra, la distinguió con claridad. Estaba tendida de lado, con la mano derecha debajo de la mejilla y el brazo izquierdo extendido sobre las mantas. Él se inclinó y oyó la respiración ronca y trabajosa de su mujer, percibió un tufo a vino en su aliento y un olor más intenso y desagradable que identificó como el del vómito.

Sobre la mesilla había una botella de Cabernet Sauvignon y junto a esta, volcado y con la tapa a medio desenroscar, un bote vacío que reconoció de inmediato. Antes había en su interior aspirinas efervescentes.

Se dijo que estaba dormida y borracha, que necesitaba que la dejasen tranquila. De manera casi automática, levantó la botella para calcular cuánto había bebido, pero algo tan poderoso como una voz de advertencia lo instó a dejarla en su sitio. Vio que por debajo de la almohada asomaba un pañuelo. Lo usó para limpiar la botella y lo arrojó sobre la cama. Sus propias acciones se le antojaron tan involuntarias como absurdas. Luego salió, cerró la puerta del dormitorio y regresó a la planta baja. «Está dormida, borracha, no querrá que la molesten», se repitió. Media hora después, entró en su estudio, reunió con tranquilidad sus notas para la junta del consejo parroquial, programada para las seis, y se marchó de la casa.

No guardaba ninguna imagen mental, ningún recuerdo, de la reunión del consejo, pero sí recordaba que había vuelto a casa con Melvyn Hopkins, uno de los coadjutores de la parroquia. Le había sugerido a Melvyn que lo acompañara a la vicaría para enseñarle el último informe de la Comisión de Responsabilidades Sociales de la Iglesia. Ahora, la secuencia de imágenes volvía a ser clara: él disculpándose porque Barbara no estaba allí y explicándole a Melvyn que últimamente no se encontraba bien, subiendo otra vez la escalera y abriendo con sigilo la puerta del dormitorio, vislumbrando en la penumbra la figura inmóvil, la botella de vino, el bote de aspirinas. Se acercó a la cama. Esta vez no oyó una respiración ronca. Le posó la mano sobre la mejilla, la encontró fría y supo que estaba tocando un cuerpo sin vida. Entonces lo asaltó un recuerdo, el de unas palabras leídas u oídas no sabía dónde y que ahora adquirían connotaciones aterradoras: «Siempre es conveniente que haya alguien más en el momento de encontrar el cadáver».

Fue incapaz de revivir el oficio fúnebre y la cremación; no conseguía evocar detalles de ninguna de las ceremonias. En su lugar había una mezcolanza de caras –compasivas, preocupadas, francamente nerviosas– que emergían de la oscuridad y pasaban como una exhalación ante sus ojos, distorsionadas y grotescas. Y de repente quedó una única y temible cara. Otra vez estaba sentado en el sofá, pero en esta ocasión junto al sargento Yarwood y un joven uniformado que no parecía mayor que los chicos del coro de la parroquia y que permaneció callado durante todo el interrogatorio.

–Y cuando regresó de visitar a sus feligreses, según dice poco después de las cinco, ¿qué hizo exactamente, señor?

–Ya se lo he dicho, sargento. Subí al dormitorio para ver si mi esposa estaba dormida.

–Cuando abrió la puerta, ¿la lámpara de la mesilla de noche estaba encendida?

–No, no lo estaba. Las cortinas estaban echadas y no se veía prácticamente nada.

–¿Se acercó al cuerpo?

–Como he dicho ya, abrí la puerta, vi que mi esposa seguía en la cama y di por sentado que estaba dormida.

–¿A qué hora se había acostado?

–Alrededor de la hora de comer. Supongo que serían las doce y media. Dijo que no tenía hambre y que quería echar una siesta.

–¿No le sorprendió que continuara dormida cinco horas después?

–No. Dijo que estaba cansada. A menudo dormía por las tardes.

–¿No pensó que podía estar enferma? ¿No se le ocurrió acercarse a la cama para cerciorarse de que estuviera bien? ¿No advirtió que quizá necesitase un médico?

–Ya se lo he dicho; estoy cansado de repetir siempre lo mismo. Creí que estaba dormida.

–¿Vio la botella de vino y el bote de aspirinas sobre la mesilla?

–Vi la botella de vino. Supuse que había estado bebiendo.

–¿Llevaba la botella cuando subió a su dormitorio?

–No. Debió de bajar a buscarla después de que yo me marchara.

–¿Y se la llevó a la cama?

–Eso creo. No había nadie más en la casa. Claro que lo hizo. ¿De qué otra manera pudo llegar la botella a la mesilla?

–Bueno, esa es la cuestión, ¿no, señor? Verá, no hemos encontrado huellas digitales en la botella. ¿Puede explicarlo?

–Por supuesto que no. Tal vez las limpiase. Había un pañuelo que asomaba por debajo de la almohada.

–¿Y usted lo vio, a pesar de que no distinguió el bote de aspirinas?

–En ese momento no. Lo vi más tarde, cuando encontré el cuerpo.

El interrogatorio prosiguió de esta manera. Yarwood volvió a su casa una y otra vez, en ocasiones con el joven agente, otras veces solo. El pánico se apoderaba de Crampton cuando oía el timbre de la puerta y casi no se atrevía a mirar por la ventana, pues temía ver a la figura enfundada en un abrigo gris avanzando con resolución hacia la casa. Las preguntas eran siempre las mismas, y él tenía la impresión de que sus respuestas resultaban cada vez menos convincentes. La persecución continuó incluso después de la vista y del previsible veredicto de muerte por suicidio. El cuerpo de Barbara había sido incinerado varias semanas antes. Aunque lo único que quedaba de ella era un puñado de cenizas enterrado en un rincón del camposanto de la parroquia, Yarwood seguía adelante con sus investigaciones.

Némesis no habría podido encarnarse en una forma menos atractiva. Yarwood parecía un vendedor a domicilio: testarudo, perseverante, inmune al rechazo, marcado por el fracaso como si de una halitosis se tratara. Era más bien enclenque, apenas lo bastante alto para ingresar en la policía, con la piel cetrina, una frente huesuda y prominente y ojos oscuros e insondables. Rara vez miraba directamente a Crampton durante los interrogatorios; en cambio, fijaba la vista en un punto como si estuviera comunicándose con un superior interno. Su voz era monocorde, y el silencio que guardaba entre pregunta y pregunta estaba cargado de una amenaza que no parecía dirigida solo a su víctima. Aunque rara vez anunciaba sus visitas, era como si supiera cuándo encontrar a Crampton en casa y aguardaba pacientemente hasta que este le abría la puerta. Nunca se entretenía con preámbulos; se limitaba a repetir sus insistentes preguntas.

–¿Usted diría que su matrimonio fue feliz, señor?

Crampton calló, escandalizado ante tamaña impertinencia, pero luego se sorprendió a sí mismo respondiendo con una voz tan crispada que le costó reconocerla:

–Supongo que la policía cree que es posible clasificar todas las relaciones, hasta las más sagradas. Para ahorrar tiempo, deberían entregar un cuestionario. Señale la respuesta apropiada con una cruz: Muy feliz. Feliz. Razonablemente feliz. Ligeramente infeliz. Infeliz. Muy infeliz. Mortal.

–¿Y qué respuesta marcaría usted, señor? –inquirió Yarwood, después de una pausa.

Al final, Crampton presentó una queja formal ante el jefe de la policía, y las visitas cesaron. Dictaminaron que el sargento Yarwood se había excedido en el cumplimiento de sus funciones, sobre todo al presentarse solo y continuar con una investigación no autorizada. Yarwood permaneció en la memoria de Crampton como una siniestra figura acusadora. Ni el tiempo, ni su nueva parroquia, ni su nombramiento como archidiácono, ni su segundo matrimonio habían apaciguado la abrasadora ira que lo consumía cada vez que pensaba en Yarwood.

Y hoy aquel hombre se había cruzado de nuevo en su camino. No recordaba con exactitud qué se habían dicho. Solo sabía que todo su odio y su resentimiento había salido en un torrente de furiosos vituperios.

Desde la muerte de Barbara había rezado muchas veces –al principio con regularidad, luego intermitentemente– pidiendo perdón por los pecados que había cometido contra ella: impaciencia, intolerancia, falta de amor, incapacidad para entenderla o perdonarla. No obstante, jamás había permitido que el pecado de haberle deseado la muerte arraigase en su mente. Ya había recibido la absolución por una falta más leve: la negligencia. Estaba implícita en las palabras del médico de Barbara, con quien se había encontrado poco después de la vista.

–No puedo quitarme de la cabeza una cosa: si al llegar a casa me hubiese percatado de que Barbara no estaba dormida, sino en coma, y hubiera llamado a una ambulancia, ¿habría habido alguna posibilidad de que se recuperara?

Entonces había oído la respuesta absolutoria:

–Dada la cantidad que había tomado, ninguna en absoluto.

¿Qué había en ese sitio que lo obligaba a afrontar la gran mentira junto con las pequeñas? Él había tomado conciencia de que Barbara se hallaba al borde de la muerte. Había deseado que muriera. A los ojos de Dios, era sin duda tan culpable como si hubiera disuelto las tabletas y la hubiese obligado a tragarlas, como si le hubiese acercado el vaso de vino a la boca. ¿Cómo podía seguir ocupándose del alma de otros y predicando el perdón de los pecados cuando no había reconocido aún el peor de los suyos? ¿Cómo había osado pronunciar una homilía esa misma noche con esa sombra en su alma?

Extendió el brazo y encendió la lámpara de la mesilla. La habitación se inundó de una luz que se le antojó mucho más intensa que hacía un rato, cuando había leído un pasaje de las Escrituras. Se arrodilló junto a la cama y se cubrió la cara con las manos. No le hizo falta buscar las palabras apropiadas; llegaron a él con naturalidad, junto con la promesa del perdón y la paz.

«Señor, ten compasión de mí, un pecador.»

Entonces sonó la musiquilla incongruentemente alegre del timbre de su teléfono móvil. El sonido fue tan inesperado, tan disonante, que tardó unos cinco segundos en reconocerlo. Se puso de pie con dificultad y extendió la mano para responder a la llamada.

2

El padre Martin despertó poco después de las cinco y media, alarmado por su propio grito de terror. Se incorporó de golpe y se quedó rígido como un muñeco, contemplando la oscuridad con los ojos desorbitados, irritados por las gotas de sudor que le caían de la frente. Al enjugarlas, sintió la piel tensa y helada, como si el rigor mortis ya se hubiera apoderado de él. Poco a poco, a medida que se recuperaba de la impresión de la pesadilla, la habitación cobró forma alrededor de él. Más que ver imaginó las siluetas grises que emergían de la oscuridad y se volvían reconfortantemente familiares: una silla, la cómoda, los pies de la cama, el marco de un cuadro. Aunque las cortinas de las cuatro ventanas circulares estaban corridas, vislumbró al este el fino hilo de luz que flotaba encima del mar incluso en las noches más oscuras. Sabía que había tormenta. El viento había estado arreciando durante toda la tarde, y mientras el padre Martin se preparaba para dormir lo había oído gemir como un alma en pena alrededor de la torre. Sin embargo, ahora reinaba una quietud más agorera que dulce y, rígidamente sentado, aguzó el oído. No oyó pasos en la escalera ni voces llamándolo.

Hacía dos años, cuando habían empezado las pesadillas, había pedido que le trasladasen a este pequeño cuarto circular en la torre sur, alegando que le gustaba la extensa vista del mar y la costa y que le atraían el silencio y la soledad. Las escaleras comenzaban a agobiarlo, pero al menos estaba seguro de que nadie oiría sus gritos nocturnos. De todas maneras, el padre Sebastian había adivinado la verdad, o al menos parte de ella. El padre Martin recordó la conversación que habían mantenido un domingo después de misa.

–¿Duerme bien, padre? –le había preguntado el padre Sebastian.

–Bastante bien, gracias.

–Si le molestan las pesadillas, tengo entendido que hay tratamientos eficaces. No me refiero a una terapia convencional, pero dicen que hablar del pasado con otros que han sufrido la misma experiencia en ocasiones resulta útil.

Ese intercambio había sorprendido al padre Martin. El padre Sebastian no ocultaba su desconfianza hacia los psiquiatras y aseveraba que estaría más dispuesto a respetarlos si ellos fueran capaces de explicar los fundamentos médicos y científicos de su disciplina o de aclararle cuál era la diferencia entre mente y cerebro. Aun así, el padre Martin nunca dejaba de maravillarse de lo mucho que sabía el rector acerca de lo que ocurría bajo el techo de Saint Anselm. Aquel comentario le había molestado, y no habían seguido hablando del tema. Sabía que no era el único superviviente de un campo de concentración japonés que vivía atormentado en la vejez por horrores que un cerebro más joven habría conseguido desterrar. No albergaba la menor intención de sentarse en círculo para compartir experiencias con sus compañeros de infortunio, aunque había leído que a algunos les hacía bien. Era un problema que debía resolver solo.

Y ahora el viento arreciaba otra vez, su rítmico gemido se convirtió en un bramido y luego en un aullido estridente, más semejante a una manifestación maligna que a una fuerza de la naturaleza. El padre Martin se obligó a bajar de la cama, enfundó los pies en las zapatillas y con las piernas agarrotadas fue a abrir la ventana que daba al este. La ráfaga fría fue como una bocanada curativa: limpió su boca y su nariz del fétido olor de la selva y ahogó la salvaje cacofonía de gimoteos y gritos humanos, borrando de su mente las peores imágenes.

La pesadilla era siempre la misma. La noche anterior habían arrastrado a Rupert de vuelta al campamento, y ahora los prisioneros estaban formados para contemplar su ejecución. Después de lo que le habían hecho, el chico llegó a duras penas al lugar señalado y cayó de rodillas con aparente alivio. No obstante, hizo un último esfuerzo y levantó los ojos para ver descender la espada. Durante un par de segundos la cabeza permaneció en su sitio, luego rodó lentamente mientras, como en una última celebración de la vida, brotaba un violento torrente rojo. Esa era la imagen que atormentaba noche tras noche al padre Martin.

Al despertar, lo torturaban siempre las mismas preguntas. ¿Por qué había intentado escapar Rupert si sabía que era un suicidio? ¿Por qué no le había contado a nadie sus planes? Peor aún, ¿por qué él, el padre Martin, no había dado un paso al frente antes de que cayera la espada para protestar, intentar con sus frágiles fuerzas arrebatársela al guardia y morir con su amigo? El amor que había profesado a Rupert, correspondido pero nunca consumado, había sido el único de su vida. A pesar de los momentos felices, algunos incluso de una extraordinaria dicha espiritual, siempre llevaba consigo la sombra de esa traición. No tenía derecho a estar vivo. A pesar de todo, había un lugar donde siempre hallaba la paz, y ahora lo buscó.

Recogió el llavero de la mesilla, se dirigió arrastrando los pies hasta el perchero de la puerta y descolgó el viejo cárdigan con coderas de piel que solía usar en invierno debajo de la sotana. Se puso esta encima, abrió la puerta con sigilo y comenzó a bajar por la escalera.

No necesitaba una linterna; en cada descansillo había una bombilla, y la peligrosa escalera de caracol se mantenía bien iluminada mediante una serie de lámparas adosadas a la pared. La tormenta remitió por el momento. El silencio de la casa era absoluto, y el amortiguado gemido del viento acentuaba una calma interior más imponente que la mera ausencia de sonidos humanos. Costaba creer que hubiera gente durmiendo detrás de las puertas cerradas, que ese silencioso aire hubiese transportado alguna vez el ruido de pasos presurosos y potentes voces masculinas, o que la pesada puerta de entrada no hubiese permanecido cerrada a cal y canto durante generaciones.

En el vestíbulo, la luz roja situada a los pies de la imagen de la Virgen y el Niño iluminaba la risueña cara de la Madre y salpicaba de rosa los regordetes brazos extendidos del Hijo. La madera se había convertido en carne. Con pasos silenciosos, amortiguados por las zapatillas, cruzó el vestíbulo y entró en el guardarropa. La hilera de capas marrones fue el primer indicio de que la casa estaba habitada; allí colgadas, semejaban tristes reliquias de una generación extinta. Ahora oía con claridad el viento, que, al abrir la puerta del claustro norte, sopló con renovada fuerza.

Para su sorpresa, tanto la luz de la puerta trasera como las débiles lámparas del muro del claustro estaban apagadas. Pero cuando pulsó el interruptor, se encendieron, permitiéndole ver el suelo alfombrado de hojas. Mientras cerraba la puerta a su espalda, una nueva ráfaga sacudió el gigantesco árbol, y las hojas caídas junto al tronco volaron hacia sus pies. Como una bandada de pájaros marrones, se arremolinaban en torno a él, le picoteaban suavemente las mejillas y se depositaban, ligeras como plumas, sobre los hombros de la sotana.

Caminó con esfuerzo hasta la puerta de la sacristía. Se detuvo por un instante junto a la última lámpara para buscar las dos llaves apropiadas y abrió. Oprimió el interruptor situado junto a la puerta, introdujo el código de seguridad para silenciar el insistente pitido de la alarma y se dirigió a la iglesia. El interruptor de las dos hileras de luces del techo de la nave estaba a su derecha, y cuando estiró el brazo para apretarlo, vio con sobresalto pero sin nerviosismo que el foco que iluminaba *El juicio final* estaba colocado de tal manera que bañaba con su resplandor el extremo occidental de la iglesia. Sin encender las luces de la nave, avanzó junto a la pared norte, seguido por su propia sombra proyectada en el suelo de piedra.

Al llegar junto al retablo, se detuvo en seco, paralizado por una pavorosa visión. La sangre no había desaparecido. Estaba ahí, precisamente en el sitio adonde había acudido en busca de refugio, igual de roja que en su pesadilla, aunque no manaba como el deshilachado chorro de una fuente, sino que cubría el suelo de piedra en forma de manchas y regueros. Si bien el riachuelo ya no se movía, parecía estremecerse y coagularse ante sus ojos. La pesadilla no había terminado; seguía atrapado en un lugar infernal, y esta vez no le bastaría con despertar para escapar de él. O eso, o estaba loco. Cerró los ojos y rezó: «Ayúdame, Señor». Entonces su mente consciente se hizo cargo de la situación y lo obligó a abrir los ojos.

Incapaces de abarcar la escena entera, con toda la magnitud de su horror, sus sentidos la asimilaron poco a poco, detalle a detalle. El cráneo aplastado; las gafas del archidiácono, caídas a cierta distancia pero intactas; los dos candeleros dorados, dispuestos a ambos lados del cuerpo en un acto de sacrílego desprecio; las manos abiertas y con las palmas hacia abajo, como si quisieran aferrarse a la piedra, más blancas y delicadas que en vida; la acolchada bata púrpura, que comenzaba a endurecerse por efecto de la sangre. Por último, el padre Martin alzó la vista hacia *El juicio final.* El diablo bailarín, situado en primer plano, ahora llevaba gafas, bigote y perilla, y su brazo derecho se había alargado en un ademán de grosero desafío. A los pies del retablo había una lata pequeña de pintura negra, con un pincel sobre la tapa.

El padre Martin se acercó con paso vacilante y se dejó caer de rodillas junto a la cabeza del archidiácono. Se esforzó por rezar, pero las palabras no acudieron a su mente. Sintió la súbita necesidad de ver a otros seres humanos, de oír pasos y otros sonidos humanos, de contar con el consuelo de una compañía humana. Sin detenerse a pensar, caminó hacia el muro oeste y dio un fuerte tirón a la cuerda de la campana. Aunque el sonido sonó tan melodioso como de costumbre, a él se le antojó pavorosamente estruendoso.

Luego se dirigió hacia la puerta sur y, pese al temblor de sus manos, consiguió abrir los pesados cerrojos de hierro. El viento se precipitó al interior, trayendo consigo unas cuantas hojas rotas. El padre Martin dejó la puerta entornada y regresó junto al cadáver con actitud más firme y resuelta. Tenía algo que decir, y había hecho acopio de la fuerza necesaria para hacerlo.

Seguía de rodillas, con el borde de la sotana embebido en sangre, cuando oyó pasos y una voz de mujer. Emma se hincó a su lado y le rodeó los hombros con un brazo. El padre Martin notó el suave roce del cabello de la chica en la mejilla, y el delicado y dulzón aroma de la piel femenina comenzó a expulsar de su mente el metálico olor de la sangre. Advirtió que Emma temblaba, si bien su voz parecía serena.

–Vamos, padre, salga. Ya está bien.

Sin embargo, nada estaba bien. Nada volvería a estar bien.

Quiso mirarla, pero fue incapaz de levantar la cabeza. Solo podía mover los labios.

–Ay, Dios, ¿qué hemos hecho? –murmuró–. ¿Qué hemos hecho?

Entonces sintió que los brazos de la chica se tensaban de miedo. A sus espaldas, la gran puerta sur se abría con un crujido.

3

Dalgliesh no solía tener dificultades para conciliar el sueño, ni siquiera en una cama desconocida. Después de trabajar durante tantos años como policía, su cuerpo se había habituado a las incomodidades de los más diversos lechos, y siempre que contara con una lámpara o una linterna para leer un rato antes de dormir, su mente olvidaba las vicisitudes del día con la misma facilidad que sus cansados miembros. No obstante, esta noche era diferente. La habitación invitaba al descanso; el colchón era cómodo sin ser demasiado blando, la lámpara de la mesilla estaba a la altura ideal para leer y tenía el número justo de mantas. Sin embargo, leyó las primeras cinco páginas de la traducción de Seamus Heaney de *Beowulf* con obstinada insistencia, como si más que un placer largamente esperado fuese un obligatorio rito nocturno. Al cabo de un rato, el poema lo atrapó por fin, y continuó leyendo hasta las once, cuando apagó la lámpara y se dispuso a dormir.

El sueño, sin embargo, se negaba a invadirlo. No conseguía llegar a ese agradable momento en que la mente se libera de las cargas de la conciencia y se abandona sin temor a su pequeña muerte cotidiana. Quizá debiera achacárselo a la furia del viento. Por lo general le gustaba quedarse dormido mientras oía los sonidos de la tormenta, pero esta tormenta era diferente. Había ocasionales pausas, un breve período de calma seguido por un grave gemido, que súbitamente se convertía en un bramido semejante al de un coro de demonios enloquecidos. Durante estos *crescendos*, oía los lamentos del gran castaño de Indias e imaginaba que las ramas se rompían y el tronco cubierto de arañazos se venía abajo, primero con renuencia y luego con un temible estrépito, atravesando con la copa el cristal de su ventana. También alcanzaba a oír el rugido del mar, un vibrante acompañamiento del ventarrón. Parecía imposible que cualquier ser vivo pudiese soportar este ataque de aire y agua.

En un momento de calma, Dalgliesh encendió la lámpara y consultó su reloj de pulsera. Le sorprendió comprobar que eran las cinco y treinta y cinco. Debía de haber dormido, o al menos dormitado, durante más de seis horas. Empezaba a preguntarse si la tormenta había amainado cuando el aullido se reanudó y comenzó a aumentar de intensidad otra vez. Cuando se produjo la primera pausa, percibió un sonido diferente, tan habitual en su infancia que lo reconoció de inmediato: era una campanada. Por un instante pensó que era el remanente de un sueño olvidado, mas la realidad se impuso de inmediato. Estaba despierto del todo. Sabía lo que había oído. Aguzó sus sentidos, pero no oyó más campanadas.

Actuó con rapidez. Nunca se acostaba sin dejar antes a mano los objetos que podía necesitar en una emergencia. Se puso la bata y los zapatos –tras descartar las zapatillas– y recogió de la mesilla una linterna pesada como un arma.

En la oscuridad, guiado únicamente por la luz de la linterna, salió de su apartamento, cerró la puerta con sigilo y se topó con una ráfaga de viento y un chaparrón de hojas que giraban alrededor de su cabeza como una bandada de furiosos pájaros. Las débiles lámparas de los claustros norte y sur apenas permitían vislumbrar los contornos de las delgadas columnas y proyectaban un fantasmagórico resplandor sobre el suelo de piedra. El edificio del seminario estaba oscuro, y no vio luz en ninguna ventana salvo en la de Ambrosio, el apartamento contiguo al suyo, donde dormía Emma. Presa de un súbito temor, pasó de largo corriendo, sin detenerse para llamar a la joven. Una rendija de claridad indicaba que la puerta de la iglesia estaba entornada. El armazón de roble chirrió contra las bisagras cuando abrió y cerró la puerta.

Durante unos segundos, no más, permaneció paralizado ante la escena que se ofrecía a sus ojos. No había obstáculos entre él y *El juicio final*, flanqueado por dos columnas de piedra, tan brillantemente iluminado que los desvaídos colores parecían resplandecer con una nueva e inesperada intensidad. La conmoción que le causaron los garabatos de la pintura palideció ante la magnitud de lo que había a sus pies. El archidiácono yacía boca abajo junto al retablo, como en una exagerada demostración de reverencia. A cada lado de su cabeza había un pesado candelero de bronce. La sangre del charco era sin duda más roja que la de cualquier otro ser humano. Incluso las otras dos figuras humanas presentaban un aspecto irreal: el sacerdote de pelo cano con su ancha sotana, arrodillado y prácticamente abrazado al cadáver, y la joven acuclillada junto a él, rodeándole los hombros con un brazo. En el primer instante de confusión casi imaginó que los negros demonios habían saltado de *El juicio final* y bailaban en torno a la cabeza de la mujer.

Al oír la puerta, ella volvió la cabeza, se levantó de un salto y corrió hacia él.

–Gracias a Dios que ha venido.

Se echó a sus brazos, y al sentir el tembloroso cuerpo contra el suyo, Dalgliesh supo que lo había hecho movida por el impulso natural de una persona que busca consuelo. La chica se separó enseguida.

–Es el padre Martin –señaló–. No puedo moverlo de ahí.

El sacerdote tenía el brazo extendido por encima del cadáver y la mano sumergida en el charco de sangre. Dalgliesh dejó la linterna y le tocó el hombro.

–Soy Adam, padre –susurró–. Levántese. Está bien.

Pero nada estaba bien, desde luego. Incluso mientras pronunciaba esas palabras anodinas, se percató de su irritante falsedad.

El padre Martin no se movió; bajo la mano de Dalgliesh, su hombro parecía paralizado por el rigor mortis.

–Suéltelo, padre –insistió Dalgliesh, ahora con mayor firmeza–. Tiene que levantarse. Ya no puede hacer nada.

Esta vez, como si las palabras surtiesen efecto por fin, el padre Martin permitió que lo ayudaran a ponerse de pie. Contempló su mano ensangrentada con una suerte de asombro infantil y luego se la limpió en la sotana. Eso complicaría el análisis de la sangre, pensó Dalgliesh. La compasión hacia sus acompañantes enseguida cedió el paso a otras preocupaciones más urgentes: la obligación de mantener intacto el escenario del crimen y la necesidad de evitar que se divulgase el método del homicida. Si la puerta sur había estado cerrada, como de costumbre, el asesino debía de haber entrado por la sacristía y a través del claustro norte. Mientras

Emma sujetaba al sacerdote por el lado derecho, él lo condujo con suavidad hacia los bancos más cercanos a la puerta, donde los hizo sentar.

–Espéreme un momento aquí –le indicó a Emma–. No tardaré. Voy a echar los cerrojos de la puerta sur y saldré por la sacristía. Cerraré con llave. No deje entrar a nadie. –Luego se volvió hacia el padre Martin–. ¿Me oye, padre?

El sacerdote alzó la vista por primera vez y sus ojos se encontraron con los del comisario. La angustia y el horror reflejados en ellos sobrecogieron a Dalgliesh.

–Sí, sí. Estoy bien. Lo siento mucho, Adam. Me he comportado como un tonto. Ya estoy bien.

Estaba muy lejos de encontrarse bien, pero al menos entendía lo que se le decía.

–Debo pedirles algo. Discúlpenme si les parezco insensible e inoportuno, pero es importante. No le cuenten a nadie lo que han visto. A nadie. ¿Lo han entendido?

Ambos asintieron con un murmullo, y luego el padre Martin dijo con claridad:

–Lo entendemos.

Dalgliesh dio media vuelta para marcharse.

–No estará aquí, ¿verdad? –preguntó Emma–. ¿Es posible que continúe escondido en la iglesia?

–Seguro que no, pero de todas maneras echaré un vistazo.

No quería encender más luces. Por lo visto, los únicos que habían oído la campanada eran Emma y él. Lo último que necesitaba era que la iglesia se llenase de gente. Regresó a la puerta sur y corrió los pesados cerrojos de hierro. Con la linterna en la mano, hizo una breve pero exhaustiva inspección de la iglesia, tanto para la tranquilidad de Emma como para la suya propia. Sin embargo, su larga experiencia le había dictado de inmediato que la muerte no era reciente. Abrió las puertas de los dos sitiales e iluminó los asientos; luego se arrodilló y echó un vistazo debajo. Entonces descubrió algo: alguien había ocupado el segundo banco. Una parte del asiento estaba limpia de polvo, y cuando se agachó y alumbró con la linterna el profundo hueco que había debajo, supo que una persona se había ocultado allí.

Tras acabar con el rápido registro, regresó junto a Emma y el sacerdote.

–Ya está. Aquí no hay nadie más que nosotros –afirmó–. ¿La puerta de la sacristía está cerrada con llave, padre?

–Sí. Sí. La cerré después de entrar.

–¿Me da las llaves, por favor?

El padre Martin rebuscó en el bolsillo de la sotana y sacó un llavero. Sus dedos temblorosos se demoraron unos instantes en encontrar las llaves indicadas.

–No tardaré –repitió Dalgliesh–. Cerraré la puerta al salir. ¿Estarán bien hasta que vuelva?

–No creo que el padre Martin deba permanecer mucho tiempo aquí –opinó Emma.

–No será necesario.

Dalgliesh calculó que tardaría solo unos minutos en regresar con Yarwood. Con independencia de quién fuese a hacerse cargo de la investigación, en esos momentos necesitaba ayuda. Además, se trataba de una cuestión de protocolo. Yarwood era miembro de la policía de Suffolk. Por lo tanto, debía ponerse al frente hasta que el jefe del cuerpo local decidiera quiénes se ocuparían del caso. Dalgliesh se alegró de encontrar un pañuelo en el bolsillo de su bata y lo utilizó para abrir la puerta de la sacristía sin dejar huellas. Después de reprogramar la alarma y cerrar con llave, hundió los pies en la resbaladiza alfombra de hojas, que ahora tenía varios centímetros de espesor, y corrió por el claustro norte en dirección a los apartamentos de huéspedes. Sabía que Roger Yarwood se alojaba en Gregorio.

El apartamento estaba a oscuras. Dalgliesh alumbró la sala con la linterna y llamó desde el pie de la escalera. No hubo respuesta. Subió al dormitorio y encontró la puerta abierta. Aunque Yarwood había usado la cama, ahora estaba vacía y deshecha. El comisario abrió la puerta de la ducha. Allí no había nadie. Encendió la luz y registró rápidamente el armario. No había abrigos ni más calzado que las zapatillas de Yarwood, que descansaban junto a la cama. El policía debía de haber salido en plena tormenta.

No tenía sentido que fuese a buscarlo solo. Yarwood podía estar en cualquier lugar de los alrededores. Así pues, regresó de inmediato a la iglesia. Emma y el padre Martin se hallaban en el mismo sitio donde los había dejado.

–¿Por qué no acompaña a la doctora Lavenham a su habitación, padre? –preguntó con suavidad–. Ella preparará té para los dos. Supongo que el padre Sebastian querrá hablar ante todo el seminario, pero por el momento más vale que espere allí y descanse un poco.

El padre Martin alzó la vista. Su mirada traslucía una mezcla de tristeza y asombro infantil.

–Pero el padre Sebastian querrá hablar conmigo –protestó.

–Por supuesto que sí –replicó Emma–, pero ¿no cree que será mejor que aguardemos a que el comisario Dalgliesh le cuente lo sucedido? Lo mejor es que venga a mi apartamento. Allí tengo todo lo necesario para hacer té. A mí me vendría bien una taza.

El padre Martin asintió y se levantó.

–Antes de que se marche, debemos comprobar si han forzado la caja fuerte, padre –dijo Dalgliesh.

Entraron en el presbiterio y Dalgliesh le pidió el número de la combinación. Luego, cubriéndose los dedos con un pañuelo para preservar cualquier huella que hubiese en la manija o en la cerradura de seguridad, hizo girar con cuidado la rueda y abrió la puerta. En el interior, encima de una pila de documentos, había una bolsa de piel cerrada con un cordón. La llevó al escritorio y la abrió: bajo un envoltorio de seda blanca, había dos magníficos cálices anteriores a la Reforma, decorados con piedras preciosas, y una patena, todo obsequio de la fundadora de Saint Anselm.

–No falta nada –observó el padre Martin en voz baja.

Dalgliesh dejó la bolsa en la caja fuerte y cerró la puerta. Estaba claro que el móvil del asesinato no era el robo, aunque él no había considerado esa posibilidad ni por un instante.

Esperó a que Emma y el padre Martin salieran por la puerta sur, echó los cerrojos y cruzó la sacristía en dirección al claustro cubierto de hojas.

La tormenta comenzaba a amainar, y el ventarrón había quedado reducido a unas pocas ráfagas intensas, aunque las ramas y hojas caídas testimoniaban sus estragos. Dalgliesh entró en el seminario y subió los dos tramos de escalera que lo separaban de las habitaciones del rector.

El padre Sebastian respondió de inmediato a su llamada. Aunque llevaba una anticuada bata de lana a cuadros, su pelo enmarañado le daba un aire curiosamente juvenil. Los dos hombres se miraron. Antes de abrir la boca, Dalgliesh intuyó que el rector había adivinado las palabras que se disponía a pronunciar. Aunque eran brutales, no había una forma sencilla ni suave de comunicarle la noticia.

–El archidiácono Crampton ha sido asesinado –dijo–. El padre Martin ha encontrado el cadáver en la iglesia poco después de las cinco y media.

El rector se llevó la mano al bolsillo y extrajo un reloj de pulsera.

–Ya son más de las seis –señaló–. ¿Por qué no me han avisado antes?

–El padre Martin ha tocado la campana para dar la alarma y yo la he oído, al igual que la doctora Lavenham, la primera en llegar allí. Yo tenía que hacer algunas cosas antes de avisarle. Y ahora debo telefonear a la policía de Suffolk.

–Pero ¿no cree que es el inspector Yarwood quien debe llevar este asunto?

–Así es, pero Yarwood ha desaparecido. ¿Me permite usar su despacho, padre?

–Desde luego. Me reuniré con usted de inmediato, en cuanto me vista. ¿Alguien más está al corriente de lo sucedido?

–Todavía no, padre.

–Entonces debo ser yo quien les participe la noticia.

Cerró la puerta y Dalgliesh bajó al despacho.

4

Si bien el número que necesitaba Dalgliesh estaba en su cartera, en la habitación, logró recordarlo después de un par de segundos. En cuanto se identificó, le facilitaron el teléfono particular del jefe de la policía local. A partir de ese momento, todo fue muy sencillo. Trataba con hombres acostumbrados a que los despertaran con la exigencia de que tomaran decisiones y actuaran con rapidez. Pasó un informe breve pero completo y no le hizo falta repetir un solo dato.

El jefe de la policía tardó unos cinco segundos en hablar:

–La desaparición de Yarwood es un problema. Alred Treeves es otro, aunque menos importante. Sea como fuere, no podemos perder tiempo. Los primeros días siempre son cruciales. Hablaré con el director general. Pero supongo que usted querrá organizar una partida de búsqueda, ¿no?

–Todavía no. Cabe la posibilidad de que Yarwood saliese a dar un paseo. Hasta es probable que haya vuelto ya. Si no es así, enviaré a algunos estudiantes en su busca tan pronto como haya suficiente luz. Le informaré de cualquier novedad. Si no encontramos a Yarwood, sería conveniente que usted asumiera el mando.

–De acuerdo. Tendrá que esperar la confirmación de su departamento, pero creo que debería dar por sentado que el caso es suyo. Discutiré los detalles con la Policía Metropolitana, aunque supongo que querrá trabajar con su propio equipo.

–Eso simplificaría las cosas.

–Puedo asegurarle algo sobre Saint Anselm –dijo el jefe de la policía al cabo de un rato–. Todos los que viven allí son buena gente. Preséntele mis condolencias al padre Sebastian. Esto les afectará en muchos sentidos.

Al cabo de cinco minutos llamaron de Scotland Yard para informar del acuerdo al que habían llegado con la policía local. Dalgliesh se haría cargo del caso. Los detectives inspectores Kate Miskin y Piers Tarrant ya se dirigían hacia allí junto con el sargento Robbins, y un equipo de apoyo –un fotógrafo y tres técnicos especializados en la recogida de pruebas– los seguiría de inmediato. Puesto que Dalgliesh ya estaba en el lugar del crimen, no juzgaron necesario derrochar dinero en un helicóptero. Los miembros del equipo viajarían en tren hasta Ipswich y la policía de Suffolk los llevaría al seminario. El doctor Kynaston, el forense con quien solía colaborar Dalgliesh, estaba trabajando en otro caso que lo mantendría ocupado durante el resto del día. El patólogo local se encontraba en Nueva York, pero su sustituto, el doctor Mark Ayling, estaba libre. Lo más sensato sería recurrir a él. Si necesitaban analizar urgentemente algún material, lo enviarían al laboratorio de Huntingdon o al de Lambeth, el que estuviera menos ocupado.

El padre Sebastian había aguardado discretamente en la puerta mientras Dalgliesh hablaba por teléfono. Al oír que la conversación había terminado, entró.

–Ahora me gustaría ir a la iglesia –dijo–. Usted debe hacerse cargo de sus responsabilidades, comisario, y yo de las mías.

–Primero hay que mandar a alguien a buscar a Yarwood –repuso Dalgliesh–. ¿Quién sería el seminarista más idóneo para esta clase de misión?

–Stephen Morby. Sugiero que él y Pilbeam salgan con el Land Rover.

Se acercó al escritorio y levantó el auricular del teléfono. Le contestaron enseguida.

–Buenos días, Pilbeam. ¿Está vestido? Bien. Haga el favor de despertar al señor Morby y luego vengan los dos a mi despacho. De inmediato.

No fue preciso esperar mucho. Unos minutos después, Dalgliesh oyó pasos presurosos en la escalera. Tras una pequeña pausa en la puerta, entraron dos hombres.

Era la primera vez que veía a Pilbeam, un hombre alto –de más de un metro noventa de estatura– con hombros fornidos, cuello grueso y la tez bronceada y arrugada característica de los campesinos bajo una rala capa de pelo pajizo. Dalgliesh tuvo la impresión de que lo había visto antes; entonces cayó en la cuenta de que guardaba un notable parecido con un actor cuyo nombre no recordaba pero que siempre salía en películas de guerra, en el papel del parco aunque fiable suboficial que invariablemente moría en el último momento para mayor gloria del héroe.

Pilbeam aguardaba con total serenidad. A su lado, Stephen Morby –que no era ningún alfeñique– semejaba un niño. El padre Sebastian se dirigió al primero:

–El señor Yarwood ha desaparecido. Me temo que quizás haya salido a pasear otra vez.

–Ha sido una mala noche para paseos, padre.

–Exactamente. Es posible que vuelva en cualquier momento, pero creo que no deberíamos esperar. Quiero que usted y el señor Morby vayan a buscarlo en el Land Rover. ¿Funciona su teléfono móvil?

–Sí, padre.

–Si hay alguna novedad, llámeme de inmediato. Si no lo encuentran en el descampado o cerca de la laguna, no pierdan el tiempo. Tal vez deba intervenir la policía. Y Pilbeam...

–¿Sí, padre?

–Cuando usted y el señor Morby regresen, tanto si traen al señor Yarwood como si no, venga a verme de inmediato, sin hablar con nadie más. Eso va también por ti, Stephen, ¿entendido?

–Sí, padre –respondió Morby y añadió–: Ha ocurrido algo, ¿verdad? Algo más que la desaparición de Yarwood.

–Te lo explicaré cuando vuelvas. Tal vez no puedan hacer nada hasta que haya más luz, pero quiero que emprendan la búsqueda de inmediato. Lleven linternas, mantas y café caliente. Pilbeam, hablaré con toda la comunidad a las siete y media en la biblioteca. ¿Puede pedirle a su esposa que tenga la bondad de unirse a nosotros?

–Lo haré, padre.

–Los dos son listos –comentó el padre Sebastian cuando hubieron salido–. Si Yarwood está por los alrededores, lo encontrarán. Me ha parecido prudente posponer las explicaciones para cuando regresen.

–Sí, yo también creo que es lo más sensato.

Todo indicaba que el natural autoritarismo del padre Sebastian se estaba adaptando con rapidez a las inusitadas circunstancias. Pero Dalgliesh pensó que el hecho de que un sospechoso trabajara activamente en la investigación era una novedad de la que hubiera preferido prescindir. Habría que manejar la situación con tacto.

–Usted estaba en lo cierto, desde luego –reconoció el rector–. La búsqueda de Yarwood era una prioridad. Sin embargo, ahora me gustaría estar donde me corresponde: junto al archidiácono.

–Primero he de hacerle algunas preguntas, padre. ¿Cuántas llaves de la iglesia hay? ¿Y quién las tiene?

–¿Es necesario que me interrogue ahora?

–Sí, padre. Como bien ha dicho, usted debe hacerse cargo de sus responsabilidades, y yo de las mías.

–¿Y las suyas tienen preferencia?

–Por ahora, sí.

El padre Sebastian se esforzó para que su voz no evidenciara su impaciencia.

–Hay siete juegos de llaves que incluyen las dos de la sacristía: una de seguridad y otra normal. La puerta sur solo cuenta con cerrojos. Los cuatro sacerdotes que vivimos aquí disponemos de un juego; los otros tres están aquí al lado, en el armario de las llaves del despacho de la señorita Ramsey. Es preciso mantener la iglesia cerrada debido al valor del retablo y los cálices de plata, pero cualquier seminarista que necesite entrar puede llevarse las llaves siempre que firme en un registro. Los encargados de la limpieza son los propios estudiantes, no el personal del seminario.

–¿Y el personal y los huéspedes?

–Solo tienen acceso a la iglesia si los acompaña alguien que posea una llave, excepto durante los oficios. Dudo que se sientan excluidos, ya que celebramos cuatro al día: los maitines, la Eucaristía, las vísperas y las completas. Si bien a mí no me gusta esta restricción, es el precio que pagamos por conservar un Van der Weyden encima del altar. El problema es que los jóvenes no siempre se acuerdan de reactivar la alarma antes de salir. Todo el personal y los huéspedes tienen llave de la verja de hierro que comunica el claustro oeste con el descampado.

–¿Y qué miembros del seminario conocen el código de la alarma?

–Supongo que todos. Protegemos nuestros tesoros de posibles intrusos, no de las personas que viven aquí.

–¿Qué llaves tienen los estudiantes?

–Dos por persona: la de la verja principal, que es por donde entran habitualmente, y una de la puerta del claustro norte o sur, según donde estén sus habitaciones. Ninguno cuenta con la llave de la iglesia.

–¿Y las llaves de Ronald Treeves aparecieron después de su muerte?

–Sí. Están en un cajón del despacho de la señorita Ramsey, aunque él tampoco disponía de la llave de la iglesia, naturalmente. Y ahora, si no le importa, me gustaría ir a ver al archidiácono.

–Desde luego, padre. En el camino podríamos comprobar si los tres juegos de llaves están en el armario.

El padre Sebastian no respondió. Cuando atravesaron el despacho contiguo, se acercó a un estrecho armario situado a la izquierda de la chimenea. No estaba cerrado con llave. En el interior había dos hileras de llaves colgadas. En la primera fila, señalada con una etiqueta que decía «IGLESIA», había tres ganchos. Uno de ellos estaba vacío.

–¿Recuerda cuándo vio por última vez las llaves de la iglesia, padre? –preguntó Dalgliesh.

El padre Sebastian reflexionó por un instante.

–Creo que fue ayer –respondió–, después de comer. Recibimos unas latas de pintura con las que Surtees va a pintar la sacristía. Yo estaba presente cuando Pilbeam vino a recoger las llaves y firmó en el registro. Y seguía aquí cuando las devolvió, unos cinco minutos después. –Abrió el cajón derecho del escritorio de la señorita Ramsey y extrajo un libro–. Creo que descubrirá que la última entrada del registro corresponde a su firma. Como ve, las llaves obraron en su poder durante unos cinco minutos. Sin embargo, la última persona en verlas debió de ser Henry Bloxham. Él se encargó de preparar la iglesia para las completas de anoche. Yo me encontraba aquí cuando vino a recoger las llaves, y al lado, en mi despacho, cuando las trajo de vuelta. Si hubiera faltado un juego, me habría comentado algo.

–¿Usted lo vio dejar las llaves, padre?

–No, estaba en mi despacho, pero con la puerta abierta, y me saludó. No encontrará su firma en el registro. No se exige a los seminaristas que firmen cuando se llevan las llaves antes de un oficio. Y ahora, comisario, insisto en que vayamos a la iglesia.

El seminario continuaba en silencio. Cruzaron el suelo de mosaico del vestíbulo sin hablar. El padre Sebastian se encaminó hacia la puerta del vestuario, pero Dalgliesh lo detuvo.

–Si es posible –advirtió–, evitaremos pasar por el claustro norte. –No volvieron a dirigirse la palabra hasta que llegaron a la puerta de la sacristía. El padre Sebastian buscó las llaves en el bolsillo, pero Dalgliesh dijo–: Abriré yo, padre.

Una vez dentro, cerró con llave y los dos se dirigieron a la iglesia. Dalgliesh había dejado encendida la luz que iluminaba *El juicio final*, de modo que la trágica escena que se presentaba al pie del retablo se veía con absoluta claridad. El padre Sebastian caminó hacia allí con paso firme. Sin hablar, contempló primero la profanación del cuadro y luego el cadáver de su adversario. Mientras lo observaba, Dalgliesh se preguntó qué palabras emplearía para comunicarse con su Dios. Dudaba que estuviese rezando por el alma del archidiácono; eso habría sido un insulto al intransigente protestantismo de Crampton.

También se preguntó qué palabras usaría él mismo para orar en un momento como ese. «Ayúdame a resolver este caso sin causar sufrimiento a los inocentes y protege a mi equipo.» Que él recordase, la última vez que había rezado con pasión y con la seguridad de que valía la pena había sido durante la agonía de su esposa, pero sus plegarias no habían sido escuchadas, o al menos no habían obtenido respuesta. Reflexionó sobre el carácter irrevocable e ineludible de la muerte. ¿Constituía uno de los alicientes de su trabajo la fantasía de que la muerte era un misterio que tenía solución, y que dicha solución permitía doblar y guardar, como una prenda de vestir, todas las pasiones de la vida, todos los temores y las dudas?

Entonces oyó hablar al padre Sebastian; fue como si acabara de reparar en la silenciosa presencia de Dalgliesh y quisiera hacerlo partícipe, al menos como oyente, de su secreto ejercicio de expiación. En su hermosa voz, las familiares palabras sonaron más como una afirmación que como un rezo, y reflejaron tan misteriosamente los pensamientos de Dalgliesh que a este le pareció oírlas por primera vez y se estremeció.

–«Oh, Señor, que en los comienzos pusiste los cimientos de la tierra y con Tus manos creaste los cielos; del mismo modo que ellos perecerán, Tú permanecerás; ellos envejecerán igual que un vestido, y como un vestido los plegarás y mudarás; pero Tú serás por siempre el mismo y los años no Te pesarán.»

—¡Oh, Señor, que en los comienzos [illegible] tierra [illegible] [illegible] [illegible] vestido, y como un [illegible] más verdaderas, pero [illegible] [illegible] el mismo [illegible] lo pesara.

5

Dalgliesh se afeitó, se duchó y se vistió con una rapidez nacida de la práctica, y a las siete y veinticinco se reunió de nuevo con el rector en su despacho. El padre Sebastian consultó su reloj de pulsera.

–Es hora de ir a la biblioteca. Primero yo diré unas palabras y luego le cederé el turno. ¿Le parece bien?

–Perfectamente.

Era la primera vez en esta visita que Dalgliesh entraba en la biblioteca. En cuanto el padre Sebastian encendió las lámparas que se curvaban sobre las estanterías, al comisario lo asaltó el recuerdo de las largas tardes estivales que había pasado allí, leyendo bajo la ciega mirada de los bustos dispuestos en línea sobre el estante superior, del sol del ocaso que bruñía los lomos de piel de los libros y teñía de rojo la madera pulida, de los atardeceres en que el bramido del mar parecía intensificarse a medida que caía la noche. Sin embargo, ahora el alto techo abovedado estaba en penumbra y en las ventanas de arco ojival las vidrieras eran un negro vacío en el que el plomo formaba un dibujo.

A lo largo de la pared norte, entre las ventanas, las estanterías dispuestas en ángulo recto delimitaban una serie de cubículos, en cada uno de los cuales había un pupitre doble y una silla. El padre Sebastian fue al más cercano y arrastró las dos sillas hasta el centro de la estancia.

–Necesitaremos cuatro sillas –anunció–. Tres para las mujeres y una para Peter Buckhurst. Todavía no está en condiciones de permanecer mucho tiempo de pie... Aunque no creo que esto dure mucho. No es preciso que contemos a la hermana del padre John. Es muy mayor y rara vez sale de su apartamento.

Sin responder, Dalgliesh acercó las dos sillas que faltaban. El padre Sebastian las colocó en fila y retrocedió unos pasos para cerciorarse de que estuvieran correctamente alineadas.

Se oyeron unas pisadas suaves en el vestíbulo, y los tres seminaristas, todos con sotana negra, entraron a la vez, como si se hubiesen puesto de acuerdo. Se situaron detrás de las sillas y permanecieron erguidos y muy quietos, con la cara pálida y seria y los ojos fijos en el padre Sebastian. La tensión que trajeron consigo a la estancia era casi palpable.

Menos de un minuto después llegaron la señora Pilbeam y Emma. El padre Sebastian les señaló las sillas y las mujeres se sentaron en silencio, ligeramente inclinadas la una hacia la otra, como si esperasen encontrar sosiego en el leve roce de los hombros. La señora Pilbeam, consciente de la importancia de la reunión, se había quitado el delantal blanco y ofrecía un aspecto incongruentemente festivo con su falda de lana verde y una blusa celeste adornada con un broche en el cuello. Emma, aunque estaba muy pálida, se había arreglado con esmero, como si intentara imponer una semblanza de orden y normalidad a la confusión provocada por el asesinato. Había sacado brillo a sus zapatos marrones sin tacón y llevaba pantalones de pana beige, una camisa de color crema que parecía recién planchada y un chaleco de ante.

El padre Sebastian se dirigió a Buckhurst:

–¿No te sientas, Peter?

–Prefiero quedarme de pie, padre.

–Yo prefiero que te sientes.

Sin más objeciones, Peter Buckhurst se acomodó junto a Emma. A continuación llegaron los tres sacerdotes. El padre John y el padre Peregrine flanqueaban a los seminaristas. El padre Martin, como respondiendo a una muda invitación, se puso junto al rector.

–Me temo que mi hermana todavía duerme, y no he querido despertarla –se disculpó el padre John–. Si la necesitan, podrán hablar con ella más tarde, ¿no?

–Desde luego –murmuró Dalgliesh.

Vio que Emma miraba al padre Martin con tierna solicitud y se levantaba a medias de la silla a modo de saludo. «Además de hermosa e inteligente, es bondadosa –pensó, y el corazón le dio un vuelco, una sensación tan insólita como irritante–. Ay, Dios, se dijo, no quiero esa clase de complicación. Ahora no. Nunca.»

Continuaron aguardando. Los segundos se convirtieron en

minutos antes de que se oyesen pasos de nuevo. Se abrió la puerta y entró George Gregory, seguido de cerca por Clive Stannard. Este último se había quedado dormido, o no había estimado necesario molestarse en cuidar su aspecto. Se había puesto los pantalones y una americana de pana encima del pijama, y la tela de algodón a rayas asomaba por el cuello y colgaba fruncida por encima de los zapatos. Gregory, por el contrario, llevaba una camisa y una corbata impecables.

–Lamento haberlos hecho esperar –se disculpó Gregory–. Detesto vestirme sin ducharme antes.

Se colocó detrás de Emma y apoyó la mano en el respaldo de la silla, pero enseguida la retiró, como si temiera que fuese un gesto inapropiado. Sus ojos, fijos en el padre Sebastian, reflejaban recelo, aunque Dalgliesh también detectó en ellos un destello de divertida curiosidad. Stannard estaba visiblemente asustado, y Dalgliesh se percató de que intentaba disimularlo con una actitud de indiferencia tan fingida como embarazosa.

–¿No es un poco temprano para dramas? –soltó Stannard–. Es obvio que ha ocurrido algo. ¿Por qué no nos lo cuentan de una vez?

Nadie respondió. La puerta volvió a abrirse y aparecieron las dos personas que faltaban. Eric Surtees llevaba ropa de trabajo. Titubeó en la puerta y miró con asombro a Dalgliesh, como si le sorprendiera encontrarlo allí. Karen Surtees, que semejaba un loro con su largo jersey rojo sobre pantalones verdes, solo se había tomado el tiempo necesario para aplicarse una brillante capa de carmín en los labios. Sus ojos sin maquillar se veían cansados y soñolientos. Tras un instante de vacilación, se sentó en la silla vacía. Su hermano se colocó detrás de ella. Ya estaban allí todas las personas convocadas. A Dalgliesh le recordaban un heterogéneo cortejo de boda posando de mala gana para un fotógrafo demasiado entusiasta.

–Oremos –dijo el padre Sebastian.

La exhortación fue inesperada. Solo los sacerdotes y los seminaristas respondieron automáticamente, inclinando la cabeza y enlazando las manos. Las mujeres no parecían saber qué se esperaba de ellas, aunque después de echar una breve ojeada al padre Martin, se pusieron de pie. Emma y la señora Pilbeam agacharon la cabeza, pero Karen Surtees lanzó a Dalgliesh una mirada de beligerante incredulidad, como si lo responsabilizara de ese embarazoso contratiempo. Gregory, risueño, fijó la vista al frente, mientras que Stannard frunció el entrecejo y se rebulló con evidente incomodidad. El padre Sebastian rezó los maitines. Luego hizo una pausa y repitió la oración que había pronunciado en las completas, unas diez horas antes:

–«Visita, te lo rogamos, Señor, esta morada y aparta de ella las asechanzas del enemigo; Tus santos Ángeles habiten en ella y nos guarden en paz, y Tu bendición sea sobre nosotros siempre. Por Jesucristo nuestro Señor. Amén.»

Tras un coro de amenes –quedos los de las mujeres; más confiados los de los seminaristas– un estremecimiento recorrió el grupo. No fue tanto un movimiento como un suspiro colectivo. «Ya lo saben –se dijo Dalgliesh–, claro que lo saben. Pero uno de ellos lo ha sabido desde el principio.» Las mujeres se sentaron de nuevo. Dalgliesh percibió la fuerza de las miradas clavadas en el rector. Cuando este empezó a hablar, su voz sonó serena y casi monocorde:

–Anoche ocurrió una gran tragedia en nuestra comunidad. El archidiácono Crampton fue brutalmente asesinado en la iglesia. El padre Martin descubrió su cuerpo a las cinco y media de la mañana. El comisario Dalgliesh, que se encontraba aquí por otro asunto, sigue siendo nuestro invitado, pero ahora está entre nosotros también como policía, investigando un asesinato. Es nuestra obligación y nuestro deseo ayudarle en cuanto sea posible, respondiendo a sus preguntas en detalle y con veracidad y sin entorpecer la labor de la policía ni hacer o decir algo que induzca a pensar que no es bien recibida. He telefoneado a los estudiantes que debían regresar esta mañana y les he pedido que no vengan hasta la semana que viene. Los que estamos aquí debemos tratar de continuar con la vida y las obligaciones del seminario al tiempo que prestamos toda nuestra colaboración a la policía. He puesto la casa San Mateo a entera disposición del señor Dalgliesh, y la policía trabajará desde allí. A petición del comisario, la iglesia, la puerta del claustro norte y el propio claustro permanecerán cerrados. La misa y todos los demás oficios se celebrarán en el oratorio a las horas de costumbre hasta que resulte oportuno reabrir la iglesia y disponerla para la sagrada Eucaristía. La investigación sobre la muerte del archidiácono compete a la policía. Les ruego que no especulen ni chismorreen. Naturalmente, es imposible mantener en secreto un asesinato. La noticia se divulgará tanto en el seno de la Iglesia como en el resto del mundo. Sin embargo, les pido que no telefoneen a nadie ni hablen de este asunto con ninguna persona ajena a la comunidad. Si algo les preocupa, el padre Martin y yo estamos a su disposición. –Hizo una pausa y añadió–: Como siempre. Y ahora le cedo la palabra al señor Dalgliesh.

El público había escuchado al padre Sebastian en medio de un silencio casi absoluto. Solo ante la sonora palabra «asesinado», Dalgliesh oyó una violenta inspiración y un débil grito, rápidamente reprimido, que a su juicio salió de labios de la señora Pilbeam. Raphael estaba pálido y tan rígido que el comisario temió que fuese a desmayarse. Eric Surtees miró a su hermana con expresión de pánico, pero sus ojos enseguida volvieron a posarse en el padre Sebastian. Gregory frunció el entrecejo en un gesto de profunda concentración. El frío y quieto aire estaba cargado de aprensión. Aparte de Surtees, nadie buscó los ojos de los demás. Quizá temieran lo que podían llegar a ver.

Si bien a Dalgliesh le llamó la atención que el padre Sebastian no hiciera comentario alguno sobre la ausencia de Yarwood, Pilbeam y Stephen Morby, agradeció en su fuero interno su discreción. Decidió que sería breve. No acostumbraba a disculparse por las molestias que ocasionaría al investigar un homicidio; dichas molestias representaban el menor de los males que acarreaba un asesinato.

–Se ha acordado que la Policía Metropolitana se ocupe de este caso. Un pequeño equipo de agentes y personal de apoyo llegará aquí esta misma mañana. Como ha dicho el padre Sebastian, la iglesia, el claustro norte y la puerta que comunica ese claustro con el seminario permanecerán cerrados. Yo mismo o uno de mis subalternos hablarán con cada uno de ustedes en algún momento del día. Sin embargo, ahorraríamos tiempo si aclarásemos un hecho de inmediato. ¿Alguno de los presentes salió de su habitación anoche, después de las completas? ¿Alguien se acercó a la iglesia, o vio u oyó algo que posiblemente guarde relación con el crimen?

Al cabo de un breve silencio, Henry dijo:

–Yo salí poco después de las diez y media para tomar el aire y hacer un poco de ejercicio. Di unas cinco vueltas rápidas alrededor de los claustros y volví a mi habitación. Estoy en la número dos, en el claustro sur. No vi ni oí nada raro. El viento soplaba con fuerza y arrastraba montones de hojas al claustro norte. Es todo lo que recuerdo.

–Usted encendió las velas de la iglesia antes de las completas y abrió la puerta sur –señaló Dalgliesh–. ¿Sacó las llaves del despacho de la señorita Ramsey?

–Sí. Las recogí poco antes del oficio y las devolví después. Había tres juegos cuando fui a buscarlas y también cuando las dejé.

–Repetiré la pregunta –dijo Dalgliesh–: ¿Alguien salió de su habitación después de las completas? –Aguardó un momento y, al no obtener respuesta, agregó–: Más tarde les pediré que me enseñen los zapatos y la ropa que llevaban anoche, y también será necesario que les tome las huellas a todos con el fin de descartar sospechosos. Creo que eso es todo por ahora.

Se produjo otro silencio hasta que Gregory habló.

–Una pregunta para el señor Dalgliesh. Aquí faltan tres personas, una de las cuales es un funcionario de la policía de Suffolk. ¿Ese hecho tiene algún significado, algo que ver con la investigación?

–De momento, no –contestó Dalgliesh.

La ruptura del silencio animó a Stannard a protestar.

–¿Puedo preguntar por qué el comisario da por sentado que el delito fue cometido por alguien de dentro? Mientras nos examinan la ropa y nos toman las huellas digitales, es probable que el asesino esté a kilómetros de distancia. Al fin y al cabo, este sitio no es nada seguro. Yo no pienso dormir una sola noche más aquí sin un cerrojo en mi habitación.

–Su inquietud es muy natural –afirmó el padre Sebastian–. Mandaré instalar cerraduras en su habitación y en los cuatro apartamentos de huéspedes, y les entregaremos las llaves.

–¿Y cómo responden a mi pregunta? ¿Por qué suponen que el asesino está entre nosotros?

Era la primera vez que esa posibilidad se expresaba en voz alta, y todos los presentes fijaron la vista al frente, temerosos, pensó Dalgliesh, de que cualquier mirada se interpretara como una acusación.

–Nadie supone nada –replicó el comisario.

El padre Sebastian dijo:

–Puesto que el claustro norte permanecerá cerrado, los estudiantes que ocupen las habitaciones de ese lado del edificio deberán trasladarse de manera provisional. Con tantos seminaristas ausentes, el único afectado serás tú, Raphael. Si haces el favor de entregar tus llaves, recibirás a cambio la de la habitación número tres y la del claustro sur.

–¿Y mis cosas, padre? Mis libros, mi ropa... ¿Puedo ir a recogerlos?

–Tendrás que arreglártelas sin ellos por el momento. Tus compañeros te dejarán lo que necesites. Debo insistir en la importancia de que se mantengan alejados de las zonas donde la policía ha prohibido el acceso.

Sin rechistar, Raphael extrajo un llavero del bolsillo, desprendió dos llaves y se las tendió al padre Sebastian.

–Tengo entendido que todos los sacerdotes cuentan con llaves de la iglesia –dijo Dalgliesh–. ¿Podrían comprobar si continúan en su posesión?

El padre Betterton habló por primera vez:

–Me temo que no llevo las mías encima. Siempre las dejo en la mesilla de noche.

Dalgliesh, que conservaba las del padre Martin, se acercó a los otros dos sacerdotes y comprobó que las llaves de la iglesia siguieran en sus llaveros.

Luego se volvió hacia el padre Sebastian, que concluyó:

–Creo que esto es todo por el momento. Las tareas programadas para hoy se llevarán a cabo en la medida de lo posible. Anularemos la colecta matutina, pero oficiaré la misa en el oratorio al mediodía. Gracias.

Dio media vuelta y salió con paso firme de la biblioteca. Todos se levantaron y, después de cambiar algunas miradas, se dirigieron por separado hacia la puerta.

El teléfono móvil de Dalgliesh, que había estado apagado durante la reunión, sonó entonces. Era Stephen Morby.

–¿Comisario Dalgliesh? Hemos encontrado al inspector Yarwood. Se había caído en una zanja de la carretera. He tratado de comunicarme antes, pero no lo he conseguido. Se hallaba tendido con medio cuerpo en el agua y todavía está inconsciente. Creemos que se ha roto una pierna. No queríamos moverlo porque temíamos agravar las lesiones, pero tampoco podíamos dejarlo donde estaba. Así que lo hemos sacado con mucho cuidado y hemos llamado a una ambulancia. En este momento lo están subiendo. Lo llevarán al hospital de Ipswich.

–Han hecho lo correcto –aseveró Dalgliesh–. ¿Cómo se encuentra?

–Los enfermeros creen que su estado no es grave, aunque todavía no ha recobrado el conocimiento. Yo iré con él en la ambulancia y seguramente podré decirle algo más cuando vuelva. El señor Pilbeam nos seguirá con el coche, de manera que regresaré con él.

–Bien. Vuelvan lo antes posible. Los necesitamos aquí a los dos.

Cuando le comunicó la noticia al padre Sebastian, este comentó:

–Es lo que me temía. Su enfermedad ha seguido esa pauta. Al parecer padece una especie de claustrofobia; cuando sufre un ataque, le hace falta salir al aire libre y caminar. Después de que su esposa lo abandonara, llevándose a los niños, él solía desaparecer durante días enteros. En ocasiones caminaba hasta que caía rendido, y la policía lo traía de regreso. Gracias a Dios que, por lo visto, lo han encontrado a tiempo. Y ahora, si me acompaña a mi estudio, hablaremos de lo que usted y sus colegas necesitarán en San Mateo.

–Más tarde, padre. Primero es preciso que vea a los Betterton.

–Creo que el padre John ha regresado a su apartamento. Está en la tercera planta, del lado norte. Seguramente le espera.

El padre Sebastian era demasiado listo para mencionar la posibilidad de que Yarwood estuviera implicado en el asesinato. Aun así, la caridad cristiana tenía un límite. Sin duda le habría pasado por la cabeza que esa era la hipótesis más conveniente: un asesinato cometido por alguien privado temporalmente de sus facultades. Y si Yarwood no sobrevivía, siempre quedaría como sospechoso. Su muerte sería providencial para alguien.

Antes de ir a ver a los Betterton, Dalgliesh pasó por su habitación y telefoneó al jefe de policía.

6

Dalgliesh no había terminado de pulsar el timbre situado junto a la estrecha puerta de roble del apartamento de los Betterton cuando el padre John salió y lo invitó a pasar.

–Si no le importa aguardar un momento, iré a avisar a mi hermana –dijo–. Creo que está en la cocina. Tenemos una pequeña cocina, y ella prefiere comer aquí a hacerlo con el resto de la comunidad. No tardaré.

La estancia en la que se encontraba Dalgliesh, aunque de techo bajo, era amplia y contaba con cuatro ventanas ojivales con vistas al mar. Estaba abarrotada de muebles que parecían reliquias de otras casas; mullidos sillones con botones en el respaldo, un sofá con el asiento hundido y cubierto con una tela india colocado enfrente de la chimenea, una mesa redonda de caoba rodeada por seis sillas de épocas y estilos diferentes, un escritorio con pie central entre dos ventanas y una variedad de mesitas auxiliares, todas cargadas con los recuerdos de dos largas vidas: fotografías con marcos plateados, figuras de porcelana, cajitas de madera y plata y un bol con un popurrí de pétalos, cuyo rancio y polvoriento aroma se había desvanecido hacía tiempo en el viciado aire de la habitación.

A la izquierda de la puerta, una estantería cubría toda la pared. Pese a que era la biblioteca de los años de juventud, de estudiante y de sacerdocio del padre John, también había una fila de volúmenes encuadernados en piel negra, con la inscripción *Obras dramáticas del año* en el lomo, que sin duda databan de la década de los treinta o de los cuarenta del siglo XX. Junto a ellos había una serie de novelas policíacas en rústica. Dalgliesh comprobó que el padre John era un admirador de las escritoras de la época dorada del género: Dorothy L. Sayers, Margery Allingham y Ngaio Marsh. A la derecha de la puerta vio una bolsa de golf con media docena de palos. Le extrañó encontrar una cosa así en una estancia donde no había otro indicio de un posible interés por los deportes.

Los cuadros eran tan variados como el resto de los objetos: óleos victorianos, sensibleros en su temática pero correctamente pintados; grabados de flores; un par de acuarelas, sin duda pintadas por algún antepasado del siglo XIX: demasiado buenas para ser obra de un aficionado y no lo suficiente para atribuírselas a un profesional. A pesar de la penumbra, la habitación presentaba un aspecto demasiado acogedor, original y cómodo para resultar deprimente. Junto a cada uno de los dos sillones situados a ambos lados de la chimenea había una mesita con un flexo. Allí, los dos hermanos podían sentarse frente a frente y leer cómodamente.

Al observar a la señorita Betterton, Dalgliesh se sorprendió de la curiosa disparidad producida por una caprichosa combinación de genes. A primera vista, costaba creer que los Betterton fueran parientes cercanos. El padre John, de baja estatura, tenía un cuerpo compacto y un rostro dulce contraído en un permanente gesto de ansiosa perplejidad. Su hermana le sacaba al menos doce centímetros y presentaba una figura angulosa y una mirada penetrante y recelosa. Solo la semejanza de las orejas con lóbulos largos, los párpados caídos y las pequeñas bocas fruncidas revelaban un parecido familiar. Ella aparentaba mucha más edad que su hermano. Llevaba el cabello gris recogido en una trenza sujeta en la coronilla por una peineta, de cuyos dientes sobresalían las secas puntas del pelo formando una especie de greca decorativa. Llevaba una falda de *tweed* que prácticamente rozaba el suelo, una camisa a rayas que parecía de su hermano y una larga rebeca beige con las mangas apolilladas.

–Agatha, este es el comisario Dalgliesh, de New Scotland Yard –dijo el padre John.

–¿Un policía?

Dalgliesh le tendió la mano.

–Sí, señorita Betterton –respondió–. Soy policía.

Tras unos segundos de demora, Dalgliesh estrechó una mano fría y tan delgada que creyó notar cada uno de sus huesos.

La mujer habló con esa aristocrática tonada cantarina de cuya naturalidad dudan aquellos que no la poseen:

–Me temo que se ha equivocado de sitio, caballero. De momento no necesitamos medicinas.

–El señor Dalgliesh no tiene nada que ver con medicinas, Agatha.

–Acabas de decir que es boticario.

–No, he dicho que es comisario.

–¿Un corsario? Qué curioso. –Se volvió hacia Dalgliesh–. Mi primo Raymond fue capitán de fragata en la última guerra. No en la armada propiamente dicha, sino en la reserva de voluntarios. Creo que la llamaban la Marina de las Olas, por los galones amarillos en forma de ola que llevaban en la manga. Da igual; de todas maneras lo mataron. Ya habrá visto sus palos de golf junto a la puerta. Un palo de golf con cabeza de hierro no despierta intensos sentimientos, pero me resisto a separarme de ellos. ¿Por qué no lleva uniforme, señor Dalgliesh? Me gusta ver hombres uniformados. Una sotana no es lo mismo.

–Soy comisario de la policía, señorita Betterton. Es un grado de la Policía Metropolitana y no guarda relación alguna con los piratas o la marina.

El padre John, aburrido de ese extraño diálogo, interrumpió con suavidad pero también con firmeza.

–Agatha, querida, ha ocurrido algo terrible. Quiero que escuches con atención y mantengas la calma. Han asesinado al archidiácono Crampton. Por eso el comisario Dalgliesh necesita hablar contigo; con todos nosotros. Debemos hacer todo lo posible para ayudarlo a encontrar al responsable de esa atrocidad.

La exhortación a que mantuviera la calma resultaba innecesaria. La señorita Betterton recibió la noticia sin demostrar un ápice de sorpresa o pesar. Se dirigió a Dalgliesh.

–Bueno, pues le vendría bien un perro rastreador. Es una pena que no haya traído uno consigo. ¿Dónde lo mataron? Me refiero al archidiácono.

–En la iglesia, señorita Betterton.

–El padre Sebastian se llevará un disgusto. ¿No deberían notificarlo?

–Ya lo han hecho, Agatha –dijo el padre John–. Se lo han notificado a todos.

–Pues en esta casa no lo echaremos de menos. Era un individuo sumamente desagradable, comisario. Me refiero al archidiácono, desde luego. Podría exponerle los motivos de mi punto de vista, pero es un asunto familiar y confidencial. Estoy segura de que usted lo entenderá. Parece un hombre inteligente y discreto. Supongo que esas virtudes son propias de un boticario. Algunas personas están mejor muertas. Aunque no le explicaré por qué pienso que el archidiácono es una de ellas, le aseguro que el mundo será un lugar mejor sin su presencia. Sin embargo, algo habrá que hacer con el cadáver. No lo deje en la iglesia; eso disgustaría mucho al padre Sebastian. ¿Y qué me dice de los oficios? ¿No estorbará ahí en medio? Yo no soy muy religiosa ni voy a la iglesia, pero mi hermano sí, y no creo que le guste ir tropezando con el cuerpo del archidiácono. Sea cual fuere nuestra opinión personal sobre ese hombre, no estaría bien dejarlo ahí.

–Retiraremos el cadáver, señorita Betterton –aseveró Dalgliesh–, pero la iglesia permanecerá cerrada durante al menos dos días. Necesito hacerle algunas preguntas. ¿Usted o su hermano salieron de aquí anoche, después de las completas?

–¿Por qué íbamos a hacerlo, comisario?

–Eso es lo que le estoy preguntando. ¿Alguno de los dos estuvo fuera del apartamento anoche? –preguntó, mirando primero a la mujer y luego a su hermano.

–Siempre nos acostamos a las once –contestó el padre John–. Yo no salí después de las completas ni más tarde. Y Agatha, tampoco, estoy seguro. ¿Había razón para ello?

–Si alguno de los dos hubiera salido, ¿el otro lo habría oído? –inquirió Dalgliesh.

Fue la señorita Betterton quien contestó:

–Claro que no –intervino la señorita Betterton–. No nos quedamos en vela, preguntándonos qué hace el otro. Mi hermano es libre de pasearse por la casa durante la noche, si así lo desea, aunque no veo con qué intención. Supongo que se pregunta si alguno de los dos mató al archidiácono, comisario. No soy tonta. Sé adónde quiere ir a parar. Pues bien, yo no lo hice y no creo que lo haya hecho mi hermano. No es un hombre de acción.

–Por supuesto que no lo maté, Agatha –dijo con vehemencia el padre John, visiblemente consternado–. ¿Cómo puedes pensar una cosa semejante?

–No soy yo quien lo piensa; es el comisario. –Se dirigió a Dalgliesh–. El archidiácono quería echarnos de aquí. Me lo dijo.

–Él nunca obraría así, Agatha –replicó el padre John–. Seguramente le entendiste mal.

–¿Cuándo se lo dijo, señorita Betterton? –quiso saber Dalgliesh.

–La última vez que estuvo aquí, el lunes por la mañana. Yo había ido a ver si Surtees podía darme unas hortalizas. Es muy atento cuando nos quedamos sin verdura. Por el camino me topé con el archidiácono. Quizá también iba a buscar hortalizas, o a ver a los cerdos. Lo reconocí en el acto. No esperaba encontrármelo, y puede que me comportase con cierta brusquedad. No me gusta la hipocresía y detesto fingir que alguien me cae bien. Como no soy religiosa, no estoy obligada a practicar la caridad cristiana. Además, nadie me había informado de su presencia en el seminario. ¿Por qué no me cuentan esas cosas? De no ser por Raphael Arbuthnot, tampoco me habría enterado de que estaba aquí ahora. –Posó la vista en Dalgliesh–. Supongo que ya conocerá a Raphael. Es un muchacho encantador y muy listo. De vez en cuando viene a cenar con nosotros y leemos una obra de teatro. Si no hubiese caído en manos de los sacerdotes, no lo habrían atrapado, ahora sería actor. Interpreta de maravilla cualquier papel y sabe imitar cualquier voz. Posee un don extraordinario.

–Mi hermana es una gran aficionada al teatro –explicó el padre John–. Ella y Raphael viajan a Londres una vez al trimestre para ir de compras, comer y asistir a una matinée.

–Creo que para él significa mucho salir de vez en cuando de este lugar –comentó la señorita Betterton–. Sin embargo, me temo que mi oído no es tan bueno como antes. A los actores ya no les enseñan a impostar la voz, sino solo a mascullar. ¿Cree que en las escuelas de arte dramático imparten clases especiales para que aprendan a hablar entre dientes? ¿Se sientan en círculo y mascullan los unos con los otros? Aunque nos sentemos en la primera fila, me cuesta entenderlos. Aun así, nunca me quejo delante de Raphael. No quiero herir sus sentimientos.

Dalgliesh habló con suavidad:

–Pero ¿qué le dijo exactamente el archidiácono para que usted pensara que estaba amenazándolos con echarlos de su apartamento?

–Algo así como que algunos vivían de los fondos de la Iglesia sin ofrecer nada a cambio.

El padre John interrumpió:

–Dudo que dijera algo semejante, Agatha –la cortó el padre John–. ¿Estás segura de que lo recuerdas bien?

–Quizá no empleara esas palabras, John, pero a eso se refirió. Y añadió que no diera por sentado que me dejarían permanecer aquí durante el resto de mi vida. Le entendí perfectamente. Estaba amenazando con echarnos.

–Pero no podía hacerlo, Agatha –insistió el padre John, afligido–. No tenía autoridad para ello.

–Raphael me dijo lo mismo cuando se lo conté. Hablamos de ello la última vez que vino a cenar. Y yo le contesté que si había logrado mandar a mi hermano a prisión, era capaz de todo. Pero Raphael repitió: «No, no puede. Yo se lo impediré».

El padre John, desesperado por el curso que estaba tomando la entrevista, se había apartado para mirar por la ventana.

–Viene una moto por la carretera de la costa –señaló–. ¡Qué extraño! No esperábamos a nadie esta mañana. Tal vez vengan a verlo a usted, comisario.

Dalgliesh se acercó a él.

–He de marcharme, señorita Betterton –dijo–. Gracias por su cooperación. Es posible que tenga que hacerle algunas preguntas más; en tal caso, le consultaré antes cuál es la hora más conveniente para usted. Y ahora, padre, ¿sería tan amable de enseñarme sus llaves?

El padre John desapareció y regresó casi de inmediato con un llavero en la mano. Dalgliesh comparó las dos llaves de la iglesia con las del padre Martin.

–¿Dónde las dejó anoche, padre? –preguntó.

–En el sitio de costumbre, sobre la mesilla de noche.

Antes de salir, Dalgliesh echó un vistazo a los palos de golf. Las cabezas estaban a la vista y el metal parecía limpio. Se formó una imagen mental desagradablemente clara y convincente. Para ello se requeriría buena vista, y también había que tener en cuenta la dificultad de esconder el palo hasta que llegase el momento de atacar, el momento en que los ojos del archidiácono estuvieran fijos en el retablo profanado. No obstante, ¿representaba eso un problema? Podrían haberlo dejado apoyado detrás de una columna. Y con un arma de esa longitud, el riesgo de mancharse con sangre era mínimo. Le vino a la mente una súbita y gráfica visión de un joven rubio, aguardando inmóvil entre las sombras con un palo de golf en la mano. El archidiácono no se habría levantado de la cama para ir a la iglesia si quien lo llamaba era Raphael, pero, según la señorita Betterton, el joven era capaz de imitar la voz de cualquiera.

—En el sitio de costumbre, sobre la [illegible].

Antes de salir, Dalgliesh echó un vistazo a la bolsa de golf. Las cabezas estaban a la vista y el metal parecía limpio. Se formó una imagen mental desagradable, intensa, clara y convincente. Para él sería quizá una buena pista, y también había que tener en cuenta la dificultad de esconder el palo hasta que llegase el momento de atacar, el momento en que [illegible] o que estuvieran lis-tos en el vestíbulo principal? No obstante, ¿representaba eso un problema? Podrían haberlo dejado apoyado detrás de una columna. Y con un arma de esa longitud, el riesgo de mancharse con sangre era mínimo. Le vino a la mente una súbita y gráfica visión de un joven rubio, aguardando inmóvil entre las sombras con un palo de golf en la mano. El arcediano no se habría levantado de la cama para ir a la iglesia si quien lo llamaba era Raphael, pero según la señorita Betterton, el joven era capaz de imitar la voz de cualquiera.

7

La llegada del doctor Mark Ayling fue tan sorprendente como rápida. Dalgliesh estaba bajando por la escalera cuando oyó el rugido de la motocicleta en el patio. Pilbeam había abierto la puerta principal, como todas las mañanas, y Dalgliesh salió a la tenue luz de un día, que olía a fresco y en el que, después del tumulto de la noche, reinaba un fatigado sosiego. Hasta el rumor del mar se oía amortiguado. La potente moto bordeó el patio y se detuvo en seco ante la entrada. El conductor se quitó el casco, sacó un maletín de debajo del asiento y, con el casco bajo el brazo izquierdo, subió los escalones con la actitud despreocupada de un mensajero que acude a entregar un paquete.

–Soy Mark Ayling –dijo–. El cadáver está en la iglesia, ¿no?

–Yo soy Adam Dalgliesh. Sí, por aquí. Cruzaremos el edificio y saldremos por la puerta sur. He clausurado el acceso por el claustro norte.

El vestíbulo estaba desierto, y Dalgliesh tuvo la impresión de que las pisadas del doctor Ayling resonaban con una fuerza poco natural sobre el suelo de mosaico. No esperaba que el forense entrase de manera furtiva, sin embargo su aparición no había sido precisamente discreta. El comisario se preguntó si debía ir en busca del padre Sebastian y hacer las presentaciones de rigor, pero decidió que no. Al fin y al cabo, no se trataba de una visita de cortesía y no había tiempo que perder. Aun así, estaba convencido de que todos se habían enterado ya de la llegada del patólogo, y mientras cruzaban el pasillo hacia la puerta del claustro sur lo invadió la incómoda aunque irracional sensación de que estaba violando las normas de urbanidad. Llevar a cabo una investigación de asesinato en un ambiente de mal disimulada hostilidad y escasa cooperación resultaba menos complicado que lidiar con las posibles repercusiones sociales y teológicas de sus actos en esta escena del crimen.

Cruzaron el patio, bajo las casi desnudas ramas del gran castaño de Indias, y llegaron a la sacristía sin pronunciar palabra.

–¿Dónde puedo cambiarme? –preguntó Ayling mientras Dalgliesh abría la puerta.

–Aquí. Es a la vez sacristía y despacho.

Por lo visto, «cambiarse» significaba despojarse del traje de cuero, ponerse una bata marrón que le llegaba hasta la rodilla y reemplazar las botas por unas zapatillas finas que enfundó en unos calcetines de algodón blanco.

Dalgliesh cerró la puerta a su espalda.

–Es muy probable que el asesino entrara por esta puerta –señaló–. He prohibido el acceso a la iglesia hasta que lleguen los técnicos.

Ayling colocó su traje de cuero doblado con todo cuidado sobre la silla giratoria del escritorio. Luego dejó las botas perfectamente alineadas en el suelo.

–¿Por qué la Policía Metropolitana? –inquirió–. Es un caso de Suffolk.

–En estos momentos hay un huésped de la policía de Suffolk en el seminario. Eso complica las cosas. Yo me encontraba aquí por otro asunto, y consideraron razonable que me ocupara del caso.

La explicación pareció satisfacer a Ayling.

Se adentraron en la iglesia. Las luces de la nave central, aunque tenues, debían de bastar para una feligresía que conocía la liturgia de memoria. Se acercaron a *El juicio final.* Dalgliesh encendió la lámpara direccional. En la circundante penumbra impregnada de incienso, que parecía extenderse más allá de los muros de la iglesia y fundirse con una oscuridad infinita, el foco resplandeció con un brillo sobrecogedor, más potente de lo que recordaba Dalgliesh. Quizá, pensó, fuese la presencia de otra persona lo que transformaba la escena en un acto de gran guiñol: el actor tendido aún en el suelo con la inmovilidad de un experto, el ingenioso golpe de efecto de los candeleros dispuestos junto a su cabeza y él mismo en el papel de observador silencioso, esperando a la sombra de la columna una señal para empezar a recitar su parte.

Ayling, momentáneamente paralizado por el inesperado fulgor, bien podría haber estado evaluando la eficacia del cuadro teatral. Cuando comenzó su silencioso paseo alrededor del cuerpo, semejaba un director que buscara el mejor ángulo para la cámara, cerciorándose de que la postura del muerto fuese a la vez realista y artística. Dalgliesh observó los detalles con mayor claridad: un arañazo en la punta de la negra zapatilla de piel de Crampton, a cierta distancia de su pie derecho, que, así desnudo, ofrecía un aspecto desproporcionado y extraño con su antiestético y largo dedo gordo. Puesto que solo se le veía parte de la cara, ese pie, ahora inmóvil para siempre, adquiría un protagonismo mucho mayor que si el cuerpo hubiese estado desprovisto de ropa, provocando una mezcla de compasión y escándalo.

Dalgliesh había tratado poco a Crampton y al verlo solo había experimentado un ligero resentimiento ante un invitado inesperado y no particularmente agradable. No obstante, ahora lo invadió una furia que jamás había experimentado en otro escenario de un crimen. De repente evocó unas palabras familiares cuyo origen no recordaba: «¿Quién ha perpetrado este acto?». Descubriría la respuesta y, cuando lo hiciera, encontraría pruebas; no volvería a cerrar un caso porque le impidiesen practicar un arresto pese a conocer la identidad del culpable, el móvil y los medios. Aún pesaba sobre sus hombros la carga del último fracaso, mas esta vez se libraría de ella.

Ayling continuaba caminando con cautela alrededor del cadáver, sin apartar los ojos de él, como si hubiese descubierto un fenómeno interesante pero insólito y no supiera cómo iba a reaccionar ante su escrutinio. Por fin se acuclilló junto a la cabeza y olisqueó con delicadeza la herida.

–¿Quién es? –preguntó.

–Lo siento. Creía que se lo habían dicho. Es el archidiácono Crampton. Hacía poco que era miembro del consejo de administración del seminario y llegó aquí el sábado por la mañana.

–Es obvio que alguien lo detestaba, o bien sorprendió a un ladrón. ¿Hay algo que merezca la pena robar aquí?

–El retablo del altar es muy valioso, aunque costaría mucho quitarlo de ahí. No hay indicios de que lo intentasen. También se guardan valiosos objetos de plata en la caja fuerte de la sacristía, pero nadie ha pretendido abrirla.

–Y los candeleros siguen aquí –observó Ayling–. Claro que son de bronce..., no tenía sentido que se los llevasen. El arma homicida y la causa de la muerte no plantean grandes dudas. Un golpe en el lado derecho del cráneo, por encima de la oreja, asestado con un objeto pesado de bordes afilados. No sé si lo mató el primer impacto, pero con seguridad lo dejó inconsciente. Luego el atacante arremetió otra vez. Yo diría que hubo ensañamiento.

Se puso de pie, alzando con la mano enguantada el candelero que no presentaba manchas de sangre.

–Es pesado. Se necesita fuerza para levantarlo. Una mujer o un anciano podrían haberlo hecho siempre que usaran las dos manos. Aunque también debía de tener buena vista, y no creo que él se quedara convenientemente quieto y de espaldas a un extraño..., o a cualquiera en quien no confiase. ¿Cómo entró? Me refiero a Crampton.

Dalgliesh se percató de que se hallaba ante un forense no muy consciente de los límites de sus responsabilidades.

–Que yo sepa, no tenía llave. O bien lo dejó entrar alguien, o encontró la puerta abierta. *El juicio final* fue profanado. Quizá lo hicieran para atraerlo hasta la iglesia.

–Entonces se trata de alguien de aquí. Eso reduciría ventajosamente el número de sospechosos. ¿Cuándo lo encontraron?

–A las cinco y media. Yo llegué cuatro minutos después. Por la apariencia de la sangre y los signos de rigor mortis en la cara, deduje que llevaba unas cinco horas muerto.

–Le tomaré la temperatura, aunque dudo que saque una conclusión más precisa. Murió alrededor de la medianoche, hora más, hora menos.

–¿Qué me dice de la sangre? –preguntó Dalgliesh–. ¿Cree que salió con fuerza?

–Con el primer golpe, no. Ya sabe lo que sucede con las heridas en la cabeza. La hemorragia suele producirse dentro de la cavidad craneal. De todos modos, el asesino no se limitó a propinarle un golpe, ¿verdad? Con el segundo y los siguientes, sin duda salió más sangre. Es posible que solo salpicase un poco al asesino. Todo depende de la distancia a la que se encontraba cuando descargó los demás golpes. Si el atacante es diestro, supongo que se habrá manchado el brazo derecho y quizá también el pecho –añadió–. Aunque debió de preverlo. Quizá se arremangase la camisa, llevara una camiseta o, mejor aún, viniera desnudo. No sería el primer caso.

Dalgliesh no había oído nada que no hubiera pensado antes.

–¿Y eso no habría sorprendido a la víctima?

Ayling hizo caso omiso de la interrupción.

–Pero tuvo que actuar con rapidez. No podía confiar en que la víctima le diera la espalda durante más de un par de segundos. No es mucho tiempo para arremangarse y levantar un candelero de dondequiera que lo hubiese escondido.

–¿Y dónde piensa que fue?

–¿En un sitial? No, demasiado lejos. Le bastaba con dejarlo detrás de una columna. Solo tuvo que ocultar uno, desde luego. Más tarde trajo el otro del altar para montar su pequeña escenografía. Me pregunto por qué se molestó en hacer algo así. No parece un acto de reverencia. –Al advertir que Dalgliesh no abría la boca, prosiguió–: Le tomaré la temperatura por si eso nos ayuda a fijar con mayor exactitud la hora de la muerte, pero dudo que pueda mejorar su cálculo. Le daré más datos cuando haya finalizado la autopsia.

Dalgliesh no se quedó a mirar la primera violación de la intimidad del cadáver. Se paseó de un extremo al otro de la nave central hasta que vio que Ayling había concluido el examen y se había erguido.

Regresaron juntos a la sacristía.

–¿Le apetece un café? –preguntó Dalgliesh mientras el patólogo se quitaba la bata de trabajo y se embutía en el traje de cuero–. Puedo pedir que se lo preparen.

–No, gracias. Tengo prisa. Además, ellos no querrán verme. Practicaré la autopsia mañana por la mañana y lo telefonearé de inmediato, aunque dudo que surja alguna sorpresa. El juez me pedirá el informe. Es muy meticuloso en estos asuntos. Supongo que usted también, claro. Si el laboratorio de Huntingdon está ocupado, me imagino que se me concederá autorización para usar el de la Policía Metropolitana. Sé que usted no querrá mover el cadáver hasta que el fotógrafo y los técnicos hayan realizado su trabajo, pero llámeme en cuanto terminen. Estoy seguro de que esta gente se alegrará de perder el cuerpo de vista.

Cuando Mark Ayling hubo salido, Dalgliesh activó la alarma y cerró con llave la puerta de la sacristía. Por una misteriosa razón, no le apetecía cruzar de nuevo la casa con su acompañante.

–Podemos salir por la verja que da al descampado –dijo–. Así evitará que lo entretengan.

Rodearon el patio por el sendero de hierba pisoteada. Dalgliesh vio luces encendidas en las tres casas ocupadas. Le recordaban los solitarios puestos de avanzada de un fuerte sitiado. También había luz en San Mateo, de lo que coligió que la señora Pilbeam, armada con la escoba y la aspiradora, acondicionaba el chalé para la policía. Pensó otra vez en Margaret Munroe, en su solitaria y oportuna muerte, y lo asaltó una idea tan convincente como aparentemente irracional: que las tres muertes estaban relacionadas entre sí. El aparente suicidio, la muerte certificada como natural y el brutal asesinato estaban unidos por un hilo conductor. Quizá fuera endeble y retorcido, pero cuando siguiera su curso, lo llevaría al corazón del misterio.

En el patio delantero, aguardó a que Ayling montara en su moto y se marchara. Cuando se disponía a regresar a la casa, vislumbró las luces de un coche. Acababa de virar por la carretera y avanzaba a toda velocidad hacia el seminario. Unos segundos después identificó el Alfa Romeo de Piers Tarrant. Los dos primeros miembros de su equipo ya estaban allí.

8

El inspector Piers Tarrant recibió la llamada a las seis y cuarto. Diez minutos después, estaba listo para marcharse. Le habían ordenado que pasara a buscar a Kate Miskin de camino, y decidió que eso no supondría una demora; el piso de Kate estaba junto al Támesis, poco después de Wapping, en la ruta que había planeado tomar para salir de Londres. El sargento detective Robbins vivía en el límite con Essex y acudiría al lugar del crimen en su propio coche. Con un poco de suerte, llegaría antes que él, pensó Piers. Salió a la calle desierta y a la paz característica de las primeras horas de una mañana de domingo. Se dirigió hacia la plaza de garaje que pagaba la policía de Londres, dejó su maletín en el asiento trasero del coche y arrancó en dirección al este, siguiendo el mismo itinerario que había hecho Dalgliesh dos días antes.

Kate lo esperaba en la entrada del edificio donde se encontraba su apartamento con vistas al río. Nunca lo había invitado a entrar, y ella tampoco conocía el interior del piso que Piers ocupaba en la City. El río, con sus luces y matices siempre cambiantes, su bullicio y su agitada vida comercial, apasionaba a Kate tanto como la City a Piers. La casa de él tenía solo tres habitaciones y estaba situada encima de una charcutería, en una callejuela cercana a la catedral de San Pablo. Sus amistades de la policía y su vida sexual no formaban parte de este mundo privado. En el interior de su casa no había un solo elemento superfluo; todo estaba cuidadosamente seleccionado y era de lo más caro que podía permitirse. La City, sus iglesias y callejuelas, sus pasajes adoquinados y sus poco frecuentados patios de manzana representaban para él un pasatiempo y una vía de escape de su vida profesional. Al igual que a Kate, le fascinaba el río, si bien solo como parte de la vida y la historia de la City. Cada día iba al trabajo en bicicleta y, aunque solo usaba el coche para salir de

Londres, cuando conducía, tenía que ser al volante de un automóvil que lo enorgulleciera.

Tras un breve saludo, Kate se sentó junto a él y se abrochó el cinturón de seguridad. Aunque no hablaron hasta haber recorrido varios kilómetros, Piers notaba la excitación de la chica, como seguramente ella percibiría la suya. Kate le caía bien, y la respetaba, pero sus relaciones profesionales no estaban exentas de pequeños rencores, tensiones y rivalidades. Sin embargo, si algo tenían en común, era ese chorro de adrenalina que recorría a ambos al comienzo de una investigación de asesinato. Piers a menudo se preguntaba, no sin incomodidad, si esa emoción casi visceral no sería equiparable a una especie de sed de sangre; ciertamente, guardaba alguna semejanza con un deporte sangriento.

–Muy bien, instrúyeme –pidió Kate cuando dejaron atrás Docklands–. Tú estudiaste Teología en Oxford. Debes de saber algo sobre ese sitio.

El hecho de que Piers hubiese estudiado Teología era una de las pocas cosas que sabía de él, y siempre la había intrigado. Él a veces pensaba que Kate estaba convencida de que en sus años en Oxford había adquirido una suerte de sabiduría esotérica que le proporcionaba ventaja a la hora de desentrañar las motivaciones y las infinitas fluctuaciones del alma humana. De cuando en cuando decía: «¿De qué sirve la Teología? Explícamelo. Pasaste tres años estudiándola. Me refiero a que sin duda pensaste que le sacarías algún provecho, a que te pareció útil e importante». Piers dudaba de que le hubiera creído cuando le había contestado que resultaba más fácil conseguir una plaza en la Facultad de Teología de Oxford que en la de Historia, su preferida. Tampoco le había confesado cuál era el mayor beneficio derivado de sus estudios: una fascinación por la complejidad de los baluartes intelectuales que los hombres construían para protegerse de las mareas del escepticismo. Su propio escepticismo había permanecido intacto, y no obstante jamás se había arrepentido de aquellos tres años de carrera.

–Sé algo sobre Saint Anselm, aunque no mucho –respondió–. Un amigo mío fue allí a continuar sus estudios, pero perdimos contacto. He visto fotografías del seminario. Es una gigantesca mansión victoriana situada en uno de los lugares más inhóspitos de la costa este. Hay varias leyendas sobre ese sitio. Como la mayor parte de las leyendas, es probable que haya algo de cierto en ellas. Pertenece al sector de la Iglesia anglicana más cercano al catolicismo; no estoy seguro, pero creo que siguen una liturgia tradicional con algunos matices de la doctrina papista. Hacen hincapié en la Teología, se oponen a prácticamente todo lo que ha sucedido en el anglicanismo en los últimos cincuenta años y es imposible ingresar allí sin un expediente académico de primera. Por otro lado, me han dicho que la comida es muy buena.

–Dudo que se nos presente la ocasión de probarla –repuso Kate–. De manera que es una facultad elitista, ¿no?

–Quizá sí, pero también el Manchester United.

–¿Alguna vez pensaste en ingresar allí?

–No, porque yo no estudié Teología con vistas a ordenarme. Además, no me aceptarían. No sacaba notas lo bastante buenas. El rector es un tipo curioso. Una autoridad en Richard Hooker. Muy bien, no preguntes; fue un teólogo del siglo XVI. Créeme si te aseguro que cualquiera que haya escrito una obra importante sobre Hooker no es una nulidad intelectual. De hecho, tal vez tengamos problemas con el reverendo doctor Sebastian Morell.

–¿Y la víctima? ¿Dalgliesh te comentó algo sobre él?

–Solo que era archidiácono, un tal Crampton, y que lo encontraron muerto en la iglesia.

–¿Y qué es un archidiácono?

–Una especie de perro guardián de la Iglesia. Un hombre, aunque también podría ser una mujer, que vela por las propiedades de la Iglesia y nombra a los párrocos. Los archidiáconos se encargan de cierto número de parroquias y las visitan una vez al año. Algo así como el jefe de la Inspección de Policía de Su Majestad.

–O sea que se trata de uno de esos casos en los que todos los sospechosos están bajo el mismo techo y que nos exigirá andarnos con cuidado para que el comisario no reciba llamadas de gente importante ni quejas del arzobispo de Canterbury. ¿Por qué hemos de intervenir nosotros?

–Dalgliesh no dijo gran cosa. Ya sabes cómo es. Quería que saliésemos lo antes posible. Por lo visto, un inspector de la policía de Suffolk estaba allí anoche en calidad de huésped. El jefe de la policía local está de acuerdo en que no sería conveniente que ellos se ocuparan del caso.

Kate cesó en su interrogatorio, pero Piers tenía la impresión de que la molestaba que lo hubiesen llamado a él primero. De hecho, ella llevaba más tiempo de servicio, aunque nunca había hecho valer su antigüedad. Piers se preguntó si debía comentar que Dalgliesh había ahorrado tiempo telefoneándole en primer lugar, pues él disponía de un coche más rápido y sería el conductor. Resolvió no hacerlo.

Como esperaba, adelantó a Robbins en el cruce de Colchester. Piers sabía que si hubiera conducido Kate, habrían reducido la velocidad para que todo el equipo llegase a la vez. Su reacción fue saludar con la mano a Robbins y pisar el acelerador.

Kate había reclinado la cabeza y parecía estar dormitando. Al observar su rostro anguloso y atractivo, Piers pensó en su relación con ella. Había cambiado en los dos últimos años, desde la publicación del Informe Macpherson. Aunque no poseía mucha información sobre su vida privada, sabía que era hija ilegítima y que la había criado su abuela en uno de los barrios más sórdidos de la ciudad, en el último piso de un bloque de apartamentos. La mayoría de sus vecinos y sus compañeros de colegio habían sido negros. Enterarse de que pertenecía a una fuerza en la que el racismo estaba institucionalizado la había llenado de un furioso rencor, que, en opinión de Piers, había cambiado su actitud ante el trabajo. Él, que profesaba ideas políticas más complejas y era más cínico que ella, se había esforzado por suavizar sus acaloradas discusiones.

–Después de leer este informe –había dicho ella–, ¿ingresarías en la Policía Metropolitana si fueses negro?

–No, pero tampoco lo haría siendo blanco. Sin embargo, ya estoy dentro y no voy a permitir que Macpherson me eche.

Él sabía hasta dónde quería que lo llevase su trabajo: a un puesto importante en la Brigada Antiterrorista. Allí estaban las grandes oportunidades. Entretanto, se contentaba con pertenecer a un equipo prestigioso, con un jefe exigente a quien respetaba y suficientes emociones para mantener a raya el aburrimiento.

–¿Es eso lo que quieren? –había preguntado Kate–. ¿Desalentar el ingreso de los negros en el cuerpo para impedir que haya agentes decentes, sin ideas racistas?

–Por Dios, Kate. Déjalo ya. Te estás poniendo pesada.

–Según el informe, un acto es racista si la víctima lo percibe como tal. Yo percibo este informe como racista... Racista contra mí, como funcionaria blanca. Así que ¿a quién debo dirigir mis protestas?

–Podrías probar con los de Relaciones Interraciales, aunque dudo que te hagan caso. Habla con Dalgliesh.

Piers no sabía si había seguido sus indicaciones, pero al menos continuaba en su puesto. Sin embargo, no se le escapaba que ahora trabajaba con una Kate diferente. Todavía era concienzuda y diligente y se volcaba por entero en cada caso. Jamás defraudaría al equipo. No obstante, algo había desaparecido: la fe en que la actividad policial, además de un servicio público, constituía una vocación que requería algo más que esfuerzo y dedicación. A Piers, esa actitud de total entrega de Kate siempre le había parecido demasiado romántica e ingenua; ahora advertía lo mucho que la echaba en falta. Al menos, se dijo, el Informe Macpherson había acabado para siempre con el respeto exagerado de su compañera hacia el gobierno.

A las ocho y media pasaron por el pueblo de Wrentham, todavía envuelto en la calma matutina, acentuada por los árboles y setos que mostraban los estragos de una tormenta nocturna que prácticamente no había afectado a Londres. Kate espabiló y buscó en el mapa la carretera de Ballard's Mere. Piers redujo la velocidad.

–Dalgliesh me avisó de que era fácil pasarse de largo –dijo–. Busca un fresno grande y añoso a la derecha y un par de casas de piedra enfrente.

Con su grueso revestimiento de hiedra, el fresno resultaba inconfundible, pero, cuando enfilaron una carretera apenas más ancha que una calle, vieron de inmediato lo que había ocurrido. Junto al borde de la hierba había una gran rama caída, descolorida y lisa como un hueso bajo la creciente luz de la mañana. De ella sobresalían varios vástagos secos, semejantes a dedos nudosos. El tronco presentaba la gruesa herida que había dejado la rama al desgajarse, y el camino, ahora transitable, seguía cubierto con vestigios de la caída: una maraña de hiedra, ramitas y una multitud de hojas verdes y amarillas.

Salían luces de las ventanas de las dos casas. Piers detuvo el coche y tocó el claxon. Al cabo de unos segundos, una robusta mujer de mediana edad se aproximó por el sendero del jardín. Tenía una cara curtida y agradable bajo una alborotada mata de pelo y llevaba un colorido delantal de flores sobre lo que parecía una superposición de prendas de lana. Kate bajó la ventanilla.

–Buenos días –saludó Piers inclinándose–. Veo que han tenido problemas.

–La rama cayó a las diez en punto. Fue la tormenta, ¿sabe? Lo de anoche fue una auténtica tempestad. Por suerte oímos la caída... ¡Cómo no íbamos a oírla con el ruido que hizo! Mi marido temía que se hubiera producido un accidente, así que colocó señales luminosas en los dos lados. Luego, por la mañana, mi Brian y el señor Daniels, el vecino, sacaron el tractor y arrastraron la rama. Aunque por aquí no pasa mucha gente, salvo los que visitan a los padres y los estudiantes del seminario; de todas maneras no quisimos esperar a que el ayuntamiento despejara el camino.

–¿Cuándo lo hicieron ustedes, señora...?

–Finch. Señora Finch. A las seis y media de la mañana. Todavía estaba oscuro, pero Brian quiso acabar con la tarea antes de irse a trabajar.

–Por suerte para nosotros –apostilló Kate–. Gracias, han sido muy amables. De manera que por aquí no pudo pasar ningún coche entre las diez de la noche y las seis y media de la mañana, ¿verdad?

–Así es, señorita. Solo pasó un señor en moto, que debía de ir al seminario. Nadie más. Todavía no se ha marchado.

–¿Ninguna otra persona?

–Que yo sepa, no. Y por lo general veo a todo el que pasa por aquí, porque la ventana de la cocina da al frente.

Le dieron las gracias de nuevo, se despidieron y siguieron su camino. Kate reparó en que la señora Finch se quedaba mirando el coche durante unos segundos antes de cerrar la verja y regresar a la casa.

–Una moto que aún no ha regresado –repitió Piers–. Quizá se trate del forense, aunque me parecería más lógico que viniera en coche. Bueno, tenemos noticias para Dalgliesh. Si este camino es el único acceso...

Kate estudió el mapa.

–Lo es, al menos para vehículos. Eso significa que si el asesino no es alguien del seminario, llegó antes de las diez de la noche y todavía no ha salido, al menos por carretera. Por lo visto es un trabajo hecho desde dentro, ¿no?

–Eso es lo que me dio a entender Dalgliesh.

La cuestión del acceso revestía tal importancia que Kate estuvo a punto de manifestar su sorpresa por el hecho de que Dalgliesh aún no hubiera mandado a alguien a interrogar a la señora Finch. Pero entonces lo entendió: ¿a quién iba a mandar antes de que llegaran ella y Piers?

Continuaron avanzando por el desierto camino. Como era más bajo que los campos circundantes y estaba bordeado por arbustos, Kate se llevó una sorpresa al divisar la gris y ondulada superficie del mar del Norte. Más arriba, una imponente mansión victoriana se recortaba contra el cielo.

–¡Dios santo, qué monstruosidad! –exclamó Kate–. ¿A quién se le ocurrió construir una casa como esa a pocos metros del mar?

–A nadie. Cuando la construyeron, no estaba a pocos metros del mar.

–No me dirás que te gusta –protestó ella.

–No sé. La encuentro bastante majestuosa.

Un motorista pasó con estruendo junto a ellos.

–Ese debe de ser el forense –observó Kate.

Piers aminoró la velocidad al pasar entre dos ruinosas torres, en dirección adonde los esperaba Dalgliesh.

9

Pese a que San Mateo no habría servido como una base de operaciones lo bastante amplia para una investigación importante, Dalgliesh lo consideró aceptable para el caso que se traía entre manos. No había un cuartel de la policía en varios kilómetros a la redonda, y estacionar caravanas en el campo habría sido una medida absurda y cara. Por otro lado, quedarse en el seminario planteaba problemas, entre ellos el de las comidas; durante cualquier tragedia o emergencia, ya fuese un asesinato o una muerte natural, la gente seguía necesitando cama y comida. Recordó que, tras la muerte de su padre, su madre había relegado temporalmente el dolor a un segundo plano mientras ella se preocupaba por cómo alojar en la rectoría a todos los invitados, lo que podían o no podían comer y qué platos ofrecer al resto de la parroquia. El sargento Robbins ya estaba ocupándose del problema actual, telefoneando a los hoteles que les había recomendado el padre Sebastian para reservar alojamiento para él, Kate, Piers, el fotógrafo y los técnicos. El comisario se quedaría en el apartamento para huéspedes del seminario.

Dalgliesh nunca había dirigido una investigación desde un sitio tan curioso como San Mateo. En su empeño por eliminar cualquier rastro físico de ocupación, la hermana de la señora Munroe había dejado la casa tan despojada de carácter que hasta el aire que se respiraba en ella era desabrido. Saltaba a la vista que habían amueblado las dos reducidas estancias de la planta baja con restos de los apartamentos de huéspedes y, aunque los habían dispuesto de un modo convencional, creaban un ambiente de deprimente funcionalidad. En el salón, a la izquierda de la puerta y frente a la pequeña chimenea victoriana, habían puesto un sillón de respaldo combado con un descolorido cojín de retazos y una silla de listones con reposapiés. En el centro de la habitación había una mesa cuadrada de roble y cuatro sillas, y otras dos contra la pared. La pequeña estantería situada a la izquierda de la chimenea contenía solo una Biblia encuadernada en piel y un libro: *Alicia a través del espejo*. La estancia de la derecha ofrecía un aspecto un poco más acogedor, con una mesa más pequeña pegada a la pared, dos sillas de caoba con patas torneadas, un desvencijado sofá y un sillón a juego. Las dos habitaciones de la planta alta estaban vacías. Dalgliesh decidió usar el salón como despacho y cuarto de interrogatorios, y el cuarto contiguo como sala de espera. En uno de los dormitorios de arriba instalarían una línea telefónica y los enchufes necesarios para conectar el ordenador que les había enviado la policía de Suffolk.

El problema de las comidas ya estaba resuelto. Dalgliesh era reacio a comer con la comunidad. Temía que su presencia cohibiera incluso al locuaz padre Sebastian. El rector le había ofrecido una invitación que con toda seguridad deseaba que no aceptase. El comisario cenaría en otra parte, aunque habían acordado que a la una de la tarde el seminario serviría sopa, bocadillos o queso y encurtidos para todo el equipo. Ambas partes habían eludido discretamente el tema del pago, al menos por el momento, lo que añadía un toque extravagante en la situación. Dalgliesh se preguntó si ese resultaría ser el primer caso de asesinato en el que el homicida corría con los gastos de alojamiento y comida del encargado de la investigación.

Aunque todos estaban impacientes por empezar a trabajar, primero tenían que ver el cadáver. Dalgliesh, Kate, Piers y Robbins fueron a la iglesia, se cubrieron los zapatos con escarpines de papel y caminaron a lo largo de la pared norte hacia *El juicio final*. El comisario sabía que ninguno de sus subordinados intentaría mitigar su horror con ironías o humor negro; nadie capaz de hacer algo así duraba mucho tiempo a sus órdenes. Encendió la luz, y todos contemplaron el cadáver en silencio por unos instantes. Por el momento, el asesino no era ni siquiera una figura borrosa en el horizonte, todavía no habían encontrado la menor pista de él, y sin embargo aquella era su obra, y era preciso que los miembros del equipo la observaran en toda su crudeza.

Kate fue la primera en hablar.

–¿Dónde estaban antes los candeleros, señor?

–En el altar.

–¿Y cuándo vieron *El juicio final* intacto por última vez?

–En las completas, el oficio que se celebró anoche a las nueve y media.

Cerraron la puerta de la iglesia, encendieron la alarma y regresaron a la base de operaciones. Una vez allí, se sentaron para mantener una charla preliminar y hacer un resumen de los hechos. Dalgliesh sabía que no debía precipitarse. Cualquier información que olvidase proporcionar ahora, o que se interpretara mal, podía acarrear demoras, malentendidos o errores. Comenzó con una explicación detallada pero concisa de todo lo que había hecho y visto desde su llegada a Saint Anselm, incluidas sus pesquisas sobre la muerte de Ronald Treeves y el contenido del diario de la señora Munroe. Los demás lo escucharon sentados a la mesa, la mayor parte del tiempo sin intervenir y tomando alguna que otra nota.

Kate, con la espalda erguida, mantenía los ojos fijos en su cuaderno, salvo cuando los levantaba para mirar a Dalgliesh con desconcertante intensidad. Iba vestida como siempre que trabajaba en un caso: con cómodos zapatos bajos, pantalones estrechos y una chaqueta de corte elegante. En invierno siempre llevaba debajo un jersey de cachemira de cuello redondo; en verano, una camisa de seda. Llevaba el cabello castaño claro recogido en una corta y gruesa trenza. No usaba maquillaje y su cara, más atractiva que bonita, reflejaba lo que era en esencia: una mujer sincera, responsable y diligente, aunque quizá no del todo satisfecha consigo misma.

Piers, tan inquieto como de costumbre, era incapaz de permanecer sentado mucho tiempo. Después de varios intentos aparentemente infructuosos de encontrar una postura cómoda, había enlazado las piernas a las patas de la silla y apoyado los brazos en el respaldo. No obstante su vivaracha y regordeta cara estaba llena de interés y, bajo unos párpados grandes, los soñolientos ojos de color chocolate reflejaban la habitual mezcla de curiosidad y diversión. Aunque parecía menos atento que Kate, no se le escapaba nada. Con su informal atuendo, compuesto por una camisa de algodón verde y pantalones de lino beige, presentaba un aire de elegante desenfado, tan estudiado como la convencional imagen de Kate.

Robbins, formal e impecable como un chófer, estaba sentado con absoluta tranquilidad a un extremo de la mesa y se levantaba de vez en cuando para preparar café y rellenar las tazas.

–¿Cómo llamaremos a este caso, señor? –preguntó Kate cuando Dalgliesh terminó su introducción.

–Caín sería un nombre bíblico y corto –propuso Piers–, aunque no muy original.

–Que sea Caín –dijo Dalgliesh–. Y ahora, a trabajar. Quiero huellas de todos los que se hallaban anoche en el seminario, entre ellos los huéspedes y el personal. Los técnicos tomarán las del archidiácono. Ustedes ocúpense de los demás antes de que empecemos con las entrevistas. Luego, examinen la ropa que todos los residentes usaron anoche, y eso incluye a los sacerdotes. Yo ya he revisado las capas marrones de los seminaristas. Están todas en su sitio y parecen limpias, pero échenles otro vistazo.

–Es improbable que el asesino llevara una capa o una sotana, ¿no? –observó Piers–. Si engañó a Crampton para sacarlo de la cama, este esperaría verlo vestido con ropa de dormir: un pijama o una bata. Además, debió de golpearlo muy rápidamente, aprovechando el momento en que Crampton se volvía hacia *El juicio final*. Quizá dispuso de tiempo suficiente para arremangar un pijama, pero difícilmente para batallar con una pesada tela de sarga. Claro que también es posible que estuviese total o parcialmente desnudo bajo la bata y se la quitara en un santiamén. De un modo u otro, está claro que actuó con presteza.

–El patólogo aventuró la poco original hipótesis de que iba desnudo –comentó Dalgliesh.

–No es tan descabellado, señor –prosiguió Piers–. Al fin y al cabo, tal vez no tuvo que exhibirse ante Crampton. Lo único que necesitaba era descorrer los cerrojos de la puerta sur y dejarla entornada. Luego pudo encender la luz de *El juicio final* y esconderse detrás de una columna. Crampton se sorprendería al no encontrar a nadie, y de todas maneras se acercaría a *El juicio final*, atraído por la luz y porque alguien le había informado de que el retablo había sido profanado.

–¿No hubiera llamado al padre Sebastian antes de entrar en la iglesia?

–No hasta que hubiera visto el cuadro. No habría querido pasar por tonto dando la voz de alarma innecesariamente. Sin embargo, me pregunto cómo justificó quienquiera que lo llamase su presencia en la iglesia a esas horas intempestivas. ¿Le aseguró que había visto luz? ¿Que lo despertó el viento, miró por la ventana y avistó una figura sospechosa? Por otro lado, es probable que ni siquiera llegaran a hablar de ello. El asesino sabía que Crampton acudiría a la iglesia sin pensárselo dos veces.

–Pero si Caín llevaba una capa –repuso Kate–, ¿por qué iba a devolverla a la casa, si se quedó con las llaves? La ausencia de las llaves constituye una prueba esencial. El asesino no se arriesgaría a conservarlas en su poder. Sería fácil deshacerse de ellas; por ejemplo, arrojándolas en el descampado... Pero ¿por qué no las dejó en su sitio? Si tuvo agallas para entrar furtivamente y robarlas, cabe suponer que también las tenía para regresar y devolverlas.

–Salvo si sus manos o su ropa estaban manchadas de sangre –señaló Piers.

–Pero ¿por qué iba a estar manchado? Ya hemos discutido ese punto. Además, no tenía prisa; disponía de tiempo suficiente para ir a su habitación y lavarse. No esperaba que descubrieran el cadáver hasta que abrieran la iglesia para los maitines, a las siete y cuarto. No obstante, hay algo más.

–¿Qué? –preguntó Dalgliesh.

–¿No cree que el hecho de que las llaves no aparecieran sugiere que el asesino vive fuera de la casa principal? Todos los sacerdotes tendrían un motivo legítimo para estar allí a cualquier hora del día o de la noche. Ir a devolver las llaves no habría implicado un riesgo para ellos.

–Olvida una cosa, Kate: tampoco necesitaban ir a buscarlas. Los cuatro sacerdotes cuentan con llaves de la iglesia, y no falta ninguna. Yo mismo examiné sus llaveros.

–Quizás uno de ellos sustrajo un juego precisamente para que sospecháramos de alguien del personal, los seminaristas o los invitados –conjeturó Piers.

–Es una posibilidad –respondió Dalgliesh–, y también que la profanación de *El juicio final* no guarde relación alguna con el asesinato. Refleja una malicia infantil que no concuerda con la brutalidad del crimen. Aun así, lo más extraordinario de este homicidio es la forma en que lo llevaron a cabo. Si alguien quería deshacerse de Crampton, podría haberlo hecho sin necesidad de atraerlo mediante engaño a la iglesia. Ninguno de los apartamentos de huéspedes está provisto de cerradura. Cualquiera habría podido entrar en la habitación del archidiácono y matarlo en la cama. Ni siquiera una persona ajena al seminario se habría visto en dificultades para llegar a él. No hay nada más fácil que trepar por una verja de hierro labrado.

–Sin embargo, a pesar del detalle de las llaves, sabemos que Caín no es una persona ajena al seminario –aseveró Kate–. Ningún coche debió de circular por el camino después de las diez de la noche. Supongo que no es impensable que Caín llegara a pie y pasara por encima de la rama caída, o quizá viniera caminando desde la playa. Aunque, con el viento que hacía anoche, no le habría resultado fácil.

–El asesino sabía dónde estaban las llaves y conocía el código de la alarma –dijo Dalgliesh–. Todo apunta a alguien del interior, pero no debemos cerrarnos a otras posibilidades. Lo que quería señalar es que si el asesinato se hubiera cometido de un modo menos espectacular y extravagante, costaría atribuirle el crimen a alguien de la casa. Siempre existiría la sospecha de que había entrado un intruso, quizás un ladrón que sabía que las puertas no tenían cerradura y que mató a Crampton porque este se despertó en el momento inoportuno y lo asustó. No es muy probable, pero nadie habría podido descartar esa hipótesis. En cambio, este asesino no solo quería ver muerto a Crampton; también pretendía que el crimen se achacara a alguien de Saint Anselm. Cuando descubramos por qué, estaremos más cerca de la solución.

El sargento Robbins había permanecido sentado en silencio, tomando notas. Entre sus numerosos méritos destacaban su capacidad para trabajar con discreción y su dominio de la taquigrafía, si bien su memoria era tan prodigiosa y fiable que rara vez recurría a sus notas. Aunque era el más novato, formaba parte del equipo, y Kate llevaba un rato esperando que Dalgliesh lo invitase a intervenir.

–¿Alguna teoría, sargento? –preguntó entonces el comisario.

–En realidad no, señor. Todo indica que lo hizo alguien del seminario y, quienquiera que sea, se alegra de que lo sepamos. Pero me preguntaba si el candelero desempeñó algún papel. ¿Estamos seguros de que fue el arma del crimen? Está manchado de sangre, de acuerdo, pero podrían haberlo quitado del altar y utilizarlo después de que Crampton muriera. La autopsia no demostrará, al menos de manera concluyente, si lo emplearon para asestar el primer golpe; solo nos revelará si presenta restos de la sangre o de la masa encefálica de Crampton.

–¿Adónde quieres llegar? –terció Piers–. ¿Acaso el enigma principal no es la discrepancia entre la evidente premeditación del asesinato y la furia con que se llevó a cabo el ataque?

–Supongamos por un momento que el crimen no fue premeditado. Estamos casi seguros de que alguien hizo ir a Crampton a la iglesia, presumiblemente para que viera la profanación del retablo. Bien. Alguien lo está esperando, y se produce una discusión acalorada. Caín pierde el control y lo ataca. Crampton se cae. Entonces Caín, de pie junto al cadáver, ve la oportunidad de responsabilizar al seminario. Agarra los candeleros, golpea de nuevo a Crampton con uno de ellos y luego deposita los dos junto a la cabeza.

–Es posible –admitió Kate–. Pero eso significaría que Caín tenía otra arma a mano, un objeto lo bastante pesado para partir un cráneo.

–Podría ser un martillo –prosiguió Robbins–, cualquier herramienta pesada o un utensilio de jardinería. Supongamos que el asesino vio luz en la iglesia y entró a investigar, armado con lo primero que encontró. Luego ve a Crampton allí, se enzarzan en una discusión violenta y lo ataca.

–Pero ¿quién iba a entrar en la iglesia en plena noche, armado con lo que fuese? –inquirió Kate–. ¿Por qué no llamó a alguien de la casa?

–Quizá quisiera echar una ojeada primero. O tal vez fuera acompañado.

Su hermana, por ejemplo, pensó Kate. Era una teoría interesante.

Dalgliesh calló durante unos segundos.

–Tenemos mucho que hacer entre los cuatro –dijo al fin–. Propongo que pongamos manos a la obra. –Hizo una pausa, preguntándose si debía hablarles de la idea que le rondaba. Se encontraban ante un claro caso de asesinato, y no quería complicar la investigación con asuntos que tal vez no viniesen a cuento. Por otra parte, era importante que los miembros del equipo estuviesen al tanto de sus sospechas, de modo que añadió–: Creo que debemos estudiar este asesinato en el contexto de dos muertes previas, la de Treeves y la de la señora Munroe. Tengo el pálpito, solo el pálpito por el momento, de que están conectadas. Aunque quizás el vínculo sea endeble, creo que existe.

La hipótesis fue recibida con unos segundos de silencio. La sorpresa de sus subalternos saltaba a la vista.

–Creí que estaba casi convencido de que Treeves se suicidó, señor –replicó Piers al cabo–. Si lo asesinaron, sería demasiada coincidencia que hubiera dos asesinos en Saint Anselm. Pero su muerte fue un suicidio o un accidente, ¿no? Piense en los hechos que usted mismo ha expuesto. Hallaron el cuerpo a doscientos metros del único acceso a la playa. Habría sido difícil arrastrarlo hasta allí, y dudo que él hubiera ido por propia voluntad con su asesino. Era fuerte y sano. Habría resultado imposible echarle media tonelada de arena sobre la cabeza, a menos que primero lo drogaran, lo emborracharan o lo dejasen inconsciente de un golpe. Y ninguna de esas cosas sucedió. Según usted, se le practicó una autopsia meticulosa.

Kate habló directamente a Piers:

–Muy bien, pongamos que fue un suicidio. Pero para suicidarse se necesita una razón. ¿Qué lo empujó a hacerlo? ¿O quién? A lo mejor hay un vínculo.

–Con la muerte de Crampton, no. Ni siquiera estaba en Saint Anselm en esos momentos. Ni siquiera sabemos si conocía a Treeves.

–Pero la señora Munroe recordó algo de su pasado que le preocupaba –insistió Kate–. Habla con la persona involucrada y poco después muere. A mí me parece que su muerte es sospechosamente conveniente.

–Por Dios, ¿para quién? Sufría del corazón. Podría haber muerto en cualquier momento.

–Escribió en su diario que había recordado algo, que sabía algo –contestó Kate–. Y es fácil matar a una mujer mayor con el corazón delicado, sobre todo si temía a su asesino.

–De acuerdo, sabía algo, lo que no significa que ese algo fuera importante –protestó Piers–. Posiblemente se tratara de un pequeño desliz, un asunto que el padre Sebastian y el resto de los sacerdotes no aprobarían pero que nadie más tomaría en serio. Y ahora ella está incinerada, su casa está vacía y las pruebas, si alguna vez las hubo, han desaparecido para siempre. Además, lo que recordó, fuera lo que fuese, sucedió hace doce años. ¿Quién iba a cometer un asesinato por una cosa así?

–No olvides que ella encontró el cuerpo de Treeves –le recordó Kate.

–¿Y eso qué tiene que ver? La nota del diario es explícita. No evocó ese incidente del pasado cuando vio el cuerpo, sino cuando Surtees apareció con unos puerros de su huerto. Solo entonces estableció una conexión entre el pasado y el presente.

–Puerros..., yerros –meditó Kate–. ¿Será una especie de juego de palabras?

–¡Por el amor de Dios, Kate! ¡Eso parece salido de una novela de Agatha Christie! –Piers se volvió hacia Dalgliesh–. ¿Insinúa que estamos investigando dos asesinatos, señor? ¿El de Crampton y el de la señora Munroe?

–No. No voy a poner en peligro una investigación de homicidio por un simple pálpito. Solo he dicho que podría haber alguna conexión y que debemos tenerlo en cuenta. Hay mucho que hacer, así que sería conveniente que empezásemos de una vez. La primera tarea será tomar las huellas e interrogar a los sacerdotes y los seminaristas. Lo harán usted y Piers, Kate. A mí ya me tienen muy visto. Surtees también, así que entrevístese con él y con su hermana. Siempre es ventajoso que hablen con alguien diferente. No llegaremos muy lejos hasta que el inspector Yarwood esté en condiciones de responder a nuestras preguntas. Según han dicho en el hospital, con un poco de suerte el martes se habrá restablecido lo suficiente.

–Si existe alguna posibilidad de que él posea la clave del asunto o sea sospechoso, ¿no debería estar vigilado? –preguntó Piers.

–Ya lo está –respondió Dalgliesh–. La policía de Suffolk se ocupa de eso. Anoche salió de su habitación e incluso es posible que viera al asesino. Por eso no pienso dejarlo sin protección.

Se oyó el ruido de un coche que se acercaba dando tumbos por el descampado. El sargento Robbins se asomó a la ventana.

–Han llegado el señor Clark y los demás técnicos, señor.

Dalgliesh consultó su reloj de pulsera.

–No está mal, aunque habrían llegado casi a la misma hora si hubieran cubierto todo el trayecto en coche. Lo peor es la salida de Ipswich. Me alegro de que el tren no se demorara. –Se dirigió a Robbins–: Dígales que suban sus cosas al segundo dormitorio. Es probable que quieran un café antes de empezar.

–Sí, señor.

Dalgliesh decidió que los técnicos debían cambiarse en la iglesia, aunque lejos del escenario del crimen. Brian Clark, el jefe del equipo, respondía al apodo de Nobby y nunca había trabajado con Dalgliesh. Sereno, flemático y con poco sentido del humor, no era el más simpático de los colegas, pero se había ganado la fama de meticuloso y responsable y, cuando se tomaba la molestia de comunicarse, decía cosas sensatas. Si había algo que encontrar, él lo encontraría. No se entusiasmaba con facilidad y, aunque diese con la más valiosa de las pruebas, solía reaccionar con un comentario desdeñoso: «Tranquilos, muchachos. No es el Santo Grial, solo la huella de una palma». También creía en la necesidad de delimitar las funciones. Las suyas consistían en recoger y conservar las pruebas, no en hacer de detective. Para Dalgliesh, que alentaba el trabajo en equipo y escuchaba con interés todas las ideas, esa reserva cercana a la melancolía constituía una desventaja.

Ahora, y no por primera vez, echó de menos a Charlie Ferris, el técnico que había trabajado con él en la investigación de los asesinatos de Berowne y Harry Mack. Estos también se habían perpetrado en una iglesia. Recordó con claridad a Ferris –pequeño, rubio, de rasgos angulosos y ágil como un perro de caza–, ansioso como un corredor que espera el pistoletazo de salida, y también el atuendo que usaba para su actividad profesional: pantalones cortos blancos, camiseta de manga corta y un apretado gorro de plástico que le hacía parecer un bañista que había olvidado quitarse la ropa interior. Por desgracia el Hurón, como lo llamaban, se había retirado para abrir un pub en Somerset, donde su sonora voz de bajo, insólita en un hombre de su estatura, añadía ahora potencia al coro de la iglesia.

Un forense diferente, un equipo de técnicos diferente... Al menos se consideraba afortunado de que Kate Miskin continuase a su lado. Pero ahora no era el momento de pensar en el estado de ánimo de Kate ni en su posible futuro. Se dijo que quizá su intolerancia a los cambios se debiese a que estaba envejeciendo.

Al menos el fotógrafo era conocido. Barney Parker ya había superado la edad de la jubilación y trabajaba a tiempo parcial. La apariencia de este hombrecillo enjuto, locuaz, alegre y con ojos vivarachos no había variado en absoluto desde que Dalgliesh lo había conocido. Dedicaba el resto de su tiempo a sacar fotos de bodas, y tal vez la benévola tarea de realzar la belleza de las novias representara para él una vía de escape de la inevitable crudeza del trabajo policial. De hecho, en ocasiones se comportaba de un modo tan irritante e inoportuno como los fotógrafos de bodas: en el escenario de un crimen miraba siempre en torno a sí. Como para asegurarse de que no había otros cadáveres que requiriesen su atención. Dalgliesh casi lo imaginaba alineándolos a todos para la foto familiar. Pese a ello, era un excelente profesional y sus fotografías irreprochables.

Dalgliesh los acompañó a la iglesia, donde entraron por la sacristía y bordearon el escenario del crimen. Se cambiaron en un banco cercano a la puerta sur, en medio de un silencio que el comisario no relacionó con la santidad del lugar, y aguardaron allí, como un pequeño grupo de astronautas con capuchas y monos blancos, mientras Nobby Clark regresaba con Dalgliesh a la sacristía. Este pensó que a Clark, con la capucha arrugada alrededor de la cara y los dientes ligeramente salidos, solo le faltaban unas orejas para pasar por un conejo grande y descontento.

–Es muy probable que el asesino entrara por la puerta de la sacristía, desde el claustro norte –explicó–. Eso significa que habrá que buscar huellas en el suelo del claustro, aunque dudo que encuentre alguna entre semejante cantidad de hojas. La puerta no tiene picaporte, pero no me extrañaría que las huellas de cualquiera de las personas que viven aquí estuviesen en cualquier parte de su superficie. –Mientras volvían a la iglesia agregó–: Puede que haya alguna huella en *El juicio final* y en la pared, aunque el asesino no habrá sido tan tonto como para no ponerse guantes. Si bien el candelero de la derecha tiene sangre y pelos, también sería una suerte encontrar huellas en él. Lo más interesante está aquí. –Caminó por la nave central hasta el segundo sitial–. Alguien se ha ocultado debajo del asiento. Hay una zona libre de polvo. No sé si conseguirá tomar huellas en la madera, pero es una posibilidad.

–Bien, señor –dijo Clark–. ¿Y qué hay de la comida de mis hombres? No hay ningún pub cerca de aquí y no quiero hacer una pausa muy larga. Me gusta trabajar con luz natural.

–El personal del seminario les traerá bocadillos. Robbins se ocupará de buscarles alojamiento para esta noche. Mañana me comentará sus hallazgos.

–Creo que necesitaré más de dos días, señor. Es por esas hojas en el claustro norte. Habrá que removerlas y examinarlas.

Aunque Dalgliesh no estaba seguro de que ese tedioso ejercicio sirviese de algo, no quería poner freno a la evidente meticulosidad de Clark. Se despidió de los otros dos miembros del equipo y los dejó trabajar.

10

Antes de empezar con los interrogatorios, debían tomar las huellas digitales de todas las personas de Saint Anselm. La tarea recayó en Piers y Kate. Ambos sabían que Dalgliesh prefería que a las mujeres les tomara las huellas alguien de su sexo.

–Hace mucho que no hago esto –dijo Piers–. Será mejor que tú te ocupes de las mujeres, como siempre. De todas maneras, es un remilgo innecesario, en mi opinion. Ni que se tratara de una forma de violación.

Kate estaba ultimando los preparativos.

–Podría considerarse una forma de violación. A mí, ya fuese inocente o culpable, me molestaría mucho que un policía me toquetease los dedos.

–Yo no lo llamaría toqueteo. Por lo visto tenemos la sala de espera llena; solo faltan los sacerdotes. ¿Por quién empezamos?

–Por Arbuthnot.

Kate estaba intrigada por la variedad de reacciones de los sospechosos, que durante la hora siguiente se presentaron con distintos grados de docilidad. El padre Sebastian, que llegó con sus compañeros, se mostró serio y servicial, pero no logró reprimir una mueca de disgusto cuando Piers le agarró los dedos para lavárselos con agua y jabón antes de presionarlos sobre el tampón de tinta.

–Puedo hacerlo solo –se quejó.

Piers permaneció impasible.

–Lo siento, señor. Lo hacemos así para asegurarnos de que obtendremos una buena impresión de los bordes de la huella. Es una cuestión de experiencia.

El padre John, que no dijo una palabra, estaba mortalmente pálido, y Kate notó que temblaba. Durante el breve procedimiento mantuvo los ojos cerrados. El padre Martin, en cambio, parecía sinceramente interesado y contempló con asombro infantil las curvas y espirales que proclamaban su privativa identidad. El padre Peregrine, impaciente por regresar al seminario, actuaba como si no fuera consciente de lo que ocurría. Solo cuando vio sus dedos manchados de tinta masculló que esperaba que las manchas salieran con facilidad y que los seminaristas se lavasen bien antes de ir a la biblioteca. Pondría una nota en el tablón de anuncios.

Aunque ni los alumnos ni los miembros del personal ocasionaron problemas, Stannard llegó con la actitud de quien se enfrenta a una flagrante violación de sus derechos civiles.

–Supongo que tendrá autorización para hacer esto, ¿no? –inquirió.

–Sí, señor –respondió Piers con calma–, con su consentimiento y según las disposiciones de la Ley de Pruebas Policiales. Creo que ya conoce la legislación.

–Pero si no doy mi consentimiento, dudo que consiga una orden judicial. Confío en que después de que arresten a alguien, si es que llegan a hacerlo, y comprueben que soy inocente, destruyan mis huellas. ¿Cómo puedo cerciorarme de que lo hagan?

–Si envía una solicitud, tiene derecho a estar presente en el momento en que las destruyan.

–Lo haré –afirmó mientras le apretaban los dedos contra la almohadilla–. No le quepa la menor duda de que lo haré.

Habían terminado por fin, y la última en dejar sus huellas, Emma Lavenham, se había marchado.

–¿Qué crees que piensa Dalgliesh de ella? –preguntó Kate con una despreocupación tan forzada que ella misma reparó en la falta de naturalidad de su tono.

–Es un hombre heterosexual y un poeta. Piensa lo que pensaría cualquier heterosexual y poeta al conocer a una mujer hermosa. Lo que pienso yo, por ejemplo. Le gustaría llevársela a la cama más cercana.

–Vaya, ¿es preciso que seas tan ordinario? ¿Acaso los hombres solo pensáis en el sexo cuando se trata de mujeres?

–¡Qué puritana eres, Kate! Me has preguntado qué pensaría el jefe, no lo que haría. Él domina muy bien sus instintos; de hecho, ese es su problema. ¿No ves que ella no pega con este sitio? ¿Por qué crees que la importó el padre Sebastian? ¿Para que sus alumnos aprendan a resistirse a la tentación? Se diría que un chico guapo sería una opción más acertada. Sin embargo, los cuatro con los que hemos tratado hasta el momento se me antojan un decepcionante grupo hetero.

–Tú lo notarías si no lo fuesen, desde luego.

–Y tú también. Hablando de belleza, ¿qué opinas de Raphael, el Adonis del seminario?

–El nombre es acertado, ¿no? Me pregunto si tendría el mismo aspecto si le hubieran puesto Albert. Demasiado guapo, y lo sabe.

–¿Te pone cachonda?

–No, y tú tampoco. Es hora de hacer visitas. ¿Por quién empezamos? ¿Por el padre Sebastian?

–¿Por lo más alto?

–¿Por qué no? Después, Dalgliesh quiere que yo esté con él cuando interrogue a Arbuthnot.

–¿Quién llevará la voz cantante con el rector?

–Yo. Al menos para empezar.

–¿Crees que se mostrará más comunicativo con una mujer? A lo mejor tienes razón, pero yo no contaría con ello. Esos tipos están acostumbrados al confesionario. Por eso son buenos guardando secretos, incluidos los suyos.

II

El padre Sebastian había dicho: «Naturalmente, querrá ver a la señora Crampton antes de que se marche. Le enviaré un mensaje cuando esté preparada para recibirlo. Supongo que se le permitirá entrar en la iglesia en caso de que quiera hacerlo».

Dalgliesh respondió que sí. Se preguntó si el padre Sebastian daba por sentado que él sería el encargado de acompañar a la señora Crampton si esta quería ver el lugar donde había muerto su marido. El comisario albergaba otros planes, pero consideró que no era el momento oportuno para discutir sobre eso; cabía la posibilidad de que la mujer no deseara entrar en la iglesia. Al margen de eso, era importante que hablase con ella.

Quien le avisó que estaba lista para recibirlo fue Stephen Morby, que se había convertido en el mensajero particular del padre Sebastian. Dalgliesh había advertido ya que a Morell no le gustaba usar el teléfono.

Cuando entró en el despacho del rector, la señora Crampton se levantó de su silla y se dirigió hacia él con la mano tendida, mirándolo con fijeza. Era más joven de lo que Dalgliesh había imaginado, con el busto voluminoso, la cintura pequeña y un agradable rostro sin maquillar. No llevaba sombrero, y su media melena castaña, lacia y brillante, lucía un corte aparentemente caro; de no ser porque era una idea absurda, Dalgliesh habría creído que acababa de salir de la peluquería. Llevaba puesto un traje de *tweed* azul y beige, con un aparatoso camafeo en la solapa. El broche, a todas luces moderno, desentonaba con la tosquedad de la tela. Dalgliesh se preguntó si sería un regalo del marido y si ella se lo habría puesto como un distintivo de lealtad o desafío. Del respaldo de la silla colgaba un informal abrigo corto. La mujer, que parecía muy tranquila, estrechó la mano del comisario con firmeza, aunque su piel estaba fría.

La presentación del padre Sebastian fue breve pero formal. Dalgliesh pronunció las obligadas palabras de condolencia. Se las había dicho a más familiares de víctimas de asesinato de las que alcanzaba a recordar y, para él, siempre sonaban falsas.

–La señora Crampton quiere ir a la iglesia y ha pedido que la acompañe usted –anunció el padre Sebastian–. Si me necesitan, me encontrarán aquí.

Salieron por el claustro sur y cruzaron el patio adoquinado en dirección a la iglesia. Se habían llevado el cuerpo del archidiácono, pero los técnicos seguían trabajando en el edificio y uno de ellos estaba despejando el claustro de hojas tras examinarlas meticulosamente una a una. Ya había abierto un pequeño camino hasta la puerta de la sacristía.

En la iglesia hacía frío, y Dalgliesh notó que su acompañante tiritaba.

–¿Quiere que vaya a buscar su abrigo? –preguntó.

–No, gracias, comisario. Estoy bien.

La guió hasta *El juicio final.* No era preciso señalarle que ese era el sitio: la piedra seguía manchada de sangre. La mujer se arrodilló con naturalidad y cierta rigidez. Dalgliesh se apartó y caminó por la nave central.

Al cabo de unos minutos, ella se le acercó.

–¿Quiere que nos sentemos durante unos minutos? Supongo que le interesará hacerme algunas preguntas.

–Podríamos hablar en el despacho del padre Sebastian o, si lo prefiere, en nuestro centro de operaciones, en San Mateo.

–Me sentiré más cómoda aquí.

Los dos técnicos se habían retirado discretamente a la sacristía. Guardaron silencio por unos instantes, hasta que ella preguntó:

–¿Cómo murió mi esposo, comisario? El padre Sebastian parecía reacio a decírmelo.

–Porque no se lo hemos contado, señora Crampton. –Lo cual, por supuesto, no significaba que no lo supiese. Dalgliesh se preguntó si a la mujer se le habría ocurrido esa posibilidad. Añadió–: Es importante para la investigación que mantengamos los detalles en secreto, al menos por el momento.

–Lo entiendo. No diré nada.

–El archidiácono fue asesinado de un golpe en la cabeza –dijo con suavidad–. Debió de ser muy rápido. No creo que haya sufrido. Es probable que ni siquiera tuviese tiempo de experimentar sorpresa o miedo.

–Gracias, comisario.

Se sumió en un mutismo que resultaba curiosamente cordial, por lo que Dalgliesh no se apresuró a romperlo. A pesar de su dolor, que sobrellevaba con estoicismo, la señora Crampton irradiaba paz. El comisario se preguntó si había sido esa cualidad la que había atraído al archidiácono. El silencio se alargó. Al mirarla a la cara, Dalgliesh reparó en el brillo de una lágrima en su mejilla. La mujer se la enjugó con una mano.

–Mi marido no era bien recibido en este sitio, comisario –admitió con voz serena–, pero estoy segura de que no lo mató nadie de Saint Anselm. Me niego a creer que un miembro de una comunidad cristiana sea capaz de cometer semejante atrocidad.

–Me veo obligado a hacerle una pregunta, señora: ¿su esposo tenía algún enemigo, una persona que pudiese desearle el mal?

–No. Era un hombre muy respetado en la parroquia. Cabría decir que lo querían, aunque él no hubiese empleado ese término. Era un párroco bondadoso, compasivo, trabajador y muy exigente consigo mismo. No sé si le habrán contado que era viudo cuando nos casamos. Su primera esposa se suicidó. Era una mujer hermosa pero desequilibrada, y él estuvo muy enamorado de ella. La tragedia le afectó mucho, y aun así la superó. Estaba aprendiendo a ser feliz. Nos iba muy bien juntos. Resulta cruel que todos sus sueños acabaran de esta manera.

–Ha dicho que no era bien recibido en Saint Anselm –le recordó Dalgliesh–. ¿Eso se debía a diferencias teológicas o a otras razones? ¿Hablaba con usted de las visitas que hacía aquí?

–Él hablaba conmigo de todo, comisario, o de todo lo que no fuese secreto de confesión. Pensaba que Saint Anselm ya había cumplido su cometido. Y no era el único. Creo que hasta el padre Sebastian es consciente de que este seminario es anómalo y debería cerrarse. También tenían diferencias religiosas, desde luego, y eso no facilitaba la relación. Además, supongo que estará al tanto del problema del padre John Betterton.

–Intuía que había algún problema con él –contestó Dalgliesh con tacto–, aunque no conozco los pormenores.

–Es una historia antigua y trágica. Hace unos años, el padre Betterton fue declarado culpable en un caso de abusos sexuales contra dos chicos del coro. Mi marido descubrió pruebas en su contra y testificó en el juicio. Sé que ese asunto le causó una gran tristeza, aunque en aquel entonces no estábamos casados, ya que esto sucedió poco después de la muerte de su primera esposa. Hizo lo que consideró su deber, pero sufrió mucho.

No tanto como el padre John, pensó Dalgliesh. Sin embargo dijo:

–¿Su marido le comentó algo antes de venir, cualquier cosa que sugiriera que tenía que encontrarse con alguien aquí, o que este encuentro se anunciaba particularmente conflictivo?

–No. Y estoy segura de que no pensaba reunirse con nadie, excepto con la gente del seminario. No aguardaba este fin de semana con ilusión, pero tampoco con temor.

–¿Y habló con usted ayer, después de llegar aquí?

–No, no me telefoneó, y yo no esperaba que lo hiciera. La única llamada que recibí, aparte de las normales en la parroquia, fue de las oficinas de la diócesis. Al parecer habían perdido el número del teléfono móvil de mi marido y lo necesitaban para sus archivos.

–¿A qué hora recibió esa llamada?

–Bastante tarde. Me sorprendió porque las oficinas ya debían de estar cerradas. Llamaron a eso de las nueve y media de la noche, y era sábado.

–¿Conversó con la persona que llamó? ¿Era un hombre o una mujer?

–Sonaba como un hombre. En su momento pensé que lo era, aunque ahora no podría jurarlo. Y no hablé más que para darle el número. Me lo agradeció y colgó de inmediato.

Por supuesto, pensó Dalgliesh. No habría querido pronunciar una sola palabra de más. Lo único que deseaba era un número que no habría conseguido de otra manera, el número que marcaría esa noche desde la iglesia para que el archidiácono acudiera a encontrarse con su muerte. ¿No era esta la solución de uno de los enigmas más importantes del caso? Si la mentira que había llevado a Crampton a la iglesia se había pronunciado a través del teléfono móvil, ¿cómo se había hecho su autor con el número? No costaría mucho localizar esa llamada de las nueve y media, y el resultado quizá sería condenatorio para alguien de Saint Anselm. No obstante, todavía había un misterio. El asesino –o, mejor aún, Caín– no era tonto. Había maquinado el crimen con todo cuidado. ¿No había imaginado Caín que Dalgliesh hablaría con la señora Crampton? ¿No era posible, o más que posible, que la llamada saliera a la luz? Entonces Dalgliesh contempló otra posibilidad: ¿y si eso era precisamente lo que pretendía Caín?

12

Después de que le tomasen las huellas, Emma pasó por su apartamento para recoger unos papeles que necesitaba y salió. Cuando se dirigía a la biblioteca, oyó pasos presurosos en el claustro sur, y Raphael la alcanzó.

–He de preguntarte algo –dijo–. ¿Es un buen momento?

Emma se disponía a responder que solo si no la entretenía durante mucho tiempo, pero cambió de idea al ver la cara del joven. No sabía si buscaba consuelo, aunque desde luego parecía hacerle mucha falta.

–Sí, es buen momento –contestó–. Pero ¿no tenías una clase individual con el padre Peregrine?

–La hemos pospuesto. La policía me ha mandado llamar. Dentro de unos instantes van a esposarme. Por eso necesitaba verte. ¿Estarías dispuesta a decirle a Dalgliesh que anoche estuvimos juntos? A la hora crucial, después de las once. Hasta ese momento tengo una especie de coartada.

–¿Juntos dónde?

–En tu habitación o en la mía. Supongo que te estoy pidiendo que digas que nos acostamos juntos.

Emma se detuvo en seco y clavó la vista en él.

–¡Por supuesto que no diría una cosa así! ¿Cómo se te ocurre pedirme eso, Raphael? Tú no sueles demostrar tan mal gusto.

–Pues no sería descabellado, ¿o sí?

Emma echó a andar con rapidez, pero él le siguió el paso.

–Mira –dijo ella–, no te quiero ni estoy enamorada de ti.

–Buena distinción –observó él–. Sin embargo, podrías contemplar esa posibilidad. Quizá la idea no te repugne.

Emma se volvió hacia él.

–Escucha, Raphael: si hubiera pasado la noche contigo, no me avergonzaría admitirlo. Pero no lo hice, ni lo haría, y no pienso mentir. Además de inmoral, sería estúpido y peligroso. ¿Crees que con eso engañaríamos a Adam Dalgliesh? Aunque se me diese bien mentir, cosa que no es así, él se olería la mentira. Es su trabajo. ¿Quieres que crea que mataste al archidiácono?

–Es muy probable que ya lo crea. Mi coartada no es muy buena. Fui a hacerle compañía a Peter, que estaba asustado por la tormenta, pero se durmió antes de media noche y no me habría resultado difícil escabullirme. Supongo que eso es lo que pensará Dalgliesh.

–Si sospecha de ti, cosa que dudo, sospechará aún más cuando descubra que te has inventado una coartada. Esto no es propio de ti, Raphael. Es idiota, lamentable e insultante para ambos. ¿Cómo se te ha ocurrido?

–Puede que quisiera descubrir qué te parecía la idea en principio.

–Una no se acuesta con un hombre «en principio»; lo hace en persona.

–Y eso no le gustaría al padre Sebastian, desde luego.

Aunque lo dijo con despreocupada ironía, a Emma no se le escapó el dejo de amargura de su voz.

–Claro que no –respondió–. Tú eres un seminarista y yo una invitada. Si quisiera acostarme contigo, cosa que no quiero, sería un acto de mala educación.

Raphael soltó una carcajada que, no obstante, estaba desprovista de alegría.

–¡Mala educación! Sí, supongo que es cierto, aunque es la primera vez que me rechazan con esa excusa. La etiqueta de la moral sexual. Quizá deberíamos incluir un seminario sobre el tema en el programa de ética.

–¿Por qué me lo has pedido, Raphael? –repitió ella–. Debías haber imaginado cuál sería mi respuesta.

–Pensé que si conseguía gustarte, o quizá que me quisieras un poquito, ya no me sentiría hecho un lío. Todo iría bien.

–No es verdad –repuso ella, ahora con más amabilidad–. No podemos buscar el amor para que la vida deje de confundirnos.

–La gente lo hace.

Estaban de pie, en silencio, junto a la puerta sur. Emma dio media vuelta para entrar. De repente, Raphael la detuvo, le tomó la mano y la besó en la mejilla.

–Lo siento, Emma. Sabía que no saldría bien. Era solo un sueño. Perdóname, por favor.

Giró sobre sus talones, y ella se quedó mirándolo mientras desandaba el camino por el claustro y salía por la verja de hierro. Después entró en el seminario, alterada y triste. ¿Podría haberse mostrado más servicial y comprensiva? ¿Acaso Raphael quería confiarle algo y ella habría debido animarlo a hacerlo? Pero si no le iban bien las cosas, como evidenciaba su actitud, ¿de qué servía buscar la solución en otra persona? Aunque, en cierto sentido, era lo mismo que había hecho ella con Giles, ¿no? Cansada de agobios, exigencias amorosas, celos y rivalidades, había decidido que Giles, con su posición, su fuerza, y su inteligencia, le proporcionaría al menos un compromiso aparente que permitiría que la dejaran seguir en paz con la parte de su vida que más valoraba, su trabajo. Ahora sabía que había cometido un error. O algo peor que un error: una mala acción. Cuando regresara a Cambridge, se sinceraría con él. No sería una despedida amistosa –Giles no estaba acostumbrado a que lo rechazaran–, pero no debía pensar en eso ahora. El mal trago que la aguardaba no era nada comparado con la tragedia de Saint Anselm, de la que ella, inevitablemente, formaba parte.

13

Poco antes de las doce el padre Sebastian telefoneó al padre Martin, que se hallaba en la biblioteca corrigiendo trabajos. Acostumbraba a llamarlo personalmente; desde sus primeros días como rector había evitado comunicarse con su predecesor a través de un ordenado o un miembro del personal: no quería marcar el nuevo y muy diferente reinado mediante un burdo ejercicio de autoridad. Para la mayoría de los hombres, la perspectiva de que el rector anterior permaneciera como residente y profesor a tiempo parcial habría significado una invitación al desastre. Siempre se había considerado apropiado que el rector saliente no solo se retirase con dignidad, sino que se marchase lo más lejos posible del seminario. Sin embargo, el acuerdo con el padre Martin, originalmente planteado como una medida temporal para cubrir la inesperada partida de un profesor de Teología Pastoral, se había prolongado con el consentimiento y el beneplácito de ambas partes. El padre Sebastian no había dado muestras de timidez o vergüenza al ocupar el lugar de su predecesor en la iglesia y en la cabecera de la mesa, ni tampoco al reorganizar la oficina e introducir los cambios que había planeado con esmero. El padre Martin, que lo observaba sin rencor y ligeramente divertido, entendió muy bien la situación. El padre Sebastian jamás se habría planteado la posibilidad de que un antecesor suyo pudiera amenazar su autoridad o sus reformas. No hacía confidencias al padre Martin ni lo consultaba. Si necesitaba información sobre cuestiones administrativas, la buscaba en los archivos o se la pedía a su secretaria. Gracias a su extraordinaria seguridad en sí mismo, no se habría sentido incómodo aunque hubiera tenido como subalterno al propio arzobispo de Canterbury.

Mantenían una relación basada en la lealtad, el respeto y, en el caso del padre Martin, el afecto. A este le había costado asimilar que verdaderamente era el rector durante el tiempo que ejerció, de manera que aceptó a su sucesor con buena voluntad y cierto alivio. Aunque a veces hubiera deseado una relación más cálida con su superior, no podía imaginarla. Ahora, sentado junto al fuego en el sillón de costumbre y percibiendo el insólito nerviosismo del padre Sebastian, advirtió con incomodidad que el rector quería algo de él: quizá que lo tranquilizara, lo aconsejara o simplemente que compartiera su ansiedad. Sin moverse de su asiento, cerró los ojos y murmuró una breve oración.

El padre Sebastian dejó de pasearse.

–La señora Crampton se marchó hace diez minutos. Fue una reunión dolorosa –afirmó y acto seguido añadió–: Para ambos.

–Era de esperar –señaló el padre Martin.

Le había parecido notar un vago dejo de resentimiento en la voz del rector, como si le pesara que el archidiácono hubiese rematado sus pasadas faltas con el desconsiderado acto de dejarse asesinar bajo el techo del seminario. Este pensamiento condujo a otro, aún más irreverente. ¿Qué le habría dicho lady Macbeth a la viuda de Duncan si esta se hubiera presentado en el castillo de Inverness para ver el cadáver? «Un hecho deplorable, señora, que mi esposo y yo lamentamos sobremanera. Hasta el momento, su visita nos había resultado muy agradable. Hicimos todo cuanto estaba en nuestra mano para que Su Majestad se encontrase a gusto.» El padre Martin, sorprendido y horrorizado por el hecho de que una idea tan perversa se le cruzara por la cabeza, supuso que empezaba a desvariar.

–Insistió en que la llevaran a la iglesia para ver dónde había muerto su marido –dijo el padre Sebastian–. A mí me pareció una insensatez, pero el comisario Dalgliesh otorgó su consentimiento. Ella dejó muy claro que quería que lo acompañase él y no yo. Era inapropiado, pero preferí no discutir. Naturalmente, eso significa que vio *El juicio final.* Si Dalgliesh confía en que no divulgará información sobre el acto de vandalismo, ¿por qué no deposita la misma confianza en mi personal?

El padre Martin no se atrevió a replicar que, a diferencia del personal, la señora Crampton no figuraba entre los sospechosos.

Como si de repente tomara conciencia de su nerviosismo, el padre Sebastian se sentó frente a su colega.

–No me gustaba la idea de que regresara a su casa sola y sugerí que la acompañase Stephen Morby. Habría sido un engorro, desde luego. Stephen habría tenido que volver en tren y tomar un taxi desde Lowestoft. Sin embargo, ella aseguró que prefería estar sola. También la invité a comer. Por supuesto, le habríamos servido el almuerzo en mi apartamento. El comedor no hubiera sido un lugar apropiado en estas circunstancias.

El padre Martin asintió en silencio. Se habría producido una situación incómoda: la señora Crampton sentada entre los sospechosos mientras alguien, quizás el asesino de su marido, le pasaba amablemente las patatas.

–Temo haberle fallado –prosiguió el rector–. En estas ocasiones, uno recurre a frases trilladas que han perdido todo su sentido, lugares comunes sin relación alguna con la fe.

–Al margen de lo que haya dicho, padre, nadie podría haberlo hecho mejor –señaló el padre Martin–. En ciertas situaciones las palabras sirven de muy poco.

La señora Crampton, pensó, difícilmente habría aceptado de buena gana que el padre Sebastian la animara a mantener la entereza y la fe cristianas.

El rector se removió en el sillón con incomodidad y a continuación se esforzó por quedarse quieto.

–No le comenté nada a la señora Crampton sobre el altercado que tuve con su marido en la iglesia, ayer por la tarde. Solo habría aumentado su sufrimiento. Lamento muchísimo ese incidente. Me apena que el archidiácono muriese con tanta ira en su corazón. No era precisamente un estado de gracia... para ninguno de los dos.

–No sabemos cuál era el estado espiritual del archidiácono en el momento de su muerte –apuntó el padre Martin con suavidad.

–Me pareció desconsiderado que Dalgliesh enviara a sus subalternos a interrogar a los sacerdotes –prosiguió el padre Sebastian–. Hubiera sido más adecuado que lo hiciera él en persona. Yo cooperé con ellos, desde luego, y estoy seguro de que los demás también. Me gustaría que la policía contemplara también la posibilidad de que el asesino fuera alguien ajeno al seminario, aunque me resisto a creer que el inspector Yarwood estuviese implicado.

Sin embargo, cuanto antes hablen con él, mejor. Además, estoy impaciente por volver a abrir la iglesia. El corazón del seminario apenas late sin ella.

–Dudo que nos dejen volver antes de que hayan limpiado el retablo –opinó el padre Martin–, y quizás eso no sea posible. Me refiero a que quizá lo necesiten como prueba.

–Eso sería absurdo. Seguramente habrán tomado fotografías, y debería bastar con ellas. Sin embargo, la limpieza supondrá un problema. Se trata de un trabajo para expertos. *El juicio final* es un tesoro nacional. Además, habrá que consagrar de nuevo la iglesia antes de abrirla. He ido a la biblioteca para consultar los cánones, pero contienen muy poca información. Aunque el canon F15 trata de la profanación de iglesias, no contiene instrucciones acerca de cómo santificarlas de nuevo. Podríamos adaptar el rito católico, desde luego, pero resulta demasiado complicado. Se propone una procesión encabezada por alguien que lleve una cruz, un obispo con mitra y báculo pastoral, concelebrantes, diáconos y demás ministros ataviados con las vestiduras litúrgicas, todos los cuales han de entrar en la iglesia antes que la congregación.

–No me imagino al obispo participando en semejante acto. Ya se habrá puesto en contacto con él, ¿no, padre?

–Desde luego. Vendrá el miércoles por la noche. Ha tenido la consideración de señalar que una hora más temprana sería inconveniente para nosotros y para la policía. Por supuesto, ha hablado ya con los miembros del consejo de administración, y sé muy bien lo que va a comunicarme formalmente cuando venga. Saint Anselm se cerrará cuando finalice el trimestre. Quiere que gestionemos el traslado de los alumnos a otros seminarios. Al parecer, Cuddesdon y Saint Stephen's House prestarán su colaboración. Aunque no sin dificultades. Ya he hablado con los directores.

El padre Martin, indignado, quiso proferir un grito de protesta, mas de su agotada garganta solo brotó una vocecilla trémula:

–Eso es terrible. Quedan menos de dos meses. ¿Qué sucederá con Pilbeam, Surtees y el personal que trabaja a tiempo parcial? ¿Piensan echar a la gente de su casa?

–Por supuesto que no, padre –respondió el rector con cierta

impaciencia–. Aunque el seminario cerrará con el fin del trimestre, el personal residente permanecerá aquí hasta que se decida el futuro de los edificios. Eso incluye también a las personas que trabajan a tiempo parcial. Paul Perronet me ha telefoneado y vendrá el jueves con el resto de los miembros del consejo de administración. Ha recalcado que no hay que sacar objetos de valor del seminario o de la iglesia. Aunque la señorita Arbuthnot dejó muy clara su voluntad en el testamento, los trámites legales no estarán exentos de complicaciones.

El padre Martin se había enterado de las disposiciones testamentarias al asumir el cargo de rector. «Los cuatro sacerdotes seremos ricos –pensó ahora, pero no lo mencionó–. ¿En qué medida?», se preguntó. La idea le horrorizó. Bajó la vista y comprobó que le temblaban las manos. Mientras contemplaba las venas violáceas, gruesas como cuerdas, y las manchas marrones, que más que indicios de vejez semejaban las marcas de una enfermedad, notó que comenzaba a perder la poca fuerza que le quedaba.

Entonces se volvió hacia el padre Sebastian y vio, con una súbita y esclarecedora lucidez, una cara pálida y estoica tras la que se ocultaba una mente que ya fantaseaba con un futuro maravillosamente libre de los peores embates del dolor y la ansiedad. Ya no habría aplazamientos. Todo aquello por lo que el padre Sebastian había luchado se desvanecía en medio del horror y el escándalo. Sobreviviría y, sin embargo, quizá por primera vez, necesitaba que alguien se lo garantizara.

Continuaron sentados en silencio. El padre Martin buscaba palabras apropiadas para la ocasión, pero no las encontraba. Durante quince años, nunca le habían pedido consejo, consuelo, comprensión ni ayuda. Y ahora que el rector precisaba de todo ello, él se sentía impotente. Su sensación de fracaso no se circunscribía a este momento; parecía extenderse a todo su sacerdocio. ¿Qué les había ofrecido a sus parroquianos y a los seminaristas de Saint Anselm? Si bien se había mostrado bondadoso, afectuoso, tolerante y comprensivo, esas cualidades eran propias de cualquier persona bienintencionada. ¿Había cambiado una sola vida a lo largo de su ministerio? Recordó las palabras que había oído decir a una mujer antes de marcharse de su última parroquia: «El padre Martin es un sacerdote del que nadie habla mal». Ahora le parecía la peor de las acusaciones.

Finalmente se levantó, y el padre Sebastian siguió su ejemplo.

–¿Quiere que eche un vistazo al ritual católico para ver si podemos adaptarlo? –preguntó el padre Martin.

–Gracias, padre –respondió el rector–. Sería una gran ayuda. –Y regresó a la silla del escritorio mientras el padre Martin salía de la habitación y cerraba la puerta.

14

Raphael fue el primer seminarista sometido a un interrogatorio formal. Dalgliesh había decidido entrevistarlo con Kate. Arbuthnot se había tomado su tiempo para responder a la convocatoria: transcurrieron diez minutos antes de que el sargento Robbins lo hiciera pasar a la sala de interrogatorios.

Dalgliesh constató asombrado que Raphael no había recuperado aún la compostura: se lo veía igual de sorprendido y angustiado que durante la reunión en la biblioteca. Hasta era posible que en ese breve período hubiera tomado mayor conciencia del peligro en que se encontraba. Se movía con la rigidez propia de un anciano y se negó a sentarse cuando Dalgliesh lo invitó a hacerlo. Permaneció de pie detrás de una silla, agarrado al respaldo con tanta fuerza que los nudillos de ambas manos se le pusieron tan blancos como el rostro. A Kate la asaltó la absurda sensación de que, si hubiera tocado la piel o los rizos de Raphael, habría percibido solo la inflexible textura de la piedra. El contraste entre la rubia cabeza helénica y la tétrica negrura de la sotana le confería un aire a un tiempo imperioso y teatral.

–Todos los comensales de la cena de anoche, entre los cuales me contaba, advertimos que el archidiácono no le caía bien. ¿Por qué? –inquirió Dalgliesh.

No era la introducción que esperaba Arbuthnot. Quizá se hubiera preparado para una táctica académica, más familiar para él, pensó Kate, una serie de inocuas preguntas sobre sus antecedentes personales que sirvieran de preámbulo a las más delicadas. Miró a Dalgliesh fijamente y en silencio.

Aunque parecía imposible que de esos rígidos labios fuera a salir una respuesta, Raphael contestó:

–Preferiría no hablar de eso. ¿No les basta con saber que no me caía bien? –Hizo una pausa y añadió–: Era más que eso. Lo odiaba. Mi odio se había convertido en una obsesión. Ahora me doy cuenta de ello. Claro que tal vez proyectase en él el odio que inconscientemente albergaba hacia alguien o algo diferente, una persona, un lugar, una institución. –Esbozó una sonrisa triste–. Si el padre Sebastian estuviese aquí, opinaría que estoy dejándome llevar por mi vergonzosa afición a la psicología barata.

–Estamos al corriente de la condena que cumplió el padre John –le informó Kate con una voz sorprendentemente suave.

Dalgliesh se preguntó si las manos de Raphael se habían relajado un poco, o solo se lo había imaginado.

–Desde luego. Soy un tonto. Supongo que nos habrán investigado a todos. Pobre padre John. Ningún ángel puede protegerlo del ordenador de la policía. Así que ya saben que Crampton prestó declaración como uno de los principales testigos de la acusación. Fue él, no el jurado, quien encarceló al padre John.

–Los jurados no encarcelan a nadie –corrigió Kate–. El que se encarga de eso es el juez. –Temiendo que Raphael fuera a desmayarse, agregó–: ¿Por qué no se sienta, señor Arbuthnot?

Después de un breve titubeo, el joven se sentó y llevó a cabo un esfuerzo visible para relajarse.

–Las personas que uno odia no deberían morir asesinadas –se lamentó–. Eso les proporciona una ventaja injusta. No lo maté, pero me siento tan culpable como si fuera yo el asesino.

–¿Eligió usted mismo el pasaje de Trollope que leyó anoche? –preguntó Dalgliesh.

–Sí. Siempre escogemos lo que leemos durante la cena.

–Un archidiácono y una época muy diferentes –observó Dalgliesh–. Un hombre ambicioso se arrodilla junto a su agonizante padre y pide perdón por desearle la muerte. Me dio la impresión de que el archidiácono lo tomaba como una afrenta personal.

–Esa era mi intención. –Después de otra pausa, Raphael añadió–: Siempre me he preguntado por qué persiguió al padre John con tanta saña. No se debía a que fuese un homosexual reprimido y temeroso de que lo descubrieran. Ahora sé que estaba expiando su propia culpa de manera indirecta.

–¿Qué culpa? –quiso saber Dalgliesh.

–Será mejor que le pida al inspector Yarwood que se lo explique.

Dalgliesh decidió dejar el tema por el momento. Ese no era el único interrogante que quería plantearle a Yarwood. Estaría dando palos de ciego hasta que el inspector se hubiese recuperado lo suficiente como para interrogarlo. Le preguntó a Raphael qué había hecho exactamente después de las completas.

–Primero fui a mi habitación. Se supone que debemos guardar silencio después de las completas, pero no obedecemos esa regla a rajatabla. La norma no nos impide hablar entre nosotros. Aunque no nos comportamos como monjes trapenses, por lo general nos retiramos a nuestras habitaciones. Leí y trabajé en una monografía hasta las diez y media. Hacía un viento espantoso... Bueno, usted lo sabe, señor, estaba aquí. Decidí entrar en la casa para ver si Peter Buckhurst se encontraba bien. Todavía convalece de una mononucleosis. Sé que detesta las tormentas; no los rayos o los truenos, sino el rugido del viento. Su madre murió en la habitación contigua a la suya durante una noche ventosa, cuando él contaba siete años, y desde entonces no lo soporta.

–¿Cómo entró usted en la casa?

–Como siempre. Mi habitación es la número tres, en el claustro norte. Crucé el vestuario y el vestíbulo y subí al segundo piso. Al fondo está la enfermería, y Peter llevaba varias semanas durmiendo allí. Me pareció evidente que no le apeteciera quedarse solo, así que me ofrecí a pasar la noche con él. Dormí en la otra cama que hay en el cuarto. Ya le había pedido permiso al padre Sebastian para marcharme del seminario después de las completas. Le había prometido a un amigo que asistiría a su primera misa, en una iglesia de las afueras de Colchester. No obstante, decidí salir por la mañana temprano porque no quería dejar a Peter. La misa era a las diez y media, de manera que suponía que llegaría a tiempo.

–Señor Arbuthnot –le interrumpió Dalgliesh–, ¿por qué no me contó todo esto en la biblioteca? Pregunté si alguien había salido de su habitación después de las completas.

–¿Lo habría reconocido usted en voz alta? Hubiera resultado humillante para Peter que todo el mundo se enterase de que le asusta el viento, ¿no?

–¿Qué hicieron antes de dormir?

–Charlamos un rato y luego leí para él. Un cuento de Saki, por si le interesa.

–¿Vio a alguien, aparte de a Peter Buckhurst, después de entrar en el edificio principal?

–Solo al padre Martin. Pasó un momento por la habitación hacia las once de la noche, pero no se quedó. Él también estaba preocupado por Peter.

–¿Porque sabía que al señor Buckhurst le asustan los vientos fuertes? –inquirió Kate.

–El padre Martin siempre acaba por enterarse de esa clase de cosas. Creo que en el seminario solo lo sabemos él y yo.

–¿Regresó a su habitación en algún momento de la noche?

–No. Si hubiera querido ducharme, habría podido utilizar la ducha situada al lado de la enfermería. Y no necesitaba pijama.

–Señor Arbuthnot, ¿está seguro de que cerró con llave la puerta que da al claustro norte después de entrar para ir a ver a su amigo?

–Completamente. El señor Pilbeam comprueba que no queden puertas abiertas a eso de las once, cuando cierra la principal. Él se lo confirmará.

–¿Y no salió de la enfermería hasta esta mañana?

–No. Estuve allí toda la noche. Peter y yo apagamos las lámparas a medianoche. No sé él, pero yo dormí profundamente. Me desperté poco antes de las seis y media y vi que Peter continuaba durmiendo. Me dirigía hacia mi habitación cuando me encontré al padre Sebastian, que salía de su despacho. No pareció sorprendido de verme ni me preguntó por qué no me había marchado. Ahora comprendo que tenía otras cosas en la cabeza. Me ordenó que llamase a todo el mundo, los invitados, los seminaristas y el personal, y les pidiera que acudieran a la biblioteca a las siete y media. Recuerdo que le pregunté «¿Y los maitines, padre?», y él me contestó: «Se han suspendido».

–¿Le dio alguna explicación sobre la convocatoria? –quiso saber Dalgliesh.

–No, ninguna. No me enteré de lo que había sucedido hasta las siete y media, cuando comunicó la noticia a todo el mundo en la biblioteca.

–¿Puede añadir algo más? ¿Algo que tal vez estuviera relacionado con el asesinato del archidiácono?

Arbuthnot se miró las manos, que estaban enlazadas sobre su regazo, y guardó silencio durante un buen rato. Luego, como si hubiera tomado una decisión, alzó la vista y la fijó en Dalgliesh.

–Me ha hecho muchas preguntas –dijo–. ¿Me permite que le haga yo una?

–Desde luego, aunque no le prometo que vaya a contestarla.

–Bien. Es evidente que ustedes, me refiero a la policía, creen que el asesino del archidiácono es alguna de las personas que durmieron anoche en el seminario. Supongo que tendrán algún motivo para pensarlo, pero ¿no es más probable que entrase alguien ajeno a la casa, quizá para robar, y que Crampton lo sorprendiera? Al fin y al cabo, este sitio no es seguro. Un intruso no habría topado con dificultades para acceder al patio, meterse en la casa y sustraer las llaves de la iglesia. Cualquier persona que haya estado alguna vez sabe, si se ha fijado, dónde se guardan las llaves. Así que me pregunto por qué han centrado la investigación en nosotros, los seminaristas y los sacerdotes.

–No descartamos ninguna posibilidad –aseveró Dalgliesh–. Es todo cuanto puedo decirle.

–Verá, he estado pensando... –prosiguió Arbuthnot– bueno, todos deben de haberlo pensado. Si alguien del seminario mató a Crampton, ese alguien tendría que ser yo. Nadie más habría deseado o podido hacerlo. Ninguno de los otros lo odiaba tanto, y aun si lo odiaran, serían incapaces de cometer un asesinato. Me pregunto si lo hice sin tener conciencia de ello. Si me levanté en plena noche para volver a mi habitación y lo vi entrar en la iglesia. ¿Es posible que lo siguiera, discutiera acaloradamente con él y lo matara?

–¿Por qué se le ha ocurrido eso? –preguntó Dalgliesh con un tono sereno y desprovisto de curiosidad.

–Porque es una posibilidad. Si el crimen es obra de alguien de dentro, ¿quién más pudo cometerlo? Y hay un indicio que respalda esa teoría. Cuando regresé a mi habitación esta mañana, después de llamar a todo el mundo para que acudiese a la biblioteca, supe que alguien había entrado allí durante la noche. Encontré una ramita junto a la puerta, en la parte de dentro. A menos que alguien la haya sacado, debe de estar allí todavía. Como han cerrado el claustro norte, no me ha sido posible regresar para comprobarlo. Me imagino que se trata de una especie de prueba, pero ¿de qué?

–¿Está seguro de que la ramita no estaba ya en su cuarto después de las completas, cuando salió para ir a ver a Peter Buckhurst?

–Sí, estoy seguro. Habría reparado en ella. Alguien entró en mi habitación después de que yo me marchara. Quizá fui yo mismo. ¿Qué otra persona iba a hacerlo a esas horas y con semejante tormenta?

–¿Alguna vez ha sufrido una amnesia temporal? –inquirió Dalgliesh.

–No, nunca.

–¿Y no miente cuando asegura que no recuerda haber matado al archidiácono?

–No. Se lo juro.

–Lo único que puedo garantizarle es que quienquiera que cometiese el asesinato no albergará ninguna duda de que lo hizo.

–¿Quiere decir que esta mañana me habría despertado con las manos manchadas de sangre? ¿Literalmente?

–Quiero decir lo que he dicho, nada más. Hemos terminado con usted por el momento. Si recuerda algo más, avísenos de inmediato.

La despedida fue breve y, según observó Kate, inesperada para Arbuthnot.

–Gracias –murmuró sin apartar la mirada de Dalgliesh y se marchó.

El comisario aguardó a que cerrase la puerta.

–¿Qué le parece, Kate? –preguntó entonces–. ¿Es un actor consumado o un muchacho inocente y afligido?

–En mi opinión es un buen actor. Con ese aspecto, me extrañaría que no lo fuera. Sé que eso no lo convierte en culpable. Aun así es una historia ingeniosa, ¿no? Prácticamente ha confesado su culpabilidad con el fin de averiguar lo que sabemos hasta el momento. Y el hecho de que pasara la noche con Buckhurst no le da una coartada: podría haber salido después de que Peter se durmiera, tomado las llaves de la iglesia y telefoneado al archidiácono. Según la señora Betterton, es un buen imitador de voces y tal vez fingiera ser uno de los sacerdotes. Además, si alguien lo hubiese visto en la casa, no habría cuestionado su derecho a estar allí. Incluso si Peter Buckhurst se hubiera despertado y visto que no estaba a su lado, sería difícil que delatase a su amigo. Le resultaría más fácil convencerse a sí mismo de que la otra cama no estaba vacía.

–Lo mejor será interrogarlo a él a continuación. Lo dejo en sus manos y en las de Piers. No obstante, si Arbuthnot se llevó la llave, ¿por qué no la devolvió cuando regresó a la casa? Lo más probable es que el asesino de Crampton no volviera a entrar en la casa, a menos, por supuesto, que pretendiera hacernos creer precisamente eso. Si Raphael mató al archidiácono, y creo que seguirá siendo el principal sospechoso hasta que hablemos con Yarwood, su táctica más inteligente habrá sido la de deshacerse de la llave. ¿Se ha fijado en que no ha mencionado una sola vez a Yarwood? Es listo, así que debe de haberse percatado de la posible trascendencia de la desaparición del inspector. No es tan ingenuo como para pensar que un policía es incapaz de cometer un asesinato.

–¿Y lo de la ramita en su habitación? –preguntó Kate.

–Dice que sigue allí, y seguramente es cierto. Pero ¿cómo y cuándo apareció? Eso significa que los técnicos deberán revisar también la habitación de Arbuthnot. Si no miente, la ramita quizá sea importante. Por otro lado, este asesinato se planeó meticulosamente. Si Arbuthnot proyectaba cometer un homicidio, ¿por qué iba a complicarse las cosas yendo al cuarto de Peter Buckhurst? Si este hubiera estado muy asustado por la tormenta, a Raphael le habría resultado imposible marcharse. Y no podía contar con que su amigo se durmiera, ni siquiera a medianoche.

–Sin embargo, si quería fabricarse una coartada, Peter Buckhurst constituiría su mejor baza. Después de todo, no le costaría engañar a un joven enfermo y aterrado. Si Arbuthnot hubiese planeado cometer el asesinato a medianoche, por ejemplo, después de apagar las luces podría haberle murmurado a Buckhurst que pasaban de las doce.

–Cosa que solo le sería útil si el forense lograra determinar una hora más precisa de la muerte de Crampton. Arbuthnot carece de coartada, pero todos están en la misma situación.

–Incluido Yarwood.

–Es probable que él posea la clave de todo este asunto. Aunque hemos de seguir adelante, mientras no esté en condiciones de ser interrogado, seguramente nos faltarán indicios esenciales.

–¿Usted no lo considera sospechoso, señor? –quiso saber Kate.

–Tengo que verlo como tal por el momento, pero dudo que sea el culpable. No me imagino a un hombre mentalmente inestable maquinando y ejecutando un crimen tan complicado como este. Si la inesperada aparición de Crampton en el seminario le hubiese despertado una furia asesina, podría haberlo matado en la cama.

–Pero eso es válido para todos los sospechosos, señor.

–Exactamente. Volvemos al misterio principal. ¿Por qué el asesino planeó su crimen de esta manera?

Nobby Clark y el fotógrafo estaban en la puerta. Clark había adoptado una expresión de solemne reverencia, como si entrase en una iglesia. Se trataba de una clara señal de que traía buenas noticias. Se acercó y depositó sobre la mesa dos fotografías de huellas digitales: en una se veían desde el índice hasta el meñique de una mano derecha; en la otra, una palma –también de la mano derecha–, el costado de un pulgar y cuatro huellas nítidas de dedos. Colocó un cartón con huellas al lado y dijo:

–El doctor Stannard, señor. No cabe la menor duda. La huella de la palma estaba en la pared, a la derecha de *El juicio final*. Las otras las encontramos en el segundo sitial. Podríamos tomarle una huella de la palma, señor, pero no es necesario. Tampoco es preciso que pidamos una verificación a la jefatura. Nunca había visto unas huellas tan claras como estas. Son del señor Stannard, no cabe duda.

15

–Si Stannard es Caín, esta se convertirá en nuestra investigación más corta hasta la fecha –comentó Piers–. Habremos de regresar a la contaminación. Qué pena. Estaba deseando cenar en el Crown y dar un paseo por la playa antes del desayuno de mañana.

Dalgliesh se hallaba junto a la ventana este, con la vista perdida en el mar, más allá del campo. Se volvió y dijo:

–Yo no perdería la esperanza.

Habían retirado el escritorio de la ventana para ponerlo en medio de la sala, delante de las dos sillas de respaldo alto. Stannard se sentaría en el sillón bajo que habían colocado enfrente. De este modo, gozaría de mayor comodidad física, aunque estaría en desventaja psicológica.

Aguardaron en silencio. Dalgliesh no demostró el menor interés en hablar, y Piers había trabajado con él durante el tiempo suficiente para saber cuándo convenía guardar silencio. A Robbins debía de haberle surgido alguna dificultad al ir a buscar a Stannard. Transcurrieron casi cinco minutos antes de que se abriese la puerta principal.

–El doctor Stannard, señor –anunció Robbins, y se sentó discretamente en un rincón, con el cuaderno en la mano.

Stannard entró a paso vivo, respondió con tono cortante al «buenos días» de Dalgliesh y miró alrededor, dudoso de dónde debía sentarse.

–Aquí, por favor, doctor Stannard –señaló Piers.

Stannard estudió la sala con deliberada atención, como si desaprobara sus deficiencias. Luego se arrellanó, pareció decidir que la comodidad de su postura resultaba inadecuada y se sentó en el borde del sillón, con las piernas juntas y las manos en los bolsillos de la chaqueta. Su mirada, que mantenía fija en Dalgliesh, era más inquisitiva que beligerante, pero Piers percibió su malestar y algo más intenso, que diagnosticó como miedo.

Nadie muestra su mejor faceta cuando se ve envuelto en un caso de asesinato; hasta los testigos más sensatos y solidarios, respaldados por su inocencia, llegan a molestarse ante la impertinencia de un interrogatorio policial, y nadie se somete a él con una conciencia del todo limpia. Pequeños y viejos deslices salen a la superficie de la mente como la basura en un estanque. Con todo, Stannard causó una impresión particularmente desagradable en Piers. No se debía solo a sus prejuicios respecto de los bigotes grandes, pensó; sencillamente, el tipo no le caía bien. La cara de Stannard, con la nariz delgada y demasiado larga y ojos muy juntos, presentaba profundos surcos de descontento. Era el rostro de un hombre que no había conseguido lo que a su juicio le correspondía. ¿Qué se había torcido?, se preguntó Piers. ¿Se había licenciado con un notable en lugar de con el deseado sobresaliente? ¿Impartía clases en una escuela politécnica en vez de en Oxbridge? ¿Disfrutaba de menos poder, dinero o sexo de lo que creía merecer? Aunque era difícil que le costase ligar: a las mujeres invariablemente les atraían los revolucionarios aficionados con pinta de Che Guevara. ¿No había perdido él a Rosie en Oxford por culpa de un imbécil de cara avinagrada muy parecido a este? Tal vez esa fuera la causa de su prevención, admitió. Aunque era un hombre demasiado experimentado para dejarse llevar por ese sentimiento, el mero hecho de reconocerlo le produjo una perversa satisfacción.

Como conocía bastante bien a Dalgliesh, sabía cómo se desarrollaría la escena. Él formularía la mayor parte de las preguntas y el comisario intervendría cuando lo juzgara oportuno, es decir, nunca en el momento que esperaba el testigo. Piers se preguntó si Dalgliesh era consciente del miedo que infundía su atenta y silenciosa presencia.

Piers se presentó e hizo las obligadas preguntas preliminares con voz serena. Nombre, dirección, fecha de nacimiento, profesión, estado civil. Las respuestas de Stannard fueron lacónicas.

–No veo qué importancia puede tener mi estado civil en este caso –espetó al fin–. De hecho, tengo pareja. Femenina.

Sin responder, Piers inquirió:

–¿Y cuándo llegó al seminario, señor?

–El viernes por la noche, con la intención de pasar aquí un fin de semana largo. He de marcharme esta noche después de cenar. Supongo que no habrá inconveniente, ¿verdad?

–¿Es usted un visitante asiduo, señor?

–En cierto modo. Durante los últimos dieciocho meses he venido algún que otro fin de semana.

–¿Podría especificar más?

–Habré venido una media docena de veces.

–¿Cuándo fue la última?

–El mes pasado. No recuerdo la fecha exacta. Llegué un viernes por la noche y me quedé hasta el domingo. Comparado con este, fue un fin de semana tranquilo.

–¿Por qué viene al seminario, doctor Stannard? –intervino Dalgliesh.

El interpelado abrió la boca para responder, pero titubeó. Piers se preguntó si había estado a punto de decir «¿por qué no?» y luego se lo había pensado mejor. La respuesta, cuando llegó, sonó como si la hubiese preparado con cuidado:

–Estoy documentándome para escribir un libro sobre los primeros tratadistas: su infancia y juventud, sus matrimonios, cuando los hubo, y su vida familiar. Me propongo relacionar las experiencias tempranas de estas personas con sus posteriores ideas religiosas y su sexualidad. Como esta es una institución anglocatólica, la biblioteca me resulta de especial utilidad, y se me ha concedido libre acceso a ella. Mi abuelo fue Samuel Stannard, uno de los socios de la firma Stannard, Fox y Perronet de Norwich. Han representado a Saint Anselm desde su fundación y a la familia Arbuthnot con anterioridad. Al venir aquí combino la investigación con una agradable escapada de fin de semana.

–¿Sus investigaciones están muy avanzadas? –preguntó Piers.

–No; apenas he comenzado. No dispongo de mucho tiempo libre. Contrariamente a lo que cree la gente, los académicos trabajamos demasiado.

–Pero tendrá papeles consigo, pruebas de lo que ha hecho hasta el momento, ¿no?

–No. Mis papeles están en la universidad.

–Tantas visitas... Yo hubiera dicho que ya había agotado los recursos de esta biblioteca. ¿No ha ido a otras? A la Bodleyana, por ejemplo.

–Hay muchas bibliotecas aparte de la Bodleyana –repuso Stannard con sequedad.

–Desde luego. En Oxford también está Pusey House. Según creo, poseen una fabulosa colección de obras sobre los tratadistas. Sin duda los bibliotecarios le serían de ayuda. –Se volvió hacia Dalgliesh–. Y no hay que olvidarse de Londres, desde luego. ¿Sigue existiendo la biblioteca Williams en Bloomsbury, señor?

Antes de que el comisario alcanzara a responder, si es que pensaba hacerlo, Stannard estalló.

–¿Qué demonios le importa dónde llevo a cabo mis investigaciones? Si lo que intenta es demostrar que de vez en cuando la Policía Metropolitana recluta hombres cultos, olvídelo. No me impresiona.

–Solo pretendía ser útil –se justificó Piers–. Bien, de manera que en los últimos seis meses ha realizado media docena de visitas para trabajar en la biblioteca y disfrutar de un fin de semana tranquilo. ¿Coincidió con el archidiácono Crampton en alguna de esas ocasiones?

–No. Lo conocí este fin de semana. Llegó ayer, no sé a qué hora exactamente, pero lo vi por primera vez cuando tomamos el té. Lo sirvieron en la sala de estudiantes, que estaba bastante llena cuando yo entré, a las cuatro. Aunque alguien, creo que Raphael, me presentó a las personas que no conocía, yo no tenía ganas de charlar, así que tomé una taza de té y un par de emparedados y me fui a la biblioteca. El cascarrabias del padre Peregrine alzó la vista de su libro solo por un instante para recordarme que estaba prohibido comer o beber en la biblioteca. Me fui a mi habitación. Me encontré de nuevo con el archidiácono durante la cena. Después trabajé en la biblioteca hasta que todos se fueron a la iglesia para rezar las completas. Soy ateo, de manera que no los acompañé.

–¿Y cuándo se enteró del asesinato?

–Poco antes de las siete, cuando Raphael Arbuthnot me llamó para comunicarme que habría una reunión general en la biblioteca a las siete y media. No me hacía mucha gracia la idea de que me largaran un discurso como si todavía estuviese en la escuela, pero quería informarme de lo que ocurría. Con respecto al asesinato, yo sé menos que ustedes.

–¿Alguna vez ha asistido a un oficio aquí?

–No. Vengo a trabajar en la biblioteca y para pasar un fin de semana tranquilo, no para ir a la iglesia. A los sacerdotes no parece molestarles, así que no veo por qué les importa a ustedes.

–Pero nos importa, señor Stannard, nos importa –replicó Piers–. ¿Está diciendo que nunca ha puesto un pie en la iglesia?

–No he dicho cosa semejante. No tergiverse mis palabras. He entrado allí por curiosidad en algunas de mis visitas. He visto el interior, desde luego, y también *El juicio final*, que reviste cierto interés para mí. Me refería a que nunca he asistido a un oficio.

Sin desviar la vista del papel que tenía delante, Dalgliesh preguntó:

–¿Cuándo estuvo en la iglesia por última vez, doctor Stannard?

–No lo recuerdo. ¿Por qué iba a acordarme? De lo que sí estoy seguro es de que no fue este fin de semana.

–¿Y cuándo vio por última vez al archidiácono Crampton?

–Después de las completas. Oí que algunos regresaban de la iglesia hacia las diez y cuarto. Yo estaba viendo una película de vídeo en la sala de estudiantes. Auque no había nada decente en la tele, tienen una pequeña colección de cintas. Puse *Cuatro bodas y un funeral*. Aunque ya la conocía, consideré que valía la pena verla por segunda vez. Crampton asomó la cabeza, pero como yo no lo recibí precisamente con alegría se marchó de inmediato.

–En tal caso usted debió de ser la última persona, o una de las últimas, que lo vio con vida –observó Piers.

–Y supongo que eso les resultará sospechoso. El último que lo vio vivo no fui yo, sino su asesino. Yo no lo maté. ¿Cuántas veces tendré que repetirlo? No conocía a ese hombre. No discutí con él, ni siquiera me acerqué a la iglesia anoche. Me acosté a eso de las once y media. Cuando terminó la película, salí al claustro sur y me encaminé hacia mi habitación. El viento soplaba con más fuerza que nunca, y no era una noche apropiada para disfrutar del aire del mar. Me dirigí directamente a mi cuarto. Es el número uno, en el claustro sur.

–¿Había luz en la iglesia?

–No me fijé. Ahora que lo pienso, no vi luces en las habitaciones de los seminaristas ni en los apartamentos de invitados. La única claridad procedía de las débiles lámparas de los claustros norte y sur.

–Como comprenderá, es preciso que nos formemos una idea lo más exacta posible de lo que sucedió en las horas previas a la muerte del archidiácono –explicó Piers–. ¿Usted oyó, vio o notó algo que le pareciese significativo?

Stannard soltó una risita amarga.

–Supongo que sucedieron muchas cosas, pero no sé leer la mente de la gente. Llegué a la conclusión de que el archidiácono no le caía bien a casi nadie, pero ninguno lo amenazó de muerte en mi presencia.

–¿Habló con él después de que se lo presentaran?

–Solo para pedirle que me pasara la mantequilla durante la cena. Lo hizo. No se me dan bien las conversaciones triviales, así que me concentré en la comida y el vino, que eran superiores a la compañía. No fue una cena particularmente alegre. La camaradería juvenil bajo la mirada de Dios... o del padre Morell, que viene a ser lo mismo, brillaba por su ausencia. De todos modos, su jefe estaba allí. Él puede hablarle de la cena.

–El comisario sabe lo que vio y oyó él –dijo Piers–, pero ahora lo estamos interrogando a usted.

–Ya se lo he dicho: no fue una cena divertida. Los seminaristas estaban cohibidos, el padre Sebastian presidió la mesa con fría cortesía y algunos de los comensales no quitaban ojo a Emma Lavenham, y no los culpo por ello. Raphael Arbuthnot leyó un pasaje de una novela de Trollope... No es un autor que conozca bien, pero el texto se me antojó bastante anodino. Al archidiácono no. Si Arbuthnot quería violentarlo, eligió el mejor momento. No resulta fácil fingir que uno disfruta de la comida cuando le tiemblan las manos y parece estar a punto de vomitar en el plato. Después de cenar, todos se marcharon a la iglesia y no volví a encontrarme con nadie hasta que Crampton apareció en la sala de estudiantes.

–¿Y no vio ni oyó nada sospechoso durante la noche?

–Nos preguntaron lo mismo cuando estábamos en la biblioteca. Si hubiera visto u oído algo sospechoso, lo habría dicho entonces.

–¿Y no ha pisado usted la iglesia en esta visita, ni para un oficio ni en ningún otro momento?

–¿Cuántas veces tendré que repetirlo? La respuesta es no. No, no, no y no.

Dalgliesh alzó la cabeza y miró a Stannard a los ojos.

–¿Cómo explica entonces que haya huellas recientes de sus manos en la pared adyacente a *El juicio final* y en el segundo sitial? Debajo del banco hay una zona sin polvo. Es muy probable que los técnicos forenses encuentren restos de dicho polvo en su chaqueta. ¿Fue allí donde se escondió cuando el archidiácono entró en la iglesia?

Ahora Piers percibió auténtico terror. Como de costumbre, le irritó. No experimentó una sensación de triunfo, sino vergüenza. Una cosa era poner a un sospechoso en una situación de desventaja, y otra muy distinta contemplar cómo un ser humano se transformaba en un animal asustado. Stannard pareció encogerse físicamente hasta convertirse en un delgado y desnutrido niño sentado en un sillón demasiado grande para él. Sin sacar las manos de los bolsillos, intentó rodearse el torso con los brazos. El delgado *tweed* de la chaqueta se tensó, y Piers creyó oír el desgarro de una costura.

–La prueba es irrefutable –añadió Dalgliesh en voz baja–. Ha estado mintiendo desde que entró en esta habitación. Si no mató al archidiácono Crampton, ahora le convendría decir la verdad, toda la verdad.

Stannard no respondió. Las manos, ahora fuera de los bolsillos, descansaban enlazadas sobre su regazo. Con la cabeza inclinada sobre ellas, ofrecía el incongruente aspecto de un hombre en actitud de rezar. Por lo visto estaba pensando, así que los policías aguardaron en silencio. Cuando por fin alzó la cabeza y habló, su comportamiento evidenció que había conseguido dominar el miedo y estaba dispuesto a luchar. Piers detectó una mezcla de obstinación y arrogancia en su voz.

–No maté a Crampton y no conseguirán probar que lo haya

hecho. De acuerdo, mentí al decir que no había estado en la iglesia. Es natural. Sabía que si decía la verdad, me convertiría de inmediato en el principal sospechoso. Esto resulta muy conveniente para ustedes, ¿no? Lo último que desean es cargarle el crimen a un miembro de Saint Anselm. Yo soy el chivo expiatorio ideal, mientras que los sacerdotes son sacrosantos. Pues bien, sepan que no lo hice.

–Entonces ¿por qué estaba en la iglesia? –preguntó Piers–. No pretenderá que creamos que fue a rezar.

Stannard calló. Parecía estar armándose de valor para la inevitable aclaración o quizás eligiendo las palabras más adecuadas y convincentes. Al contestar miró fijamente la pared del fondo, eludiendo los ojos de Dalgliesh. Su voz sonaba serena aunque con un mal disimulado dejo de irritación.

–De acuerdo, acepto que tienen derecho a una explicación y que es mi deber dársela. Se trata de algo totalmente inocente que no guarda relación alguna con la muerte de Crampton. Dicho esto, les agradecería que me asegurasen que esta entrevista es confidencial.

–Sabe que no podemos garantizarle nada semejante –repuso Dalgliesh.

–Oiga, ya le he dicho que esto no tiene nada que ver con el asesinato de Crampton. Lo conocí ayer. Jamás lo había visto antes. No había discutido con él ni tenía razones para desearle la muerte. Detesto la violencia. Soy pacifista, y no solo por convicción política.

–¿Quiere hacer el favor de contestar a mi pregunta? –lo apremió Dalgliesh–. Usted se escondió en la iglesia, ¿por qué?

–Intento decírselo. Buscaba algo. Un documento conocido como «el papiro de san Anselmo» por los pocos que saben de su existencia. En teoría se trata de una orden firmada por Poncio Pilatos y dirigida a un capitán de su guardia para que retiren el cuerpo crucificado de un alborotador político. Comprenderán su importancia. La fundadora de Saint Anselm, la señorita Arbuthnot, lo recibió de manos de su hermano, y desde entonces ha permanecido bajo la custodia del rector. Se rumorea que el documento es falso, pero como no han permitido que nadie lo vea ni lo han sometido a un estudio científico, la cuestión continúa en el aire. Evidentemente, el papel posee un gran interés para cualquier académico.

–¿Como usted, por ejemplo? –inquirió Piers–. No sabía que fuese experto en manuscritos prebizantinos. ¿No es sociólogo?

–Eso no impide que sienta cierta curiosidad por la historia de la Iglesia.

–Entonces –prosiguió Piers–, como no esperaba que le permitiesen ver el documento, decidió robarlo.

Stannard lo miró con furiosa malevolencia.

–Si no me equivoco –comentó con sarcasmo–, la definición legal del robo es la apropiación de algo ajeno con la intención de privar permanentemente de su posesión al legítimo propietario. Usted debería saberlo, puesto que es policía.

–Doctor Stannard –terció Dalgliesh–, supongo que la grosería es natural en usted, o quizá la vea como un agradable aunque infantil recurso para aliviar la tensión, pero no es aconsejable hablar en esos términos cuando uno está involucrado en un caso de asesinato. ¿Por qué pensó que el papiro estaba escondido en la iglesia?

–Me pareció el sitio más lógico. He revisado los libros de la biblioteca..., en la medida de lo posible, habida cuenta de que el padre Peregrine está siempre allí, pendiente de todo aunque se haga el distraído. Decidí que había llegado la hora de buscar en otra parte. Se me ocurrió que quizás el papiro se hallara escondido detrás de *El juicio final*. Ayer por la tarde fui a la iglesia. El seminario suele estar muy tranquilo los sábados después de la hora de comer.

–¿Cómo entró en la iglesia?

–Tenía las llaves. Estuve aquí poco después de Pascua, cuando la mayoría de los estudiantes y la señorita Ramsey se habían ido de vacaciones. Saqué las dos llaves, una de seguridad y una normal, del armario que está en el despacho de la secretaria y las llevé a Lowestoft para hacer copias. Nadie las echó en falta durante las dos horas que obraron en mi poder. Por si llegaban a notar algo, había planeado decir que me había topado con ellas en el claustro sur. Podían habérsele caído a alguien.

–Pensó en todo. ¿Y dónde están esas llaves ahora?

–Esta mañana, después de que Sebastian Morell lanzara la bomba en la biblioteca, comprendí que no me convenía que las encontrasen entre mis cosas. Si quiere saberlo, me deshice de ellas. Para ser más exacto, las limpié para borrar mis huellas y las enterré debajo de una mata de hierba al borde del acantilado.

–¿Sería capaz de encontrarlas? –quiso saber Piers.

–Probablemente. Aunque tal vez tardara un poco, podría localizar la zona donde las enterré, al menos en un radio de unos diez metros.

–Entonces será mejor que lo haga –aseveró Dalgliesh–. El sargento Robbins lo acompañará.

–¿Qué pensaba hacer con el papiro si lo encontraba? –preguntó Piers.

–Copiarlo. Escribir un artículo al respecto y publicarlo en los periódicos serios o en alguna revista académica. Me proponía sacarlo a la luz pública, donde debe estar todo documento importante.

–¿Por pasta, por prestigio académico o por ambas cosas? –preguntó Piers.

La mirada que le dirigió Stannard fue ostensiblemente venenosa.

–Si hubiera escrito un libro, como había previsto, con seguridad habría ganado bastante dinero.

–Dinero, fama, reconocimiento académico, su fotografía en los periódicos... Hay gente capaz de asesinar por mucho menos.

Antes de que Stannard pudiera protestar, Dalgliesh dijo:

–Me imagino que no encontró el papiro.

–No. Llevé conmigo un largo abrecartas de madera con el proposito de sacar lo que hubiese entre el retablo y la pared de la iglesia. Acababa de subirme a una silla para alcanzar el cuadro cuando oí que alguien entraba en la iglesia. Devolví la silla a su sitio rápidamente y me escondí. Por lo visto, usted ya sabe dónde.

–En el segundo sitial –dijo Piers–. Como un colegial. Debió de resultar humillante, ¿no? ¿No hubiera bastado con que se arrodillara? Pero no; nadie hubiese creído que estaba rezando.

–¿Y confesar que me había procurado un juego de llaves de la iglesia? Por extraño que le parezca, ni siquiera me planteé esa posibilidad. –Se volvió hacia Dalgliesh–. Puedo probar que digo la verdad. Aunque no llegué a ver a las personas que habían entrado, oí claramente sus voces mientras avanzaban por la nave central. Eran Morell y el archidiácono. Discutían sobre el futuro de Saint Anselm. Podría reproducir la mayor parte de la conversación. Tengo buena memoria, y ellos no se molestaron en bajar la voz. Si busca a alguien que guarde rencor al archidiácono, no le hará falta ir muy lejos. Entre otras cosas, Crampton amenazó con privar a la iglesia del valioso retablo.

–¿Y qué excusa pensaba alegar si lo descubrían por casualidad debajo del asiento del sitial? –preguntó Piers en un tono que podía pasar por auténtica curiosidad–. Es obvio que usted lo había planeado todo meticulosamente. Sin duda había preparado una respuesta para esa eventualidad, ¿no?

Stannard acogió la pregunta como si se tratara de la estúpida intervención de un alumno poco prometedor.

–Es una hipótesis absurda. ¿Por qué iban a registrar el sitial? Y aunque hubiesen echado un vistazo al interior, ¿por qué iban a molestarse en arrodillarse y mirar debajo del asiento? Si se les hubiera ocurrido tal idea, me habría encontrado en una situación delicada, desde luego.

–Pues ahora se encuentra en una situación delicada, doctor Stannard –afirmó Dalgliesh–. Ha confesado haber efectuado un infructuoso registro de la iglesia. ¿Quién nos asegura que no regresó más tarde, en algún momento de la noche?

–Le doy mi palabra de que no volví allí. ¿Qué otra cosa puedo decir? –Entonces añadió con brusquedad–: Y usted no dispone de pruebas de que lo hiciera.

–Ha dicho que introdujo un abrecartas de madera detrás del retablo. ¿Está seguro que eso fue lo único que usó? ¿No entró en la cocina mientras la comunidad rezaba las completas y robó un cuchillo de carnicero?

Ahora la fingida indiferencia de Stannard, su mal disimulado malhumor y su arrogancia cedieron el paso al pánico manifiesto. La piel que rodeaba los húmedos labios escarlata empalideció, y los pómulos surcados por venitas rojas destacaban en la tez, que acababa de adquirir una enfermiza tonalidad verdosa.

Volvió el cuerpo entero hacia Dalgliesh con tanta fuerza que por poco volcó el sillón.

–¡Dios mío, debe creerme, comisario! No entré en la cocina. Sería incapaz de clavarle un cuchillo a nadie, ni siquiera a un animal. No degollaría ni a un gato. ¡Es ridículo! Su insinuación me horroriza. Solo estuve en la iglesia una vez, lo juro, y lo único que llevaba conmigo era un abrecartas de madera. Puedo enseñárselo. Iré a buscarlo ahora mismo.

Hizo ademán de levantarse, mirando con desesperación a uno y otro policía. Nadie habló.

–Hay algo más –agregó de repente, entre esperanzado y triunfal–: Creo que puedo probar que no regresé a la iglesia. Llamé a mi novia a Nueva York a las once y media, hora británica. Atravesamos una mala racha y hablamos por teléfono casi a diario. Usé mi móvil. Si quieren, les daré el número de ella. No habría hablado media hora con ella si hubiese tenido en mente matar al archidiácono.

–No –convino Piers–, siempre y cuando se tratase de un asesinato premeditado.

De todas maneras, al observar los ojos de Stannard, Dalgliesh supo casi con total certeza que cabía eliminarlo de la lista de sospechosos. Stannard ignoraba por completo cómo había muerto Crampton.

–Debo estar en la universidad el lunes por la mañana –dijo–. Pensaba marcharme esta noche. Pilbeam iba a llevarme a Ipswich. No pueden retenerme, no he hecho nada malo. –Al advertir que no obtenía respuesta añadió con una mezcla de furia y prepotencia–: Miren, llevo mi pasaporte encima, como siempre. No conduzco, de manera que resulta útil para identificarme. ¿Permitirán que me vaya si se lo dejo provisionalmente?

–Entrégueselo al inspector Tarrant y él le dará un recibo –contestó Dalgliesh–. Aún no hemos terminado con usted, pero puede irse.

–Y supongo que le contarán a Sebastian Morell lo sucedido.

–No –repuso Dalgliesh–. Lo hará usted.

16

Dalgliesh, el padre Martin y el rector estaban en el despacho de este último. El padre Sebastian acababa de rememorar casi palabra por palabra la conversación que había mantenido con el archidiácono en la iglesia. Reconstruyó el diálogo como si recitase algo aprendido de memoria, y sin embargo Dalgliesh detectó un ligero dejo de culpa en su voz. Al terminar se quedó callado, sin ofrecer explicaciones ni aducir atenuantes. El padre Martin lo había escuchado sentado en silencio junto a la chimenea, con la cabeza baja e inmóvil, y concentrado como si estuviera oyendo una confesión.

–Gracias, padre –dijo Dalgliesh tras una breve pausa–. Eso coincide con lo que nos contó el doctor Stannard.

–Perdone si me entrometo en sus funciones –se disculpó el padre Sebastian–, pero el hecho de que Stannard estuviese escondido en la iglesia ayer por la tarde no significa que no regresara por la noche. ¿Debo entender que lo ha excluido de la investigación?

Dalgliesh no tenía la intención de revelar que Stannard ignoraba cómo se había cometido el asesinato. Se preguntaba si el rector había olvidado la importancia de la llave perdida, cuando este agregó:

–Claro que si contaba con copias de las llaves, no necesitaba robarlas del despacho. De todos modos, podría haberlo hecho para desviar las sospechas hacia otra persona.

–Solo si partimos de que el asesinato fue premeditado y no el resultado de un arrebato momentáneo. Stannard no está excluido de la investigación, nadie lo está por el momento, pero lo he autorizado para marcharse y supongo que usted se alegrará de perderlo de vista.

–Mucho. Comenzábamos a sospechar que su excusa para visitarnos, la supuesta investigación sobre la vida privada de los primeros tratadistas, era una tapadera. El padre Peregrine fue el primero en señalarlo. No obstante, el abuelo de Stannard fue socio del bufete de abogados que lleva los asuntos del seminario desde el siglo XIX. Nos ayudó mucho, así que no queríamos ofender a su nieto. Quizás el archidiácono estuviera en lo cierto: somos esclavos de nuestro pasado. Mi entrevista con Stannard me incomodó. Adoptó una actitud entre prepotente y capciosa, y justificó su codicia y su deshonestidad con un argumento muy trillado: la supuesta santidad de la investigación histórica.

El padre Martin no había abierto la boca durante toda la reunión. Salió del despacho de la secretaria seguido de Dalgliesh y, una vez fuera, se detuvo.

–¿Te gustaría ver el papiro de san Anselmo? –preguntó.

–Sí, mucho.

–Lo guardo en mi cuarto.

Subieron por la escalera de caracol hasta la torre. Si bien la vista era espectacular, la habitación no parecía cómoda. Estaba equipada con muebles de estilos diversos, demasiado viejos para estar en las zonas públicas y demasiado buenos para tirarlos a la basura. Aunque semejante combinación a menudo crea un ambiente de acogedora intimidad, en este caso producía un efecto deprimente. Dalgliesh dudaba que el padre Martin se hubiera percatado de ello.

En la pared norte había un pequeño grabado religioso en un marco de cuero marrón. No se distinguía con claridad, pero a primera vista Dalgliesh juzgó que carecía de un gran valor artístico, y los colores estaban tan desvaídos que resultaba difícil reconocer la figura central de la Virgen con el Niño. El padre Martin lo descolgó, quitó la parte superior del marco y sacó el grabado. Debajo había dos láminas de cristal y, entre ellas, algo parecido a una hoja de cartón grueso, con los bordes rayados y varios renglones de angulosas letras negras. El padre Martin no la acercó a la ventana, de manera que a Dalgliesh le costó descifrar el texto latino. Le pareció ver una marca circular en el extremo superior derecho, donde el papiro estaba roto. Se apreciaba con nitidez el entramado de juncos que componía el papel.

–Solo lo han examinado una vez –explicó el padre Martin–, poco después de que lo recibiera la señorita Arbuthnot. Por lo que sé, no cabe duda de que el papiro en sí sea antiguo, quizá del siglo I de nuestra era. Edward, el hermano de la fundadora, no hubiera tenido dificultades para encontrarlo. Como ya sabrás, era egiptólogo.

–Pero ¿por qué se lo dio a su hermana? Sea cual fuere su procedencia, me extraña que se desprendiese de él. Si se trataba de una falsificación destinada a desacreditar la fe de la señorita Arbuthnot, ¿por qué mantenerlo en secreto? Y si pensaba que era auténtico, ¿no era una razón aún mejor para hacerlo público?

–Ese es uno de los principales motivos que nos indujo a creer que era falso. De lo contrario, su descubrimiento le habría dado fama y prestigio, de manera que ¿por qué iba a deshacerse de él? Cabe la posibilidad de que quisiera que su hermana lo destruyese. Si con anterioridad hubiera sacado fotografías de él, podría haber acusado al seminario de hacer desaparecer deliberadamente un papiro de enorme importancia. Con seguridad ella procedió del modo más prudente posible. Las razones de él quedan menos claras.

–También llama la atención que Poncio Pilatos se molestase en cursar la orden por escrito. El procedimiento normal era murmurarla al oído apropiado, ¿no?

–No necesariamente. Para mí ese punto no suscita dudas.

–Pero ahora sería posible zanjar la cuestión, si eso es lo que quiere –aseguró Dalgliesh–. Aunque el papiro date de la época de Cristo, podrían analizar la tinta mediante el método del carbono 14. Así se desvelaría el enigma y sabríamos la verdad.

El padre Martin montó el marco con cuidado, colgó el grabado en la pared y retrocedió para cerciorarse de que no estuviera torcido.

–O sea que crees que la verdad nunca hace daño, Adam.

–Yo no diría tanto, pero nuestro deber es buscarla, por desagradable que resulte descubrirla.

–La búsqueda de la verdad forma parte de tu trabajo. Sin embargo, nunca la aprehendes del todo, desde luego, ni tienes por qué. Aunque eres un hombre muy inteligente, el objetivo de tu actividad no es la justicia. Una cosa es la justicia del hombre, y otra la justicia de Dios.

–No me considero tan arrogante como para pensar lo contrario, padre –repuso Dalgliesh–. Limito mis aspiraciones a la justicia del hombre, o a lo que más se ajuste a ella. Y ni siquiera eso está en mi mano. Mi trabajo consiste en arrestar a alguien. El jurado decide si ese alguien es culpable o inocente y el juez dicta la sentencia.

–¿Y el resultado es la justicia?

–No siempre. Quizá ni siquiera a menudo. Aun así, en un mundo imperfecto, es lo más próximo a ella.

–No niego la importancia de la verdad –dijo el padre Martin–. ¿Cómo iba a hacerlo? Solo digo que la búsqueda en ocasiones es peligrosa, y también la verdad cuando por fin se encuentra. Tú sugieres que mandemos examinar el papiro y que averigüemos la verdad mediante el método del carbono 14. Eso no acabaría con la polémica. Algunos afirmarían que un documento tan convincente como este podría ser una copia de otro más antiguo. Otros se resistirían a creer en la opinión de los expertos. Nos enfrentaríamos a un largo período de discusiones. El papiro seguiría envuelto en un halo de misterio. No necesitamos otro caso como el del sudario de Turín.

Dalgliesh deseaba hacer otra pregunta, pero titubeó; sabía que era atrevida y que, una vez que la formulara, el padre Martin la respondería con sinceridad y quizá con dolor.

–Padre, si examinasen el papiro y establecieran con absoluta certeza que es auténtico, ¿afectaría eso a su fe?

El sacerdote sonrió.

–Hijo mío, ¿qué importancia reviste lo que ocurrió con unos restos mortales para alguien que durante cada hora de su vida ha sentido la viva presencia de Cristo?

En el despacho de abajo, el padre Sebastian había pedido a Emma que subiese a verlo. Después de indicarle que se sentara, dijo:

–Supongo que querrá volver a Cambridge lo antes posible. He hablado con el señor Dalgliesh, y según él no existe razón alguna para impedírselo. De momento no tiene poder para retener aquí a las personas que deseen marcharse, siempre que la policía sepa dónde contactarlas. Naturalmente, ni los estudiantes ni los sacerdotes pueden irse.

La irritación hizo que la voz de Emma sonase más estridente de lo que pretendía:

–¿O sea que usted y Dalgliesh han estado discutiendo lo que debo o no debo hacer? ¿No cree que debería decidirlo yo misma, padre?

El rector inclinó la cabeza por un instante y luego la miró a los ojos.

–Lo lamento, Emma, me he expresado con torpeza. No fue así. Simplemente di por sentado que querría irse.

–Pero ¿por qué? ¿Por qué lo dio por sentado?

–Hija mía, hay un asesino entre nosotros. Debemos afrontarlo. Yo me sentiría más tranquilo si usted no estuviese aquí. Sé que no hay motivos para pensar que estamos en peligro, pero esta situación no debe de ser agradable ni para usted ni para nadie.

–Eso no significa que desee marcharme –replicó Emma en un tono más calmado–. Usted dijo que el seminario continuaría con las actividades normales en la medida de lo posible. Por lo tanto, pensé que me quedaría para impartir los tres seminarios programados. No entiendo qué relación guarda eso con la policía.

–Ninguna, Emma. Hablé con Dalgliesh porque sabía que usted y yo mantendríamos esta conversación y quería cerciorarme antes de que todos los presentes fuesen libres de irse. De nada habría servido discutir sus deseos sin dejar zanjado ese punto. Le ruego que disculpe mi falta de tacto. En cierto modo todos somos prisioneros de nuestra educación. Me temo que mi primer impulso me mueve a lanzar a las mujeres y los niños a los botes salvavidas. –Sonrió y añadió–: Es un hábito que solía molestar a mi esposa.

–¿Qué ocurre con la señora Pilbeam y Karen Surtees? ¿Se marchan?

El rector vaciló y esbozó una sonrisa triste. A pesar de todo, a Emma se le escapó una risita.

–¡Ay, padre! ¿No irá a decirme que las dos estarán bien porque tienen un hombre que las proteja?

–No, no me proponía agravar mi delito. La señorita Surtees le ha dicho a la policía que piensa quedarse hasta que arresten al culpable. Tal vez deba pasar una buena temporada aquí. Creo que será ella quien proteja a su hermano. Le he sugerido a la señora Pilbeam que se aloje en casa de uno de sus hijos casados, pero ella ha preguntado con cierta brusquedad quién se haría cargo de la cocina en ese caso.

Una idea incómoda asaltó a Emma.

–Lamento haber sido grosera con usted. Reconozco mi egoísmo. Si mi ausencia les facilita las cosas a usted y a los demás, entonces me marcharé, desde luego. No quiero convertirme en un estorbo ni en un motivo de preocupación más. Solo pensaba en lo que yo quería.

–En tal caso, quédese, por favor. Aunque su presencia quizá represente un motivo de preocupación para mí, sobre todo durante los próximos tres días, también constituirá un inmenso consuelo y una fuente de paz para todos. Usted siempre ha ejercido una influencia positiva en este lugar, Emma. Y sigue haciéndolo.

Sus ojos se encontraron otra vez, y a ella no le cupo duda de lo que vio: placer y alivio. Desvió la mirada, temiendo que él viese en ella una emoción menos aceptable: pena. «No es un hombre joven –se dijo–, y este podría ser el final de todo aquello que ha amado y por lo que ha luchado.»

17

En Saint Anselm el almuerzo siempre era más sencillo que la cena; por lo general consistía en una sopa, seguida por una variedad de ensaladas con embutidos y un plato de verdura caliente. Al igual que la cena, la mayor parte se desarrollaba en silencio. Ese día, Emma acogió el silencio con especial alivio e intuyó que a todos les sucedía lo mismo. Cuando la comunidad estaba reunida, la quietud parecía la única respuesta a una tragedia que, en su grotesco horror, trascendía tanto el ámbito de las palabras como el del entendimiento. Y el silencio en Saint Anselm, más positivo que la mera ausencia de cháchara, era siempre una bendición; ahora confería a la cena un ilusorio aire de normalidad. Sin embargo, todos comieron poco, y hasta los platos de sopa quedaron medio llenos mientras la señora Pilbeam, pálida como el papel, trajinaba entre los comensales como una autómata.

Emma había planeado regresar a Ambrosio para trabajar, pero sabía que le resultaría imposible concentrarse. Movida por un deseo súbito que en un principio le habría costado explicar, decidió ir a San Lucas a ver a Gregory. Cuando coincidían en el seminario, cosa que no siempre ocurría, se encontraban cómodos el uno con el otro. Aunque la relación entre ambos nunca había sido íntima, Emma necesitaba hablar con alguien que se hallara en Saint Anselm pero que no perteneciese a la institución, alguien que no la obligara a sopesar cada palabra. Le ayudaría a desahogarse comentar el asesinato con una persona que, según sospechaba, lo consideraría más intrigante que angustioso.

Gregory estaba en casa. La puerta de la casa San Lucas estaba abierta, e incluso antes de llegar alcanzó a oír la música de Haendel. Reconoció la cinta porque ella también la tenía: era el contralto James Bowman cantando *Ombra mai fu.* La exquisita y diáfana voz fluía con creciente intensidad sobre el descampado.

Ella aguardó a que terminase el aria, y cuando alzó la mano para llamar, Gregory le gritó que pasara. Emma cruzó el ordenado estudio tapizado de libros y entró en la galería acristalada que daba al descampado. El sabroso olor del café que él estaba tomando inundaba la estancia. Ella no se había quedado a esperar el café en el seminario, así que cuando él le ofreció una taza, la aceptó. Gregory arrimó una pequeña mesa de mimbre al sillón a juego y ella se arrellanó, sorprendentemente contenta de estar allí.

Pese a que no había venido con una idea clara de lo que pretendía, había algo que necesitaba decir. Observó a Gregory mientras servía el café. La perilla prestaba un aire ligeramente siniestro y mefistofélico a una cara que siempre le había parecido más interesante que atractiva. El cabello entrecano caía sobre la abombada frente en unos rizos tan regulares que a ella se le antojaban hechos con rulos. Bajo los delgados párpados, los ojos contemplaban el mundo con un divertido e irónico desprecio. Gregory se cuidaba. Emma sabía que corría a diario y nadaba con regularidad, excepto en los meses más fríos del año. Mientras él le tendía la taza vio una vez más la deformidad que nunca se esforzaba por disimular. En la adolescencia, se había amputado accidentalmente con un hacha la parte superior del anular izquierdo. Le había explicado las circunstancias en su primer encuentro, y Emma había advertido que deseaba recalcar que se debía a un accidente y no a un defecto de nacimiento. Le había desconcertado el evidente malestar de Gregory y su necesidad de explayarse sobre un defecto que difícilmente supondría un inconveniente para él. Una muestra más de su notable engreimiento, pensó Emma.

–Quería consultarle algo –dijo–. No, me he expresado mal, necesitaba hablar de algo.

–Me halaga. Pero ¿por qué me ha escogido a mí? ¿No sería más apropiado que acudiese a uno de los sacerdotes?

–No quiero molestar al padre Martin y sé lo que me contestaría el padre Sebastian. Bueno, creo saberlo, porque a veces me sorprende.

–Si se trata de un asunto moral, se supone que los expertos son ellos –señaló Gregory.

–Supongo que se trata de un asunto moral, o al menos ético, pero no estoy segura de necesitar un experto. ¿Hasta qué punto cree que debemos cooperar con la policía? ¿Cuánto debemos decirles?

–Esa es la cuestión, ¿no?

–Sí, esa es la cuestión.

–Tal vez deberíamos concretar más. Presumo que usted quiere que atrapen al asesino de Crampton, ¿no? ¿Eso le plantea alguna duda? ¿Acaso opina que en ciertas circunstancias el asesinato es perdonable?

–No, de ninguna manera. Prefiero que atrapen a todos los asesinos. No sé qué convendría hacer con ellos después, pero incluso si me inspiran simpatía o compasión, quiero que los detengan.

–Sin embargo, no desea participar activamente en la caza, ¿verdad?

–No me gustaría perjudicar a un inocente.

–Ah –dijo Gregory–, pero no puede evitarlo. Como tampoco Dalgliesh. En todas las investigaciones de asesinato algún inocente sale perjudicado. ¿En quién está pensando en particular?

–Preferiría no decirlo. –Después de una breve pausa, añadió–: No sé por qué lo molesto con este asunto. Supongo que me hacía falta hablar con alguien que no formara parte del seminario.

–Ha venido a hablar conmigo porque yo no le importo –repuso Gregory–. No la atraigo sexualmente. Se encuentra a gusto aquí porque nada de lo que nos digamos cambiará la relación entre nosotros; de hecho, no hay nada que cambiar. Piensa que soy inteligente, sincero, difícil de escandalizar y fiable. Todo eso es cierto. Además, no cree que yo haya matado a Crampton. Y tiene toda la razón, no lo hice. El archidiácono no despertó en mí el menor interés cuando estaba vivo, y mucho menos ahora que está muerto. Reconozco que siento una natural curiosidad por saber quién lo mató, aunque eso es todo. También me gustaría enterarme de cómo murió, pero usted no me lo dirá y no pienso exponerme a una negativa preguntándoselo. No obstante, estoy implicado en el caso, como todos. Dalgliesh aún no me ha mandado llamar, pero no me engaño pensando que es porque figuro entre los últimos puestos de la lista de sospechosos.

–¿Y qué le dirá cuando lo interrogue?

–Responderé a sus preguntas con sinceridad. No mentiré. Si me piden mi opinión personal, la daré con suma prudencia. No haré conjeturas ni ofreceré información que no me exijan. Y naturalmente no trataré de sacarle las castañas del fuego a la policía; Dios sabe que les pagan más que suficiente. Recordaré que siempre se está a tiempo de añadir algo a lo que uno dice, pero que las palabras ya pronunciadas no pueden retirarse. Eso es lo que me propongo hacer. Aunque es probable que mi arrogancia y mi curiosidad desmedida me impidan seguir mis propios consejos cuando Dalgliesh y sus secuaces se dignen llamarme.

–En resumen, me aconseja que no mienta pero que tampoco revele más de lo que me piden –concluyó Emma–; que espere a que me interroguen y luego responda con sinceridad.

–Algo así.

Entonces le hizo una pregunta que deseaba formularle desde que se habían conocido. Resultaba curioso que ese le pareciese el momento oportuno.

–Usted no siente simpatía por la gente del seminario, ¿verdad? ¿Se debe a que no es creyente o a que piensa que tampoco lo son ellos?

–Oh, no, ellos sí que lo son. El problema es que lo que creen se ha vuelto irrelevante. No me refiero a las enseñanzas morales; del legado judeocristiano se deriva la civilización occidental, y deberíamos estar agradecidos por ello. No obstante, la Iglesia a la que sirven agoniza. Cada vez que contemplo *El juicio final* intento entender lo que significó para los hombres del siglo XV. Cuando la vida es dura, corta y llena de dolor, uno necesita la esperanza del cielo; cuando no hay leyes eficaces, uno necesita el elemento disuasorio del infierno. La Iglesia les brindaba consuelo, iluminación, paz, cuadros, historias y la ilusión de una vida eterna. El siglo XXI ofrece otras compensaciones: el fútbol, por ejemplo. En él hay rito, color, acción y la sensación de pertenecer a un grupo; el fútbol también tiene sumos sacerdotes e incluso mártires. Y luego están las compras, el arte, la música, los viajes, el alcohol, las drogas... Cada uno de nosotros cuenta con sus propios recursos para mantener a raya los dos grandes horrores de la vida humana: el tedio y la certeza de que vamos a morir. Y ahora, Dios nos asista, tenemos Internet. Pornografía a raudales con solo pulsar unas cuantas teclas. Todo está allí, tanto si quiere ponerse en contacto con una banda de pederastas como si desea aprender a fabricar una bomba para librarse de la gente que odia. Además, por supuesto, constituye una mina de otra clase de datos, algunos incluso fidedignos.

–¿Y cuando todas esas cosas fallan? –preguntó Emma–. ¿Hasta la música, la poesía, el arte?

–Entonces, querida, uno debe recurrir a la ciencia. Si preveo que mi final será desagradable, echaré mano de la morfina y la compasión de mi médico. O quizá me adentre en el mar y contemple por última vez el cielo.

–¿Por qué sigue aquí? O más bien, ¿por qué aceptó este empleo?

–Porque me gusta enseñar griego a jóvenes inteligentes. ¿Por qué es usted profesora universitaria?

–Porque me gusta enseñar literatura inglesa a jóvenes inteligentes. Aunque esa es una respuesta parcial. En ocasiones me pregunto hacia dónde voy. Sería agradable realizar una obra creativa y original en lugar de limitarme a analizar la creatividad de otros.

–¿Atrapada en la espesura de la selva académica? Yo me he guardado bien de internarme en ella. Este lugar es ideal para mí. Tengo suficiente dinero ahorrado para permitirme trabajar a tiempo parcial. Llevo otra vida en Londres; los sacerdotes de Saint Anselm no la aprobarían, pero a mí me estimulan los contrastes. También preciso de paz para escribir y meditar, y aquí la he encontrado. Nunca recibo visitas. Mantengo a la gente alejada con la excusa de que solo dispongo de una habitación. Como en el seminario si lo deseo, con la garantía de que disfrutaré de platos excelentes, un vino aceptable, cuando no memorable, y una conversación a menudo interesante y rara vez aburrida. Me gusta dar paseos solitarios, y la desolación de esta costa me va como anillo al dedo. Disfruto de alojamiento y comida gratis, y el seminario me paga un sueldo ridículo a cambio de una enseñanza de calidad que no podrían permitirse de otra manera. Por culpa del asesino, todo esto se acabará. Empieza a caerme mal.

–Lo peor es saber que podría ser cualquiera de los que están aquí, alguien que conocemos.

–Un trabajo interno, como diría nuestra querida policía. ¿Acaso existe otra posibilidad? Vamos, Emma, usted no es una cobarde. Afronte la verdad. ¿Qué ladrón iba a conducir en la oscuridad y en una noche de tormenta hasta una iglesia remota que difícilmente estaría abierta con el fin de robar las monedas del cepillo? Y el círculo de sospechosos no es grande. Usted queda descartada, querida. El primero en llegar al escenario del crimen siempre despierta sospechas en las novelas policíacas, a las que, dicho sea de paso, nuestros sacerdotes son muy aficionados, pero me atrevo a asegurarle que su inocencia no está en entredicho. Eso nos deja con los cuatro seminaristas que estaban anoche en el seminario y siete personas más: los Pilbeam, Surtees y su hermana, Yarwood, Stannard y yo. Doy por sentado que ni siquiera Dalgliesh sospecha de nuestros representantes de Dios, aunque probablemente los tenga en cuenta, sobre todo si recuerda las palabras de Pascal: «Los hombres nunca hacen el mal con mayor eficacia y ligereza que cuando actúan guiados por una convicción religiosa».

–Sin duda podemos eliminar a los Pilbeam, ¿no? –murmuró Emma, que no quería hablar de los sacerdotes.

–Reconozco que cuesta imaginarlos en el papel de asesinos, pero lo mismo sucede con todos. Sin embargo, me horroriza pensar en una excelente cocinera cumpliendo cadena perpetua. De acuerdo, descartemos a los Pilbeam.

Emma estaba a punto de decir que debían excluir también a los cuatro seminaristas, pero se contuvo. Temía la respuesta de Gregory.

–Usted tampoco es un sospechoso, ¿no? –señaló en cambio–. No tenía motivos para odiar al archidiácono. De hecho, su asesinato tal vez ocasione el cierre definitivo de Saint Anselm. Y es lo último que usted querría, ¿no?

–De todas maneras iban a cerrarlo. Es un milagro que haya permanecido abierto tanto tiempo. Pero está en lo cierto, no tenía motivos para desear la muerte de Crampton. Si fuese capaz de matar a alguien, y no lo soy excepto en defensa propia, probablemente escogería a Sebastian Morell.

–¿Al padre Sebastian? ¿Por qué?

–Un antiguo rencor. Impidió que me convirtiese en miembro de la junta rectora de All Souls College. Ahora no me importa, pero en su momento me afectó mucho. Vaya si me afectó. Escribió una ponzoñosa crítica de mi último libro en la que insinuaba que había cometido plagio. Y no era verdad; se trataba solo de una de esas coincidencias de frases e ideas que se producen de vez en cuando. Aun así, el escándalo no me favoreció.

–¡Qué horror!

–No es para tanto. Esas cosas pasan; usted ha de saberlo. Es la pesadilla de todo escritor.

–Pero ¿por qué lo contrató para este empleo? Es imposible que olvidase aquel asunto.

–Nunca lo mencionó. Y no es imposible que lo olvidara. Aunque para mí fuese importante, es obvio que para él no lo fue. Aun si lo recordaba cuando solicité mi puesto, dudo que le hubiera preocupado; no iba a desperdiciar la oportunidad de fichar a un excelente profesor para Saint Anselm por poco dinero. –Gregory miró a Emma, que se quedó callada y con la cabeza gacha–. Tome otra taza de café. Luego me contará los últimos cotilleos de Cambridge.

18

Cuando Dalgliesh llamó para citar a George Gregory en la casa San Mateo, el profesor dijo:

–Preferiría que me interrogasen aquí. Estoy esperando una llamada de mi agente y ella solo tiene este número. Detesto los teléfonos móviles. –A Dalgliesh le extrañó que alguien aguardase una llamada profesional en domingo–. Habíamos acordado que mañana comeríamos juntos en Londres, en el Ivy –añadió Gregory, como si intuyera su escepticismo–. Ahora sospecho que no me será posible acudir a la cita, o que quizá no resulte conveniente. He intentado localizarla, pero no lo he conseguido. Le he dejado un mensaje en el contestador pidiéndole que me llame. Naturalmente, si no consigo hablar con ella hoy o mañana a primera hora, habré de viajar a Londres. Supongo que no me pondrán objeciones.

–Por el momento no veo ninguna razón para ello –dijo Dalgliesh–. Aunque preferiría que todo el mundo permaneciese en Saint Anselm por lo menos hasta que terminemos con la primera parte de la investigación.

–Le aseguro que no pretendo huir. Más bien al contrario; a uno no se le presentan muchas ocasiones de vivir indirectamente la emoción de un asesinato.

–No creo que la señorita Lavenham comparta su satisfacción ante esta experiencia –comentó Dalgliesh.

–Ah, claro que no, pobre chica. Pero ella ha visto el cadáver. Sin ese terrible impacto visual, el asesinato provoca un atávico placer morboso; parece más un episodio de una novela de Agatha Christie que un hecho real. En teoría, el terror imaginado cala más hondo que el verdadero, aunque no creo que eso se aplique a un homicidio. Estoy seguro de que quien ha visto a una persona asesinada jamás consigue borrar esa imagen de su mente. Entonces ¿vendrá usted? Gracias.

La observación de Gregory, aunque brutalmente insensible, no era del todo errónea. Arrodillado junto al cadáver de la primera e inolvidable víctima, en sus tiempos de detective bisoño y recién incorporado al CID, Dalgliesh había descubierto la fuerza destructiva del asesinato con una mezcla de horror, ira y compasión. Ahora se preguntó cómo lo estaría sobrellevando Emma Lavenham y si podía o debía hacer algo por ella. Tal vez no. Cabía la posibilidad de que lo interpretase como una intromisión o una muestra de paternalismo. Le había pedido que no hablara de lo que había visto en la iglesia con nadie, salvo con el padre Martin, y este, pobre hombre, seguramente necesitaba más consuelo y apoyo de lo que se hallaba en condiciones de ofrecer a otros. Desde luego, nada le impedía marcharse y llevarse el secreto consigo, pero ella no era de las que huyen. ¿Por qué estaba tan seguro de eso si apenas la conocía? Apartó ese problema de su mente con resolución y se concentró en la tarea que se traía entre manos.

No le molestó ir a San Lucas para ver a Gregory. No albergaba la intención de interrogar a los seminaristas en sus habitaciones cuando a ellos les conviniese; era más apropiado, práctico y expeditivo que compareciesen ante él. Sin embargo, Gregory se encontraría más cómodo en su territorio, y los sospechosos bajaban la guardia con más facilidad cuando se relajaban. Además, se descubrían más cosas sobre un testigo mediante un discreto escrutinio de su entorno que con una docena de preguntas directas. Los libros, los cuadros y la disposición de los muebles a menudo proporcionaban un testimonio más revelador que las palabras.

Mientras él y Kate seguían a Gregory a la sala, Dalgliesh se sorprendió una vez más de la singularidad de cada una de las tres casas ocupadas: la alegre confortabilidad doméstica de los Pilbeam; la pulcra sala de trabajo de Surtees, con su olor a madera, aguarrás y pienso, y ahora un lugar que a todas luces constituía el espacio vital de un académico, también obsesivamente ordenado. La vivienda estaba acondicionada en función de los dos intereses principales de Gregory: la literatura y la música clásicas. Unas estanterías cubrían las paredes de la estancia del frente desde el suelo hasta el techo, excepto por un espacio situado encima de la ornamentada chimenea victoriana, donde había una reproducción del *Arco de Constantino* de Piranesi. Por lo visto, para Gregory era importante que la altura de los estantes se correspondiese exactamente con la de los libros –una manía que Dalgliesh compartía–, lo que en conjunto obraba el efecto de una habitación engalanada con la armoniosa suntuosidad del suave brillo dorado y el cuero marrón de los lomos. Debajo de la ventana, en la que a falta de cortina una persiana de madera tamizaba la luz, había un escritorio de roble natural equipado con un ordenador y una práctica silla de oficina.

Cruzaron una puerta para pasar al anexo, una galería construida fundamentalmente de cristal y tan ancha como la casa. Ahí estaba el salón de Gregory, amueblado con ligeros pero cómodos sillones de mimbre, un sofá, una mesa auxiliar y otra grande y circular situada al fondo sobre la que descansaban varios libros y revistas. Incluso estos se encontraban en perfecto orden, aparentemente apilados según su tamaño. En el techo y los costados de vidrio habían instalado persianas venecianas que, a juicio de Dalgliesh, resultarían imprescindibles en verano. En la estancia, orientada al sur, reinaba una temperatura agradablemente cálida incluso en esa época. Desde ahí se abarcaban una inhóspita extensión de matorrales, las lejanas copas de los árboles que rodeaban la laguna y, al este, la acerada superficie del mar del Norte.

Los bajos sillones de mimbre no eran ideales para un interrogatorio policial, pero no había otro sitio donde sentarse. Gregory se acomodó en el sillón que daba al sur, se reclinó y extendió las piernas como si se dispusiese a pasar un rato tranquilo en un club social.

Dalgliesh comenzó con preguntas cuyas respuestas conocía ya por los expedientes personales, aunque el de Gregory contenía menos información que los de los seminaristas. El primer documento, una carta del Keble College, Oxford, dejaba claro a través de qué medios había llegado a Saint Anselm. Dalgliesh, que poseía una memoria prodigiosa para la letra impresa, la recordó con facilidad.

> Ahora que Bradley por fin se ha retirado (¿cómo habéis logrado convencerlo?), se rumorea que estáis buscando un sustituto. Me

pregunto si habéis pensado en George Gregory. Tengo entendido que actualmente está ocupado en una nueva traducción de Eurípides y que le gustaría encontrar un empleo a tiempo parcial, preferiblemente en el campo, donde pudiese continuar con su trabajo en paz. No conseguiréis a nadie con mayores méritos académicos, desde luego, y está dotado para la enseñanza. La suya es la típica historia del erudito que nunca alcanza su pleno potencial. No es el más afable de los hombres, pero creo que os serviría. El viernes cenamos juntos aquí y tocamos este tema. Aunque no le prometí nada, le aseguré que averiguaría en qué situación estabais. Supongo que habrá que negociar con él el asunto del dinero, pero no es lo que más le importa. Lo que busca por encima de todo es intimidad y paz.

Ahora Dalgliesh dijo:

–Usted llegó aquí en 1995, invitado por el seminario.

–Podría decirse que fui el resultado de una intensa búsqueda. El seminario necesitaba un profesor de griego clásico con experiencia y conocimientos de hebreo. Yo quería un puesto docente a tiempo parcial, preferiblemente en el campo y con alojamiento. Dispongo de una casa en Oxford, pero está alquilada. El inquilino es responsable y el alquiler, alto. No me gustaría desbaratar esta situación. El padre Martin habría considerado que nuestro encuentro fue providencial; el padre Sebastian lo vio más como un ejemplo de su poder para manejar los acontecimientos a su conveniencia y a la del seminario. Si bien no puedo hablar por Saint Anselm, creo que ninguna de las dos partes ha lamentado el trato.

–¿Cuándo conoció al archidiácono Crampton?

–En su primera visita, hace unos tres meses, cuando lo nombraron miembro del consejo de administración. No recuerdo la fecha exacta. Estuvo aquí de nuevo hace dos semanas y volvió a venir ayer. En la segunda ocasión se tomó la molestia de buscarme para preguntarme cuáles pensaba que eran los términos precisos de mi contrato. Creo que si no se lo hubiese impedido me habría sermoneado sobre mis convicciones religiosas, o la falta de ellas. Lo remití a Sebastian Morell para que resolviese la primera cuestión con él, y en la segunda me mostré lo bastante desatento como para empujarlo a buscar víctimas más complacientes... como Surtees, supongo.

–¿Y en esta última visita?

–Solo lo vi anoche, en la cena. No fue un acontecimiento particularmente festivo, pero usted se hallaba presente, de manera que habrá visto y oído lo mismo que yo, o quizá más. Después de cenar, me marché antes del café y regresé aquí.

–¿Y qué hizo durante el resto de la noche, señor Gregory?

–Lo pasé en esta casa. Leí un poco y corregí media docena de trabajos de clase. Luego escuché música, concretamente Wagner, y me fui a la cama. Y para ahorrarle la pregunta, le diré que no salí en ningún momento de la noche. No vi a nadie ni oí nada, salvo el sonido de la tormenta.

–¿Y cuándo se enteró del asesinato del archidiácono?

–A las siete menos cuarto me llamó Raphael Arbuthnot para informarme de que el padre Sebastian había convocado a todos los residentes a una reunión de urgencia que se celebraría a las siete y media en la biblioteca. No me dio explicaciones, de manera que no supe lo del asesinato hasta que estuvimos todos reunidos.

–¿Cómo reaccionó ante la noticia?

–De manera complicada. Supongo que inicialmente con horror e incredulidad. No conocía al archidiácono, así que no tenía motivos para experimentar dolor o pesar. Ese numerito de la biblioteca fue extraordinario, ¿no? Nadie como Morell para organizar algo así. Me imagino que se le habrá ocurrido a él. Allí estábamos todos, unos sentados y otros de pie, como una familia mal avenida esperando la lectura de un testamento. He dicho que mi primera reacción fue de horror y es verdad. Sentí horror, pero no sorpresa. Cuando entré en la biblioteca y vi la cara de Emma Lavenham, comprendí que había ocurrido algo grave. Creo que intuí lo que Morell iba a contarnos.

–¿Sabía que en Saint Anselm no apreciaban en exceso las visitas del archidiácono?

–Procuro mantenerme al margen de la política del seminario; las instituciones pequeñas y aisladas como esta son un buen caldo de cultivo para los chismorreos y las insinuaciones maliciosas. Aun así, no soy ciego ni sordo. Creo que casi todos sabemos que el futuro de Saint Anselm es incierto y que el archidiácono Crampton estaba empeñado en que lo cerrasen cuanto antes.

–¿Y a usted le molestaría que eso ocurriera?

–No me gustaría, pero poco después de llegar aquí me percaté de que existía esa posibilidad. Sin embargo, teniendo en cuenta la lentitud con que realiza sus gestiones la Iglesia anglicana, pensé que estaría a salvo durante al menos diez años más. Lamentaré perder la casa, sobre todo porque pagué la construcción de este anexo. Es un sitio idóneo para mi trabajo y no lo abandonaré de buena gana. Claro que es posible que no tenga que marcharme, desde luego. No sé qué piensa hacer la Iglesia con el edificio, pero no les resultará fácil venderlo. Tal vez pueda comprar la casa. Todavía es pronto para pensar en ello; ni siquiera sé si pertenece a las autoridades de la Iglesia o a la diócesis. Soy completamente ajeno a ese mundo.

O bien ignoraba las disposiciones testamentarias de la señorita Arbuthnot o intentaba ocultar lo que sabía. Como al parecer no había más información que intercambiar, Gregory hizo ademán de levantarse. Sin embargo, Dalgliesh no había terminado.

–¿Ronald Treeves era alumno suyo? –preguntó.

–Desde luego. Enseño griego clásico y hebreo a todos los ordenandos, salvo a aquellos que se graduaron en lenguas clásicas. Treeves había estudiado geografía, de manera que estaba siguiendo el curso de tres años y había empezado de cero con el griego. Vaya, había olvidado que usted vino aquí para investigar su muerte. Ha perdido toda trascendencia en comparación con esta, ¿no? Bueno, siempre fue intrascendente; como supuesto asesinato, quiero decir. El dictamen más lógico habría sido el de suicidio.

–¿Fue esa su conclusión cuando vio el cadáver?

–Es la conclusión a la que llegué en cuanto dispuse de tiempo para pensar con claridad. Lo que me convenció fue la ropa doblada. Un joven que se propone trepar a un acantilado no pliega su sotana y su capa con un esmero ritual. Vino aquí para una clase particular el viernes por la tarde, antes de las completas, y lo vi igual que siempre; no estaba especialmente alegre, pero eso no era raro en él. No recuerdo que entabláramos una conversación que no guardase relación con la traducción en la que estaba trabajando. Me fui a Londres justo después y pasé la noche en mi club. Cuando volvía el sábado por la tarde, la señora Munroe me detuvo en el camino.

–¿Cómo era Ronald? –inquirió Kate.

–¿Treeves? Impasible, trabajador, inteligente..., aunque quizá no tanto como él creía. También era inseguro y sorprendentemente intolerante para su edad. Creo que su padre desempeñaba un papel preponderante en su vida. Supongo que eso explica su elección de carrera: si no eres capaz de suceder a papá en su campo, al menos debes mostrarte lo menos complaciente posible a la hora de escoger profesión. De todos modos, nunca hablamos de su vida privada. Me he impuesto la norma de no involucrarme en los asuntos de los estudiantes. En una facultad pequeña como esta, eso suele conducir al desastre. Estoy aquí para enseñar griego y hebreo, no para ahondar en la mente de mis alumnos. Cuando digo que necesito intimidad, me refiero también a que necesito protegerme de la carga de la personalidad humana. A propósito, ¿cuándo saldrá a la luz pública el asesinato? Me imagino que habremos de prepararnos para el habitual asedio de la prensa.

–Será imposible mantenerlo en secreto indefinidamente, desde luego –admitió Dalgliesh–. El padre Sebastian y yo hemos estado estudiando cómo podría ayudarnos el Departamento de Relaciones Públicas. Organizaremos una conferencia de prensa en cuanto tengamos algo que decir.

–¿Y no hay inconveniente en que me vaya a Londres hoy?

–No estoy autorizado para impedírselo.

Gregory se levantó despacio.

–Creo que de todas maneras cancelaré la comida de mañana. Tengo el pálpito de que esto me deparará más emociones que una tediosa discusión sobre los pecadillos de mi editor y los detalles de mi nuevo contrato. Supongo que preferirá que no explique los motivos del cambio de planes.

–Sería conveniente en estos momentos.

Gregory ya se dirigía hacia la puerta.

–Es una pena. Disfrutaría comentando que no voy a Londres porque soy sospechoso de asesinato. Adiós, comisario. Si me necesita, ya sabe dónde encontrarme.

19

La brigada terminó el día como lo había empezado, reunida en la casa San Mateo. Ahora, sin embargo, estaban en la sala más cómoda, sentados en el sofá y en los sillones y tomando el último café del día. Había llegado el momento de evaluar los progresos. Habían averiguado la hora y la procedencia de la llamada a la señora Crampton. Su autor había utilizado el teléfono público adosado a la pared del pasillo contiguo a la sala de la señora Pilbeam. Eso confirmaba lo que sospechaban desde el principio: que el asesino procedía de Saint Anselm.

Piers, que se había ocupado de investigar la llamada, observó:

–Si estamos en lo cierto y esa misma persona telefoneó más tarde al móvil del archidiácono, todos los que asistieron a las completas quedarían libres de sospecha. Eso nos deja con Surtees y su hermana, Gregory, el inspector Yarwood, los Pilbeam y Emma Lavenham. Dudo que alguno de nosotros vea a la doctora Lavenham como posible asesina, y ya hemos descartado a Stannard.

–No del todo –apuntó Dalgliesh–. Carecemos de mecanismos legales para retenerlo y yo estoy completamente seguro de que no sabe cómo murió Crampton. Pero eso no significa que no se hallara implicado. Aunque se ha marchado de Saint Anselm, no debemos olvidarnos de él.

–Hay algo más –dijo Piers–. Arbuthnot llegó a la sacristía justo a tiempo para las completas. Oí esa información de boca del padre Sebastian, que naturalmente no estaba al tanto de su importancia. Robbins y yo hemos efectuado una comprobación, señor. Los dos corrimos desde la puerta del claustro sur y cruzamos el patio en diez segundos. Tuvo tiempo de hacer la llamada y entrar en la iglesia a las nueve y media en punto.

–Habría sido muy arriesgado, ¿no? –señaló Kate–. Podría haberlo visto alguien.

–¿En la oscuridad? ¿Con la débil luz de los claustros? ¿Y quién iba a verlo? Estaban todos en la iglesia. No entrañaba un riesgo importante.

–Me pregunto si no será prematuro descartar a todos los que estuvieron en la iglesia, señor –intervino Robbins–. Supongamos que Caín tenía un cómplice. No hay indicios de que el asesino actuase solo. Nadie de los que se hallaban en la iglesia antes de las nueve y veintiocho pudo hacer la llamada, y sin embargo eso no prueba que alguno de ellos no estuviese involucrado en el asesinato.

–¿Una conspiración? –preguntó Piers–. Bueno, es posible. Varias personas lo odiaban. Quizá fuesen un hombre y una mujer. Cuando Kate y yo interrogamos a los Surtees, percibimos que ocultaban algo. Eric estaba visiblemente asustado.

El único sospechoso que había revelado algo interesante era Karen Surtees. Había asegurado que ni ella ni su hermano habían salido de San Juan en ningún momento de la noche. Se habían acostado a las once, después de ver un rato la televisión. Cuando Kate la había interrogado sobre la posibilidad de que alguno de los dos hubiese salido de la casa sin que el otro se enterase, había contestado: «Esa es una forma muy grosera de preguntarnos si salimos en medio de la tormenta para asesinar al archidiácono. Pues no lo hicimos. Eric no podría haber salido de la casa sin que yo lo notase. Para su información, dormimos en la misma cama. En realidad soy su hermanastra, y aunque no lo fuese, ustedes están investigando un asesinato, no un incesto. No es asunto suyo».

–¿Y su explicación satisfizo a ambos? –inquirió Dalgliesh.

–Sí, nos bastó con mirar la cara de su hermano –respondió Kate–. No sé si ella le había comentado lo que se proponía decir, pero fue evidente que a él no le gustó. Y resulta curioso que se haya molestado en contarnos una cosa así, ¿no? Si necesitaba una coartada, podría haber dicho que la tormenta los había mantenido en vela durante la mayor parte de la noche. Bueno, ya sé que es una mujer que disfruta escandalizando a los demás, pero eso no parece un motivo suficiente para desvelar el asunto del incesto..., si es que lo hay.

–Lo que sí demuestra es que estaba muy ansiosa por presentar una coartada, ¿no? –observó Piers–. Como si los dos se hubieran anticipado a los acontecimientos, diciendo la verdad ahora porque al final quizá los obliguen a confesarla en los tribunales.

Si bien habían encontrado una ramita en la habitación de Raphael Arbuthnot, en el claustro norte, los técnicos no habían descubierto ningún otro objeto de interés. Durante el día, Dalgliesh había terminado de convencerse de la importancia de ese hallazgo. Si su primera impresión era cierta, la ramita constituiría una prueba esencial; sin embargo, consideró que aún era pronto para comunicar sus sospechas a los demás.

Discutieron los resultados de las entrevistas personales. Con la excepción de Raphael, todos afirmaban haberse ido a la cama decorosamente a las once y media o antes y que, salvo por las ocasionales molestias derivadas del fuerte viento, no habían visto ni oído nada raro durante la noche. El padre Sebastian se había mostrado servicial pero frío. Esforzándose de un modo patente para disimular su malestar ante el hecho de que los interrogasen los subordinados de Dalgliesh, había comenzado por decir que disponía de poco tiempo porque estaba esperando a la señora Crampton. No obstante, ese poco tiempo fue suficiente. Según el rector, había trabajado en un artículo para una revista teológica hasta las once y se había acostado a las once y media, después de tomar su acostumbrado whisky. El padre John Betterton y su hermana habían leído una obra de teatro hasta las diez y media, tras lo cual la mujer había preparado leche con cacao para los dos. Los Pilbeam habían visto la televisión y tomado abundante té para combatir la tormentosa noche.

A las ocho dieron por terminada la jornada. Hacía tiempo que los técnicos se habían retirado a su hotel, y ahora Kate, Piers y Robbins se despidieron de Dalgliesh. Al día siguiente Kate y Robbins irían a Ashcombe House para intentar averiguar algo más sobre la señora Munroe. Dalgliesh guardó los papeles en su maletín, que cerró con llave, cruzó el descampado hacia el claustro oeste y entró en Jerónimo.

Entonces sonó el teléfono. Era la señora Pilbeam. El padre Sebastian le había encargado que sugiriese al comisario que cenara en su apartamento, a fin de evitarse la molestia de ir a Southwold.

Solo había sopa, ensalada, embutido y fruta, pero si eso era suficiente, Pilbeam no tenía inconveniente en llevárselo a la habitación. Contento de ahorrarse el viaje en coche, Dalgliesh le agradeció el ofrecimiento y aceptó encantado. Pilbeam llegó con la cena diez minutos después. Dalgliesh intuyó que no quería que su esposa saliese en la oscuridad, ni siquiera para cruzar el patio. Ahora, con sorprendente destreza, apartó el escritorio de la pared, puso la mesa y sirvió la comida. «Si deja la bandeja fuera, señor, pasaré a recogerla dentro de una hora», le indicó.

El termo contenía una *minestrone* casera, con abundante verdura y pasta. La señora Pilbeam había acompañado la sopa con un bol con queso parmesano y tres panecillos calientes envueltos en una servilleta y mantequilla. Un plato con ensalada y un jamón excelente completaban la cena. Alguien, quizás el padre Sebastian, había enviado un clarete, aunque sin copa. A Dalgliesh no le apetecía beber solo, de manera que guardó la botella en el armario y al terminar de comer preparó café. Depositó la bandeja ante la puerta y al cabo de unos minutos oyó los pesados pasos de Pilbeam en las baldosas del claustro. Abrió la puerta para darle las gracias y las buenas noches.

Se encontraba en ese incómodo estado de cansancio físico y excitación mental que resulta nefasto para el sueño. Reinaba un silencio espectral, y cuando se acercó a la ventana vio la negra silueta del seminario: las chimeneas, la torre y la cúpula formaban una masa ininterrumpida, recortada contra un cielo más claro. La cinta azul y blanca de la policía continuaba sujeta a las columnas del claustro norte, que ahora estaba prácticamente despejado de hojas. Bajo el leve resplandor de la luz del claustro sur, los adoquines del patio brillaban y las fucsias despedían un fulgor tan artificial y fuera de lugar como una mancha de pintura roja en el muro de piedra.

Dalgliesh se sentó a leer, pero la paz que lo rodeaba no se reflejaba en su interior. ¿Qué había en aquel lugar que le producía la sensación de que su vida estaba siendo juzgada? Meditó sobre sus largos años de soledad, una soledad que se había impuesto a sí mismo desde la muerte de su esposa. ¿No se había volcado en su trabajo para evitar el compromiso del amor, para mantener inviolable algo más que el alto y despejado piso sobre el Támesis que cada noche encontraba tal como lo había dejado por la mañana? Un espectador de la vida no carecía de dignidad, y un trabajo que preservaba la propia intimidad al tiempo que justificaba –de hecho, exigía– la invasión de la intimidad de los demás tenía sus ventajas para un escritor. Por otra parte, ¿no había algo innoble en ello? Si uno permanecía al margen durante el tiempo suficiente, ¿no corría el riesgo de asfixiar o incluso perder ese espíritu vital que los sacerdotes de Saint Anselm habrían llamado alma? Seis versos acudieron a su mente. Tomó una hoja de papel, la rasgó por la mitad y escribió:

EPITAFIO PARA UN POETA

Sepultado por fin quien fue tan sabio
bajo seis pies de oscura tierra yace,
donde nada se mueve, ningún labio,
donde ninguna voz su amor deshace.
Raro fue que no intuyera la existencia
de esta dulce y postrera independencia.

Después de unos segundos agregó debajo: «Con perdón de Marvell». Recordó los días en que sus poemas brotaban con la misma facilidad que estos sencillos versos irónicos. Ahora escribir se había convertido en un ejercicio más cerebral, con palabras elegidas y ordenadas de manera más meticulosa. ¿Quedaba algo espontáneo en su vida?

Se dijo que su introspección se estaba tiñendo de morbosidad. Solo se libraría de ella alejándose de Saint Anselm. Lo que necesitaba era una buena caminata antes de meterse en la cama. Salió de Jerónimo, pasó delante de Ambrosio sin ver luces tras las cortinas corridas y, tras abrir la verja de hierro, torció con decisión hacia el sur, rumbo al mar.

20

Era la señorita Arbuthnot quien había decidido que no se instalarían cerraduras en las puertas de las habitaciones de los seminaristas. Emma se preguntó qué pretendía evitar que hicieran al verse libres del constante riesgo de una interrupción. ¿Había un miedo inconsciente a la sexualidad tras aquella decisión? Tal vez como consecuencia tampoco habían puesto cerraduras en los apartamentos para huéspedes. La verja de hierro próxima a la iglesia proporcionaba toda la seguridad nocturna que habían considerado necesaria: ¿qué había que temer detrás de esa elegante barrera? Puesto que jamás había habido cerraduras ni pestillos, no se guardaban piezas de recambio en el seminario, y ese día Pilbeam había estado demasiado ocupado para ir a comprarlas a Lowestoft. De todos modos, difícilmente habría encontrado una cerrajería abierta en domingo. El padre Sebastian le había preguntado a Emma si le resultaría más cómodo dormir en el edificio principal. Reacia a reconocer su nerviosismo, la joven le había asegurado que estaría perfectamente bien en su apartamento. El rector no había insistido, y cuando Emma regresó a Ambrosio y descubrió que no habían instalado la cerradura, su orgullo le impidió ir a verlo, confesar su miedo y declarar que había cambiado de idea.

Después de ponerse el camisón y la bata, se sentó ante el ordenador portátil, decidida a trabajar. No obstante, el cansancio se había apoderado de ella. Las ideas y las palabras se agolpaban en su mente, confundiéndose con los acontecimientos del día. A última hora de la mañana el sargento Robbins había ido a buscarla para que lo acompañase a la sala de interrogatorios. Dalgliesh, sentado a la derecha de la inspectora Miskin, la había ayudado a rememorar brevemente los hechos de la noche anterior. Emma había contado que la había despertado el viento y el tañido de una campana. No supo explicar por qué se había puesto la bata y había salido a investigar. Ahora le parecía un acto tonto e impulsivo. Suponía que estaba adormilada, o tal vez que el sonido mitigado por el viento había despertado en ella un recuerdo subconsciente de los insistentes repiques de su infancia y su adolescencia, una llamada que había que obedecer de inmediato sin cuestionarla.

Sin embargo, ya estaba completamente despierta cuando, al empujar la puerta de la iglesia, vislumbró entre las columnas el iluminado retablo y las dos figuras, una tendida y la otra echada encima en actitud compasiva y desesperada. Dalgliesh no le había pedido que entrara en pormenores al describir la escena. ¿Para qué?, pensó; después de todo, él había estado allí. El comisario no expresó pesar ni preocupación por lo que había vivido Emma, pero al fin y al cabo ella no era un familiar de la víctima. Le formuló preguntas sencillas y claras. No porque él deseara protegerla, meditó ella: si hubiese querido saber algo, se lo habría preguntado sin rodeos, por muy angustiada que la hubiera visto. Cuando el sargento Robbins la había hecho pasar a la sala de interrogatorios y Dalgliesh se había levantado para invitarla a sentarse, se había dicho: «No estoy ante el hombre que escribió *Un caso que resolver y otros poemas*; estoy ante el policía». En estas circunstancias jamás serían aliados. Ella amaba y deseaba proteger a algunas personas; él solo le debía lealtad a la verdad. Y finalmente había llegado la pregunta que tanto temía:

–¿El padre Martin dijo algo cuando usted se acercó a él?

Había titubeado antes de responder:

–Solo unas palabras.

–¿Cuáles, doctora Lavenham?

No contestó. Aunque no se proponía mentir, el mero hecho de evocar aquella frase se le antojaba un acto de traición.

El silencio se prolongó hasta que lo rompió Dalgliesh.

–Doctora Lavenham –dijo–, usted vio el cadáver. Vio lo que le hicieron al archidiácono. Era un hombre alto y fuerte. El padre Martin cuenta casi ochenta años y está cada vez más débil. Se necesita una fuerza considerable para empuñar el candelero de bronce, suponiendo que fuera el arma. ¿De verdad cree que el padre Martin era capaz de hacerlo?

–¡Claro que no! –exclamó ella–. No hay un ápice de crueldad

en él. Es dulce, tierno y bondadoso, el mejor hombre que conozco. Jamás se me habría ocurrido cosa semejante. Ni a mí ni a nadie.

–Entonces ¿por qué cree que se me ha ocurrido a mí? –inquirió Dalgliesh en voz baja.

Repitió la pregunta, y Emma lo miró a los ojos.

–Dijo: «Oh, Dios, ¿qué hemos hecho?, ¿qué hemos hecho?».

–¿Y a qué cree que se refería con eso? ¿Ha pensado en ello?

En efecto, había estado pensando en ello. No eran unas palabras fáciles de olvidar. De hecho no olvidaría un solo detalle de aquella escena. Sostuvo la mirada del interrogador.

–Creo que quiso decir que el archidiácono seguiría con vida si no hubiera venido a Saint Anselm. Que quizá no lo habrían matado si el asesino no hubiese sabido cuánto lo detestaban aquí. Que ese odio tal vez contribuyó a su muerte. El seminario no está exento de culpa.

–Sí –había asentido Dalgliesh con mayor suavidad–. Eso es lo que me comunicó el padre Martin.

Emma consultó su reloj. Eran las once y veinte. Consciente de que le resultaría imposible trabajar, subió a su habitación. Como su apartamento se hallaba al fondo, el dormitorio tenía dos ventanas, una de las cuales estaba orientada al muro sur de la iglesia. Corrió las cortinas antes de meterse en la cama y se esforzó por olvidar la puerta sin llave. Cuando cerró los ojos, aparecieron imágenes de la muerte burbujeando como sangre en su retina: su imaginación no hacía más que intensificar el horror de la realidad. Volvió a ver el viscoso charco de sangre, pero encima de él había ahora unos sesos esparcidos semejantes a un vómito gris. Las grotescas imágenes de los condenados y risueños demonios cobraron vida y sus obscenos gestos comenzaron a cambiar. Cuando abrió los ojos con la esperanza de librarse de aquel horror, la opresiva oscuridad del dormitorio la abrumó. Hasta el aire olía a muerte.

Se levantó y abrió la ventana que daba al descampado. Una reconfortante ráfaga de aire se internó en la habitación mientras ella contemplaba la silenciosa extensión de tierra y el cielo salpicado de estrellas. Observar en la oscuridad la puerta sin llave resultaba menos traumático que imaginar cómo se abría lentamente, y estar en la sala sería mejor que permanecer en vela en la cama, temiendo oír unos pasos decididos en la escalera. Aunque se preguntó si debía colocar una silla contra la puerta, fue incapaz de llevar a cabo esa acción degradante y al mismo tiempo inútil. Avergonzada de su cobardía, se dijo que nadie deseaba hacerle daño. Sin embargo, las imágenes de unos huesos astillados invadieron de nuevo su mente. Alguien de ahí fuera, o quizá del seminario, había levantado el candelero y aplastado el cráneo del archidiácono, golpeándolo una y otra vez en un arrebato de odio y sed de sangre. ¿Era acaso la acción de una persona cuerda? ¿Alguien se encontraba verdaderamente a salvo en Saint Anselm?

Entonces percibió el chirrido de la verja de hierro al abrirse y luego el chasquido del pestillo al cerrarse; después, unos pasos silenciosos pero seguros, sin el menor indicio de furtividad. Abrió con sigilo la puerta y se asomó con el corazón desbocado. El comisario Dalgliesh estaba entrando en Jerónimo. Emma debió de hacer algún ruido, porque él se volvió y caminó hacia ella, que le abrió la puerta. El alivio que experimentó al verlo, al ver a un ser humano cualquiera, fue inmenso, y supo que se reflejaba en su semblante.

–¿Cómo se encuentra? –preguntó él.

Emma consiguió esbozar una sonrisa.

–No del todo bien, pero se me pasará. No podía dormir.

–Creía que se habría mudado al edificio principal –dijo Dalgliesh–. ¿No se lo sugirió el padre Sebastian?

–Sí, pero yo pensé que estaría bien aquí.

El comisario miró hacia la iglesia.

–Este no es un buen lugar para usted. ¿Quiere que cambiemos de apartamento? Estará más cómoda en el mío.

Emma fue incapaz de disimular su satisfacción.

–¿No supondría una molestia para usted?

–En absoluto. Sacaremos nuestras cosas mañana. Lo único que necesita ahora es la ropa de cama. Me temo que la sábana bajera no servirá en mi dormitorio. Tengo una cama de matrimonio.

–¿Y si nos limitamos a cambiar el edredón y la almohada? –preguntó ella.

–Buena idea.

Al entrar en Jerónimo, Emma vio que Dalgliesh ya había recogido el edredón y la almohada y los había puesto sobre un sillón. Junto a ellos había un bolso de lona y cuero. Tal vez hubiera preparado las cosas que necesitaba para la noche y la mañana siguiente.

–El seminario nos ha provisto de los inocuos preparados solubles de rigor, y hay leche en la nevera –dijo él abriendo el armario–. ¿Quiere una taza de cacao o de Ovaltine? Si lo prefiere, tengo una botella de clarete.

–Sí, me apetece más el vino, por favor.

Dalgliesh apartó el edredón y Emma se sentó. Él sacó del pequeño armario la botella, un sacacorchos y un par de vasos.

–Naturalmente, aquí no esperan que los invitados beban vino, de manera que no hay copas. Debemos elegir entre tazas y vasos.

–El vaso está bien. Pero no quiero que abra una botella por mí.

–El mejor momento para abrirla es cuando se necesita.

Emma se sorprendió de lo a gusto que se sentía con Dalgliesh. Lo único que necesitaba era compañía, pensó. No charlaron mucho; solo hasta que terminaron el primer y único vaso de vino. Bebieron despacio. Él habló de sus visitas juveniles al seminario: de cuando los sacerdotes, con las sotanas arremangadas, jugaban al críquet con él detrás de la verja oeste; de sus viajes en bicicleta a Lowestoft para comprar pescado; del placer de leer en la solitaria biblioteca por las noches. Se interesó por el programa de las clases que Emma impartía en Saint Anselm, el criterio con el que escogía a los poetas y la reacción de los seminaristas. En ningún momento mencionaron el asesinato. No fue una conversación anodina ni forzada. A Emma le gustaba la voz de su interlocutor. Concibió la sensación de que una parte de su mente se había separado y flotaba por encima de ellos, arrullada por el suave contrapunto de una voz masculina y otra femenina.

Cuando se levantó y le dio las buenas noches, Dalgliesh se puso en pie de inmediato y dijo con una formalidad que no había empleado hasta el momento:

–Si no le importa, pasaré la noche en este sillón. Si la inspectora Miskin estuviese aquí, le pediría que se quedase a hacerle compañía. Como no está, yo ocuparé su lugar... a menos que usted se oponga.

Emma advirtió que intentaba facilitarle las cosas, que no quería imponerse aunque sabía cuánto la inquietaba quedarse sola.

–Pero no quiero causarle tantas molestias. Aquí estará muy incómodo.

–De ninguna manera. Estoy acostumbrado a dormir en sillones.

El dormitorio de Jerónimo era casi idéntico al del apartamento contiguo. La lámpara de la mesilla estaba encendida, y Emma advirtió que Dalgliesh no se había llevado sus libros. Había estado leyendo –con toda seguridad releyendo– *Beowulf*. Había un viejo y descolorido volumen en rústica, la edición de *Los primeros novelistas victorianos* de David Cecil, con una fotografía en la que el autor aparecía increíblemente joven y el precio en moneda antigua en la tapa posterior. De manera que también él disfrutaba curioseando en las librerías de viejo, pensó. El tercer libro era *Mansfield Park*. Emma se preguntó si debía llevárselos a Dalgliesh, pero no se atrevió a importunarlo.

Le parecía extraño estar durmiendo sobre su sábana. Confiaba en que él no la despreciase por su cobardía. Saber que estaba abajo le producía un enorme alivio. Al cerrar los ojos no vio las danzarinas imágenes de la muerte, sino solo la oscuridad, y al cabo de unos minutos se quedó dormida.

Despertó de un sueño tranquilo a las siete de la mañana. El apartamento estaba en silencio, y al bajar vio que Dalgliesh se había marchado, llevándose consigo el edredón y la almohada. Había abierto la ventana, como si temiese dejar atrás el más ligero vestigio de su aliento. Emma sabía que el comisario no le contaría a nadie dónde había pasado la noche.

LIBRO TERCERO

Voces del pasado

I

Ruby Pilbeam no necesitaba un despertador. Hacía dieciocho años que se despertaba a las seis en punto, tanto en invierno como en verano. Y así lo hizo el lunes, poco antes de extender el brazo para encender la luz de la mesilla. Reg se rebulló, apartó las mantas y comenzó a acercarse al borde de la cama. Ruby percibió el cálido aroma de su cuerpo, que siempre la reconfortaba. Se preguntó si unos segundos antes su marido había estado dormido o solo quieto, aguardando a que ella se moviera. Ambos se habían limitado a dormitar durante breves períodos a lo largo de la noche y a las tres se habían levantado y bajado a la cocina para tomar una taza de té y esperar el amanecer. Por suerte el cansancio había acabado por imponerse sobre la inquietud y el horror, y a las cuatro habían vuelto a la cama. Se habían sumido en un sueño entrecortado e intranquilo, pero al menos habían descansado un poco.

Los dos habían pasado un domingo muy ajetreado, y solo esa frenética actividad había conseguido dar visos de normalidad al día. La noche anterior, sentados muy juntos a la mesa de la cocina, habían hablado en susurros del asesinato, como si las pequeñas y acogedoras habitaciones de San Marcos estuviesen llenas de oyentes indiscretos. La conversación había estado salpicada de sospechas no expresadas, frases entrecortadas e incómodos silencios. El mero hecho de afirmar que resultaba absurdo pensar que alguien de Saint Anselm era un asesino habría implicado establecer una desleal asociación entre el lugar y el hecho; pronunciar un nombre, aunque solo fuese para exculparlo, habría equivalido a aceptar la idea de que algún residente del seminario era capaz de perpetrar semejante barbaridad.

No obstante, habían llegado a elaborar dos teorías, ambas alentadoras y verosímiles. Antes de regresar a la cama, habían repetido mentalmente las historias como si de un mantra se tratase:

alguien había robado las llaves de la iglesia, una persona que había visitado Saint Anselm quizá varios meses antes y sabía dónde las guardaban, así como que el despacho de la señorita Ramsey siempre estaba abierto. Ese mismo individuo había concertado una cita con el archidiácono Crampton antes del sábado. ¿Por qué en la iglesia? ¿Acaso había un lugar mejor? No habrían podido reunirse en el apartamento de huéspedes sin riesgos, y no había sitios recónditos en el campo. Cabía la posibilidad de que el propio archidiácono hubiese agarrado las llaves y abierto la iglesia para su visitante. Después habían sobrevenido los hechos: la llegada, la discusión, la furia asesina. Tal vez el visitante hubiera planeado el crimen y llegado con un arma: una pistola, una porra o un puñal. Si bien no les habían dicho cómo lo habían matado, ambos habían visto en su imaginación el brillo y la acometida de la hoja de un cuchillo. Y luego la huida: el individuo trepando por encima de la verja, tal como había entrado. La segunda teoría era aún más creíble y tranquilizadora: el archidiácono había tomado prestadas las llaves y había entrado en la iglesia por motivos personales. El intruso acudió allí para robar el retablo o los cálices de plata. Crampton lo había sorprendido y el asustado ladrón lo había atacado. Tras convencerse de que esta explicación era perfectamente racional, ni Ruby ni su marido habían vuelto a mencionar el asesinato.

Ruby solía ir sola al seminario. El desayuno no se servía hasta las ocho, después del oficio matutino, pero a ella le gustaba planificar su jornada. El padre Sebastian lo tomaba en la salita de su apartamento, y ella debía poner la mesa con todos los alimentos de costumbre: zumo de naranja natural, café y dos tostadas con mermelada casera. A las ocho y media llegaban de Reydon las asistentas, las señoras Bardwell y Stacey, en el viejo Ford del señor Bardwell. Sin embargo, hoy no acudirían. El padre Sebastian les había telefoneado para pedirles que no regresaran hasta dentro de dos días. Ruby se preguntaba qué excusa habría alegado, pero no se atrevía a plantearlo. Aunque ella y Reg se verían obligados a trabajar más de la cuenta, Ruby se alegró de saber que estaría a salvo de las especulaciones, las exclamaciones de horror y la inagotable curiosidad de las asistentas. Se percató de que un asesinato podía llegar a resultar casi divertido para las personas que no conocían a la víctima ni eran sospechosas. Elsie Bardwell lo habría encontrado particularmente emocionante.

Reg acostumbraba a ir al seminario después de las seis y media, pero ese día salieron juntos de San Marcos. Aunque él no le comentara la razón, ella supo por qué. Saint Anselm no era ya un lugar seguro y sagrado. Reg alumbró con su potente linterna el sendero que conducía a la verja del claustro oeste. Pese a que la tenue luz del amanecer comenzaba a extenderse por el campo, Ruby tuvo la impresión de que avanzaba en medio de una oscuridad impenetrable. Su marido apuntó a la verja con la linterna para localizar la cerradura. Al otro lado, las débiles lámparas de los claustros alumbraban las delgadas columnas y proyectaban sombras sobre los caminos de piedra. El claustro norte seguía precintado, y la mitad del suelo estaba libre de hojas. El tronco del castaño de Indias se alzaba, negro e inmóvil, sobre un maremágnum de papeles. Cuando el haz de la linterna pasó fugazmente sobre la fucsia de la pared este, las rojas flores resplandecieron como gotas de sangre. En el pasillo que separaba su salita de la cocina, Ruby alzó la mano para pulsar el interruptor. No obstante, la oscuridad no era absoluta. Unos pasos más allá había un rayo de luz procedente del sótano.

–Es extraño, Reg –comentó–. La puerta del sótano está abierta. Alguien se ha levantado temprano. ¿Anoche comprobaste que estuviese cerrada?

–Claro que sí –respondió él–. ¿Crees que la dejaría abierta?

Caminaron hasta lo alto de la escalera de piedra, brillantemente iluminada y provista de barandillas de madera. Al pie de los escalones, claramente visible bajo las potentes lámparas, yacía el cuerpo de una mujer.

Ruby profirió un grito estridente.

–¡Ay, Dios! ¡Reg! Es la señorita Betterton.

Reg la apartó.

–Quédate aquí, cariño –dijo.

Ella oyó los rápidos pasos de su marido sobre los peldaños de piedra, titubeó solo por un segundo y lo siguió, agarrándose con las dos manos a la barandilla izquierda. Los dos se arrodillaron junto al cuerpo.

La mujer estaba boca arriba, con la cabeza vuelta hacia el último escalón. En la frente presentaba un solo tajo cubierto de sangre seca. Llevaba una descolorida bata de lanilla con estampado de cachemir y debajo un camisón blanco de algodón. Por el costado dc la cabeza asomaba una trenza de fino pelo gris, sujeta por la encrespada punta con una goma retorcida. Los ojos, fijos en lo alto de la escalera, estaban abiertos y sin vida.

–¡Oh, no! ¡Dios santo! –musitó Ruby–. Pobrecilla, pobrecilla.

Puso un brazo encima del cuerpo en un instintivo gesto protector, aunque enseguida comprendió que era inútil. Percibió el acre olor de la vejez indolente en el cabello y la bata y se preguntó si eso sería lo único que quedaría de la señorita Betterton cuando todo lo demás hubiera desaparecido. Embargada por una infructuosa compasión, retiró el brazo. Si la señorita Betterton rehuía el contacto físico en vida, ¿por qué imponérselo ahora que estaba muerta?

–Está muerta –aseveró Reg, levantándose–. Muerta y fría. Parece que se desnucó. No podemos hacer nada por ella. Más vale que vayas a avisar al padre Sebastian.

La tarea de despertar al padre Sebastian, de buscar las palabras adecuadas y reunir el valor para decirlas, horrorizó a Ruby. Hubiera preferido que Reg le comunicase la noticia, pero eso habría significado quedarse sola con el cadáver, perspectiva que la asustaba aún más. La cavidad del sótano se extendía hasta perderse en amplias zonas negras donde acechaban peligros imaginarios. Si bien no era una mujer fantasiosa, ahora la invadió la sensación de que el familiar mundo de rutina, trabajo diligente y amor se desvanecía ante sus ojos. Sabía que bastaba con que Reg extendiese un brazo para que el sótano, con sus paredes encaladas y sus estanterías repletas de botellas, se convirtiese en el lugar conocido e inofensivo adonde ella y el padre Sebastian bajaban para escoger los vinos de la cena. Sin embargo, Reg no extendió el brazo. Todo debía quedar tal como lo habían encontrado.

Cada paso se le antojó titánico mientras ascendía los escalones con unas piernas que de pronto se habían vuelto demasiado débiles para soportar su peso. Encendió todas las luces del pasillo y se tomó unos segundos para armarse de valor antes de subir los dos tramos de escalera que conducían al apartamento del padre Sebastian. Su primer golpe en la puerta fue demasiado indeciso, de manera que llamó de nuevo, con más fuerza. El padre Sebastian abrió con desconcertante brusquedad y la miró. Ella nunca lo había visto en bata y por un momento, desorientada por la impresión, le pareció que se hallaba ante un extraño. La visión de la señora Pilbeam debió de desconcertarlo también a él, pues tendió una mano para tranquilizarla y la hizo pasar a la habitación.

–Es la señorita Betterton, padre. Reg y yo la hemos encontrado al pie de la escalera del sótano. Me temo que está muerta.

Le sorprendió que su voz sonara tan serena. Sin hablar, el padre Sebastian la tomó del brazo y bajó con ella. Al llegar a las escaleras del sótano, Ruby se detuvo junto a la puerta, observando al sacerdote mientras bajaba, le decía unas palabras a Reg y se hincaba junto al cuerpo.

Al cabo de un momento el padre se irguió y se dirigió al hombre con el sereno y autoritario tono de costumbre.

–Los dos han sufrido una fuerte experiencia. Sería conveniente que continuasen discretamente con las actividades habituales. El comisario Dalgliesh y yo nos encargaremos de todo lo necesario. Solo el trabajo y la oración nos permitirán superar estos terribles momentos.

Reg subió la escalera para reunirse con Ruby, y entraron en la cocina en silencio.

–Me imagino que querrán desayunar como de costumbre –murmuró Ruby.

–Desde luego, cariño. No pueden empezar el día con el estómago vacío. Ya has oído al padre Sebastian; ha dicho que continuemos discretamente con las actividades habituales.

Ruby lo miró con ojos tristes.

–Ha sido un accidente, ¿no?

–Por supuesto. Podría haber ocurrido en cualquier momento. Pobre padre John. Esto lo destrozará.

Ruby no estaba tan segura. Supondría un golpe, claro, las muertes súbitas siempre lo eran. No obstante, saltaba a la vista que no debía de ser fácil convivir con la señorita Betterton. Con el corazón encogido, se puso el delantal y comenzó a preparar el desayuno.

El padre Sebastian fue a su despacho y llamó a Dalgliesh a Jerónimo. La respuesta fue tan rápida que dedujo que el comisario ya estaba levantado. Le comunicó la noticia y al cabo de cinco minutos se encontraron junto al cuerpo. El rector observó a Dalgliesh mientras este se inclinaba, tocaba la cara de la señorita Betterton con manos expertas, se ponía en pie y la escrutaba desde arriba con muda concentración.

–Hay que decírselo al padre John, desde luego. Es mi responsabilidad. Supongo que todavía duerme, pero debo verlo antes de que baje para los maitines. Esto le afectará mucho. Aunque no era una mujer de trato fácil, no tenían otros parientes y estaban muy unidos. –Sin embargo, no hizo ademán de marcharse y preguntó–: ¿Cuándo cree que sucedió?

–A juzgar por el rigor mortis, yo diría que lleva unas siete horas muerta. El forense lo averiguará con mayor precisión. No basta con un examen superficial. Naturalmente, tendrán que practicarle la autopsia.

–Entonces murió después de las completas, probablemente a medianoche. En tal caso, debió de cruzar el vestíbulo con gran sigilo. En realidad siempre lo hacía. Se movía como una sombra. –Calló por unos instantes y agregó–: No quiero que su hermano la vea aquí y en ese estado. Podríamos llevarla a su habitación, ¿no? Ya sé que no era una mujer religiosa. Debemos respetar sus convicciones. No querría que la velaran en la iglesia, aunque estuviera abierta, ni en el oratorio.

–Conviene que permanezca donde está hasta que el forense la examine –señaló Dalgliesh–. Hemos de tratar este caso como una muerte sospechosa.

–Al menos deberíamos taparla. Iré a buscar una sábana.

–Sí –asintió Dalgliesh–, por supuesto. –Cuando el rector se volvió hacia la escalera, preguntó–: ¿Tiene idea de lo que estaba haciendo aquí, padre?

El padre Sebastian dio media vuelta y vaciló por un momento.

–Me temo que sí –dijo al fin–. La señorita Betterton bajaba a buscar una botella de vino con regularidad. Todos los sacerdotes lo sabían y supongo que los seminaristas y el personal lo sospechaban. Solo se llevaba un par de botellas por semana, y nunca era del bueno. Desde luego, yo le planteé el problema al padre John con el mayor tacto posible. Decidimos no tomar medidas a menos que el asunto se nos escapase de las manos. El padre John solía pagar el vino, o al menos las botellas que encontraba. Por supuesto, éramos conscientes del riesgo que entrañaba una escalera tan empinada como esta para una anciana. Por eso instalamos luces potentes y cambiamos el pasamanos de soga por barandillas de madera.

–De manera que al descubrir los hurtos, pusieron un pasamanos seguro para facilitarlos y evitar que ella se rompiese el cuello.

–¿Le cuesta entenderlo, comisario?

–No, dadas sus prioridades, supongo que no.

Siguió con la vista al padre Sebastian mientras subía la escalera con paso firme y desaparecía, cerrando la puerta a su espalda. Era obvio que la mujer se había desnucado. Llevaba un par de estrechas zapatillas de piel, y Dalgliesh había notado que la punta de la suela derecha estaba despegada. La escalera estaba perfectamente iluminada y el interruptor se encontraba a menos de sesenta centímetros del primer escalón. Puesto que la luz debía de estar encendida cuando había comenzado a bajar, no había tropezado en la oscuridad. Por otra parte, si hubiese resbalado en el primer escalón ¿no habría quedado sobre la escalera, ya fuese boca abajo o de espaldas? En el tercer peldaño desde abajo Dalgliesh había detectado algo que semejaba una pequeña mancha de sangre. Por la posición del cuerpo parecía que había caído, se había golpeado la cabeza en el escalón de piedra y había dado una voltereta. Claro que era difícil que hubiese salido despedida con semejante fuerza, a menos que hubiese llegado a la escalera corriendo a toda velocidad, hipótesis a todas luces absurda. Pero ¿y si la hubiesen empujado? Lo asaltó una deprimente y sobrecogedora sensación de impotencia. Si aquello era un asesinato, ¿cómo iba a conseguir demostrarlo con aquella suela levantada? La muerte de Margaret Munroe se había certificado como natural. Habían incinerado el cuerpo y esparcido o enterrado las cenizas. ¿Y esta nueva muerte beneficiaría al asesino del archidiácono Crampton?

No obstante, era hora de que se hicieran cargo los expertos. Mark Ayling acudiría a lo que bien podía ser un segundo escenario del crimen para determinar la hora de la muerte y curiosear alrededor del cadáver como un depredador. Nobby Clark y su equipo bajarían al sótano a buscar pruebas que difícilmente encontrarían. Si Agatha Betterton había visto u oído algo, si poseía una información que había transmitido imprudentemente a la persona equivocada, Dalgliesh jamás se enteraría.

Esperó hasta que el padre Sebastian regresó con una sábana y cubrió el cuerpo con reverencia; luego los dos subieron por la escalera. El rector apagó la luz y echó el cerrojo situado en lo alto de la puerta del sótano.

Mark Ayling llegó con la rapidez de costumbre y más barullo del habitual.

–Quería traer conmigo el informe de la autopsia de Crampton, pero lo están pasando a máquina –le dijo a Dalgliesh, caminando ruidosamente por el vestíbulo–. No hemos descubierto nada sorprendente. Muerte por múltiples golpes en la cabeza, asestados con un arma pesada de bordes afilados; el candelero, por ejemplo. Casi con seguridad lo mató el segundo impacto. Aparte de eso, era un hombre sano de mediana edad que habría llegado sin problemas a la jubilación.

Se enfundó los guantes de goma antes de empezar a bajar con prudencia por la escalera del sótano, pero esta vez no se molestó en ponerse el delantal de trabajo, y el examen del cuerpo, aunque riguroso, le llevó poco tiempo.

Al final se levantó.

–Murió hace unas seis horas –dictaminó–. Causa de la muerte: fractura del cuello. Bueno, no necesitaba llamarme para saber eso. Se precipitó con fuerza por la escalera, se golpeó la frente en el tercer escalón contando desde abajo y cayó de espaldas. Supongo que se hará la pregunta de costumbre: ¿tropezó o la empujaron?

–Pensaba preguntárselo a usted.

–Todo parece indicar que la empujaron, aunque necesitará algo más que una primera impresión. Yo no lo juraría ante un tribunal. La escalera es muy empinada. Podrían haberla diseñado adrede para matar ancianas. Debido a la inclinación, es perfectamente posible que no tocase los escalones hasta que se golpeó la frente, cerca del pie de la escalera. Debo decir que es tan probable que se trate de una muerte accidental como de un asesinato. Pero ¿a qué obedecen sus sospechas? ¿Cree que vio algo el sábado por la noche? ¿Y para qué quería bajar al sótano?

–Había adquirido el hábito de pasearse por las noches –contestó Dalgliesh con cautela.

–Buscaba vino, ¿eh?

Dalgliesh guardó silencio. El forense cerró su maletín y dijo:

–Enviaré una ambulancia –dijo el forense cerrando su maletín– y le haré la autopsia lo antes posible, pero dudo que pueda decirle algo que no sepa ya. Parece que la muerte lo persigue, ¿no? Acepto un puesto de forense mientras Colby Brooksbank se va a Nueva York para asistir a la boda de su hijo y me llaman para certificar más muertes violentas de las que normalmente veo en seis meses. ¿Lo han telefoneado de la oficina del juez de instrucción para darle la fecha de la vista de Crampton?

–Todavía no.

–Lo harán. A mí ya me han llamado.

Echó un último vistazo al cadáver.

–Pobre mujer –comentó con sorprendente dulzura–. Por lo menos fue rápido. Dos segundos de terror y luego nada. Seguro que habría preferido morir en la cama, aunque, por otro lado, ¿quién no?

2

Dalgliesh no había estimado necesario cancelar la visita de Kate a Ashcombe House, y a las nueve en punto ella y Robbins se pusieron en camino. Hacía un frío intenso, y la primera luz había avanzado, rosada como sangre diluida, sobre la gris superficie del mar. Caía una llovizna fina y el aire tenía un sabor acre. Detrás de los limpiaparabrisas que enturbiaban y luego despejaban el cristal, Kate contempló un paisaje despojado de color en el que incluso los lejanos campos de remolacha habían perdido su verdor. Se esforzó por reprimir el resentimiento que albergaba porque la habían escogido para una tarea que le parecía una pérdida de tiempo. Aunque Dalgliesh rara vez admitía que se dejara llevar por un pálpito, ella sabía por experiencia que la corazonada de un policía a menudo se basa en la realidad: una palabra, una mirada, una coincidencia o algo aparentemente insignificante y ajeno a la investigación arraiga en el subconsciente y aflora en forma de una vaga sensación de malestar. A menudo queda en nada; en ocasiones, sin embargo, proporciona una pista vital, de modo que sería imprudente pasarla por alto. No le gustaba abandonar el escenario del crimen mientras Piers se quedaba allí, pero el trabajo ofrecía sus compensaciones. Estaba conduciendo el Jaguar de Dalgliesh y esa era una satisfacción que iba más allá de su aprecio por el coche.

Además, no lamentaba del todo tomarse un descanso de Saint Anselm. Nunca se había sentido tan fuera de lugar física y psíquicamente durante una investigación de asesinato. El seminario era un sitio demasiado masculino, aislado e incluso claustrofóbico. Los sacerdotes y los seminaristas se habían mostrado invariablemente corteses, pero su cortesía resultaba irritante. Para ellos era una mujer, no un funcionario de la policía. Y Kate creía que esa era una batalla que ya había ganado. También le fastidiaba la sensación de que ellos poseían un conocimiento secreto, una misteriosa autoridad que sutilmente eclipsaba la suya. Se preguntó si a Dalgliesh y Piers les ocurriría lo mismo. Lo dudaba, porque eran hombres y Saint Anselm, pese a su aparente mansedumbre, era un mundo descaradamente masculino y, por añadidura, académico, otra razón para que Dalgliesh y Piers se encontrasen cómodos. Experimentó una punzada de antigua inseguridad social e intelectual. Creía haber superado ese problema, o al menos que había conseguido dominarlo. Resultaba humillante que menos de media docena de hombres con sotana desenterrasen estos viejos complejos. Sintió auténtico alivio cuando giró hacia el oeste por el camino de montaña y el pulso del mar se desvaneció gradualmente. Había latido en sus oídos durante demasiado tiempo.

Habría preferido que la acompañase Piers; al menos habrían hablado del caso en igualdad de condiciones, discutido y peleado con mayor espontaneidad de la que convenía demostrar ante un inferior. Además, el sargento Robbins comenzaba a ponerla de mal humor; siempre le había parecido demasiado perfecto para ser real. Echó varias ojeadas a su afilado perfil juvenil y los grises ojos fijos durante el trayecto y se preguntó una vez más por qué había decidido ser policía. Quizá fuese por vocación, como en su caso. Kate había buscado una profesión que le permitiera sentirse útil y en la que la falta de un título universitario no se considerase una desventaja; un empleo que le proporcionara estímulos, emociones y variedad. Para ella el cuerpo de policía había representado un medio para dejar atrás la miseria de su infancia y el olor a orín de las escaleras de los bloques de apartamentos Ellison Fairweather. El servicio le había brindado muchas cosas, incluido el piso con vistas al Támesis que todavía le parecía un sueño hecho realidad. A cambio, ella había ofrecido una lealtad y una devoción que a veces la asombraban. Para Robbins, que en su tiempo libre ejercía de predicador seglar, quizá servir a su Dios protestante fuera una vocación. Se preguntó si sus creencias diferían de las del padre Sebastian y, en tal caso, hasta qué punto y por qué, pero este no era el momento oportuno para mantener una discusión teológica. ¿De qué serviría? En su clase del colegio había niños de trece nacionalidades y casi igual número de religiones. A su juicio, ninguna albergaba una filosofía coherente. Era capaz de vivir sin un dios, aunque no estaba segura de poder vivir sin su trabajo.

La clínica estaba en un pueblo situado al sureste de Norwich.

–No correremos el riesgo de quedarnos atascados en el tráfico de la ciudad. Busca la salida de Bramerton a tu derecha.

Al cabo de cinco minutos habían salido de la A146 y avanzaban más despacio entre unos setos ralos, detrás de los cuales las idénticas casas de techo rojo proclamaban la expansión de los suburbios sobre los verdes campos.

–Mi madre murió en una clínica para enfermos terminales hace dos años –musitó Robbins–. Lo normal: cáncer.

–Lo siento. Esta visita no te será fácil.

–Estoy bien. A mamá la trataron de maravilla en la clínica. Y a nosotros también.

–De todas maneras es posible que el lugar te traiga recuerdos dolorosos –señaló Kate, sin desviar la vista de la carretera.

–Lo doloroso fue lo que sufrió mamá antes de entrar en la clínica. –Después de una larga pausa, añadió–: Henry James llamaba a la muerte «ese algo distinguido».

«Ay, Dios –pensó Kate–. Primero Dalgliesh con su poesía, luego Piers con sus conocimientos sobre Richard Hooker, ¡y ahora resulta que Robbins lee a Henry James! ¿Por qué nunca me envían a un sargento cuya idea de un reto literario consista en tragarse una novela de Jeffrey Archer?»

–Tuve un novio, un bibliotecario, que quiso enseñarme a apreciar a Henry James –dijo–. Cuando llegaba al final de una frase, había olvidado cómo comenzaba. ¿Recuerdas esa crítica de que algunos escritores pegan bocados más grandes de lo que son capaces de masticar? Pues Henry James mastica más de lo que muerde.

–Yo solo he leído *Otra vuelta de tuerca* –repuso Robbins–, y eso después de ver la película por televisión. Leí esa cita en algún sitio y se me quedó grabada.

–Suena bien, pero falta a la verdad. La muerte es como el nacimiento, dolorosa, sucia y poco digna. Al menos la mayor parte de las veces.

«Quizá sea mejor así –pensó–. Nos recuerda que somos animales. Tal vez nos iría mejor si intentáramos comportarnos como buenos animales en lugar de como dioses.»

Permanecieron un buen rato callados.

–La muerte de mamá no fue poco digna –replicó Robbins entonces.

«Bueno, qué suerte», pensó Kate.

Encontraron la clínica sin dificultad. Se hallaba a las afueras del pueblo, en la misma parcela que una sólida casa de ladrillo. Un cartel les indicó el camino al aparcamiento, a la derecha de la casa. Detrás se alzaba la clínica, un moderno edificio de una sola planta y con jardín delantero, donde dos arriates circulares con una variedad de arbustos perennes y brezos componían una osada exhibición de verdes, púrpuras y dorados.

La zona de recepción provocaba una inmediata impresión de luz, flores y diligencia. Había dos personas ante el mostrador: una mujer que llevaba a cabo gestiones para sacar a su marido a dar un paseo en coche al día siguiente y un sacerdote, que aguardaba con paciencia. Alguien pasó empujando el cochecito de una niña pequeña, con su calva cabeza ridículamente adornada con un lazo rojo. La pequeña se volvió y observó a Kate sin curiosidad. Otra niña, acompañada por una mujer que obviamente era su madre, entró con un perrito en las manos.

–Hemos traído a *Trixie* para que vea a la abuela –gritó y se echó a reír mientras el cachorro le lamía la oreja.

Una enfermera con delantal rosado y una tarjeta de identificación en el pecho cruzó el vestíbulo sosteniendo a un hombre escuálido. Los visitantes entraban con flores y bolsas, saludando con alegría al personal. Kate esperaba toparse con una atmósfera de calma reverencial, no este intenso trajín ni un edificio funcional que cobraba vida con las idas y venidas de gente que se comportaba como en su casa.

Cuando la mujer de cabello sano y sin uniforme que atendía en la recepción se volvió hacia ellos, miró la placa de Kate como si la llegada de dos miembros de la Policía Metropolitana constituyera un hecho rutinario.

–Ha llamado antes, ¿verdad? –dijo–. La señorita Whetstone, la supervisora, les recibirá. Su oficina está por ahí; sigan todo recto.

La señorita Whetstone los aguardaba a la puerta. O bien estaba acostumbrada a que sus visitas llegasen puntualmente, o poseía un oído extraordinariamente agudo y se había enterado de su llegada. Los hizo pasar al despacho, donde las paredes eran en sus tres cuartas partes de cristal. Situado en el centro del hospital, daba a dos pasillos que se prolongaban hacia el norte y el sur. Desde la ventana este se abarcaba un jardín que a Kate le pareció más institucional que la propia clínica. Contempló el cuidado césped, los bancos de madera situados a intervalos regulares a lo largo de los senderos de piedra y unos arriates escrupulosamente espaciados, donde los prietos pimpollos de rosa ponían una nota de color entre los desnudos arbustos.

La señorita Whetstone les señaló un par de sillas, se sentó detrás del escritorio y les dedicó la alentadora sonrisa de una maestra de escuela que recibe a unos alumnos poco prometedores. Era una mujer baja, de busto grande y grueso cabello, cuyo flequillo recortado caía sobre unos ojos que, según intuyó Kate, no dejaban escapar nada aunque juzgaban con deliberada caridad. Llevaba un uniforme de color azul claro, un cinturón con la hebilla plateada y un distintivo prendido a la pechera. Pese a la atmósfera de informalidad, saltaba a la vista que Ashcombe House creía en las jerarquías y en las ventajas de contar con una supervisora a la vieja usanza.

–Estamos investigando la muerte de un estudiante del seminario de Saint Anselm –explicó Kate–. Margaret Munroe, que fue enfermera aquí antes de irse al seminario, fue quien encontró el cuerpo. No hay nada que sugiera que estuvo involucrada en la muerte del joven, pero dejó un diario en el que describe en detalle el descubrimiento del cadáver. En una anotación posterior, menciona que la tragedia le recordó algo sucedido doce años antes. Por lo visto, era un asunto que le preocupaba. Nos gustaría averiguar de qué se trataba. Puesto que hace doce años trabajaba aquí, cabe la posibilidad de que fuese algo que ocurrió en este lugar: alguien a quien conoció o un paciente al que cuidaba. Nos preguntábamos si nos autorizaría a echar un vistazo en sus archivos, o si sería posible hablar con algún miembro del personal que la conociera.

Kate había ensayado mentalmente su discurso durante el viaje, seleccionando, descartando o sopesando cada palabra o frase que se le ocurría. Deseaba aclarar la situación tanto para sí misma como para la señorita Whetstone. Antes de salir había estado a punto de preguntarle a Dalgliesh qué debía buscar exactamente, pero no había querido manifestar confusión, ignorancia o disgusto por la tarea.

Como si hubiese intuido lo que pensaba, Dalgliesh había dicho:

–Hace doce años sucedió algo importante. En ese entonces Margaret Munroe era enfermera en Ashcombe House. Y hace doce años, el treinta de abril de 1988, Clara Arbuthnot murió en esa clínica. Los hechos podrían guardar relación entre sí o no. La envío en una misión que semeja más a una excursión de pesca que a una investigación propiamente dicha.

–Comprendo que quizás exista una conexión entre la muerte de Ronald Treeves, comoquiera que sucediese, y la de la señora Munroe –comentó Kate–. Lo que aún no entiendo es qué vínculo hay entre esos acontecimientos y el asesinato del archidiácono.

–Tampoco yo, Kate, pero tengo el pálpito de que las tres muertes están relacionadas. Aunque tal vez no directamente, sí de alguna manera. También es posible que a Margaret Munroe la asesinaran. En tal caso, su muerte estaría ligada a la de Crampton. Dudo que haya dos asesinos sueltos en Saint Anselm.

En su momento, esa explicación le había parecido verosímil. Ahora, al terminar su breve y preparado discurso, la asaltaron de nuevo las dudas. ¿Se había excedido al ensayar su perorata? ¿Habría debido confiar en su inspiración? La mirada clara y escéptica de la señorita Whetstone no la ayudó a despejarlas.

–Veamos si he entendido bien, inspectora. Margaret Munroe murió recientemente de un ataque al corazón, dejando un diario en el que menciona un importante hecho de su vida sucedido hace doce años. Ahora usted desea saber de qué se trataba porque lo asocia con cierta investigación policial. Dado que ella trabajaba aquí hace doce años, sugiere que ese hecho podría tener algo que ver con la clínica. Espera encontrar algún dato útil en nuestros archivos o hablar con alguien que la conociera y recordase incidentes de hace doce años.

–Ya sé que es una posibilidad remota –reconoció Kate–, pero la anotación está en su diario y debemos seguirle la pista.

–En conexión con un joven que apareció muerto. ¿Fue una muerte provocada?

–No hay indicios de ello, señorita Whetstone.

–Sin embargo, en Saint Anselm se produjo una muerte más reciente. Las noticias vuelan por aquí. Alguien asesinó al archidiácono Crampton. ¿Esta visita está relacionada con ese caso?

–No tenemos motivos para pensarlo. Nuestro interés por el diario surgió antes de la muerte del archidiácono.

–Ya veo. Bien, es nuestra obligación colaborar con la policía y no voy a negarme a que examinen el expediente de la señora Munroe ni a transmitirles cualquier información que pueda ayudarles, siempre y cuando considere que a ella no le molestaría si viviera. No creo que encuentren nada relevante. En Ashcombe House suceden a diario acontecimientos importantes, entre ellos la muerte y el consiguiente dolor de los deudos.

–De acuerdo con nuestros datos, una paciente de ustedes, la señorita Clara Arbuthnot, murió aquí un mes antes de que la señora Munroe se incorporase a la plantilla –dijo Kate–. Nos gustaría comprobar las fechas. Queremos saber si por casualidad las dos mujeres se conocieron.

–Eso es poco probable, a menos que ocurriera fuera de la clínica. Sin embargo, les confirmaré las fechas. Como es lógico, ahora todos nuestros archivos están informatizados, pero no hemos introducido datos de hace doce años. Solo guardamos los expedientes del personal por si otra persona que desee contratarlo nos pide referencias. Tal vez haya información en el historial médico de la señorita Arbuthnot, que yo considero confidencial. Comprenderá que no debo enseñárselo.

–Sería útil ver las dos cosas –señaló Kate–; la información laboral de la señora Munroe y el historial médico de la señorita Arbuthnot.

–No creo que me sea posible facilitárselos. Esta situación es irregular, desde luego. Nunca me han presentado una solicitud semejante. Usted no ha sido muy clara en lo que respecta a su interés por la señora Munroe y la señorita Arbuthnot. Creo que debo hablar con la señora Barton, nuestra directora, antes de dar cualquier otro paso.

Kate aún no había decidido cómo responder cuando Robbins dijo:

–Si todo esto le parece vago es porque nosotros mismos no sabemos qué estamos buscando. Solo sabemos que en la vida de la señora Munroe ocurrió algo importante hace doce años. Por lo visto era una mujer sin mayores intereses fuera de su profesión, de modo que suponemos que hay un vínculo entre ese hecho y Ashcombe House. ¿Podría usted revisar los documentos para cerciorarse de que nuestras fechas son correctas? Si no encuentra en el expediente de la señora Munroe algo que usted considere significativo, le habremos hecho perder el tiempo. Si hay algo, podrá consultar a la señora Barton antes de decidir si resultaría apropiado revelarlo.

La señorita Whetstone clavó la vista en él por un momento.

–Eso suena razonable. Veré si localizo los expedientes. Supongo que tardaré un poco.

En ese momento se abrió la puerta y una enfermera asomó la cabeza.

–Acaba de llegar la ambulancia con la señora Wilson, señorita Whetstone. Sus hijas están con ella.

La cara de la supervisora se llenó de alegría y expectación. Era como si fuese a recibir a una nueva huésped en un hotel de prestigio.

–Bien. Bien. Ahora voy. La pondremos con Helen, ¿no? Creo que se sentirá más cómoda con alguien de su edad. –Se volvió hacia Kate–. Estaré ocupada durante un rato. ¿Esperarán, o prefieren regresar más tarde?

Kate pensó que con su presencia física en el despacho aumentarían las oportunidades de obtener la información rápidamente.

–Si no le importa, esperaremos.

No obstante, la señorita Whetstone salió del despacho antes de que terminase de hablar.

–Gracias, sargento –soltó Kate–. Me has ayudado mucho.

Caminó hasta la ventana y se quedó observando el tránsito de la gente por los pasillos. Al mirar a Robbins, notó que su rostro estaba pálido y crispado en un gesto de forzada entereza. Creyó atisbar el brillo de una lágrima en uno de sus ojos y se apresuró a desviar la vista. «Estas cosas ya no se me dan tan bien como hace dos años –se dijo–. ¿Qué me está pasando? Dalgliesh tiene razón. Si soy incapaz de dedicar a mi trabajo lo que me exige, y eso incluye cierta humanidad, tal vez sería mejor que lo dejase.» Al pensar en Dalgliesh, el súbito e imperioso deseo de que estuviese allí se apoderó de ella. Sonrió, recordando que en situaciones semejantes el comisario nunca se resistía al atractivo de las palabras. Kate a veces tenía la impresión de que era un maniático de la lectura. Aunque su honradez le habría impedido examinar los papeles que habían quedado sobre el escritorio, a menos que fuesen importantes para la investigación, sin duda habría leído las numerosas notas del tablón de corcho que tapaba una parte de la ventana.

Robbins y ella guardaron silencio y permanecieron de pie, tal como estaban desde que la señorita Whetstone se había levantado de su silla. No tuvieron que esperar mucho. Menos de un cuarto de hora después, la supervisora regresó con dos carpetas y ocupó de nuevo su puesto detrás del escritorio.

–Siéntense, por favor –los invitó.

Kate se sintió como una solicitante de empleo esperando la humillante exposición de unos antecedentes mediocres.

Evidentemente la señorita Whetstone había examinado los documentos antes de entrar.

–Me temo que aquí no hay nada de utilidad para ustedes. Margaret Munroe empezó a trabajar con nosotros el uno de junio de 1988 y se marchó el treinta de abril de 1994. Padecía una enfermedad degenerativa de corazón y su médico le recomendó que consiguiese un empleo menos agotador. Como ya sabrán, la contrataron en Saint Anselm para que lavara la ropa blanca y se ocupara de tareas de enfermería poco importantes, las previsibles en una comunidad estudiantil pequeña e integrada mayormente por jóvenes sanos. En su expediente no figura mucho más que las habituales peticiones para las vacaciones, certificados médicos, y los informes anuales sobre su rendimiento en el trabajo, que son confidenciales. Yo llegué seis meses después de que ella se marchase, pero por lo que sé era una enfermera competente aunque con poca iniciativa, lo que podría considerarse una virtud; la falta de emotividad lo es sin duda alguna. El sentimentalismo no ayuda a nadie que trabaje en un sitio como este.

–¿Y la señorita Arbuthnot? –quiso saber Kate.

–Clara Arbuthnot murió un mes antes de que Margaret Munroe se incorporase a la plantilla. Por lo tanto, es imposible que la atendiera. Si se conocieron, no fue aquí.

–¿La señorita Arbuthnot murió sola? –preguntó Kate.

–En esta clínica ningún paciente muere solo, inspectora. Aunque la señorita Arbuhnot no tenía parientes, antes de su muerte se mandó llamar a instancias suyas a un sacerdote, que fue el reverendo Hubert Johnson.

–¿Sería posible hablar con él?

–Me temo que eso escapa del alcance incluso de la Policía Metropolitana. En aquel entonces él estaba ingresado en la clínica para recibir un tratamiento temporal y murió aquí mismo dos años después.

–Entonces ¿no queda nadie que mantuviese un trato personal con Margaret Munroe hace doce años?

–Shirley Legge es el miembro más antiguo de nuestra plantilla. Si bien no renovamos el personal con mucha frecuencia, este trabajo conlleva unas exigencias muy especiales y estimamos conveniente que las enfermeras se tomen un respiro de los casos terminales de cuando en cuando. Creo que la señora Legge es la única enfermera que queda de las que estaban aquí hace doce años, aunque tendría que mirar los archivos para confirmarlo. Y francamente, inspectora, no dispongo de tiempo. Por supuesto, si lo desea puede hablar con ella. Me parece que está de servicio.

–Lamento las molestias que le estamos ocasionando –se disculpó Kate–, pero me gustaría verla. Gracias.

La señorita Whetstone volvió a desaparecer, dejando los documentos sobre el escritorio. Aunque el primer impulso de Kate fue echarles una ojeada, se contuvo, en parte porque creía que la supervisora no había mentido al asegurarles que no había más información, pero también porque sabía que todos sus movimientos eran visibles a través de las mamparas de cristal.

La señorita Whetstone regresó al cabo de cinco minutos con una mujer de mediana edad y rasgos angulosos a quien presentó como Shirley Legge. Esta fue directa al grano.

–La supervisora dice que preguntan por Margaret Munroe. Me temo que no podré ayudarles. La conocía, pero no muy bien. No era propensa a entablar amistades íntimas. Recuerdo que había enviudado y que a su hijo le habían concedido una beca en una universidad privada, no sé cuál. Quería alistarse en el ejército y creo que le pagaban los estudios para que luego entrase como oficial, o algo por el estilo. Lamento oír que la señora Munroe ha muerto. Creo que su único familiar era su hijo, así que me imagino que él estará muy afectado.

–El hijo murió antes que ella –explicó Kate–. Lo mataron en Irlanda del Norte.

–Debió de ser un duro golpe para ella. Supongo que después de eso no le habrá importado morir. Ese chico era toda su vida. Siento no serles más útil. Si a Margaret le ocurrió algo importante mientras estaba aquí, no me lo dijo. Les sugiero que hablen con Mildred Fawcett. –Se volvió hacia la supervisora–. ¿Recuerda a Mildred, señorita Whetstone? Se retiró poco después de que usted llegara. Ella conocía a Margaret Munroe. Me parece que realizaron las prácticas juntas en el antiguo hospital de Westminster. Quizá valdría la pena que hablaran con ella.

–¿Consta su dirección en los archivos, señorita Whetstone? –preguntó Kate.

Fue Shirley Legge quien respondió:

–No es necesario. Ya se la daré yo. Todavía nos enviamos tarjetas de Navidad y su dirección es una de esas que se quedan grabadas en la memoria. Vive en una casa llamada Clippety-Clop, en las afueras de Medgrave, junto a la A146. Creo que antes había unas caballerizas muy cerca de allí.

Por fin un golpe de suerte. Mildred Fawcett podría haberse retirado a una casa en Cornualles o en el noreste; sin embargo, Clippety-Clop se encontraba justo en el camino de Saint Anselm. Kate agradeció su cooperación a la supervisora y a la señora Legge y les pidió una guía telefónica. La fortuna les sonrió de nuevo: el número de la señorita Fawcett figuraba en el listín.

Sobre el mostrador de recepción había una hucha de madera con la inscripción: «Ayuda para flores». Kate plegó un billete de cinco libras y lo deslizó en el interior. Dudaba que este fuese un gasto lícito de los fondos policiales y ni siquiera estaba segura de si constituía un gesto de generosidad o una pequeña ofrenda supersticiosa al destino.

3

Una vez en el coche y con el cinturón de seguridad abrochado, Kate marcó el número de Clippety-Clop. No obtuvo respuesta.

–Será mejor que informe de nuestros progresos –dijo–, o de la falta de ellos. –La conversación fue breve. Mientras guardaba el teléfono móvil se dirigió a Robbins–: Veremos a Mildred Fawcett, si es que la encontramos. Luego el jefe quiere que regresemos de inmediato. El forense acaba de marcharse.

–¿Te ha explicado cómo ocurrió? ¿Fue un accidente?

–Es demasiado pronto para asegurarlo, pero lo parece. Y si no lo fue, ¿cómo demonios vamos a probarlo?

–La cuarta muerte –comentó Robbins.

–Muy bien, sargento, sé contar.

Salió con cuidado del aparcamiento, y ya en la carretera pisó el acelerador. La muerte de la señorita Betterton le había causado inquietud además de la sorpresa inicial. Kate necesitaba sentir que la policía controlaba los acontecimientos desde el momento en que se embarcaba en una misión. Con independencia de si la investigación marchaba bien o mal, eran ellos quienes interrogaban, sondeaban, analizaban, evaluaban, escogían las estrategias y manejaban los hilos de la situación. Sin embargo, en el caso Crampton había algo, una sutil e inefable ansiedad, que permanecía en el fondo de su mente prácticamente desde el principio pero que no había afrontado hasta ahora. Se trataba de la conciencia de que el poder quizá residiese en otro lado, de que a pesar de la inteligencia y la experiencia de Dalgliesh había otro cerebro trabajando, un cerebro igual de inteligente, aunque con una experiencia distinta. Temía que el control, que una vez perdido jamás se recuperaba, ya se les hubiese escapado de las manos. Estaba impaciente por regresar a Saint Anselm. Entretanto, de nada serviría especular. Hasta el momento, no habían extraído una conclusión nueva del viaje.

–Lamento haberme mostrado tan brusca –dijo–. No vale la pena discutir ese punto hasta que dispongamos de más datos. Por ahora concentrémonos en cumplir con este cometido.

–Si esto es una cacería de gansos salvajes, al menos volamos en la dirección correcta –opinó Robbins.

Cuando se aproximaron a Medgrave, Kate redujo la velocidad al mínimo; perderían más tiempo si pasaban de largo la casa que si conducía despacio.

–Tú mira a la izquierda; yo me ocupo de la derecha. Podemos preguntar, pero preferiría no hacerlo. No quiero anunciar nuestra visita a los cuatro vientos.

No fue necesario preguntar. Antes de llegar al pueblo divisaron una bonita casa de ladrillo y tejas a unos doce metros del arcén, sobre una ligera pendiente. En la verja había un letrero de madera blanca con el nombre primorosamente pintado en letras negras: CLIPPETY-CLOP. El porche central tenía la fecha 1893 grabada en piedra en la parte superior, dos ventanas idénticas en la planta baja y otras tres en la alta. La pintura era de un blanco brillante, los cristales relucían y las losas que conducían a la entrada estaban libres de hierbajos. El lugar irradiaba una sensación de orden y comodidad. Encontraron sitio para aparcar en la calle y caminaron por el sendero particular hasta la puerta, que golpearon con una aldaba en forma de herradura. Nadie respondió.

–Tal vez haya salido –conjeturó Kate–, pero deberíamos echar un vistazo a la parte de atrás.

La llovizna había cesado y, aunque el aire aún estaba frío, el día se había despejado y al este se apreciaban desvaídos jirones azules de cielo. A la izquierda de la casa, un sendero de piedras conducía a una cancela sin llave y al jardín. Nacida y criada en la ciudad, Kate sabía poco de jardinería, aunque de inmediato cayó en la cuenta de que este era la obra de un entusiasta. El espaciado de los árboles y los arbustos, el esmerado diseño de los macizos de flores y el cuidado huerto del fondo testimoniaban que la señorita Fawcett era una experta. La ligera elevación del terreno le proporcionaba una buena vista. El paisaje otoñal, con su abigarrada variedad de verdes, dorados y marrones, parecía extenderse hasta el infinito bajo el vasto firmamento del este de Inglaterra.

Había una mujer con un azadón en la mano inclinada sobre un arriate. Al oírlos llegar se irguió y se acercó a ellos. Era alta y con aspecto agitanado: tenía la cara bronceada y muy arrugada y una melena negra con hebras grises peinada hacia atrás y recogida, muy tirante, en la nuca. Llevaba una larga falda de lana, un delantal de arpillera con un amplio bolsillo central, toscos zapatos y guantes de jardinería. No manifestó sorpresa ni desconcierto al verlos.

Kate se presentó, le enseñó su identificación y repitió lo que había explicado a la señorita Whetstone.

–En la clínica no pudieron ayudarnos –añadió–, pero la señora Shirley Legge dijo que usted trabajaba allí hace doce años y que conocía a la señora Munroe. Encontramos su número de teléfono y la llamamos, y sin embargo no nos fue posible localizarla.

–Supongo que me hallaba al fondo del jardín. Mis amigos me aconsejan que compre un móvil, pero jamás lo haré. Son abominables. No volveré a viajar en tren hasta que pongan compartimientos donde esté prohibido usar el teléfono móvil.

A diferencia de la señorita Whetstone, no hizo preguntas. Cualquiera diría que está acostumbrada a recibir visitas de la policía, pensó Kate. La mujer la observó con fijeza.

–Será mejor que pasen. Veremos si puedo ayudarles.

Cruzaron un lavadero con suelo de ladrillo, un profundo fregadero de piedra bajo la ventana y estanterías y armarios empotrados en la pared opuesta. El cuarto olía a tierra húmeda y a manzanas, con un ligero tufillo a queroseno. Al parecer hacía las veces de despensa y trastero. Kate vio una caja de manzanas –en un estante–, ristras de cebollas, rollos de cuerda, cubos, una manguera enrollada alrededor de un gancho y una rejilla de la que colgaban herramientas de jardinería, todas limpias. La señorita Fawcett se quitó el delantal y las botas y, descalza, los guió hasta el salón.

En la estancia, Kate advirtió el reflejo de una vida autosuficiente y solitaria. Delante de la chimenea había un solo sillón, flanqueado por una mesita con una lámpara y otra con una pila de libros. Junto a la ventana había una mesa redonda preparada para una sola persona; las tres sillas restantes estaban contra la pared. Un gato leonado, gordo y grande como un cojín, descansaba sobre un sillón con botones en el respaldo. Al verlos entrar, alzó la fiera cabeza, los miró con indignación, saltó y se dirigió pesadamente hacia el lavadero. Kate pensó que nunca había visto un gato más feo.

La señorita Fawcett arrimó dos sillas y se acercó a un armario empotrado en un hueco, a la izquierda de la chimenea.

–No sé si les seré de mucha ayuda –admitió–. De todos modos, si a Margaret Munroe le ocurrió algo importante mientras trabajábamos en la clínica, es probable que lo haya apuntado en mi diario. Mi padre nos inculcó la costumbre de llevar un diario cuando éramos niños y yo la he mantenido. Es casi como insistir en que un niño rece antes de acostarse; cuando una adquiere el hábito en la infancia, más adelante se siente obligada a continuar, por muy desagradable que le resulte. Han dicho doce años, ¿no? Eso nos lleva a 1988.

Se sentó en el sillón situado junto a la chimenea y abrió lo que semejaba un cuaderno escolar.

–¿Recuerda haber atendido a una tal Clara Arbuthnot mientras trabajaba en Ashcombe House? –preguntó Kate.

Si a la señorita Fawcett le sorprendió la mención a Clara Arbuthnot, no lo demostró.

–Sí, la recuerdo –respondió–. Fui la principal responsable de su cuidado desde que ingresó hasta que murió, cinco semanas después.

Sacó unas gafas del bolsillo de la falda y se puso a hojear el diario. Tardó un rato en encontrar la semana en cuestión; tal como Kate había temido, la señorita Fawcett se distrajo leyendo otras anotaciones. Kate se preguntó si su lentitud sería deliberada. Después de leer en silencio durante unos minutos, puso las dos manos sobre una página. Una vez más, Kate notó su mirada intensa e inteligente.

–Aquí hablo tanto de la señorita Arbuthnot como de Margaret Munroe –señaló–. Me encuentro en un dilema. En su momento prometí guardar el secreto y ahora no veo razón alguna para faltar a mi palabra.

Kate reflexionó antes de contestar:

–La información que tiene ahí podría ser crucial para nosotros no solo por su posible relación con el presunto suicidio de un seminarista. Es de vital importancia que sepamos lo que escribió lo antes posible. Clara Arbuthnot y Margaret Munroe están muertas. ¿Cree que desearían seguir callando aunque supieran que se trata de colaborar con la justicia?

La señorita Fawcett se levantó.

–¿Les importaría dar un pequeño paseo por el jardín? –preguntó–. Daré unos golpecitos en la ventana cuando esté lista. Necesito pensar a solas.

Continuaba de pie cuando ellos salieron. En el exterior, caminaron hombro con hombro hasta el fondo del jardín, donde se detuvieron para contemplar los campos arados. Kate se reconcomía de impaciencia.

–Ese diario estaba a unos pocos palmos de mí –se lamentó–. Lo único que necesitaba era echarle un vistazo rápido. ¿Qué haremos si se niega a revelarnos lo que dice? Bueno, siempre nos queda la opción de citarla oficialmente si el caso llega a los tribunales, pero ¿cómo sabremos si el diario contiene datos relacionados con el caso? Lo más seguro es que cuente que ella y Munroe fueron a Frinton y se pegaron un revolcón en el muelle.

–En Frinton no hay muelle –puntualizó Robbins.

–Y la señorita Arbuthnot estaba moribunda. Bien, volvamos. No quiero perderme el golpecito en la ventana.

Cuando por fin oyeron la señal, regresaron al salón en silencio, esforzándose por disimular su ansiedad.

–Quiero su palabra –dijo la señorita Fawcett– de que la información que buscan es necesaria para su investigación y de que, en caso de que no sea pertinente, no constará en acta nada de lo que les exponga.

–No sabemos si será o no pertinente, señorita. En caso afirmativo, naturalmente tendrá que salir a la luz, incluso es posible que como prueba. No puedo garantizarle nada, solo pedirle su ayuda.

–Gracias por su franqueza. Tienen suerte. Mi abuelo fue jefe de policía y yo pertenezco a esa generación, tristemente en decadencia, que todavía confía en la policía. Estoy dispuesta a revelarles lo que sé y también, si hiciera falta, a entregarles el diario.

Kate juzgó que alegar más argumentos además de innecesario, podía resultar contraproducente, de modo que se limitó a dar las gracias y esperar.

–Mientras ustedes paseaban por el jardín he estado pensando

–prosiguió la señorita Fawcett–. Según usted, esta visita guarda relación con la muerte de un estudiante de Saint Anselm. También explicó que no hay indicios de que Margaret Munroe estuviese vinculada con esa muerte, aparte del hecho de que encontró el cadáver. No obstante, hay algo más, ¿verdad? No habrían enviado a una inspectora y a un sargento si no sospechasen que hay algo turbio, ¿no? ¿Están investigando un asesinato?

–Sí –asintió Kate–. Formamos parte del equipo que investiga el asesinato del archidiácono Crampton en Saint Anselm. Aunque es posible que la anotación del diario de Margaret Munroe no tenga nada que ver con el caso, tenemos que comprobarlo. Supongo que ya estará al tanto de la muerte del archidiácono.

–No –replicó la señorita Fawcett–. No sé nada al respecto. Rara vez compro el periódico y no tengo televisor. Un asesinato cambia las cosas. El veintisiete de abril de 1988 escribí algo en mi diario sobre Margaret Munroe. El problema radica en que en su momento ambas prometimos guardar el secreto.

–¿Me permite ver esa anotación, señorita Fawcett? –pidió Kate.

–Dudo que saque algo en limpio de ella. Solo apunté un par de detalles. Sin embargo, recuerdo más cosas. Considero que es mi deber hablar, aunque dudo que esté relacionado con el caso. Y quiero su palabra de que no llevarán este asunto más lejos si no les ayuda a esclarecer las muertes.

–La tiene –prometió Kate.

La señorita Fawcett se sentó con la espalda muy erguida y apoyó las palmas de las manos sobre el diario abierto, como si quisiera protegerlo de miradas indiscretas.

–En abril de 1988 yo atendía a enfermos terminales en Ashcombe House. Esto ya lo saben, desde luego. Una de mis pacientes me contó que quería casarse antes de morir, pero que deseaba que la ceremonia se mantuviese en secreto. Me pidió que fuese testigo de su boda. Acepté. No me correspondía hacer preguntas y no las hice. Era el deseo de una paciente con quien me había encariñado y a la que le quedaba poco tiempo de vida. Lo sorprendente fue que no le faltaran fuerzas para la ceremonia. Se pidió la autorización del arzobispo, y la boda se celebró el mediodía del veintisiete en una pequeña iglesia, Saint Osyth, en Clampstoke-Lacey, en las afueras de Norwich. Los casó el reverendo Hubert Johnson, a quien mi paciente había conocido en la clínica. No vi al novio hasta que se presentó en coche para recogernos a la paciente y a mí con la excusa de ir a pasear por el campo. Aunque el padre Hubert se había comprometido a llevar otro testigo, no lo consiguió. No recuerdo qué salió mal. Cuando nos marchábamos de la clínica vi a Margaret Munroe, que regresaba de una entrevista de trabajo con la supervisora. De hecho, yo le había sugerido que solicitara el empleo. Sabía que podía confiar en su discreción. Habíamos realizado las prácticas juntas en el antiguo hospital de Westminster, aunque ella era bastante más joven que yo. Mi padre se oponía a que estudiase enfermería, así que no empecé hasta después de su muerte. Después de la boda, la paciente y yo regresamos a la clínica. Durante sus últimos días ella parecía más feliz y serena que antes, pero ninguna de las dos volvió a mencionar la boda. En los años que pasé en el hospital ocurrieron tantas cosas que difícilmente habría recordado todo esto sin la ayuda de mi diario y si una consulta anterior no me hubiese refrescado la memoria. Ver las palabras escritas, aunque no haya nombres, me ha permitido rememorar los hechos con sorprendente claridad. Fue un día precioso; el jardín de la iglesia de Saint Osyth estaba cubierto de narcisos amarillos, y al salir nos encontramos con un sol radiante.

–¿La paciente era Clara Arbuthnot? –inquirió Kate.

La señorita Fawcett la miró.

–Sí.

–¿Y el novio?

–No tengo idea. No recuerdo su nombre ni su cara y tampoco creo que Margaret lo recordase si estuviera viva.

–Y sin embargo habrá firmado un certificado de matrimonio. Y seguramente se mencionaron los nombres durante la ceremonia.

–Supongo que sí. Pero no había una razón especial para que ella los retuviese en la memoria. Al fin y al cabo, en una boda por la iglesia solo se pronuncian los nombres de pila. –Hizo una pausa y añadió–: Debo confesar que no he sido del todo sincera. Quería tiempo para pensar, para decidir cuánto debía hablar, si es que debía hacerlo. No tenía necesidad de consultar el diario para responder a su pregunta. Había leído esa anotación hace poco. El jueves doce de octubre, Margaret Munroe me telefoneó desde una cabina de Lowestoft. Me pidió el nombre de la novia, y se lo di. No me vino a la mente el del novio. No está en mi diario, y si alguna vez lo supe, lo olvidé.

–¿Recuerda algo, cualquier cosa, del novio? Su edad, su aspecto, su forma de hablar... ¿Alguna vez regresó a la clínica?

–No, ni siquiera cuando Clara estaba a punto de morir y, que yo sepa, no asistió a la incineración. Una firma de abogados de Norwich se ocupó de ese asunto. No volví a verlo ni supe más de él. Aunque recuerdo una cosa: cuando estaba en el altar y le puso el anillo a Clara, reparé en que le faltaba la parte superior del anular izquierdo.

Kate experimentó una emoción y una sensación de triunfo tan grandes que temió que su semblante la delatara. No miró a Robbins. Esforzándose por mantener la voz serena, preguntó:

–¿La señorita Arbuthnot le reveló los motivos de su boda? ¿Es posible, por ejemplo, que hubiese un hijo de por medio?

–¿Un hijo? Nunca comentó que tuviera descendencia y, que yo recuerde, en su historial médico no se mencionaba ningún embarazo. Jamás la visitó alguien lo bastante joven para ser hijo suyo. Claro que tampoco la visitó su marido.

–De manera que no le habló de ello.

–Solo dijo que quería casarse, que la boda debía permanecer en secreto y que necesitaba mi ayuda. Yo se la presté.

–¿Hay alguien a quien pudiese haber confiado esta información?

–El sacerdote que la casó, el padre Hubert Johnson, pasó mucho tiempo junto al lecho de muerte de Clara. Recuerdo que le administró la Comunión y la confesó. Yo me ocupaba de que nadie los molestara mientras estaban juntos. Debió de contárselo todo, ya fuera como sacerdote o como amigo. Pero él también estaba gravemente enfermo y murió dos años después.

Ya no quedaba nada por decir, así que, después de darle las gracias, Kate y Robbins regresaron al coche. La señorita Fawcett los observaba desde la puerta, de modo que Kate continuó hasta estar fuera de su vista antes de detener el coche en el arcén cubierto de hierba. Levantó el teléfono móvil.

–Por fin algo positivo que informar. –Sonrió–. Ahora sí que estamos progresando.

4

Después del almuerzo, como el padre John no había aparecido, Emma subió y llamó a la puerta de su apartamento privado. Le causaba aprensión la idea de verlo, pero cuando abrió la puerta, advirtió que ofrecía el aspecto de siempre.

–Padre, lo siento, lo lamento muchísimo –dijo conteniendo las lágrimas.

Se recordó que había ido allí para consolarlo, no para aumentar su dolor. Sin embargo, era como reconfortar a un niño. Hubiese deseado abrazarlo. Él la condujo hasta un sillón situado junto a la chimenea –seguramente el de su hermana, pensó Emma– y se sentó frente a ella.

–Me preguntaba si querría hacerme un favor, Emma –dijo.

–Desde luego. Lo que quiera, padre.

–Es su ropa. Sé que hay que ordenarla y donarla. Parece muy pronto para pensar en ello, pero supongo que usted se marchará antes del fin de semana y me preguntaba si estaría dispuesta a hacerlo. Sé que la señora Pilbeam me ayudaría. Es muy amable, pero yo preferiría que lo hiciera usted. Quizá mañana, si no tiene inconveniente.

–Cuente conmigo, padre. Lo haré mañana después de la clase de la tarde.

–Todo cuanto poseía está en su dormitorio. Debe de haber algunas joyas. En tal caso, ¿le importaría llevárselas y venderlas por mí? Me gustaría que el dinero fuese a parar a alguna institución benéfica dedicada a los presos. Supongo que habrá alguna.

–Estoy segura de que sí, padre. Lo averiguaré. De cualquier modo, ¿no preferiría mirar primero las joyas para ver si quiere conservar alguna?

–No, gracias, Emma. Es usted muy considerada, pero prefiero que se lo lleve todo. –Calló por unos instantes y agregó–: La policía ha estado aquí esta mañana, examinando el apartamento y su habitación. El inspector Tarrant vino con uno de esos funcionarios de bata blanca, a quien presentó como el señor Clark.

–¿Registraron el apartamento? –preguntó Emma con aspereza–. ¿Qué buscaban?

–No me lo dijeron. No se quedaron durante mucho tiempo y dejaron todo muy ordenado. –Hizo otra pausa y dijo–: El inspector Tarrant quería saber dónde había estado y qué había hecho entre las completas de ayer y las seis de la mañana de hoy.

–¡Es vergonzoso! –exclamó Emma.

El sacerdote esbozó una sonrisa triste.

–No es para tanto. Están obligados a formular esas preguntas. El inspector Tarrant procedió con mucho tacto. Solo cumplía con su obligación.

Emma pensó enfurecida que gran parte de sufrimiento del mundo estaba ocasionado por gente que afirmaba que solo cumplía con su obligación.

La queda voz del padre John se quebró.

–Vino el forense. Supongo que lo habrá oído.

–Debió de oírlo todo el mundo. No fue una llegada discreta.

El padre John sonrió.

–No, ¿verdad? Él tampoco permaneció aquí mucho rato. El comisario Dalgliesh me preguntó si quería estar presente cuando retiraran el cadáver, pero preferí quedarme tranquilo aquí arriba. Al fin y al cabo, la persona que se llevaron no era Agatha. Ella se marchó hace tiempo.

Hace tiempo. ¿Qué quería decir exactamente? Esas dos palabras resonaron en su mente con la fuerza de unas campanadas fúnebres.

Al levantarse para irse, ella lo tomó de nuevo de la mano.

–Lo veré mañana, padre, cuando venga a empaquetar la ropa. ¿Está seguro de que no quiere que haga algo más por usted?

–Se lo agradezco –contestó él–. Hay otra cosa. Espero no estar abusando de su bondad, pero ¿podría buscar a Raphael? Aunque no lo he visto desde que ocurrió, sé que esto le afectará muchísimo. Siempre se mostraba amable con Agatha, y ella lo quería.

Encontró a Raphael de pie al borde del acantilado, a unos cien metros del seminario. Cuando la vio, se sentó. Emma lo imitó y le tendió la mano.

Con la vista fija en el mar, sin volverse, Raphael dijo:

–Era la única persona a quien yo le importaba.

–¡No es verdad, Raphael! –protestó Emma–. Y tú lo sabes.

–Me refiero a que me quería a mí, a Raphael, no al objeto de la benevolencia colectiva. No como posible candidato a sacerdote. No como al último de los Arbuthnot..., aunque sea un bastardo. Ya te lo habrán contado. Me abandonaron aquí cuando era un crío de pecho, en uno de esos moisés de paja con un asa a cada lado. Habría resultado más apropiado que me dejasen entre los juncos de la laguna, pero supongo que a mi madre se le debió de ocurrir que allí no me encontrarían. Por lo menos me quería lo suficiente para traerme al seminario. No les quedó otro remedio que aceptarme. Sin embargo, ese hecho les ha permitido ejercitar la virtud de la caridad durante veinticinco años.

–Tú sabes que sus sentimientos no son esos.

–Es como me siento. Sé que parezco un egoísta y un tipo que se compadece de sí mismo. De hecho, soy egoísta y me compadezco de mí mismo. No necesitas decírmelo. Antes pensaba que todo se arreglaría si tú accedieras a casarte conmigo.

–Eso es absurdo, Raphael. Cuando aclares tus ideas lo comprenderás. El matrimonio no es una terapia.

–Pero sería algo definitivo. Me serviría de apoyo.

–¿No cumple esa función la Iglesia?

–La cumplirá cuando me ordene sacerdote. Entonces no habrá vuelta atrás.

Emma reflexionó por unos instantes.

–No tienes por qué ordenarte –observó al fin–. La decisión fue tuya, de nadie más. Si no estás seguro, no deberías seguir adelante.

–Hablas como Gregory. Si le menciono la palabra «vocación», me dice que no hable como un personaje de Graham Greene. Más vale que volvamos. –Hizo una pausa y rió–. A veces Agatha se ponía muy pesada durante nuestras escapadas a Londres, pero nunca deseé estar con otra persona.

Se levantó y echó a andar hacia el seminario. Emma no intentó alcanzarlo. Caminando más despacio por el borde del acantilado, la embargó una profunda tristeza por Raphael, el padre John y todas las personas de Saint Anselm que se habían granjeado su afecto.

Cuando llegó a la verja de hierro del claustro oeste, oyó una voz que la llamaba. Al volverse vio que Karen Surtees cruzaba el descampado en dirección a ella. Si bien habían coincidido en otras ocasiones, solo habían intercambiado un saludo de buenos días. A pesar de ello, Emma nunca había considerado que existiese antipatía entre las dos. Ahora la aguardó con curiosidad. Karen echó un rápido vistazo a San Juan antes de hablar:

–Lamento haberte gritado de esa manera. Solo quería preguntarte una cosa. ¿Qué es eso de que encontraron a la señorita Betterton muerta en el sótano? El padre Martin ha venido a avisarnos esta mañana, pero no ha entrado en pormenores.

Emma decidió que no había motivo para ocultar lo poco que sabía.

–Creo que tropezó en el primer escalón.

–O la empujaron, ¿no? Bueno, esta vez no nos achacarán la muerte a Eric o a mí..., al menos si murió antes de medianoche. Anoche fuimos al cine y a cenar a Ipswich. Nos hacía falta alejarnos de este sitio. Supongo que no tendrás idea de cómo marcha la investigación, ¿verdad? Me refiero a la del asesinato del archidiácono.

–No. La policía no nos cuenta nada –respondió Emma.

–¿Ni siquiera el guapo comisario? Bueno, claro que no. ¡Dios, ese tipo es siniestro! Ojalá se dé prisa, porque quiero regresar a Londres. De cualquier manera solo me quedaré con Eric hasta el fin de semana. En fin, solo quería consultar algo contigo. Aunque es posible que no puedas o no quieras contestarme, no sé a qué otra persona recurrir. ¿Eres religiosa? ¿Comulgas? –La pregunta fue tan inesperada que Emma se quedó sin habla durante unos segundos. Karen añadió con impaciencia–: Me refiero a si vas a la iglesia y recibes la comunión.

–Sí, a veces.

–Estaba pensando en las hostias consagradas. ¿Cómo funciona eso? O sea, ¿abres la boca y te la ponen dentro, o te la dan en la mano?

Pese a lo estrafalario de la conversación, Emma contestó:

–Algunos abren la boca, pero en la Iglesia anglicana es más común tender las dos palmas juntas.

–Y supongo que el sacerdote se queda mirando mientras te la comes, ¿no?

–Es posible, sobre todo si está recitando las palabras del devocionario, aunque por lo general pasa al siguiente comulgante. También es posible que se produzca una pequeña espera mientras él u otro sacerdote va a buscar el cáliz. ¿Por qué quieres saberlo?

–Por nada en particular. Simple curiosidad. He pensado que a lo mejor vaya a un oficio y no quiero ponerme en ridículo. Pero ¿no es necesario que uno esté confirmado? No me gustaría que me echaran.

–No creo que lo hagan –repuso Emma–. Mañana por la mañana se celebrará una misa en el oratorio. –Añadió con un dejo de picardía–: Podrías decirle al padre Sebastian que te gustaría asistir. Quizá te formule algunas preguntas o quiera que te confieses primero.

–¿Confesarme al padre Sebastian? ¿Estás loca? Me parece que esperaré a volver a Londres para regenerarme espiritualmente. A propósito, ¿cuánto tiempo más piensas pasar aquí?

–Debería irme el jueves –respondió Emma–, aunque tal vez me quede un día más. Supongo que me marcharé antes del fin de semana.

–Bueno, gracias por la información y que te vaya bien.

Dio media vuelta y arrancó a caminar rápidamente y con los hombros inclinados hacia la casa San Juan.

Mientras la observaba, Emma pensó que era una suerte que no se hubiese entretenido un rato más con ella. Habría resultado tentador hablar del asesinato con otra mujer que además tenía su edad; tentador y quizás imprudente. Karen podría haberla interrogado sobre el hallazgo del cuerpo del archidiácono y le habría costado mucho eludir sus preguntas. En Saint Anselm todos los demás habían mostrado una respetuosa reserva, cualidad que ella no asociaba con Karen Surtees. Continuó andando, intrigada. De todas las preguntas que podría haber hecho Karen, la que le había planteado era la que menos se esperaba.

5

Era la una y cuarto, y Kate y Robbins ya habían regresado. Dalgliesh notó que Kate trataba de controlar el tono de triunfo y emoción de su voz mientras presentaba un meticuloso informe de su misión. A pesar de que siempre actuaba de forma flemática y profesional en los momentos de éxito, ahora el entusiasmo se evidenciaba en sus ojos y en su tono, y Dalgliesh se alegró de que así fuese. Quizá recuperaría a la antigua Kate, aquella para quien el trabajo policial representaba algo más que un empleo, un salario adecuado y una perspectiva de ascenso, más que una escalera para escapar del lodazal de privaciones de su infancia. Tenía ganas de volver a ver a esa Kate.

Le había contado lo de la boda por teléfono en cuanto ella y Robbins se habían despedido de la señorita Fawcett. Dalgliesh le había ordenado que fuese en busca de una copia del certificado de matrimonio y regresase a Saint Anselm cuanto antes. Al estudiar el mapa, habían descubierto que Clampstoke-Lacey estaba a solo veinte kilómetros de distancia, de manera que les pareció razonable pasar primero por la iglesia.

Sin embargo, no tuvieron suerte. Ahora Saint Osyth formaba parte de un conjunto de parroquias y se encontraba en un interregno, con un sacerdote nuevo que celebraba interinamente los oficios. Él se encontraba de visita en otra de las parroquias y su joven esposa ignoraba dónde estaba el antiguo registro de la iglesia; de hecho, ni siquiera sabía qué era y se limitó a sugerirles que aguardasen a su esposo. Lo esperaba a cenar, a menos que lo invitara uno de sus feligreses. En tal caso, telefonearía para avisar, aunque en ocasiones se enfrascaba tanto en los asuntos de la parroquia que olvidaba hacerlo. El matiz de resentimiento que Kate detectó en su voz le indicó que eso ocurría con cierta frecuencia, por lo que resolvió pasar por el registro civil de Norwich, donde encontraron lo que necesitaban. Rápidamente les hicieron una copia del certificado de matrimonio.

Entretanto Dalgliesh había telefoneado a Paul Perronet. Deseaba aclarar dos cuestiones importantes antes de entrevistarse con George Gregory. La primera eran los términos exactos del testamento de la señorita Arbuthnot. La segunda guardaba relación con las disposiciones de cierta ley parlamentaria y la fecha en que esta había entrado en vigor.

Kate y Robbins, que no habían comido, se abalanzaron con avidez sobre los bocadillos de queso y el café que había preparado la señora Pilbeam.

–Estamos en condiciones de inferir cómo fue que Margaret Munroe recordó la boda –dijo Dalgliesh–. Había estado escribiendo en su diario, rememorando el pasado, y de repente asoció dos imágenes: Gregory en la playa, quitándose el guante izquierdo para tomarle el pulso a Ronald Treeves, y la página de fotografías de bodas de la *Sole Bay Weekly Gazette:* la unión de la vida y la muerte. Al día siguiente telefoneó a la señorita Fawcett, no desde su casa, donde podían interrumpirle, sino desde una cabina de Lowestoft. Le confirmaron lo que sin duda sospechaba: el nombre de la novia. Entonces habló con «la persona interesada». Esa expresión solo era aplicable a dos personas: George Gregory y Raphael Arbuthnot. Y unas horas después de hablar y de que la tranquilizaran, Margaret Munroe murió. –Dobló la partida de matrimonio y agregó–: Interrogaremos a Gregory en su casa, no aquí. Me gustaría que viniera conmigo, Kate. He visto su coche, de manera que él no puede estar muy lejos.

–Pero ese matrimonio no constituye un motivo para que Gregory asesine al archidiácono. Se celebró veinticinco años atrás. Raphael Arbuthnot no heredará. El testamento establece que tiene que ser legítimo según la legislación inglesa.

–Y la boda lo convierte exactamente en eso: en hijo legítimo según la legislación inglesa.

Saltaba a la vista que Gregory acababa de regresar a su casa. Abrió la puerta vestido con un chándal negro y con una toalla al cuello. Llevaba el cabello mojado y el jersey de algodón adherido al pecho y los brazos.

–Me disponía a darme una ducha –comentó sin apartarse para dejarlos entrar–. ¿Los trae un asunto urgente?

Los trataba como a una pareja de vendedores inoportunos, y por primera vez Dalgliesh percibió en sus ojos una clara hostilidad.

–Sí, es urgente –respondió–. ¿Podemos pasar?

–Tiene el aire de un hombre que cree estar haciendo progresos, comisario –observó Gregory mientras los guiaba al anexo–. En opinión de algunos ya sería hora. Confiemos en que esto no acabe en el abismo de la desesperación.

Les señaló el sofá y se sentó al escritorio, haciendo girar la silla y extendiendo las piernas, para acto seguido empezar a secarse enérgicamente la cabeza. Dalgliesh alcanzaba a oler su sudor desde el otro extremo de la sala.

–Usted se casó con Clara Arbuthnot el veintisiete de abril de 1988, en la iglesia de Saint Osyth, en Clampstoke-Lacey, Norfolk –señaló sin sacar el certificado de matrimonio del bolsillo–. ¿Por qué no me lo dijo? ¿De verdad creía que las circunstancias de ese matrimonio no venían al caso en esta investigación de asesinato?

Por un par de segundos Gregory se quedó callado e inmóvil, pero cuando habló su voz sonó serena y despreocupada. Dalgliesh se preguntó si haría días que se preparaba para este encuentro.

–Puesto que se ha referido a «las circunstancias de ese matrimonio», doy por sentado que entiende el significado de la fecha. No se lo conté porque no estimé que se tratara de un asunto de su incumbencia. Esa es la primera razón. La segunda es que le prometí a mi esposa que la boda permanecería en secreto hasta que yo se la comunicase a nuestro hijo... A propósito, Raphael es mi hijo. La tercera es que aún no se lo he dicho a él porque no me parecía que hubiera llegado el momento oportuno. Sin embargo, usted va a obligarme a hacerlo.

–¿Lo sabe alguien en Saint Anselm? –quiso saber Kate.

Gregory la miró como si la viese por primera vez y su aspecto no le gustara.

–Nadie. Es obvio que acabarán por enterarse y también que me culparán por haber mantenido a Raphael en la ignorancia durante tanto tiempo. Y por no hacerlos partícipes a ellos, desde luego. A tenor de la naturaleza humana, yo diría que les resultará más difícil perdonar esa segunda ocultación. Dudo que me permitan seguir ocupando esta casa. Aunque eso no me preocupa demasiado, pues solo acepté este trabajo para llegar a conocer a mi hijo. Además, están a punto de cerrar Saint Anselm. No obstante, me habría gustado terminar este episodio de mi vida de una manera más agradable y en un momento elegido por mí.

–¿Por qué tanto secreto? –preguntó Kate–. Ni siquiera le dijeron nada al personal de la clínica. ¿Por qué se molestaron en casarse si no iba a enterarse nadie?

–Ya he explicado por qué. Tenía que decírselo a Raphael, pero en el momento que me pareciese oportuno. No podía imaginar que me vería envuelto en una investigación de asesinato y que la policía se pondría a fisgonear en mi vida privada. El momento todavía no es oportuno, pero supongo que se darán el gusto de comunicárselo ustedes.

–No –respondió Dalgliesh–. Eso es responsabilidad suya; no nuestra.

Cambiaron una mirada, y Gregory dijo:

–Supongo que tiene derecho a oír una explicación, o lo más parecido a una explicación que pueda darle. Usted debería saber mejor que cualquiera que nuestros motivos rara vez son sencillos y nunca tan puros como parecen. Nos conocimos en Oxford, donde yo fui su tutor. Ella tenía dieciocho años y era increíblemente atractiva, de manera que cuando me dio a entender que buscaba una aventura, no fui capaz de resistirme. La experiencia resultó desastrosa y humillante. No me había percatado de que Clara estaba confundida con respecto a su sexualidad y pretendía usarme para experimentar. Ella eligió mal. Sin duda no me mostré todo lo sensible e imaginativo que debía, pero nunca he visto el acto erótico como un ejercicio de acrobacia. Era demasiado joven y engreído para tomarme un fracaso sexual con filosofía, y aquel fue un fracaso rotundo. Uno puede lidiar prácticamente con cualquier cosa menos con la repugnancia. Me temo que no fui muy considerado. No me confesó que estaba embarazada hasta que ya era demasiado tarde para un aborto. Creo que intentaba negar la situación. No era una chica sensata. Raphael ha heredado su belleza, pero no su inteligencia. Ni siquiera nos planteamos la posibilidad de casarnos; ese compromiso me ha horrorizado durante toda la vida, y ella no disimulaba el odio que albergaba hacia mí. Aunque no me comunicó el momento del nacimiento, más adelante me escribió informándome de que había alumbrado a un niño y lo había dejado en Saint Anselm. Después se fue al extranjero con una amiga y no volvimos a vernos durante mucho tiempo.

»Aunque yo no hice el menor esfuerzo por mantener el contacto, ella debió de seguirme la pista. A principios de abril de 1988, me envió una carta diciendo que estaba al borde de la muerte y pidiéndome que fuese a verla a Ashcombe House, una clínica de las afueras de Norwich. Fue entonces cuando me pidió que me casara con ella. Adujo que deseaba hacerlo por el bien de nuestro hijo. Por lo visto también había encontrado a Dios. Esa parece haber sido una constante en la familia Arbuthnot: siempre encontraban a Dios, por lo general en el momento más inconveniente para otros.

–¿Y por qué el secreto? –repitió Kate.

–Ella insistió en ese punto. Yo me encargué de las gestiones necesarias y pedí permiso a la clínica para sacarla a dar un paseo. La enfermera que la atendía la mayor parte del tiempo estaba al tanto de lo que ocurría y fue testigo de la boda. Recuerdo que surgió un problema con el segundo testigo, pero una joven que había acudido a la clínica para una entrevista de trabajo se prestó a ayudar. El sacerdote también era paciente en Ashcombe House, donde lo había conocido Clara, y de cuando en cuando colaboraba con lo que creo que llaman «asistencia espiritual». Era párroco de Saint Osyth, en Clampstoke-Lacey. Consiguió una autorización del arzobispo, de modo que no fue necesario publicar las amonestaciones. Cumplimos con todos los formulismos y luego llevé a Clara a la clínica. Ella quiso que me quedase con la partida de matrimonio, y todavía la conservo. Murió tres días después. Su enfermera me comunicó por carta que había muerto sin dolor y que la boda le había proporcionado la paz de la que estaba tan falta. Me alegro de que significara algo para uno de los dos, ya que en mi vida no hizo mella en absoluto. Clara me había pedido que le comunicase la noticia a Raphael cuando considerase que había llegado el momento oportuno.

–Y ha esperado doce años –señaló Kate–. ¿Pensaba decírselo alguna vez?

–No necesariamente. Desde luego, no abrigaba la intención de cargar con un hijo adolescente ni de obligarlo a él a cargar con un padre. No había hecho nada por Raphael, no había participado en modo alguno en su educación. Me pareció innoble aparecer de repente como para echarle un vistazo y comprobar si era un hijo al que valía la pena reconocer.

–¿No es exactamente lo que hizo? –preguntó Dalgliesh.

–De acuerdo, me declaro culpable. Descubrí en mí cierta curiosidad, o acaso fuese la llamada de los genes. Al fin y al cabo, la paternidad es nuestro único recurso para alcanzar una inmortalidad indirecta. Llevé a cabo averiguaciones discretas y anónimas y descubrí que había pasado dos años en el extranjero después de la universidad y que a su regreso había manifestado sus intenciones de ser sacerdote. Como no había estudiado Teología, debía seguir un curso de tres años. Hace seis vine aquí a pasar una semana como huésped. Más adelante descubrí que había una vacante para impartir clases de griego a tiempo parcial y solicité el puesto.

–Usted sabe que es muy probable que cierren Saint Anselm –aseveró Dalgliesh–. Después de la muerte de Ronald Treeves y el asesinato del archidiácono, el cierre se adelantará. ¿Es consciente de que tenía un motivo para asesinar a Crampton, y Raphael también? La boda se celebró después de que entrase en vigor la Ley de Legitimación de 1976, que cambió la situación legal de su hijo. La sección II de dicha ley dispone que, cuando los padres de un hijo ilegítimo se casan y el padre reside en Inglaterra o en Gales, el hijo es considerado legítimo desde el momento en que se celebra el matrimonio. Me he informado de los términos exactos del testamento de la señorita Agnes Arbuthnot. Si el seminario cierra, todo lo que ella donó a la institución se repartirá entre los descendientes de su padre, tanto por línea femenina como por línea masculina, siempre y cuando dichas personas sean miembros practicantes de la Iglesia anglicana e hijos legítimos según las leyes de Inglaterra. Raphael Arbuthnot es el único heredero. No me dirá que no lo sabía, ¿verdad?

Por primera vez Gregory se desprendió de su deliberada fachada de ironía y despreocupación. Su voz sonó autoritaria.

–El chico no está al corriente. Entiendo que esto lo induzca a pensar que soy el principal sospechoso. Ni siquiera usted, con todo su ingenio, es capaz de concebir un móvil para Raphael.

Si bien los asesinatos no se cometían exclusivamente por móviles económicos, por supuesto, a Dalgliesh no le interesaba discutir ese punto.

–Solo contamos con su palabra de que él no sabe que es el heredero –señaló Kate.

Gregory se puso de pie y se acercó a ella.

–Entonces vayan a buscarlo y se lo diré aquí y ahora.

–¿Le parece que sería prudente o justo para él?

–¡Me importa un rábano! No consentiré que acusen a Raphael de asesinato. Manden a buscarlo y se lo diré yo mismo. Pero primero quiero ducharme. Preferiría no hacer esta revelación apestando a sudor.

Se adentró en la casa, y enseguida oyeron sus pasos en la escalera. Entonces Dalgliesh se dirigió a Kate.

–Vaya a ver a Nobby Clark y pídale una bolsa para pruebas. Quiero llevarme el chándal. E indíquele a Raphael que venga dentro de cinco minutos.

–¿Es realmente necesario? –preguntó Kate.

–Sí, es por su bien. Gregory tiene razón: para convencernos de que Raphael ignora la identidad de su padre, debemos encontrarnos presentes cuando se lo diga.

Kate regresó con la bolsa un par de minutos después. Gregory todavía estaba en la ducha.

–He visto a Raphael –dijo Kate–. Llegará dentro de cinco minutos.

Aguardaron en silencio. Dalgliesh escrutó la ordenada estancia y el estudio contiguo, cuya puerta estaba abierta: el ordenador sobre el escritorio, el archivador gris, las estanterías con los volúmenes encuadernados en piel escrupulosamente dispuestos. Allí no había elementos superfluos, ornamentales ni ostentosos. Era el refugio de un hombre cuyos intereses se ceñían a cuestiones intelectuales y que deseaba llevar una vida cómoda y ordenada. Dalgliesh pensó con ironía que estaba a punto de perder ese orden.

Oyeron el ruido de la puerta y poco después Raphael entró en el anexo. Al cabo de unos segundos apareció Gregory, ahora vestido con pantalones y una camisa recién planchada de color azul marino, pero todavía despeinado.

–Será mejor que nos sentemos –dijo.

Lo hicieron. Raphael, desconcertado, paseó la vista entre Dalgliesh y Gregory, sin hablar.

Gregory se volvió hacia su hijo.

–He de decirte algo –anunció–. Pese a que nunca habría elegido este momento, la policía ha demostrado más interés en mis asuntos personales del que yo había previsto, de manera que no me queda alternativa. Me casé con tu madre el veintisiete de abril de 1988. Supongo que pensarás que habría resultado más apropiado que esa ceremonia se celebrase hace veintiséis años. No hay forma de decir esto sin que suene melodramático. Soy tu padre, Raphael.

–No le creo. No es verdad –replicó el joven, mirándolo a los ojos. Era una respuesta normal ante una noticia inesperada y desagradable. La repitió en voz más alta–: No le creo.

No obstante, su expresión desmentía sus palabras. La frente, las mejillas y el cuello empalidecieron de manera progresiva, como si la sangre hubiese invertido su curso normal. Se levantó y se quedó muy quieto, posando los ojos en Dalgliesh y Kate, buscando con desesperación una negación de lo que acababa de oír. Los músculos de su rostro parecieron volverse momentáneamente fláccidos, y las incipientes arrugas se hicieron más profundas. Dalgliesh advirtió fugazmente y por primera vez cierta semejanza entre Raphael y su padre, que desapareció en cuanto reparó en ella.

–No te pongas así, Raphael –lo reconvino Gregory–. Podemos representar esta escena sin recurrir a Henry Wood, ¿no? Siempre he detestado los melodramas victorianos. ¿Crees que mentiría sobre un asunto como este? El comisario Dalgliesh tiene una copia del certificado de matrimonio.

–Eso no significa que usted sea mi padre.

–Tu madre solo se acostó con un hombre en toda su vida. Yo admití mi responsabilidad en una carta que le envié. Por alguna razón, ella exigió ese pequeño reconocimiento de mi estupidez. Después de la boda, me entregó toda nuestra correspondencia. Por otra parte, también está la posibilidad de someternos a un análisis de ADN, desde luego. Los hechos son incontestables. –Guardó silencio por unos instantes y dijo–: Lamento que la noticia te repugne tanto.

Raphael habló con tanta frialdad que su voz sonó casi irreconocible.

–¿Y qué pasó? Lo habitual, supongo. Usted se la tiró, la dejó embarazada, descubrió que no le apetecía casarse ni tener un hijo y la abandonó, ¿verdad?

–No exactamente. Ninguno de los dos deseaba un hijo y ni siquiera nos planteamos la posibilidad de casarnos. Yo era el mayor y con seguridad merezco cargar con la mayor parte de la culpa. Tu madre contaba dieciocho años. ¿Acaso tu religión no se basa en la indulgencia cósmica? Entonces, ¿por qué no la perdonas? Los curas te han cuidado mejor de lo que lo habría hecho cualquiera de nosotros dos.

–Yo habría sido el heredero de Saint Anselm –murmuró Raphael después de una larga pausa.

Gregory miró a Dalgliesh.

–Es el heredero de Saint Anselm –afirmó este–, a menos que se me haya escapado alguna sutileza legal. He hablado con los abogados. Agnes Arbuthnot dispuso en su testamento que si el seminario cerraba, todo lo que ella había donado iría a parar a los legítimos herederos de su padre, por línea masculina o femenina, siempre y cuando estos fuesen miembros practicantes de la Iglesia anglicana. No escribió «nacidos dentro del matrimonio», sino «legítimos según las leyes de Inglaterra». Sus padres se casaron después de la entrada en vigor de la Ley de Legitimación. Eso lo convierte a usted en hijo legítimo.

Raphael caminó hasta la ventana y contempló el campo en silencio.

–Supongo que me resignaré. Me resigné a la idea de que mi madre me había dejado como quien deja un atado de ropa vieja en una tienda benéfica. Me resigné a no saber el nombre de mi padre, ni siquiera si estaba vivo. Me resigné a crecer en un seminario mientras que mis compañeros tenían un hogar. También me resignaré a esto. Por el momento, lo único que quiero es perderlo de vista para siempre.

Dalgliesh se preguntó si Gregory habría notado que la voz de su hijo temblaba de emoción, una emoción que se apresuró a controlar.

–Eso tiene arreglo, por supuesto –repuso Gregory–, pero no ahora. Me imagino que el comisario Dalgliesh querrá retenerme aquí. Esta emocionante información me ha proporcionado un móvil para el asesinato. Y a ti también, desde luego.

Raphael se volvió hacia él.

–¿Lo mató usted?

–¡Dios, qué ridiculez! –exclamó, y le soltó a Dalgliesh–: Creía que su obligación era investigar un asesinato, no complicarle la vida a la gente.

–Me temo que las dos cosas van unidas a menudo.

Dalgliesh intercambió una mirada con Kate y juntos se encaminaron hacia la puerta.

–Obviamente, habrá que decírselo a Sebastian Morell –señaló Gregory–. Preferiría que lo dejasen en mis manos o en las de Raphael. –Se dirigió a su hijo–. ¿Te parece bien?

–Yo no diré nada –respondió Raphael–. Cuéntele lo que quiera. Me es totalmente indiferente. Hace diez minutos no tenía padre. Y ahora tampoco lo tengo.

–¿Cuánto tiempo piensa esperar? –preguntó Dalgliesh a Gregory–. No puede posponerlo indefinidamente.

–No lo haré, aunque después de doce años, no creo que importe que espere una semana más. Preferiría callar hasta que usted termine su investigación, suponiendo que alguna vez la termine. Pero no; eso no sería práctico. Se lo diré a finales de esta semana. Creo que deberían permitirme elegir el momento y el lugar.

Raphael ya había salido de la casa, y a través de los grandes paneles de cristal tiznados por la bruma, lo vieron caminar en dirección al mar.

–¿Estará bien? –se preocupó Kate–. ¿No deberíamos seguirlo?

–Sobrevivirá –aseguró Gregory–. No es Ronald Treeves. A pesar de lo mucho que se compadece de sí mismo, Raphael ha sido un consentido durante toda su vida. Mi hijo está protegido por una saludable soberbia.

Cuando Nobby Clark acudió a buscar el chándal, Gregory no opuso reparos; se limitó a observar con una sonrisa sardónica mientras lo metían en la bolsa de plástico y lo etiquetaban. Luego acompañó a Dalgliesh, Kate y Clark a la puerta con la actitud formal de quien sale a despedirse de unos invitados queridos.

–Tiene un móvil –comentó Kate en el camino hacia San Mateo–. Supongo que ahora Gregory es nuestro principal sospechoso, pero no tiene mucho sentido, ¿no? Están a punto de cerrar el seminario, y al final Raphael heredaría los bienes. No había razón para precipitarse.

–Claro que la había, Kate –repuso Dalgliesh–. Piénselo bien.

Se ahorró más explicaciones, y Kate se abstuvo de pedirlas.

En cuanto llegaron a la casa San Mateo, Piers abrió la puerta.

–Estaba a punto de llamarlo, señor –dijo–. Han telefoneado del hospital. El inspector Yarwood ya está en condiciones de ser interrogado. Han recomendado que lo dejemos para mañana, cuando haya descansado un poco.

6

Todos los hospitales, con independencia de su estilo arquitectónico o su ubicación, son iguales en esencia, pensó Dalgliesh. Compartían el mismo olor; la misma pintura; los mismos letreros que indican a los visitantes las salas y pabellones; los mismos cuadros anodinos en los pasillos, obras escogidas para tranquilizar y no para estimular el intelecto; las mismas visitas cargadas de flores o paquetes avanzando con seguridad hacia una habitación conocida; el mismo personal vestido con una variedad de uniformes completos y parciales, moviéndose con soltura en su hábitat natural; las mismas caras cansadas y decididas. ¿En cuántos hospitales había entrado desde sus días de agente raso? ¿Cuántas veces había ido a vigilar a prisioneros o testigos, tomar declaraciones a moribundos o interrogar al personal médico, que continuamente tenía asuntos más urgentes de que ocuparse?

–Siempre procuro evitar estos sitios –dijo Piers mientras se dirigían hacia la sala–. Contagian infecciones que los médicos no saben curar, y si las visitas que uno recibe no lo dejan agotado, lo hacen las de los demás. Es imposible dormir bien y la comida resulta asquerosa.

Al mirarlo, Dalgliesh sospechó que sus palabras destilaban una repugnancia más profunda, cercana a una fobia.

–Los médicos son como la policía –observó–. Uno no piensa en ellos hasta que los necesita, y entonces espera que obren milagros. Quiero que aguarde fuera mientras hablo con Yarwood, al menos al principio. Si preciso de un testigo, lo llamaré. Tendré que actuar con tacto.

Un residente ridículamente joven, con el fonendoscopio de rigor alrededor del cuello, confirmó que el inspector Yarwood se encontraba lo bastante bien para responder a sus preguntas y los envió a una pequeña sala lateral. Un policía uniformado montaba guardia en la puerta. Al verlos, se levantó y se puso en posición de firmes.

–Agente Lane, ¿verdad? –preguntó Dalgliesh–. Creo que su presencia será innecesaria una vez que haya hablado con el inspector Yarwood. Supongo que se alegrará de marcharse.

–Sí, señor, andamos muy cortos de personal.

«Y quién no», se dijo Dalgliesh.

La cama de Yarwood estaba situada frente a una ventana con vistas a los tejados de los suburbios, unificados por las ordenanzas municipales. El paciente tenía una pierna suspendida en el aire, sujeta a una polea. Después de que coincidieran en Lowestoft, el comisario solo lo había visto brevemente una vez en Saint Anselm. Entonces le había sorprendido su gesto de cansado conformismo. Ahora parecía haber encogido, y el cansancio había cedido el paso a la derrota. Los hospitales se apropian de algo más que el cuerpo, pensó Dalgliesh; nadie ejerce poder alguno desde estas camas estrechas y funcionales. Yarwood había empequeñecido tanto desde el punto de vista físico como espiritual, y sus tristes ojos reflejaban una mezcla de perplejidad y vergüenza ante la fatalidad que había precipitado su caída.

Fue imposible eludir la primera pregunta banal mientras se estrechaban la mano.

–¿Cómo se encuentra?

Yarwood no contestó directamente.

–Si Pilbeam y ese chico no hubiesen dado conmigo a tiempo, ahora estaría en el otro barrio. El fin de los sentimientos. El fin de la claustrofobia. Tanto mejor para Sharon, para los niños y para mí. Lamento comportarme como un llorica. En aquella zanja, antes de perder el conocimiento, no experimenté dolor ni inquietud; solo paz. No habría sido una mala muerte. Si quiere que le sea franco, señor Dalgliesh, hubiera preferido que me dejaran allí.

–Yo no. Ya ha habido suficientes muertes en Saint Anselm. –No le comunicó la última.

Yarwood fijó la vista en los tejados.

–Ya no tendría que esforzarme por seguir adelante ni me sentiría como un maldito fracasado.

Dalgliesh buscó unas palabras de consuelo con las que sabía que no atinaría.

–No olvide que por terrible que sea el infierno en el que esté sumido ahora, no durará para siempre. Nada es eterno.

–Pero podría empeorar. Aunque me cueste creerlo, es posible.

–Solo si usted lo permite.

Yarwood tardó unos segundos en responder:

–Entiendo a qué se refiere. Le pido perdón por haberle fallado. ¿Qué sucedió exactamente? Sé que asesinaron a Crampton, pero nada más. Veo que hasta el momento ha conseguido impedir que la noticia llegue a los periódicos nacionales, y en la radio local han sido muy escuetos al respecto. ¿Cómo fue? Supongo que salió en mi busca después de descubrir el cadáver y advirtió que había desaparecido. Justo lo que necesitaba: que un asesino anduviese suelto mientras el único hombre capacitado para prestarle ayuda profesional inmediata hacía todo lo posible para pasar por sospechoso. Aunque resulte extraño, no consigo interesarme por el caso ni superar mi indiferencia; yo, que fui un policía con fama de poner un celo exagerado en su trabajo. A propósito, yo no lo maté.

–Nunca lo he pensado. Crampton apareció muerto en la iglesia, y de momento todo indica que acudió allí engañado. Si usted hubiera querido enzarzarse en una pelea violenta con él, le habría bastado con ir a su habitación.

–Sin embargo, eso vale para todos los que se hallaban en el seminario.

–El asesino quiso incriminar a Saint Anselm. El archidiácono era la víctima principal, mas no la única. No creo que usted albergara semejantes propósitos.

Se produjo un silencio. Yarwood cerró los ojos y removió nerviosamente la cabeza sobre la almohada.

–No –convino–, no lo deseo. Me encanta ese lugar. Y ahora también se ha venido abajo por mi culpa.

–No es tan fácil lograr que Saint Anselm se venga abajo. ¿Cómo conoció a los sacerdotes?

–Fue hace tres años. Yo era sargento y acababa de incorporarme al cuerpo de Suffolk. El padre Peregrine había chocado con un camión en la carretera de Lowestoft. Pese a que no hubo heridos, me vi obligado a interrogarlo. Es demasiado distraído para conducir bien, de modo que lo convencí de que renunciara al volante. Creo que los demás padres me están agradecidos por ello. En fin, nunca me pareció que les molestaran mis visitas. No sé qué tiene ese lugar, pero me sentía distinto cuando iba allí. Cuando Sharon me abandonó, empecé a ir a la misa de los domingos. No soy un hombre religioso, así que no me enteraba de lo que decían. De todas maneras, tampoco me importaba; simplemente me gustaba estar allí. Los padres me han tratado muy bien. No meten las narices en mi vida ni me piden que les haga confidencias; me aceptan como soy. He pasado por todo: médicos, psiquiatras, consejeros... Sin embargo, Saint Anselm es diferente. No, jamás les haría daño. Aun así, hay un agente en la puerta de esta habitación, ¿no? No soy tonto. Quizás esté un poco loco, pero no soy tonto. Me he roto la pierna, no la cabeza.

–El agente está aquí para protegerlo. Yo no sabía lo que usted había visto ni si podría presentar testimonio. Cabía la posibilidad de que alguien quisiera quitarlo de en medio.

–Eso suena exagerado, ¿no?

–No quise correr riesgos. ¿Recuerda lo que ocurrió el sábado por la noche?

–Sí, al menos hasta el momento en que perdí el conocimiento en la zanja. Guardo una impresión muy confusa de la caminata, como si hubiese sido más corta de lo que fue, pero conservo fresco en la memoria el resto. O por lo menos la mayor parte.

–Empecemos por el principio. ¿A qué hora salió de su habitación?

–Hacia las doce menos cinco. La tormenta me despertó. Aunque había estado dormitando, no había llegado a conciliar un sueño profundo. Encendí la luz y consulté el reloj. Ya sabe lo que sucede cuando uno pasa una mala noche: está deseando que sea más tarde de lo que es, que llegue pronto la mañana. Entonces me asaltó el pánico. Me quedé paralizado de terror y empecé a sudar. Tenía que salir de la habitación, de Gregorio, de Saint Anselm. Me habría sentido igual en cualquier otro sitio. Por lo visto, me puse el abrigo sobre el pijama y los zapatos sin calcetines. No me acuerdo de eso. El viento no me preocupó; de hecho, en el estado en que me encontraba, me hizo bien. Habría salido incluso bajo una nevada y con el suelo cubierto por varios metros de nieve. Dios, ojalá hubiera sido así.

–¿Cómo abandonó el recinto?

–Por la verja de hierro que se alza entre la iglesia y Ambrosio. Dispongo de una llave... Se la entregan a todos los huéspedes. Aunque usted ya lo sabe.

–Encontramos la verja cerrada con llave –explicó Dalgliesh–. ¿Recuerda haber cerrado al salir?

–Debí de hacerlo, ¿no? Es la clase de cosa que uno hace automáticamente.

–¿Vio a alguien cerca de la iglesia?

–A nadie. El patio estaba desierto.

–¿No oyó nada ni vio alguna luz, o la puerta de la iglesia abierta, por ejemplo?

–No oí nada aparte del viento y no recuerdo que hubiese luz en la iglesia. Si la había, no la vi. Creo que habría notado que la puerta estaba abierta de par en par, pero no me hubiera fijado en ella si estaba entornada. Vi a alguien, aunque no cerca de la iglesia, sino antes, cuando pasé por delante de Ambrosio. Era Eric Surtees. Estaba en el claustro norte, entrando en el edificio principal.

–¿No le extrañó verlo allí?

–No mucho. No sabría describir lo que me pasaba por la cabeza en esos momentos. Respirar el aire fresco, la sensación de estar fuera de aquellas paredes... En el caso de que me hubiese detenido a pensar en Surtees, presumo que habría dado por sentado que lo habían llamado para solucionar alguna emergencia doméstica. Al fin y al cabo, es el encargado de mantenimiento, ¿no?

–¿A medianoche y en medio de una tormenta?

Los dos se quedaron callados. A Dalgliesh le llamó la atención que el interrogatorio, lejos de inquietar a Yarwood, parecía haberle levantado el ánimo y desviado su atención, al menos por el momento, de sus problemas personales.

–Cuesta imaginarlo como un asesino, ¿no? –dijo este–. Un muchacho tranquilo, tímido y servicial. Que yo sepa, no tenía motivos para odiar a Crampton. Por otro lado, estaba entrando en la casa, no en la iglesia. ¿Qué hacía si no lo habían llamado?

–Quizás iba a buscar las llaves de la iglesia. Sabría dónde encontrarlas.

–¿No hubiera sido una imprudencia? ¿Y por qué tanta prisa? ¿No debía pintar la sacristía el lunes? Creo que se lo oí decir a Pilbeam. Y si quería una llave, ¿por qué no la robó antes? Era libre de pasearse por la casa.

–Se habría expuesto a que lo descubrieran. El seminarista encargado de preparar la iglesia habría notado que faltaba un juego de llaves.

–Muy bien, de acuerdo. Pero lo que dijo de mí es válido también para Surtees. Si quería pelear con Crampton, sabía dónde encontrarlo. Y también sabía que la puerta de Agustín no tenía llave.

–¿Está seguro de que era Surtees? ¿Lo bastante seguro para jurarlo ante los tribunales si fuese necesario? Pasaba de medianoche, y usted no se encontraba bien.

–Era Surtees. Lo conozco bien. Las luces de los claustros son poco potentes, pero sé que no me equivoco. Podría jurarlo ante los tribunales y durante interrogatorios posteriores, si es eso lo que quiere saber. A pesar de todo, no sería de gran utilidad en un juicio. Ya me figuro el alegato final del defensor: mala visibilidad; una figura vislumbrada por un segundo o dos; un testigo perturbado, lo bastante loco como para salir a caminar durante una fuerte tormenta. Y luego, naturalmente, los indicios de que yo, a diferencia de Surtees, detestaba a Crampton.

Yarwood empezaba a cansarse. Su súbito entusiasmo por la investigación parecía haberlo agotado. Era tarde, y con esta nueva información, Dalgliesh estaba impaciente por marcharse. No obstante, primero debía cerciorarse de que no hubiese más información por asimilar.

–Necesitaremos una declaración, desde luego –dijo–, pero no corre prisa. A propósito, ¿cuál cree que fue la causa de su ataque de pánico? ¿La discusión que sostuvo con Crampton a la hora del té?

–¿Se ha enterado? Claro que sí, es evidente. No esperaba verlo en Saint Anselm y supongo que me llevé una sorpresa tan grande como la suya. Yo no encendí la discusión; fue él. Se puso a lanzarme sus antiguas y venenosas acusaciones. Temblaba de furia, como si fuese a sufrir un ataque. Todo se remonta a la muerte de su esposa. En ese entonces yo era sargento, y aquel fue mi primer caso de asesinato.

–¿Asesinato?

–Él mató a su esposa, señor Dalgliesh. Yo estaba seguro de ello entonces y sigo estándolo ahora. De acuerdo, me excedí, fastidié toda la investigación. Al final me denunció por acoso y me amonestaron. No benefició mi carrera. Dudo que hubiera llegado a ser inspector si me hubiese quedado en la Metropolitana. Sin embargo, no me cabe duda de que mató a su esposa y salió impune.

–¿En qué se basa para afirmar eso?

–Había una botella de vino junto a la cama de la mujer, que murió de una sobredosis de alcohol y aspirinas. La botella no presentaba huellas porque las habían limpiado. No sé cómo consiguió obligarla a que tomase un frasco entero de pastillas, pero sé que lo hizo. Crampton declaró que ni siquiera se había acercado a la cama. ¡Hizo mucho más que eso!

–Quizá mintiese sobre la botella y al decir que no se había acercado a la cama –concedió Dalgliesh–, pero eso no significa que la matase. Es posible que el pánico se apoderara de él al encontrarla muerta. La gente reacciona de forma extraña en situaciones de estrés.

–La mató, señor –repitió Yarwood con terquedad–. Lo leí en su cara y en sus ojos. Mintió. De cualquier modo, no crea que aproveché la ocasión para vengar a aquella mujer.

–¿Podría haberlo hecho alguien? ¿Ella tenía parientes cercanos, hermanos o un ex amante?

–No, señor Dalgliesh. Solo unos padres que no se mostraron especialmente afectados. Nunca se le hizo justicia, y a mí tampoco. Aunque no lamento la muerte de Crampton, yo no lo maté. Y no me importaría que nunca descubriesen a su asesino.

–Lo descubriremos –replicó Dalgliesh–. Y usted es policía. En el fondo no está convencido de lo que acaba de afirmar. Me mantendré en contacto. No comente con nadie lo que me ha contado. Claro que usted sabe bien lo que es la discreción.

–¿De veras? Bueno, supongo que sí. Ahora me cuesta creer que algún día regresaré al trabajo.

Volvió el rostro en un gesto de deliberado rechazo. No obstante, Dalgliesh necesitaba formular una última pregunta.

–¿Habló de sus sospechas sobre el archidiácono con alguien de Saint Anselm?

–No. No era algo que les hubiese gustado oír. Además, todo eso pertenecía al pasado. No esperaba volver a ver a ese hombre. Aunque seguramente lo sabrán ya..., si es que Raphael Arbuthnot se ha molestado en sacarlo a la luz.

–¿Raphael?

–Estaba en el claustro sur cuando Crampton me abordó. Raphael lo oyó todo.

7

Se habían desplazado al hospital en el Jaguar de Dalgliesh. Ni él ni Piers hablaron mientras se abrochaban los cinturones de seguridad, y ya habían dejado atrás los barrios periféricos del este de la ciudad cuando el comisario explicó escuetamente lo que había averiguado.

Piers lo escuchó en silencio y luego dijo:

–No veo a Surtees como un asesino, pero si fue él, no actuó solo. Su hermana debió de echarle una mano. Dudo que ella pasara por alto algo de lo que ocurrió en la casa San Juan durante la noche del sábado. Aun así, ¿por qué iban a desear la muerte de Crampton? Bueno, sabían que el archidiácono estaba empeñado en cerrar Saint Anselm, cosa que no le habría hecho gracia a Surtees. Parece muy contento en su casita y con sus cerdos. Sin embargo, no iba a evitar el cierre matando a Crampton. Y si se había enzarzado en una discusión personal con él, ¿por qué iba a molestarse en urdir un complicado plan para llevarlo a la iglesia? Sabía dónde dormía el archidiácono; tenía que saber también que la puerta no se cerraba con llave.

–Como todos los que estaban en el seminario –señaló Dalgliesh–, incluidos los huéspedes. Quienquiera que matase a Crampton quería que supiéramos que se trataba de un asunto interno. Eso ha estado claro desde el principio. No existe ningún móvil aparente para Surtees ni para su hermanastra. Si nos centramos en el móvil, Gregory ha de ser el principal sospechoso.

Estaba de más abundar en el tema, y Piers deseó haber mantenido la boca cerrada. Sabía que cuando Dalgliesh estaba meditabundo más valía callar, sobre todo si no había nada nuevo que añadir.

Una vez en la casa San Mateo, el comisario decidió interrogar a los Surtees con la ayuda de Kate. Llegaron cinco minutos después, escoltados por Robbins. Karen Surtees se quedó en la sala de espera, con la puerta firmemente cerrada.

Era obvio que Surtees estaba limpiando la pocilga cuando Robbins había ido a buscarlo, pues cuando llegó a la sala de interrogatorios despedía un fuerte aunque no desagradable olor a tierra y a animales. Solo se había tomado el tiempo justo para lavarse las manos, que ahora descansaban, cerradas en puños, sobre su regazo. Las mantuvo allí con una inmovilidad tan controlada que parecían ajenas al resto de su cuerpo, y a Dalgliesh le recordaron a dos animalillos acurrucados y paralizados por el pánico. No había tenido ocasión de ponerse de acuerdo con su hermana, y las miradas que dirigió a la puerta después de entrar pusieron de relieve cuánto necesitaba la cercanía y el apoyo de la mujer. Ahora permanecía sentado con una rigidez antinatural; solo sus ojos se posaron alternadamente en Dalgliesh y Kate hasta fijarse por fin en aquel. El comisario era un hombre experimentado en reconocer el miedo, de manera que no lo interpretó erróneamente. Sabía que a menudo eran los inocentes quienes se mostraban más asustados; los culpables, una vez que habían elaborado su ingeniosa historia, estaban impacientes por contarla y se sometían al interrogatorio con una mezcla de arrogancia y bravuconería que se llevaba por delante cualquier embarazosa manifestación de culpa o temor.

Sin perder el tiempo en formalidades, fue al grano.

–El domingo, cuando mis subalternos lo interrogaron, usted aseguró que no había salido de San Juan en ningún momento de la noche del sábado. Se lo preguntaré otra vez. ¿Estuvo en la iglesia o en el seminario después de las completas del sábado?

Surtees echó un rápido vistazo a la ventana, como deseando escapar por ella, antes de obligarse a clavar la vista de nuevo en Dalgliesh. Contestó en un tono extrañamente agudo.

–No, claro que no. ¿Por qué?

–Señor Surtees, un testigo lo vio entrar en Saint Anselm por el claustro norte poco después de medianoche –dijo Dalgliesh–. Lo identificaron de forma inequívoca.

–No era yo. Debió de ser otra persona. Nadie puede haberme visto porque no estuve allí. Es mentira.

La confusa negativa debió de sonar poco convincente incluso para Surtees.

–¿Quiere que lo arrestemos por asesinato? –preguntó el comisario con notable paciencia.

Surtees pareció encogerse. Presentaba todo el aspecto de un niño. Después de un silencio, dijo:

–De acuerdo, entré en el seminario. Me desperté y vi luz en la iglesia, así que fui a investigar.

–¿A qué hora vio luz?

–Hacia la medianoche, como ha dicho usted. Me levanté para ir al baño y vi luz.

Kate habló por primera vez.

–Sin embargo, todas las casas están diseñadas de igual manera, con los dormitorios y los cuartos de baño en la parte trasera. En su casa dan al noroeste. ¿Cómo alcanzó a ver la iglesia?

Surtees se humedeció los labios.

–Tenía sed. Fui a buscar un vaso de agua y vi la luz por la ventana del salón. Al menos me pareció verla. Era muy tenue. Pensé que debía salir a investigar.

–¿No se le ocurrió despertar a su hermana o telefonear al señor Pilbeam o al padre Sebastian? –inquirió Dalgliesh–. Hubiera sido lo más natural.

–No quería molestarlos.

–Debe de ser muy valiente para salir solo en una noche de tormenta a enfrentarse con un posible ladrón –opinó Kate–. ¿Qué se proponía hacer cuando llegara a la iglesia?

–No lo sé. No pensaba con claridad.

–Tampoco está pensando con claridad ahora, ¿verdad? –terció Dalgliesh–. Pero continúe. Según usted fue a la iglesia. ¿Qué encontró allí?

–No entré. No podía porque no tenía llave. La luz continuaba encendida. Entré en la casa y fui a buscar las llaves al armario de la señorita Ramsey, pero cuando volví al claustro norte la luz de la iglesia estaba apagada. –Ahora hablaba con mayor seguridad, y sus manos se habían relajado visiblemente.

Tras cambiar una mirada con Dalgliesh, Kate se hizo cargo del interrogatorio.

–¿Y qué hizo entonces?

–Nada. Creí que me había confundido respecto a la luz.

–Sin embargo, antes había estado muy seguro, de lo contrario no habría salido en medio de la tormenta, ¿o sí? Primero hay luz y luego se apaga misteriosamente. ¿No se le ocurrió acercarse a la iglesia a ver qué sucedía? Ese era su propósito al salir de casa, ¿no?

–No me pareció necesario –farfulló Surtees–, puesto que ya no había luz. Ya se lo he dicho; pensé que me había equivocado. –Y añadió–: Probé a abrir la puerta de la sacristía, pero estaba cerrada con llave, así que me convencí de que no había nadie dentro.

–Después de que se encontrara el cuerpo del archidiácono, descubrimos que faltaba uno de los juegos de llaves de la iglesia. ¿Cuántos había cuando usted cogió uno?

–No lo recuerdo. No me fijé. Estaba impaciente por salir del despacho. Sabía exactamente dónde estaban las llaves y me limité a llevarme el juego más cercano.

–¿Y no las devolvió?

–No. No quise entrar de nuevo en la casa.

Dalgliesh intervino con voz queda:

–En ese caso, ¿dónde están ahora, señor Surtees?

Kate había visto pocos sospechosos tan aterrorizados como este. La valiente fachada de esperanza y seguridad se desmoronó, y Surtees se encorvó en la silla, con la cabeza gacha y tiritando de la cabeza a los pies.

–Voy a preguntárselo una vez más –advirtió Dalgliesh–. ¿Entró en la iglesia el sábado por la noche?

Surtees consiguió sentarse derecho e incluso fijar los ojos en los del comisario, y Kate tuvo la impresión de que el terror se transformaba en alivio. Estaba a punto de decir la verdad y se alegraba de poner fin a la angustia que le provocaba mentir. Ahora él y la policía estarían en el mismo bando. Aprobarían su conducta, lo absolverían, le dirían que entendían su posición. Kate había visto esa misma escena muchas veces.

–De acuerdo, entré en la iglesia –reconoció Surtees–. Pero yo no maté a nadie, lo prometo. ¡No sería capaz! Juro por Dios que ni siquiera me acerqué al archidiácono. Estuve allí menos de un minuto.

–¿Haciendo qué? –preguntó Dalgliesh.

–Fui a buscar algo para Karen, una cosa que necesitaba. No tiene nada que ver con el archidiácono. Es un asunto privado.

–Señor Surtees, eso no nos vale –lo reprendió Kate–. En una investigación de asesinato nada es privado. ¿Para qué entró en la iglesia?

Surtees miró a Dalgliesh como implorándole comprensión.

–Karen necesitaba otra hostia consagrada. Tenía que estar consagrada. Me pidió que fuese a buscarla.

–¿Le pidió que la robase por ella?

–Ella no lo veía de esa manera. –Después de una pausa, agregó–: Sí, supongo que sí. Aunque no fue culpa suya, sino mía. No tenía por qué aceptar. No quería hacerlo; los padres siempre han sido buenos conmigo. Pero para Karen era importante y al final me convenció. Debía conseguirla este fin de semana porque la necesita para el viernes. Para ella no era más que una hostia. Jamás me hubiera pedido que robase algo valioso.

–Pero una hostia es algo valioso, ¿no? –replicó Dalgliesh. Hubo otro silencio–. Cuénteme todo lo que sucedió la noche del sábado. Haga memoria y piense con claridad. Quiero todos los detalles.

Surtees se había tranquilizado. Estaba más erguido y el color había vuelto a sus mejillas.

–Esperé hasta muy tarde –comenzó–. Tenía que asegurarme de que todos dormían, o por lo menos estaban en sus habitaciones. Y la tormenta me fue de gran ayuda. Supuse que nadie saldría a dar un paseo. Salí a eso de las doce menos cuarto.

–¿Qué llevaba puesto?

–Unos pantalones marrones de pana y una cazadora de piel. Nada de color claro. Pensamos que sería más seguro usar ropa oscura, pero tampoco iba disfrazado.

–¿Llevaba guantes?

–No. No creímos... no creí que fuera necesario. Solo dispongo de los gruesos guantes de jardinería y de un viejo par de lana. Habría tenido que quitármelos para recoger la hostia e introducir la llave en la cerradura. Además, hubiera sido absurdo. Nadie se enteraría de que había entrado. No iban a echar en falta una hostia; en el peor de los casos, pensarían que habían contado mal. Yo solo dispongo de dos llaves: una de la verja y otra de la puerta que comunica la casa con el claustro norte. No suelo utilizarlas durante el día, ya que tanto la verja como las puertas que dan a los claustros permanecen abiertas. Sabía que las llaves de la iglesia estaban en el despacho de la señorita Ramsey. A veces, en fiestas como Pascua, les llevo flores o ramas y el padre Sebastian me pide que las deje en un cubo de agua en la sacristía. Siempre hay algún estudiante al que se le da bien decorar la iglesia. En ocasiones el padre Sebastian me entrega las llaves, o me indica que las saque del armario, que cierre bien al salir y que las devuelva. En teoría, estamos obligados a firmar cada vez que nos llevamos las llaves, pero en ocasiones la gente no se molesta en hacerlo.

–Le pusieron las cosas muy fáciles, ¿verdad? Aunque siempre es fácil robar a la gente que confía en uno.

Dalgliesh reparó al tiempo en el dejo de desprecio de su propia voz y en la muda sorpresa de Kate. Se percató de que estaba tomándoselo de una forma demasiado personal.

–No pretendía hacerle daño a nadie –protestó Surtees con mayor seguridad de la que había demostrado hasta el momento–. Jamás lo haría. Incluso si hubiera conseguido robar la hostia, no habría perjudicado a nadie del seminario. Dudo que se enterasen. Era solo una hostia. No ha de valer más de un penique.

–Volvamos a lo que sucedió el sábado –ordenó Dalgliesh–. Dejemos a un lado las excusas y las justificaciones y ciñámonos a los hechos.

–Bueno, como ya he dicho, salí hacia las doce menos cuarto. El viento rugía y el seminario estaba muy oscuro. Solo había una luz en uno de los apartamentos de invitados, pero las cortinas estaban corridas. Usé mi llave para entrar en el edificio por la puerta trasera, crucé la antecocina y me encaminé hacia la parte principal de la casa. Llevaba una linterna, de modo que no fue preciso encender ninguna luz, aunque había una encendida debajo de la imagen de la Virgen y el Niño, en el vestíbulo. Había preparado una historia por si me topaba con alguien: le aseguraría que había visto luz en la iglesia y que iba a buscar las llaves para investigar. Sabía que no era muy verosímil, pero no creía que tuviera que recurrir a ella. Tomé el llavero, salí por donde había entrado y cerré con llave. Apagué las luces del claustro y caminé pegado a la pared. No me costó abrir la cerradura embutida de la sacristía: siempre está engrasada, y la llave giró con facilidad. Empujé la puerta muy despacio, alumbrando el camino con la linterna, y desconecté la alarma.

»Empezaba a sentirme más tranquilo y optimista, pues todo estaba saliendo de maravilla. Por supuesto, sabía dónde se hallaban las hostias: a la derecha del altar, en una especie de hornacina iluminada por una luz roja. Siempre dejan algunas hostias consagradas allí por si los sacerdotes tienen que dárselas a un enfermo o llevarlas a alguna de las iglesias de los alrededores donde no hay párroco. Me había metido un sobre en el bolsillo para poner la hostia dentro. Sin embargo, cuando abrí la puerta de la iglesia vi que no estaba vacía. Había alguien.

De nuevo se quedó callado. Dalgliesh resistió la tentación de hacer comentarios o preguntas. Surtees, con la cabeza gacha, había enlazado las manos al frente. Era como si de repente recordar supusiera un esfuerzo para él.

–La luz de *El juicio final* estaba encendida. Y allí mismo había una persona, de pie; un hombre que llevaba una capa marrón con capucha.

Kate, presa de una irrefrenable curiosidad, preguntó:

–¿Lo reconoció?

–No. Estaba parcialmente tapado por una columna, en penumbra. Además, llevaba la capucha puesta.

–¿Alto o bajo?

–De estatura mediana, no muy alto. No lo recuerdo muy bien. Entonces, mientras lo observaba, se abrió la puerta sur y entró otro hombre. Tampoco lo reconocí. En realidad, ni siquiera lo vi; solo le oí decir «¿dónde está?» y me apresuré a cerrar la puerta. Sabía que mi plan se había fastidiado. No me quedaba otro remedio que echar llave a la puerta y regresar a mi casa.

–¿Está absolutamente seguro de que no reconoció a ninguna de las dos figuras? –quiso saber Dalgliesh.

–Sí. No les vi la cara a ninguno de los dos. De hecho, al segundo hombre ni siquiera llegué a verlo.

–Pero ¿sabe que era un hombre?

–Bueno, le oí hablar.

–¿De quién cree que se trataba?

–A juzgar por su voz, yo diría que era el archidiácono.

–Entonces debió de hablar bastante alto, ¿no?

Surtees se ruborizó.

–Supongo que habló alto –contestó apesadumbrado–, aunque en su momento no me lo pareció. Claro que la iglesia estaba en silencio y la voz resonaba. No puedo afirmar con certeza que fuese el archidiácono; es solo la impresión que me asaltó entonces.

Era obvio que no estaba en condiciones de ofrecer datos fidedignos sobre la identidad de ninguna de las dos figuras. Dalgliesh le preguntó qué había hecho después de salir de la iglesia.

–Conecté de nuevo la alarma, cerré la puerta con llave y crucé el patio, pasando junto a la puerta sur de la iglesia. No estaba abierta ni entornada. No recuerdo haber visto luz, aunque tampoco me fijé. Estaba ansioso por alejarme de allí. Atravesé el descampado con dificultad, batallando contra el viento, y le conté lo ocurrido a Karen. Esperaba que surgiese una oportunidad para devolver la llave el domingo por la mañana, pero cuando nos reunieron en la biblioteca y nos informaron del asesinato, supe que sería imposible.

–¿Y qué hizo con ellas?

–Las enterré en una esquina de la pocilga –respondió Surtees con aflicción.

–Cuando terminemos esta entrevista, el sargento Robbins lo acompañará a buscarlas.

Surtees hizo ademán de levantarse, pero Dalgliesh lo atajó.

–He dicho «cuando terminemos». No hemos terminado todavía.

La información que acababan de recabar era la más valiosa que habían conseguido hasta el momento, y Dalgliesh sintió la tentación de usarla de inmediato. No obstante, antes había que confirmar la versión de Surtees.

8

En respuesta a la llamada de Kate, Karen Surtees entró en la sala con aparente serenidad, se sentó junto a su hermanastro sin esperar a que Dalgliesh la invitara a hacerlo, colgó un bolso negro del respaldo de la silla y se volvió de inmediato hacia Surtees.

–¿Te encuentras bien, Eric? ¿Te han aplicado el tercer grado?

–Estoy bien. Lo siento, Karen. Les he contado todo. –Repitió–: Lo siento.

–¿Por qué? Hiciste lo que pudiste. No fue culpa tuya que hubiese alguien en la iglesia. Lo intentaste. Y es una suerte para la policía que lo hicieras. Supongo que te estarán agradecidos.

Los ojos de Surtees se habían iluminado al verla, y cuando ella le tocó por un instante una mano, la fuerza que le transmitió fue casi palpable. Aunque las palabras del joven habían sido de disculpa, no había el menor rastro de servilismo en la expresión de su rostro. Dalgliesh detectó en el acto la más peligrosa de las complicaciones: el amor.

Ahora la joven dirigió su atención hacia él, clavándole una mirada intensa y desafiante. Abrió mucho los ojos, y a Dalgliesh le pareció que reprimía una sonrisa hermética.

–Su hermano ha admitido que estuvo en la iglesia el sábado por la noche.

–Más bien en la madrugada del domingo. Pasaba de la medianoche. Y es mi hermanastro... El mismo padre, distintas madres.

–Sí, ya se lo dijo a mis agentes. He oído la versión de su hermanastro. Ahora me gustaría oír la suya.

–Será la misma. Como ya habrán comprobado, Eric no es muy hábil para mentir. Aunque resulta muy inconveniente en ocasiones, tiene sus ventajas. Bueno, no hay para tanto. No ha hecho nada malo, y la idea de que pudiese causar daño a alguien o, peor aún, matar a alguien es ridícula. ¡Ni siquiera es capaz de matar a sus cerdos! Le pedí que me consiguiera una hostia consagrada. Por si no entienden de estas cosas, les diré que son unos pequeños discos blancos, supongo que hechos de harina y agua, del tamaño de una moneda de dos peniques. Aunque lo hubiesen pillado robándola, dudo que los jueces lo hubieran enviado a juicio. El valor de una hostia es insignificante.

–Eso depende de su escala de valores –apuntó Dalgliesh–. ¿Para qué la quería?

–No veo que eso guarde relación con su caso, pero no me importa contárselo. Soy periodista y estoy escribiendo un artículo sobre sectas satánicas. Me lo han encargado y ya he acabado la mayor parte de la investigación. La gente que he logrado infiltrar necesita una hostia consagrada, y yo les prometí que les conseguiría una. No me digan que habría podido comprar una caja entera de hostias sin consagrar por un par de libras. Es lo que sugirió Eric. Sin embargo, esta es una investigación rigurosa y necesitaba el artículo auténtico. Quizá no respeten mi trabajo, pero yo me lo tomo tan en serio como ustedes el suyo. Prometí llevar una hostia consagrada y eso era lo que iba a hacer. De lo contrario, todo lo que he hecho hasta ahora habría resultado una pérdida de tiempo.

–De modo que convenció a su hermanastro para que la robase.

–Bueno, el padre Sebastian no me daría una aunque se lo pidiese cortésmente, ¿verdad?

–¿Su hermano fue solo?

–Por supuesto. Si lo hubiese acompañado, el riesgo habría aumentado. Al menos él podía justificar su presencia en el seminario. Yo no.

–Pero ¿lo esperó levantada?

–Todavía no nos habíamos metido en la cama, al menos para dormir.

–De manera que se enteró de lo que había ocurrido de inmediato, no a la mañana siguiente, ¿verdad?

–Me lo refirió todo en cuanto volvió. Yo estaba esperándolo.

–Señorita Surtees, esto es muy importante: por favor, piense y trate de recordar las palabras exactas que le dijo su hermano.

–No sé si recordaré las palabras exactas, pero el sentido me quedó muy claro. Me dijo que no había tenido dificultades para coger la llave. Abrió la puerta de la sacristía y luego la que comunica con la iglesia alumbrándose con la linterna. Fue entonces cuando vio luz encima del óleo que está en la pared del fondo, *El juicio final*, ¿no? Y también vio a una persona de pie cerca del cuadro, alguien que llevaba una capa con capucha. Luego se abrió la puerta principal y entró otra persona. Le pregunté si había reconocido a alguna de las dos y me contestó que no. La que llevaba la capa llevaba la capucha puesta, y no llegó a ver a la que entró después. Le pareció oír que esta preguntaba «¿dónde está?», o algo por el estilo. A Eric le produjo la impresión de que se trataba del archidiácono.

–¿Y no hizo alguna conjetura sobre quién podría ser la otra persona?

–No. ¿Por qué iba a hacerlo? Quiero decir que no se le ocurrió pensar que hubiese algo siniestro en la presencia de un hombre embozado en la iglesia. Le extrañó que estuviera allí a esas horas de la noche y frustró nuestros planes, pero Eric dio por sentado que sería uno de los sacerdotes o de los seminaristas. Y yo pensé lo mismo.

»Solo Dios sabe qué hacían en la iglesia después de medianoche. Por mí, como si hubiesen estado celebrando su propia misa negra. Por supuesto, si Eric hubiera sospechado que iban a asesinar al archidiácono, habría prestado más atención, digo yo. ¿Qué crees que habrías hecho si te hubieses topado con un asesino armado con un cuchillo, Eric?

Surtees miró a Dalgliesh.

–Salir corriendo, supongo –respondió–. Habría dado la alarma, desde luego. Como los apartamentos de huéspedes no se cierran con llave, tal vez habría ido a buscarlo a usted. Sin embargo, lo que en realidad sucedió fue que me llevé una decepción porque había conseguido sacar la llave sin que me vieran y, a pesar de que todo parecía ir sobre ruedas, tendría que volver y reconocer que había fallado.

Por el momento no obtendrían más información de Surtees. Dalgliesh le dejó marchar, aunque antes les advirtió a los dos que debían mantener en absoluto secreto lo que habían revelado allí. Ya se habían expuesto a una acusación de obstrucción a la justicia, o incluso a un cargo peor. El sargento Robbins acompañaría a

Surtees a recuperar las llaves, que pasarían a manos de la policía. Los dos prometieron lo que se les exigía: Eric Surtees con tanta formalidad como si estuviese jurando en los tribunales; su hermana a regañadientes.

Cuando Surtees se levantó para irse, su hermanastra lo imitó, pero Dalgliesh la detuvo.

–Si no le importa, me gustaría que se quedase. He de hacerle un par de preguntas más.

En cuanto la puerta se cerró detrás del muchacho, Dalgliesh dijo:

–Durante el interrogatorio, su hermano aseveró que usted le había pedido otra hostia, de manera que esta no fue la primera. Lo habían intentado antes. ¿Qué ocurrió en esa primera ocasión?

Aunque la joven estaba rígida, su voz sonó serena cuando respondió.

–Eric debió de equivocarse. No hubo ninguna otra hostia.

–No lo creo. Si quiere, lo mando llamar otra vez y se lo pregunto; de hecho, tengo la intención de hacerlo. No obstante, sería más sencillo que usted me explicase qué pasó la otra vez.

–No tuvo nada que ver con este asesinato –replicó ella a la defensiva–. Sucedió el trimestre pasado.

–Será el juez quien decida qué cosas tienen que ver con este asesinato. ¿Quién robó la hostia para usted la primera vez?

–Nadie la robó. Me la dieron.

–¿Quién? ¿Ronald Treeves?

–Pues sí, ya que lo pregunta. Algunas de las hostias consagradas se llevan a las parroquias de los alrededores que se han quedado temporalmente sin sacerdote y donde se requieren para la Comunión. El encargado de transportarlas es el seminarista que va a ayudar a celebrar el oficio. Esa semana le tocó a Ronald, y él consiguió una hostia para mí. Una de tantas. Era una pequeñez.

–Usted debía de saber que no significaba una pequeñez para él –intervino Kate de improviso–. ¿Cómo le pagó? ¿De la manera obvia?

La chica enrojeció no de vergüenza, sino de furia. Por un instante Dalgliesh creyó que iba a montar en cólera, lo que, a su juicio, habría estado justificado.

–Lamento si la pregunta le ha parecido ofensiva –dijo–. La formularé de otro modo: ¿cómo consiguió convencer a Ronald?

La fugaz expresión de furia se desvaneció. Karen Surtees lo escrutó con los ojos entornados, estudiándolo, pero enseguida se tranquilizó. Dalgliesh identificó el instante en que ella comprendió que sería más prudente –y quizá más satisfactorio– hablar con franqueza.

–De acuerdo, lo convencí de la manera obvia, y si piensa soltarme una perorata sobre la moral, olvídelo. No es asunto suyo. –Miró a Kate con clara hostilidad–. Ni de ella. No veo qué relación guarda esto con el asesinato del archidiácono. Es imposible que la haya.

–La verdad es que no estoy seguro –replicó Dalgliesh–. Es posible que haya alguna relación. Si no la hay, no usaremos esta información. No le estoy preguntando por el robo de la hostia porque sienta una curiosidad lasciva por su vida personal.

–Mire –dijo la chica–, Ronald me caía bien. Bueno, tal vez sería mejor decir que me daba pena. No era un chico exactamente popular aquí. Tenía un padre demasiado rico y poderoso, y encima metido en un mal negocio. Armamento, ¿no? Bueno, la cuestión es que Ronald no encajaba en este sitio. Cuando yo venía a ver a Eric, de vez en cuando nos encontrábamos, íbamos a dar un paseo por el acantilado hasta la laguna y charlábamos. Me contó cosas que usted no le habría sonsacado ni en un millón de años; y tampoco los sacerdotes, por más que lo confesasen. Le hice un favor. Ya había cumplido veintitrés años y todavía era virgen. Estaba desesperado..., se moría por tener relaciones sexuales.

Quizás hubiese muerto por eso, pensó Dalgliesh.

–Seducirlo no resultó del todo engorroso –prosiguió Karen–. Los hombres siempre se quejan de lo que les cuesta seducir a las chicas vírgenes, sabe Dios por qué. Aseguran que es agotador, que no vale la pena... No obstante, a la inversa, la cosa ofrece sus compensaciones. Y si quiere saber cómo se lo ocultamos a Eric, le diré que no nos acostamos en la casa, sino entre los helechos del acantilado. Tuvo mucha suerte de que lo iniciara yo en lugar de una prostituta... De hecho, había ido a ver a una en cierta ocasión, pero le dio tanto asco que no pudo seguir adelante. –Hizo una pausa, y al ver que Dalgliesh no hablaba, continuó en tono más defensivo–: Se estaba formando para ordenarse sacerdote, ¿no? ¿Qué servicio habría prestado a los demás sin una experiencia personal? Él hablaba mucho de las virtudes del celibato, y supongo que el celibato está bien cuando es lo que uno quiere. Pero créame, él no lo quería. Fue afortunado al encontrarme.

–¿Qué pasó con la hostia? –preguntó Dalgliesh.

–Ah, ¡eso sí que fue mala suerte! No creerá lo que ocurrió: la perdí. La guardé en un sobre, y este en mi maletín, junto con otros papeles. No volví a verla. Debió de caerse cuando saqué las cosas del maletín. Sea como fuere, no la encontré.

–De manera que le pidió otra a Ronald y esta vez él se mostró menos complaciente.

–Es una forma de plantearlo. Creo que estuvo reflexionando durante sus vacaciones. Cualquiera hubiera dicho que le había destrozado la vida en lugar de contribuir a su educación sexual.

–Y una semana después, Ronald estaba muerto –señaló Dalgliesh.

–Eso no es responsabilidad mía. Yo no le deseaba la muerte.

–Entonces, ¿piensa que quizá lo hayan asesinado?

La chica se quedó atónita, y Dalgliesh percibió sorpresa y terror en sus ojos.

–¿Asesinado? ¡Por supuesto que no! ¿Quién iba a querer matarlo? Fue una muerte accidental. Se puso a fisgonear al pie del acantilado, y la arena le cayó encima. Hubo una vista. Usted ya sabe cuál fue el veredicto.

–Cuando se negó a proporcionarle una segunda hostia, ¿usted intentó chantajearlo?

–¡Claro que no!

–¿Le insinuó que ahora estaba a su merced, que poseía información que podía acarrear su expulsión del seminario e impedir que se ordenase?

–¡No! –exclamó ella con vehemencia–. No hice nada por el estilo. ¿De qué hubiera servido? Para empezar, habría puesto a Eric en un compromiso. Además, los sacerdotes le creerían a él y no a mí. No me hallaba en condiciones de chantajearlo.

–¿Cree que él era consciente de ello?

–¿Cómo diablos quiere que sepa lo que pensaba él? Estaba medio loco, eso es lo único que sé. Oiga, se supone que usted está investigando el asesinato de Crampton. La muerte de Ronald no tiene nada que ver con su caso.

–Si no le importa, eso lo decidiré yo. ¿Qué pasó cuando Ronald Treeves fue a la casa San Juan la noche anterior al día de su muerte? –La chica guardó un hosco silencio–. Usted y su hermano ya han ocultado información vital para este caso –le recordó Dalgliesh–. Si lo que han declarado hoy lo hubiesen dicho el domingo por la mañana, es probable que ya hubiéramos arrestado a alguien. Si ni usted ni su hermano se vieron envueltos en la muerte del archidiácono, le sugiero que responda a mis preguntas con franqueza y veracidad. ¿Qué ocurrió cuando Ronald Treeves fue a San Juan la noche de aquel viernes?

–Yo ya estaba allí. Había venido a pasar el fin de semana. No sabía que él pensaba presentarse. Y Ronald no tenía derecho a irrumpir en la casa de ese modo. De acuerdo, estamos acostumbrados a dejar la puerta abierta, pero San Juan es la casa de Eric. Ronald subió a toda prisa las escaleras y, si quiere saberlo, nos encontró en la cama a Eric y a mí. Se quedó en la puerta, mirándonos fijamente. Parecía un loco, un loco de atar. Después empezó a lanzar acusaciones ridículas. No recuerdo las palabras exactas. Supongo que podría habérmelo tomado a risa, pero en su momento me asustó un poco. Deliraba y gritaba como un lunático. No, miento, no gritaba; en todo momento mantuvo la voz baja. Eso era lo más inquietante. Eric y yo estábamos desnudos, de manera que nos encontrábamos en una situación desventajosa. Nos incorporamos en la cama y escuchamos la interminable perorata de aquella voz aguda. Dios, fue muy raro. ¿Puede creer que pensaba que íbamos a casarnos? ¿Me imagina en el papel de esposa de un párroco? Había perdido la cabeza. Actuaba como un loco y lo estaba –concluyó con desconcierto e incredulidad, con el tono de alguien que charla con un amigo en un bar.

–Usted lo sedujo y él creyó que lo amaba –señaló Dalgliesh–. Le facilitó una hostia consagrada porque usted se la pidió y porque él era incapaz de negarle nada. Sabía muy bien lo que había hecho. Entonces descubrió que nunca había habido amor, que lo habían utilizado. Al día siguiente se suicidó. ¿No se siente mínimamente responsable de esa muerte, señorita Surtees?

–¡No! –contestó con ímpetu–. Nunca le dije que lo quería. No fue culpa mía que lo creyese. Y no creo que se haya suicidado. Fue un accidente. Es lo que dictaminó el jurado y lo que yo pienso.

–Pues yo no opino igual, ¿sabe? –replicó Dalgliesh–. Me parece que usted está perfectamente al tanto de qué fue lo que empujó a Ronald Treeves al suicidio.

–Aunque lo esté, eso no me convierte en responsable de ello. ¿Por qué demonios tuvo que entrar en San Juan y subir a la planta alta como si fuese el propietario de la casa? Supongo que ahora se lo contará todo al padre Sebastian y los sacerdotes echarán a Eric.

–No, no se lo contaré al padre Sebastian –repuso Dalgliesh–. Usted y su hermano se han metido en una situación muy peligrosa. Debo insistir en que lo que me han dicho ha de permanecer en secreto. Absolutamente todo.

–De acuerdo –asintió ella de malhumor–. No diremos nada. ¿Para qué? Y no entiendo por qué tengo que sentirme culpable por la muerte de Ronald ni por el asesinato de Crampton. Nosotros no lo matamos, aunque pensamos que usted estaría encantado de achacarnos el crimen. Los sacerdotes son sacrosantos, ¿no? Le sugiero que investigue sus motivos en lugar de seguir acosándonos a nosotros. No me pareció que hiciera daño a nadie al ocultarle que Eric había ido a la iglesia. Pensé que lo había matado uno de los seminaristas y que tarde o temprano confesaría. Las confesiones son lo suyo, ¿no? No conseguirá que me sienta culpable. No soy insensible ni cruel. Lamenté mucho lo de Ronald. No lo obligué a procurarme la hostia. Se la pedí y él me la dio. Y no me acosté con él para que me la diera. Bueno, en parte sí, pero no fue la única razón. Lo hice porque me producía lástima, porque estaba aburrida y quizá por otras razones que usted no comprendería ni aprobaría.

No había más que hablar. Karen estaba asustada; no avergonzada. Nada de lo que le dijese Dalgliesh iba a hacerla admitir su responsabilidad en la muerte de Ronald Treeves. El comisario meditó sobre la desesperación que había impulsado al joven a buscar aquel horrible fin. Se había visto obligado a escoger entre dos opciones terribles: permanecer en Saint Anselm, con el constante temor a que lo traicionaran y los angustiosos remordimientos por lo que había hecho, o confesárselo todo al padre Sebastian, quien con toda probabilidad lo enviaría a casa, donde habría de presentarse ante su padre como un fracasado. Dalgliesh se preguntó qué habría dicho y hecho el padre Sebastian. El padre Martin habría demostrado clemencia, sin duda. En el caso del rector, no estaba seguro. No obstante, aun si lo hubiesen perdonado, ¿habría aguantado Treeves vivir en el seminario con la humillante sensación de que lo estaban vigilando?

Al final dejó ir a la joven. Lo embargaban una gran tristeza y una rabia dirigida hacia algo más profundo y menos identificable que Karen Surtees y su frialdad. Por otra parte, ¿qué derecho tenía él a enfadarse? Ella observaba su propia moral. Cuando prometía entregar una hostia consagrada, no faltaba a su palabra. Era una periodista de investigación que se tomaba su trabajo muy en serio y actuaba con diligencia, aunque para ello fuera preciso recurrir al engaño. No habían llegado a compenetrarse; habría sido imposible. Para Karen Surtees resultaba inconcebible que alguien se matara por un pequeño disco de harina y agua. Para ella las relaciones sexuales con Ronald no habían significado nada más que un remedio provisional contra el aburrimiento, la satisfactoria sensación de poder derivada del acto de iniciación; una experiencia nueva, un inofensivo intercambio de placer. Tomárselas más en serio conducía, en el mejor de los casos, a celos, exigencias, recriminaciones y problemas; en el peor, a un ser ahogado en la arena. ¿Acaso él mismo, en sus años de soledad, no había separado su vida sexual del compromiso? Era innegable, por mucho que se hubiera mostrado más prudente en su elección de pareja y más sensible ante los sentimientos de los demás. Se preguntó qué le diría a sir Alred; quizá que el veredicto no concluyente era más acertado que el de muerte accidental, pero que no había indicios de que hubiese ocurrido algo turbio. Y sin embargo, algo turbio había ocurrido.

Respetaría el secreto de Ronald. El joven no había escrito una nota de suicidio. No había modo de saber si en sus últimos segundos de vida, demasiado tarde, había cambiado de idea. Si había muerto porque no soportaba la idea de que su padre se enterase de la verdad, Dalgliesh no era quién para revelársela ahora.

Tomó conciencia de su prolongado silencio y de que Kate, sentada a su lado, se preguntaba por qué no hablaba. Detectó la controlada impaciencia de la chica.

–Bien –dijo él–. Por fin estamos progresando. Hemos encontrado las llaves perdidas. Eso significa que, después de todo, Caín regresó al seminario a devolver las suyas. Y ahora, a buscar la capa marrón.

–Si es que todavía existe... –apostilló Kate, como si le hubiese leído el pensamiento.

9

Dalgliesh llamó a Piers y a Robbins a la sala de interrogatorios y los puso al tanto de las novedades.

–¿Revisaron todas las capas? ¿Las negras y las marrones?

Fue Kate quien respondió:

–Sí, señor. Ahora que Treeves está muerto, quedan diecinueve estudiantes internos y diecinueve capas. Hay quince alumnos ausentes y todos se han llevado su capa, con la excepción de uno que fue a celebrar el cumpleaños y el aniversario de bodas de su madre. Eso significa que en el vestuario debía haber cinco capas, y allí las encontramos. Las hemos examinado meticulosamente, al igual que las de los sacerdotes.

–¿Las capas tienen etiquetas con el nombre? No me fijé cuando las vimos por primera vez.

–Sí, todas –confirmó Piers–. Por lo visto, son las únicas prendas con etiquetas. Me imagino que esto obedece a que son idénticas; solo se diferencian por la talla. No hay ninguna sin nombre.

No podían saber si el asesino llevaba puesta la capa al atacar a Crampton. Era posible que una tercera persona aguardara al archidiácono en la iglesia, alguien a quien Surtees no hubiese visto. No obstante, ahora que sabían que alguien, probablemente el asesino, había usado una capa, habría que mandar las cinco al laboratorio para que las analizaran en busca de fibras, pelos y minúsculas manchas de sangre. Además, ¿qué había sucedido con la vigésima capa? ¿Y si después de la muerte de Ronald Treeves no la hubiesen enviado a la casa de su familia, junto con el resto de la ropa?

Dalgliesh rememoró su entrevista con sir Alred en New Scotland Yard. El chófer de Alred había ido con otro conductor a recoger el Porsche y un paquete de ropa. Sin embargo, ¿contenía este la capa? Se esforzó por recordar. Estaba seguro de que el magnate había mencionado un traje, zapatos y una sotana, pero ¿también una capa marrón?

–Localice a sir Alred –ordenó a Kate–. Me entregó una tarjeta con su dirección y su número particular. La encontrará en su expediente. Aunque dudo que esté en su casa a estas horas, seguramente habrá alguien. Dígale a quienquiera que atienda la llamada que necesito hablar con él cuanto antes.

Había previsto dificultades. No era fácil comunicarse con sir Alred por teléfono, y siempre cabía la posibilidad de que estuviese en el extranjero. No obstante, tuvieron suerte. El hombre que se puso al teléfono tardó en dejarse convencer de la urgencia del asunto, pero acabó por darles el número de las oficinas de Mayfair. Allí contestó la típica voz aristocrática y displicente. Sir Alred se encontraba reunido. Dalgliesh pidió que fuesen a buscarlo. ¿Sería el comisario tan amable de llamar dentro de unos tres cuartos de hora? Dalgliesh repuso que no podía esperar ni siquiera tres cuartos de minuto.

–No cuelgue, por favor –dijo la voz.

Menos de un minuto después, sir Alred se puso al teléfono. Pese a que la voz grave y autoritaria no sonaba preocupada, dejaba traslucir cierta impaciencia contenida.

–¿Comisario Dalgliesh? Aguardaba noticias suyas, pero no en medio de una reunión. Si tiene novedades que comunicarme, preferiría oírlas en otro momento. Doy por sentado que ese asunto de Saint Anselm está relacionado con la muerte de mi hijo, ¿no?

–Todavía no hay pruebas que lo demuestren. Me pondré en contacto con usted para hablarle del veredicto de la vista en cuanto haya completado mi investigación. Por el momento, el asesinato tiene prioridad. Ahora solo quería preguntarle por la ropa de su hijo. Recuerdo que me contó que se la devolvieron. ¿Se hallaba presente cuando abrieron el paquete?

–No exactamente cuando lo abrieron, pero sí poco después. Si bien no suelo ocuparme de esa clase de asuntos, mi ama de llaves me consultó al respecto. Aunque yo le había indicado que regalara la ropa a la beneficencia, el traje era de la talla de su hijo y ella me preguntó si me importaba que se quedara con él. También le preocupaba la sotana. No creía que le encontraran utilidad en una organización benéfica y se preguntaba si debía enviarla de vuelta al seminario. Le respondí que si la habían enviado sería porque no la querían, y que se deshiciera de ella como mejor le pareciese. Creo que la tiró a la basura. ¿Algo más?

–¿Y la capa? ¿No había una capa marrón?

–No.

–¿Está seguro, sir Alred?

–Claro que estoy seguro. Yo no abrí el paquete, pero si hubiese habido una capa, la señora Mellors me habría preguntado con toda seguridad qué hacer con ella. Que yo recuerde, me enseñó el paquete entero. La ropa todavía estaba envuelta en papel marrón, con la cuerda colgando. No veo razón alguna para que sacase la capa. ¿Debo entender que reviste alguna importancia para su investigación?

–Una gran importancia, sir Alred. Gracias por su ayuda. ¿Es posible localizar a la señora Mellors en casa de usted?

La voz adoptó un tono decididamente exasperado.

–No tengo idea. No vigilo los movimientos de mis criados. Pero ella vive en mi casa, así que supongo que la encontrará allí.

De nuevo les sonrió la suerte cuando llamaron a la casa de Holland Park. Atendió el teléfono la misma voz masculina y dijo que pasaría la llamada a la habitación del ama de llaves.

Después de que Dalgliesh le explicase que había hablado con sir Alred y contaba con su aprobación, la señora Mellors le tomó la palabra y contestó que sí, que ella había abierto el paquete de la ropa del señor Ronald y había elaborado una lista del contenido. No figuraba ninguna capa marrón. Sir Alred le había concedido permiso gentilmente para quedarse con el traje. En cuanto al resto de los artículos, ella misma los había llevado a la tienda de Oxfam de Notting Hill Gate. Había tirado la sotana; aunque le apenaba desaprovechar la tela, había supuesto que nadie querría usarla.

Luego añadió algo sorprendente para una mujer que, a juzgar por su confiada voz y sus inteligentes respuestas, debía de ser sensata:

–Encontraron la sotana junto al cuerpo, ¿no? No me habría gustado usarla. Me pareció un poco macabra. Pensé en cortar los botones, que podrían haber resultado útiles, pero no quise tocarla. Para serle franca, fue un alivio arrojarla a la basura.

Dalgliesh le dio las gracias y colgó el auricular.

–¿Qué pasó entonces con la capa? –dijo–. ¿Y dónde está ahora? El primer paso será interrogar a la persona que lió el paquete. Según el padre Martin, fue John Betterton.

10

Emma impartía su tercera clase delante de la gran chimenea de piedra de la biblioteca. Al igual que con las primeras, abrigaba pocas esperanzas de distraer la mente de su pequeño grupo de alumnos de las actividades tétricas y serias que se desarrollaban alrededor. El comisario Dalgliesh aún no había autorizado la reapertura de la iglesia ni el oficio de consagración que había preparado el padre Sebastian. Los técnicos de la policía seguían trabajando: todas las mañanas llegaban en una siniestra furgoneta que alguien debía de haberles enviado desde Londres y que, pese a las protestas del padre Peregrine, siempre aparcaban en el patio delantero. Dalgliesh y sus dos inspectores continuaban con sus misteriosos interrogatorios, y las luces de la casa San Mateo permanecían encendidas hasta altas horas de la noche.

El rector había prohibido a los estudiantes que discutieran el caso, lo que, en sus palabras, equivalía a «actuar en connivencia con el mal y agravar la situación con chismorreos desinformados o especulativos». Sin embargo, no era realista esperar que su prohibición se respetase, y Emma tenía la impresión de que había sido contraproducente. Circulaban rumores más discretos e intermitentes que generalizados o prolongados, pero el hecho de que los hubiesen desautorizado añadía culpa a la carga colectiva de ansiedad y tensión. Ella era de la opinión de que habría convenido más hablar abiertamente del tema. Como había dicho Raphael, «tener a la policía en casa es como sufrir una invasión de ratones; uno sabe que están ahí incluso cuando no los ve ni los oye».

La muerte de la señorita Betterton no había incrementado mucho el malestar. Era un segundo golpe, más suave, sobre unos nervios ya anestesiados por el horror. Ansiosa por aceptar que esta muerte era accidental, la comunidad pugnaba por desvincularla del terrible asesinato del archidiácono. La señorita Betterton no había tenido mucho trato con los seminaristas, y solo Raphael había lamentado sinceramente su pérdida. Sin embargo, incluso él parecía haber recuperado la compostura y mantenía un precario equilibrio entre el ensimismamiento en su mundo particular y arrebatos de cruel mordacidad. Desde la charla en el acantilado, Emma no había vuelto a quedarse a solas con él. Se alegraba. No constituía una compañía agradable.

Si bien había una sala para seminarios al fondo de la segunda planta, Emma había preferido usar la biblioteca. Le pareció más práctico tener a mano los libros que necesitarían consultar, pero sabía que su elección obedecía a un motivo menos lógico. La sala de seminarios le producía claustrofobia; no debido a su tamaño, sino a su atmósfera. Por muy temible que resultase la presencia de la policía, era más soportable estar en el corazón de la casa que encerrada en el segundo piso, aislada de una actividad que resultaba menos traumática vista que imaginada.

La noche anterior había dormido bien. Habían instalado cerraduras de seguridad en los apartamentos de huéspedes y les habían dado las llaves. Se alegraba de dormir en Jerónimo en lugar de al lado de la iglesia, con aquella vista ineludible y tenebrosamente amenazadora. No obstante, solo Henry Bloxham había mencionado el cambio; lo había oído hablando con Stephen: «Tengo entendido que Dalgliesh se cambió de apartamento para estar junto a la iglesia. ¿Acaso espera que el asesino vuelva al escenario del crimen? ¿Crees que se pasa la noche en vela, montando guardia junto a la ventana?». Nadie había comentado ese asunto con Emma.

Los sacerdotes, cuando estaban libres de otras ocupaciones, asistían a sus clases, siempre después de pedir permiso. Nunca hablaban, y Emma jamás había sentido que la estuvieran vigilando. Hoy fue el padre Betterton quien se unió a los cuatro ordenandos. Como de costumbre, el padre Peregrine trabajaba en silencio al fondo de la biblioteca, inclinado sobre su escritorio y aparentemente ajeno a la presencia de los demás. Estos se sentaron junto al pequeño fuego de la chimenea –destinado a confortar más que a añadir calor al ambiente– en sillas de respaldo bajo. Solo Peter

Buckhurst había escogido una de respaldo alto, que ocupaba erguido y silencioso, con las pálidas manos apoyadas sobre el texto como si leyese en braille.

Para este trimestre Emma había planeado leer y discutir la poesía de George Herbert. Hoy, rechazando la facilidad de lo conocido, había escogido un poema más complejo: «La quididad». Henry acababa de leer en voz alta la última estrofa:

> No es un arte, un oficio, un instrumento
> ni es la Bolsa ni el ayuntamiento,
> sino aquello que siempre tengo a mano
> y con lo que contigo el monte gano.

Después de un breve silencio, Stephen Morby preguntó:

–¿Qué quiere decir «quididad»?

–Lo que es una cosa, su esencia.

–¿Y las palabras finales «y con lo que contigo el monte gano»?

–Según la nota de mi edición –señaló Raphael–, alude a un juego de cartas donde el ganador se lleva el monte, es decir la totalidad de las cartas que hay en la mesa para robar. Así que supongo que Herbert quiere decir que, cuando escribe poesía, busca la mano de Dios, la mano ganadora.

–Herbert era muy aficionado a las metáforas relacionadas con los juegos de azar –explicó Emma–. ¿Recordáis «El pórtico de la iglesia»? En el caso que nos ocupa podría tratarse de un juego en el que hay que descartar naipes con el fin de conseguir otros mejores. No debemos olvidar que Herbert está hablando de su poesía. Cuando escribe lo tiene todo, porque está en comunión con Dios. Los lectores de la época debían de saber a qué juego se refería.

–Ojalá lo supiera yo –comentó Henry–. Deberíamos investigar y descubrir cómo se juega. No sería muy difícil.

–Pero sí inútil –protestó Raphael–. Yo quiero que el poema me conduzca al altar y al silencio, no a un libro de consulta ni a una baraja.

–De acuerdo. Esto es típico de Herbert, ¿no? Santificar lo mundano, incluso lo frívolo. Aun así, me gustaría conocer el juego.

Emma mantenía los ojos fijos en el libro, de manera que no reparó en que alguien había entrado en la biblioteca hasta que los cuatro estudiantes se pusieron simultáneamente de pie. El comisario Dalgliesh estaba en la puerta. No demostró sorpresa por descubrir que había interrumpido una clase, y la disculpa que le presentó a Emma sonó más formal que sincera.

–Lo siento, no sabía que estaba con sus alumnos en la biblioteca. Quería hablar con el padre Betterton y me han dicho que lo encontraría aquí.

Ligeramente nervioso, el padre John se dispuso a levantarse de la silla tapizada en piel. Emma se ruborizó, e, incapaz de ocultar ese sonrojo delator, se obligó a mirar los negros y serios ojos de Dalgliesh. Permaneció sentada y la asaltó la impresión de que los cuatro seminaristas se habían acercado un poco más a ella, como un grupo de guardaespaldas con sotanas que la protegían de un intruso.

Raphael habló con ironía y en un tono demasiado alto cuando dijo:

–Las palabras de Mercurio parecen demasiado severas después de oír las canciones de Apolo. El policía poeta, justo el hombre que necesitábamos. Estamos batallando con un poema de George Herbert, comisario. ¿Por qué no se une a nosotros y aporta su erudición?

Dalgliesh lo contempló en silencio por unos instantes.

–Estoy seguro de que la señorita Lavenham está dotada de la erudición necesaria. ¿Nos vamos, padre?

En cuanto la puerta se cerró tras ellos, los cuatro seminaristas se sentaron. Para Emma, el episodio había tenido una trascendencia que iba más allá de las palabras y las miradas que se habían intercambiado. «Al comisario no le cae bien Raphael», pensó. Intuía que era un hombre que nunca permitía que sus sentimientos influyeran en su trabajo. Casi con seguridad, tampoco lo permitiría en este caso. Aun así estaba convencida de que no se había equivocado al detectar una pequeña chispa de antagonismo. Lo más extraño era la fugaz satisfacción que había experimentado ella ante esa idea.

11

El padre Betterton caminó junto a él por el vestíbulo, a través de la puerta principal y a lo largo del costado sur del seminario hasta la casa San Mateo, forzando sus cortas piernas a seguir el paso de Dalgliesh, como un niño obediente, y con las manos cruzadas y metidas en las mangas de la sotana. El comisario se preguntaba cómo reaccionaría ante el interrogatorio. De acuerdo con su experiencia, cualquier persona cuyo contacto previo con la ley hubiese acabado en arresto nunca volvía a sentirse cómoda con la policía. Temía que la comparecencia del sacerdote ante los tribunales y su estancia en la prisión, que debieron de ser terriblemente traumáticas para él, le impidieran ahora afrontar esta situación. Según le había contado Kate, el sacerdote había actuado con una estoica y mal disimulada repugnancia mientras le tomaban las huellas digitales, pero pocos sospechosos en potencia aceptaban de buen grado ese robo oficial de la identidad. A pesar de esto, el padre John parecía menos afectado por el asesinato del archidiácono y la muerte de su hermana que el resto de la comunidad y mantenía un aire de perpleja resignación ante una vida que, más que dominar, había que soportar.

En la sala de interrogatorios se sentó en el borde de una silla, sin dar muestras de prepararse para un suplicio.

–¿Usted fue el encargado de empaquetar la ropa de Ronald Treeves, padre? –preguntó Dalgliesh.

Ahora el ligero gesto de turbación se vio sustituido por un inconfundible rubor de culpa.

–Oh, vaya, creo que cometí una estupidez. Supongo que quiere preguntarme por la capa, ¿no?

–¿La envió a casa de la familia, padre?

–No, me temo que no. Es difícil de explicar. –Seguía más alterado que asustado cuando miró a Kate–. Sería más sencillo si estuviera presente su otro ayudante, el inspector Tarrant. Verá, resulta algo embarazoso.

Aunque normalmente Dalgliesh no habría accedido a una petición semejante, las presentes circunstancias no eran normales.

–Como funcionaria de la policía, la inspectora Miskin está acostumbrada a oír confidencias embarazosas. De todos modos, si cree que se sentirá más cómodo...

–Oh, sí, desde luego, por favor. Sé que es una tontería, pero me facilitaría las cosas.

A una señal de Dalgliesh, Kate se marchó. Piers estaba en la planta alta, sentado ante el ordenador.

–El padre Betterton quiere declarar algo demasiado sórdido para mis castos oídos femeninos –le informó Kate–. El jefe te reclama. Parece que la capa de Ronald Treeves nunca llegó a casa de papá. Si es así, ¿por qué diablos no lo dijeron antes? ¿Qué le pasa a esta gente?

–Nada –respondió Piers–. Simplemente no piensan como policías.

–No piensan como nadie que yo haya conocido. Prefiero mil veces a cualquier villano de la vieja escuela.

Piers le cedió el asiento y bajó a la sala de interrogatorios.

–Bien, ¿qué sucedió exactamente? –preguntó Dalgliesh.

–Supongo que el padre Sebastian le habrá dicho que me pidió que empaquetara la ropa. Pensó... bueno, pensamos que no sería justo pedirle algo así a un miembro del personal. La ropa de los muertos es algo tan íntimo, ¿no? Siempre causa malestar. Así que fui a la habitación de Ronald y recogí sus prendas. No tenía muchas, por supuesto. Les pedimos a los estudiantes que traigan solo lo imprescindible. Cuando estaba doblando la capa, noté que... –Titubeó y luego prosiguió–:... en fin, noté que estaba manchada en el interior.

–¿Manchada, padre?

–Bueno, era obvio que había hecho el amor encima de la capa.

–¿Era una mancha de semen?

–Sí, así es. Y bastante grande. No quise enviársela así a su padre. Ronald no lo habría deseado y yo sabía... todos sabíamos que sir Alred se había opuesto a que viniese a Saint Anselm y a que se ordenara sacerdote. Si hubiese visto la capa, quizás habría ocasionado problemas al seminario.

–¿Se refiere a que habría estallado un escándalo sexual?

–Sí, algo así. Y habría sido humillante para el pobre Ronald. Era lo último que él hubiese deseado. Yo estaba confundido, pero me pareció mal mandar la capa de vuelta en ese estado.

–¿Por qué no intentó limpiarla?

–Lo pensé, pero no habría sido fácil. Temía que mi hermana me viese con la capa y me interrogase al respecto. No se me da muy bien lavar ropa y, naturalmente, no quería que me viesen haciéndolo. El apartamento es pequeño y no tenemos... no teníamos mucha intimidad. Me limité a desentenderme del problema. Sé que fue una tontería, pero el paquete debía estar listo para cuando llegase el chófer de sir Alred y pensé que me ocuparía de la capa en otro momento. Y había algo más; no deseaba que nadie se enterase, y mucho menos el padre Sebastian. Verá, yo sabía quién era la mujer con quien había estado haciendo el amor.

–¿Así que era una mujer?

–Oh, sí, era una mujer. Sé que puedo contar con su discreción.

–Si esto no tiene nada que ver con el asesinato del archidiácono, no lo divulgaremos –le prometió Dalgliesh–. De cualquier forma, creo que puedo ayudarle. Era Karen Surtees, ¿no?

El semblante del padre Betterton reflejó alivio.

–Sí, era ella. Me temo que era Karen. Verá, soy aficionado a la observación de las aves y los avisté con mis prismáticos. Estaban en el helechal. No lo comenté con nadie, por supuesto. El padre Sebastian no haría la vista gorda ante una cosa así. Además, pensé en Eric. Es un buen hombre y está muy a gusto aquí, con nosotros y con sus cerdos. No quería causarle dificultades. Y a mí no me parecía algo terrible. Si se querían, si eran dichosos juntos... Claro que no sé qué clase de relación mantenían. No obstante, cuando uno piensa en la crueldad, la arrogancia y el egoísmo que tan a menudo condenamos..., bueno, no consideré que lo que hacía Ronald fuese muy grave. No vivía feliz aquí, ¿sabe? No terminaba de encajar, y creo que tampoco era feliz en su casa. Así que quizá necesitase encontrar a una persona que lo tratara con un poco de amabilidad y comprensión. La vida de los demás es misteriosa,

¿no? No debemos juzgarla. Los muertos merecen tanta indulgencia como los vivos. De manera que recé por él y opté por no decir nada. Claro que aún debía resolver el problema de la capa.

–Padre, tenemos que encontrarla pronto. ¿Qué hizo con ella?

–La enrollé bien y la guardé en el fondo de mi armario. Sé que fue una tontería, pero en su momento me pareció razonable. No creí que fuese un asunto urgente. Sin embargo, los días fueron pasando, y la cuestión se me antojaba cada vez más difícil de solucionar. Por fin, un sábado supe que debía tomar una decisión. Aguardé a que mi hermana saliera a dar un paseo, agarré un pañuelo, lo empapé con agua caliente y jabón y conseguí eliminar la mancha. Luego colgué la capa delante de la estufa de gas. Juzgué conveniente quitarle la etiqueta con el nombre para que no le recordase a nadie la muerte de Ronald. Después bajé y colgué la capa en una de las perchas del guardarropa. Así podría usarla cualquier seminarista que olvidara la suya. Decidí que luego le comunicaría al padre Sebastian que no había enviado la capa de Ronald junto con el resto de sus cosas. No le daría ninguna explicación; simplemente le informaría de que la había colgado en el guardarropa. Sabía que él supondría que había sido un descuido mío. De verdad me pareció la mejor solución.

Dalgliesh sabía por experiencia que era contraproducente apremiar a un testigo, de modo que se esforzó por reprimir su impaciencia.

–¿Y dónde está la capa ahora, padre?

–¿No está en el gancho donde la colgué, el último de la derecha? La puse allí el sábado antes de las completas. ¿No sigue en su sitio? No pude comprobarlo..., aunque tampoco se me habría ocurrido... porque ustedes cerraron el guardarropa.

–¿Exactamente cuándo la colgó allí?

–Ya se lo he dicho, justo antes de las completas. Yo fui uno de los primeros en entrar en la iglesia. Con tantos estudiantes fuera, éramos pocos, y todas las capas estaban colgadas allí. No las conté, desde luego. Me limité a colgar la de Ronald de la última percha.

–¿Alguna vez se puso la capa mientras obró en su poder?

El padre Betterton lo miró con asombro.

–No, jamás habría hecho una cosa así. Nosotros tenemos

nuestras propias capas, que son negras. No necesitaba ponerme la de Ronald.

–¿Los estudiantes llevan siempre su propia capa, o son comunitarias?

–No, cada uno usa la suya. Puede que alguna vez se confundan, pero es imposible que eso sucediera esa noche. Los ordenandos no llevan la capa puesta para las completas excepto en las noches más frías de invierno. Solo tienen que recorrer una corta distancia por el claustro norte. Y Ronald jamás le habría dejado su capa a nadie. Era muy quisquilloso con sus pertenencias.

–¿Por qué no me contó todo esto antes, padre? –inquirió Dalgliesh.

El padre John lo observó, perplejo.

–Porque no me lo preguntó.

–No obstante, cuando examinamos la ropa y las capas por si había manchas de sangre, ¿no se le ocurrió pensar que necesitábamos saber si faltaba algo?

–No –respondió el sacerdote–. Además, la capa estaba allí, colgada en el vestuario con las demás, ¿no? –Dalgliesh aguardó. La confusión del padre John se había convertido en angustia. Miró primero a Dalgliesh y después a Piers y no halló consuelo en ninguno de los dos. Por fin dijo–: No pensé en los pormenores de la investigación, en lo que estaban haciendo ni en lo que podía significar. No me apetecía pensar en ello y no creí que fuese un asunto de mi incumbencia. Lo único que he hecho es responder a sus preguntas con sinceridad.

Era una queja justa, pensó Dalgliesh. ¿Por qué iba a pensar el padre John que la capa era importante? Otra persona más conocedora de los procedimientos policiales, más curiosa o interesada en el caso, habría ofrecido voluntariamente esa información aunque dudase de su utilidad. Sin embargo, el padre John no poseía ninguno de esos rasgos, e incluso si se le hubiera ocurrido hablar, habría preferido proteger el penoso secreto de Ronald Treeves.

–Lo siento –se disculpó con expresión contrita–. ¿He estorbado el trabajo? ¿Tan importante es?

¿Era posible responder a eso con veracidad?, se preguntó Dalgliesh.

–Lo importante es la hora exacta en que colgó la capa del gancho. ¿Está seguro de que fue justo antes de las completas?

–Oh, sí, segurísimo. Serían las nueve y cuarto. Yo suelo ser de los primeros en entrar en la iglesia... Planeaba comentarle lo de la capa al padre Sebastian después del oficio, pero se marchó a toda prisa y no me dio ocasión. A la mañana siguiente, cuando nos informaron del asesinato, me pareció absurdo importunarlo con esa pequeñez.

–Gracias por su ayuda, padre –dijo Dalgliesh–. Lo que nos ha revelado es importante, pero es aún más importante que lo mantenga en secreto. Le agradecería que no hablase con nadie de esta conversación.

–¿Ni siquiera con el padre Sebastian?

–Con nadie, por favor. Cuando la investigación haya terminado, será libre de contarle lo que quiera al rector. Por el momento, no quiero que nadie sepa que la capa de Ronald Treeves está en algún lugar del seminario.

–Pero si no está en «algún lugar» del seminario. –Lo miró con ojos llenos de inocencia–. Continúa colgada del gancho, ¿no?

–No, padre –repuso Dalgliesh–, pero la encontraremos.

Acompañó al padre Betterton a la puerta. El sacerdote parecía haberse convertido de pronto en un anciano preocupado. Aun así, al llegar a la puerta hizo acopio de valor y se volvió para pronunciar unas últimas palabras:

–Naturalmente, yo no hablaré con nadie de esta conversación. Usted me ha pedido que no lo divulgue, y no lo divulgaré. ¿Podría usted hacerme el favor de no decir nada sobre la relación de Ronald Treeves con Karen?

–Si está vinculada con la muerte del archidiácono Crampton, tarde o temprano saldrá a la luz. El asesinato es así, padre. Pocas cosas permanecen en secreto cuando se ha matado a un ser humano. A pesar de todo, solo se revelará si es necesario y en el momento oportuno.

Dalgliesh le recordó de nuevo la importancia de no mencionar la capa a nadie y lo dejó marchar. Una de las ventajas de tratar con los sacerdotes y seminaristas de Saint Anselm, pensó, era que uno podía estar prácticamente seguro de que cumplirían sus promesas.

12

Al cabo de cinco minutos el equipo completo, incluidos los técnicos, se reunió a puerta cerrada en la casa San Mateo. Dalgliesh informó de su último descubrimiento.

–Bien –dijo–, ahora debemos emprender la búsqueda. Primero hay que aclarar el asunto de las llaves. Después del asesinato solo faltaba un juego. Surtees se llevó uno durante la noche y no lo devolvió. Ya lo hemos desenterrado de la pocilga. Eso significa que Caín robó otro juego y lo devolvió. Suponiendo que Caín fuera el individuo que llevaba la capa marrón, esta podría estar escondida en cualquier parte, dentro o fuera del seminario. Si bien no es una prenda fácil de ocultar, Caín dispuso de todo el campo y la playa, así como de tiempo de sobra para hacerla desaparecer entre la medianoche y las cinco y media de la madrugada. Hasta es posible que la quemara. En los alrededores hay multitud de zanjas donde un fuego pasaría inadvertido. Lo único que necesitaba era un poco de queroseno y una cerilla.

–Yo sé lo que habría hecho yo, señor –dijo Piers–. Se la habría arrojado a los cerdos. Esos animales son capaces de comer cualquier cosa, sobre todo una prenda manchada de sangre. En ese caso, tendremos suerte si encontramos algo aparte de la pequeña cadena de latón del cuello de la capa.

–Entonces busquen eso –ordenó Dalgliesh–. Usted y Robbins empiecen por la casa San Juan. El padre Sebastian nos ha autorizado para movernos libremente, de modo que no necesitamos orden de registro. Sin embargo, si alguno de los ocupantes de las casas pone objeciones, nos veremos obligados a conseguir una orden judicial. Es importante que nadie sepa qué buscamos. ¿Dónde están los seminaristas ahora? ¿Alguien lo sabe?

–Me parece que están en el aula de la primera planta –respondió Kate–. El padre Sebastian está impartiendo una clase de Teología.

–Eso los mantendrá ocupados y fuera de nuestro camino. Señor Clark, usted y sus hombres peinen el campo y la playa. Con la tormenta que se desató, dudo que a Caín se le ocurriese tirar la capa al mar, pero en los alrededores hay muchos escondites posibles. Kate y yo nos encargaremos de registrar el seminario.

El grupo se dispersó: los técnicos se dirigieron al mar, y Piers y Robbins a la casa San Juan. Dalgliesh y Kate entraron por el cancel de la verja de hierro. Aunque el claustro norte estaba despejado, la meticulosa batida de los técnicos no había revelado cosa alguna de interés, salvo la ramita con hojas todavía frescas que habían encontrado en la habitación de Raphael.

Dalgliesh abrió la puerta del guardarropa. El aire estaba viciado. Las cinco capas con capucha que colgaban de los ganchos presentaban un triste aire decrépito, como si llevasen décadas allí. Dalgliesh se puso unos guantes y examinó todas las capuchas. Las etiquetas de los nombres estaban en su sitio: Morby, Arbuthnot, Buckhurst, Bloxham, McCauley. Pasaron a la lavandería. Junto al marco inferior de las dos ventanas había una mesa de formica y, debajo de esta, cuatro cubos de plástico para la ropa sucia. A la izquierda vieron un profundo fregadero de porcelana con un escurridero de madera en cada extremo y una secadora. Las cuatro lavadoras industriales estaban pegadas a la pared derecha, y todas tenían la puerta cerrada.

Kate se quedó junto a la puerta mientras Dalgliesh abría las primeras tres portezuelas. Cuando se inclinó ante la cuarta, la joven notó que se ponía rígido y corrió a su lado. Detrás del grueso cristal se distinguían los pliegues borrosos pero identificables de una prenda de lana marrón. Habían encontrado la capa.

Encima de la lavadora había una tarjeta blanca. Kate la tomó y se la pasó en silencio a Dalgliesh. En letras negras y regulares rezaba: «Este vehículo no debe estar aparcado en el patio principal. Por favor, llévelo a la parte trasera de la casa. P.G.».

–El padre Peregrine –observó Dalgliesh–. Y por lo visto apagó la lavadora mientras estaba en marcha. Solo hay unos ocho centímetros de agua.

–¿Está manchada de sangre? –inquirió Kate, agachándose para ver mejor.

–Es difícil asegurarlo –respondió Dalgliesh–. De cualquier modo, en el laboratorio no necesitarán mucha sangre para realizar una identificación. Telefonee a Piers y a los técnicos, por favor, Kate. Que interrumpan la búsqueda. Quiero que desmonten esta puerta y envíen el agua y la capa al laboratorio. Luego necesitaré muestras de pelo de todo el mundo. Bendito sea el padre Peregrine. Si una máquina de este tamaño hubiera completado el ciclo de lavado, dudo que ahora nos fuese posible encontrar algo útil, como sangre, pelos o fibras.

–Caín corrió un riesgo extraordinario –observó Kate–. Fue una locura que volviese y una locura más grande aún que pusiera en marcha la lavadora. Si no dimos antes con la capa fue por casualidad.

–A él no le preocupaba que la encontrásemos. Quizás hasta lo deseara. Lo único importante para Caín era que no pudiésemos vincularla con él.

–Pero debía de saber que se arriesgaba a que el padre Peregrine se despertara y apagase la lavadora.

–No, no lo sabía, Kate. Era una de las personas que nunca usaba la lavadora. ¿Recuerda el diario de la señora Munroe? A George Gregory le lava la ropa Ruby Pilbeam.

El padre Peregrine, sentado a su escritorio, en el extremo oeste de la biblioteca, estaba casi oculto tras una pila de libros. No había nadie más allí.

–Dígame, padre, ¿usted apagó una de las lavadoras la noche del crimen? –le preguntó Dalgliesh.

El padre Peregrine levantó la cabeza y pareció tardar unos segundos en reconocer a los visitantes.

–Lo siento –dijo–. Es el comisario Dalgliesh, desde luego. ¿De qué estamos hablando?

–De la noche del sábado pasado. La del asesinato del archidiácono Crampton. Le preguntaba si entró en la lavandería y apagó una de las lavadoras.

–¿Lo hice?

Dalgliesh le entregó la tarjeta.

–Doy por sentado que escribió esto. Tiene su letra y sus iniciales.

–Sí, es mi letra, no cabe duda. Vaya, parece que me equivoqué de tarjeta.

–¿Qué decía la otra, padre?

–Que los seminaristas no debían usar las lavadoras después de las completas. Me acuesto temprano y tengo el sueño ligero. Esas máquinas son antiguas y hacen un ruido insoportable cuando se ponen en marcha. Tengo entendido que el problema radica en la instalación del agua más que en las lavadoras, pero la causa es irrelevante. Los estudiantes están obligados a guardar silencio después de las completas. No es una hora indicada para hacer la colada.

–¿Y usted oyó la lavadora, padre? ¿Dejó esta nota encima?

–Debo de haberlo hecho, pero supongo que estaba medio dormido y lo olvidé.

–¿Cómo es posible que estuviese medio dormido, padre? –inquirió Piers–. Estaba lo bastante despierto para buscar papel y bolígrafo y escribir la nota.

–Ya se lo he explicado, inspector. Esa es la nota equivocada. Guardo varias ya escritas. Si quieren verlas, están en mi habitación.

Lo siguieron por la puerta que conducía a una especie de celda. Allí, encima de una estantería abarrotada de libros, había una caja de cartón con media docena de tarjetas. Dalgliesh les echó un vistazo. «Este escritorio es exclusivamente para mi uso personal. Los estudiantes no deben dejar sus libros aquí.» «Tengan la bondad de colocar los libros en el orden correcto cuando los devuelvan a las estanterías.» «Las lavadoras no deben usarse después de las completas. En el futuro, cualquier máquina que esté funcionando después de las diez será desconectada.» «Este tablón de anuncios es para notas oficiales; no para que los estudiantes intercambien trivialidades.» Todas llevaban las iniciales P.G.

–Me temo que estaba medio dormido y escogí la tarjeta equivocada –repitió el padre Peregrine.

–Es obvio que oyó la lavadora en algún momento de la noche y se levantó para apagarla –dijo Dalgliesh–. ¿No reparó en la importancia de este hecho cuando la inspectora Miskin lo interrogó?

–Esa jovencita me preguntó si había oído a alguien entrar o salir del edificio, o si yo mismo había salido. Recuerdo perfectamente sus palabras. Me pidió que fuera preciso en mis respuestas. Y lo fui: dije que no. Nadie mencionó las lavadoras.

–Las puertas de todas las lavadoras estaban cerradas –continuó Dalgliesh–. Sin duda lo normal es que queden abiertas cuando no hay ropa dentro. ¿Las cerró usted, padre?

–No lo recuerdo, pero debí de hacerlo –respondió el padre Peregrine con suficiencia–. Sería lo natural. Me gusta el orden, ¿sabe? Detesto verlas abiertas. No hay ninguna razón para que queden así.

El padre Peregrine parecía estar pensando en el trabajo que se traía entre manos. Regresó a la biblioteca, seguido por Dalgliesh y Kate, y se sentó al escritorio como si la entrevista hubiese terminado.

–Padre Peregrine –dijo Dalgliesh en el tono más firme de que fue capaz–, ¿tiene usted el menor interés en ayudarme a atrapar al asesino?

Sin dejarse amilanar por el policía de un metro noventa que se alzaba sobre él, el sacerdote se tomó la pregunta como una solicitud más que como una acusación.

–Hay que atrapar a los asesinos, desde luego, pero no creo estar capacitado para ayudarlo, comisario. Carezco de experiencia en la investigación policial. Tal vez debería recurrir al padre Sebastian o al padre John. Los dos han leído muchas novelas policíacas, así que con seguridad poseen cierta perspicacia para estos asuntos. En una ocasión el padre Sebastian me prestó una de esas novelas; de un tal Hammond Innes, si mal no recuerdo. Me temo que era demasiado complicada para mí.

Atónito, Piers puso los ojos en blanco y dio la espalda a esa ridícula escena. El padre Peregrine fijó la vista en el libro; sin embargo, de repente dio muestras de animarse y la alzó de nuevo.

–Solo una idea: el asesino debía de querer huir lo antes posible después de cometer el crimen. Me imagino que tendría un coche preparado junto a la verja oeste. Eso sí que me suena familiar. Me cuesta creer, comisario, que considerase que era un buen momento para hacer la colada. La lavadora es una pista falsa. –Piers se alejó unos pasos del escritorio, como si no aguantara más–. Igual que mi nota, me temo –añadió el padre Peregrine.

–¿Y usted no vio ni oyó nada cuando salió de su habitación? –quiso saber Dalgliesh.

–Como ya le he dicho, comisario, no recuerdo haber salido de mi habitación. Sin embargo, mi nota y el hecho de que la lavadora estuviese apagada parecen pruebas irrefutables de que lo hice. Si alguien hubiese entrado en mi habitación para robar la nota, lo habría oído, estoy seguro. Lamento no serle de gran ayuda.

Volvió a concentrar su atención en los libros, y Dalgliesh y Piers lo dejaron con su trabajo.

–No puedo creerlo –soltó Piers una vez fuera de la biblioteca–. Ese hombre está loco. ¿Y se supone que es competente para dar clases de posgrado?

–Por lo que sé, es un profesor brillante –repuso Dalgliesh–. Y su historia me parece verosímil: se despierta, oye un ruido que detesta, se levanta medio dormido y recoge sin querer la nota equivocada. Luego regresa y se mete en la cama. El problema es que ni siquiera es capaz de concebir la idea de que el asesino sea alguien de Saint Anselm. No admite esa opción. Es lo mismo que pasó con el padre John y la capa marrón. Ninguno de los dos pretende obstaculizar nuestro trabajo ni mostrarse poco servicial. Ellos no piensan como policías, y nuestras preguntas se les antojan poco pertinentes. Se niegan a aceptar la posibilidad de que alguien de Saint Anselm haya perpetrado el crimen.

–Pues entonces se van a llevar una buena sorpresa –señaló Piers–. ¿Y el padre Sebastian y el padre Martin?

–Ellos han visto el cadáver, Piers. Saben dónde y cómo ocurrió. La incógnita es: ¿saben quién lo hizo?

13

Ya habían sacado la empapada capa de la lavadora y la habían puesto en una bolsa de plástico. El agua, de un rosado tan claro que parecía más imaginado que real, se había trasvasado con sifón a unas botellas etiquetadas. Dos ayudantes de Clark estaban espolvoreando la lavadora para buscar huellas. A juicio de Dalgliesh, se trataba de un esfuerzo inútil. Gregory había usado guantes en la iglesia y difícilmente se los habría quitado antes de regresar a su casa. Aun así, había que hacerlo; la defensa aprovecharía cualquier oportunidad para cuestionar la eficacia de la investigación.

–Esto confirma que Gregory es el principal sospechoso –dijo Dalgliesh–, aunque ya lo era desde el momento en que nos enteramos de su boda con Clara Arbuthnot. A propósito, ¿dónde está? ¿Lo sabemos?

–Esta mañana se ha ido en coche a Norwich –respondió Kate–. Ha avisado a la señora Pilbeam que regresaría a media tarde. Ella le limpia la casa y ha estado allí esta mañana.

–Lo interrogaremos en cuanto vuelva, y esta vez usaremos una grabadora. Hay dos puntos importantes: no debe enterarse de que la capa de Treeves quedó en el seminario ni de que Peregrine apagó la lavadora. Hable de nuevo con los padres John y Peregrine, ¿quiere, Piers? Ándese con tacto. Asegúrese de que el padre Peregrine entiende lo que le dice.

Cuando Piers hubo salido, Kate preguntó:

–¿Y si le pedimos al rector que informe a los estudiantes de que el claustro norte ya está abierto y se les permite usar la lavandería? Entonces podríamos montar guardia por si Gregory viene a buscar la capa. Querrá saber si la hemos encontrado.

–Muy ingenioso, Kate, pero no probaría nada. No caerá en esa trampa. Si decide venir, traerá ropa sucia consigo. Además,

¿por qué iba a venir? Confiaba en que la capa apareciera; así tendríamos una prueba más de que el asesino es alguien del seminario. Lo único que le preocupa es que no lleguemos a demostrar que él utilizó esa prenda en la noche del asesinato. En otras circunstancias no habría corrido un gran riesgo. Fue una desgracia para él que Surtees entrase en la iglesia. Sin su testimonio no dispondríamos de ninguna prueba de que el asesino llevaba una capa. También tuvo la mala suerte de que apagasen la lavadora. Si el lavado se hubiera completado, con toda seguridad habría desaparecido cualquier posible prueba contra él.

–Todavía puede alegar que Treeves le había dejado la capa en alguna ocasión –observó Kate.

–Sería poco verosímil, ¿no? Treeves era un joven muy cuidadoso con sus efectos personales. ¿Por qué iba a prestar su capa? A pesar de todo, tiene razón; esa podría ser una estrategia de la defensa.

Piers regresó en ese momento.

–El padre John estaba en la biblioteca con el padre Peregrine –dijo–. Creo que los dos han captado el mensaje. No obstante, será mejor que esperemos a Gregory y lo interceptemos en cuanto vuelva.

–¿Y si exige un abogado? –preguntó Kate.

–Entonces tendremos que esperar a que consiga uno –respondió Dalgliesh.

Sin embargo, Gregory no pidió un abogado. Media hora después se sentó ante la mesa de la sala de interrogatorios con apariencia de total tranquilidad.

–Conozco mis derechos y sé hasta dónde llegan las atribuciones de la policía, de manera que de momento no gastaré dinero en un abogado. No podría permitirme uno bueno, y los que están a mi alcance no resultarían muy útiles. Mi procurador es perfectamente competente para redactar un testamento, pero se convertiría en un irritante estorbo en esta situación. Yo no maté a Crampton. Además de que me repugna la violencia, no tenía motivos para desear su muerte.

Dalgliesh había decidido dejar el interrogatorio en manos de Kate y de Piers. Ambos se sentaron enfrente de Gregory mientras el comisario se alejaba hacia la ventana que daba al este. Un curioso escenario para un interrogatorio policial, pensó. La estancia, austeramente amueblada con una mesa cuadrada, cuatro sillas y dos sillones, estaba tal como la habían encontrado al llegar, salvo por una bombilla más potente en la única lámpara que colgaba sobre la mesa. Solo había señales de los nuevos ocupantes en la cocina, con su colección de tazas y el tenue aroma a bocadillos y café, y en la sala contigua, más acogedora, donde la señora Pilbeam había puesto un jarrón con flores. Dalgliesh se preguntó qué impresión se llevaría un observador casual de aquella escena, de ese espacio desnudo y funcional, de los tres hombres y la mujer ostensiblemente enfrascados en sus asuntos. Aquello no podía ser más que un interrogatorio o una conspiración, y el rítmico rumor del mar acentuaba la atmósfera de clandestinidad e inquietud.

Kate encendió la grabadora y cumplieron con las formalidades preliminares. Gregory dijo su nombre y dirección, y los tres policías, sus nombres y sus rangos.

Fue Piers quien comenzó el interrogatorio.

–El archidiácono Crampton fue asesinado el sábado alrededor de la medianoche. ¿Dónde estaba usted esa noche después de las diez?

–Ya se lo dije la primera vez que me interrogaron. Me encontraba en mi casa, escuchando a Wagner. No salí de allí hasta que me llamaron por teléfono para que acudiese a una reunión en la biblioteca, convocada por el padre Sebastian.

–Hay pruebas de que alguien entró en la habitación de Raphael Arbuthnot esa noche. ¿Fue usted?

–¿Cómo iba a ser yo? Acabo de decirle que no salí de mi casa.

–El veintisiete de abril de 1988 usted se casó con Clara Arbuthnot y nos ha asegurado que Raphael es su hijo. ¿Sabía en ese momento que la ceremonia lo convertiría en hijo legítimo y en el heredero de Saint Anselm?

Se produjo una breve pausa. «No tiene idea de cómo averiguamos lo de la boda –pensó Dalgliesh–. Ignora cuánto sabemos al respecto.»

–En ese momento no lo sabía –contestó Gregory–. Más adelante, no recuerdo la fecha exacta, descubrí que la ley de 1976 había legitimado a mi hijo.

–¿Conocía las disposiciones del testamento de la señorita Agnes Arbuthnot cuando se celebró el matrimonio?

Esta vez no hubo titubeos. Dalgliesh estaba convencido de que Gregory había averiguado los términos del testamento, probablemente mediante gestiones en Londres. Por desgracia, era probable que no las hubiese realizado con su nombre verdadero, así que resultaría difícil encontrar pruebas de ello.

–No, no lo sabía –aseveró Gregory.

–¿Y su esposa no se lo contó antes o después de la boda?

Otra pequeña vacilación y un destello en los ojos. Por fin decidió arriesgarse.

–No, no me lo contó. Estaba más preocupada por salvar su alma que por la situación económica de nuestro hijo. Y si con estas preguntas ingenuas pretenden insinuar que yo tenía un móvil, ¿me permiten que les recuerde que también lo tenían los cuatro sacerdotes del seminario?

–Creí que había negado todo conocimiento de los términos del testamento –interrumpió Piers.

–No me refería a beneficios económicos. Estaba pensando en el ostensible desprecio que sentían por el archidiácono prácticamente todos los residentes del seminario. Y si creen que maté al archidiácono para asegurarle la herencia a mi hijo, debo recordarles que están a punto de cerrar Saint Anselm. Todos sabíamos que nuestros días aquí estaban contados.

–El cierre era inevitable –replicó Kate–, pero no inminente. El padre Sebastian habría podido negociar y mantener el seminario abierto durante un par de años más, los suficientes para que su hijo terminara sus estudios y se ordenase sacerdote. ¿Era eso lo que usted quería?

–Habría preferido que escogiese otra carrera, pero tengo entendido que ese es uno de los pequeños inconvenientes de la paternidad. Los hijos rara vez toman decisiones sensatas. Puesto que yo no me he ocupado de Raphael en veinticinco años, difícilmente cabía esperar que tomase en consideración mis opiniones sobre cómo debe llevar su vida.

–Hoy nos hemos enterado de que es muy posible que el asesino del archidiácono llevara una capa marrón de seminarista. Hemos encontrado una en una de las lavadoras de Saint Anselm. ¿La puso usted allí?

–No, no lo hice ni sé quién lo hizo.

–También sabemos que alguien, probablemente un hombre, telefoneó a la señora Crampton a las nueve y veintiocho minutos de la noche del asesinato fingiendo ser un empleado de las oficinas de la diócesis y pidiendo el número del móvil del archidiácono. ¿Efectuó usted esa llamada?

Gregory reprimió una sonrisa.

–Este interrogatorio resulta sorprendentemente simple para una brigada que, si no me equivoco, es una de las más prestigiosas de Scotland Yard. No, no efectué esa llamada ni sé quién la hizo.

–Fue a la hora en que los sacerdotes y los cuatro seminaristas debían estar en la iglesia para las completas. ¿Dónde estaba usted entonces?

–En mi casa, corrigiendo monografías. Y no fui el único hombre que no asistió a las completas. Yarwood, Stannard, Surtees y Pilbeam también se resistieron a la tentación de oír predicar al archidiácono, al igual que las tres mujeres. ¿Están seguros de que fue un hombre quien realizó la llamada?

–El asesinato del archidiácono no es la tragedia que ha puesto en peligro el futuro de Saint Anselm –intervino Kate–. La muerte de Ronald Treeves también perjudica al seminario. Él estuvo con usted un viernes por la tarde y murió al día siguiente. ¿Qué ocurrió ese viernes?

Gregory la miró con fijeza. Adoptó una expresión de desprecio tan cruda y ostensible como si hubiera escupido. Kate, ruborizada, continuó:

–Ronald había sufrido un rechazo y una traición. Fue a verle en busca de consuelo y consejo y usted lo echó, ¿no es verdad?

–Acudió a mí para recibir una clase sobre el griego del Nuevo Testamento, y se la impartí. Es cierto que duró menos de lo normal, pero eso lo decidió él. Por lo visto ustedes están al tanto del robo de la hostia consagrada. Le aconsejé que se confesase con el padre Sebastian. Era el único consejo posible, y usted también se lo habría dado. Me preguntó si eso supondría su expulsión y yo le contesté que seguramente sí, habida cuenta de la peculiar visión de la realidad del padre Sebastian. Quería que lo tranquilizara, pero no estaba en mi mano hacerlo. Más valía que se arriesgase a la expulsión que a caer en las manos de una chantajista. Era hijo de un hombre rico; podría haberse pasado el resto de su vida manteniendo a esa mujer.

–¿Tiene alguna razón para pensar que Karen Surtees es una chantajista? ¿La conoce bien?

–Lo suficiente para saber que es una joven ambiciosa y sin escrúpulos. El secreto de Ronald nunca hubiera estado seguro.

–De manera que el muchacho se marchó y se quitó la vida –afirmó Kate.

–Por desgracia, sí. Es algo que yo no era capaz ni de prever ni de evitar.

–Hubo una segunda muerte –intervino Piers–. Tenemos pruebas de que la señora Munroe había descubierto que usted era el padre de Raphael. ¿Puso ella esta información en su conocimiento?

Se hizo otro silencio. Gregory había posado las manos sobre la mesa y concentró su mirada en ellas. Aunque no alcanzaba a verle la cara, Dalgliesh supo que el hombre había llegado a un punto decisivo. Una vez más reflexionaba acerca de cuánto sabía la policía y con qué grado de certeza. ¿Margaret Munroe había hablado con alguien más? ¿Habría dejado una nota?

Aunque la pausa duró menos de seis segundos, pareció más larga.

–Sí, fue a verme –respondió–. Había hecho algunas averiguaciones, no explicó cuáles, y confirmado sus sospechas. Aparentemente le preocupaban dos cosas. La primera era que yo estuviese engañando al padre Sebastian y trabajando aquí de manera fraudulenta. La segunda y más importante, que Raphael tenía que saber la verdad. Nada de esto era asunto suyo, pero estimé conveniente explicarle por qué no me había casado con la madre de Raphael cuando esta se quedó embarazada y por qué luego había cambiado de idea. Le dije que me proponía hablar con mi hijo cuando creyera que la noticia no iba a afectarle. Quería escoger el momento yo mismo. Ella me exigió que le prometiera que lo haría antes del final del trimestre. Después de esa promesa, que no tenía derecho a arrancarme, se comprometió a guardar el secreto.

–Y esa noche murió –señaló Dalgliesh.

–De un ataque al corazón. Si la impresión del descubrimiento y el esfuerzo que le supuso plantarme cara la mataron, lo lamento. No pueden responsabilizarme de todas las muertes acaecidas en Saint Anselm. Lo único que falta es que me acusen de empujar a Agatha Betterton por la escalera del sótano.

–¿Lo hizo? –preguntó Kate.

Esta vez fue lo bastante astuto para disimular su desdén.

–Creí que estaban investigando el asesinato del archidiácono Crampton, no intentando convertirme en un asesino en serie. ¿No deberíamos concentrarnos en la única muerte que fue sin duda alguna un asesinato?

En ese punto terció Dalgliesh:

–Necesitaremos muestras de cabello de todas las personas que estaban en el seminario el sábado por la noche. Supongo que no opondrá reparos, ¿verdad?

–No si la vejación se hace extensiva a todos los demás sospechosos. No es un procedimiento que requiera anestesia general.

De nada servía prolongar el interrogatorio. Cumplidos los formulismos para terminar una entrevista, Kate apagó la grabadora.

–Si quieren pelos, será mejor que vayan a buscarlos de inmediato –dijo Gregory–. Me propongo empezar a trabajar y preferiría que no me interrumpieran.

Dicho esto, se perdió en la oscuridad.

–Que tomen las muestras de cabello esta misma noche –ordenó Dalgliesh–. Luego viajaré a Londres. Quiero estar en el laboratorio cuando examinen la capa. Si le conceden prioridad, recibiremos los resultados dentro de un par de días. Ustedes dos y Robbins se quedarán aquí. Pediré permiso al padre Sebastian para que ocupen esta casa. Si no hay camas libres, seguramente les enviará sacos de dormir o colchones. Gregory ha de permanecer vigilado las veinticuatro horas del día.

–¿Y si no sacamos nada en limpio de la capa? –quiso saber Kate–. Los demás indicios son circunstanciales. Si no conseguimos una prueba forense, no podremos llevarlo a juicio.

Se había limitado a constatar lo evidente, por lo que ni Piers ni Dalgliesh respondieron.

14

En vida de su hermana, el padre John solo aparecía en el comedor a la hora de la cena, donde se esperaba que todos estuvieran presentes para lo que el padre Sebastian a todas luces consideraba una unificadora celebración de la vida comunitaria. No obstante, ese martes entró de improviso en la sala a la hora del té. La última muerte no había suscitado una reunión ceremonial de todos los miembros del seminario; el padre Sebastian había comunicado la noticia discretamente y por separado a cada uno de los sacerdotes y estudiantes. Los cuatro seminaristas ya habían expresado sus condolencias al padre John y ahora demostraban su apoyo llenándole la taza y sirviéndole en rápida sucesión bocadillos, bollos y trozos de pastel. Sentado cerca de la puerta, ese hombrecillo callado y desmejorado respondía siempre con amabilidad y de vez en cuando esbozaba una sonrisa. Después de la merienda Emma le sugirió que era hora de revisar el armario de la señorita Betterton, así que subieron al apartamento juntos.

Emma le había pedido a la señora Pilbeam dos bolsas de plástico grandes, una para objetos que donarían a la beneficencia y otra para la ropa que iría a parar a la basura. Sin embargo, las grandes bolsas negras que le facilitaron ofrecían un aspecto tan inquietantemente inapropiado para cualquier cosa que no fuese basura que decidió hacer una clasificación preliminar del contenido del armario y luego empaquetar y retirar las prendas cuando el padre John no estuviera presente.

Lo dejó sentado en el salón, junto a las azules llamas de la estufa de gas, y entró en el dormitorio de la señorita Betterton. La lámpara que colgaba del centro del techo, con su anticuada y polvorienta pantalla, irradiaba una luz insuficiente, pero en la mesilla de noche, junto a la cama con respaldo de hierro, había un flexo con una bombilla más potente, y cuando lo dirigió al centro de la habitación veía lo bastante para empezar con su tarea. A la derecha de la cama había una silla y una cómoda de frente curvo. Un gigantesco armario de caoba, decorado con volutas talladas, ocupaba el espacio comprendido entre las dos ventanas. Emma abrió la puerta y percibió un olor a humedad combinado con aromas a *tweed*, espliego y naftalina.

La tarea de clasificar y desechar fue menos terrible de lo que había previsto. La señorita Betterton había comprado poca ropa en su solitaria vida, y resultaba difícil creer que hubiese adquirido algo nuevo en los últimos diez años. Emma sacó un pesado abrigo de piel de almizclero, lleno de zonas raídas; dos trajes de *tweed* que, a juzgar por las chaquetas entalladas y con gruesas hombreras, debían de haberse usado por última vez en la década de los treinta; una variada colección de rebecas y faldas largas de *tweed*, y varios vestidos de terciopelo y seda, de excelente calidad pero tan arcaicos que costaba imaginar que una mujer moderna se los pusiera con otro fin que el de disfrazarse. La cómoda contenía pañuelos y ropa interior: bragas limpias pero oscurecidas por el uso, camisetas de manga larga y gruesas medias plegadas en forma de ovillos. Pocas de estas cosas serían bien recibidas en una tienda benéfica.

Emma experimentó una súbita repugnancia y una profunda compasión por la señorita Betterton al pensar que el inspector Tarrant y sus colegas habían estado hurgando entre esos tristes vestigios de una vida. ¿Qué esperaban encontrar? ¿Una carta, un diario, una confesión? Los miembros de las congregaciones medievales, expuestos un domingo tras otro a las terribles imágenes de *El juicio final*, rezaban para que se los librase de una muerte súbita, pues temían llegar junto al Creador sin haberse confesado previamente. En la actualidad era más probable que un moribundo recordase con pesar el desorden de su escritorio, sus aspiraciones frustradas o unas cartas embarazosas.

En el último cajón descubrió algo inesperado. Cuidadosamente envuelta en papel marrón, había una chaqueta del Cuerpo de Voluntarios con alas estampadas encima del bolsillo izquierdo, dos insignias circulares en las mangas y la cinta de una posible medalla al valor. Junto a ella había una gorra aplastada. Tras apartar el abrigo de piel, depositó ambas cosas sobre la cama y las contempló durante unos segundos con mudo asombro.

Encontró las joyas en el cajón superior izquierdo de la cómoda, en el interior de una pequeña caja forrada en piel. No había gran cosa; los broches de camafeo, las pesadas cadenas de oro y los largos collares de perlas parecían reliquias familiares. Era difícil calcular su valor, aunque algunas piedras parecían auténticas, y Emma se preguntó cuál sería la mejor manera de cumplir con la petición del padre John. Tal vez debería llevar todas las alhajas a Cambridge a que las tasara un joyero de la ciudad. Entretanto, su responsabilidad consistía en ponerlas a buen recaudo.

La caja tenía un fondo falso, y al levantarlo encontró un pequeño sobre amarilleado por el tiempo. Lo abrió y extrajo un anillo. Era de oro, con piedras pequeñas y elegantemente engarzadas: un rubí central rodeado de diamantes. Movida por un impulso, se lo puso en el anular de la mano izquierda y entonces se percató de que se trataba de un anillo de compromiso. Si la señorita Betterton lo había recibido de manos del aviador, este debía de haber muerto, ¿de qué otra forma iba a llegar el uniforme a su poder? De repente vio la vívida imagen de un avión, un Spitfire o un Hurricane, que perdía el control y trazaba una larga estela de fuego en el cielo antes de caer en las aguas del canal. ¿O habría sido el piloto de un bombardero y tras ser derribado por el enemigo se había reunido con sus víctimas? ¿Agatha Betterton y él habían sido amantes?

Se preguntó por qué costaba tanto creer que los viejos habían sido jóvenes, que habían rebosado toda la fuerza y la belleza animal de la juventud, que habían amado y sido amados, que alguna vez habían reído, pletóricos del irreflexivo optimismo de la adolescencia. Rememoró el aspecto de la señorita Betterton en las pocas ocasiones en que la había visto: andando por el camino del acantilado con un gorro de lana en la cabeza y la barbilla en alto, como si se encarase con un enemigo más implacable y feroz que el viento; cruzándose con Emma en la escalera y saludándola con una breve inclinación de cabeza o dirigiéndole una mirada embarazosamente inquisitiva con sus negros ojos. Raphael la había apreciado y había pasado mucho tiempo con ella. Sin embargo,

¿lo había hecho inducido por un afecto sincero o porque se sentía obligado? Y si el anillo era de compromiso, ¿por qué había dejado de usarlo? Tal vez eso fuese fácil de entender. Representaba algo que había terminado y debía arrinconarse, tal como había hecho con el uniforme. No había querido enfrentarse cada mañana a un símbolo que había sobrevivido a quien lo había entregado y que la sobreviviría a ella, ni hacer públicos su dolor y su pérdida con cada ademán de la mano. Le acudió a la mente el tópico de que los muertos viven en la memoria de los vivos, ¿podía el recuerdo sustituir una voz amada y unos fuertes brazos que estrecharan el cuerpo? ¿No era el tema principal de casi toda la poesía del mundo la certeza de que la carroza alada del tiempo llevaba puñales en las ruedas?

Sonó un golpe en la puerta y esta se abrió. Emma se volvió y vio a la inspectora Miskin. Por un instante se limitaron a mirarse, y Emma no percibió simpatía en los ojos de la otra mujer.

–El padre John me ha indicado que la encontraría aquí –dijo esta por fin–. El comisario Dalgliesh me ha pedido que hablase con todo el mundo. Él ha regresado a Londres y yo me quedaré aquí con el inspector Tarrant y el sargento Robbins. Ahora que han instalado cerraduras de seguridad en los apartamentos de huéspedes, es importante que cierre bien la puerta por las noches. Vendré al seminario después de las completas y la acompañaré a su habitación.

De manera que el comisario se había ido sin despedirse. Claro que, ¿por qué iba a despedirse? Tenía cosas demasiado importantes en la cabeza para recordar las reglas de cortesía. Sin duda se habría despedido formalmente del padre Sebastian. ¿Hacía falta algo más?

La inspectora Miskin le había hablado con toda amabilidad, y Emma comprendió que su irritación era injusta.

–No necesito que me escolten hasta mi apartamento –repuso–. ¿Significa esto que creen que estamos en peligro?

–Nadie ha dicho eso –respondió la inspectora tras un breve silencio–. La cuestión es que todavía hay un asesino en los alrededores, y conviene que todo el mundo tome precauciones hasta que le hayamos arrestado.

–¿Y arrestarán a alguien?

Después de otra pausa, la inspectora Miskin dijo:

–Eso esperamos. Al fin y al cabo estamos aquí para detener al culpable, ¿no? Lamento no poder proporcionarle más información por el momento. Hasta luego.

Salió de la habitación y cerró la puerta. De pie junto a la cama, mirando la gorra y la chaqueta plegada y con el anillo todavía puesto, Emma notó que sus ojos se anegaban en lágrimas. No sabía si lloraba por la señorita Betterton, por el amante muerto o por sí misma. Metió de nuevo el anillo en el sobre y se dispuso a terminar con su trabajo.

15

A la mañana siguiente Dalgliesh salió hacia el laboratorio antes del amanecer. Había estado lloviendo durante toda la noche, y aunque había amainado, la luz alternativamente roja, ámbar y verde de los semáforos proyectaba temblorosas y chillonas imágenes sobre unas calles todavía mojadas, y el aire transportaba el fresco olor a río característico de la marea alta. Londres solo parece dormir entre las dos y las cuatro de la madrugada, e incluso entonces su sueño es inquieto. Ahora despertaba lentamente, y pequeños y ensimismados grupos de trabajadores empezaban a emerger para tomar posesión de la ciudad.

Aunque el material procedente de un escenario criminal de Suffolk solía enviarse al laboratorio forense de Huntingdon, este se hallaba ahora desbordado de trabajo. En Lambeth, por el contrario, estaban en condiciones de dar máxima prioridad a estos análisis, que era lo que Dalgliesh había solicitado. En el laboratorio lo conocían bien, y el personal lo recibió con cordialidad. La doctora Anna Prescott, la bióloga forense que lo estaba esperando, había oficiado de perito en varias investigaciones del comisario, por lo que este sabía que gran parte del éxito de esos casos se debía a la reputación científica de la doctora, a la seguridad y la lucidez con que había presentado sus hallazgos ante el tribunal y a su serenidad durante el turno de repreguntas. No obstante, ella era una científica y no una agente de la policía. Si Gregory llegaba a sentarse en el banquillo, ella se presentaría como testigo experto independiente, comprometida únicamente con los hechos.

En el laboratorio habían secado ya la capa y acababan de desplegarla sobre una de las anchas mesas de pruebas, bajo el resplandor de cuatro fluorescentes. Habían enviado el chándal de Gregory a otra sala a fin de evitar la contaminación por contacto entre las muestras. Cualquier posible fibra del chándal se recogería de la superficie de la capa con cinta adhesiva y luego se sometería a un estudio microscópico comparativo. Si este primer examen revelaba una posible coincidencia, se realizaría otra serie de pruebas comparativas, entre ellas un análisis químico para determinar la composición de la fibra. Sin embargo, todo eso llevaría un tiempo considerable y aún formaba parte del futuro. La sangre ya se había analizado y Dalgliesh aguardó los resultados sin ansiedad; no le cabía la menor duda de que pertenecía al archidiácono. Lo que él y la doctora Prescott buscaban ahora eran pelos. Vestidos con batas y mascarillas, se inclinaron sobre la capa.

Dalgliesh reflexionó sobre la asombrosa eficacia del agudo ojo humano como instrumento de búsqueda. Solo tardaron unos segundos en encontrar lo que necesitaban: dos cabellos grises se habían enredado en la cadenilla del cuello de la capa. La doctora Prescott los desenroscó con delicadeza y los puso en un pequeño plato de cristal. Los examinó de inmediato en un microscopio de baja potencia y dijo con satisfacción:

«Los dos tienen raíz. Eso significa que hay grandes posibilidades de determinar el perfil del ADN.»

16

Dos días después, a las siete y media de la mañana, Dalgliesh recibió una llamada del laboratorio en su apartamento junto al Támesis. El ADN de los pelos correspondía al de Gregory. Aunque Dalgliesh esperaba esa noticia, la acogió con un gran alivio. Si bien el estudio microscópico comparativo había demostrado una coincidencia entre fibras de la capa y del chándal, todavía no contaban con los resultados de las últimas pruebas. Mientras colgaba el auricular, Dalgliesh se preguntó si debía esperar o actuar de inmediato. No le agradaba postergar la detención. El análisis de ADN demostraba que Gregory había usado la capa de Ronald Treeves, y la coincidencia de las fibras solo serviría para confirmar este hallazgo concluyente. Naturalmente, podía telefonear a Kate o a Piers; ambos eran perfectamente capaces de practicar un arresto. No obstante, deseaba estar allí cuando eso ocurriese y enseguida comprendió por qué. El acto de detener a Gregory, de leerle sus derechos, mitigaría en parte el fracaso de su último caso, en el que a pesar de saber quién era el asesino y haber escuchado su impulsiva confesión, no había hallado pruebas suficientes para detenerlo. Si ahora se perdía el arresto, dejaría algo incompleto, aunque no sabía exactamente qué.

Tal como había supuesto, los últimos dos días habían sido particularmente ajetreados. Había regresado para encontrarse con un montón de trabajo atrasado, algunos problemas que eran responsabilidad suya y otros que no pero que le preocupaban, como a todos los altos funcionarios del cuerpo. Andaban muy escasos de personal. Tenían la apremiante necesidad de reclutar hombres y mujeres cultos y motivados de todos los sectores de la comunidad en una época en que otras carreras ofrecían a ese codiciado grupo salarios más altos, mayor prestigio y menos estrés. Debían reducir la carga de la burocracia y el papeleo, aumentar la eficacia de los detectives y luchar contra la corrupción en un momento en que un soborno no significaba meter con disimulo un billete de diez libras en un bolsillo, sino participar de los sustanciosos beneficios del tráfico de drogas. Ahora, aunque por poco tiempo, regresaría a Saint Anselm. Ya no era un remanso de paz e inmaculada bondad, pero tenía que rematar un trabajo y deseaba ver a algunas personas. Se preguntó si Emma Lavenham seguiría allí.

Tras arrinconar los pensamientos sobre su abarrotada agenda, los expedientes que reclamaban su atención y la reunión programada para esa tarde, dejó un mensaje para su secretaria y otro para el subdirector. Luego llamó a Kate. En Saint Anselm todo estaba tranquilo..., extrañamente tranquilo, según ella. La gente realizaba sus actividades cotidianas con apatía, como si el ensangrentado cadáver todavía estuviera en la iglesia y a los pies de *El juicio final*. A Kate le parecía que todos esperaban la conclusión del caso con una mezcla de esperanza y temor. Gregory no se había dejado ver. A petición de Dalgliesh, había entregado su pasaporte, y no temían que intentara fugarse. Claro que la huida nunca había constituido una opción; Gregory no se arriesgaría a que lo deportaran ignominiosamente de un inhóspito refugio extranjero.

Era un día frío, y Dalgliesh percibió por primera vez en el aire de Londres el olor metálico del invierno. Un viento fuerte pero intermitente azotaba la ciudad, y cuando llegó a la A12 empezó a soplar con ráfagas más fuertes y continuas. El tráfico, cosa rara, era escaso, salvo por los camiones que se dirigían a los puertos del este, y Dalgliesh avanzó rápida y tranquilamente, con las manos apoyadas apenas sobre el volante y la vista fija en la carretera. ¿Con qué contaba aparte de dos pelos, dos frágiles instrumentos de justicia? Tendrían que bastar.

Su pensamiento pasó del arresto al juicio, y se sorprendió ensayando los argumentos de la defensa. La prueba de ADN era incuestionable: Gregory se había puesto la capa de Ronald Treeves. No obstante, el abogado defensor probablemente alegaría que Gregory se la había pedido a Treeves durante la última clase de griego, quizá porque tenía frío, y que en aquel momento llevaba puesto el chándal negro. Era de lo más inverosímil, pero ¿lo creería el jurado? Aunque Gregory tenía un móvil importante, otras personas también lo tenían, entre ellos Raphael. Quizá la ramita que habían hallado en la habitación de Raphael hubiese llegado allí sin que él la viera, empujada por el viento cuando el joven había salido para ver a Peter Buckhurst; el fiscal se guardaría mucho de insistir demasiado en esa prueba. La llamada a la señora Crampton, efectuada desde el teléfono público del seminario, era peligrosa para la defensa, pero cabía atribuir su autoría a otros ocho individuos, Raphael incluido. También era posible señalar a la señorita Betterton como sospechosa. Había tenido el móvil y la oportunidad, pero ¿también la fuerza necesaria para empuñar un candelero como arma? Nadie lo sabría jamás: Agatha Betterton estaba muerta. Gregory no había sido acusado de cometer su asesinato ni el de Margaret Munroe. En ninguno de los dos casos habían hallado pruebas suficientes para justificar un arresto.

Dalgliesh cubrió el trayecto en menos de tres horas y media. Ahora, al final del camino que conducía al seminario, contempló el vasto y turbulento mar, salpicado de blanco en el horizonte. Detuvo el coche y llamó a Kate. Gregory había salido de su casa una hora y media antes y estaba caminando por la playa.

–Espéreme al final de la carretera de la costa –ordenó Dalgliesh–. Y traiga unas esposas. Puede que no las necesitemos, pero no quiero correr riesgos.

Al cabo de unos minutos Kate se reunió con él. Ninguno de los dos habló mientras ella subía al coche y él daba media vuelta para dirigirse a la escalera que conducía a la playa. Ahora vieron a Gregory, una solitaria figura enfundada en un largo abrigo de *tweed* con el cuello levantado para protegerse del viento, contemplando el mar junto a uno de los deteriorados espigones. Mientras caminaban sobre los guijarros, una súbita ráfaga tiró de sus chaquetas, obligándolos a inclinarse, aunque el aullido del viento apenas se oía sobre el fragor del mar. Una tras otra, las olas rompían en explosiones de rocío, espumando en torno al espigón y haciendo que las burbujas bailaran y rodaran como iridiscentes pompas de jabón sobre las piedras de la orilla.

Se acercaron juntos a la inmóvil figura, que se volvió hacia ellos. Entonces, cuando se hallaban a unos veinte metros de distancia, Gregory se subió al espigón y se encaminó resueltamente hasta un poste del extremo. Tenía una base cuadrada de sesenta centímetros de lado y se encontraba a menos de un palmo por encima de las feroces aguas.

–Si se tira, llame a Saint Anselm –le indicó Dalgliesh a Kate–. Dígales que necesitamos un bote y una ambulancia.

Luego, con igual decisión, el comisario subió al espigón y avanzó hacia Gregory. Se detuvo a dos metros y medio de distancia, y ambos se miraron. Gregory gritó, pero sus palabras sonaron ahogadas por el estruendo del mar.

–Si ha venido a detenerme, aquí me tiene. Pero tendrá que acercarse. ¿No está obligado a pronunciar una inútil paparruchada de advertencia? Creo que tengo derecho legal a oírla.

Dalgliesh no respondió. Durante dos minutos permanecieron callados, observándose, y al comisario lo embargó la sensación de que ese breve período equivalía a media vida de introspección. Algo nuevo, una furia que no recordaba haber experimentado antes, se apoderó de él. La ira que lo había invadido al ver el cuerpo del archidiácono no era nada comparada con esta sobrecogedora emoción. Ni le gustó ni lo asustó; simplemente aceptó su poder. Comprendió por qué no había querido sentarse frente a Gregory a la pequeña mesa de la sala de interrogatorios. Al alejarse unos metros se había distanciado de algo más que de la presencia física de un adversario. Ya no podía seguir distanciándose.

Dalgliesh nunca había considerado su trabajo una cruzada. La visión de una víctima en su postrera y patética insignificancia grababa en la mente de algunos detectives una imagen tan poderosa que solo eran capaces de conjurarla en el momento del arresto. Sabía que algunos llegaban al extremo de cerrar tratos personales con el destino; no beberían ni irían al pub ni se tomarían vacaciones hasta haber atrapado al asesino. Él siempre había compartido la compasión y la rabia de esos hombres, pero nunca su hostilidad ni su implicación personal. Para él desenmascarar a un asesino formaba parte de su dedicación profesional e intelectual al descubrimiento de la verdad. Sin embargo, sentía algo diferente. No porque Gregory hubiese profanado un lugar donde él había sido feliz; se preguntó brevemente qué santificadora gracia recaía sobre Saint Anselm por el mero hecho de que Adam Dalgliesh hubiera sido feliz allí. Tampoco era solo porque reverenciaba al padre Martin y no conseguía olvidar la angustiada expresión de su rostro cuando había alzado la vista del cadáver de Crampton, ni ese otro momento, el del suave roce de un cabello moreno contra su cara y Emma temblando en sus brazos por unos instantes tan breves que ahora le costaba creer que el abrazo se hubiera producido. Esta arrolladora emoción obedecía a una causa adicional, más primitiva y menos noble. Gregory había planeado y perpetrado el asesinato mientras él, Dalgliesh, dormía a cincuenta metros de distancia. Y ahora se proponía coronar su triunfo. Se arrojaría al mar, feliz y en su elemento, y nadaría hacia una misericordiosa muerte causada por el frío y el agotamiento. Y planeaba algo más. Dalgliesh leyó los pensamientos de Gregory con la misma claridad con que este, lo sabía, estaba leyendo los suyos. Albergaba la intención de llevarse consigo a su adversario. Si se arrojaba al agua, el comisario lo seguiría. No tendría alternativa. No podría vivir con el recuerdo de que había permanecido inmóvil, mirando al asesino mientras se ahogaba voluntariamente. Y arriesgaría su vida no por compasión y humanidad, sino por terquedad y orgullo.

Evaluó las fuerzas. Aunque en lo que a condición física se refiere estaban bastante igualados, Gregory lo superaría como nadador. Ninguno de los dos duraría mucho en las heladas aguas, pero si los refuerzos llegaban pronto –como era su deber–, quizá sobrevivirían. Se preguntó si debía retroceder y ordenar a Kate que llamase a Saint Anselm pidiendo ayuda. Decidió no hacerlo: si Gregory oía coches aproximarse por el camino del acantilado no vacilaría un segundo más. Todavía había una posibilidad, aunque remota, de que cambiase de parecer. Dalgliesh sabía que Gregory contaba con una enorme ventaja: solo uno de los dos quería morir.

Permanecieron inmóviles durante unos instantes más. De repente, tan despreocupadamente como si estuviesen en verano y el mar fuera una brillante extensión azul y plateada bajo el resplandor del sol, Gregory se quitó el abrigo y se zambulló.

El mudo careo de un par de minutos había durado una eternidad para Kate. Se había quedado muy quieta, como si todo su cuerpo estuviera paralizado, con los ojos fijos en las dos figuras impasibles. Aunque las olas le bañaban los pies, era insensible a las frías punzadas del agua contra sus piernas. A través de sus entumecidos labios había conseguido gritar «¡vuelva, vuelva, déjelo!», con una vehemencia que seguramente Dalgliesh había percibido. Al no obtener respuesta, comenzó a murmurar obscenidades que jamás pronunciaba. El timbre del teléfono continuó sonando. Por fin oyó la mesurada voz del padre Sebastian. Se esforzó por mantener la calma.

–Soy Kate Miskin, desde la playa. Dalgliesh y Gregory están en el agua. Necesitamos un bote y una ambulancia. Deprisa.

El padre Sebastian no hizo preguntas.

–Quédese donde está para que podamos identificar el lugar –pidió–. Llegaremos pronto.

Esta vez la espera fue más larga, pero la cronometró. Transcurrieron tres minutos y quince segundos antes de que oyese ruido de coches. Ya no alcanzaba a divisar las dos cabezas entre las altas olas. Corrió hasta el extremo del espigón y se detuvo donde había estado Gregory, ajena a las olas que lamían el poste y a las acometidas del viento. De repente los vio fugazmente –la cabeza gris y la morena separadas por un par de metros–, antes de que una ola los ocultase a sus ojos.

Aunque era importante que no los perdiese de vista, de vez en cuando se volvía hacia la escalera. Había oído más de un coche, aunque solo veía el Land Rover aparcado en el borde del acantilado. Era como si todo el seminario estuviese allí. Trabajaban deprisa y metódicamente. Habían abierto las puertas de la caseta y desplegado una rampa de tablillas de madera sobre una cuesta cubierta de guijarros. El bote hinchable se deslizó por ella, tras levantarlo, seis hombres, tres a cada lado, corrieron con él hasta la orilla. Kate vio que Pilbeam y Henry Bloxham se encargarían del rescate y le llamó la atención que el corpulento Stephen Morby no figurase entre ellos. Quizá Henry fuese un marinero más experimentado. Parecía imposible botar la embarcación contra el aplastante peso del agua, pero al cabo de unos segundos oyó el rugido de un motor fuera borda y avistó a los hombres que avanzaban a toda velocidad hacia ella. Kate señaló las cabezas que acababa de vislumbrar por segunda vez.

Ahora no veía ni a los nadadores ni al bote, salvo cuando este remontaba momentáneamente una ola. Como no podía hacer otra cosa, se unió al grupo que corría por la playa. Raphael llevaba una cuerda enrollada, el padre Peregrine sujetaba un salvavidas y Piers y Robbins se habían cargado sendas camillas de lona sobre los hombros. La señora Pilbeam y Emma también estaban allí: una con un botiquín de primeros auxilios, la otra con toallas y una pila de mantas de vivos colores. Se congregaron en un punto y dirigieron toda su atención al mar.

Por fin el bote regresaba. El rumor del motor sonó más fuerte y la embarcación apareció de súbito, levantada por una alta ola.

–¡Los tienen! –exclamó Raphael–. Hay cuatro personas a bordo.

Se acercaban rápidamente, pero costaba creer que el bote permaneciera a flote en ese mar embravecido. Entonces sucedió lo peor. Dejaron de oír el motor y vieron que Pilbeam se inclinaba sobre él con expresión desesperada. La embarcación se sacudía de lado a lado como el juguete de un niño. De repente, a unos veinte metros de la orilla, se elevó en el agua, se quedó unos segundos quieta, vertical, y finalmente volcó.

Raphael, que había atado un extremo de la soga a uno de los postes del espigón, enlazó el otro extremo alrededor de su cintura y se zambulló. Stephen Morby, Piers y Robbins lo siguieron. El padre Peregrine se quitó la sotana y se lanzó contra las olas como si el turbulento mar fuese su elemento. Henry y Pilbeam, ayudados por Robbins, pugnaban por ganar la playa a nado. El padre Peregrine agarró a Dalgliesh, y Stephen y Piers apresaron a Gregory. Segundos después la corriente los empujó contra el banco de guijarros, y el padre Martin y el rector corrieron para ayudar a arrastrarlos a la playa. A continuación llegaron Pilbeam y Henry, que se quedaron tendidos, jadeando, mientras las olas reventaban contra su cuerpo.

Dalgliesh era el único que estaba inconsciente, y mientras corría hacia él Kate vio que se había golpeado la cabeza contra el espigón y que la sangre mezclada con agua de mar le chorreaba sobre la desgarrada camisa. Presentaba una marca roja en la garganta, allí donde lo habían atenazado las manos de Gregory.

Kate se quitó la camisa y la usó para restañar la herida. Entonces oyó la voz de la señora Pilbeam.

–Déjemelo a mí, señorita. Aquí tengo vendas.

Pero fue Morby quien tomó el mando.

–Primero, que vomite el agua –indicó. Le dio la vuelta y procedió a practicar la reanimación.

A unos pasos de allí, Gregory, vestido únicamente con unos calzoncillos, estaba sentado con la cabeza entre las manos, esforzándose por recuperar el aliento mientras Robbins lo vigilaba de cerca.

–Cúbrelo con una manta y dale una bebida caliente –le dijo Kate a Piers–. En cuanto esté en condiciones de entenderte, léele sus derechos. Y ponle las esposas. No correremos riesgos. Ah, y ya puedes añadir homicidio frustrado a la lista de cargos.

Se volvió otra vez hacia Dalgliesh, quien dio una súbita arcada, escupió agua y sangre y murmuró algo incomprensible. Solo entonces Kate cayó en la cuenta de que Emma Lavenham, blanca como un papel, estaba arrodillada junto a la cabeza del comisario. No habló, pero al interceptar la mirada de Kate se retiró unos pasos, como si comprendiera que aquel no era su sitio.

No oían la sirena de la ambulancia ni sabían cuánto tardaría. Ahora Piers y Morby depositaron a Dalgliesh sobre una camilla y echaron a andar hacia los coches, seguidos por el padre Martin. Los que se habían sumergido estaban temblorosos, cubiertos por mantas y pasándose un termo; luego echaron a andar hacia la escalera. De pronto el cielo se desencapotó, y un tenue rayo de sol iluminó la playa. Al contemplar a los viriles jóvenes secándose el pelo y corriendo para activar la circulación, Kate pensó en un grupo de bañistas en verano dispuestos en cualquier momento a perseguirse por la arena.

Habían llegado a lo alto del acantilado y estaban cargando la camilla en la parte posterior del Land Rover. Kate cayó en la cuenta de que Emma Lavenham estaba a su lado.

–¿Se pondrá bien? –preguntó esta.

–Oh, sobrevivirá. Es un tipo duro. Las heridas en la cabeza sangran mucho, pero esta no parecía profunda. Dentro de un par de días le darán el alta y volverá a Londres. Todos volveremos.

–Yo me voy a Cambridge esta noche –dijo Emma–. ¿Querrá despedirme de él y desearle buena suerte de mi parte?

Sin esperar respuesta, giró sobre sus talones y se sumó al pequeño grupo de seminaristas. Robbins empujaba a Gregory, esposado y envuelto en mantas, hacia el Alfa Romeo. Piers se acercó a Kate y ambos miraron a Emma.

–Va a regresar a Cambridge esta noche –señalo Kate–. Bueno, ¿por qué no? Ese es su sitio.

–¿Y cuál es el tuyo? –inquirió Piers.

Aunque en realidad la pregunta no exigía una respuesta, ella dijo:

–Contigo, con Robbins y con Dalgliesh. ¿Qué pensabas? Al fin y al cabo, este es mi trabajo.

LIBRO CUARTO

Un final y un principio

Dalgliesh llegó a Saint Anselm por última vez un día perfecto de mediados de abril en que el cielo, el mar y la renaciente tierra se habían aliado para crear una armoniosa estampa de serena belleza. Iba con la capota bajada, y la brisa que acariciaba su rostro transportaba la esencia –dulcemente perfumada, nostálgica– de los abriles de su adolescencia y juventud. Aunque había salido de casa con reparos, los había arrojado en el último barrio periférico del este y ahora su clima interior concordaba con la tranquilidad del día.

El padre Martin le había enviado una carta, una afectuosa invitación para que visitara Saint Anselm ahora que lo habían cerrado oficialmente. Había escrito: «Será un placer tener la oportunidad de despedirnos de nuestros amigos antes de marcharnos, y esperamos que Emma también pueda estar con nosotros el tercer fin de semana de abril». Había querido que Dalgliesh se enterara de que ella estaría allí; ¿habría avisado también a la joven? En tal caso, ¿decidiría no asistir?

Y ahora por fin el familiar cruce, fácil de pasar por alto sin el fresno cubierto de hiedra. Los jardines delanteros de las casitas idénticas estaban salpicados de narcisos, cuyo fulgor contrastaba con el suave amarillo de las prímulas arracimadas en el arcén cubierto de hierba. Los setos que flanqueaban el camino exhibían sus primeros y verdes vástagos, y el mar, que Dalgliesh vislumbró con emoción, se extendía hasta el purpúreo horizonte en serenas franjas de una trémula tonalidad de azul. En lo alto, invisible y apenas audible, un caza trazó una deshilachada línea blanca sobre el despejado cielo, bajo cuyo resplandor la laguna adoptaba un tono azul lechoso y un aspecto nada amenazador. Dalgliesh imaginó los brillantes peces que se deslizaban bajo la quieta superficie. La noche del asesinato del archidiácono, la tormenta había destruido las últimas tablas del barco hundido; ya ni siquiera sobresalía del agua la negra aleta de madera, y la arena se extendía completamente lisa entre el banco de guijarros y el mar. En una mañana como esta, no había lugar a lamentar siquiera esa prueba del poder del tiempo para borrarlo todo.

Antes de torcer hacia el norte por el camino costero, se acercó al borde del acantilado y apagó el motor. Necesitaba releer una carta. La había recibido una semana antes de que Gregory recibiera una sentencia de cadena perpetua por el asesinato del archidiácono Crampton. Estaba escrita con letra firme, clara y recta. No había encabezamiento; el nombre de Dalgliesh solo aparecía en el sobre.

> Le pido perdón por este papel de cartas, que, como imaginará, no he elegido yo. Supongo que ya le habrán comunicado mi decisión de declararme culpable. Podría alegar que lo hago para ahorrarles a esos necios patéticos –el padre Martin y el padre John– el suplicio de comparecer como testigos de la defensa, o porque me resisto a exponer a mi hijo y a Emma Lavenham al brutal ingenio de mi abogado defensor. Sin embargo, usted me conoce mejor. Mi objetivo consiste, por supuesto, en asegurarme de que Raphael no sufra durante toda su vida el estigma de las sospechas. He llegado a pensar que hay posibilidades reales de que me absuelvan. La brillantez de mi abogado es casi proporcional al monto de sus facturas, y desde un primer momento dejó claro que confiaba en que saliese impune, aunque tuvo la prudencia de no emplear esas palabras exactas. Al fin y al cabo, soy un hombre burgués y respetable.
>
> Siempre confié en que me absolverían si el caso llegaba a los tribunales. No obstante, había planeado asesinar a Crampton un día en que Raphael no estuviera en el seminario. Como sabe, tomé la precaución de pasar por sus habitaciones para comprobar que se había ido. ¿Habría seguido adelante con el crimen si lo hubiese encontrado allí? La respuesta es no. Esa noche no, y quizá nunca. Habría sido difícil que las circunstancias necesarias para el éxito volvieran a concurrir de esa manera providencial. Resulta interesante que Crampton muriese gracias al solidario gesto de Raphael para con un amigo enfermo. He notado muchas veces que el mal procede del

bien. Como hijo de un párroco, usted dispondrá de más recursos que yo para desentrañar este acertijo teológico.

La gente que vive en una civilización moribunda, como nosotros, tiene tres opciones. Podemos tratar de evitar la decadencia, como un niño que construye un castillo de arena para contener la marea. Podemos hacer caso omiso de la muerte de la belleza, la erudición, el arte y la integridad intelectual buscando solaz en las cosas que nos consuelan. Eso es lo que procuré hacer yo durante años. En tercer lugar, podemos unirnos a los bárbaros y exigir nuestra parte del botín. Esa es la elección más popular, y al final también fue la mía. El Dios de mi hijo le fue impuesto. El chico ha estado en poder de esos sacerdotes desde que nació. Quería brindarle la oportunidad de escoger una deidad más contemporánea: el dinero. Ahora lo tiene y descubrirá que le cuesta renunciar a él, al menos en su totalidad. Aunque siempre será un hombre rico, solo el tiempo demostrará si seguirá siendo sacerdote.

Intuyo que no le contaré nada que no sepa sobre el asesinato. El anónimo que envié a sir Alred estaba destinado, por supuesto, a ocasionar problemas a Saint Anselm y a Sebastian Morell. No imaginaba que dicha carta conduciría al seminario al más distinguido de los detectives de Scotland Yard, pero su presencia, lejos de amedrentarme, supuso un reto más. Mi plan para atraer al archidiácono a la iglesia funcionó a la perfección; él ardía en deseos de ver la abominación que yo le había descrito. La lata de pintura negra y los pinceles estaban providencialmente a mano en el presbiterio y confieso que disfruté con la profanación de *El juicio final*. Es una pena que Crampton tuviese tan poco tiempo para contemplar mi obra de arte.

Supongo que aún le intrigarán las dos muertes por las que no me han procesado. La primera, la asfixia de Margaret Munroe, fue inevitable. Requirió poca planificación y el final fue fácil, casi natural. Era una mujer desdichada a quien seguramente le quedaba poco tiempo de vida, y sin embargo en ese tiempo podría haber hecho mucho daño. A ella le daba igual que su existencia llegase a su fin un día, un mes o un año antes de lo previsto. A mí sí me importaba. Había planeado que Raphael se enterase de la identidad de su padre solo después de que el seminario hubiera cerrado y el escándalo del asesinato se hubiese aplacado. Desde luego, usted percibió muy pronto la esencia de mi plan. Me proponía matar a Crampton y al mismo tiempo dirigir las sospechas hacia el seminario sin proporcionar pruebas concluyentes contra mi persona. Deseaba que Saint Anselm cerrase lo antes posible, preferiblemente antes de que mi hijo se ordenase, y deseaba que su herencia estuviera intacta. Debo confesar que también disfruté con la perspectiva de que la carrera de Sebastian Morell desembocara en el fracaso, las sospechas y la ignominia. Él se había asegurado de que la mía terminara de la misma manera.

Quizá le intrigue también la desgraciada muerte de Agatha Betterton, otra mujer desdichada. En ese caso me limité a aprovechar una oportunidad inesperada. Se equivocó al creer que se hallaba en lo alto de la escalera del sótano cuando llamé a la señora Crampton. No, entonces no me vio, aunque sí me vio la noche del asesinato, cuando fui a devolver la llave. Supongo que podría haberla matado allí y entonces, pero decidí esperar. Al fin y al cabo, todos la tachaban de loca. Incluso si me acusaba de estar en la casa después de medianoche, dudo que su palabra hubiera valido más que la mía. De hecho, el domingo por la tarde acudió a decirme que mi secreto estaba a salvo. Pese a que nunca fue una mujer coherente, me insinuó que ella jamás constituiría una amenaza para cualquiera que hubiese matado al archidiácono Crampton. Aun así, yo no podía correr ese riesgo. ¿Se da cuenta de que no le fue posible probar una sola de las dos muertes? El móvil no basta. Si esta confesión se usara contra mí, yo la negaría.

He aprendido algo sorprendente sobre el asesinato y sobre la violencia en general. Quizás usted ya lo sepa, Dalgliesh; después de todo es un experto en la materia. Yo, personalmente, lo encuentro interesante. El primer golpe fue un acto deliberado, no desprovisto de una natural aprensión y cierta repugnancia, y al mismo tiempo un ejercicio de fuerza de voluntad. Mi razonamiento era claro: necesito que este hombre muera y esta es la mejor manera de matarlo. Había previsto asestarle un solo golpe, dos tal vez, pero después del primero el nivel de adrenalina aumenta vertiginosamente. La sed de sangre se apodera de uno. Continué pegándole sin ser consciente de ello. Dudo mucho que hubiese sido capaz de detenerme aunque usted hubiese aparecido en ese momento. Nuestro primitivo instinto asesino no emerge cuando contemplamos actos violentos, sino solo cuando descargamos el primer golpe.

No he visto a mi hijo desde que me arrestaron. No quiere verme y sin duda es mejor así. He vivido sin afecto humano durante toda mi existencia y me resultaría incómodo sucumbir ahora a esos sentimientos.

La carta terminaba en este punto. Mientras la doblaba, Dalgliesh se preguntó cómo sobrellevaría Gregory una condena que duraría al menos diez años. Siempre que tuviera sus libros, era probable que sobreviviese. Pero ¿no estaría ahora mismo mirando por su ventana de barrotes, deseoso de oler el dulce perfume de ese día primaveral?

Puso el motor en marcha y tomó el camino directo al seminario. La puerta principal estaba abierta a la luz del sol, y Dalgliesh entró en el desierto vestíbulo. La lámpara continuaba encendida a los pies de la imagen de la Virgen, y en el aire se aspiraba aún un leve y eclesiástico aroma compuesto de incienso, cera para muebles y libros viejos. No obstante, le pareció que ya habían vaciado parcialmente la casa, que ahora aguardaba con serena resignación su inevitable final.

No oyó pasos, pero de repente intuyó una presencia. Alzó la vista y vio al padre Sebastian en lo alto de la escalera.

–Buenos días, Adam. Suba, por favor.

Dalgliesh advirtió que era la primera vez que el rector lo llamaba por su nombre de pila. Al entrar en el despacho, echó en falta algunas cosas: El Burne-Jones no colgaba ya encima de la chimenea y el aparador había desaparecido. También se había operado un cambio sutil en el padre Sebastian. Había abandonado su sotana y ahora llevaba un traje con alzacuello. Además, se lo veía más viejo; la muerte se había cobrado su tributo. A pesar de todo, el semblante severo y apuesto, lejos de perder su autoridad y su confianza, había ganado algo: la controlada euforia del éxito. Le habían otorgado una cátedra universitaria prestigiosa y que sin duda él codiciaba. Dalgliesh le dio la enhorabuena.

–Gracias –respondió Morell–. Dicen que segundas partes no

son buenas, pero espero por el bien de la universidad y por el mío propio que se demuestre lo contrario.

Se sentaron y conversaron durante unos minutos, en observancia de las reglas de cortesía. Aunque Morell no era propenso a sentirse a disgusto, Dalgliesh lo supuso resentido por la desagradable idea de que el hombre sentado frente a él había llegado a considerarlo sospechoso de asesinato, y dudaba que el rector olvidara algún día la vejación de la toma de huellas. Ahora, como por obligación, Morell puso al comisario al corriente de los cambios en Saint Anselm.

–Todos los estudiantes han encontrado plaza en otros seminarios. Los cuatro que usted conoció fueron aceptados en Cuddesdon o en Saint Stephen's House, en Oxford.

–Entonces ¿Raphael sigue adelante con su ordenación?

–Desde luego. ¿Creía que abandonaría? –Hizo una pausa y añadió–: Raphael ha sido generoso, pero seguirá siendo rico.

Habló de los sacerdotes con brevedad pero también con mayor sinceridad de la que Dalgliesh esperaba. El padre Peregrine había aceptado un puesto de documentalista en una biblioteca de Roma, ciudad a la que estaba deseando volver. El padre John se establecería como capellán en un convento de los alrededores de Scarborough. Dado que sus antecedentes como pederasta lo obligaban a comunicar cualquier cambio de dirección, creían que el convento sería un sitio tan seguro para él como Saint Anselm. Reprimiendo una sonrisa, Dalgliesh convino en que no podría haber hallado un empleo mejor. El padre Martin iba a comprar una casa en Norwich y los Pilbeam, que se irían a vivir con él, para cuidarlo, heredarían la propiedad cuando muriese. Si bien se había confirmado que Raphael tenía derecho a la herencia, su posición legal era complicada y había que decidir muchas cosas, entre ellas si la iglesia pasaría a formar parte de un conjunto de parroquias o si la cerrarían. El retablo y los cálices de plata estaban guardados en una cámara de seguridad. Raphael había decidido regalar a los Pilbeam y a Eric Surtees las casas que ocupaban. El edificio principal se había vendido, y en él se instalaría un centro residencial de meditación y medicina alternativa. Aunque el tono del padre Sebastian reflejó desprecio, Dalgliesh pensó que podría haber sido peor. Los cuatro sacerdotes y el personal permanecerían en el seminario temporalmente, a instancias de los albaceas, hasta que se entregara el edificio a los nuevos propietarios.

Cuando quedó claro que la conversación había concluido, Dalgliesh le entregó al padre Sebastian la carta de Gregory.

–Creo que tiene derecho a echar un vistazo a esto.

El sacerdote la leyó en silencio. Al fin la dobló y se la tendió a Dalgliesh.

–Gracias –le dijo–. Es increíble que un amante de la lengua y la literatura de una de las civilizaciones más grandes del mundo se rebaje a justificarse a sí mismo con razones tan siniestras como esas. Dicen que los asesinos son siempre arrogantes, pero esta arrogancia es análoga a la del Satanás de Milton: «Que el mal sea mi bien». Me pregunto cuándo habrá leído por última vez *El paraíso perdido*. El archidiácono Crampton acertó en una de las críticas que me hizo: debí ser más escrupuloso al seleccionar a la gente que trabajaba con nosotros. Tengo entendido que se quedará a pasar la noche.

–Sí, padre.

–Será un placer para todos nosotros. Espero que se encuentre cómodo.

El padre Sebastian no acompañó a Dalgliesh a Jerónimo, su antiguo apartamento, sino que llamó a la señora Pilbeam y le entregó la llave. La mujer, que se hallaba de un talante curiosamente locuaz, se cercioró de que al comisario no le faltase nada de lo que necesitaba. Parecía reacia a marcharse.

–Me imagino que el padre Sebastian le habrá contado las novedades. Aunque ni Reg ni yo somos muy amigos de la medicina alternativa, la gente que vino a ver la casa parecía inofensiva. Quieren que nosotros y Eric Surtees conservemos nuestros puestos. Eric está contento, pero Reg y yo somos demasiado viejos para estos cambios. Llevamos muchos años con los sacerdotes y nos costaría adaptarnos a unos desconocidos. El señor Raphael dice que somos libres de vender la casa, y quizá lo hagamos; así contaremos con unos ahorrillos para la vejez. ¿Le ha dicho el padre Martin que estamos pensando en irnos con él a Norwich? Ha encontrado una casa muy bonita, con un gran estudio para él y sitio de sobra para los tres. En fin, no podrá cuidarse solo con más de ochenta años, ¿verdad? Además, le hará bien ver un poco de mundo... y a nosotros también. ¿Le hace falta algo más, señor Dalgliesh? El padre Martin se alegrará mucho de verlo. Lo encontrará en la playa. El señor Raphael ha venido a pasar el fin de semana, al igual que la señorita Lavenham.

Dalgliesh aparcó el Jaguar detrás de la casa y echó a andar hacia la laguna. Reparó en que los cerdos de la casa San Juan, quizá más numerosos que antes, se paseaban a sus anchas por el campo. Por lo visto, hasta los animales habían percibido las novedades. Mientras los miraba, Eric Surtees salió de la casa con un cubo en la mano.

Dalgliesh enfiló el sendero del acantilado en dirección a la laguna. Desde lo alto de la escalera dominó por fin la playa en toda su extensión. Había tres figuras distantes entre sí, como si se hubieran alejado a propósito. Al norte vio a Emma Lavenham, sentada en un alto promontorio de piedras y con la cabeza inclinada sobre un libro. Raphael estaba sentado en el borde del espigón, balanceando las piernas y contemplando el mar. A una corta distancia, el padre Martin aparentaba estar encendiendo una fogata en la arena.

Al oír los pasos de Dalgliesh, el sacerdote se levantó con esfuerzo y esbozó la sonrisa que invariablemente le transformaba el semblante.

–Adam. Me alegro de que pudieras venir. ¿Has visto al padre Sebastian?

–Sí, y lo he felicitado por su cátedra.

–Es la que siempre había deseado –aseguró el padre Martin–, y sabía que quedaría vacante el próximo otoño. Claro que si Saint Anselm hubiera seguido abierto, ni siquiera se habría planteado la posibilidad de aceptarla.

Se inclinó otra vez y continuó con su tarea. Dalgliesh advirtió que había cavado un hoyo y se afanaba en construir una pequeña pared de piedras alrededor. Al lado había una bolsa de lona y una caja de cerillas. Dalgliesh se sentó, apoyándose sobre las manos y extendiendo los pies en la arena.

–¿Eres feliz, Adam? –preguntó el sacerdote sin dejar su trabajo.

–Gozo de buena salud, un empleo que me gusta y comodidades; como bien y de vez en cuando me doy algún lujo si siento que lo necesito. Tengo mi poesía. Considerando la situación en que viven las tres cuartas partes de los pobres del mundo, ¿no cree que la infelicidad sería un vicio perverso?

–Casi diría que un pecado, o algo contra lo que hay que luchar. Si somos incapaces de adorar a Dios como merece, al menos deberíamos darle las gracias. Pero ¿te basta con esas cosas?

–¿Se propone pronunciar un sermón, padre?

–Ni siquiera una homilía. Me gustaría que te casaras, Adam, o por lo menos que compartieses tu vida con alguien. Sé que tu mujer murió al dar a luz. Esa debe de ser una sombra constante en tu vida. Sin embargo, rehuir el amor no resulta posible ni deseable. Perdona si te parezco insensible e impertinente, pero es malo obsesionarse con el dolor por la pérdida de un ser querido.

–Ah, no es eso lo que me mantiene soltero, padre. No se trata de algo tan simple, natural y admirable. Es el egoísmo, el amor a mi intimidad, el miedo a que me lastimen pero también a responsabilizarme nuevamente de la felicidad de otra persona. Y no me diga que ese sufrimiento redundaría en beneficio de mi poesía. Ya lo sé. Veo suficiente sufrimiento en mi trabajo. –Hizo una pausa y agregó–: Es usted un mal casamentero. Ella no me aceptaría, ¿sabe? Soy demasiado mayor y demasiado reservado, me cuesta comprometerme y tengo las manos manchadas de sangre.

El padre Martin escogió una piedra lisa y redonda y la colocó con precisión. Parecía tan entretenido y contento como un niño.

–Además, seguramente hay alguien especial en Cambridge –añadió Dalgliesh.

–Para una mujer como esa, seguro que sí. En Cambridge o en cualquier otra parte. Eso significa que tendrías que tomarte molestias y exponerte a un rechazo. Sería un buen cambio para ti. En fin, buena suerte, Adam.

Esas palabras sonaron como una despedida. Dalgliesh se puso en pie y miró a Emma, que también se había levantado y caminaba hacia el mar. Se hallaban a cincuenta metros de distancia. «Esperaré –se dijo–, y si ella viene hacia mí, pensaré que significa algo, aunque solo lo haga para saludar.» De repente esa idea se le antojó cobarde y poco caballerosa. Tenía que tomar la iniciativa. Se acercó a la orilla. Aún llevaba en la cartera el papel con los seis versos. Lo sacó, lo rasgó en trozos pequeños que arrojó a una ola que se aproximaba y los observó mientras desaparecían en la movediza línea de espuma. Se volvió hacia Emma pero, cuando se disponía a moverse, se percató de que ella también había girado sobre sus talones y caminaba a su encuentro por la franja de arena seca que separaba las piedras del agua. Cuando la mujer llegó a su lado, guardaron un silencio durante unos instantes, contemplando el mar.

Las palabras de Emma lo sorprendieron:

–¿Quién es Sadie?

–¿Por qué lo pregunta?

–Cuando recuperó el conocimiento, fue obvio que deseaba que ella estuviera con usted.

Dios, pensó él, debía de ofrecer un aspecto espantoso: medio desnudo, sangrando, cubierto de arena, escupiendo sangre y agua, sacudido por las arcadas.

–Sadie era encantadora. Ella me enseñó que aunque la poesía es una pasión, no hay razón para que lo abarque todo en la vida. Era una chica muy lista para sus quince años y medio.

Alcanzó a oír lo que tomó por una risita de satisfacción antes de que se la llevara una súbita brisa. Resultaba ridículo que se sintiese tan inseguro a su edad. Se debatía entre la rabia por sucumbir a una humillante emoción adolescente y el placer perverso de saber que era capaz de experimentar un sentimiento tan intenso. Y ahora tenía que hablar. Aunque sus palabras también sonaron débiles en el viento, él se dio perfecta cuenta de que eran banales e inapropiadas.

–Me gustaría mucho volver a verla –dijo–, si es que la idea no le repugna. He pensado..., o deseado..., que podríamos conocernos mejor.

«Parezco un dentista concertando su próxima cita con una paciente», pensó. Pero entonces alzó la mirada hacia Emma y lo que vio en su cara le despertó deseos de gritar de alegría.

–Hay un excelente servicio de trenes entre Cambridge y Londres –respondió ella con seriedad–. En ambas direcciones.

El padre Martin, que había terminado de preparar su hoguera, extrajo de la bolsa de lona una hoja de periódico y la metió en el hueco. Colocó el papiro de san Anselmo encima y encendió una cerilla. El papel prendió de inmediato, y las llamas se abalanzaron sobre el papiro como si este fuera su presa. Por un instante reinó un calor intenso, y el sacerdote retrocedió unos pasos. Vio que Raphael se había acercado y observaba la escena en silencio.

–¿Qué está quemando, padre? –inquirió este.

–Un escrito que ya ha tentado a alguien a pecar y que podría tentar a otros. Es hora de que desaparezca.

Al cabo de un silencio, Raphael dijo:

–No seré un mal sacerdote, padre.

El padre Martin, el menos efusivo de los hombres, le posó una mano sobre el hombro.

–No –convino–. Creo que serás bueno.

Luego contemplaron en silencio el fuego que se consumía y una última y frágil voluta de humo blanco que flotaba hacia el mar.

ÍNDICE

Título de la edición original: *Death in Holy Orders*
Traducción del inglés: M.ª Eugenia Ciocchini,
cedida por Ediciones B, S. A.
Diseño: Winfried Bährle
Fotografía de la sobrecubierta: Cover
Foto de solapa: © J. Biedma/Camera Press/Zardoya

Círculo de Lectores, S. A. (Sociedad Unipersonal)
Travessera de Gràcia, 47-49, 08021 Barcelona
www.circulo.es
3 5 7 9 2 0 0 4 8 6 4 2

Licencia editorial para Círculo de Lectores
por cortesía de Ediciones B, S. A.

Depósito legal: B. 4429-2002
Fotocomposición: gama, s. l., Barcelona
Impresión y encuadernación: Printer industria gráfica, s. a.
N. II, Cuatro caminos s/n, 08620 Sant Vicenç dels Horts
Barcelona, 2002. Impreso en España
ISBN 84-226-9333-X
N.º 28480

